PROLOG

Ich spüre ihre Angst.

Sie durchströmt mich, als wäre es meine eigene Empfindung. Zerreißt mich, weil ich wusste, dass es passieren würde. *Sie* wusste es. Und sie hat alle davor gewarnt, doch niemand wollte auf sie hören.

Ich bilde mir ein, den Rauch riechen und die Schreie hören zu können, die von der Stadt aus hoch zum Palast dringen. Aber hier, eingesperrt in meiner Welt, in der sie nicht existiert, ist es nichts weiter als eine Halluzination. Ich bin ein Gefangener, unfreiwillig zurückgeschickt ins Exil, obwohl ich nichts lieber getan hätte, als an ihrer Seite zu bleiben und kämpfend zu sterben.

Es ist erst drei Tage her, seit sie mich verstoßen hat, doch mir kommt es bereits wie eine Ewigkeit vor. Ich wandele in den Schatten meiner sterbenden Welt – in der Hoffnung, irgendein Schlupfloch zu finden, das mich zu ihr zurückbringt, obwohl ich genau weiß, dass es eine solche Hintertür nicht gibt. Nur durch einen besiegelten Pakt kann ein Wesen wie ich die Welt der Menschen betreten. Manchmal jedoch sind die Übergänge zwischen unseren Welten so dünn, dass ich kurze Blicke auf sie erhaschen und mich ihr nahe fühlen kann.

So wie heute Nacht.

Ich sehe sie an ihrem Fenster stehen, die Hände um den Sims verkrampft, während sie nach draußen starrt. Der hereindringende Nachtwind zerrt an ihrem braunen Haar, das offen über den Rücken fällt, und bauscht das schlichte weiße Schlafgewand um den Körper. Ihr Gesicht ist beinahe so bleich wie der Stoff an ihrem Leib – und in ihren Augen, in denen für gewöhnlich Neugier und Wissen gleichermaßen aufblitzten, schwimmen Tränen. Beim Anblick der puren Verzweiflung, die sie ausstrahlt, zieht sich mein Herz schmerzhaft zusammen. Ich will zu ihr, will bei ihr sein in dieser schweren letzten Stunde, doch wann immer ich die Hand nach ihr ausstrecke, greife ich durch sie hindurch, als wäre sie nichts weiter als ein Trugbild.

Aber die Jahre, die ich an ihrer Seite verbracht habe, geben mir die Gewissheit, dass sie keine Illusion ist. Ich weiß, dass sie dort an ihrem Fenster steht, wie sie es so oft zuvor getan hat – nur eine Armlänge, doch gleichzeitig Welten von mir entfernt.

Ich will mir nicht einmal vorstellen, was gerade in ihr vorgehen muss, während sie dabei zusieht, wie ihre Stadt brennt und von Eroberern heimgesucht wird. So hat *sie* es prophezeit. Sie wusste es ... Und sie tat alles, um ihrer Stadt und deren Bewohnern dieses Schicksal zu ersparen. Sie hat ihre Brüder und ihren Vater mehrmals gewarnt, doch sie haben die Warnungen als das Geschwätz einer unwissenden Frau abgetan. Nur ich glaubte ihr. Ich hätte ihr alles geglaubt. Als ihr Familiar war ich ein ums andere Mal Zeuge ihrer Visionen, die sie in letzter Zeit immer häufiger und vehementer heimsuchten.

Tränen rinnen ihr über die Wangen und hinterlassen eine im Mondlicht glitzernde Spur. Ich strecke die Hand aus, um die Tränen wegzuwischen, doch greife erneut durch sie hindurch.

Plötzlich wird die Tür zu ihrem Gemach abgestoßen. Sie wirbelt herum und greift dabei nach einem goldenen Dolch, der auf dem Fenstersims liegt. Nicht eine Sekunde lang flackert Angst in ihrer Miene auf, als sie das Kinn reckt und die drei Männer, die ihr Gemach betreten, niederstarrt.

Meine stolze, furchtlose Prinzessin ...

Wie von selbst stelle ich mich zwischen die Männer mit den gezückten und mit Blut besudelten Schwertern und meine Herrin, doch keiner von ihnen nimmt Notiz von mir. Wie könnten sie auch? Ich bin nicht mehr ein Teil ihrer Welt, bin nichts weiter als ein wandelnder Schatten, der immer wieder nach den dünnen Übergängen sucht, um wenigstens in der Illusion zu existieren, dass sie noch bei mir ist.

Im Moment würde ich alles dafür geben, den Männern das anzügliche Grinsen aus dem Gesicht zu schlagen. Die dunkle, pulsierende Wut, die durch mich hindurchrauscht, lässt mich kaum noch einen klaren Gedanken fassen. Ich will ihre Schreie hören, wenn ich ihnen mit meiner Magie die Augen herausbrenne, damit sie nie wieder eine Frau auf diese Weise anschauen.

Das ist die schlimmste Strafe, die das Schicksal sich für mich hätte ausdenken können … Ich muss dabei zusehen, wie meine Herrin allein einer Übermacht gegenübersteht. Ihr ist klar, dass sie nicht gewinnen kann. Selbst wenn es ihr gelänge, die drei Männer wie durch ein Wunder zu überwältigen, wird sie niemals heil aus der brennenden Stadt fliehen können. Sie wird sterben. Und sie weiß es. Dennoch hält sie den Kopf oben und den Rücken gerade und lässt sich nach außen hin ihre Angst nicht anmerken.

Trotz der Wut und Panik, die zu gleichen Teilen in meiner Brust toben, bin ich in diesem Augenblick unsagbar stolz auf sie.

Den Griff des Dolches fest umklammert weicht sie keinen Schritt zurück, als die Männer sich ihr grinsend und feixend nähern. Jeder anzügliche Blick, den sie an ihrem Körper auf- und abgleiten lassen, schürt in mir den Drang, die Eindringlinge auf der Stelle zu zerfetzen. Ich würde jeden Handel, jeden Pakt eingehen, um diese Möglichkeit zu erhalten. Doch ich kann nichts weiter tun als zuzusehen.

Ich war so lange an ihrer Seite, dass ich genau weiß, was sie in diesem Augenblick denkt. Sie will sterben, sucht bewusst den Tod im Kampf, denn die Alternative wäre für sie viel schlimmer. Als Prinzessin der Stadt gilt sie in den Augen der Eroberer als Trophäe. Sie würden sie zu einer Sklavin machen, sie erniedrigen und sich an ihr vergehen, wann immer ihnen der Sinn danach stünde. Lieber stirbt sie jetzt, als einem Leben in Unterdrückung entgegenzusehen.

Ich wünschte, sie hätte mich nicht zurückgeschickt. Ich wünschte, ich könnte in ihrer letzten Stunde Seite an Seite mit ihr kämpfen. Wir könnten den Krieg nicht gewinnen, aber ich würde jeden töten, der es auch nur wagt, ihr ein Haar zu krümmen.

Ein Teil von mir ist dankbar darüber, dass der Riss zwischen unseren Welten plötzlich verschwimmt und ich nicht weiter mit ansehen muss, was mit ihr geschieht. Ich wüsste nicht, was schlimmer ist: Ihren toten und womöglich geschändeten Körper vor mir zu sehen oder in ihre glanzlosen Augen schauen zu müssen, während sie in einem fernen Königreich auf

Knien den Boden schrubbt – der Blick leer nach endlosen Demütigungen und ohne jedwede Hoffnung auf Rettung.

Dennoch hämmere ich mit beiden Fäusten gegen die Barriere, die unsere Welten voneinander trennt, und schreie und schreie und schreie, bis meine Stimme versagt. Immer wieder rufe ich ihren Namen, flehe um Verzeihung und verfluche sie gleichzeitig dafür, dass sie mich fortgeschickt hat.

Ich versinke in Dunkelheit, die mich vergessen lässt, wer oder was ich bin. Die mir jegliches Gefühl für Raum und Zeit nimmt. Was bleibt, sind Erinnerungen und die Gewissheit, dass ich versagt habe. Ich habe sie im Stich gelassen, als sie mich am dringendsten gebraucht hat. Ich wechsele zwischen meinen Gestalten hin und her, bis ich selbst vergesse, wer oder was ich bin.

Von Zeit zu Zeit höre ich den Ruf eines Mediums, das meine Hilfe verlangt, und spüre das Ziehen, das von meinem Dasein Besitz ergreift und mich zurück in die Welt der Menschen holen will. Doch ich ignoriere jedes Rufen, denn kein Licht ist so strahlend wie das meiner Herrin, die ich vor langer Zeit verloren habe.

Und bis ich dieses Licht wiederfinde, werde ich in der Dunkelheit und im Exil bleiben.

KAPITEL 1

Felicity

Ich hasse den Sommer.

Ich hasse ihn aus tiefstem Herzen.

Die beste Lösung ist es, mich für die nächsten Monate irgendwo einzuschließen. Auf einer einsamen Insel oder so. Ganz weit weg, wo ich keine andere Menschenseele zu Gesicht bekommen muss.

Stöhnend lasse ich den Kopf auf die Theke vor mir sinken und ignoriere die Tatsache, dass meine Wange daran festklebt. Wenn ich die Augen ganz fest zukneife und mir vorstelle, ich wäre irgendwo in der Antarktis, bin ich für ein paar Sekunden schmerzfrei. Allerdings vergehen diese viel zu schnell, denn das Pulsieren im Kopf wird fast augenblicklich durch das hohe, einem Tinnitus ähnlichen Fiepen abgelöst, das sogar das Stimmengewirr um mich herum übertönt.

Ich hätte zu Hause bleiben sollen ... Warum habe ich mich auch nur von meiner besten Freundin dazu überreden lassen, heute ins Café zu kommen? Wahrscheinlich, weil ich Sehnsucht nach ihr hatte ... Sie ist so ziemlich der einzige Mensch auf dem Planeten, der ansatzweise Verständnis für mich hat. Ich habe sie schon seit fast einer Woche vernachlässigt, also habe ich meine Sachen geschnappt und bin in die Stadt gefahren. Wahrscheinlich hätte ich sie doch bitten sollen, zu mir zu kommen ... Denn diese verdammten Kopfschmerzen bringen mich noch um ...

»Hier«, sagt Katie, meine beste Freundin, und stellt einen großen Erdbeershake vor mir ab. »Als Wiedergutmachung. Geht aufs Haus.«

Ohne auf meine Reaktion zu warten, huscht sie weiter, um die Bestellung eines Gastes anzunehmen. Viele haben sich an einem tollen Tag wie heute im Café eingefunden und vertilgen riesige Eisbecher oder schlürfen mit ihren Freunden ein paar kühle Getränke.

Nur kurz verfolge ich Katie aus den Augenwinkeln. An den meisten anderen Bedienungen sehen die knallroten, nicht einmal knielangen Outfits mit den weißen Schürzen, die hier alle weiblichen Angestellten tragen müssen, lächerlich aus, aber nicht an Katie. Sie könnte einen blauen Müllsack angezogen haben und würde trotzdem alle Blicke auf sich ziehen. Ihre Haltung, ihre Bewegungen, ihr Lächeln – alles strotzt nur so vor Selbstbewusstsein. Und das kommt nicht von ungefähr. Katie ist im wahrsten Sinne des Wortes eine Erscheinung – dank ihrer Gabe; gemeinhin wird sie als »schöner Schein« bezeichnet und ist ziemlich weit verbreitet. Sie kann damit das Licht um sie herum brechen und ihre Gestalt auf diese Weise geringfügig verändern; jedenfalls hat sie mir das so erklärt. Dadurch sieht sie immer aus wie aus dem Ei gepellt, wobei sie auch ohne die Gabe dank ihrer blonden Haare, der leuchtend blauen Augen sowie der zierlichen Figur ein Hingucker wäre.

Ich hingegen bin zwar nicht hoffnungslos entstellt, aber ich besitze nicht diese Schönheit, die fremde Leute dazu veranlasst, sich auf der Straße nach mir umzudrehen. Durchschnittliche Statur und Größe – etwas zu klein vielleicht –, weiche Formen, straßenköterbraune Haare, die mir bis zur Mitte des Rückens reichen. Allerdings fehlt mir das Gespür für Mode und das Händchen für Frisuren, weshalb ich immer in bequemen Sachen und mit Pferdeschwanz unterwegs bin. Nur meine grünen Augen mit der dunkleren Umrandung um die Iris mag ich, aber auch sie lassen mich nicht aus der Masse herausstechen, denn um sie zu sehen, müsste man sehr nah an mich herankommen.

Und das ist etwas, was ich auf den Tod nicht ausstehen kann. Vor allem wenn es sich dabei um einen Jungen handelt. Selbst bei meinen beiden älteren Brüdern springt der Fluch, den ich in mir trage, an, sobald sie in meine persönliche Komfortzone eindringen. Dann sind die Kopfschmerzen – eine Mischung aus Hämmern, Pulsieren und dem Gefühl, dass ein glühender Nagel in meine Schläfen gerammt wird – nicht mehr auszuhalten.

Was würde ich nur dafür geben, auch wie Katie über den »schönen Schein« zu verfügen …? Nicht weil ich unbedingt anders aussehen will. Mir wäre jede verdammte Gabe recht, solange ich dadurch auf *meine* verzichten könnte.

Die verdient übrigens den Titel »Gabe« nicht im Geringsten; vielmehr ist sie ein Fluch. Ein nutzloser obendrein.

Ich hebe den Kopf, verziehe kurz den Mund, als es an der Wange ziept, und angele mit der Zunge nach dem Strohhalm des Shakes, während ich starr auf die unbesetzte Theke vor mir schaue. Wenn ich all die Menschen hinter mir nicht ansehe, sind die Kopfschmerzen auszuhalten. Doch ein nervöses Kribbeln im Nacken, gepaart mit dem verhassten Fiepen, sagt mir, dass wieder welche von *ihnen* hier sind. Das ist kein Wunder, schließlich sind sie überall, aber nur ich kann die Disharmonien sehen.

Katie kommt zurück und lässt sich auf dem Hocker neben mir nieder, wobei sie eine Strähne ihres blonden Haares aus der Stirn pustet. Immer in ihrer Nähe schwirrt eine Fee, die kleiner als meine Handfläche ist und einen so unaussprechlichen Namen besitzt, dass ich es aufgegeben habe, ihn korrekt wiedergeben zu wollen. Als sie bemerkt, dass ich sie anstarre, steckt mir die Kleine die Zunge heraus. Am liebsten würde ich sie dafür in dem Erdbeershake ertränken. Wir zwei kamen noch nie gut miteinander aus – sie ist ein schlimmerer Quälgeist als Tinkerbell –, aber sie ist nun mal Katies Familiar, ob ich sie nun leiden kann oder nicht. Im Grunde habe ich nichts gegen die Kleine; es ist vielmehr der Umstand, dass Katie einen Familiar besitzt, ich aber keinen habe.

»Wie läuft es bei der Jobsuche?«, fragt Katie und tut so, als hätte sie die Entgleisung ihrer Fee nicht bemerkt.

Missmutig stochere ich mit dem Strohhalm im Shake herum und murmele etwas Unverständliches. Noch ein Thema, um meine Laune langsam, aber sicher dem Nullpunkt entgegenschlittern zu lassen.

»Immer noch nicht besser?«

Ich zögere, schüttele dann aber den Kopf. Es bringt nichts, es vor ihr verheimlichen zu wollen, denn sie weiß, warum ich mich so schwertue. Hin und wieder jobbte ich hier im Café, zumindest so lange, bis mich Katies Chef hochkantig rausschmiss, weil ich zum wiederholten Male Getränke über Gäste gekippt hatte. Nicht absichtlich ... Na ja, es *war* absichtlich, aber ich hatte einen guten Grund! Nur leider will den niemand hören ...

»Brauchst du überhaupt einen Job?«, fragt Katie. »Ich meine, deine Eltern waren steinreich und deine Brüder sind so berühmt, dass sogar ich Poster von ihnen über dem Bett hängen habe.«

Ich verziehe angewidert den Mund. Das ist einer der Gründe, warum ich Katies Wohnung meide wie die Pest. Poster, auf denen meine Brüder mit blankem Oberkörper und Zahnpasta-Lächeln abgebildet sind, zählen nicht zu den Dingen, die ich ständig sehen muss. Mir reichen schon ihre angezogenen Varianten, vielen Dank.

Schnell verdränge ich den verstörenden Gedanken, was Katie beim Anblick der Poster wohl schon alles gemacht hat, und komme zum eigentlichen Thema zurück. »Ich *will* aber Geld verdienen«, halte ich dagegen und verschränke die Arme vor der Brust. »Am liebsten würde ich eher heute als morgen daheim ausziehen.«

Katie runzelt die Stirn. »Nimmst du es deinen Brüdern immer noch übel, dass sie dir verboten haben, einen Familiar zu bekommen?«

Mein Blick huscht zu ihrer Fee, bevor ich wieder geradeaus starre. Gefühlt *jeder* mit einem Fitzelchen Magie in sich besitzt einen verdammten Familiar! Nur ich nicht. Ich weiß bis heute nicht, warum sich meine Brüder so dagegen sträuben, und mittlerweile glaube ich, dass es keinen besonderen Grund dafür gibt, sondern sie mich einfach nur ärgern wollen. Oder weil sie mir klarmachen wollen, dass ich eben nur die kleine Schwester der berühmtesten Meister-Magier bin. Ich seufze innerlich über diese Gedanken. Nein, so sind meine Brüder nicht. Sicher, wir geraten öfter mal aneinander, aber welche Geschwister tun das nicht? Aus reiner Bosheit würden sie mir keinen Familiar verweigern, doch den wahren Grund kenne ich nicht.

»Nicht nur das«, sage ich auf Katies Frage hin. »Ich bin es so leid, mir jeden Tag ansehen zu müssen, zu was sie fähig sind, während ich …« Ich zucke hilflos mit den Schultern.

Meine beiden großen Brüder Zachary und Calvin sind die bekanntesten Meister-Magier unseres Landes. Es heißt, dass nur die Erwähnung ihrer Namen die abtrünnigen Magier, die wir auch gemeinhin kurz als »Abtrünnige« bezeichnen, vor Angst erzittern lassen. Die magischen Gaben meiner

Brüder sind so ausgeprägt und dadurch ihre Familiare so mächtig, dass es niemanden gibt, der es mit ihnen aufnehmen könnte. Egal, wie stark der Abtrünnige ist, der sich ihnen entgegenstellen würde, sie besiegen ihn. Ohne nennenswerte Probleme. Und so haushoch, dass die Zeitungen und sozialen Medien die nächsten Tage über von nichts anderem sprechen. Die Klatschpresse ist voll mit Interviews und exklusiven Fotos der beiden, die für ihre – vornehmlich weiblichen – Fans auch gerne mal mehr von sich preisgeben. In regelmäßigen Abständen erscheinen sogar ganze Ausgaben, die nur ihnen gewidmet sind. Inklusive lebensgroßem Sonderdruck meiner halb nackten Brüder. *Würg.*

Zac, der Älteste von uns dreien, vermag es, die Luft um sich herum so zu beeinflussen, dass er fliegen kann, und für einen gewissen Zeitraum funktioniert das auch bei anderen Menschen und Gegenständen. Wenn er einen besonders guten Tag hat, kann er sogar einen Tornado beschwören, aber dazu benötigt er sehr viel Kraft. Damit diese Kraft in seinem Körper nicht überhandnimmt und ihn von innen heraus zerstört, steht an seiner Seite ein Familiar, der das Gegenstück zu seiner Kraft darstellt. Terra ist ein Erd-Familiar und so mächtig, dass sie nicht nur zwei Gestalten beherrscht, sondern sogar Erdbeben verursachen kann. Vor allem wenn sie wütend ist. Was ziemlich oft vorkommt und unsere armen Gärtner reihenweise dazu veranlasst zu kündigen.

Cal, der Mittlere von uns, hat die Macht über Eis und Schnee; beides kann er nach Lust und Laune hervorrufen und nach seinem Willen formen. Du möchtest Schnee zu Weihnachten haben? Dann engagiere meinen Bruder für deinen Wohnort! Er kriegt das auf jeden Fall hin. Inklusive des sprechenden Schneemanns, wenn er besonders dick auftragen will.

Doch Macht ist ein zweiseitiges Schwert, wie es in unserer Familienchronik so schön heißt. Auf der einen Seite gibt es das Licht – die strahlende Magie meiner Brüder, mit der sie Großes vollbringen können –, auf der anderen Seite hat diese ausgeprägte Magie auch ihren Preis.

Um das Eis und die Kälte in Cals Körper einzudämmen, kam für ihn nichts anderes als ein Feuer-Familiar infrage: Lumia kann die Gestalt eines Phönix annehmen und ist dann buchstäblich Feuer und Flamme. Aber meistens laufen sie und Terra in ihren menschlichen Formen herum, die jedoch nicht weniger eindrucksvoll sind als ihre wahren Gestalten.

Ich wünschte, ich hätte auch einen so coolen Familiar ... Selbst mit einer so klitzekleinen Fee, wie Katie sie hat, würde ich mich mittlerweile zufriedengeben. Aber gar keinen? Das ist echt nicht fair! Nicht nur, dass ich über keine herausragende Magie verfüge, ich bekomme nicht einmal einen Familiar und bin somit in den Augen der anderen nichts weiter als ein gewöhnlicher Mensch ... Geht es noch erbärmlicher? Ich schätze, nicht.

»Kam denn mittlerweile mal eine Antwort von der Magier-Allianz?«, fragt Katie, während sie mit einem Handtuch nachlässig über die Theke wischt.

Ich schüttele den Kopf. »Sie ignorieren meine Briefe, E-Mails und Anrufe. Seit dem einen Brief, in dem sie mir klar und deutlich gesagt haben, dass ich unbedeutend bin, stellen sie auf Durchzug.«

Ja, okay, vielleicht habe ich es auch ein bisschen übertrieben. Die täglichen E-Mails hätten echt nicht sein müssen. Aber ich war verzweifelt, verdammt! Und anstatt nur zu jammern und die Schuld anderen in die Schuhe zu schieben, wollte ich die Sache selbst in die Hand nehmen und etwas erreichen. Ich bin die Einzige in der Familie, die nicht mit einer coolen Magie auftrumpfen kann und die noch nicht mal eine Einladung der Magier-Allianz zu den Prüfungen bekommen hat. Natürlich würde ich mit Pauken und Trompeten durch die Tests rasseln, aber darum geht es nicht! Vielmehr darum, dass ich ein Mal – nur ein einziges verdammtes Mal! – auch dazugehören und zumindest eine Chance haben will.

»Wie viel Zeit bleibt dir noch?«, will meine beste Freundin wissen.

Lustlos stochere ich mit dem Strohhalm im Milchshake herum. »Weniger als drei Monate.«

Nur noch drei Monate ... Da werde ich fünfundzwanzig und meine Chance, eine Meister-Magierin zu werden, ist dahin. Dann gehöre ich zum alten Eisen und kann mich gleich einsargen lassen. Mir muss dringend etwas einfallen, wie ich bis zur Deadline noch zu den Prüfungen zugelassen werden und sie bestehen kann! Doch ohne eigenen Familiar? Ausgeschlossen!

Seit vor gut einhundert Jahren die ersten Magiebegabten geboren wurden, gibt es einen regelrechten Hype auf alles, was mit Magiern zu tun hat. Jeder will einer sein, am besten noch ein Meister-Magier, aber dazu muss man die Prüfungen der Magier-Allianz bestehen. Und die sind nicht ohne, habe ich gehört, denn aus Erfahrung kann ich ja nicht reden ... Ja, auch ich wäre gern einer von ihnen. Schließlich gehört es in meiner Familie zum guten Ton, kraftvoll und berühmt zu sein. Dummerweise bin ich beides nicht. Ich bin nicht mal besonders intelligent und kann demnach keine hohe Laufbahn einschlagen. Im Grunde bin ich ein Totalausfall.

Doch bekannt und berühmt zu sein, hat nicht nur Vorzüge. Aufgrund der Bedrohung durch die abtrünnigen Magier, gehen viele Meister-Magier dazu über, nur noch maskiert und mit Decknamen in Erscheinung zu treten. Dennoch haben es meine Brüder schon vor Jahren aufgegeben, ihre wahre Identität zu schützen. An den Wochenenden werde ich regelmäßig von kreischenden Groupies geweckt, die unsere Villa belagern und um Autogramme der beiden betteln oder einen Blick auf sie erhaschen wollen, wenn sie gerade im Pool schwimmen. Dummerweise genießen meine Brüder die Aufmerksamkeit in vollen Zügen und denken gar nicht daran, Security oder so was einzustellen, um der Meute Herr zu werden. Sonntagmorgens um acht Uhr stehen Zac und Cal bereits grinsend vor dem Zaun, der unser Grundstück umgibt, schwingen die Signierstifte und lassen geduldig Selfies mit sich machen.

Aber ich schweife ab. Und nein, ich bin nicht neidisch darauf! Okay, vielleicht ein bisschen ...

»Und wenn du auf eigene Faust zum Medium gehst und um einen Familiar bittest?«, schlägt Katie vor.

Ich schnaube. Als ob ich daran nicht schon selbst gedacht hätte! Nicht nur einmal habe ich mir die Schuhe angezogen und nach der Jacke gegriffen, um das Medium aufzusuchen, das in der Nähe des Hafens lebt und für unsere Stadt zuständig ist, doch jedes Mal habe ich einen Rückzieher gemacht. Im Nachhinein fallen mir die Gründe dafür nicht mehr ein, aber ich habe es nie geschafft, einen Fuß über die Türschwelle zu setzen. Es war, als hätte sich aus dem Nichts eine unüberwindbare Mauer vor mir aufgetan.

Es gibt verschiedene Studien, die untersucht haben, wie viele Menschen tatsächlich Magie in sich tragen. Laut diesen Studien besitzt einer von hundert latente magische Kräfte, die jedoch nicht ausreichen, um einen Familiar zu bekommen. Einer von tausend hat genug in sich, um einen Familiar versorgen zu können. Einer von zehntausend verfügt über genügend Magie, um ein Meister-Magier werden zu können. Und einer von hunderttausend bekommt einen so mächtigen Familiar zugeteilt wie meine beiden Brüder.

Statistisch gesehen stehe ich also nicht allein da, dennoch kratzt es an dem kümmerlichen Rest des Selbstwertgefühls, das ich mir über die Jahre bewahrt habe.

Seufzend schiebe ich das leere Glas von mir. »Da ich keine herausragende magische Kraft habe, tauge ich nicht zu einem Meister-Magier. Vielleicht sollte ich auf die andere Seite wechseln und ein Abtrünniger werden«, murmele ich.

»Das würdest du nur machen, um deinen Brüdern eins auszuwischen«, sagt Katie mit einem Glucksen in der Stimme.

Ich nicke. »Wahrscheinlich. Aber das würde nicht ausreichen, um sie für die Schul-Sache von damals büßen zu lassen. Dafür muss ich mir noch etwas richtig Perfides ausdenken.«

Dass sie mir verboten haben, auf die Magier-Akademie zu gehen, war das Schlimmste, was sie mir je angetan haben. Es ist ja nicht so, dass ich gar keine Magie in mir habe! Da ist etwas ... Allerdings manifestiert es sich nicht in den Elementen wie bei meinen Brüdern oder in sonst etwas, was man sehen oder anfassen kann. Trotzdem ist es da! Aber egal, wie oft ich auch versuche, es Zac und Cal verständlich zu machen – mehr als ein mitleidiges Lächeln und ein paar halbherzig dahergesagte aufmunternde Worte haben sie nicht für mich übrig.

Katie klopft mir auf die Schulter, ehe sie sagt: »Ich sehe schon, du bist nicht in der Stimmung, um etwas mit mir unternehmen zu wollen. Dabei habe ich doch gleich Feierabend! Und nach einem Schwimmbadbesuch, um uns bei der Hitze etwas abzukühlen, muss ich dich erst recht nicht fragen.«

Ich schüttele so stark den Kopf, dass meine braunen Haare hin und her fliegen. Wenn es etwas gibt, was ich noch mehr hasse als den Sommer an sich, dann sind das Schwimmbäder und Umkleidekabinen. Jeder Ort, an dem ich leicht bekleidete Menschen sehen muss, löst bei mir sofort einen Fluchtinstinkt aus.

»Aber wie wäre es mit Kino?«, schlägt Katie vor. »Dieser neue Liebesfilm soll ganz gut sein.«

»Mich würde eher der Zombie-Film interessieren«, sage ich sofort.

Ein Kinobesuch liegt noch im Bereich des Möglichen – am besten zu unmenschlichen Uhrzeiten und dann ganz vorn in der ersten Reihe, wo so gut wie nie jemand sitzt.

Katie seufzt. »Von mir aus. Ich hole dich um halb sieben ab, in Ordnung? Aber irgendwann musst du deine Abneigung gegen alles, was mit Liebe zu tun hat, ablegen, sonst kriegst du nie einen Freund. Oder Freundin. Oder was auch immer.« Sie erhebt sich und zupft an dem kurzen Rock herum.

»Deswegen hast du mich hierherzitiert?«, frage ich entrüstet. »Um dich mit mir fürs Kino zu verabreden?«

Ich freue mich darüber, dass Katie etwas mit mir unternehmen will, aber das hätte sie mir auch als Nachricht schreiben können! Dafür hätte ich nicht extra in die Stadt gemusst ...

Katie mustert mich kurz, dann verzieht sie die vollen Lippen zu einem Lächeln. »Nein, nicht nur. Eigentlich wollte ich dir erzählen, dass ich jemanden getroffen habe, an den du dich vielleicht erinnerst.«

Im ersten Moment bin ich verwirrt. Bis auf Katie habe ich keine Freunde und mit den Leuten aus der Schulzeit habe ich nichts zu tun. Wen könnte sie also meinen?

Als es mir endlich dämmert, dass nur eine Person infrage kommen könnte, um sie so grinsen zu lassen, wird mein Mund staubtrocken. »Wen?«, hauche ich.

Sie beugt sich nach vorn und flüstert mir ins Ohr: »Justin Harper.«

Mein Herz macht einen Satz und ich schnappe nach Luft. Ich habe mir so sehr gewünscht, dass sie diesen Namen sagen würde, aber ich hätte nicht einmal im Traum damit gerechnet!

»Wo?«, will ich wissen.

Mehr als ein Wort am Stück bekomme ich nicht zustande; dafür dreht es sich in meinem Kopf zu sehr.

Mit einem wissenden Grinsen deutet Katie auf den hinteren Bereich des Cafés, dem ich bis eben keinerlei Beachtung geschenkt habe. Nur zögerlich folge ich dem Wink, entdecke seinen blonden Haarschopf jedoch sofort. Ein aufgeregtes Kribbeln breitet sich ausgehend vom Bauch im restlichen Körper aus. Ein Gefühl, das ich schon seit vielen Jahren nicht mehr gespürt habe und mich an Ort und Stelle erstarren lässt.

»Ich wollte erst abwarten, wie du heute drauf bist. An manchen Tagen stehst du völlig neben dir, aber gerade scheint es einigermaßen zu gehen. Also ... Willst du ihn nicht ansprechen?«, fragt Katie, als sie sieht, dass ich mich nicht vom Fleck rühre.

»Ich ... Was? Nein! Bist du verrückt?«, zische ich ihr zu.

Nicht in einhundert Millionen Jahren könnte ich genug Mut aufbringen, um hinüber zu seinem Tisch zu gehen und ihn aus heiterem Himmel anzusprechen! Schließlich habe ich während der ganzen Schulzeit nicht viel mehr als ein gekrächztes »Hi« ihm gegenüber herausgebracht. Und selbst danach musste ich mich fast vor Aufregung übergeben. Na schön, habe ich auch ... Zählt nicht gerade zu meinen ruhmreichsten Erinnerungen.

Ich reibe mir mit beiden Händen übers Gesicht. Herrgott, er hält mich bestimmt immer noch für einen Freak! Wenn er mich überhaupt erkennt, was ich stark bezweifele. Schließlich habe ich während meiner katastrophalen Schulzeit nahezu alles Erdenkliche dafür getan, um so unauffällig wie ein Schatten zu werden.

Katie rammt mir den Ellenbogen in die Seite. »Jetzt geh schon hin und sag Hallo wie ein zivilisierter Mensch! Er ist ohne Begleitung hier und hat sich nur einen Kaffee bestellt. Allerdings drückt er schon seit fast zwei Stunden auf seinem Handy herum. Das ist deine Chance!«

Chance? Es wäre mein Untergang! Wenn er mich ansehen und nicht erkennen würde ... Oder wenn ich mich wieder übergeben müsste! Ich würde vor Scham im Boden versinken! Nein, dann könnte ich mir wohl gleich die Kugel geben.

Als ich zur Seite blicke, um Katie zu sagen, dass ich auf keinen Fall zu Justins Tisch gehen werde, ist sie verschwunden. Suchend huscht mein Blick durch das Café, während ich mit aller Kraft die aufflammenden Kopfschmerzen niederkämpfe, die mich sofort befallen, wenn ich eines der ungleichen Pärchen flüchtig ansehe. Als ich Katie entdecke, verschlucke ich mich fast an der eigenen Spucke. O nein, das macht sie nicht wirklich! Oder?! *Bitte, lass sie das nicht wirklich machen!*

Sie steht leicht über Justins Tisch gebeugt, während sie lächelnd mit ihm redet. Natürlich kann ich nicht hören, was sie sagt, aber die Handbewegung, die sie in meine Richtung macht, ist Hinweis genug, dass es sich bei dem Gespräch um mich dreht.

Man möge mir eine Schaufel reichen, damit ich mir hier und jetzt mein eigenes Grab buddeln kann.

Hastig greife ich nach Jacke und Handtasche und will so schnell wie möglich aus dem Café verschwinden, doch Katie steht bereits wieder neben mir, hakt sich unter und zerrt mich zu Justins Tisch. Dabei ignoriert sie geflissentlich meine Stolper-Aussetzer und die gezischten Verwünschungen, die ich ihr an den Kopf werfe, wenn sie mich nicht augenblicklich loslässt. Hier im hinteren Bereich ist es so voll und stickig, dass mich der misstönende Klang, den ich in Gegenwart von vielen Menschen höre, schier um den Verstand bringt.

»Ich will nicht!«, murre ich leise und versuche mich von ihr loszumachen. Leider ohne Erfolg.

»Du erinnerst dich bestimmt an meine Freundin Felicity, oder, Justin?«, fragt sie liebenswürdig, als wir den Tisch erreicht haben.

Mein Hals ist wie zugeschnürt und ich befürchte, dass ich mich jede Sekunde auf meine Schuhe übergeben muss. Nur Justins himmelblaue Augen bewahren mich davor, völlig die Nerven zu verlieren. Sie sind so klar und hell, dass ich am liebsten darin versinken würde. Mein Herz macht einen Satz, als sich sein Blick auf mich legt. *Atmen, Feli! Und am besten den Mund geschlossen lassen, sicher ist sicher.*

Ein freundliches, aber distanziertes Lächeln umspielt Justins Mund. »Natürlich erinnere ich mich an Ferdinande«, sagt er und reicht mir die Hand.

»Felicity«, verbessert Katie ihn, weil ich keinen Ton herausbekomme. Kann es sein, dass ich meine Zunge verschluckt habe?

»Felicity«, spricht ihr Justin schnell nach und überspielt so seinen Patzer. Da ich sie nicht ergreife, lässt er die Hand sinken, lächelt mich aber weiter an. »Schönes Wetter heute, nicht wahr?«

»Ja, ich mich auch«, antworte ich stockend.

Katie haut sich mit der freien Hand vor die Stirn und murmelt etwas, was ich lieber nicht genau verstehen will.

»Ich ... ich meine«, versuche ich es erneut, »du siehst auch toll aus.«

Verdammt, was rede ich da eigentlich? Wie war die Frage noch mal?

Justins schönes Gesicht nimmt einen mitleidigen Ausdruck an. Okay, das war's! Ich bin erledigt. Am besten wäre es, wenn ich in die Antarktis auswandere und mich dort auf einer einsamen Scholle einquartiere, wo ich nie wieder einem anderen Menschen über den Weg laufen muss ... Dann treibe ich aufs Meer hinaus und sterbe dort und niemand wird mich je vermissen.

»Bleibst du noch länger in der Stadt?«, fragt Katie.

Justin konzentriert sich auf sie und nickt. »Für zwei Wochen – dank meiner neuen Arbeitsstelle.«

Er neigt den Kopf, als würde er über etwas nachdenken. O Gott, er sieht so verdammt gut aus! Und so intelligent, wenn er den Kopf auf diese Weise neigt. Ich muss mich dazu zwingen, nicht zu sabbern, und mich stattdessen auf die Worte konzentrieren, die seinen Mund verlassen, damit ich mich nicht noch mehr blamiere als bereits geschehen.

»In fünf Tagen gebe ich eine Party, um meinen Job zu feiern und die neuen Kollegen kennenzulernen. Wollt ihr nicht auch kommen? Schließlich kennen wir uns ja von früher. Ein paar andere aus der Abschlussklasse sind auch da. Wir könnten es als eine Art inoffizielle Klassenfeier ansehen.«

Sein Blick huscht kurz zu mir, dann wendet er sich wieder Katie zu, die für uns beide antwortet.

»Das ist aber nett«, höre ich meine beste Freundin sagen. »Wir kommen natürlich sehr gerne!«

Justin grinst. »Gibst du mir deine Nummer? Dann schicke ich dir Datum und Ort als Nachricht.«

Natürlich stellt er Katie diese Frage, nicht mir. Wahrscheinlich denkt er, dass ich im Moment nicht in der Lage wäre, meinen eigenen Namen auszusprechen, geschweige denn die Telefonnummer aus dem Gedächtnis wiederzugeben. Und dummerweise hat er recht damit. Katie setzt ihr strahlendstes Lächeln auf und nennt Justin ihre Nummer, die er schnell auf die Serviette kritzelt. Dann verabschieden sie sich voneinander und Katie zerrt mich hinter sich her zurück zum Tresen.

»Was war das denn gerade?«, fragt sie, nachdem ich mich seufzend auf dem Barhocker niedergelassen habe. »Hast du dein Gehirn im Milchshake versenkt, als ich dich abgeholt habe?«

Ich ziehe mit dem Zeigefinger imaginäre Linien auf dem klebrigen Tresen nach und weiche dadurch ihrem stechenden Blick aus. »Nein«, nuschele ich. »Du weißt ganz genau, dass ich mich in Gegenwart von anderen nicht so wohlfühle. Du hast mich ... überfordert.«

Sie macht eine wegwerfende Handbewegung. »Egal, ist nun nicht mehr zu ändern. Aber immerhin haben wir eine Einladung zu seiner Party. Da will ich mehr Einsatz von dir sehen, hast du gehört, Feli? Einsatz! Du wirst dir etwas Nettes anziehen, das dir nicht bis zum Kinn reicht und sämtliche Haut bedeckt, dir etwas Farbe ins Gesicht hauen, lächeln und vor allem zuhören. *Zuhören!* Klar so weit?«

»Glasklar«, murmele ich und senke den Blick. »Auf den Schock brauche ich dringend frische Luft. Willst du mitkommen?«

Doch Katie schüttelt den Kopf. »Ich muss wieder an die Arbeit, gut eine Stunde habe ich noch vor mir. Wir sehen uns heute Abend und gehen gemeinsam ins Kino.«

Ich will protestieren, hebe aber die Hand und nicke. Sie muss arbeiten und kann sich nicht die ganze Zeit über mit mir unterhalten. Ich schaue auf meine Füße, als ich mir einen Weg aus dem überfüllten Café bahne. Um diese Uhrzeit sind bereits viele Gäste da; einige Familiare, die die Gestalt von Hunden oder Katzen angenommen haben, liegen neben den Tischen. Ich schlage den

Kragen meiner Jacke hoch, die eigentlich viel zu dick für diese Jahreszeit ist, und verlasse das Gebäude, ohne mit jemandem Blickkontakt aufzunehmen.

***

Draußen winke ich mir sofort ein Taxi herbei, das mich schnurstracks nach Hause fahren soll. Ich habe Glück: Im selben Moment, als ich die Hand hebe, hält bereits ein Wagen vor mir, ohne dass ich länger als ein paar Sekunden inmitten fremder Menschen zubringen muss.

Als ich dem Fahrer meine Adresse nenne, dreht er sich im Sitz zu mir um und zieht eine Augenbraue hoch, nachdem er mich gemustert hat. »Gehören Sie auch zu den Fans von *Ice King* und *Air Master*?«

Ich verdrehe die Augen. Erwähnte ich schon, dass meine Brüder die Ausgeburten der Bescheidenheit sind? Und ja, ihre Magier-Namen haben sie sich selbst gegeben. Wie viele Groupies der Taxifahrer wohl schon zu unserem Haus gefahren hat? Es wundert mich, dass die Villa noch nicht ein Haltepunkt auf der Stadtrundfahrt ist und sie die kreischenden Meuten mit Doppeldeckerbussen zu uns karren …

Der Fahrer schaut wieder nach vorn und lässt den Motor an, bevor er sich in den fließenden Verkehr einfädelt.

»Meine Tochter spricht von kaum etwas anderem als den beiden bekanntesten Meister-Magiern, die es zurzeit gibt«, redet er weiter. Ich wünschte, er würde den Mund halten. »Haben Sie den Kampf gegen *Dead Sniper* verfolgt? Bestimmt haben Sie das, der wurde schließlich tagelang in den Nachrichten gezeigt und sogar live im Internet übertragen. Das war ein Kampf! Hab selten so was Episches gesehen!«

Er plappert noch weiter, doch ich lehne den Kopf gegen die kühle Fensterscheibe und versuche keines seiner Worte wahrzunehmen.

Meine Brüder sind toll. Sie sind sogar mehr als toll. Das, was sie leisten, ist großartig. Nur mich … Mich kennt niemand, und ich habe es satt, weiterhin in unserer Villa zu wohnen, ohne selbst etwas beitragen zu können. Ich *will* arbeiten oder eine Meister-Magierin werden oder irgendetwas mit meinem Leben anfangen, aber ich habe das Gefühl, dass ich nicht über die endlosen

Steine auf meinem Weg klettern kann. Der erste Schritt wäre, zu Hause auszuziehen, damit ich nicht ständig meine in jeder Hinsicht perfekten Brüder vor der Nase habe. Vielleicht könnte ich dadurch etwas Abstand gewinnen und mich darauf konzentrieren, was ich will und schaffen kann.

Aber wohin sollte ich? Und womit soll ich meinen Lebensunterhalt bestreiten? Ich könnte einfach etwas von dem Erbe meiner Eltern nehmen und verschwinden. Doch was dann? Wie lange würde ich durchhalten? Auf keinen Fall will ich wieder angekrochen kommen ... Manchmal verfluche ich meinen verdammten Stolz.

Abgesehen davon haben mir meine Brüder verboten, die Stadt zu verlassen, weil sie »da draußen« nicht mehr auf ihre kleine Schwester aufpassen könnten. Weil sie sich nie die Mühe gemacht haben, ihre wahren Identitäten geheim zu halten, wäre es theoretisch denkbar, dass abtrünnige Magier, die sich den dunklen Mächten verschrieben und noch ein Hühnchen mit meinen Brüdern zu rupfen haben, versuchen könnten, über mich an sie heranzukommen. Viele Fragezeichen, ich weiß, aber irgendetwas darüber hinaus lässt mich zögern. Wenn es wirklich jemand auf mich abgesehen hätte, gäbe es nichts, womit ich mich wehren könnte. Ich wäre die klassische Jungfrau in Nöten – und das meine ich durchaus wörtlich –, die auf die Hilfe ihrer ach so tollen Brüder angewiesen wäre, die mal wieder den Tag retten müssten.

Ich liebe meine Brüder – auch wenn ich ihnen in regelmäßigen Abständen die Hälse umdrehen möchte – und sie lieben mich. Sie vergöttern mich sogar regelrecht, und wenn sie könnten, würden sie mich in mehrere Lagen Watte packen und irgendwo hinter Stahltüren einschließen, um mich vor jedweder Gefahr zu schützen. Wir halten zusammen wie Pech und Schwefel, vor allem, seit unsere Eltern gestorben sind. Doch jedes Mal, wenn sie ausziehen, um den Tag, die Stadt oder die ganze Welt zu retten, bleibe ich zurück und sehe ihnen nach. Nie weiß ich, ob sie zurückkommen werden. Ich kann nichts weiter tun als zu hoffen.

So gern würde ich einen Beitrag leisten, doch ich verfüge über keine Magie, die in einem epischen Kampf gegen einen Abtrünnigen etwas nützen würde.

Ich bin dazu verdammt, das nutzlose schwarze Schaf unserer Familie zu sein und ewig im Schatten meiner Brüder stehen zu müssen ...

KAPITEL 2

Felicity

Als das Taxi endlich vor unserer Villa hält, beeile ich mich, den Fahrer zu bezahlen und auszusteigen, bevor er mich erneut etwas fragen kann. Lauter als nötig werfe ich die Autotür hinter mir zu, schiebe die Hände in die Hosentaschen und stapfe auf den hohen Zaun zu, der unser weitläufiges Grundstück umgibt. Wenigstens wartet heute keine Horde Groupies vor dem Tor. Ich lege die Hand auf das Schloss; der Mechanismus gibt ein Piepsen von sich und das Tor öffnet sich automatisch im nächsten Augenblick.

Schon von Weitem sehe ich Lumias Feuerschein im hinteren Bereich des Gartens. Hoffentlich verbrennt sie nicht wieder sämtliche Pflanzen … Ich habe ihr und Cal schon hundertmal gesagt, dass sie in der Halle trainieren sollen … Aber wie immer hört niemand auf mich. Ich möchte nicht in der Haut unserer drei Gärtner stecken, die alles wieder auf Vordermann bringen müssen, nachdem Lumia jeden Grashalm zu Asche versengt hat. Kurz darauf spüre ich Cals Eismagie, die mir eine Gänsehaut beschert. Ein heftiger Windstoß trägt die Kälte seiner Kraft zu mir herüber und ich ziehe schnell die Jacke enger um mich. Ich verspüre keine Lust, den beiden beim Training zuzusehen, denn das würde mir nur wieder unter die Nase reiben, wozu ich nicht fähig bin und niemals fähig sein werde, deshalb schlage ich den Weg zum Haus ein.

Als ich weiterlaufe, komme ich am Pool vorbei, der links von unserer Villa angelegt ist.

»Hey Feli!«, ruft mein ältester Bruder Zac von einer der Liegen aus und winkt mir zu. »Wie war es in der Stadt?«

Nur flüchtig werfe ich einen Blick auf ihn und seinen Familiar. Terra steht viel zu nah neben ihm … Reibt sie ihn gerade mit Sonnencreme ein?

Die Disharmonie, die ihr Pulsieren ausstrahlt, verursacht mir sofort Kopfweh, und ich muss die Zähne zusammenbeißen, um einen Schmerzenslaut zu unterdrücken. Schnell hebe ich die Hand als Zeichen, dass ich ihn gehört habe, eile ins Haus und anschließend die Treppen in den ersten Stock hinauf.

Als ich in meinem Zimmer angekommen bin, kicke ich die Schuhe von den Füßen, streife die Jacke ab und werfe mich mit einem durch das Kissen abgedämpften *Uffz!* bäuchlings aufs Bett.

Eine tolle *Gabe* habe ich da ... Sogar der Anblick meines Bruders und seines Familiars verursacht mir Kopfschmerzen, dabei ist es doch logisch, dass die beiden keine Seelenpartner sein können. Ich meine, immerhin ist sie ein Familiar, eine Ansammlung von Energie und noch dazu ein Wesen aus einer anderen Welt. Warum sie überhaupt ein Glimmen abgibt, ist mir schleierhaft. Bei Katies Fee kann ich nichts wahrnehmen, aber wahrscheinlich sind die Familiare meiner Brüder stark genug, um ein Glimmen – und somit ein Herz im herkömmlichen Sinne – zu besitzen.

Jedes Herz – egal, ob es sich dabei um das eines Menschen mit oder ohne Magiebegabung handelt – strahlt ein einzigartiges Glimmen aus, das in einem von Herz zu Herz unterschiedlichen Abstand pulsiert. Farbe und Bewegung sind bei jedem Menschen anders; nur bei Seelenpartnern ist beides exakt gleich.

Ich kann dieses Glimmen und Pulsieren sehen. Es ist kein richtiges Licht, sodass es durch Kleidung verdeckt werden kann, doch jetzt im Sommer werde ich ständig damit konfrontiert. Das allein wäre noch kein Problem, aber wenn zwei Menschen ein Paar sind oder auch nur nah beieinanderstehen, deren Glimmen und Pulsieren nicht gleich ist, erzeugt das für mich eine solche Disharmonie, dass ich manchmal glaube, mein Kopf könnte vor Schmerz jeden Moment bersten.

Ich reagiere darauf, sobald tief greifende Gefühle im Spiel sind. Bloße Freundschaft verkrafte ich noch, aber alles, was darüber hinausgeht, wird für mich zur Tortur. Selbst platonische Geschwisterliebe wird mir zum Verhängnis, sodass ich nicht einmal längere Zeit neben meinen eigenen Brüdern stehen kann.

Es bereitet mir körperliche Schmerzen, völlig unterschiedliche Herzen gemeinsam auf engstem Raum sehen zu müssen. Im Gedränge der Innenstadt ist es besonders schlimm. Oder überall, wo sich Verliebte aufhalten.

Die meisten ihrer Herzen stoßen sich gegenseitig ab, versuchen verzweifelt voneinander wegzukommen, aber niemand außer mir bemerkt es.

Manchmal habe ich sogar das Gefühl, als würden die Herzen um Hilfe schreien, weil ihre Menschen zu dumm sind, um selbst zu bemerken, wie *falsch* ihr Partner für sie ist. Die Disharmonie bei Menschen, die nah zusammenstehen, ist das erste Warnzeichen und nicht ganz so schmerzhaft, als wenn es sich um ein Paar mit tiefer greifenden Gefühlen als bloße Freundschaft füreinander handelt. Es ist nervig, aber auszuhalten, wenn ich mich auf etwas anderes konzentriere. Doch wenn Gefühle im Spiel sind – ganz gleich, wie stark diese sein mögen, ein freundschaftliches Verhältnis reicht bereits aus –, wird es nahezu unerträglich für mich.

Leider ist das keine Seltenheit, ganz im Gegenteil: Mir sind nur eine Handvoll Paare begegnet, deren Glimmen absolut synchron war. Bis an mein Lebensende werde ich nicht das alte Paar im Park vergessen, das Händchen haltend auf der Bank saß und den Sonnenuntergang beobachtete. Niemals zuvor habe ich eine solche Zufriedenheit in mir gespürt. Ich hätte ewig dort stehen und die beiden einfach nur beobachten können. Der Anblick aller disharmonischen Pärchen wird für mich jedoch zu einer Tortur, ganz gleich, wie glücklich sie sich nach außen hin geben. Ich sehe die Wahrheit. Sie mögen zwar glauben, dass sie glücklich sind, aber ihre Herzen sind anderer Meinung, denn sie suchen nach ihrer anderen Hälfte, die definitiv nicht neben ihnen steht.

Vor allem meine Zeit auf der weiterführenden Schule für Menschen ohne magische Begabung war die Hölle. Da ich über keine Magie verfüge, die sich nach außen hin in einer Form manifestiert – wie beispielsweise bei Cal, der Eis und Schnee hervorrufen kann, wann immer ihm danach ist –, waren meine Brüder der Meinung, dass es absolut ausreichen würde, mich auf eine gewöhnliche Schule zu schicken anstatt auf die Magie-Akademie, ein Internat für Magiebegabte und quasi *die* Eliteschule für alle angehenden Meister-Magier.

Dafür hasse ich meine Brüder heute noch. Abgesehen von der Schmach, als Einzige unserer Familie je eine solche Schule von innen gesehen zu haben, grenzte es an körperliche Folter, wenn ich durch die Gänge laufen musste, während die anderen Schüler knutschend und fummelnd in den Ecken standen. Nie, nicht ein einziges Mal, passte ihr Glimmen zueinander. Von allen Seiten prasselten die Disharmonien auf mich ein, bis ich kurz davorstand, mich vor Schmerzen auf dem Boden zu krümmen. Im Winter wurde es etwas besser, weil dann auch die Schulschlampen meistens keinen Ausschnitt bis zum Bauchnabel trugen und ihren neuesten Opfern in jeder Pause die Kleidung vom Leib rissen.

Es gab nur einen Lichtblick während der Schulzeit: Justin Harper. Ich schwärmte seit dem ersten Tag dort für ihn, doch leider beachtete er mich nie und ich war zu schüchtern, um ihn anzusprechen, bis auf ein dämliches »Hi«, als ich fast auf dem Schulflur in ihn reingerannt wäre. Schließlich war ich als Freak verschrien, weil ich mich stets aus allem raus- und von Partys fernhielt. Immer noch glaube ich fest daran, dass Justins Glimmen zu meinem passen muss, aber seit unserem Abschluss vor sechs Jahren habe ich ihn nicht mehr gesehen. Bis heute. Und – o Mann! – er sah noch heißer aus, als ich ihn in Erinnerung hatte. Wie es ihm wohl seit unserem Abschluss ergangen ist? Bestimmt hat er irgendwo studiert und arbeitet nun in einem bekannten Unternehmen. Ich brenne darauf, ihn auf der Party wiederzusehen, obwohl ich mich wahrscheinlich wieder wie der letzte Trottel aufführen werde. Aber ihm noch einmal gegenüberzustehen und von ihm angelächelt zu werden, ist es auf jeden Fall wert! Hoffentlich ist er nicht verheiratet … Trug er einen Ehering? Mist, darauf habe ich nicht geachtet, weil ich viel zu sehr damit beschäftigt war, nicht zu hyperventilieren …

Dank meiner »tollen« *Gabe* beschränken sich meine Erfahrungen mit dem anderen Geschlecht darauf, was ich in Büchern gelesen oder in Filmen gesehen habe, aber das ist nicht weiter schlimm. Nahezu alles, was auch nur im Entferntesten mit Liebe zu tun hat, schreckt mich ab. Ich werde vor allem im Sommer den ganzen Tag damit konfrontiert, dass es so was wie die wahre Liebe nur in sehr, sehr, *sehr* wenigen Fällen tatsächlich gibt. Keine Ahnung, warum die meisten Menschen trotzdem so versessen darauf sind und es kaum ein Buch, einen Film oder sonst etwas gibt, wo Liebe keine Rolle spielt ... Deshalb mag ich Splatter- oder Zombie-Movies. Da sterben wenigstens alle, auch die ach so Verliebten. Meistens müssen die sogar zuerst dran glauben.

Ein Klopfen an der Tür reißt mich aus den Gedanken.

»Ja?«, rufe ich halb ins Kissen.

Lumia steckt den Kopf herein. »Störe ich dich?«

Ich setze mich auf. »Sehe ich so aus, als würdest du mich bei irgendwas stören?«

Sie betritt mein Zimmer und schließt die Tür hinter sich. Danach bleibt sie mitten im Raum stehen und wickelt sich eine Strähne ihres roten Haares um den Zeigefinger.

Als Familiar besitzt Lumia mehrere Erscheinungsformen: Zuerst wäre da ihre wahre Gestalt, die in ihrem Fall einen stets brennenden Phönix darstellt. Sobald ein Familiar einen Pakt mit einem Magiebegabten eingeht, erhält er außerdem eine weitere Form, um sich besser in unserer Welt bewegen zu können. Bei sehr mächtigen Magiern wie meinen Brüdern ist auch die zweite Gestalt ihrer Familiare etwas Besonderes, denn sie sehen fast so aus wie Menschen. Aber eben nur fast, denn auch in dieser Form würde jeder, der ihr gegenübersteht, sofort wissen, dass Lumia kein Mensch ist; spätestens, wenn er in ihre Augen schauen würde, in denen ein unablässiges Feuer tanzt. Im wahrsten Sinne des Wortes; ihre Iriden lodern in allen möglichen Rot-, Orange- und Gelbschattierungen.

Katies Familiar, die kleine Fee, besitzt jedoch keine andere Form als ihre ursprüngliche, da Katie über keine besonderen Fähigkeiten verfügt. Allgemein treten die Familiare in unserer Welt eher unscheinbar als Haustiere oder kleinere Begleiter in Erscheinung. Lumia und Terra bilden da eine Ausnahme, was nur noch mehr die Macht meiner Brüder hervorhebt.

Ist das nicht ätzend?

Auch wenn sie vielleicht so aussieht, ist Lumia keine Frau. Familiare sind empfindsame Wesen, aber sie verfügen nicht über die gleichen Gefühle wie wir Menschen. Sie sind eine Ansammlung von Elementarenergie und normalerweise leben sie in einer eigenen Welt. Nur dank eines Pakts mit einem Magiebegabten können sie in unsere Welt wechseln. Warum sie das überhaupt tun, weiß ich nicht. Ist mir auch egal, schließlich besitze ich keinen Familiar, deshalb versuche ich auch, mir so wenig Gedanken wie möglich über sie zu machen.

Lumias jetzige Erscheinung mag zwar darüber hinwegtäuschen, aber weder sie noch Terra sind Menschen, auch wenn sie durchaus zu menschlichen Handlungen fähig sind – mit fast allem, was dazugehört. Und ja, leider weiß ich das genau. Seitdem habe ich mir abgewöhnt, ohne Anklopfen in fremde Zimmer zu platzen. Wie genau sie sich von uns unterscheiden, weiß ich nicht, aber ich bin mir sicher, dass tiefer gehende Gefühle ein Fremdwort für Familiare sind.

Lumia kommt zu mir und setzt sich in einigem Abstand auf die Bettkante. »Deine Brüder machen sich Sorgen um dich.«

Ich schnaube und schaue demonstrativ an ihr vorbei. »Es ist Sommer. Da geht es mir immer mies. Das sollten sie mittlerweile wissen.«

Schließlich ist das bereits der zehnte Sommer, den ich mit meiner Gabe durchleben muss. Das erste Mal sah ich das Glimmen mit vierzehn. Auch bei meinen Brüdern manifestierten sich ihre Kräfte während der Pubertät, das ist ganz normal. Sie sind beide älter als ich und waren demnach früher dran. Ich hoffte während all der Zeit, dass ich später auch etwas Cooles könnte. Die Macht über das Feuer besitzen, zum Beispiel. Und dann sah ich dieses nervige Glimmen ... Keine Flammen, die aus den Fingerspitzen schossen. Keine Flutwellen, die ich kontrollieren konnte. Nicht einmal Gedankenlesen war drin!

An denjenigen, der die magischen Gaben verteilt – vielen Dank auch!

»Weißt du ...« Lumia beißt sich auf die Unterlippe. »Es ist ungewöhnlich für eine junge Frau wie dich, dass sie keinerlei Interesse an ... zwischenmenschlichen Beziehungen hat.«

Ich springe vom Bett auf und hebe beide Hände. »*Wohohow*, was wird das? Ich werde mit Sicherheit nicht mit einem Familiar über solche Themen reden! Das geht sowohl dich als auch meine Brüder überhaupt nichts an.«

»Ich wollte dir nicht zu nahe treten, Felicity«, sagt Lumia begütigend. »Wir dachten nur, dass ...«

»Nein, ihr habt überhaupt nicht *gedacht*«, unterbreche ich sie. »Mit mir ist alles in Ordnung. Ich brauche weder die sogenannte Sorge meiner Brüder noch Beziehungstipps eines Familiars, der nicht einmal weiß, wie man Liebe buchstabiert.«

»Auch wir Familiare haben Gefühle, die über das Körperliche hinausgehen«, verteidigt sich Lumia, zieht dabei die Nase kraus und lässt die unzähligen kleinen Sommersprossen über dem Nasenrücken tanzen. »Wir können sehr wohl etwas empfinden, wenn wir ...«

Wie auf Befehl ertönen aus dem Nebenzimmer sehr eindeutige Geräusche, die zweifelsfrei Zac und Terra zuzuordnen sind. Ich verschränke die Arme vor der Brust und schaue Lumia abwartend an, doch sie weicht meinem Blick aus.

Empfindungen, ja klar! Dass ich nicht lache!

Wer kam eigentlich auf die glorreiche Idee, die verdammte Villa mit papierdünnen Wänden auszustatten, durch die man sogar eine Maus niesen hören kann? Und warum treiben sie es nicht in Zacs oder Terras Zimmer? Neben meinem liegt ein Gästezimmer. Wahrscheinlich haben sie es mal wieder nicht bis ans Ende des Korridors geschafft ...

Aber ich kann meinen Brüdern keinen Vorwurf machen. Abgesehen von dem mehr als ansprechenden Äußeren von Lumia und Terra ist da noch der Umstand, dass ein Magiebegabter mit seinem Familiar eine sehr tiefe Bindung eingeht, deren Umfang ich ohne eigenen Familiar niemals verstehen werde. Ich sehe es selbst bei Katie und ihrer Fee, auch wenn es sich bei der Beziehung der beiden um nichts Zwischenmenschliches handelt wie bei meinen Brüdern. Zac und Cal wuchsen seit der Pubertät mit Terra und Lumia auf und teilten ihre Magie mit ihnen. Sie waren pausenlos zusammen und kennen einander in- und auswendig. Ihre Gefühle, ihre Macken, ihre Magie und noch einiges mehr, was ich am liebsten nie erfahren hätte. Doch dank der Papierwände habe ich in den letzten Jahren weit mehr mitgekriegt, als ich je werde verarbeiten können ... Vielleicht ist das aber auch allgemein so, wenn man einen sehr starken Familiar besitzt, dass man ... Was weiß ich!

Denn genau das macht die Bindung zwischen einem Magiebegabten und seinem Familiar aus: Es ist ein Geben und Nehmen. Und bei manchen entsteht *mehr.* Ich habe im Grunde auch nichts dagegen – meine Brüder können und sollen machen, was und mit wem sie wollen –, wäre da nicht die Disharmonie, die ihr Glimmen ausstrahlt. Aber auch das hat mich nicht zu interessieren.

Ein Grund mehr, warum ich hier ausziehen sollte ... Auch, um so megapeinlichen Gesprächen mit Lumia entgehen zu können.

Ich eile zur Tür und öffne sie. »Wenn das dann alles wäre ... Ich habe nachher noch was vor und will etwas Schlaf nachholen.«

Lumia versteht den Wink mit dem Zaunpfahl. Als sie neben mir steht, fragt sie: »Unter uns beiden, wie schlimm ist es wirklich bei dir? Werden die Schmerzen stärker?«

Ich presse die Lippen zu einem schmalen Strich zusammen, nicke aber knapp. Vielleicht bilde ich es mir nur ein, aber ich habe das Gefühl, als würden die Kopfschmerzen mit jedem Mal und von Jahr zu Jahr heftiger werden. Es ist jedoch auch möglich, dass ich einfach empfindlicher werde, schließlich gibt es keine Messskala für so etwas Sinnloses wie meine Gabe.

Der Feuer-Familiar greift nach meiner Hand; ihre ist so warm, dass es schon fast unangenehm ist. »Ich rede mit Cal«, sagt sie. »Du brauchst einen Familiar. Dringend.«

Ruckartig ziehe ich die Hand zurück. »Meine Brüder sind dagegen, dass ich einen Pakt schließe.« Ich zucke mit den Schultern und wiederhole gebetsmühlenartig das, was ich seit zehn Jahren von ihnen zu hören bekomme. »Was sollte ich schon mit einem Familiar anfangen? Wahrscheinlich gibt es nicht einmal einen, der das Gegenstück zu meiner Gabe darstellen würde.«

Lumia schüttelt den Kopf. »Es gibt so viele unterschiedliche Familiare. Ich bin sicher, dass es auch den passenden für dich gibt. Das Medium würde ihn finden. Sie hat auch mich und Terra gefunden, und keine von uns könnte sich einen besseren Magier wünschen. Cal und Zac versorgen uns mit der gegensätzlichen Magie, die uns am Leben erhält und uns bestärkt.«

»Ich habe keine Magie, mit der ich einen Familiar versorgen könnte«, sage ich und schaffe es nicht, die Melancholie aus der Stimme zu verbannen.

»Ich werde trotzdem mit Cal reden«, sagt Lumia. »Vielleicht ändert er seine Meinung.«

Ich verziehe nur den Mund und spare mir eine Antwort. Ich habe fast zehn Jahre lang versucht, die Meinung meiner Brüder zu ändern, und bin jedes Mal kläglich gescheitert. Bis heute weiß ich nicht, warum sie sich so dagegen sträuben, dass ich einen Pakt schließe, aber mit jeder ihrer Weigerungen fühlte ich mich mehr und mehr wie eine Versagerin.

Nahezu magielos, ohne Familiar und ohne nennenswerte Gabe.

»Ich werde tun, was ich kann«, verspricht Lumia. »Ich finde ganz sicher einen Weg.«

Ich öffne die Tür ein Stück weiter und gebe ihr damit zu verstehen, dass unser Gespräch beendet ist. Ich wüsste nicht, was ich darauf noch erwidern sollte. Niemand schafft es, meine Brüder zu überzeugen. Und es gibt nichts, was ich dagegen tun kann, außer mich bewusst gegen ihre Anweisung aufzulehnen. Doch dazu fehlt mir der Mut. Ich war noch nie gut darin, etwas allein durchzuziehen. Das musste ich auch noch nie, denn bisher hatte ich immer meine Brüder, die mir die schweren Entscheidungen abnahmen.

Sobald Lumia verschwunden ist, werde ich Kopfhörer aufsetzen, die Musik so laut aufdrehen, dass ich Zacs und Terras Gestöhne nicht mehr hören muss, und mich weiter in Selbstmitleid suhlen, bis mich Katie fürs Kino abholt. Zum Glück sind es bis dahin nur noch ein paar Stunden.

Mit einem Seufzen verlässt Lumia mein Zimmer und mit ihr verschwindet auch die Wärme, die sie ständig umgibt.

Einerseits bin ich ihr dankbar dafür, dass sie sich auf meine Seite geschlagen hat. Andererseits wünschte ich, sie würde ihre niedliche Stupsnase aus meinen Angelegenheiten heraushalten. Ich will lieber gar nicht wissen, wie viel meine Brüder ihren Familiaren erzählen. Allein der Gedanke daran beschwört ein Ziehen in der Magengegend herauf. Sogar die Familiare halten mich bestimmt für eine Versagerin! Es muss doch etwas geben, was auch ich kann. Etwas, worin ich gut bin.

Irgendetwas, verdammt noch mal!

Seufzend gehe ich hinüber zum Bett, stelle den Wecker, setze Kopfhörer auf und rolle mich zusammen. Hoffentlich können ein paar Stunden Schlaf wenigstens einige meiner Probleme lösen.

KAPITEL 3

Felicity

Das nervige Klingeln meines Weckers lässt mich hochschrecken und ich treffe erst nach mehreren Anläufen den Ausschalter.

Ich fühle mich wie gerädert; ein Zwischendurch-Schläfchen einzuschieben war wohl doch keine so gute Idee ... Aber jetzt kann ich nichts mehr daran ändern. Beim Gähnen reibe ich mir mit beiden Händen übers Gesicht, stehe dann auf und entledige mich der verknitterten Klamotten.

Nur in Unterwäsche bekleidet gehe ich hinüber zum Schrank, der sich in einem teilweise abgetrennten Bereich meines Zimmers befindet, den ich gerne als Ankleidezimmer bezeichne, und krame dort eine frische Hose und ein langärmeliges Shirt hervor. Ich besitze nur Oberteile, die mir mindestens bis zum Schlüsselbein reichen. Katie wird nicht müde zu erwähnen, dass ich so zugeknöpft niemals einen Kerl bekommen werde. Pah, als ob ich es darauf anlegen würde! Ich habe nie verstanden, warum es der einzige Lebensinhalt mancher Menschen ist, einer falschen Liebe hinterherzuhecheln.

Der einzige Schmuck, den ich anlege, ist der Hochzeitsring meiner Mutter. Mit dem Daumen fahre ich über den silbernen Ring, dessen Mitte ein weißer Diamant ziert. Dieser Ring ist das Einzige, was von meinen Eltern übrig geblieben ist, als sie von einem verrückten Magier in die Luft gejagt wurden. Meine Brüder und ich mussten zwei leere Särge beerdigen. Ich war damals sieben; die Gesichter meiner Eltern sind mittlerweile zu undeutlichen Schemen in der Erinnerung verblasst, doch wenn ich Angst habe oder nicht weiterweiß, rede ich in Gedanken mit ihnen. Und manchmal, wie vorhin, habe ich das Gefühl, als würden sie mir zuhören und antworten. Dann fühle ich mich, als gäbe es da draußen jemanden, der mich versteht, und ich bin nicht mehr so allein.

Ich habe zwar meine Brüder, aber mit jedem Jahr, das ich älter werde, scheint sich die Kluft zwischen uns zu vergrößern. Sie sehen in mir noch immer ihre kleine Schwester, doch das bin ich nicht mehr. Allerdings weiß ich selbst nicht, was ich nun bin.

Ich führe den Ring an die Lippen und hauche einen Kuss darauf.

Hin und wieder frage ich mich, ob das Glimmen bei meinen Eltern synchron war. Ich war zu jung, als sie starben, und habe es daher nie gesehen, aber der kümmerliche Rest des romantischen Mädchens, der sich im hintersten Winkel meines Bewusstseins verkriecht, klammert sich an die Hoffnung, dass es so war. Dass sie zusammengehört haben und nun für immer vereint sind, ganz gleich wo sie auch sein mögen.

Als es an der Haustür klingelt, werfe ich einen kurzen Blick auf die Uhr. Fünf vor sieben. Das muss Katie sein. Ich schnappe mir meine Tasche und die schwarze Jacke und husche die Wendeltreppe hinunter in den Eingangsbereich.

Dort steht bereits Cal, einen Arm gegen den Türsturz gelehnt und beugt sich zu Katie hinab, die ihn mit offenem Mund und großen Augen anhimmelt. Es fehlt nicht viel und ihre Pupillen verwandeln sich in Herzchen.

Schnaubend laufe ich an den beiden vorbei. »Muss ich das Hausmädchen bitten, dein Gesabber aufzuwischen, oder hörst du von selbst damit auf?«, frage ich meine beste Freundin.

Gedankenverloren und ohne eine Sekunde den Blick von Cals Gesicht zu nehmen, wischt sie mit dem Handrücken über ihren Mund. Ich packe sie am Arm und ziehe sie hinter mir her.

»Komm nicht so spät nach Hause!«, ruft mir Cal hinterher.

Ich knirsche mit den Zähnen und unterdrücke den Drang, ihm den Mittelfinger zu zeigen. Ich bin vierundzwanzig, verdammt noch mal, und damit viel zu alt für Ausgangssperren! Dabei würde es mich nicht mal wundern, wenn mir meine Brüder irgendwo einen Sender untergeschmuggelt haben, damit sie immer wissen, wo ich mich aufhalte.

»Ich muss dich eindeutig öfter besuchen kommen, wenn mir Cal oder Zac die Tür öffnen!«, quietscht Katie und hüpft neben mir auf und ab, während wir den Kiesweg unserer Einfahrt entlanglaufen. Ihre Fee schwirrt gut gelaunt hinter ihr her. »Himmel, dieses Gesicht! Dieser Körper! Und dieses Lächeln! Ich wäre auch gern ihre Schwester, dann könnte ich im selben Haus wie sie wohnen und sie anschmachten. Ich weiß, ›Inzest‹ ist ein ganz böses Wort und ein Tabuthema, aber bei diesen Brüdern würde ich ...«

»Katie!«, zische ich.

Nicht im Mindesten beeindruckt von meinem Anranzer zuckt sie nur mit den Schultern. »Zum Glück bin ich ja nicht ihre Schwester. Also muss ich nur noch einen Weg finden, dauerhaft bei euch wohnen zu können.«

Ich verdrehe die Augen, halte aber den Mund. Sehr zu Katies Leidwesen haben weder Zac noch Cal etwas für sie übrig. Für sie ist Katie nicht mehr als die einzige Freundin ihrer kleinen Schwester, die zudem noch sämtliche Sicherheitsüberprüfungen überstanden hat. Ich will lieber gar nicht wissen, was meine Brüder alles abchecken, bevor sie erlauben, dass ich mich mit jemandem treffe.

»Weißt du«, sagt Katie, als sie mir die Tür zum Taxi öffnet, das uns in die Stadt zum Kino bringen soll, »ich habe nachgedacht.«

Ich werfe ihr einen Seitenblick zu und bin mir schon im nächsten Moment sicher, dass dieses Gespräch eine ganz üble Wendung nehmen wird. Katie ist niemand, der *einfach so* nachdenkt. Sie ist ein Bauchmensch, handelt, bevor sie denkt. Und selbst wenn das, was sie vorhat, schiefgeht, tut sie es mit einem einfachen Schulterzucken ab und verschwendet keine weitere Sekunde ihres Lebens damit, sich darüber zu ärgern. Ich wünschte, ich könnte auch so sein wie sie ... Wenn ich alles nähme, wie es kommt, ohne mir Gedanken darüber zu machen – wie einfach wäre mein Leben dann?

Hoffentlich hat sie nicht über das peinliche Gespräch mit Justin nachgedacht ... Ich habe mich ihm gegenüber echt zum Affen gemacht, aber bis eben ist es mir gelungen, die Schmach aus den Gedanken zu verbannen.

»Zu den Docks«, sagt Katie an den Taxifahrer gewandt, bevor sie sich zurücklehnt und mich ansieht.

Ein eisiges Kribbeln rauscht meinen Rücken hinunter. Am Hafen und an den Docks gibt es nichts zu sehen, außer ... Nein, das kann nicht sein! Weshalb sollten wir zu *ihr* fahren? Ich habe mit vielem gerechnet, beispielsweise dass sie mich direkt zu Justin zerrt, damit ich den miesen Eindruck von vorhin wieder wettmachen kann. Oder dass sie doch keine Lust auf den Zombie-Film hat, den ich aufgrund mangelnder Alternativen ausgesucht habe. Aber die Docks ... Man fährt nur aus einem Grund zu den Docks.

Ich weiß, dass es keine andere Erklärung geben kann, aber mein Gehirn sperrt sich gegen die offensichtliche Antwort. Schon so oft war ich kurz davor, das Gleiche zu einem Taxifahrer zu sagen, wenn er wissen wollte, wohin er mich bringen soll, doch nie schaffte ich es, die Worte zu formen. Katie hingegen fällt es so leicht, als hätte sie nie etwas anderes getan.

»Warum fahren wir zu den Docks?«, frage ich.

Kurz erwäge ich, sofort wieder aus dem Taxi auszusteigen, doch der Fahrer hat bereits den Motor gestartet und ist losgefahren. Noch sind wir nicht allzu schnell unterwegs.

Mit zitternder Stimme setze ich nach: »Wir wollten uns doch den Zombie-Film ansehen.«

»Nein«, sagt Katie. »*Du* wolltest dir den Zombie-Film ansehen. Aber es gab eine kleine Planänderung, die sogar ich nicht habe kommen sehen. Und ich sehe fast alles kommen.« Sie dreht sich auf der Rückbank zu mir um und umfasst meine Hände.

Von Sekunde zu Sekunde werde ich nervöser. Wie schlimm werden meine Verletzungen wohl sein, wenn ich mich jetzt aus einem fahrenden Auto stürze? Aber auch dazu fehlt mir der Mut.

»Wie lange kenne ich dich jetzt schon?«, fragt Katie, nachdem sie mich eine Weile stumm gemustert hat.

Ich blinzele mehrmals. »Seit sechs Jahren«, antworte ich.

Katie und ich lernten uns kurz nach meinem Abschluss kennen. Ich ließ mich von irgendwem dazu breitschlagen, auf eine von diesen Partys zu gehen, was damit endete, dass ich mich vor Schmerzen krümmend in eine Ecke verzog.

Alkohol, Partydrogen, überkochende Hormone und sehr viel nackte Haut auf engstem Raum sind nichts, was sich mit meiner Gabe vereinbaren lässt.

Es war Katie, die mich fand und an die frische Luft brachte, ohne Fragen zu stellen. Anschließend beschloss sie, dass ich sie brauchte und sie sich einfach weiter um mich kümmern würde. Nach meiner Meinung wurde ich nicht gefragt, aber ich bereue es nicht, dass wir Freundinnen geworden sind. Katie gleicht meine Introvertiertheit und die kleinen Absonderlichkeiten perfekt aus und bringt Freude in mein Leben.

Zumindest meistens. Jetzt im Moment bin ich mir gerade nicht sicher.

Katie nickt. »Genau, seit sechs Jahren. Und wie oft habe ich dich während dieser Zeit zu irgendwas gezwungen?«

Ich runzele die Stirn. Worauf will sie nur hinaus? Doch ihre Frage kann ich einfach beantworten. »Noch nie.«

Katie nahm stets Rücksicht auf mich und meine verflixte Gabe, überredete mich nie, wenn ich etwas nicht wollte oder mich unwohl gefühlt habe, sondern zeigte Verständnis, obwohl sie wahrscheinlich nicht vollends begreifen kann, was in mir vorgeht, wenn meine Gabe mich heimsucht. Dennoch bin ich ihr für dieses Verständnis unendlich dankbar.

Sie holt ihr Handy hervor. »Ich habe vorhin eine Nachricht von Cals Familiar bekommen.« Katie drückt mehrmals auf das Display und reicht mir das Handy anschließend. »Keine Ahnung, woher ausgerechnet sie meine Nummer hat. Ich würde mich eher freuen, wenn Cal meine Nummer hätte, aber ...« Sie zuckt mit den Schultern. »Lumia bestätigte mir, was ich schon länger befürchte: Es geht dir von Jahr zu Jahr schlechter. Ich habe sie schon vor einiger Zeit darauf angesprochen, aber damals wollten sie mir nicht glauben. Na ja, ich weiß ja, wie gut du mittlerweile darin geworden bist, deinen Brüdern vorzuspielen, dass es dir prima geht. Aber das muss jetzt ein Ende haben, Feli! Als ich dich heute im Café gesehen habe ...«

Ich überfliege Lumias Nachricht mehrmals, kann aber trotzdem nicht glauben, was ich da lese. Sie ... setzt sich über eine klare Anweisung von Cal hinweg und spannt dazu auch noch Katie ein! Oder umgekehrt, wie auch immer. Das hätte ich nie für möglich gehalten! Lumia hat zwar gesagt, dass sie sich darum kümmern will, aber ich habe weder gedacht, dass sie so schnell etwas unternimmt, noch, dass sie dazu Katie benutzt. Oder sich mit ihr verbündet.

»Ich habe nicht so viel Magie in mir, dass ich dringend einen Familiar brauche«, wiederhole ich die Worte, die mir meine Brüder seit zehn Jahren vorbeten.

Katie greift nach meiner Hand und drückt sie. »Doch. Das hast du. Deswegen geht es dir auch schlechter. Die Magie kann deinen Körper nicht verlassen und verzehrt dich von innen heraus.« Mit dem Daumen streichelt sie mir über den Handrücken. »Du wirst mit dem Medium reden. Sie wird wissen, welcher Familiar der richtige für dich ist.«

»Aber meine Brüder ...«, bringe ich hervor. »Sie werden damit nicht einverstanden sein.«

Katie zuckt grinsend mit den Schultern. »Was wollen sie denn dagegen unternehmen? Wenn ein Pakt geschlossen wurde, kann er nur auf eine Art beendet werden: durch den Tod eines der Beteiligten. Ich bezweifele doch stark, dass Cal und Zac deinen Tod in Kauf nehmen würden.«

»Meinen vielleicht nicht«, murmele ich, obwohl ich mir dabei nicht ganz sicher bin, »aber den des armen Familiars, der mir zugeteilt wird.«

»Ach, papperlapapp! Warte es doch erst einmal ab, bevor du dich schon jetzt dagegen sträubst.«

Ihr Grinsen ist ansteckend, ebenso wie ihre Sorglosigkeit. Ohne dass ich es verhindern kann, rauscht eine kribbelnde Vorfreude durch meinen Körper, obwohl ich mit aller Macht versuche mich dagegen zu wehren.

Ich war noch nie beim Medium ... Ich habe Geschichten von der alten Frau gehört, die schon seit fast einem Jahrhundert in unserer Stadt dafür zuständig ist, die richtigen Familiare an die passenden Magiebegabten zu verteilen. Keiner weiß, warum sie immer noch lebt, aber es hängt bestimmt mit ihrer Arbeit zusammen. Sie ist die einzige Person, die mit den anderen Wesen kommunizieren und ihnen den Weg in unsere Welt ebnen kann. Nur durch ihren Segen kann ein Pakt vollzogen werden. Jeder, der einen Familiar will, muss zu ihr und sich ihrem Urteil stellen.

Ob sie mich als würdig erachtet, den Pakt einzugehen? Einen Familiar zugeteilt zu bekommen, ist eine große Verantwortung, denn auch wenn es Elementarwesen sind, handelt es sich bei einem Familiar um ein Lebewesen, für das ich zu sorgen hätte. Er könnte sich nur durch meine Magie ernähren und wäre Zeit unseres Lebens an mich gebunden. Gleichzeitig ist es seine Aufgabe, die überschüssige Magie aus meinem Körper in sich aufzunehmen, bevor sie so stark wird, um mich von innen heraus zerstören zu können. Jedenfalls ist das in der Theorie der Fall; ich bezweifele, dass mir dieses Ende tatsächlich blühen würde, denn meine Magie ist kaum existent.

Meine Brüder haben mir noch nicht einmal erlaubt, einen Hamster zu halten, und nun bilde ich mir ein, die Verantwortung für einen Familiar tragen zu können? Wahrscheinlich besitze ich nicht einmal ausreichend Magie, um den Familiar ernähren zu können ... Aber was würde dann mit ihm geschehen? Würde er verhungern, während ich nur hilflos danebenstehen und zusehen kann?

Zac und Cal wurden während der letzten zehn Jahre nicht müde, mir zu sagen, dass ich keinen Familiar benötige, und irgendwann habe ich ihnen geglaubt und mich damit abgefunden. Doch wenn ich die Ängste für einen Moment beiseiteschiebe, spüre ich bereits ein aufgeregtes Kribbeln durch mich hindurchrauschen. Mehrmals habe ich gezögert, als ich mir auf eigene Faust einen Familiar holen wollte. Nun sitze ich auf einmal hier und bin unterwegs – und kann mir zumindest anhören, was das Medium mir zu sagen hat. Schlimmer, als es jetzt ist, kann es nicht werden. Aber was, wenn ich total versage? Wenn mein Familiar schon nach kurzer Zeit stirbt, weil ich als sein Träger eine wandelnde Katastrophe bin?

KAPITEL 4

Felicity

Das Taxi hält vor einem hell erleuchteten Gebäude inmitten der nebeligen Docks. Ich war so in Gedanken versunken, dass ich von der restlichen Fahrt nichts mitbekommen habe. Mein Blick huscht zu Katie, die grinsend nickt, dann schaue ich wieder aus dem Fenster. Ich schlucke hektisch, als ich auf die Leuchtreklame starre. Das Haus des Mediums … Irgendwie habe ich mir das Ganze mystischer vorgestellt … Vielleicht mit Kerzen oder brennenden Feuerschalen vor dem Eingang, aber definitiv nicht mit blinkender Leuchtreklame in Neonfarben, deren bloßer Anblick leichte Anfälle von Unglauben bei mir auslöst. Könnte auch auf die Panik zurückzuführen sein, die seit dem Aufbruch von zu Hause mit jedem Kilometer weiter zugenommen hat.

Katie schnallt sich ab, bezahlt unseren Fahrer und verlässt das Taxi. Ich tue es ihr gleich, allerdings brauche ich drei Anläufe, bis ich es endlich schaffe, den Gurt zu lösen, so schwitzig sind meine Hände. Mir zittern die Knie, als ich aussteige, und ich bin dankbar dafür, als Katie sich bei mir unterhakt und mich vorwärtszieht. Um uns herum sieht es so schäbig aus, dass es bestimmt nicht auffällt, wenn ich mich gleich übergeben muss. Die penetrante Geruchsmischung aus abgestandenem Wasser, Algen und Fisch trägt nicht dazu bei, meinen rebellierenden Magen zu besänftigen.

Ruhig atmen, Feli!, ermahne ich mich selbst.

Mit jeder verstreichenden Sekunde wird mir unwohler zumute. Der Drang, auf dem Absatz kehrtzumachen und zurück nach Hause zu rennen, wird immer stärker.

Meine Brüder werden mich köpfen, wenn sie davon erfahren … Und danach vierteilen.

Auch der Eingangsbereich ist vollgestopft mit glitzerndem und blinkendem Kitsch. Langsam glaube ich, dass alles hier ein schlechter Scherz ist. Das kann doch unmöglich das Haus des Mediums sein! Wo ist die Magie? Die kühle Distanziertheit, die jedem Ankömmling zu verstehen gibt, dass er im Angesicht des Mediums nichts weiter als ein unbedeutender Niemand ist? Doch nichts davon finde ich hier. Stattdessen stehen grinsende Winkekatzen aufgereiht auf einer hüfthohen Kommode, die auch schon mal bessere Tage gesehen hat; ein geblümter abgewetzter Teppich bedeckt den Boden und an den Wänden leuchten Werbeschilder um die Wette auf. Ich habe keinen Schimmer, wofür sie werben, doch das ewige Blinken brennt in meinen Augen. Ich würde schon nach wenigen Minuten einen Nervenzusammenbruch erleiden.

»Wohnt hier wirklich das Medium?«, frage ich zögerlich, als wir endlich die Reklameschilder hinter uns lassen.

»Ja«, antwortet Katie, »ich wollte es auch nicht glauben. Aber sie steht auf dieses Retrozeug. Muss wohl daran liegen, dass sie schon verdammt viele Jahre auf dem Buckel hat.«

Ich schaffe es nicht einmal, einen entrüsteten Ton von mir zu geben, als Katie so respektlos über das ehrwürdige Medium spricht. Diese Reizüberflutung ist eindeutig nichts für mich. Ich hänge gedanklich noch immer bei den grinsenden Winkekatzen fest ...

Katie führt mich zu einer Tür am anderen Ende des Raumes und klopft dreimal. Nur Sekundenbruchteile später öffnet sich die Tür – ohne dass sich jemand dahinter befindet oder sich die Klinke bewegt hätte. Ich schlucke krampfhaft.

Okay, ich möchte bitte zurück zu der Leuchtreklame!

Im Inneren des Zimmers ist es dunkel und meine Augen brauchen eine Weile, um sich von dem grellen Leuchten im Eingangsbereich an die fast völlige Dunkelheit zu gewöhnen. Nur zwei Kerzen stehen auf einem Tisch, hinter dem eine gebückte Frau sitzt, deren Gestalt nahezu gänzlich von einem Umhang verhüllt wird. Habe ich mich eben tatsächlich noch über die fehlende Mystik beschwert? Nun jagen mir die Dunkelheit und die Stille um mich herum einen eisigen Schauer über den Rücken.

Abwartend starre ich die Frau an. Ihr Gesicht, das teilweise vom Kerzenschein etwas erhellt wird, ist faltig, wirkt aber freundlich. Mit einer Handbewegung winkt sie uns näher und deutet auf die beiden Stühle, die gegenüber von ihr stehen.

Schnell werfe ich Katie einen Seitenblick zu, die sich jedoch bereits in Bewegung gesetzt hat. Ich stolpere hinter ihr her, bevor ich tatsächlich noch auf die Idee komme zu verschwinden.

»Ich habe euch schon erwartet«, sagt die alte Frau mit kratziger Stimme. »Wie geht es dir, Katie?« Sie streckt die Hand aus und Katies Fee lässt sich sofort auf dem Zeigefinger nieder. »Du siehst gut aus, Etialothien.«

Wer kommt denn bitte auf einen so bescheuerten Namen für einen Familiar?! Kein Wunder, dass ich ihn mir nie merken kann.

»Ich freue mich, dich wiederzusehen, ehrwürdiges Medium«, sagt Katie, nachdem sie sich auf den Stuhl gesetzt hat. »Aber ich bin nicht meinetwegen oder wegen Etia hier.«

Mit einer Handbewegung deutet sie auf mich. Ich halte die Luft an und setze mich so gerade hin, dass mein Rücken schmerzt und ein paar Wirbel knacken.

»Ich weiß«, antwortet die alte Frau mit den kurzen grauen Haaren. Anschließend legt sich ihr Blick auf mich und ich schlucke trocken. Ihre Augen sind milchig weiß und doch wirken sie dank des Leuchtens, das darin tanzt, so voller Leben, dass es unmöglich die Augen eines Menschen sein können. »Ich wusste, dass du kommst, Felicity. Bitte, setze dich doch bequem hin. Wie war eure Anreise?«

Ich öffne den Mund, um ihr zu antworten, bringe aber keinen Ton heraus. Woher wusste sie, dass ich komme? Hat sie vielleicht bereits mit Lumia gesprochen? Aber wenn sie bereits alles weiß, warum hält sie sich dann überhaupt mit Konversation auf?

Katie wirft mir einen kurzen Blick zu. »Sie ist ein wenig schüchtern«, sagt sie dann.

»Ich weiß«, antwortet das Medium, wobei sich ein Grinsen in ihren faltigen Mundwinkeln abzeichnet. »Ich habe schon viel von dir gehört, Felicity.

Und sehr viel früher mit dir gerechnet.« Sie reckt die Nase in die Luft und schnuppert, bevor sie den Kopf schüttelt und mitleidig die Brauen nach oben zieht, wodurch ihre milchig weißen Augen nur noch stärker hervortreten. »Du hast bereits so viel Magie in dir angesammelt, dass es qualvoll für dich sein muss, deinen Alltag zu bestreiten.«

»Ich ...«, würge ich mit piepsender Stimme hervor, verstumme dann aber.

Ich drehe den Kopf zur Seite und schnuppere möglichst unauffällig an mir. Habe ich vergessen, Deo zu benutzen? Wann habe ich das letzte Mal geduscht? Gestern Abend. Und seitdem habe ich nichts gemacht, wobei ich übermäßig geschwitzt hätte. Wie kann sie dann sagen, dass ...?

»Es freut mich, dass du endlich meiner Einladung gefolgt bist«, fährt das Medium fort.

Mein Blick huscht zwischen ihr und Katie hin und her. »Einladung?«, wiederhole ich etwas dümmlich.

Das Medium nickt. »Ich schicke dir seit neun Jahren jährlich zu deinem Geburtstag eine Einladung zu mir«, erklärt sie. »Damit du deinen Familiar bekommst und die Magie in dir kontrollieren kannst.«

Sie sagt es, als sei es das Normalste der Welt. Aber ich ... habe nie eine dieser verdammten Einladungen zu Gesicht bekommen! Ich spüre, dass sich meine Augen wie von selbst zu Schlitzen verengen, und ich kralle die Hände um die Stuhllehne. Das ist eindeutig das Werk von Zac und Cal! Meine Brüder haben die Einladungen abgefangen und verschwinden lassen! Aber zu welchem Zweck? Was haben sie davon, wenn sie mir verbieten, einen Familiar zu bekommen?

»Sei ihnen nicht böse«, sagt das Medium, während sie sich über den Tisch beugt und die Hand nach mir ausstreckt, um meine zu tätscheln. »Sie meinen es nur gut. Sie fürchten, dass du dich in Gefahr begibst, wenn du das Ausmaß deiner Gabe begreifst.«

Ich runzele die Stirn. Am liebsten würde ich um eine Auszeit bitten, denn ich verstehe nur Bahnhof. Welches Ausmaß meiner Gabe? Das dämliche Glimmen, das ich sehen kann? Das ist doch nichts, was sich in irgendeiner Art und Weise dazu nutzen lässt, um ein Meister-Magier werden zu können! Es ist komplett nutzlos. Und nervtötend obendrein.

Das Medium legt den Kopf schief und mustert mich so intensiv, dass ich sogar das Atmen einstelle.

»Du hast es noch nicht erkannt«, sagt sie in einem halb tadelnden, halb resignierten Tonfall. »Wozu du fähig bist.«

»Ich …« Schnell schließe ich den Mund wieder und atme einmal tief durch. »Ich kann das Glimmen von Herzen sehen. Es ist total nervig, und wenn es irgendeinen Weg gibt, diese blöde Gabe loszuwerden, würde ich ihn sofort beschreiten.«

Die Lippen des Mediums zucken. »Du glaubst, das ist deine Gabe?«

Ich starre sie an. »Ja«, piepse ich, obwohl ich ihr am liebsten ein »Ja, was denn sonst?!« entgegenschleudern würde.

»Dass du das Glimmen sehen kannst, ist nur ein Teil deiner Fähigkeit«, erklärt das Medium. »Ein eher unbedeutender Teil sogar, denn deine Gabe geht tiefer.«

»Inwiefern tiefer?«, wispere ich.

Das Medium stützt sich auf die Ellbogen, verschränkt die Hände und legt das Kinn darauf. »In dir, Felicity, schlummert eine der seltensten Gaben, die es gibt. Deshalb wird es sehr schwer, den passenden Familiar für dich zu finden. Im Grunde vereinen sich in dir sogar zwei Gaben, die sich jedoch so ähnlich sind, dass sie zu einer verschmolzen sind.«

In Gedanken wiederhole ich die Worte des Mediums in Endlosschleife. *Seltene Gabe. Im Grunde sogar zwei Gaben. Zu einer verschmolzen. Seltene …* Von so etwas habe ich noch nie gehört. Obwohl, wenn ich es analytisch betrachte, verfügt auch Cal über zwei Gaben, die sich sehr ähnlich sind, nämlich Eis und Schnee. Beides ist nicht dasselbe, aber sich doch so ähnlich, dass ich noch nie infrage gestellt habe, warum er über sie gebieten kann. Bei Zac ist es auch so: Er selbst kann fliegen und zusätzlich Wind beherrschen. Beides sind ähnliche Gaben, aber nicht völlig identische.

Aber was soll meine Gabe darstellen? Womit hat das blöde Glimmen zu tun?

Das Medium lehnt sich zurück, mustert mich aber weiter unbeirrt intensiv. Ihr Blick verursacht mir Gänsehaut am ganzen Körper.

»Wie oft ist dir bereits ein Unglück widerfahren, Felicity?«, fragt sie aus dem Nichts heraus.

Im ersten Moment bin ich wie vor den Kopf gestoßen und verwirrt von der Frage. Dann brodelt in mir eine Wut hoch, die ich bis zu diesem Augenblick nicht gekannt habe. Sie will etwas von Unglück hören? Oh, damit kann ich durchaus dienen! Wo soll ich anfangen? Beim gewaltsamen Tod meiner Eltern? Der schrecklichen Zeit an einer Menschenschule, während meine dämliche Gabe verrücktgespielt hat? Bei meinen Brüdern, die mich für untalentiert und unfähig halten? Oder darf es doch eher mein nicht vorhandenes Liebesleben sein?

Noch ehe ich den Mund öffnen kann, hebt das Medium die Hand. »Ich rede nicht von den äußeren Einflüssen, die zwar auch auf dich Einwirkung hatten, sondern davon, was explizit dir widerfahren ist. Wie oft bist du in deinem Leben gestolpert und dabei auf die Nase gefallen oder hast dir die Knie aufgeschürft? Wie oft hast du dich an irgendwas geschnitten? Dir einen Knochen gebrochen oder auch nur den Knöchel verstaucht? Wie oft ist dir etwas aus den Händen gefallen und dann kaputtgegangen?«

Die Wut in mir verpufft, als wäre sie nie da gewesen. Fieberhaft gehe ich die letzten Tage, dann die letzten Wochen und Monate durch, bis ich schließlich mehrere Jahre zurückverfolge.

»Noch nie«, flüstere ich und runzele die Stirn.

Ich hätte nie weiter darüber nachgedacht, aber tatsächlich finde ich nicht einen Vorfall, bei dem ich das Gefühl hatte, dass ich eine Pechsträhne gehabt hätte. Zumindest nicht, wenn ich die äußeren Einflüsse außen vor lasse. Ich habe mich einfach für nicht so ungeschickt gehalten, dass mir ständig etwas aus den Händen gleiten müsste. Ich stolpere zwar manchmal beim Gehen über meine Füße, kann mich aber immer wieder fangen, bevor ich zu Boden gehe und mir wehtue.

»Und ... was ist dann meine Gabe?«, frage ich abgehackt.

Das Medium schmunzelt. »Glück«, antwortet sie. »Du beherrschst das Glück.«

KAPITEL 5

Felicity

Glück? Was soll ich denn damit?

»Sie meinen, wenn ich morgen Lotto spiele, tippe ich automatisch die richtigen Zahlen? Und im Casino könnte ich den Hauptgewinn knacken? Beim Blackjack und beim Roulette gleichzeitig …?«

Noch bevor sich meine Pupillen in Dollarzeichen verwandeln können, hebt das Medium erneut die Hand und unterbricht meine Wunschvorstellungen. »Nein, ich meine nicht solches Glück«, sagt sie. »Dir selbst ist Pech fremd, aber die zweite Gabe, die in dir wohnt, lenkt das Glück, über das du gebietest, in andere Bahnen.«

Ich lehne mich nach vorn, hänge förmlich an ihren Lippen, während ich im Kopf doch schon mal überschlage, wie weit das nächste Casino entfernt ist. »In welche Bahnen? Worum handelt es sich bei der zweiten Gabe?«

Die Züge des Mediums werden weich, als sie antwortet: »Um die Liebe.«

Ich starre sie mehrere Sekunden lang an und warte darauf, dass sie sagt, sie hätte einen schlechten Scherz gemacht. Doch als die Pointe ausbleibt, lehne ich mich seufzend nach hinten und fahre mir mit beiden Händen übers Gesicht. *Liebe!* Was zur Hölle?! Das darf doch wohl nicht wahr sein!

»Ich will aber Glück im Spiel haben und nicht in der beknackten Liebe!«, zische ich.

»Die Liebe ist nicht beknackt«, widerspricht das Medium. »Die Gabe, die Liebe beherrschen zu können, wird nicht ohne Grund so selten verteilt. Sie gehört zu den mächtigsten Kräften, die es überhaupt gibt.«

Ich verdrehe die Augen und widerstehe nur knapp dem Drang, mir die Ohren zuzuhalten und irgendeine sinnlose Melodie zu summen, damit ich diesen Liebesschwachsinn nicht länger hören muss.

»Dass du das Glimmen siehst, ist ein Teil deiner Gabe, wie ich bereits sagte«, fährt das Medium fort. »Du erkennst Disharmonien, hast aber noch nicht bemerkt, dass du sie bis zu einem gewissen Grad beeinflussen könntest.«

Nun werde ich doch hellhörig. »Ich kann Herzen manipulieren?«

Das Medium schüttelt den Kopf. »Nicht direkt, Gott sei Dank, nicht. Die Manipulation von Herzen ging noch nie gut aus, zu keiner Zeit. Deshalb ist diese Gabe schon vor Langem ausgestorben. Aber du kannst Herzen bis zu einem gewissen Grad beeinflussen, jedoch niemandem deinen Willen aufzwingen.«

Ich werfe mit einer theatralischen Geste die Hände in die Luft. »So ein Blödsinn! Was soll das bringen?«

»Hattest du noch nie das Gefühl, dass sich die Herzen, deren Glimmen nicht zueinanderpasste, nach Hilfe sehnen?«

Ich zögere und kaue auf der Unterlippe. Etwas Ähnliches habe ich selbst schon gedacht. Mir kam es so vor, als wäre die Disharmonie, die mich regelmäßig in den Wahnsinn treibt, ein Hilferuf, doch bisher glaubte ich nicht, dass ich daran etwas ändern könnte. Aber wie sollte das aussehen? Soll ich immer vierblättrige Kleeblätter dabeihaben oder jedem auf die Schulter klopfen, wie es Schornsteinfeger tun?

»Glück in der Liebe ist eine sehr wichtige und weitreichende Gabe«, erklärt das Medium.

Ich verschränke die Arme vor der Brust. *»Bullshit.«*

Katie neben mir zieht scharf die Luft ein. Kraftausdrücke ist sie von mir nicht gewohnt. Sarkasmus, ja, aber ich bin für gewöhnlich niemand, der flucht. Je länger ich mir aber den Blödsinn, den das Medium von sich gibt, anhören muss, desto stärker wächst in mir der Wunsch, ein spontanes Tourettesyndrom oder Ähnliches zu entwickeln.

»Kann ich meine sinnlose Gabe umtauschen?«, frage ich. »Ich wäre sogar mit etwas noch Nutzloserem zufrieden; Hauptsache, es hat nichts mit Liebe zu tun. Das ist doch das Allerletzte!«

Anstatt wütend auf mich zu sein, schüttelt das Medium nachsichtig den Kopf. »Armes einsames Herz«, murmelt die alte Frau. »Ich verstehe, dass die letzten Jahre schwer für dich waren und du nicht die besten Erfahrungen in Sachen Liebe gemacht hast. Aber sogar dein Herz sehnt sich nach etwas Wärme und seinem Gegenpart.«

»Den kann es sich abschminken!«, gebe ich zurück. »Dank des bescheuerten Glimmens könnte ich nie mit jemandem zusammen sein, der nicht exakt dieselbe Harmonie hätte wie ich. Da gewinne ich eher dreimal hintereinander im Lotto, als diesen Jemand zu finden.«

»Und deshalb gibst du auf?«, fragt das Medium. »Möchtest du in deinem Leben nichts erreichen?«

»Falls es Ihnen entgangen sein sollte«, gifte ich, »ich bin keine Magierin und erst recht keine Meister-Magierin! Dank der blöden Gabe, die in mir wütet, habe ich schon lange den Glauben an die Liebe verloren. Ich könnte eine coole magische Fähigkeit gebrauchen, um mein Leben zu ändern.«

»Und einen Familiar«, fügt das Medium mit einem wissenden Grinsen an. »Einen, der dir hilft, das Potenzial deiner durchaus *coolen* Magie zu begreifen. Denn lass dir gesagt sein: Mit deiner Gabe und der Unterstützung eines passenden Familiars kannst du dich allemal mit deinen Brüdern messen und die Prüfungen der Magier-Allianz bestehen.«

Ich starre sie an. Jetzt hat sie eindeutig den Verstand verloren! Wie soll mir Glück in der Liebe – in welcher Beziehung auch immer – helfen? Es wirkt ja noch nicht mal bei mir selbst, wo sie doch angeblich so toll und selten sein soll. Aber deswegen sind wir nicht hier. Es geht einzig und allein um den Familiar, den ich haben will und der mir hoffentlich hilft, nicht mehr ganz so stark unter der Fuchtel meiner Gabe zu stehen.

Das Medium lächelt mich an. »Schön, dass wir uns da einig sind. Du hast schon recht: Deine Gabe ist nicht dafür gemacht, direkte Angriffe auszuführen. Deshalb brauchst du einen Familiar, der das für dich übernimmt. Der für dich kämpft und dich trotzdem eine gefeierte Magierin sein lässt. Denn das möchtest du doch sein, oder? Du möchtest so bekannt und geachtet wie deine Brüder werden und sogar selbst gegen diejenigen Magier kämpfen, die vom rechten Weg abgekommen sind. Du willst eine Heldin sein, deren Name Generationen überdauert.«

Mein Mund wird trocken bei ihren Worten. Kann ich eine Heldin sein, ohne selbst etwas zu erreichen? Nur mithilfe eines Familiars? So gesehen sind auch die Familiare meiner Brüder allein durchaus in der Lage, Kämpfe gegen abtrünnige Magier zu bestreiten und zu gewinnen. Bekomme ich etwa auch so ein mächtiges Wesen und nicht etwas derart Kleines wie Katies Fee?

Ich blinzele mehrmals hintereinander. Woher weiß das Medium überhaupt von meinen Wünschen und Sehnsüchten? Vorrangig geht es mir darum, ein halbwegs normales Leben führen zu können, aber ... eine Meister-Magierin zu werden ... das wäre schon was! Doch ein solcher Wunsch ist für mich unerreichbar, deshalb habe ich ihn schon damals, als sich meine Magie manifestierte, ad acta gelegt. Nur hin und wieder blitzt mein Herzenswunsch durch, wenn ich mir vor Augen führe, dass ich nur noch weniger als drei Monate Zeit habe, um die Prüfungen abzulegen. Jedoch schärfe ich mir ein, dass ich mir keine Hoffnungen machen darf. Der Familiar, den ich vielleicht bekomme, dürfte die Ausmaße wie Katies Fee haben. Aber es ist tausendmal besser als nichts!

Das Medium klatscht zweimal in die Hände, woraufhin der Raum hell erleuchtet wird. Ich zucke zusammen und brauche einen Moment, um mich an das Licht zu gewöhnen.

»Hast du besondere Wünsche für deinen Familiar?«, fragt das Medium mit einem nachsichtigen Lächeln, nachdem sie meine Reaktion eine ganze Weile beobachtet hat.

Jetzt wird's ernst!, denke ich. Jetzt ist der Zeitpunkt gekommen, auf den ich seit zehn Jahren warte. Und ich sitze hier und habe keinen Plan. Ich wusste nicht, dass ich sogar Wünsche äußern darf. Ich dachte, ich bekomme einfach einen Familiar zugeteilt – wenn ich Glück habe und mich das Medium nicht gleich wieder nach Hause schickt, während sie sich über meine kümmerliche Magie kaputtlacht.

Fieberhaft überlege ich einen Moment, breche meine Wünsche auf das Nötigste hinunter und sage: »Ich hätte gerne einen weiblichen Familiar.«

Mein ganzes Umfeld hat weibliche Familiare: Terra, Lumia und Katies Fee. Und ich würde mich wohler fühlen, wenn es ein weibliches Wesen wäre, das mir von jetzt an auf Schritt und Tritt folgen würde. Mit Männern habe ich abgesehen von meinen Brüdern keinerlei Erfahrungen und es ... wäre seltsam, ab jetzt mit einem mein Leben teilen zu müssen. Zwar dürfte mein Familiar nur klein sein und vielleicht die Gestalt eines Tieres annehmen können – ich wollte schon immer einen Hund haben! –, aber sicher ist sicher.

»Das lässt sich bestimmt einrichten«, sagt das Medium. »Hast du einen Talisman bei dir, über den der Familiar an deine Magie gelangen kann?«

Ich kenne die Theorie hinter ihrer Frage. Ein Pakt wird zwischen einem Magiebegabten und Familiar geschlossen, woraufhin sie ein Leben lang zusammenbleiben. Um den Familiar mit überschüssiger Magie versorgen zu können, bedarf es eines Talismans, mit dessen Hilfe der Austausch stattfindet. Wie genau das funktioniert, weiß ich nicht, weil ich nie dabei war, wenn meine Brüder den Austausch mit ihren Familiaren vorgenommen haben.

Ich hebe die rechte Hand und zeige dem Medium den Ring meiner Mutter. Nichts anderes, was ich gerade am Leib trage, käme mir besser geeignet für den Talisman vor, der ab jetzt mein Leben zum Besseren ändern soll.

Die alte Frau nickt und schließt daraufhin die Augen. Mehrere Minuten lang schaue ich sie an und habe schon die Befürchtung, dass sie eingeschlafen ist. Unruhig rutsche ich auf dem Stuhl hin und her und will ihr schon ein »Pssst!« zuzischen, als sie unvermittelt die Augen wieder aufschlägt.

»Es war nicht einfach, den richtigen Familiar für dich zu finden«, sagt sie in die entstandene Stille hinein, »denn deine Magie wird nicht durch eines der gängigen Elemente beeinflusst. Doch ich denke, dass ich die passende Begleiterin für dich gefunden habe.«

Ich wage nicht zu atmen. Gleich bekomme ich meinen Familiar! Ich habe so lange auf diesen Moment gewartet, dass er sich jetzt, als er endlich gekommen ist, unwirklich anfühlt.

Das Medium erhebt sich und geht auf mich zu. Als sie vor mir steht, bedeutet sie mir, dass ich mich erheben soll; ich zögere noch, dann folge ich ihrer Anweisung. Anschließend streckt sie die Hand nach meiner aus und fährt mit einem knochigen Finger über den Ring, während sie dabei Worte in einer mir fremden Sprache murmelt. Die Luft um mich herum knistert und fühlt sich plötzlich dicker an. Ein Sog, dessen Ursprung ich nicht erkennen kann, erfasst mich und ich stelle die Füße weiter auseinander, um Halt zu finden. Der sowieso schon dunkle Raum scheint mit einem Mal noch dunkler zu werden.

Stockdunkel. Nein, rabenschwarz finster!

Ohne Vorwarnung lässt das Medium meine Hand los. Ich habe das Gefühl, ins Bodenlose zu fallen, obwohl ich weiterhin fest mit beiden Beinen auf dem Boden stehe. Mein Magen vollführt seltsame Kapriolen und die Schwärze um mich herum scheint mich nun vollends zu verschlingen.

Dann spüre ich plötzlich eine Berührung an der Hand. Warm und fest. Ich klammere mich an dieses Gefühl, das mir den Weg durch die Dunkelheit weist. Der Griff um meine Hand verstärkt sich. Es handelt sich eindeutig um Finger, aber ich bin mir sicher, dass es nicht Katies sind. Auch die Berührung des Mediums fühlte sich anders an. Die Hände waren warm und rau.

Ich schließe die Augen und konzentriere mich nur auf den Griff, blende den Sog und die Schwärze um mich herum aus. Die kurze Panik, die ich eben noch verspürt habe, verschwindet in dem Moment, als ich mich fallen und nur von der Berührung an der Hand leiten lasse.

Als ich die Augen wieder öffne, schaue ich auf einen dunklen zerzausten Haarschopf, der sich über meine Hand beugt. Mein Gehirn benötigt ein paar Augenblicke, um zu realisieren, dass dort jemand vor mir kniet und meine Hand festhält. Kühle Lippen pressen sich auf den Stein am Ring und die Haut um den Ring herum. Dann hebt dieser Jemand den Kopf und sieht mich an.

Ich bin mir nicht sicher, ob in diesem Moment die Zeit um uns herum tatsächlich stehen bleibt, aber es fühlt sich danach an. Mein Herzschlag dröhnt in den Ohren und meine Hand zittert, während mein Gehirn in einem seltsamen Leerlauf gefangen ist.

Was …? Wer …?

Ich starre in Augen, die unmöglich menschlich sein können. Grauer Rauch scheint in den Iriden zu tanzen, bevor er von einer Schwärze verschluckt wird, die sich kaum von der Farbe der Pupillen abhebt. Dunkle, nahezu nachtschwarze Augen, die eine solche Anziehung auf mich ausüben, dass es mir schwerfällt, einen klaren Gedanken zu fassen.

Vor mir kniet ein junger Mann, doch woher kam er so plötzlich? Nur mit

Mühe löse ich den Blick von seinen bemerkenswerten Augen und mustere den Rest von ihm. Das schwarze Haar wird zu einigen Spitzen hin hellgrau, fast silbrig; am Oberkopf ist es etwas länger als an den Seiten, sodass einzelne Strähnen oben heillos in alle Richtungen abstehen. Es sind so viele unterschiedliche Schwarz- und Grauschattierungen, dass es mir unmöglich ist, seine Haarfarbe genau definieren zu können. Allerdings wirkt er dadurch nicht älter, ganz im Gegenteil. Das Silbergrau glänzt und ist nicht stumpf wie das graue Haar bei alten Leuten. Auch das kantig geschnittene, aber nicht zu maskuline Gesicht lässt keinen Schluss auf sein Alter zu. Er könnte Anfang zwanzig, aber auch ebenso Mitte dreißig sein. Schließlich bleibt mein Blick an den Lippen hängen und ich schlucke krampfhaft.

Ein Mundwinkel hebt sich zu einem schiefen Grinsen, welches das Dröhnen in meinen Ohren kurzzeitig aus dem Takt bringt – ebenso wie meinen Herzschlag.

»Shadow!«, zischt es neben mir.

Puff! Der Bann ist gebrochen. Ich blinzele mehrmals hintereinander und schaffe es irgendwie, wieder im Hier und Jetzt zu landen. Wo war ich gerade? Wie bin ich hierhergekommen? Das Medium ... Ach ja! Ich sollte endlich einen Familiar haben!

Träge beginnt mein Gehirn damit, sich neu hochzufahren, und in der Zwischenzeit schaffe ich es nicht, den Blick von dem jungen Mann vor mir abzuwenden. Noch immer hält er meine Hand und ich genieße seinen warmen festen Griff. Wann war das letzte Mal, als mich ein Vertreter des anderen Geschlechts berühren konnte, ohne dass ich die Zähne zusammenbeißen musste, um nicht vor Schmerzen zu schreien? Ich habe schon fast vergessen, wie sich das anfühlt ...

»Dich habe ich nicht gerufen!«, sagt das Medium und stellt sich mit in die Hüften gestemmten Armen neben mich. »Ich habe nach einem weiblichen Schatten-Familiar gesucht.«

Fam... Familiar? Mein Blick huscht zwischen dem Medium und dem jungen Mann hin und her. Mir ging eben schon durch den Kopf, dass er aufgrund seiner Augen unmöglich menschlich sein kann, aber der Gedanke wurde gleich von etwas anderem überlagert, was ich nicht zuordnen konnte. Einem längst verschütteten Gefühl, das sich plötzlich wieder den Weg nach oben gebahnt und sämtliche anderen Gedanken und Empfindungen überlagert hat.

Doch jetzt zu hören, dass er ein Familiar sein soll ... Was bedeutet das? Und warum lässt er meine Hand nicht los?!

Moment! Er hat eben den Ring geküsst!

O nein. Nein, nein, nein!

Immer noch grinsend richtet sich der junge Mann auf. Es überrascht mich nicht, dass er mich fast um eine Kopflänge überragt, schließlich gehöre ich nicht zu den größten Menschen. Aber an mehr kann ich gerade nicht denken, denn mein Gehirn, das gerade wieder neu gebootet hat, stürzt erneut ab und nimmt dabei sämtliche logischen Erklärungen mit sich, während ich außerstande bin, den Blick von dem jungen Mann zu lösen. Er klebt förmlich an den breiten Schultern, die sich beinahe auf meiner Augenhöhe befinden.

Doch noch bemerkenswerter ist die Aura, die ihn umgibt. Nur dadurch, dass er sich erhoben hat und nun vor mir steht, scheint er den ganzen Raum für sich einzunehmen, als würde er ihm gehören, ohne jedoch die Präsenz der anderen Anwesenden zu verdrängen. Seine Aura weckt etwas in mir, was ich für einen Mythos hielt, doch ich schiebe dieses verstörende Gefühl schnell beiseite.

»Ich habe deinen Ruf gehört, Medium«, antwortet er.

Dieser sehr dumme und irrationale Teil in mir, der eben erwacht ist und von dem ich bisher noch nie Notiz genommen habe, wünscht sich, dass er mehr sagen möge. *Irgendetwas.* Von mir aus könnte er mir mit diesem Timbre in der Stimme eine zwölfbändige Lexikonreihe von vorn bis hinten vorlesen, solange er nur wieder den Mund öffnet und seine Worte an mein Ohr dringen. Jeden einzelnen Beitrag würde ich genießen, völlig egal, ob es sich dabei um Amöben oder Zwergenadapter handelt.

Shit, was denke ich da eigentlich?

»Ich habe aber nicht nach dir gerufen, Shadow«, wiederholt das Medium energischer. »Du bist eindeutig nicht weiblich.«

Stimmt, damit hat sie recht. Diese breiten Schultern und die fein definierten Muskeln, die sich unter dem Shirt abzeichnen, sind ganz klar nicht die einer Frau. Nichtsdestoweniger würde ich gerne die Hand ausstrecken, um …

»Bisher hast du dich geweigert, meinem Ruf Folge zu leisten«, fährt das Medium fort und reckt dabei das Kinn, um sich größer zu machen. Trotzdem reicht sie ihm nur bis zum Halsansatz. Ihre milchig weißen Augen scheinen Funken zu sprühen. »Warum jetzt? Und warum vollziehst du sofort den Pakt, bevor ich die Einwilligung der Magiebegabten eingeholt habe?« Mit einer energischen Handbewegung deutet sie auf mich. »Ich bezweifele, dass sie eingewilligt hätte.«

Hätte ich nicht? Nein, wahrscheinlich nicht. Schließlich habe ich mir explizit einen weiblichen Familiar gewünscht.

Moment! Hat sie da eben von einem *vollzogenen Pakt* gesprochen?! Ach du heilige …! Was mache ich denn jetzt?

Das Grinsen des Familiars wird breiter und enthüllt links neben dem Mundwinkel ein Grübchen. »Warum hätte sie nicht einwilligen sollen?« Sein Blick fällt wieder auf mich und ich befürchte, dass mein Herz jeden Moment stehen bleibt. »Ich bin der beste Schatten-Familiar, den die Nebenwelt zu bieten hat. Die Kleine kann sich glücklich schätzen, dass *ich* eingewilligt habe.«

Der Unterkiefer klappt mir herunter, als seine Worte in mein überlastetes Hirn vordringen. Sofort verflüchtigen sich sämtliche positiven Gedanken, die ich bis vor ein paar Sekunden noch für ihn hegte. Welch ein eingebildeter Idiot! Gerne würde ich ihm meine Verachtung entgegenschleudern, aber ich bin unfähig, irgendwie darauf zu reagieren.

Auch das Medium schaut zu mir und runzelt die Stirn, als würde sie versuchen, aus meiner Reaktion schlau zu werden. Doch erst das überhebliche Lächeln des Familiars katapultiert mein Denkvermögen zurück in den Kopf und ich finde meine Stimme wieder.

»Ich will ihn nicht!«, sage ich ohne weitere Umschweife, entziehe ihm ruckartig die Hand und strecke sie dem Medium entgegen. »Machen Sie es rückgängig! Ich will einen weiblichen Familiar und keinen selbstverliebten Großkotz!«

»Oho, das Kätzchen hat tatsächlich Krallen«, spottet der Schatten-Familiar und entblößt beim Lachen seine Zähne. Ich brauche einen Moment, um zu erkennen, dass seine Eckzähne länger und spitzer sind, als es normalerweise der Fall sein dürfte. *Shit,* sind das Fangzähne?! »Du solltest dich in Acht nehmen, Kätzchen.« Erneut greift er nach meiner Hand und hält sie so fest, dass ich sie ihm nicht entziehen kann. »Ich beiße.«

Panisch huscht mein Blick zum Medium. »Nehmen Sie ihn weg, bitte! Ich habe es mir anders überlegt; ich brauche nicht unbedingt einen Familiar. I... ich komme auch prima ohne zurecht, wirklich! Aber, bitte, schicken Sie ihn zurück!«

Katie taucht an meiner Seite auf. Ihr Blick ist seltsam entrückt, als sie den Familiar von oben bis unten mustert und sich dabei über die Lippen leckt. »Bist du sicher, Feli? Er macht schon was her.«

War ja klar, dass sie sich von seinem Äußeren täuschen lässt. Katie ist kein Kind von Traurigkeit – und anders als ich ist sie nicht mit einer katastrophalen Gabe geschlagen, die einem zwischenmenschliche Beziehungen zur Hölle macht. Trotzdem sperrt sich ein Teil in mir dagegen, dass sie ihn so schmachtend ansieht.

Fauchend meldet sich das frisch erwachte Gefühl in mir wieder zu Wort und übernimmt das Reden. »Würdest du bitte aufhören, meinen Familiar mit Blicken auszuziehen?«, knurre ich.

»Ach, jetzt bin ich doch *dein* Familiar?«, fragt er schelmisch.

Ein merkwürdiges Kribbeln breitet sich bei diesem Tonfall im Bauch aus. *Kann er bitte einfach weiterreden?* Seine Stimme klingt wie flüssiger Honig mit einer rauchigen Note. Weich und voll, aber an den richtigen Stellen rau und maskulin.

Als ich nicht reagiere, sondern ihn nur anstarre und versuche ihn per Telepathie zum Weiterreden zu veranlassen, hakt er nach: »Wolltest du mich nicht eben noch zurückschicken?«

»Ja!«, rufe ich im Affekt. »Nein, ich meine ... So war das nicht ...«

Katie macht einen Schritt nach vorn. »Wenn sie dich nicht haben will, kann ich dir gerne meine Nummer geben. Ich bin sicher, dass ich genug Magie habe, um dich zufriedenzustellen.« Die letzten Worte schnurrt sie wie eine rollige Katze. Es fehlt nicht viel und ich werde meine beste Freundin packen, um sie von ihm …

Plötzlich wird der Blick des Familiars kalt und distanziert, während er Katie betrachtet. Das habe ich bisher noch nie erlebt. Kein Mann, egal ob Mensch, Magiebegabter oder Familiar – wobei ich von Letzteren keine anderen kenne –, hat Katie je einen so unterkühlten Blick zugeworfen. Selbst meine Brüder, die keinerlei Interesse an ihr haben, betrachten sie mit einer Mischung aus brüderlichem Großmut und Nachsicht.

»Ich bezweifele, dass mir deine Magie genügen würde, Mädchen«, sagt er eisig und mit einer so harten Stimme, dass ich sie kaum mit dem rauen, aber melodischen Timbre von eben in Einklang bringen kann. »Der ›schöne Schein‹ ist nichts, was mich auf Dauer befriedigen könnte.«

Nun bin ich es, die sich in eine rollige Katze zu verwandeln droht. Anders kann ich mir nicht erklären, dass das simple Wort »befriedigen« ein solch elektrisierendes Gefühl durch meinen Körper jagt. Dieses fauchende Etwas, das vorhin erwacht ist, zieht sich mit einem zufriedenen Schnurren wieder in den hinteren Winkel meines Bewusstseins zurück.

Katie hingegen steht da, als hätte sie jemand mit einem Eimer voll Eiswasser übergossen. Ich mache mich von dem Familiar los und gehe zu meiner besten Freundin, um sie in den Arm zu nehmen. Zwar wollte ich sie eben noch gewaltsam und notfalls an den Haaren von ihm wegzerren, aber nun tut sie mir leid. Die Erfahrung, dass sie jemand so eiskalt abblitzen lässt, wenn sie ihre »Schöner-Schein«-Schiene fährt, ist völlig neu für sie. Meine Brüder lassen sie auch abblitzen, aber nicht … so.

Sie presst kurz das Gesicht gegen meine Schulter, bevor sie sich aus der Umarmung windet. »Ich warte draußen auf dich«, murmelt sie. Dann nickt sie dem Medium zu, ruft ihre Fee zu sich und verschwindet ohne ein weiteres Wort aus dem Zimmer.

»Musste das sein?«, herrsche ich den Familiar an.

»Was denn?«, fragt er. Seine zuckenden Mundwinkel schüren in mir den Drang, ihn mit aller Kraft vors Schienbein zu treten.

»Du hast ihre Gefühle verletzt.«

»Und wennschon«, gibt er zurück. »Sie hat sich doch mir angebiedert, obwohl sie nicht im Entferntesten mein Typ ist.«

Ich blinzele mehrmals über diese Offenheit. »Du bist ein Familiar. Du hast keinen *Typ*.«

»Wer sagt das?« Er verschränkt die Arme, sodass sein Shirt über der Brust spannt; unbewusst spiegele ich seine Bewegung – und ich verfluche mich dafür, dass mein Blick eine Sekunde zu lang an seinen Muskeln hängen bleibt.

»Ich sage das«, antworte ich. »Ihr Familiare verfügt nicht über die gleiche Gefühlsbreite wie wir Menschen.«

Er zuckt mit den Schultern. »Wenn du meinst. Du musst es ja wissen. Dennoch ist es die Wahrheit. Vielleicht beruht es auch nur auf persönlicher Abneigung, aber der ›schöne Schein‹ ist eine weitverbreitete und langweilige Gabe. Und schwach obendrein.« Er greift nach meiner Hand und streichelt mit dem Daumen über die Haut. Ein wohliger Schauer rauscht mir den Arm hinauf. »Ich stehe da eher auf exklusivere Magie.«

Bevor ich ihn daran hindern kann – warum fühle ich mich wie erstarrt? –, führt er die Hand an den Mund und küsst erneut den Ring. Wieder wird mein Körper von einem Sog erfasst, der sich jedoch nach einer Sekunde in ein Kribbeln verwandelt, das ausgehend von dem Finger mit dem Ring durch meinen Körper peitscht. Ich spüre, dass er Magie aus mir heraussaugt, doch anstatt mich schwächer zu fühlen, wie es eigentlich logisch wäre, fühle ich mich stärker. Und auf eine gute Weise benebelt, über die ich lieber nicht genauer nachdenken möchte.

Ich will das hier – mit jeder Faser meines Seins. Ich will, dass er sich noch mehr Magie von mir nimmt und erneut den Sog in mir auslöst. Ich will mich daran berauschen, bis ich mich nicht mehr auf den Beinen halten kann, weil die ganze Welt um mich herum verschwimmt.

Schmunzelnd sieht er mir dabei zu, wie ich Mühe habe, stehen zu bleiben, weil meine Knie dank des Kribbelns unter mir nachzugeben drohen. In seinen Iriden tanzt ein grauer Nebel, der für kurze Zeit das bodenlose Schwarz überdeckt.

Ein Hüsteln neben mir bewahrt mich davor, mir selbst einzugestehen, dass mir der Anblick seiner Augen gefällt. Vielleicht auch mehr als nur »gefällt«. Das Medium wedelt mit der Hand und bringt den Familiar dadurch dazu, mich loszulassen und einen Schritt zurück zu machen.

»Es tut mir sehr leid, Felicity«, sagt das Medium und schaut dabei betreten zu Boden. »So sollte das nicht laufen. Ich habe nach einem weiblichen Familiar gerufen, wie du es dir gewünscht hast. Ich wäre nie im Traum darauf gekommen, dass gerade *er* meinem Ruf Folge leisten würde, schließlich hat er bisher immer so getan, als sei er taub.«

Der Familiar gibt ein Schnauben von sich. »Du wolltest mich an langweilige Magiebegabte binden, deren Zauber für mich nach Asche schmeckt. Natürlich schalte ich da auf Durchzug.«

»Laut den Chroniken schaltest du schon seit Jahrtausenden auf Durchzug«, grollt das Medium. Der Familiar zuckt nur grinsend mit den Schultern, als würde das jede Frage und jeden Vorwurf beantworten.

Sein Blick fällt auf mich und ich schlucke hektisch. Seine Augen sind wieder tiefschwarz. Ich habe das Gefühl, als wollte er noch etwas sagen, aber er bleibt stumm. Doch gerade diese Stille macht mich neugierig. Ist es nicht normal, dass Familiare sich nach einem Pakt sehnen? Warum soll er sich also lange Zeit geweigert haben, einen einzugehen? Und warum taucht er ausgerechnet bei mir auf?

Das Medium ignoriert ihn und greift nach meinen Händen. »Ich kann nur wiederholen, wie leid mir das tut! Es ist mir noch nie passiert, dass ein Magiebegabter einen falschen Familiar bekommen hat. Glaube mir, ich werde mich gleich hinsetzen und versuchen in den alten Schriften einen Weg zu finden, wie wir den Pakt rückgängig machen können.«

»Ein Pakt kann nicht rückgängig gemacht werden«, tönt es hinter ihr. »Jedenfalls nicht von dir. Versuch es gar nicht erst, alte Schachtel! Daran sind schon ganz andere als du gescheitert.«

»Es gibt bestimmt einen Weg, wie du ja sicher weißt«, fährt das Medium unbeirrt fort, ohne auf seine Beleidigung anzuspringen. »Außerdem handelt es sich hierbei um einen einseitig geschlossenen Pakt, denn du hast nicht zugestimmt, Felicity.« Sie legt den Kopf schief und mustert mich mit zusammengezogenen Augenbrauen. »Oder willst du ihn haben?«

Mein Blick huscht über ihren Kopf hinweg zu dem Familiar, der mit verschränkten Armen an der Wand gelehnt dasteht und mich nicht für eine Sekunde aus den Augen lässt. Er kommt mir vor wie ein Raubtier, das seine Beute fixiert. Ein nervöses, aber gleichzeitig auch elektrisierendes Prickeln breitet sich in meinem Nacken aus, als ich seinen Blick erwidere.

Ich will keinen männlichen Familiar! Zumindest wollte ich keinen, denn in den letzten zehn Jahren habe ich es nicht einmal in der Nähe meiner Brüder für mehr als ein paar Minuten ausgehalten, ohne Kopfschmerzen zu bekommen. Deshalb bin ich davon ausgegangen, dass ich einen männlichen Familiar niemals nah genug an mich heranlassen könnte, um ihn mit Magie versorgen zu können. Aber vorhin ... Ich habe nichts gespürt. Also, zumindest nichts Negatives. Keine Kopfschmerzen, kein ungutes Gefühl, nicht einmal ein Fiepen habe ich gehört. Vermutlich liegt das daran, dass er als Familiar kein Herz im herkömmlichen Sinne – und dadurch auch kein Glimmen – hat und ich deshalb nicht auf ihn reagiere. Was natürlich für mich mehr als praktisch wäre.

Und das bringt mich zur Ausgangsfrage zurück: Will ich ihn als meinen Familiar?

Vorhin hat er sich gegenüber Katie wie ein Vollidiot aufgeführt und auch die paar Minuten, die ich seine Ausstrahlung zu spüren bekommen habe, lassen mich daran zweifeln, dass ich es lange mit ihm aushalten würde, ohne dass einer von uns bleibenden Schaden davonträgt. Nahezu alles, was seinen Mund verlassen hat, war überhebliches Gequatsche.

Mein erster Eindruck von ihm ist: Er ist ein Wichtigtuer mit einem übergroßen Geltungsbedürfnis. Und wahrscheinlich auch einem aufgeblasenen Ego. Nichts davon finde ich reizvoll. Mir reichen da schon die Egos meiner Brüder, die dank des Medienrummels um sie regelmäßig gestreichelt und genährt werden.

Andererseits ... Ich löse den Blick von ihm und schaue auf meine Hände. Ich kann mich nicht daran erinnern, wann ich mich zuletzt so ausgeglichen und befreit gefühlt habe. Sämtlicher Ballast, der mich die letzten Jahre über immer tiefer zu Boden gedrückt hat, ist verschwunden, aufgesaugt von einem Familiar. Und ihm scheint mein Magieüberschuss zu gefallen, obwohl ich nicht mal wusste, dass ich so was besitze. Wenn ich sein Ego ausblende, komme ich nicht umhin zuzugeben, dass mir seine Präsenz imponiert. Davon könnte ich mir eine Scheibe abschneiden und vielleicht hilft er mir dabei, mein Selbstbewusstsein zurückzuerlangen.

Er tut mir gut und ich tue ihm gut – eine klassische Win-win-Situation. Wäre da nicht der Umstand, dass er höchstwahrscheinlich ein Idiot ist, der mich in den Wahnsinn treiben wird.

»Was geschieht mit ihm, wenn ich ihn nicht will und Sie einen Weg finden, den einseitigen Pakt rückgängig zu machen?«, frage ich, ohne das Medium dabei anzuschauen. Mein Blick ruht auf dem Familiar, der auf meine Frage hin den Kopf neigt. Ich bin mir nicht sicher, ob es eine angriffslustige oder gelangweilte Geste ist. Aber, Herrgott, diese Augen!

»Er muss zurück in die Nebenwelt, ins Reich der Familiare«, erklärt die alte Frau.

»Kann er dann einem anderen Magiebegabten zugeteilt werden?«

Das Medium zögert mit einer Antwort, sodass ich sie nun doch ansehe. »Theoretisch schon. Das heißt, wenn er endlich mal dem richtigen Ruf eines Mediums Folge leisten und nicht einfach nach Lust und Laune auftauchen würde.« Sie seufzt. »Aber ich will ehrlich zu dir sein: Gesetzt den Fall, dass wir den Pakt rückgängig machen können, weiß ich nicht, ob es einen besseren Familiar für dich gibt. So ungern ich das auch zugebe, aber Schatten-Familiare sind sehr selten und er«, sie deutet auf den Familiar hinter sich, »gehört zu den stärksten unter ihnen.«

Ich ziehe eine Augenbraue nach oben, während ich besagten Familiar mustere. »Einer der stärksten, hmm?«

Er hört den Spott in meiner Stimme, grinst mich jedoch an. »Warte nur, bis du mich in Aktion siehst.«

Wie ich's mir schon dachte: überheblicher Großkotz. Aber was, wenn es doch mehr als bloßes Gehabe und er tatsächlich mächtig ist? Das könnte ich für mich nutzen! Vielleicht würde ich es dank seiner Kraft sogar bis zur Meister-Magierin schaffen! Warum zögere ich also?

»Wie heißt du noch mal?«, frage ich ihn.

»Shadow.«

Ich verziehe den Mund, um ein Schmunzeln zu überspielen. »Sehr einfallsreich seid ihr Schatten-Familiare bei eurer Namensgebung ja nicht gerade.«

Er zuckt mit den Schultern. »Genauso wenig wie die Erd- oder Feuer-Familiare. Terra und Lumia sind als Namen auch nicht gerade literarische Ergüsse.«

Ich stutze. »Woher kennst du die Familiare meiner Brüder?«

»Unsere Namen sind für euch Menschen kaum auszusprechen, deshalb passen wir uns gerne an. Ich bin so alt, dass es das Wort ›Shadow‹ noch gar nicht gab.« Dann sieht er zum Medium. »Lässt du uns für einen Moment allein?«

Allein? Was meint er mit »allein«? Mit ihm? Hier? Ich will gerade widersprechen, als das Medium nickt, mir noch einen letzten Blick zuwirft, den ich beim besten Willen nicht deuten kann, und dann langsam aus dem Zimmer geht. Ich kralle die Finger in den Stoff meiner Hose, um sie davon abzuhalten, unruhig mit dem Saum am Shirt zu spielen. Verdammt noch mal, ich habe überhaupt keinen Grund, nervös zu sein! Er ist nur ein eingebildeter Familiar!

»So«, sagt er gedehnt. »Warum genau bist du hier?«

Verwirrt starre ich ihn an.

»Ich ...«

Anstatt ihm zu antworten, spähe ich über die Schulter zur Tür und hoffe, dass entweder das Medium oder Katie zurückkommt, und schätze die Entfernung ab, ob ich es bis dorthin schaffe, bevor er mich einholt. Der Familiar hat wieder seinen Raubtierblick aufgesetzt, während er jede noch so kleine Regung von mir mustert. Und dummerweise fühle ich mich wie das Kaninchen, das in der Falle sitzt. Mein Herz wummert viel zu schnell in der Brust und verstärkt dadurch die Panik nur noch, doch ich gebe mir die größte Mühe, mir nach außen hin nichts anmerken zu lassen. Ich will nicht, dass er weiß, wie sehr er mich verunsichert. Ich habe trotzdem das Gefühl, dass er es bemerkt, denn seine Präsenz scheint noch einnehmender, beinahe erdrückend zu werden, sodass ich mich ihr unmöglich entziehen kann.

Da er auf eine Antwort von mir wartet, hole ich tief Luft und sage: »Mein größter Wunsch im Leben ist es ...«

»Ganz gleich, was es ist – du bist gescheitert«, unterbricht er mich. »Kläglich.«

Ich blinzele und brauche einen Moment, um mich zu sammeln. »Ich habe doch den Satz noch nicht mal beendet!«

Er macht eine wegwerfende Handbewegung und grinst mich dann so schelmisch an, dass ich nicht weiß, ob ich ihm dafür eine knallen oder schmachtend zu ihm aufsehen soll. Höchstwahrscheinlich wird es auf Ersteres hinauslaufen und ich balle vorsorglich schon mal die Hände zu Fäusten.

»Du willst eine große Magierin werden und gegen Abtrünnige kämpfen. Habe ich das richtig verstanden?« Er neigt den Kopf. Wieder diese Geste, bei der ich nicht weiß, ob er sie nett oder spöttisch meint. »Dann wirst du meine Hilfe brauchen.«

Ich ziehe eine Augenbraue nach oben. Seine Selbstüberschätzung geht mir allmählich auf den Keks. »Und was bringt dich zu der Ansicht, dass ich auf dich angewiesen wäre?«

Mit zwei großen Schritten ist er bei mir und es kostet mich meine gesamte Willenskraft, um nicht ängstlich vor ihm zurückzuweichen. Ich unterdrücke ein Zittern, straffe die Schultern und schaue zu ihm auf. Ein zufriedenes Grinsen umspielt seine Lippen und ich glaube, so etwas wie Anerkennung in seinem Blick aufblitzen zu sehen.

»Du hast das Medium gehört. Ich bin einer der stärksten Familiare, die es gibt. Du solltest dich glücklich schätzen, mich zu haben.«

»Ist dein Ego immer so aufgeblasen oder legst du dich nur meinetwegen so richtig ins Zeug? Oder hast du gar Angst, dass ich dich zurückschicke?«

»Kleines, wenn du mich zurückschickst, wärst du verdammt dumm.« Er hebt eine Hand und umfasst mein Kinn. Ich schlucke hektisch und bin mir sicher, dass er es bemerkt. »Deine Kraft ist das Glück und das Schicksal. Somit ist im weitesten Sinne dein Element das Licht und ich bin dein perfekter

Gegensatz. Durch deine Magie kann ich Dinge vollbringen, von denen Terra und Lumia nur träumen.«

»Die beiden können Erdbeben und Feuersbrünste hervorrufen«, halte ich dagegen. »Ich bezweifele, dass du das toppen kannst. Außerdem habe ich noch nicht verstanden, wie du mir dabei helfen kannst, im Vergleich mit meinen Brüdern zu bestehen. Selbst wenn ich es schaffe, das Glück in der Liebe irgendwie zielführend zu nutzen, habe ich keinen Schimmer, wie mich das zu einer Meister-Magierin machen wird. Wie soll ich damit die Prüfungen bestehen, um die Erlaubnis zu bekommen, gegen Abtrünnige kämpfen zu dürfen?«

»Keine Sorge«, tönt er. »Fürs Kämpfen hast du mich.«

Ich seufze. »Ja, an der Stelle waren wir schon. Du bist ein ganz großer Fang, der tollste Hecht im Becken und überhaupt bist du der Hauptgewinn schlechthin. Bla, bla, bla. Aber mehr als große Töne zu spucken hast du bisher noch nicht zustande gebracht.«

»Du willst eine Demonstration?«

Ich hebe eine Augenbraue. »Wäre doch fair, wenn ich dich behalten muss, nicht wahr?«

Sein Mund verzieht sich. »Du sprichst von mir, als wäre ich ein Gegenstand. Das bin ich aber nicht, und ich bin auch kein Haustier, das auf deinen Befehl hin Kunststückchen vorführt.«

Ah, da habe ich wohl einen wunden Punkt getroffen! Das muss ich mir auf jeden Fall merken. Der tolle Schatten-Familiar möchte nicht zu einem Haustier degradiert werden. Gedanklich mache ich mir gleich die entsprechende Notiz, das Thema öfter zur Sprache zu bringen. In der Art, wie er den Mund verzogen hat, habe ich eine gewisse Befriedigung gefunden und es wird mir viel Spaß bereiten, weiter in dieser Wunde stochern zu dürfen. Das heißt, falls ich ihn behalten sollte ...

Mit einem Ruck befreie ich mein Kinn aus seinem Klammergriff. »Keine Demonstration – kein Pakt. So einfach ist das. Ich kaufe nicht die Katze im Sack.«

Sein Blick wird dunkler, sofern das überhaupt möglich ist, und automatisch wird mein breites Schmunzeln noch breiter. Es bereitet mir eine diebische Freude, seinem aufgeblasenen Ego einen Dämpfer zu verpassen. Geschieht ihm ganz recht! Hätte er sich mir gegenüber nicht von der ersten Minute an aufgeführt wie ein Großkotz, hätte ich jetzt vielleicht Nachsicht mit ihm. Aber wer weiß? Wahrscheinlich steckt hinter seinen toughen Sprüchen nichts weiter als heiße Luft. Meine Gabe ist schon nutzlos genug – da brauche ich nicht noch einen nutzlosen Familiar, der mir am Rockzipfel hängt. Dafür, dass ich meine Nerven gefährde, wenn ich mich mit ihm einlasse, muss er schon was zu bieten haben.

»Also, was ist nun, Mister Supertoll?«, frage ich gedehnt.

Er verengt die Augen zu Schlitzen und grummelt etwas Unverständliches, bevor er zu einem Tischchen in der Ecke des Raumes geht.

»Herkommen«, knurrt er und krümmt den Zeigefinger.

Ich stemme die Hände in die Hüften. »Wie redest du denn mit mir?«

»Du wolltest eine Demonstration«, sagt er barsch. »Und die bekommst du. Wenn du also so gütig wärst, deinen niedlichen Hintern in Bewegung zu setzen und hierherzukommen …«

Ich tue ihm den Gefallen, jedoch nicht ohne ein Grummeln auszustoßen. Das spöttische »niedlich« hätte er sich sparen können! Mit verschränkten Armen baue ich mich vor ihm auf.

»Und was jetzt?«, frage ich. »Starren wir uns so lange an, bis der Erste blinzeln muss?«

Damit entlocke ich ihm ein Schmunzeln, das jedoch fast sofort wieder verschwindet. »Es ist zwar eine verlockende Idee, aber nein, das verschieben wir auf später. Jetzt möchte ich, dass du dich konzentrierst.«

Ich runzele die Stirn. »Konzentrieren? Worauf?«

»Auf die Vase. Oder denkst du, ich stehe hier nur dekorativ herum?«

Ich möchte ihm wirklich gerne vors Schienbein treten. Richtig fest.

Nachdem ich ihn noch ein paar Sekunden niedergestarrt habe – und dann blinzeln musste und somit unser stummes Duell verloren habe –, gebe ich ein Schnauben von mir.

»Und jetzt?«, frage ich. »Muss ich den richtigen Zauberspruch sagen, um die Vase in etwas Tolles zu verwandeln? *Simsalabim? Hex, hex? Avada Kedavra?*«

»Sei nicht albern«, grummelt er. Wahrscheinlich ist er sauer, weil ich die Vase anstatt ihn als etwas Tolles bezeichnet habe, dennoch unterbricht er den Blickkontakt mit mir nicht.

Dann hebt er die Hand. Von einem Moment auf den anderen knistert die Luft um uns herum vor Energie, und ohne den Blick von mir zu nehmen, schleudert er eine dunkle Kugel auf die Vase, die nun in winzig kleine Scherben zerbirst.

Ich schnappe erschrocken nach Luft. »Bist du bescheuert? Die war bestimmt antik!«

»Bei dem Klimbim, den die Alte hier herumstehen hat? Wohl kaum. Und bevor du fragst«, sagt er, als ich den Mund öffne, »der Zauber war ein Schattenblitz, über den ich gebiete, wenn mein Träger mich mit ausreichend Magie versorgt. Ich habe noch ein paar weitere Tricks auf Lager. Lumias Feuersturm kann gegen mich einpacken, so viel ist sicher.«

Seufzend reibe ich mir über die Stirn. »Das glaube ich erst, wenn ich es gesehen habe.«

Schmunzelnd beugt er sich zu mir herab, bis unsere Augen auf einer Höhe sind. »Heißt das, du schickst mich nicht zurück, sondern willst mich behalten?«

Ich spüre die Hitze, die die Wangen hinaufkriecht, während ich mich für einen Augenblick in den Abgründen seiner Iriden verliere.

»Fürs Erste«, antworte ich heiser und räuspere mich. »Aber wenn du meine Nerven zu sehr strapazierst, bringe ich dich zurück! Darauf kannst du Gift nehmen!«

***

Als ich die Tür nach draußen öffne, erwartet uns das Medium bereits und ich entschuldige mich wortreich für die kaputte Vase. Der Blick aus ihren milchig weißen Augen huscht unterdessen hinter mich, wo ich Shadows Anwesenheit spüren kann. Es ist nicht seine Körperwärme oder bloße Nähe, die ich wahrnehme. Eher fühlt es sich an, als würde die Kraft, die er abstrahlt, mich einhüllen wie ein Kokon. Sie wabert um mich herum, obwohl ich sie nicht sehen kann, und schirmt mich ab. Und irgendwie habe ich das Gefühl, dass es sich dabei … um eine Art Schatten handelt. Vielleicht bilde ich mir das auch nur ein … Jedenfalls weiß ich, dass er da ist. Es ist auch schwer, ihn zu übersehen, denn mir kommt es vor, als würde er durch seine bloße Anwesenheit den gesamten Raum einnehmen.

»Hast du dich entschieden?«, fragt mich das Medium, ohne die Vase zur Sprache zu bringen.

»Nein«, gebe ich zu. Shadow hinter mir schnaubt, doch ich ignoriere ihn. »Habe ich bis morgen Bedenkzeit?«

Das Medium nickt. »Komm morgen Abend wieder zu mir. Bis dahin hoffe ich, einen Weg gefunden zu haben, den einseitigen Pakt rückgängig machen zu können, sollte das dein Wunsch sein.«

»Gut«, antworte ich. »Dann nehme ich ihn erst mal mit und sehe mir an, wozu er fähig ist.«

»Ich hätte freiwillig zurückgehen sollen«, grummelt Shadow leise hinter mir.

Ich drehe mich zu ihm um und betrachte ihn einen Moment. »Ich zwinge dich zu nichts. Du kannst hierbleiben, wenn du das möchtest.«

Plötzlich liegt eine Mischung aus Angst und Verlangen in seinem Blick, die mir die Luft abschnürt. Sofort ist das unbekannte Etwas in mir wieder wach und schnurrt vor Freude. Mein Herz scheint für einen Moment ins Stolpern zu geraten.

»Nein«, knurrt Shadow schnell. Er blinzelt ein paarmal hintereinander und hebt einen Mundwinkel zu einem schiefen Grinsen. »Ohne mich wärst du doch aufgeschmissen.«

»In deinen Träumen vielleicht«, murre ich so leise, dass nur er mich hört. Erstaunlich, wie schnell er von »anbetungswürdig« zu »Großkotz« wechseln kann.

Sein Grinsen wird breiter und ich sehe ihm an, dass er zu einer Retourkutsche ausholen will, doch das Medium stoppt unser verbales Geplänkel.

»Sollte er sich dir gegenüber ungebührlich benehmen, kannst du selbstverständlich auch schon früher als morgen Abend zu mir kommen.« Die alte Frau greift nach meiner Hand und drückt sie. »Ich habe stets eine offene Tür für dich.«

»Danke«, sage ich.

Ihr Blick huscht erneut über meine Schulter. »Ich wünsche dir viel Glück.«

»Das klingt jetzt irgendwie seltsam«, murmele ich. »Schließlich ist *Glück* doch meine Gabe.«

Das Medium nickt und drückt erneut meine Hand. »Trotzdem. Oder gerade deswegen.«

Bevor ich fragen kann, was sie damit meint, werde ich von Shadow weiter Richtung Ausgang geschoben.

»Rechne morgen Abend nicht mit unserem Erscheinen, altes Weib«, raunt er dem Medium im Vorbeigehen zu.

Die weise Frau gibt einen abschätzigen Laut von sich. »Ich habe die Chroniken der Medien studiert, das sollte dir klar sein. Ich weiß, wer du bist und wem du gedient hast. Sie wäre nicht die Erste, die dich nicht haben will.«

Ein eiskalter Schauer rinnt mir bei ihren Worten den Rücken hinunter. Ich will mich zu ihr umdrehen, doch Shadow schiebt mich energisch weiter. In seiner Miene entdecke ich keine Spur von Schalk oder Überheblichkeit. Vielmehr ist sein Gesicht zu einer emotionslosen Maske erstarrt, ein Ausdruck, den ich in der kurzen Zeit, die ich ihn kenne, noch nicht bei ihm gesehen habe.

Im Raum mit der Neonreklame und den Winkekatzen warten Katie und ihre Fee auf uns. Ihr Blick verdüstert sich, als sie den Familiar hinter mir sieht.

»Kommt der da etwa mit?«, fragt sie merklich unterkühlt, während sie versucht Shadow mit bloßen Blicken zu erdolchen.

Ich zucke mit den Schultern. »Scheint wohl so. Jedenfalls fürs Erste. Dann sehen wir weiter.«

Katie verschränkt die Arme. Ihr Blick, der ein wenig von seiner Tödlichkeit eingebüßt hat, huscht zu mir. »Ich hätte nie gedacht, dass ich dich mal so nah neben einem Mann stehen sehe. Familiar hin oder her. Es ist … ungewohnt.«

»Gewöhne dich nicht dran«, murmele ich. »Ich bin mir noch nicht sicher, ob ich ihn doch zurückgebe.«

»Ich habe es dir schon einmal gesagt«, grollt Shadow. »Ich bin weder ein Haustier noch ein Gegenstand.«

Ich drehe mich zu ihm um. »Du hast recht, das bist du nicht. Du bist ein Familiar, der einen einseitigen Pakt geschlossen hat.«

Der überhebliche Ausdruck kehrt in sein Gesicht zurück. »Du wirst mir noch dankbar dafür sein, dass ich dem Ruf des Mediums gefolgt bin.«

Ich schnaube. »Du hast bis morgen Abend Zeit, um mich davon zu überzeugen.«

»Hat dir die kleine Schattenblitz-Vorführung etwa nicht gereicht?«

Ich hake mich bei Katie unter und ziehe sie Richtung Ausgang, ohne auf seine Frage zu antworten. Natürlich ist eine Angriffsgabe immer von Nutzen, vor allem im Kampf gegen einen Abtrünnigen. Aber reicht das aus?

Im Moment besitze ich zwar einen Familiar, aber ich bezweifele, dass Shadow wirklich so stark ist, wie er immer wieder betont. Bis auf den Schattenblitz hat er noch nichts geleistet, was mir irgendwie weiterhelfen könnte. Zum Glück hat das Medium angeboten, dass ich ihn zurückgeben kann, wenn ich nicht mit ihm zurechtkomme. Ein Rückgaberecht innerhalb von vierundzwanzig Stunden – damit lässt sich leben!

Katie ruft per Handy ein Taxi und hält sich die Wartezeit über an meiner rechten Seite, während Shadow links von mir steht. Der Wind hier draußen ist frisch und die Luft stinkt immer noch nach abgestandenem Wasser. Ich fühle mich wie ein Puffer, obwohl ich nicht weiß, woher diese Abneigung zwischen ihnen rührt. Nur weil er Katie vorhin hat abblitzen lassen? Ich hätte Katie nicht als so nachtragend eingeschätzt, immerhin hat sie dank ihrer Gabe zehn Kerle an jedem Finger, wenn sie es darauf anlegt. Was kümmert sie da die Abfuhr eines Familiars? Schließlich zeigen meine Brüder ihr ebenfalls regelmäßig die kalte Schulter. Nein, es muss noch mehr dahinterstecken, aber ich habe keine Lust, erneut in diesem Wespennest herumzustochern. Die Luft zwischen den beiden ist schon stickig genug.

»Bist du sicher, dass du ihn mit nach Hause nehmen willst?«, fragt Katie nach einer gefühlten Ewigkeit. »Ich kann mich nicht daran erinnern, dass du je einen Mann dorthin gebracht hast. Was werden deine Brüder sagen?«

Ich seufze und deute mit einer Kopfbewegung auf Shadow. »Er ist kein Mann, sondern ein Familiar. Das zählt also nicht. Zac und Cal werden außerdem gar nicht daheim, sondern in der Stadt unterwegs sein. Ich habe demnach Zeit, um mir eine Ausrede einfallen zu lassen, falls ich den Pakt doch eingehen sollte.«

»Du könntest mich zur Not auch als deinen Freund ausgeben«, schlägt Shadow vor.

Ich schnappe nach Luft und wirbele zu ihm herum, während Katie schallend anfängt zu lachen.

Shadow runzelt die Stirn, als er uns beide betrachtet. »Was ist? Habe ich was Falsches gesagt?«

Zwischen ihren Lachanfällen würgt Katie hervor: »Abgesehen davon, dass du ein Familiar bist, hat Feli noch nie einen Freund gehabt. Und wenn sie einen hätte, würde er nicht aussehen wie du.«

Autsch. Das tat weh.

Ich weiß, wie sie es meint, aber es kam trotzdem falsch rüber. Ich habe nie für die offensichtlich tollen Typen geschwärmt. Katie hingegen pflastert ihre Wände mit Postern von Filmstars und bekannten Magiern – wie auch meinen Brüdern –, während ich eher eine Schwäche für die ruhigeren, bodenständigen und vielleicht auch etwas langweiligeren Jungs hatte. So wie Justin Harper.

Doch Shadow ist auf den ersten Blick weder ruhig noch bodenständig oder gar langweilig. Er ist das genaue Gegenteil von alldem. Und genau deshalb ist sein Vorschlag so abwegig – und Katies Reaktion verständlich, obwohl sie ihre Aussage netter hätte verpacken können. Dennoch bin ich ihr nicht böse.

»Dein Vorschlag ist Mist«, sage ich an Shadow gewandt. »Schlag ihn dir gleich aus dem Kopf. Bevor ich ihnen diese Lügengeschichte auftische, sage ich Zac und Cal lieber die Wahrheit.«

»Und was wäre die Wahrheit?«, hakt er nach.

»Dass ich mich über ihren Willen hinweggesetzt und mir auf eigene Faust einen Familiar geholt habe.«

»Ich bin mir sicher, dass du ihn morgen sowieso zurückbringst«, wirft Katie ein. »Deshalb hat es keinen Sinn, uns darüber die Köpfe heißzureden.«

Ich ignoriere ihren Einwand. Ob ich Shadow zurückgebe oder nicht, hängt ganz allein von seinen Fähigkeiten ab – und von nichts anderem. Aber da werde ich mir von niemandem reinreden lassen. Er ist mein Familiar und somit liegt die Entscheidung ausschließlich bei mir.

Ein Anflug von Besorgnis huscht für einen winzigen Augenblick über Shadows Miene, während er mich betrachtet. Ich deute ein Kopfschütteln an, um ihm zu verstehen zu geben, dass er sich von Katies Gerede nicht beeindrucken lassen soll. Doch mir fällt auf, wie besorgt er darüber ist, dass ich ihn zurückgeben könnte. Ich verstehe nur nicht, was derart schlimm daran sein soll. Wenn er so toll ist, müssten doch zig andere Magiebegabte hier oder in einer anderen Stadt Schlange stehen, um ihn zu bekommen.

Als ein paar Minuten später zwei Taxen vor uns halten, werfe ich Katie einen verwirrten Blick zu, den sie jedoch gelangweilt erwidert.

»Ich wohne in der entgegengesetzten Richtung«, sagt sie und öffnet die Wagentür ihres Taxis. Doch ich weiß, dass das nur die halbe Wahrheit ist. »Denk dran, dass wir vor Justins Party noch einkaufen gehen müssen. Ich werde dich keinesfalls in einem deiner zugeknöpften Fummel dort auflaufen lassen, klar?«

Bevor ich etwas erwidern oder ihr die Zunge herausstrecken kann, steigt sie ein und wirft die Wagentür hinter sich zu. Das Taxi rauscht davon.

Seufzend steige ich in das andere wartende Auto und gebe dem Fahrer meine Adresse durch, während ich bete, dass er mich nicht auch über meine Brüder ausfragt. Shadow hat neben mir Platz genommen. Seit Katies Aussage, dass ich ihn sowieso zurückbringe, ist er merklich still geworden. Ich habe jedoch nicht den Mut, ihn anzusprechen oder gar nach seiner Hand zu greifen, die er auf dem Polster neben mir ruhen lässt.

KAPITEL 6

Felicity

Ich habe recht mit meiner Vermutung: Zac und Cal sind ausgeflogen. Terra und Lumia sind ebenfalls nirgends zu sehen. Um diese Uhrzeit befinden sich auch unsere Bediensteten nicht mehr in der Villa, sodass Shadow niemandem über den Weg laufen wird. Erleichtert atme ich aus.

Allerdings reicht meine Planung nur bis zu diesem Punkt. Wir sind hier und außer uns ist keiner da. Und was jetzt? Was mache ich mit Shadow? So ganz allein in diesem riesigen Haus ... Die Richtung, in die meine Gedanken abdriften, erschreckt sogar mich selbst.

Während ich noch völlig verpeilt im Eingangsbereich herumstehe, erklimmt er bereits die Stufen zum ersten Stock.

»Wohin willst du?«, frage ich, als ich es bemerke.

Er bleibt stehen, eine Hand auf das Geländer gelegt, und dreht sich zu mir um. »In dein Zimmer«, antwortet er, bevor er den Kopf schief legt. »Oder willst du mich doch eher im Keller oder im Gartenschuppen verstecken?«

Ich reibe mir mit der Hand über die Stirn. »Nein«, murmele ich, schlage aber anschließend den Weg zur Küche ein. »Möchtest du auch etwas trinken?«

Shadow schüttelt den Kopf. »Ich brauche weder Nahrung noch Flüssigkeit.«

Richtig, das habe ich vergessen. Er ist ein Familiar und ernährt sich ausschließlich von meiner Magie.

»Dritte Tür im linken Korridor«, rufe ich ihm zu. »Ich bin gleich da.«

In der Küche schnappe ich mir eine Flasche Saft und ein Glas, flitze dann zurück in den Eingangsbereich und die Treppe hinauf.

Shadow hat mein Zimmer gefunden, was ich bei der Anzahl an Korridoren und gleich aussehenden Türen trotz der kurzen Beschreibung bemerkenswert finde. Selbst Katie verläuft sich noch manchmal, obwohl sie seit Jahren öfter bei mir ein und aus geht. Wahrscheinlich verfügt Shadow über einen ausgeprägten Orientierungssinn.

Im Schneidersitz thront er auf meinem Bett und inspiziert von dort aus den Rest des Zimmers. Unschlüssig bleibe ich im Türrahmen stehen. Shadow dort sitzen zu sehen, völlig in Gedanken versunken, schickt ein Kribbeln durch meinen Bauch.

Ich habe einen Familiar. Auch wenn er ein großkotziger, selbstverliebter Idiot ist, gehört er mir. Mir ganz allein.

Ich habe so viele Fragen an ihn, doch ich habe keine Ahnung, wie ich auch nur eine einzige davon formulieren soll. Nebenbei muss ich mir auch ständig wieder ins Gedächtnis rufen, dass der Kerl, der dort drüben auf dem Bett sitzt, kein richtiger Mann ist. Seufzend setze ich mich auf den Drehstuhl am Schreibtisch, ziehe die Beine an den Körper und bette das Kinn auf die Knie.

»Wie ist es so in eurer Welt?«, frage ich nach mehreren Minuten des Schweigens.

Shadow dreht den Kopf zu mir und zieht eine Augenbraue nach oben. »Du starrst mich die ganze Zeit an und *das* ist die erste Frage, die du mir stellst?«

Ich zucke erneut mit den Schultern. Hilflos und überrumpelt. Ja, verdammt, etwas Besseres ist mir nicht eingefallen, ohne dass ich mich vollends zum Affen gemacht hätte.

Shadow stößt den Atem aus, ehe er sagt: »Die Nebenwelt gleicht im Grunde der euren in Aufbau und Verteilung. Wir haben Städte und Wälder und Meere, die nahezu identisch mit euren sind. Aber wir haben keinerlei Technologie.«

»Und warum kommt ihr hierher in unsere Welt?«

Er weicht meinem Blick aus und verzieht den Mund. »Weil wir nicht alle in unserer Welt überleben können. Jedenfalls nicht im Moment. Wie du weißt, ernähren wir Familiare uns von Magie. Diese gibt es auch in unserer Welt, aber sie schwindet, sobald die Magie in eurer Welt floriert. Das, was noch übrig ist, reicht bei Weitem nicht aus, um alle Familiare zu versorgen. Deshalb versucht fast jeder von uns, einen Pakt mit einem magiebegabten Menschen einzugehen, um unserer sterbenden Welt entkommen zu können.«

»Eure Welt … stirbt?«, frage ich.

Das höre ich zum ersten Mal. Ich habe schon mit einigen Familiaren zu tun gehabt – nicht zuletzt mit Lumia und Terra, die mir auf meine Fragen immerhin hätten antworten können –, aber keiner von ihnen sprach von einer sterbenden Welt. Wobei ... Ich habe auch noch keine von ihnen gefragt, wie es in ihrer ursprünglichen Welt war. Es interessierte mich bisher nicht. Und als ich eben die Frage gestellt habe, interessierte es mich ebenfalls nicht. Ich habe nur das Schweigen nicht mehr ertragen. Doch jetzt hänge ich förmlich an Shadows Lippen.

»Sie stirbt nicht direkt«, antwortet er. »Es gibt nur nicht genügend Magie für alle. Die Vorräte sind erschöpft und reichen nicht aus, um alle dort lebenden Familiare ernähren zu können.« Er zuckt mit den Schultern. »Also versuchen wir andere Wege zum Überleben zu finden. Es kommen auch wieder bessere Zeiten. Wenn eure Welt vor Magie nur so strotzt, ist unsere nahezu magieleer, und umgekehrt. Es ist ein ständiges Auf und Ab, schon seit vielen Jahrtausenden.«

»Aber einen Pakt einzugehen ... ist das nicht ...?«

Er schaut wieder zu mir. »Was? Erniedrigend?«

»Nein, das ... meinte ich nicht. Aber ihr müsst die Welt, in der ihr aufgewachsen seid und bisher gelebt habt, verlassen und seid in einer euch fremden Umgebung von einem Magiebegabten abhängig, den ihr vorher nicht einmal kanntet.«

Erneut hebt er die Schultern. »Immer noch besser, als zu sterben, findest du nicht? Außerdem können wir ja wieder zurück, wenn unser Träger ...« Er bricht ab und schüttelt den Kopf. »Die schwächeren Familiare finden meist sehr schnell einen Träger und können oft in frühster Kindheit bereits unsere Welt verlassen. Sie brauchen nicht viel und führen hier ein ruhiges Leben. Ich habe gehört, dass einige sich tatsächlich als Haustiere ansehen.« Er verzieht angewidert den Mund. »Aber stärkere Familiare haben es schwerer.«

»Wieso?«

Für ein paar Sekunden wandert sein Blick über mich und ich wage nicht zu atmen. Ich schwanke zwischen dem Bedürfnis, mich klein machen zu wollen oder mich vor seinen Augen zu rekeln.

»Stärkere Familiare brauchen einen ebenso starken Träger, um überleben zu können«, erklärt er schließlich. »Bei schwächeren Magiebegabten würden sie verhungern. Aber … starke Träger sind selten geworden. Hinzu kommt das Problem des gegensätzlichen Elements. Ich könnte mich nicht von der Feuer- oder Eismagie eines Magiebegabten ernähren; sie würde in mir zu Rauch verkommen, ohne mich am Leben erhalten zu können. Manche Elemente sind häufiger vertreten als andere.«

»Also hattest du doppelt Pech«, schließe ich.

Er nickt. »Sozusagen. Es ist selten, dass ein Medium nach einem starken Schatten-Familiar ruft.«

»Und da hast du deine Chance genutzt, bevor du wusstest, auf wen du dich einlässt.«

Ein wehmütiges Lächeln zupft für einen Augenblick an seinen Mundwinkeln. »So würde ich das nicht nennen.« Seine Miene wird wieder ernst, bevor ich ihn fragen kann, was er damit meint. »Es gibt aber noch einen weiteren Grund, weshalb wir starken Familiare oft leer ausgehen. Die Träger, denen wir zugeteilt werden, fühlen sich meistens zu Höherem berufen, entweder durch ihre eigenen oder unsere Kräfte. Es kommt häufig vor, dass dem Träger kein langes Leben beschert ist. Wenn sein Träger stirbt, muss der Familiar zurück in die Nebenwelt und dort warten, bis ein Medium erneut nach ihm ruft.«

Ich runzele die Stirn. Von dieser Seite aus habe ich es noch nie gesehen. Bisher habe ich mich nicht gefragt, was mit den Familiaren geschieht, wenn einer der Magier stirbt – sei es nun auf natürlichem Wege oder in einem Kampf gegen einen Abtrünnigen.

»Aber genug von mir«, sagt Shadow und reißt mich aus den Gedanken. »Du hast beim Medium von einem Glimmen gesprochen, das du sehen kannst. Was meintest du damit?«

Ich hole tief Luft und erzähle ihm von der verdammten Gabe.

***

»Ich bin noch nie einem Magiebegabten begegnet, der Seelenpartner erkennen kann«, sagt er, nachdem ich geendet habe.

Ich schnaube. »Das ist nichts Tolles. Bisher hat sie mich nur in den Wahnsinn getrieben und mir gezeigt, dass so was wie wahre Liebe nur sehr, sehr selten existiert. Ich glaube nicht an die Liebe. Und ich bin mir nicht mal sicher, ob es so was wie Seelenpartner tatsächlich gibt. Bisher konnte mir noch keiner meine Gabe erklären oder sie auf eine zurückführen, die es bereits bei einem Magier gab. Deshalb habe ich meinen großen Traum schon beinahe aufgegeben. Das Einzige, was ich will, ist, die Prüfungen zur Meister-Magierin zu bestehen und nicht als Randnotiz in unserer Chronik zu enden.«

»Was sind das für Prüfungen?«, will er wissen.

»So ganz genau kann ich es auch nicht sagen«, gebe ich zu. »Ich weiß nur, dass ein Magier, der einen Familiar besitzt, bis zu seinem fünfundzwanzigsten Lebensjahr von der Magier-Allianz eingeladen wird, um an den Prüfungen teilzunehmen, wenn es sein Wunsch ist. Besteht der Magier die Prüfungen, wird er in den Stand eines Meister-Magiers erhoben und darf fortan gegen Abtrünnige und allerlei Verbrecher kämpfen. Meister-Magier sind ... eine Art Superstars, würde ich sagen. Sie sind beliebt und haben Fans und ... Na ja, sie gehören halt überall dazu und werden verehrt wie Helden.«

Shadow betrachtet mich so eingehend, dass ich mich am liebsten unter seinem Blick winden würde. Doch irgendwie schaffe ich es, ruhig sitzen zu bleiben und nicht woandershin zu sehen.

Seine dunklen Augen funkeln belustigt. »Du brauchst eine Einladung zu den Prüfungen, oder? Also müssen wir diese Magier-Allianz auf dich aufmerksam machen, denn schließlich hast du nun einen Familiar. Als Erstes brauchst du einen Gegner, gegen den du einen möglichst eindrucksvollen Kampf liefern kannst. Du hast Meister-Magier eben mit Helden verglichen, oder?«

Ich nicke perplex und hänge weiterhin an seinen Lippen.

»Dann ziehen wir das auch genauso auf, mit allem was dazugehört.«

»Du meinst, ich darf mir einen Decknamen aussuchen?«, kreische ich. »Und bekomme ein Kostüm?«

»Na klar«, sagt er schmunzelnd. »Von mir aus darfst du auch ein Cape tragen.«

Nun schaffe ich es nicht mehr still zu sitzen. Meine Gedanken wirbeln wild durcheinander, während ich mögliche Namenskombinationen erschaffe und wieder verwerfe. Ich muss nichts überstürzen, denn Shadow hat recht: Zuerst brauche ich einen Gegner. Die Magier-Allianz ignoriert seit Jahren mein Bitten, mich zu den Prüfungen zu laden. Wahrscheinlich werden sie mich auch weiterhin ignorieren, obwohl ich jetzt einen Familiar vorweisen kann. Ich kann mir richtig vorstellen, wie sie jede E-Mail sofort löschen und jeden Brief zerreißen, sobald sie darauf meinen Namen sehen …

Nein, Shadow hat völlig recht: Wir müssen das anders als gewöhnlich angehen. Ich brauche Aufmerksamkeit. Und von meinen Brüdern habe ich gelernt, wie man diese erlangt. Ich muss bekannt werden – und es geht am besten, wenn ich das mache, was Zac und Cal auch tun. Ich kämpfe gegen Abtrünnige, die andere Magier und vor allem Menschen ohne magische Begabung bedrohen. Sie sind eine ständige Gefahr, denn sie attackieren Unschuldige ebenso wie wichtige Ziele. Daher ist der Vergleich von Meister-Magiern mit Helden nicht weit hergeholt.

Aber wie finde ich einen Abtrünnigen, gegen den ich kämpfen – und auch etwas ausrichten – kann? Ich meine, die werden wohl kaum mit einem großen Schild durch die Stadt laufen und darauf warten, dass …

Plötzlich vibriert das Handy auf dem Nachttisch neben dem Bett. Ich springe auf und greife danach, während Shadow jede meiner Bewegungen beobachtet. Es ist Katie; ohne zu zögern, nehme ich den Anruf entgegen.

»Hast du es schon gesehen?«, schreit sie ohne Umschweife in den Hörer.

Um ein Haar lasse ich das Handy fallen. »Nein, was denn?«, frage ich, nachdem ich mich wieder gefangen habe.

»Schalte sofort den Fernseher ein! Es läuft auf allen Kanälen!«

Ich lasse den Blick suchend umherschweifen und entdecke die Fernbedienung zwischen den Kissen. Ich angele danach, komme dabei aber Shadow sehr nah, der mich mit hochgezogenen Augenbrauen mustert.

»Was ist los?«, wispert er, während sein Gesicht nur wenige Zentimeter von meinem entfernt ist. Sein warmer Atem streicht mir dabei über die Haut und mein Herz setzt einen Schlag aus.

Für einen Sekundenbruchteil ist die blöde Fernbedienung vergessen und ich versinke im tiefen Schwarz seiner Augen. Selbst von Nahem kann ich kaum einen Unterschied zwischen Pupille und Iris ausmachen. So was habe ich noch nie gesehen und es kostet mich unbeschreibliche Mühe, mich von diesem Anblick losreißen zu können.

»Ich weiß es noch nicht«, flüstere ich zurück und taste – ohne hinzuschauen – nach der Fernbedienung, um den Fernseher einschalten zu können.

Schon wenige Augenblicke später sehe ich, was Katie meint: Es läuft tatsächlich auf allen Kanälen. Ein Kampf mitten in der Innenstadt. Die beiden Meister-Magier erkenne ich sofort; meine Brüder sind wieder in Bestform. Doch ihr Gegner, den ich noch nie zuvor gesehen habe, steht ihnen in nichts nach. Eine Frau mit schneeweißem Haar und langen wehenden Gewändern pariert die gekonnten Angriffe der beiden Magier und ihrer Familiare und treibt sie immer weiter zurück. Sie brauchen Hilfe, aber wer könnte stark genug sein, um ihnen zu …?

Ich lasse das Handy sinken. »Shadow«, murmele ich. »Ich glaube, wir haben eine Abtrünnige und die nötige Aufmerksamkeit für mich gefunden.«

KAPITEL 7

Felicity

Ich beende das Gespräch, feuere das Handy in die Kissen und flitze zurück an meinen Schreibtisch. Ich wühle mich durch die Zeichnungen und Kritzeleien, die dort wild verteilt liegen.

»Ein Name … Ein Name«, wiederhole ich die ganze Zeit über wie in Trance zu mir selbst.

»Und eine Verkleidung«, erinnert mich Shadow. »Wobei wir bei deinem ersten Auftritt wahrscheinlich improvisieren müssen. Trotzdem sollten wir nicht gleich an die große Glocke hängen, wer du bist. Ich nehme an, hier in der Stadt gibt es einige Magier-Ausstatter?«

Ich nicke mechanisch. »Aber zuerst brauche ich einen Namen, der zu mir passt. Danach brauchen wir die Kostümierung. Oder erst das Kostüm?«

Shadow steigt aus dem Bett und kommt zu mir geschlendert. Ich widerstehe dem Drang, die Kritzeleien vor ihm zu verbergen. Auf unzähligen Blättern habe ich meinen Wunsch, eine Meister-Magierin zu sein, verewigt. Dazu zählte für mich auch stets ein Kostüm, wie ich es von den bekannten Magiern kenne. Kaum einer von ihnen trat mit seinem wahren Namen in der Öffentlichkeit auf; die meisten verbargen ihre wahre Identität wie ein kostbares Gut.

Für mich ist es schon seit jeher ein Traum, ebenso zu sein.

Ich will jemand anderes sein. Jemand Wichtiges. Jemand, der alles schaffen kann, was er sich vornimmt.

Doch dazu müsste ich mich verändern. Als Felicity bin ich nie mehr als die kleine Schwester der beiden Meister-Magier Zachary und Calvin. Aber in meiner Fantasie … Ich habe es zu Papier gebracht. Dilettantische Zeichnungen in hanebüchenen Kostümen, eines scheußlicher als das andere. Diese Zeichnungen anzufertigen ist eine Art Ventil für mich. Wenigstens kann ich in meiner Vorstellung eine mächtige Magierin sein, während ich im richtigen Leben eine Versagerin bin.

»Dein Name sollte etwas mit deiner Magie, dem Glück, zu tun haben«, schlägt Shadow vor, anstatt sich über die Kritzeleien lustig zu machen. Im ersten Augenblick verwirrt mich das. Ich meine, die Zeichnungen sind grottenschlecht! Wenn ich nicht gerade Wichtigeres zu tun hätte, würde selbst ich darüber lachen. Doch Shadow gibt mir nicht das Gefühl, dass meine Kritzeleien und Wünsche lächerlich sind.

»Glück ... Glück ...«, murmele ich monoton. »Was verbinde ich mit Glück? Ein Kleeblatt? Nein, Grün steht mir nicht. Ein Hufeisen! Aber wie sollte dazu das Kostüm aussehen? Also fällt das auch flach.« Seufzend und murmelnd laufe ich im Zimmer auf und ab. Plötzlich bleibe ich stehen. »Ich hab's! Ein Marienkäfer!«

Stöhnend verbirgt Shadow das Gesicht in beiden Händen. »Das ist ein Scherz, oder? Ich werde nicht zulassen, dass du in einem so albernen gepunkteten Kostüm herumläufst wie *Lady Bug*!«

Ich wirbele zu ihm herum und starre ihn aus weit aufgerissenen Augen an. »Du ... kennst die Serie?!«

Er verschränkt die Arme und schnaubt. Ich bin mir nicht sicher, ob diese Geste angewidert oder spöttisch gemeint ist. »Schon möglich. Schließlich habe ich eure Welt notgedrungen im Auge behalten. Aber zurück zum Thema: Wenn du mir jetzt auch noch erzählst, dass du *Chat Noir* heiß findest, kotze ich dir auf den Teppich.«

Mein Gesicht brennt wie Feuer. *Shit*, wie konnte er mich nur so schnell durchschauen? Ich habe doch überhaupt nichts in diese Richtung erwähnt ... Und woher kennt ein Familiar die Serie eigentlich? Ich habe jede Folge und alle Staffeln mindestens dreimal gesehen, aber woher kennt Shadow sie?

»Ich ...« Nervös spiele ich mit den Händen und weiche seinem Blick aus. »Also, weißt du ...«

Shadow seufzt. »Der Junge ist *vierzehn*!«

Bevor ich weiter irgendwelchen Blödsinn labern kann und ich vor Scham im Boden versinke, straffe ich die Schultern. »Auch Vierzehnjährige werden älter«, halte ich dagegen. »Außerdem ist das nur eine Serie und nicht real! Aber darum geht es doch jetzt nicht!«

»Du hast doch mit dem blöden Punkte-Kostüm angefangen!«

»Es war nur eine Idee! Das nennt man Brainstorming! Du bist nicht gut für meine Konzentration!« Ich reibe mir mit zwei Fingern über die Stirn. »Können wir bitte wieder zum Kern der Sache zurückkommen? Meine Brüder brauchen Hilfe!«

Shadow verzieht den Mund, nickt jedoch. »Du hast recht. Entscheide dich fürs Erste für einen Namen. Um das Kostüm kümmern wir uns später. Du ziehst nachher einfach eine Jacke mit Kapuze an, die möglichst weit in dein Gesicht fällt.«

»Ich glaube, ich habe vom letzten Karneval sogar noch eine schwarze Maske herumliegen«, sage ich, flitze nach hinten und beginne bereits, den Kleiderschrank zu durchwühlen.

Irgendwo hier muss sie doch sein … Ich ertaste das samtige Material des Umhangs im hintersten Winkel des obersten Regals, doch ich schaffe es nicht, die Maske und das Cape hervorzuziehen, egal wie sehr ich mich strecke und auf die Zehenspitzen stelle.

Plötzlich spüre ich Hände an meiner Taille, und ehe ich mich's versehe, verstärkt sich der Griff um mich und ich werde gut zwanzig Zentimeter hochgehoben. Japsend schnappe ich nach Luft, greife aber schnell nach dem Umhang und der schwarzen Maske, die daneben liegt, bevor ich vergesse, warum ich überhaupt hier bin.

»Du bist zu klein für so hohe Schränke«, murmelt Shadow viel zu nah an meinem Ohr, nachdem er mich wieder herunter-, aber nicht losgelassen hat. »Wer hat dich bisher hochgehoben, damit du an die obersten Regale herankamst?«

Ich schlucke krampfhaft. »Niemand.« Meine Stimme klingt seltsam schrill. Die Wärme seiner Hände dringt durch den dünnen Shirtstoff. Ich hätte nicht erwartet, dass ein Schatten-Familiar so warme Hände hat. »Normalerweise klettere ich auf den Stuhl oder hole mir einen Hocker.«

»Tatsächlich?« Shadows Stimme gleicht einem Raunen. »Hat dir nie jemand gesagt, dass es gefährlich ist, auf Drehstühle zu klettern? Wie gut, dass du mich jetzt hast.«

Ich wende ihm den Kopf ein Stück zu, um meinen Familiar aus den Augenwinkeln ansehen zu können. »Du glaubst, ich sollte dich behalten, damit du mir Sachen aus den Schrankfächern holen kannst, an die ich nicht herankomme?«

Ein übermütiges Grinsen zupft an seinen Mundwinkeln. »Das wäre einer der Gründe, warum du mich nicht zurückschicken solltest. Ich mag das Wort ›behalten‹ nicht. Wie ich schon mehrmals sagte, ich bin kein Haustier.«

Warum stelle ich mir gerade vor, wie ihm ein schwarzes Lederhalsband stehen würde? Natürlich während er ansonsten völlig na... Okay, das geht zu weit! Furchtbar, dass sich mein Gehirn verabschiedet, sobald er in der Nähe ist! Das ist doch sonst nicht meine Art! Ich habe mir noch nie einen Mann nackt vorgestellt, nicht mal Justin.

Shadow nimmt die Hände von mir und ich kann mich ganz zu ihm umdrehen. Ich presse den Umhang und die Maske an mich. Kurz hadere ich mit mir, ob ich dazu wirklich noch etwas sagen soll, doch bevor ich den Entschluss, doch besser zu schweigen, gefasst habe, sprudeln die Worte aus mir hervor.

»Aber du bist auch kein Mensch«, murmele ich. »Und du würdest mir gehören. Du ... du wärst das erste Lebewesen, das mir gehören würde. Also würde dich das zu meinem Haustier 2.0 machen. Irgendwie zumindest.«

Kommt es mir nur so vor oder ist innerhalb der letzten dreißig Sekunden die Temperatur im Raum um gefühlte zehn Grad gestiegen? Meine Wangen brennen schon wieder so seltsam und das Atmen fällt mir plötzlich schwer. Shadow steht so nah bei mir, dass wir uns fast berühren, doch seine Miene ist unergründlich. Die leicht zusammengezogenen Brauen lassen die ohnehin schwarzen Augen noch dunkler erscheinen, sofern das überhaupt möglich ist. Er schaut mich an, als hätte ich etwas Wichtiges gesagt, wovon er jedoch noch nicht wusste, wie er es einordnen sollte. Oder ärgert er sich darüber, dass ich ihn wieder als Haustier bezeichnet habe?

Ich werde einfach nicht schlau aus dem Kerl! Aber ich schaffe es auch nicht, mich von seinem Anblick loszureißen. Ich stehe nur da und sehe zu ihm auf, ohne dabei einen Muskel zu rühren. Der Umhang und die Maske in meinen

Händen sind ebenso vergessen wie Zac und Cal, die Hilfe benötigen. Ich müsste mich nur ein Stück nach vorn lehnen, um Shadow zu berühren. Aber warum sollte ich das wollen?

Und warum finde ich seine Augen so faszinierend? Ich hätte es nie für möglich gehalten … Bisher dachte ich, dass ich auf meerblaue Augen – wie Justins – stehen würde, aber Shadows finde ich … interessanter. Jedes Mal, wenn ich mich in ihnen verliere, wächst in mir der Wunsch, ihre bodenlose Tiefe ergründen zu wollen.

Er öffnet den Mund, um etwas zu sagen, doch bevor er einen Ton herausbringen kann, gelingt es mir, mich aus der Starre zu befreien. Ich wende kurz den Blick ab und atme tief durch.

»Wir …«, krächze ich und räuspere mich schnell, »wir müssen uns beeilen.«

Sein abschätzender Blick wird eine Spur weicher. »Du brauchst noch eine andere Hose und eine Jacke«, sagt er geschäftig, als hätte es eben keine seltsame Spannung zwischen uns gegeben. »Am besten auch alles in Schwarz wie der Umhang und die Maske. Nachdem wir deinen Brüdern geholfen haben, kannst du dir Gedanken über das Kostüm machen, das du zukünftig tragen willst.«

»Aber jetzt müssen wir improvisieren, ich weiß«, füge ich hinzu.

Schmunzelnd beugt er sich ein Stück zu mir herunter. »Muss ich dich wieder hochheben, damit du an die restlichen Klamotten kommst?«

Ich spüre eine leichte Röte die Wangen hinaufkriechen. »Nein. Der Rest ist in Griffhöhe. Nur das Zeug, das ich nicht so oft brauche, ist …« Mist, ich verfalle schon wieder ins Plappern. »Wie auch immer …«

Ich wirbele herum und zerre eine schwarze Jacke vom Kleiderbügel, bevor ich die erstbeste schwarze Hose schnappe, die auf dem Stapel liegt.

»Was brauche ich noch?«, will ich wissen.

»Nichts«, antwortet Shadow. »Den Rest überdecke ich mit meiner Schattenmagie. Niemand wird dich erkennen, auch deine Stimme nicht.« Bevor ich fragen kann, was er damit meint, dreht er mir den Rücken zu. »Beeil dich und zieh dich um!«

Schnell werfe ich ihm noch einen Blick zu, um sicherzugehen, dass er nicht doch linst, und streife mir dann in Windeseile T-Shirt und Jeans ab, um in die schwarze Kleidung zu schlüpfen.

»Fertig«, rufe ich Shadow zu.

Er kommt auf mich zu und nimmt mir die Maske aus der Hand, um sie mir anzulegen. Ich spüre seine Finger am Hinterkopf und im Nacken, als er die Schleife bindet. Jede Berührung schickt kleine Stromstöße durch meinen Körper und ich muss mir auf die Lippe beißen, um keinen Laut von mir zu geben. Es ist ungewohnt für mich, von jemandem berührt zu werden. Bis auf Katie lasse ich niemanden so nah an mich heran, erst recht kein männliches Wesen, weil ich es wegen meiner Gabe nicht aushalte. Selbst Zac und Cal haben mittlerweile verstanden, dass es mir besser geht, wenn sie mindestens einen Meter Abstand halten.

Als ich seine Berührungen nicht mehr spüre, drehe ich mich zu Shadow um. »Was ist mit dir? Musst du dich auch vorbereiten?«

Er schmunzelt über die Frage. »Mich kennt sowieso niemand, deshalb muss ich mich nicht verkleiden. Außerdem wird es für einen Außenstehenden so aussehen, als würdest du über Schattenmagie verfügen. Aber jetzt lass uns aufbrechen! Ich erkläre dir den Rest unterwegs.«

Mist! Ich habe mir noch gar keine Gedanken darüber gemacht, wie wir überhaupt in die Stadt kommen. Mit einem Taxi bestimmt nicht; der gesamte Umkreis wird gesperrt sein, um Kollateralschäden weitestgehend zu vermeiden. Zu Fuß ist es viel zu weit und ein Fahrrad besitze ich nicht. Während ich fieberhaft nach einer Lösung für dieses Problem suche, knabbere ich nervös am Daumennagel.

Shadow greift nach meiner Hand und entwindet sie mit sanftem Druck weiteren Misshandlungsversuchen. Verwirrt schaue ich zu ihm auf.

»Vertraust du mir?«, fragt er.

Ich blinzele mehrmals. »Ich kenne dich seit gerade mal ein paar Stunden. Ist das eine Fangfrage?«

Natürlich vertraue ich ihm nicht. Wie käme ich denn dazu? Nicht nach so kurzer Zeit. Vertrauen ist allgemein etwas, was äußerst rar bei mir gesät ist. Die Liste derer, denen ich vertraue, lässt sich auf drei Personen herunterbrechen.

Und davon, auf dieser Liste zu landen, ist Shadow noch meilenweit entfernt. Vielleicht wird sein Name auch niemals darauf stehen, weil ich ihn nicht lange genug behalte, um Vertrauen zu ihm aufbauen zu können.

Allerdings scheint ihm die Zurückweisung nichts auszumachen. Der Druck seiner Finger um meine Hand verstärkt sich. »Dann solltest du schleunigst über deinen Schatten springen«, murmelt er.

»Warum?«, frage ich.

»Weil ich uns dorthin bringen kann, wo der Kampf stattfindet«, erklärt er.

»Wie?«

»Kleines«, raunt er, »in den paar Stunden, die du mich kennst, hast du nicht einmal einen Bruchteil meiner Kraft zu sehen bekommen. Wie ich bereits sagte, ich habe einige Tricks auf Lager, die du dir nicht entgehen lassen solltest.«

»Irgendwie werde ich das Gefühl nicht los, dass du mich nur so lange hinhalten willst, bis die Rückgabefrist für dich abgelaufen ist«, grummele ich.

Mit einem verschmitzten Lächeln auf den Lippen zuckt er mit den Schultern. »Was ist nun? Vertraust du mir?«

Ich kaue für einen Moment auf der Unterlippe, während ich meine Möglichkeiten abwäge. »Habe ich eine Wahl?«

»Ist das ein Ja?«

Ich grummele erneut, seufze anschließend und ringe mich dann zu einem Nicken durch. Notgedrungen.

Er beugt sich näher zu mir. Fast ist es mir schon *zu nah*. Aber eben nur fast.

»Augen zu«, flüstert er.

»Hast du sie nicht mehr alle?«

Statt darauf einzugehen, zieht er nur abwartend eine Augenbraue nach oben. »Wie lange halten deine Brüder ohne unsere Hilfe noch durch?«

Ich knirsche mit den Zähnen. Woher weiß er nur, was er zu mir sagen muss, um meinen Widerstand zu brechen? Ich würde fast alles tun, um Zac und Cal zu helfen. Und um gegen meinen eigenen möglichen Erzfeind kämpfen zu dürfen! Das beinhaltet auch, dass ich mein Schicksal in die Hände eines mir beinahe gänzlich unbekannten Familiars lege. Weil ich verdammt noch mal keine andere Wahl habe. Keine Ahnung, wie er das Kunststück, uns in die Stadt zu schaffen, vollbringen will, aber ohne seine Hilfe gelingt es mir niemals, am Schauplatz des Kampfes einzutreffen, bevor eine Entscheidung gefallen ist.

Meine einzige Chance auf ein anderes – besseres! – Leben ist der Schatten-Familiar vor mir. Um mein Schicksal endlich ändern zu können, muss ich es wohl oder übel in seine Hände legen.

Ich seufze und gebe auf. Gehorsam schließe ich die Augen. Mein Herz trommelt wie verrückt gegen den Brustkorb. Ich spüre, dass er auch nach meiner anderen Hand greift.

Und dann habe ich plötzlich das Gefühl zu fallen.

***

Endlos lang, so scheint es mir, kribbelt es im Bauch. Als Kind, bevor meine nervige Gabe zum Problem wurde, haben wir mit der ganzen Familie einen Ausflug in einen Vergnügungspark gemacht. Ich bin mit Cal und Zac den Tag über Achterbahn gefahren. Das Gefühl, das jetzt gerade von meinem Körper Besitz ergreift, lässt sich am besten mit einer Achterbahnfahrt der ganz üblen Sorte vergleichen. Einer, bei der man weiß, dass es keine Sicherungsbügel gibt, man aber trotzdem die Arme nach oben reißt, während man mit halsbrecherischer Geschwindigkeit vom höchsten Punkt in den Abgrund rattert.

Obwohl mir bewusst ist, dass meine Augen weit geöffnet sind, ist alles um mich herum pechschwarz. Ich würde in Panik verfallen, wäre da nicht Shadows Griff, der mich durch die Dunkelheit leitet und mir Halt gibt. Ich weiß, dass er hier ist, auch wenn ich ihn nicht sehen kann.

Sein Griff löst sich auch nicht, als ich endlich wieder festen Boden unter den Füßen habe und es um mich herum heller wird. Ich kneife die Augen zu, weil das plötzliche Licht darin brennt. Wir stehen direkt unter einer flackernden Straßenlaterne. *Wie kommt die denn in mein Zimmer?!*

»Gleichmäßig weiter atmen«, flüstert Shadow. »Und nicht erschrecken.«

Als ich mich an die Helligkeit gewöhnt habe, schaue ich an ihm vorbei und ziehe scharf die Luft ein. Sofort erkenne ich die Umgebung. Wir sind mitten in der Stadt. Dort drüben gehe ich oft mit Katie zu Mittag essen und nur drei Straßen weiter ist ihre Wohnung. Aber wie sind wir so schnell hierhergekommen?

Ein ohrenbetäubender Knall lässt mich zusammenzucken. Shadow packt mich an den Schultern und stößt mich zur Seite, als direkt hinter uns eine Schaufensterscheibe in tausend Teile zerbirst. Der Aufprall auf dem Asphalt presst mir sämtliche Luft aus den Lungen, doch ich liege außerhalb des Scherbenregens.

Panisch sehe ich mich nach Shadow um, entdecke ihn aber an meiner anderen Seite. Auch er scheint unverletzt zu sein.

Als ich nach oben schaue, erkenne ich Zac, der durch die Luft fliegt und mit Windböen um sich schleudert. Eine davon war anscheinend für das kaputte Fenster verantwortlich. Von der Abtrünnigen, die er bekämpft, ist nichts zu sehen. Wahrscheinlich verbirgt sie sich in einer der engen Gassen.

Shadow springt auf die Füße, packt mich unter dem Arm und hievt mich hoch.

»Komm mit«, sagt er eindringlich und zieht mich in eine Seitenstraße.

Hier ist es dunkler; das flackernde Licht der Laterne erreicht uns kaum. Bei der ganzen Aufregung habe ich völlig vergessen, dass es mitten in der Nacht sein muss. Der fast volle Mond ist wolkenverhangen.

Als Shadow stehen bleibt, erhasche ich einen Blick auf sein Gesicht: Die Augenbrauen hat er sorgenvoll zusammengezogen und um den Mund lauert ein verkniffener Ausdruck.

Mit dem Zeigefinger hebt er mein Kinn an und betrachtet mich so eingehend, dass mich ein warmer Schauer durchströmt. »Bist du okay?«

Ich ringe mich zu einem Nicken durch. »Die Knie zittern und mir ist übel, aber sonst ist alles gut.«

Die Sorge verschwindet aus seiner Miene und für einen Moment meine ich, so was wie Stolz in seinem Blick aufflammen zu sehen. »Du hast deinen ersten Schattensprung super gemeistert. Die meisten anderen müssen sich danach übergeben und brauchen eine Weile, bis sie wieder auf eigenen Beinen stehen können.«

»Schattensprung?«, hake ich nach.

»Die Fähigkeit, große Entfernungen in den Schatten zurückzulegen«, erklärt Shadow. »Es kostet mich sehr viel Kraft, deshalb kann ich dieses Kunststück nicht allzu oft vorführen, erst recht nicht, wenn ich jemanden mitnehmen muss. Aber«, er umschließt meine Hand mit den Fingern und führt sie an seine Lippen, »zum Glück verfügst du über genügend Magie, um mich wieder aufzuladen.«

Er küsst den Ring und wieder werde ich von diesem merkwürdig belebenden Sog erfasst. Grauer Rauch tanzt in seinen Augen, während er jede noch so kleine Regung von mir beobachtet. Ich bin außerstande, den Blick abzuwenden, obwohl ich am liebsten mit einem wohligen Seufzen die Augen schließen würde. Viel zu schnell für meinen Geschmack lässt er jedoch die Hand wieder los und zupft anschließend die Kapuze in Position.

»Deine Brüder brauchen Hilfe«, sagt er, »deshalb muss ich meine Erklärung kurz halten. Ich werde mich in deinem Schatten verbergen und von dort aus über dich wachen. Du wirst über meine Kräfte verfügen und ich kann deine Gestalt und sogar deine Stimme verschleiern, sodass niemand dich erkennen wird.«

»Ich kann dann mit Schattenblitzen um mich schießen?«, frage ich.

Shadow nickt. »Aber übertreibe es nicht! Konzentriere dich darauf, weswegen du hier bist. Auch meine Kräfte sind begrenzt, deshalb musst du ebenso auf deine eigenen zurückgreifen.«

Jetzt verstehe ich gar nichts mehr. »Ich habe doch gar keine eigenen Kräfte ...«

Verdammt, wir hätten vorher einen Crashkurs oder ein Familiar-Training für Anfänger absolvieren sollen! Nun stehe ich hier in einer albernen zusammengewürfelten Montur und habe keinen Schimmer, was ich machen soll. Sosehr ich danach strebe, endlich eine bekannte Magierin sein zu dürfen, so wenig leide ich unter Todessehnsucht. Und dass ich hierbei draufgehen könnte, ist ziemlich wahrscheinlich.

Shadows Blick verdüstert sich. »Weitere Erklärungen verschieben wir lieber auf später. Es würde dich zu viel Kraft kosten, es ohne Training zu versuchen. Konzentriere dich auf meine Schattenkraft! Das sollte ausreichen, um genügend Verwirrung zu stiften, damit deine Brüder wieder die Oberhand gewinnen können.«

»Und wenn …«

Er legt mir zwei Finger an die Lippen und unterbricht dadurch meinen Protest. Ich widerstehe nur knapp dem Drang, die Zunge vorzustrecken, um zu erfahren, wie seine Haut schmeckt.

»Wir haben dafür keine Zeit! Ich werde jetzt mit deinem Schatten verschmelzen und danach wirst du diese Abtrünnige finden, die deinen Brüdern gerade ihre Allerwertesten aufreißt!«

Ich schlucke einen erneuten Widerspruch hinunter, verdränge alle verstörenden Gedanken, die nichts mit dem Kampf zu tun haben, in eine imaginäre Kiste, die ich anschließend mit zwanzig Schlössern sichere, und nicke.

Shadow legt eine Hand an meine Wange und lächelt mich an. »Du schaffst das, *Lady Luck*!«

Ein Kribbeln rauscht bei seinen Worten durch meinen Körper, doch bevor ich etwas erwidern kann, lässt er die Hand sinken und tritt hinter mich. Als ich mich zu ihm umdrehen will, ist er verschwunden.

Lady Luck.

Die Namensfrage habe ich in dem ganzen Chaos beinahe vergessen, aber Shadows Vorschlag ist zehnmal besser als alles, was mir eingefallen ist.

Eine dunkle, doch gleichzeitig angenehme Energie brandet in mir auf. Vorsichtig, beinahe liebevoll, hüllt sie mich ein und lässt eine ungeahnte Kraft durch mich hindurch bis hinab in meine Fingerspitzen pulsieren. Ich balle die Hände zu Fäusten und genieße für einen Moment die fremde Macht, die mich durchströmt und bestärkt.

Nie hätte ich es für möglich gehalten, dass die Verbindung mit einem Familiar derart … berauschend sein würde. Ich fühle mich nicht nur stärker, sondern unbesiegbar. Früher habe ich einfach nur gehofft, dass ein Familiar dabei helfen könnte, weniger unter meiner Gabe zu leiden. Jetzt frage ich mich, wie ich je wieder auf diese Verbindung verzichten soll.

Dennoch zögert ein – zugegebenermaßen sehr kleiner – Teil in mir. Bin ich wirklich bereit dazu, gegen einen abtrünnigen Magier zu kämpfen, dem sogar meine Brüder zu zweit nicht gewachsen sind?

»Du kriegst das hin«, höre ich Shadows Stimme. Nicht in meinen Ohren, sondern im Inneren, als wäre er eins mit mir geworden.

Ich kann ihn nicht sehen, aber ich spüre ihn. Ich weiß, dass er da ist, und dieses Wissen gibt mir die nötige Kraft, um weiterzumachen. Anders als gewöhnlich bin ich nicht allein. Es gibt jemanden, der an mich glaubt und mir mehr zutraut, als ich es selbst tue.

Jemand, der mehr in mir sieht als eine Fußnote in unserer Familienchronik oder eine kleine Schwester, die beschützt werden muss.

Ich schüttele die letzten Zweifel ab und renne los, beflügelt von dem warmen Gefühl, das sich in mir einnistet.

KAPITEL 8

Felicity

Der Platz des Geschehens ist nicht schwer zu finden. Ich muss nur den stärker werdenden Erschütterungen und Flammensäulen folgen, die mir den Weg weisen. Zum Glück weiß ich, dass die Regierung für sämtliche Schäden, die während eines Kampfes entstehen, aufkommen wird, deshalb störe ich mich nicht an den zertrümmerten Gebäuden und aufgerissenen Straßen.

»Sehr subtil gehen deine Brüder ja nicht vor«, kommentiert Shadow unsere Umgebung.

»Meine Brüder sind Meister-Magier und damit Profis«, versuche ich sie zu verteidigen.

Ich spüre sein Lachen in mir. *»Profis, die von ihrer kleinen Schwester und deren Haustier-Familiar gerettet werden müssen.«*

Nun steigt auch in mir ein Lachen auf, ohne dass ich es verhindern kann, ehe ich weiter durch die verwüsteten Straßen renne. Streng genommen ist es ein furchtbarer Zeitpunkt, um in Lachen auszubrechen, doch ich kann mich nicht daran erinnern, wann ich mich zuletzt so ... frei gefühlt habe.

Angst verspüre ich schon seit dem Zeitpunkt nicht mehr, als Shadow mit meinem Schatten verschmolz.

Ich werde gegen eine abtrünnige Magierin kämpfen, an der sogar meine mächtigen Brüder zu knabbern haben. Ich werde es sein, die sie rettet – die *alle* rettet. Und dann muss die Magier-Allianz mich zu den Prüfungen zulassen!

Ich werde selbst eine Meister-Magierin und berühmt und ... und irgendwann wird es Actionfiguren von mir geben.

»Actionfiguren?«, wiederholt Shadow ungläubig. *»Das ist dein Traum? Ich dachte, es geht dir darum, nicht zu einer Randnotiz in deiner Familienchronik werden.«*

Im Laufen zucke ich mit den Schultern, obwohl er es wahrscheinlich nicht sehen kann. *»Niemand, von dem eine Actionfigur hergestellt wurde, verkommt zu einer Randnotiz. Dadurch schlage ich also zwei Fliegen mit einer Klappe.«*

»Sollten Meister-Magier nicht größere Träume und Ziele haben?«, bohrt er weiter. *»Weltfrieden, zum Beispiel? Oder das Beschützen aller Unschuldigen?«*

»Nein. Eine Actionfigur, auf deren Karton mein Name steht, reicht mir völlig aus.«

Als Antwort vernehme ich nichts weiter als ein Seufzen, doch ich schäme mich nicht dafür. Nun, da ich endlich einen eigenen Familiar habe, werde ich mich nicht mehr damit zufriedengeben, nur noch zu den Prüfungen zugelassen zu werden und sie mit viel Glück irgendwie zu bestehen. Nein, ich will meine Brüder überflügeln, die mich jahrelang haben glauben lassen, dass ich unwichtig sei. Ich werde besser sein als sie.

Und ein Meilenstein auf diesem Weg ist eine Actionfigur, denn weder von *Ice King* noch von *Air Master* gibt es eine. Aber von mir – von *Lady Luck* – wird es eine geben! Dafür werde ich sorgen.

***

Der eigentliche Kampf ist mitten auf dem Platz im Zentrum der Stadt ausgebrochen. Die gesamte Umgebung des beliebtesten Treffpunktes ist völlig verwüstet, und wenn ich nicht genau wüsste, wo ich mich befinde, würde ich diesen Platz nicht wiedererkennen.

Terra, der Familiar meines ältesten Bruders Zac, scheint mit ihrer Erdbeben-Gabe nicht gegeizt zu haben. Doch auch die anderen müssen ganzen Einsatz gezeigt haben. Eiszapfen hängen von den Stromleitungen. Nur wenige Meter weiter steht ein Strauch in Flammen. Daneben liegt ein entwurzelter Baum. Es wird Wochen dauern, um dieses Chaos zu beseitigen … Aber es zeigt, wie sehr sie sich im Kampf gegen die fremde Magierin anstrengen mussten. Normalerweise reicht es aus, wenn Zac oder Cal ein paar ihrer Zauber zeigen, um einen Abtrünnigen oder eine Abtrünnige zum Aufgeben zu bewegen. Doch diesmal scheint es auf einen ebenbürtigen Kampf hinauszulaufen, etwas, womit es meine Brüder schon lange nicht mehr zu tun hatten. Hoffentlich fällt es ihnen nicht auf die Füße, dass sie in den letzten Monaten ihr Training ziemlich schleifen ließen.

Vorsichtig und nach allen Seiten spähend schleiche ich vorwärts. Immer wieder suche ich nach dem zweiten Bewusstsein, das neben meinem in mir ruht, um sicher zu sein, dass Shadow noch bei mir ist. Sobald er mit einem leichten Impuls auf mein Suchen antwortet, beruhigt sich mein Herzschlag wieder.

Ich schaffe das. Ich bin nicht allein.

Plötzlich bebt der Boden unter meinen Füßen erneut. Ich mache einen Satz zur Seite, um nicht in einen der Risse zu geraten, die sich zwischen den Pflastersteinen auftun. Ich kann bis hinunter zu den Leitungen schauen, die unterirdisch verlaufen. Wenn Terra nicht besser aufpasst, dann ... Auf einmal entdecke ich Lumias Feuerschein zwischen den verbliebenen Bäumen. Oje, wenn sie in ihrer Phönixgestalt kämpft, kann das nichts Gutes bedeuten ... Ich streife das abwägende Zögern ab und haste weiter, klettere über umgestürzte Stämme, bis ich endlich beim eigentlichen Kampf ankomme.

Ich hatte recht damit, dass Lumia in ihrer Phönixgestalt war, allerdings verwandelt sie sich gerade zurück, als sie von einem Wasserstrahl aus einem der Hydranten getroffen wird. Durch die Kraft und den Druck des Wassers wird sie einige Meter durch die Luft geschleudert, kommt so hart auf, dass ich sogar den Aufprall bis zu mir hören kann, und schlittert anschließend über den Boden, bis sie reglos liegen bleibt. Alles dauert nur ein paar Sekunden, in denen ich die Luft anhalte, während mir das Herz bis zum Hals schlägt.

»Lumia!«, schreit Cal. Er hält den rechten Arm umklammert und humpelt auf seinen niedergestreckten Familiar zu. Ist das Blut an seiner Stirn? Ich kann es von hier aus nicht genau erkennen.

Weiter hinten entdecke ich auch Terra, die ebenfalls am Boden liegt und sich nicht mehr bewegt. Doch wo ist Zac?

Ein eisiger Knoten bildet sich in meinem Magen. Zwar sehe ich das Glimmen der beiden Familiare und weiß daher, dass sie nicht tot sind, doch ... Sie und meine Brüder sind verletzt – das waren sie schon öfter –, aber mir ist nie in den Sinn gekommen, dass es da draußen jemanden gäbe, der sie besiegen könnte. Nun die beiden starken Wesen am Boden zu sehen macht mir plötzlich bewusst, dass es *niemanden* gibt, der unbesiegbar ist. Auch nicht die beiden gefeierten Meister-Magier mit ihren besonderen Familiaren.

Als sich Cal neben Lumia kniet, verzieht er vor Schmerzen das Gesicht. Doch vor allem Erschöpfung scheint seine Bewegungen fahrig wirken zu lassen. Ich kann mich nicht daran erinnern, wann ich ihn je in einem solchen Zustand gesehen habe. Er hatte schon immer eine helle, fast schneeweiße Haut, aber nun wirkt seine Gesichtsfarbe gräulich und sterbenskrank. *Ausgezehrt.* Die Erkenntnis durchzuckt mich wie ein Blitz. *Ice King* ist am Ende seiner Kräfte.

Erneut strömt ein Wasserschwall auf sie zu, doch er wird im letzten Moment von einem starken Windstoß umgeleitet und brandet stattdessen gegen ein Gebäude in der Nähe.

Zac landet ungelenk neben seinem Bruder. Noch nie habe ich ihn eine Landung verpatzen sehen ... Die Luft ist sein Element und ich hatte immer das Gefühl, dass er sich in den Wolken heimischer fühlt als auf der Erde. Doch jetzt hat er Mühe, auf den Beinen zu bleiben, denn er scheint stärker von der Erde angezogen zu werden als gewöhnlich. Anschließend humpelt er hinüber zu seinem verletzten Familiar.

Wie erstarrt bleibe ich an Ort und Stelle stehen und beobachte die Szene mit weit aufgerissenen Augen. Das ... kann nicht sein! Was ist das bloß für eine Abtrünnige, die meine *beiden* Brüder in die Knie zwingt? Ich begreife es einfach nicht.

»Nimm sie und verschwindet!«, ruft Zac nur Cal zu. »Ich kümmere mich um die Abtrünnige!«

»Und wie willst du das hinkriegen?«, herrscht Cal ihn an. »Du bist mindestens genauso fertig wie ich. Und Terra wird dir auch keine Unterstützung sein.«

»Habt ihr endlich begriffen, dass ihr gegen mich keine Chance habt?«

Zeitgleich heben meine Brüder die Köpfe und schauen in die Richtung, aus der die Stimme kam, bevor sie sich schützend über ihre Familiare lehnen. Zwischen den Trümmern, die einmal ein Springbrunnen waren, tritt die Frau, die wir im Fernsehen sahen, hervor. Ihr weißes Haar reflektiert sogar die schwachen Mondstrahlen, wodurch sie auf unnatürliche Weise zu glühen scheint. Was ich in den Nachrichten für wehende Gewänder gehalten habe, entpuppt sich als ein zerfetzter Mantel. Die Frau ist groß und schlank und schätzungsweise ein paar Jahre älter als ich, aber das ist auf die Entfernung schlecht zu sagen.

Sie hebt die Hände, woraufhin jeder Tropfen Wasser in der Umgebung ein Eigenleben zu entwickeln scheint. Sie schweben auf sie zu, sammeln sich über ihren Handflächen zu Kugeln.

»Eine Wasserbändigerin«, murmelt Shadow.

»Höre ich da Bewunderung aus deiner Stimme heraus?«, grolle ich, wobei ich nicht minder beeindruckt von diesem Schauspiel bin.

Anders als meine Brüder, die ihre Elemente erst selbst erschaffen müssen, scheint es der Abtrünnigen möglich zu sein, bereits vorhandenem Wasser ihren Willen aufzuzwingen. Dadurch würde sie sich den Kraftverbrauch für den erschaffenen Zauber komplett sparen, und da Wasser nahezu überall verfügbar ist, kann sie ihre Gabe auch an nahezu allen Orten einsetzen. Sie ist auf keine äußeren Einflüsse angewiesen – wenn wir das Kämpfen in der Wüste mal außer Acht lassen. Kein Wunder, dass meine Brüder Schwierigkeiten haben, sie zu besiegen. Sie hält einfach länger durch. Cal kann zwar einen Blizzard beschwören, aber wenn dessen Macht verbraucht ist, muss er erst einen neuen hervorrufen, bevor er einen weiteren Angriff starten kann. Vor diesem Problem steht die Abtrünnige nicht: Sie bedient sich einfach der vorhandenen Ressourcen. Ganz schön clever, wenn ich es recht bedenke.

Zeit einzugreifen, sage ich innerlich mehr zu mir selbst als zu Shadow, doch er antwortet erneut mittels eines kurzen Impulses, der mir das letzte Quäntchen Mut gibt, um tatsächlich einen Schritt nach vorn zu machen und die Hand zu heben. Ohne ein weiteres Zutun von mir erscheint ein Schattenblitz und rast auf die Abtrünnige zu. Sie reagiert zu spät; der Zauber trifft sie mit voller Wucht und schleudert sie zur Seite. Ihr Aufschrei ist Musik in meinen Ohren.

Das hast du davon, dass du meine Brüder verletzt, du blöde Kuh!

Sichtlich verwirrt starren Zac und Cal in meine Richtung. Ich trete aus den Schatten, in denen ich mich bis eben verborgen habe. Jede Sekunde rechne ich damit, dass sie mich erkennen und dazu zwingen, sofort nach Hause zu gehen.

Ich warte auf ihre Sprüche, dass das hier kein Ort zum Spielen sei und ich brav zu Hause auf sie warten solle. Doch keinerlei Erkenntnis zeichnet sich auf ihren Mienen ab. Sie haben nicht den leisesten Schimmer, wer vor ihnen steht und ihnen gerade den Allerwertesten gerettet hat. Ich schmunzele.

»Ich habe dir doch gesagt, dass sie dich nicht erkennen werden«, sagt Shadow. *»Du kannst auch mit ihnen reden, wenn du willst.«*

Cal, der mir am nächsten ist, funkelt mich aus leicht verengten Augen an. »Freund oder Feind?«

Ich gebe ein Schnauben von mir. »Freund, wie es aussieht. Ansonsten hätte ich den Schattenblitz auf einen von euch geschossen. Sonderlich viel entgegenzusetzen hättet ihr ja nicht.«

Über die Schulter hinweg tauschen meine Brüder einen schnellen Blick. Das haben sie schon immer gemacht. Als Kind habe ich sie oft für diese wortlose Art ihrer Kommunikation gleichermaßen bewundert wie beneidet.

»Wir haben dich noch nie hier gesehen«, sagt Zac, ohne mich auch nur eine weitere Sekunde aus den Augen zu lassen.

Ich zucke mit den Schultern. »Ich bin neu in der Stadt. Sozusagen.«

»Wenn eine Schattenformerin neu in der Stadt wäre, hätten wir davon gehört«, grollt Cal.

Einen Moment lang bin ich verwirrt, dann schaue ich an mir hinab und entdecke dunkle Schwaden, die meinen Körper einhüllen. Und eben der Schattenblitz. Deshalb denken sie, ich sei eine Schattenformerin. Dabei bin ich das genaue Gegenteil.

»Für heute bist du eine Schattenformerin«, kommentiert Shadow meinen Gedankengang. *»Um den Rest – das, was du bist und kannst – kümmern wir uns in Ruhe.«*

Ich murmele innerlich eine Zustimmung und konzentriere mich wieder darauf, meine Rolle zu spielen.

»Schafft ihr es, eure Familiare in Sicherheit zu bringen?«, frage ich meine Brüder. »Die beiden sehen mir aus, als brauchten sie eine Extraportion eurer Magie, um wieder auf die Beine zu kommen.«

Erneut tauschen Zac und Cal einen Blick und ich verziehe den Mund. Was würde ich dafür geben, wenn es in meinem Leben ebenfalls jemanden gäbe, mit dem ich mich wortlos verständigen könnte! Wie als Antwort spüre ich einen von Shadows Impulsen durch mich hindurchrauschen.

»Wir haben keine Magie mehr übrig, die wir ihnen entgegensetzen könnten«, antwortet Zac nach einem Moment des Zögerns. »Wir sind völlig ...« Er verzieht den Mund, als könnte er selbst nicht glauben, was er da sagt. »... ausgepowert.«

»Während des Kampfes haben wir sie die ganze Zeit über mit Magie versorgt«, berichtet Cal weiter. »Sonst wären sie schon viel früher niedergestreckt worden.«

Zacs Blick wird plötzlich dunkel, als er unseren Bruder betrachtet, und auch ich zucke bei Cals Worten zusammen. Nein, nicht bei seinen Worten, sondern bei der Art, wie er es sagt. So ... emotionslos, als sei es ein Fakt und als würde nicht sein Familiar völlig entkräftet vor ihm liegen. Es kommt mir fast vor, als würde ihn das ... nicht interessieren. Irgendetwas stimmt hier nicht ... Aber dafür haben wir jetzt keine Zeit!

»Nehmt eure Familiare und verschwindet von hier«, sage ich streng. »Ich erledige die Abtrünnige.«

Ich ernte verständnislose und ein bisschen mitleidige Blicke. Ich hasse es, dass sie mir nichts zutrauen, selbst wenn sie nicht wissen, dass ich es bin, die vor ihnen steht. Anscheinend bringen sie diese Art von Skepsis jedem entgegen, den sie nicht einschätzen können. Dennoch regt es mich auf und ich muss mich beherrschen, um nicht frustriert aufzuschreien.

»Du hast keinen Familiar«, stellt Zac unnötigerweise fest, nachdem er sich umgesehen hat. »So bist du ihr keinesfalls gewachsen.«

»Du hast den Schattenblitz, der sie ausgeknockt hat, eben auch gesehen, oder?«, entgegne ich leicht angesäuert.

Es fällt mir schwer, nicht ausfällig zu werden. Die Abtrünnige liegt am Boden – besiegt, nach einem einzigen Angriff. Ich habe das vollbracht, wozu sie zu viert nicht in der Lage waren! Kurz brandet ein Impuls in mir auf. Okay, Shadow hat auch einen Teil dazu beigetragen ... Aber trotzdem! Ich bin es so leid, ständig unterschätzt zu werden!

»Wie es scheint, habe ich die Sache besser unter Kontrolle als ihr«, entgegne ich so ruhig wie möglich, obwohl ein Grollen in meiner Stimme vibriert.

»Ihr seid hier nur im Weg, also räumt das Feld. Ich kümmere mich um den Rest.«

»Ganz schön große Worte für jemanden, der sich in fremden Schatten versteckt«, höre ich die Abtrünnige hinter mir sagen und wirbele auf dem Absatz herum. Mit beiden Händen klopft sie sich Staub von der Kleidung, während sie auf uns zugeschlendert kommt. Ihre Bewegungen sind lässig, als würde sie über einen Laufsteg flanieren. Nichts deutet darauf hin, dass ich sie eben zu Boden geschickt habe. Wie konnte sie sich so schnell erholen? Ich habe die unbändige Magie gespürt, als der Schattenblitz über meine Handfläche tanzte. Wenn mich so was erwischt hätte, wäre ich so flink nicht wieder auf den Beinen gewesen.

Schnell werfe ich meinen Brüdern einen Blick zu. »Ihr seid ja immer noch hier! Macht endlich, dass ihr wegkommt!«

»Aber du ... du wirst Hilfe brauchen«, erwidert Zac.

Ich schnaube. »In eurer Verfassung seid ihr mir keine Hilfe. Kommt wieder zu Kräften und helft euren Familiaren! Die brauchen euch dringender, als ich es tue.«

In ein paar Metern Entfernung bleibt die Abtrünnige stehen. »Ihr solltet auf die Kleine hören«, sagt sie. Anschließend fällt ihr Blick auf mich. Das eiskalte und durchdringende Blau ihrer Augen lässt mich erschaudern. »Wer bist du eigentlich?«

»I...ich ...«

Ich räuspere mich. *Ganz ruhig, Feli! Das ist dein großer Moment! Endlich kannst du zeigen, was wirklich in dir steckt!*

»Ich bin auserwählt! Ich kämpfe für Liebe und Gerechtigkeit ... Ähm ...«

Verdammt, falscher Text!

Ich glaube, Shadow seufzen zu hören. Das darf doch nicht wahr sein! Mein erster öffentlicher Auftritt – und ich mache mich total zum Affen! Ich hätte niemals so überstürzt aufbrechen dürfen ... Ohne Namen, ohne Kostüm, ohne ...

Ein Schattenimpuls lässt mich einen halben Schritt vorwärtsstolpern.

»Für einen Rückzieher ist es jetzt zu spät!«, mahnt Shadow. *»Kopf hoch, Schultern zurück. Und jetzt sag ihr endlich, wer du bist! Ohne Schnörkel, ohne Gelaber. Sei einfach du selbst!«*

Ich balle die Hände zu Fäusten, um das Zittern zu verbergen, recke aber gehorsam das Kinn und nehme einen tiefen Atemzug.

»Mein Name ist *Lady Luck*«, erwidere ich. »Und ich werde ab jetzt deine Gegnerin sein.«

»Ich habe bereits gegen zwei Meister-Magier gewonnen. Bist du überhaupt eine Meister-Magierin? Ich habe deinen Namen noch nie gehört.« Mit einer lässigen Geste streicht sie sich das Haar über die Schulter. »Nun ja, einerlei, du wirst auch kein Hindernis für mich darstellen. Ihr Former seid so einfach zu besiegen.«

»Lass sie reden«, murmelt Shadow. *»Je länger sie redet, desto mehr Zeit bleibt deinen Brüdern, um sich zurückzuziehen.«*

Ein kleiner Seitenblick verrät mir, dass Zac bereits Terra so vorsichtig wie möglich hochhebt. Nur Cal kniet weiterhin reglos neben Lumia und starrt die Abtrünnige an, während diese weiterhin irgendeinen Blödsinn palavert. Ein nervöses Kribbeln breitet sich in meinem Nacken aus. Warum verschwindet Cal nicht endlich? Sind seine Verletzungen vielleicht so schlimm, dass er sich nicht mehr bewegen kann?

Ohne mein Zutun hebt sich mein Arm und schleudert einen Schattenblitz ab.

»Augen nach vorn während eines Kampfes!«, blafft mich Shadow an. *»Oder willst du als die angehende Meister-Magierin, die bei ihrem Aufeinandertreffen mit einem Abtrünnigen draufgegangen ist, in eure Familienchronik eingehen?«*

»Nein«, entgegne ich kleinlaut.

»Dann konzentriere dich, verdammt noch mal! Ein bisschen Unterstützung könnte nicht schaden! Es kostet mich nämlich sehr viel Kraft, deinen Körper gegen deinen bewussten Willen zu bewegen.«

»Cal, komm endlich!«, ruft Zac, der sich bereits mit Terra auf den Armen einige Meter aus der Gefahrenzone begeben hat.

Cal blinzelt mehrmals hintereinander und schaut zu Lumia hinab. Er macht einen völlig verwirrten Eindruck, als wüsste er nicht, wo er sich befindet und warum er hier ist. Der Kampf gegen die Abtrünnige, seine eigenen Verletzungen und die seines Familiars scheinen vergessen zu sein. Stattdessen hebt er wieder den Kopf, runzelt die Stirn und schaut zu der abtrünnigen

Magierin hinüber, die nun selbst bemerkt zu haben scheint, dass sie uns mit ihrem Monolog wichtige Zeit verschafft, und zum Angriff übergeht.

So schnell, dass ich ihren Bewegungen kaum folgen kann, ruft sie Wasser aus der Umgebung und dem Boden zu sich und schleudert es mir als Schwall entgegen. Ich reagiere zu langsam, doch dank Shadows Eingreifen kann ich ihrem Angriff knapp entgehen. Der Impuls, mit dem er meinen Körper zur Seite stößt, ist viel stärker als die kurzen sanften Schattenberührungen, die ich vorhin erhalten habe. Der Aufprall presst mir sämtliche Luft aus den Lungen und ich schlittere mehrere Meter über den Boden, doch schnell hieve ich mich zurück auf die Füße.

Erneut feuere ich Schattenblitze ab, zwei Stück diesmal, doch auch ihnen weicht die Abtrünnige leichtfüßig aus, während es mich mehr und mehr Mühe kostet, ihren Wasserattacken zu entgehen.

»Haben wir einen Plan für den Fall, dass deine Schattenmagie nichts bringt?«, frage ich.

»Haben wir«, antwortet Shadow. *»Uns bleibt nur der gute alte Nahkampf.«*

»Du meinst ... mit Fäusten und so?«

»Hast du einen besseren Vorschlag?«

Ich ducke mich unter einem weiteren Wasserstrahl weg. Diesmal hat er mich nur knapp verfehlt, dennoch spüre ich die feinen Tröpfchen, die meine Kleidung durchtränken und mich bis auf die Knochen frieren lassen.

»In der Schule war ich in Sport eine Niete und wurde immer zuletzt in die Völkerballmannschaft gewählt. Und dass ich am Reck hing wie ein nasser Sack, willst du lieber auch nicht wissen. Erwarte von mir also keine Meisterleistungen!«

»Warum dachte ich mir so was?«

In Gedanken grolle ich ihn für seinen frechen Kommentar an, während mich die Abtrünnige mit ihren Attacken immer weiter zurückdrängt. Ewig stehe ich das nicht mehr durch. Ich will gar nicht wissen, wie viel Kraft es ihn kostet, mich so sehr zu pushen, dass ich nicht in den ersten Minuten draufgehe ...

Aber Nahkampf? Ich würde nicht einen einzigen Treffer landen ... Wenn ich überhaupt nah genug an sie herankäme, um zu einem Schlag auszuholen.

»Ich kann das für dich übernehmen ... wenn du mich lässt.«

Die Abtrünnige weicht auch dem nächsten Schattenblitz aus. Verdammt, warum ist sie so schnell? Das Kichern, das sie jedes Mal dabei ausstößt, wenn sie einem erneuten Angriff von mir entgeht, kratzt an meinen Nerven.

»Felicity.« Shadows Stimme klingt plötzlich seltsam eindringlich. Habe ich wieder eine nahende Attacke übersehen und werde deshalb gleich ausgeschimpft? *»Vertraust du mir?«*

»Das Thema hatten wir heute schon«, gebe ich grummelnd zurück. *»Als ich zähneknirschend Ja gesagt habe, hast du mich in ein endloses Schattenloch fallen lassen, woraufhin mir kotzübel wurde. Was kann schlimmer sein als das?«*

»Du gehst mir langsam, aber sicher auf den Geist, *Lady Luck*!«, ruft die Abtrünnige, der wohl auch die Lust an unserem Spielchen vergeht.

»Das Kompliment kann ich gerne zurückgeben!«

»Aber gib dich nicht der Illusion hin, dass du mich besiegen kannst«, spottet sie. »Und selbst wenn dir das gelingen würde, wird mein Meister kurzen Prozess mit dir machen. Verglichen mit ihm bist du nichts weiter als ein Insekt, das er unter seinen Stiefeln zerquetschen wird!«

Herrje, es gibt noch mehr von diesen Spinnern? Irgendwo muss ein Nest sein ... Allerdings bereitet es mir Sorgen, dass es da draußen einen Meister der Abtrünnigen geben soll, gegen die wir im Kampf kaum Land sehen ... Wie stark wird dieser Meister erst sein, wenn wir uns kaum gegen seine Lakaien behaupten können? Wenn ich ehrlich bin, will ich es lieber nicht herausfinden.

Ich habe keine Ahnung, wie lange Shadow die Menge an Schattenblitzen, die ich verschieße und die ihr Ziel ausnahmslos verfehlen, noch aushält. Und was wird aus mir, wenn er ebenso ausgepowert ist wie Terra und Lumia? Allein hätte ich erst recht keine Chance gegen die Abtrünnige! Sie muss fallen, jetzt!

»Ich kann den Nahkampf übernehmen«, wiederholt Shadow. »Aber ...«

»Aber?«, hake ich nach.

Er schweigt. Das ist kein gutes Zeichen, oder? Ich habe ihm doch schon gesagt, dass ich ihm vertraue. Warum zögert er also noch, wenn er eine Idee hat?

»Nun sag schon, was du vorhast!«, zische ich. *»Uns gehen die Alternativen aus.«*

»Ich kann die Bewegungen deines Körpers steuern, aber dazu müsste ich ihn vollständig übernehmen. Das wird mich den letzten Rest meiner Kraft kosten. Wenn es nicht funktioniert, sind wir am Ende. Und ohne dein Vertrauen geht es nicht.«

Ich stoße den Atem aus. Attacken aus der Ferne haben keinen Sinn gegen die Bändigerin – und Wasser ist dank des zerstörten Springbrunnens und der freigelegten Wasserleitungen überall.

Die Entscheidung, die ich treffen muss, fällt mir nicht schwer, wenn ich lebend aus der Nummer rauskommen will.

»Ich gebe dir freie Hand«, sage ich. *»Tu, was du tun musst. Ich vertraue dir. Vorerst.«*

Kurz glaube ich, etwas wie Aufregung zu spüren, die nicht in mir ihren Ursprung hat, doch das Gefühl ist im nächsten Augenblick schon wieder verschwunden.

»Es kann sein, dass du den ein oder anderen Treffer kassierst«, warnt Shadow. *»Aber ich verspreche, dass ich mich hinterher darum kümmern werde.«*

»Na toll, und das sagst du mir jetzt?«, grolle ich.

Hoffentlich schlägt sie mich nicht gänzlich zu Brei. Immerhin ist in ein paar Tagen die Party bei Justin! Da will ich auf keinen Fall mit einem blauen Auge oder einer aufgeplatzten Lippe erscheinen! Warum ich gerade jetzt an die Party und Justin denken muss, weiß ich nicht. Schnell schüttele ich den Kopf, um mich wieder konzentrieren zu können.

»Was muss ich tun, um dir die Kontrolle zu überlassen?«

Plötzlich weiß ich, dass Shadow hinter mir steht, obwohl er keine Gestalt angenommen hat. Dennoch spüre ich seine Präsenz im Rücken. Es fühlt sich an, als würde die Schattenmagie, die von ihm ausgeht, über meine Haut streichen, zärtlich und um Erlaubnis bittend, bevor sie anschließend in mein Blut sickert. Zuvor hat sie mich nur eingehüllt und gestärkt, doch jetzt wird sie tatsächlich eins mit mir. Mein Herzschlag gerät aus dem Takt und ich wage nicht zu atmen. Die fremde Kraft, die durch meine Adern pulsiert, ist so beflügelnd, dass ich das Gefühl habe, unbesiegbar zu sein.

Doch da ist noch mehr als die bloße Kraft. Da ist … ein Bewusstsein, das mir fremd, aber gleichzeitig vertraut ist. Ein Herz, das neben meinem im

Gleichklang schlägt. Ein dunkles Flüstern, das mir sagt, dass es nichts und niemanden gibt, der mir gefährlich werden könnte.

»Lass dich fallen«, wispert Shadow. Diesmal höre ich das raue Timbre seiner Stimme im Kopf. *»Ich fange dich auf.«*

Ich zögere nicht, lasse mir keine Hintertürchen offen, sondern tue wie geheißen. Wortwörtlich. Für den Bruchteil einer Sekunde rumort ein ängstliches Kribbeln in meinem Bauch, aber bevor ich tatsächlich fallen und auf dem Boden aufschlagen kann, lässt mich Shadow einen Schritt zurück machen und richtet meinen Körper wieder auf. Ich bewege mich gänzlich ohne mein Zutun. Es fühlt sich an, als würde ich alles um mich herum durch ein Fenster beobachten. Ich bin noch hier, in meinem Körper, aber ich habe auf keine Bewegung oder Entscheidung bewusst Einfluss.

Meine Bewegungen sind noch schneller und fließender als zuvor, nahezu unmenschlich. Die Umgebung um mich herum verschwimmt zu einem unkenntlichen Streifen. Nur die Abtrünnige vor mir nehme ich noch wahr.

Die Wasserbändigerin bemerkt zwar, dass in mir eine Veränderung vorgegangen sein muss, doch ihre Reaktion darauf kommt zu spät. Mit voller Wucht rammt Shadow ihr meine Faust in den Magen. Nach Luft schnappend sackt sie auf die Knie, stemmt sich jedoch sofort wieder auf die Füße.

»Zäher, als ich dachte«, murmelt Shadow. *»Eigentlich ist es mir zuwider, Frauen zu schlagen, aber da ich deinen Körper dafür benutze, ist es irgendwie nicht so schlimm.«*

Erneut stürmt er nach vorn und holt mit meiner Faust aus. Diesmal pariert die Abtrünnige den Angriff und landet ihrerseits ein paar Treffer gegen meine Schulter und in den Bauch. Ich spüre den Schmerz und zucke innerlich zusammen, aber Shadow lässt meinen Körper weitermachen, treibt ihn erneut nach vorn. Die Attacken werden rauer, schmutziger und rücksichtsloser. Die Zeit des Herantastens an den Gegner ist vorbei.

In einem Angriff liegt zu viel Schwung, was die Abtrünnige sofort ausnutzt und mir die Beine wegkickt. Ich komme hart auf, und noch bevor ich mich wieder aufrappeln kann, holt sie mit dem Fuß aus und rammt ihn mir in den Bauch. In meinem Inneren schreie ich vor Schmerzen auf. Diesmal braucht Shadow länger, um mich aufstehen zu lassen, doch es gelingt ihm.

»Entschuldige«, höre ich ihn sagen. *»Das wollte ich nicht. Ich …«*

»Mach sie endlich fertig, verdammt noch mal!«, keuche ich.

Shadow trifft keine Schuld; es war die Abtrünnige, die mich verletzt hat. Wäre ich allein, hätte ich schon ihrer ersten Attacke nicht ausweichen können.

Mein Körper prescht nach vorn. Erneut muss ich einige Fausthiebe einstecken, doch mittlerweile habe ich Shadows Taktik durchschaut. Solange wir ihre Hände beschäftigt halten, kann sie kein Wasser bändigen und ihre wirklich fiesen Attacken auf uns loslassen. Da kassiere ich lieber ein paar Hiebe, als noch mal mittels einer Wasserfontäne durch die Luft gewirbelt zu werden.

Näher und näher kämpft sich Shadow an die Bändigerin heran, duckt sich unter zahllosen Schlägen weg und steckt nur die ein, denen er beim besten Willen nicht ausweichen kann.

Als er die Abtrünnige so weit zurückgedrängt hat, dass sie mit dem Rücken gegen eine Mauer prallt, holt er mit meiner Faust aus und lässt sie gegen ihren Kiefer krachen. Ich spüre den Rückstoß bis hoch in die Schultern, ebenso wie den Schmerz, der sich ausgehend von meiner Hand im ganzen Körper ausbreitet und mir schier die Sinne vernebelt.

Die Abtrünnige verdreht die Augen, bis nur noch das Weiße zu sehen ist, und geht wie ein gefällter Baum zu Boden.

Ich folge ihr nur wenige Sekunden später. Von einem Augenblick auf den nächsten weicht sämtliche Kraft aus meinem Körper und selbst das Atmen stellt mich vor unlösbare Herausforderungen. Ich spüre die Schmerzen, die durch mich hindurchrauschen, um ein Vielfaches stärker als zuvor, doch am schlimmsten ist die Müdigkeit, die sich plötzlich wie ein Schleier über mich legt.

Das zweite Bewusstsein verschwindet aus mir und lässt mich allein und ausgezehrt zurück. Ohne seine Stärke und tosende Dunkelheit fühle ich mich verletzlich und schutzlos.

Wie eine klaffende Wunde, die allen äußeren Einflüssen ausgesetzt ist und deshalb nicht heilen kann.

»Felicity«, ruft eine Stimme ganz in meiner Nähe, obwohl es sich anhört, als käme sie von weit weg. Aber ich weiß, dass sie sich in der Nähe befinden muss, denn kurz darauf rüttelt jemand an meiner Schulter. »Felicity, bitte, sag was!«

Es kostet mich zu viel Kraft zu antworten, deshalb blinzele ich nur zweimal, doch das reicht aus, um Shadows Gesicht erkennen zu können.

»Ich muss dich irgendwie hier wegschaffen«, sagt er. »Aber einen erneuten Schattensprung kann ich nicht durchführen.«

Seine Stimme klingt gehetzt und ebenfalls angeschlagen. Er hat seine ganze Kraft verbraucht, indem er meinen Körper gesteuert hat, und nun scheint er nicht einmal genug übrig zu haben, um in meinem Schatten bleiben zu können. Wir sind ebenso erledigt wie Zac und Cal und ihre Familiare. *Zeit für einen Rückzug!* Doch wohin? Es dauert eine Weile, bis mein in Nebel gehülltes Hirn eine Idee hervorbringt.

Ich zwinge meine Lippen dazu, sich zu bewegen. »Ka…Katie«, krächze ich nahezu tonlos. »Wohnt … hier … um die … Ecke.«

Starke warme Hände schieben sich unter mich und heben mich hoch. Allein zu laufen schaffe ich nicht und ich versuche es auch gar nicht erst. Ohne Shadows Hilfe wäre ich nicht einmal auf die Füße gekommen. Als ich um ein Haar wieder wegknicke, packt er meine Hand und legt meinen Arm um seinen Hals, um mich oben zu halten. Langsam, mit winzig kleinen Schritten, entfernen wir uns vom Kampfplatz. Meine Füße schleifen eher über den Boden, als dass ich gehe. Aber wir bewegen uns.

»Abtrünnige …«, bringe ich hervor.

»Es ist nur eine Frage der Zeit, bis sie zu sich kommt«, antwortet Shadow gepresst. »Bis dahin müssen wir verschwunden sein. Noch mal bestehen wir nicht gegen sie.«

Sollte sie tatsächlich schnell wieder zu sich kommen, haben wir nichts, was wir ihr entgegensetzen könnten. Wir haben unseren letzten Trumpf gespielt und sie zumindest zeitweise aufgehalten – um den Rest müssen sich andere kümmern. Hoffentlich ist die Magiereinheit, die für das Festsetzen von überwältigten Abtrünnigen zuständig ist, bald hier, um sie einzusperren.

***

Halb im Delirium, halb wach weise ich Shadow per Fingerzeig den Weg zu Katies Wohnung, die ein paar Querstraßen weiter liegt und hoffentlich unbeschadet geblieben ist. Wie wir tatsächlich dorthin kommen, weiß ich nicht. Zwischendurch dämmere ich immer wieder weg und schrecke dann wie aus einem Sekundenschlaf hoch. Ich zittere, meine Zähne klappern und ich will mich nur noch hinlegen. Vorzugsweise zwar in mein weiches Bett, aber ich würde auch mit dem Asphalt unter mir vorliebnehmen.

Richtig zu mir komme ich erst, als wir vor dem mehrstöckigen Haus stehen, in dem Katie wohnt. Am Eingang will ich auf die Klingel drücken, doch ich halte inne. Warum bewegen sich meine Finger nicht, wie sie sollen? Und warum ist die Hand so geschwollen und an den Knöcheln aufgeschürft? Benebelt nehme ich wahr, dass Shadow den Umhang über die Hand legt und mehrmals hintereinander auf die Klingel drückt.

Als ich Gefahr laufe, zu Boden zu sacken, greift Shadow nach meinem Arm und legt ihn sich wieder um den Hals. Irgendwann öffnet sich die Tür und ich höre Katie mit Shadow sprechen. Was sie genau sagen, kann ich jedoch nicht verstehen. Dann werde ich wieder bewegt. Vorsichtig manövriert Shadow mich durch Katies Wohnung nach hinten zu dem kleinen Abstellraum, in dem ich manchmal übernachte, wenn mir zu Hause die Decke auf den Kopf fällt.

Als wir dort ankommen, lässt mich Shadow langsam auf das Bett, das eigentlich nicht viel mehr als eine schmale Pritsche ist, nieder. Ich bekomme nur noch mit, dass er sich neben mich legt und mich zu sich heranzieht. Augenblicklich ebben das Frieren und Zittern ab und ich drifte in einen traumlosen Schlaf über.

KAPITEL 9

Felicity

Immer mal wieder komme ich zu mir. Ich weiß zwar, dass ich wach bin, aber mein Verstand ist weiterhin in Watte gepackt, sodass ich alles um mich herum nur verschwommen und undeutlich wahrnehme. Zögerlich öffne ich die Augen, was mich vor ungeahnte Herausforderungen stellt. Schreckliche Kopfschmerzen wüten im Oberstübchen und ein höllischer Durst verwandelt meinen Mund beinahe in eine Wüstenlandschaft, aber am schlimmsten ist das Pochen in der rechten Hand. Ich will sie bewegen, zucke jedoch sofort zusammen.

Daraufhin regt sich plötzlich etwas neben mir. Ich zwinge meinen Blick dazu zu fokussieren – und starre direkt in Shadows Gesicht. Seine Augen sind geschlossen, doch sein Mund, der nur wenige Zentimeter von meiner Nasenspitze entfernt ist, verzieht sich, als würde er gleich aufwachen.

Jeder einzelne Muskel im Körper versteift sich, besonders da ich nun auch seine Hände an mir spüre. Eine liegt auf meiner Hüfte, die andere am Rücken – und mit dem Kopf bin ich auf seinem Arm gebettet. Von der Hüfte abwärts sind wir so eng aneinandergepresst, unsere Beine so untrennbar ineinander verschlungen, dass ich keine Ahnung habe, wo ich aufhöre und er anfängt. Er ist so herrlich warm, dass ich für einen Moment die Schmerzen vergesse.

»Schlaf noch eine Weile«, murmelt Shadow undeutlich, ohne dabei die Augen zu öffnen. »Du brauchst Ruhe.«

Die Hand, die an meinem Rücken liegt, zieht mich näher an ihn heran. Ich schnappe nach Luft, als ich mit dem Gesicht gegen seine Brust gedrückt werde.

Das Kinn auf meinen Scheitel gelegt raunt er verschlafen: »Augen zu!«

Hier, so nah bei ihm und das Gesicht fast an seiner Brust vergraben, dringt kein einziger Lichtstrahl des heranbrechenden Tages zu mir durch. Es ist dunkel, warm und behaglich. Ich nehme nicht einmal mehr den fremden Geruch von Katies Wohnung wahr.

Alles, was ich rieche, ist Shadow. In den wenigen Liebesromanen, die ich gelesen habe, habe ich mich immer über die kitschigen Vergleiche lustig gemacht, die die Heldin anstellte, sobald sie zum ersten Mal an ihrem Typen geschnuppert hat. Ich meine, wie kann jemand nach Sonnenlicht riechen?! Außerdem ist Shadow nicht *mein Typ*! Ganz bestimmt nicht! Aber ... ich glaube, es endlich begriffen zu haben. Niemand kann nach Sonnenlicht riechen, doch der jeweilige Geruch triggert eine Erinnerung, eine Assoziation. Und bei Shadows Geruch denke ich an ...

Ich nehme einen tiefen Atemzug und eine Erinnerung, die ich bereits für vergessen hielt, formt sich im Kopf. Ich sitze auf dem Fensterbrett des großen doppelten Fensters in meinem Zimmer und starre in die Nacht hinaus. Warme Luft umströmt meinen nur in ein dünnes Nachthemd gehüllten Körper. Es ist eine angenehme, aber stockdunkle Sommernacht. Kein Mond, keine Sterne erhellen den Himmel. Nirgends brennt ein Licht. Doch ich fürchte mich nicht. Obwohl ich gerade mal vier oder fünf Jahre alt bin, habe ich keine Angst vor der Dunkelheit, die sich wie ein gähnender Abgrund vor mir erstreckt. Stattdessen empfinde ich eine gewisse Behaglichkeit, während ich hier sitze und in die Schwärze starre. Die Dunkelheit ist bei mir und umfängt mich, tröstet mich, wenn ich wieder einmal allein bin, weil meine Brüder auf dem Internat und meine Eltern unterwegs auf irgendeiner Magier-Konferenz sind. Ich war oft allein, aber nachts, wenn kein Lichtstrahl mein Zimmer erhellte, war ich nicht einsam.

Bei seinem Geruch denke ich an die warme, sternenlose Sommernacht und an die Dunkelheit, die oft mein einziger Freund und Gefährte war.

Irgendwie schafft Shadow es, dieses Gefühl der Geborgenheit durch seine Nähe und Berührungen hervorzurufen. Ihm gelingt es, die gesamte Welt auszusperren. Für den Moment gibt es nur ihn und mich und das Bett, auf dem wir liegen.

Die Hand, die bis eben auf meiner Hüfte lag, wandert nach oben. Ich zucke zusammen, als sie meine Taille streift. Ich bin doch kitzelig! Höher und höher lässt Shadow seine Hand wandern, bis hinauf zu meinem Kopf. Dort öffnet er mit den Fingern geschwind die Schleife, die die schwarze Maske an Ort und Stelle hielt. Anschließend greift er danach und wirft sie achtlos hinter sich.

»Du bist ja immer noch wach«, murmelt er undeutlich. Das raue Timbre seiner Stimme lässt die Brust, an die ich mich schmiege, erzittern.

Gehorsam schließe ich die Augen und drifte erneut in einen erholsamen Schlaf.

***

Das nächste Mal erwache ich, weil sich meine Wärmequelle bewegt.

Murrend will ich nach ihr greifen, ziehe jedoch scharf die Luft ein, als ein unbeschreiblicher Schmerz – ausgehend von der rechten Hand – den Arm hinaufschießt und sich im ganzen Körper ausbreitet.

»Heilige Scheiße!«, fluche ich, rappele mich auf und umschließe die rechte mit der linken Hand.

Die verletzte Hand ist angeschwollen und bläulich verfärbt, doch am meisten beunruhigen mich die zwei Finger, die in einem seltsamen Winkel abstehen. Ich beiße die Zähne zusammen, um nicht erneut zu fluchen oder vor Schmerzen zu schreien oder beides gleichzeitig zu tun.

Shadow, den ich für den Moment völlig vergessen habe, taucht mit einem feuchten, kühlen Lappen wieder auf und legt ihn über meine ramponierte Hand.

»Ich wollte leise sein«, murmelt er, während er mit dem Zipfel vorsichtig das getrocknete Blut von meinem Handrücken tupft. »Ich wollte dir auch etwas zu essen besorgen und hatte gehofft, dass du solange schläfst und dadurch die Schmerzen nicht spürst.«

Ich beiße die Zähne derart fest zusammen, dass sie knirschen, jedoch kommt kein weiterer Schmerzenslaut über meine Lippen. Behutsam säubert Shadow weiterhin die Hand, ohne mir dabei ins Gesicht zu sehen.

Während ich auf seinen zerzausten Haarschopf schaue, prasseln die Geschehnisse der letzten Nacht wieder auf mich ein. Ich sehe die Abtrünnige vor mir, die so stark war, dass sie meine Brüder wie Amateure aussehen ließ. Ich erinnere mich daran, dass ich mich ihr mit Shadows Hilfe als *Lady Luck* entgegengestellt habe – und dass wir ebenfalls keine allzu gute Figur abgegeben haben, trotz der eindrucksvollen Schattenmagie meines Familiars.

»Habe ich … tatsächlich gegen diese Wasserbändigerin gekämpft oder war das einfach nur ein abgefahrener Traum?«, frage ich.

Endlich hebt Shadow den Kopf. Seine Augen sind wieder so dunkel, dass ich keinen Unterschied zwischen Iris und Pupille erkennen kann. Zwischen den Brauen hat sich eine steile Falte gebildet und er mustert mich wieder mit dieser Eindringlichkeit, die mein Herz seltsame Kapriolen schlagen lässt und ein unbekanntes Kribbeln im Bauch auslöst.

»Ein Traum hätte dir wohl kaum die Hand gebrochen«, stellt er klar und presst dann fest die Lippen zusammen.

Er sieht so wütend, aber gleichzeitig auch niedergeschlagen aus, dass ich fieberhaft nach etwas suche, um die Situation aufzulockern.

»Aber«, sage ich triumphierend, »dafür habe ich ihr mit Sicherheit den Kiefer gebrochen! Meine Güte, das war ein rechter Haken! Der hat uns den Sieg beschert!« Ein wenig sanfter füge ich hinzu: »Dank deiner Hilfe. Hättest du nicht meinen Körper übernommen, hätte sie wohl kurzen Prozess mit mir gemacht.« Hilflos zucke ich mit den Schultern. »Scheint, als wäre ich noch lange nicht bereit für den Außeneinsatz.«

Kurz blitzt etwas in Shadows Blick auf, was ich nicht benennen kann, und im nächsten Moment springt er hoch. Verwirrt schaue ich ihm hinterher, als er die paar Meter Richtung Tür marschiert.

»Du bleibst hier und ruhst dich aus«, kommandiert er über die Schulter, während seine Hand schon über dem Türgriff schwebt. »Ich besorge dir was zu essen, damit du deine Magie wieder regenerieren kannst.«

Oh, das hätte ich ja fast vergessen! Er muss auch Hunger haben, schließlich kann er sich nur durch meine Magie ernähren. Da ich mich aber während des Kampfes so verausgabt habe, dass kein Fitzelchen Magie mehr in mir zu sein scheint, kann ich ihn nicht versorgen. Schlaf und Ruhe hatte ich bereits, jetzt brauche ich Nahrung, um wieder zu Kräften zu kommen.

»Katie verwahrt ihre Süßigkeiten im obersten Schrank im Wohnzimmer auf«, rufe ich ihm hinterher. Ein knappes Nicken ist alles, was ich als Antwort bekomme.

Warum ist er denn auf einmal so abweisend? Habe ich was Falsches gesagt? Oder ist er enttäuscht, dass ich einen mächtigen Familiar wie ihn nicht ausreichend versorgen kann? Das hätte ich ihm gleich sagen können, aber mich hat ja niemand gefragt!

Apropos, heute läuft die Rückgabefrist für Shadow ab.

Die Gewissheit durchzuckt mich wie ein Stich: Er gehört nicht hierher. Nicht in mein Leben. Nicht zu mir als mein Familiar. Nach einem Kampf, der realistisch betrachtet nicht länger als eine halbe Stunde gedauert hat, bin ich so ausgepowert, dass ich froh bin, aufrecht sitzen zu können. Ausgeschlossen, dass ich einen anspruchsvollen Familiar wie ihn auf Dauer versorgen könnte. Er würde jämmerlich verhungern, wenn er weiterhin an mich gebunden wäre.

Allein bleibe ich zurück und schaue auf die geschwollene Hand, um die der kühle Lappen geschlungen ist. Noch immer spüre ich den pochenden Schmerz, doch ein zweiter gesellt sich dazu, der seinen Ursprung nicht in einer Verletzung hat. Mit der gesunden Hand reibe ich mir über die Brust, um das plötzliche Engegefühl darin zu vertreiben.

Vergeblich.

KAPITEL 10

Felicity

Es dauert ein paar Minuten, bis ich mich so weit beruhigt habe, dass ich aufstehen kann. Meine Beine zittern, was wohl am Kraftverlust liegt. Ich fühle mich, als hätte ich tagelang nichts gegessen. Zwar habe ich kein richtiges Hungergefühl, aber mein Körper schreit regelrecht nach Nahrung, vor allem nach Zucker, um die verbrauchten Energiereserven wieder aufzufüllen.

Wie es Shadow wohl gerade geht? Ob er leidet? Er sah vorhin ziemlich fertig aus ... Erst musste er während des Kampfes gegen die Abtrünnige alles allein bewerkstelligen und nun muss er hungern! Ich sollte sofort zum Medium gehen und sie bitten, den Pakt rückgängig zu machen, damit Shadow die Chance auf einen besseren Träger als mich bekommt. Ich bin mir sicher, dass er früher oder später einen mächtigen Magiebegabten finden würde, der seine Kraft zu schätzen weiß und gemeinsam mit ihm Großes vollbringen kann.

Katie ist um diese Zeit bestimmt schon arbeiten. Ich sollte mir ein Taxi rufen und gleich zum Medium fahren, um den Pakt mit Shadow rückgängig machen zu können. Allein der Gedanke versetzt mir einen Stich. Seltsam, oder? Ich kenne ihn erst seit so kurzer Zeit, dennoch würde er mir fehlen. Er gehörte mir – mein eigener Familiar –, wenigstens für einen Tag und ein tolles Abenteuer. Bis an mein Lebensende werde ich nicht den Kampf gegen die Abtrünnige vergessen. Dank Shadow konnte ich für einen Abend *Lady Luck* sein. Ich krame mein Handy hervor und lehne mich gegen das kleine Schränkchen, das neben dem schmalen Bett das einzige Möbelstück im Raum ist.

»Was soll das werden?«, kommt es knurrend von der Tür.

Erschrocken lasse ich das Handy beinahe fallen und starre zu Shadow. Die Arme sind mit Süßigkeiten, Snacks und Sandwiches beladen, so viel, dass es für eine ganze Fußballmannschaft reichen würde. Mir läuft beim bloßen

Anblick das Wasser im Mund zusammen. Ich bin so hungrig, dass es mir sogar gleichgültig ist, ob er Katies gesamten Kühlschrank ausgeräumt hat.

»Ich habe dir doch gesagt, dass du dich ausruhen sollst«, grollt Shadow, während er mit großen Schritten auf mich zueilt. »Welchen Teil davon hast du nicht verstanden?«

Als er sich vor mir aufbaut und mit grimmigem Gesichtsausdruck zu mir herabschaut, ziehe ich den Kopf zwischen die Schultern.

»Ich … ich wollte nur …«

Doch er schneidet mir mit einem Grollen das Wort ab. »Sofort zurück ins Bett!«

Ich gehorche ohne Widerworte und zwänge mich so schnell wie möglich an ihm vorbei. Shadow grollt etwas Undeutliches, während er mich so lange anstarrt, bis ich mich aufs Bett gesetzt habe. Dann lädt er das mitgebrachte Essen neben mir ab und packt eines der Sandwiches aus, nachdem er einen Stuhl herangezogen und sich mir gegenübergesetzt hat. Ich rieche den Thunfisch und muss zweimal schlucken, damit mir der Sabber nicht aus dem Mund läuft. Nachdem er die Folie entfernt hat, hält er mir das Sandwich direkt vor den Mund und sieht mich abwartend an. Mein Blick huscht von ihm zu den beiden Toastbrotscheiben, zwischen denen eine herrlich duftende Thunfischcreme herausquillt.

»Essen. Jetzt«, kommandiert Shadow knapp.

Ich hebe die Hand, um nach dem Sandwich zu greifen, doch er legt es schnell außerhalb meiner Reichweite ab. Erst als ich die Hand wieder sinken lasse, hält er es vor meinen Mund.

»Ich kann allein …«

»Mund auf«, grummelt er.

Ich zögere noch einen Moment, dann verdrehe ich die Augen und sperre gehorsam den Mund auf. Vorsichtig beiße ich von dem weichen Brot ab und kaue genüsslich. Shadow beobachtet jede meiner Regungen und hält mir das Sandwich gleich wieder hin, nachdem ich den ersten Bissen hinuntergeschluckt habe.

Gerne würde ich ihm sagen, dass er selbst auch etwas essen soll. Die dunklen Schatten unter den Augen sehen nicht gesund aus … Doch leider nützt ihm kein normales Essen. Sein ausgezehrter Anblick erinnert mich daran, wie schlecht es ihm gehen muss, nur weil ich als Magieträger eine Katastrophe bin. Ich wünschte, es wäre anders. Ich wünschte …

Plötzlich ist mir der Appetit vergangen, obwohl Shadow mir meinen Lieblingsschokoriegel unter die Nase hält.

»Hast du Schmerzen?«, fragt er leise.

Ich zucke mit den Schultern. »Es geht. Pocht ein bisschen, ist aber auszuhalten.«

Ich habe mir noch nie etwas gebrochen oder auch nur angeknackst. Müsste es nicht normalerweise richtig wehtun? Solange ich die Hand nicht bewege und nicht dran denke, spüre ich die Verletzung kaum. Aber das ist nicht der Grund, warum ich keinen Appetit mehr habe.

Ich nehme all meinen Mut zusammen, hebe den Blick und schaue Shadow an. »Ich werde dich zurückgeben.«

Meine Stimme klingt kratzig und rau, dabei wollte ich mich doch souverän anhören … Ich wollte nicht, dass er bemerkt, wie viel Überwindung mich diese Entscheidung kostet. Aber für ihn … für Shadow ist es das Beste. Ich wünschte, er würde einen dummen Spruch reißen, um die Stimmung aufzulockern, doch er starrt mich nur finster an. Zwischen den Augenbrauen hat sich eine steile Falte gebildet und seine sowieso dunklen Augen erscheinen mir wie tiefe finstere Abgründe.

»Was hast du gesagt?«, fragt er. Wieder dieser grollende, lauernde Unterton in seiner Stimme, der mir eine Gänsehaut beschert.

»Ich …« Ich räuspere mich und weiche seinem Blick aus. »Ich werde dich zurückgeben. Das Medium findet bestimmt einen Weg, damit du zurück in deine Welt kannst und die Chance auf einen fähigeren Träger als mich hast.«

Stille senkt sich über uns. Als ich es wage, erneut in seine Richtung zu schauen, sehe ich nichts als Verwirrung in seiner Miene. Vielleicht auch Wut, aber da bin ich mir nicht ganz sicher.

»Du … Aus welchem Grund willst du mich zurückgeben?«, hakt er nach.

»Na, weil …« Ich zögere und versuche verzweifelt, die richtigen Worte zu finden. »Du bist sauer, das verstehe ich. Das wäre ich an deiner Stelle wahrscheinlich auch, wenn ich an einen so unfähigen Träger wie mich geraten wäre. Du hast Hunger, aber ich …« Ich zucke hilflos mit den Schultern. »Ich kann dich nicht versorgen. Ich bin zu schwach.«

Erneut starrt er mich an, als hätte ich gerade Aramäisch rückwärts mit ihm gesprochen.

Sekunden vergehen, bis er vom Stuhl aufspringt und mich anschreit: »Du dumme Nuss!«

Ich zucke zusammen. Damit habe ich nun wirklich nicht gerechnet. Dass er wütend sein würde, war mir klar, aber ich hätte nicht gedacht, dass er mich beleidigt. Unruhig, beinahe getrieben, läuft er in dem engen Raum auf und ab. Nach knapp eineinhalb ausholenden Schritten ist er am jeweils anderen Ende angekommen, woraufhin er umdreht und das Prozedere in die andere Richtung wiederholt. Wie lang es wohl dauern wird, bis er den Boden durchgelaufen hat?

»*Du* bist diejenige mit der gebrochenen Hand! *Du* bist diejenige, die zusammengebrochen ist, weil ich jedes Quäntchen Magie aus dir herausgesaugt habe, obwohl ich es hätte besser wissen müssen! *Du* müsstest wütend auf *mich* sein! Stattdessen …« Er bleibt endlich stehen, legt den Kopf in den Nacken und fährt sich mit beiden Händen durchs Haar. Als er mich wieder ansieht, murmelt er: »Ich habe dir versprochen, dass ich dich wieder zusammenflicke, falls die Abtrünnige dich verletzt. Sie *hat* dich verletzt, aber ich … ich kann nichts tun, um dir zu helfen. Ich kann nur danebenstehen und hoffen, dass du tatsächlich nur so schwache Schmerzen hast, wie du sagst. Aber ich glaube dir nicht.«

»Es ist wirklich nicht der Rede …«

»Wenn du mir jetzt mitteilst, dass deine gebrochene Hand ›nicht der Rede wert ist‹, schreie ich!«, grollt er und ich klappe den Mund schnell wieder zu.

Shadow kniet sich vor mich und zieht behutsam den nicht mehr feuchten Lappen von der Hand. Ohne ein weiteres Wort steht er wieder auf und geht in das kleine angrenzende Bad, das nur aus Waschbecken und Toilette besteht. Sekunden später höre ich Wasser rauschen.

Ich wage nicht, einen Muskel zu rühren. Nicht weil ich befürchte, dass er mich wieder anschreit, sondern weil mich seine Worte getroffen haben. Bisher dachte ich, dass er nichts weiter wäre als ein eingebildeter Familiar, der sich selbst für den Allergrößten hält. Doch eben hat er mir eine andere Seite von sich gezeigt; eine Seite, deren Existenz ich niemals für möglich gehalten hätte. Er ist besorgt um mich. Und er umsorgt mich! Oder ist das vielleicht nur ein Vorwand, damit ich ihn nicht abgebe?

Als Shadow zurückkommt, weicht er meinem Blick aus, kniet sich wieder vor mich und umwickelt die gebrochene Hand vorsichtig mit dem kühlen Lappen.

»Möchtest du noch etwas essen?«, fragt er, während er weiterhin vermeidet, mich direkt anzuschauen.

Ich kratze allen Mut zusammen, hebe die linke Hand und lege den Zeigefinger unter sein Kinn. Mit sanftem Druck zwinge ich ihn dazu, mich anzusehen. Sein dunkler Blick hält meinen gefangen.

»Es tut mir leid«, murmele ich.

Für einen Moment schließt er die Augen und stößt den Atem aus. »Es gibt nichts, was dir leidtun müsste. Ich bin derjenige, der sich entschuldigen muss. Ich habe als dein Familiar versagt. Es ist meine Aufgabe, dich vor Schaden zu bewahren.«

Ich ringe mich zu einem vorsichtigen Lächeln durch. »Ohne deine Hilfe hätte mich die Abtrünnige innerhalb von Minuten zerfetzt. Du hast gar nichts falsch gemacht oder versagt.«

»Ich hätte dich aufhalten müssen«, widerspricht er. »Du warst noch nicht so weit und das wusste ich. Wir hätten vorher trainieren müssen. Ich hätte nicht zulassen dürfen, dass du Hals über Kopf gegen einen Gegner antrittst, dem selbst deine Brüder nicht gewachsen waren.«

»Dafür haben wir uns aber aus den Schatten heraus echt gut geschlagen. Von meiner Hand mal abgesehen. Aber trotzdem ...« Ich warte, bis er mich wieder ansieht. »Ich kann dich nicht behalten.«

Auf Shadows Gesicht spiegelt sich eine wilde Mischung aus Unglauben, Wut und Verzweiflung. Mein Hals fühlt sich an wie zugeschnürt. Mit jeder

Sekunde, die ich ihn anschaue, entgleitet mir der Grund, warum ich ihn zurückgeben muss, immer weiter. Ich muss es ihm sagen! Muss es beenden, ehe ...

Bevor er erneut widersprechen kann, füge ich schnell hinzu: »Es fällt mir schwer ... Ich weiß nicht mal, warum, doch eigentlich will ich dich nicht zurückgeben. Aber ich möchte nicht, dass du leidest, und bei mir leidest du. Ich will, dass du die Chance auf einen besseren Träger hast, der dich nicht schon an deinem ersten richtigen Tag in dieser Welt hungern lässt.«

»Ich will keinen anderen Träger«, erwidert er monoton.

»Ich weiß, dass es schwierig für dich ist, überhaupt einen passenden Träger zu finden, aber ...«

»Nichts *aber!*«, grollt Shadow. »Ich werde nicht zurück in meine Welt gehen – und damit basta!«

Ich reibe mir mit der Hand über die Stirn. Wir drehen uns im Kreis. Ich verstehe nicht, warum er sich so vehement dagegen sträubt, zurück in seine Welt zu gehen und auf einen besseren Träger zu warten. Er muss doch einsehen, dass es für ihn keinerlei Vorteile hat, wenn er Zeit unseres Lebens an mich gekettet ist.

Ich balle die Linke zur Faust und schlucke hektisch. »Ich will nicht, dass du gehst, aber ...«

Zu schnell, als dass ich hätte reagieren können, setzt Shadow sich auf und umfasst mein Gesicht mit beiden Händen. Er ist mir plötzlich so nah, dass ich endgültig vergesse zu atmen. Ich kann nichts weiter tun, als in seine dunklen Augen zu starren und mich in ihnen zu verlieren.

»Dann tu es nicht«, wispert er. Ich erschauere wohlig, als sein Atem dabei über meine Haut streicht. »Gib mich nicht zurück. Besiegele den Pakt mit mir. Bitte!«

»Warum?«, hauche ich. »Warum willst du mich als deinen Träger haben? Du hast nur Nachteile, wenn du dich an mich bindest. Bestimmt könntest du einen viel mächtigeren Träger finden, der ...«

Zitternd hole ich Luft, als er mit der Nasenspitze gegen meine stupst. In meinem Kopf herrscht mit einem Mal völlige Leere. Was habe ich eben gesagt?

Worauf wollte ich hinaus? Es muss etwas Wichtiges gewesen sein, aber wegen des seltsamen Kribbelns im Bauch kann ich mich nicht mehr darauf konzentrieren. Was ist nur los mit mir?

»Deine Magie schmeckt besser als jede andere, die ich bisher gekostet habe«, flüstert Shadow. Seine Stimme ist so leise und rau, dass ich ihn fast nicht verstehen kann. Dennoch entlocken mir seine Worte ein Wimmern. »Ich will keinen anderen Träger. Bitte gib mir die Chance, mein Versagen gestern wiedergutzumachen.«

Federleicht streichelt Shadow mit den Daumen über meine Wangen.

Versagen? Wovon redet er denn jetzt schon wieder? Aus irgendeinem Grund, den ich nicht verstehe, brauche ich viel zu lange, um das, was er zu mir sagt, zu verarbeiten. Mit meinem Denkvermögen steht es nicht zum Besten. Muss wohl an dem Kampf gestern liegen. Hat mich die Abtrünnige doch ein paar Mal öfter am Kopf getroffen, als ich bisher dachte?

»Ich will nicht, dass du leidest«, presse ich hervor. »Wenn du hungern oder gar sterben würdest, weil ich dir als Träger nicht genüge, würde ich mir das nie verzeihen können.«

Eine Hand verschwindet von meinem Gesicht. Anscheinend bin ich endlich zu ihm durchgedrungen. Das wurde aber auch Zeit! Gleich wird er mir sagen, dass ich ihn zum Medium bringen soll, damit wir den einseitigen Pakt auflösen können. Und dann kann er ...

Mit der Hand umschließt er meine linke, hebt sie an und führt sie an den Mund. Keine Sekunde lang lässt er mich dabei aus den Augen. Ich beiße mir auf die Zunge, damit ich nicht wieder ein peinliches Wimmern von mir gebe. Seine Lippen schließen sich um den Ring an meiner linken Hand, doch ich spüre sie ebenfalls an der Haut drum herum. Ein Kribbeln rauscht meinen Arm hinauf und breitet sich im Körper aus. Erneut werde ich von einem Sog erfasst, der die Magie in mir in helle Aufregung versetzt. In Shadows schwarzen Iriden tanzt ein grauer Nebel und die dunklen Schatten unter den Augen verschwinden.

Nachdem er den Mund vom Ring genommen hat, fährt er sich mit der Zunge über die Unterlippe. Die Gedanken in meinem Kopf überschlagen sich bei diesem Anblick, doch innerhalb des nächsten Wimpernschlags herrscht dort wieder absolute Leere. Es würde mich nicht wundern, wenn ich jeden Moment ohnmächtig werde, weil es in meinem Gehirn zu irreparablen Überhitzungsschäden gekommen ist.

Als mein Blick wieder nach oben zu Shadows rauchgrauen Augen huscht, raunt der Familiar: »Sehe ich so aus, als würde ich hungern?«

Ich schlucke hektisch und schüttele kaum merklich den Kopf.

Nein, er sieht nicht aus, als würde es ihm an irgendetwas mangeln. Aber wie ist das möglich? Und auch mir geht es besser. Es ist, als würde er durch die Prozedur die Magie in mir aufscheuchen, woraufhin sie ungehemmt durch meinen Körper zirkuliert, während sie ansonsten nur dösend im hintersten Winkel meines Bewusstseins dahinvegetiert und gar nichts zustande bringt.

Gerade als ich ihn bitten will, dass er sich noch mehr Magie nehmen soll, lässt er meine Hand sinken, hält sie aber weiter fest und mustert mich mit einer Intensität, die meine Sinne verrücktspielen lässt. Die Spannung zwischen uns ist beinahe mit Händen greifbar, doch ich habe noch immer keine Ahnung, warum es diese Spannung überhaupt gibt. Dennoch sehe ich mich außerstande, seinem glühenden Blick auszuweichen. Es gefällt mir, dass er mich auf diese Weise ansieht, doch gleichzeitig möchte ich ihn anflehen, damit aufzuhören.

»Sag, dass du mich haben willst«, wispert er nach einer gefühlten Ewigkeit.

Schnell fahre ich mir mit der Zunge über die Lippen, während Shadow mich auch dabei sehr genau beobachtet. Erneut breitet sich ein Kribbeln im Körper aus.

»Ich …«

Ich muss mich räuspern, da meine Stimme nicht mehr ist als ein heiseres Krächzen. Warum fällt es mir so schwer, auf seine Aufforderung zu antworten? Die richtige Entscheidung wäre, ihn zurückzuschicken, sowohl für ihn als auch für mich.

Aber ich war noch nie ein Fan von richtigen Entscheidungen. Vor allem nicht, wenn er mit einem solchen Blick vor mir kniet. Die Schatten unter den Augen sind verschwunden; ebenso wie der gehetzte Ausdruck darin. Es geht ihm besser und mir auch.

»Ich will dich als meinen Familiar«, sage ich schließlich.

Diesmal klingt meine Stimme fest und klar und gibt nichts von dem Aufruhr preis, der im Inneren tobt. Noch während ich die Worte sage, weiß ich, dass es die Wahrheit ist, und nachdem sie meinen Mund verlassen haben, fühle ich mich, als wäre eine riesige Last von mir genommen worden.

Mein Familiar. Ich habe einen starken echten Familiar. Shadow gehört mir. Doch noch beflügelnder als diese Erkenntnis ist das Wissen, dass er mich ebenfalls wollte. Ich hätte ihn zurückgeschickt, hätte sein Wohl über mein eigenes gestellt, aber er hat von sich aus nicht lockergelassen, ihn als meinen Familiar anzuerkennen.

Ein schiefes Grinsen zupft an Shadows rechtem Mundwinkel, als er die Finger mit meinen verschränkt.

»Muss ... muss ich noch irgendetwas tun oder sagen, um den Pakt zu besiegeln?«

Shadow schüttelt den Kopf. »Du hast bereits aus freien Stücken zugestimmt. Mehr braucht es nicht.« Sein Grinsen wird breiter. »Kein Blut, das getauscht werden muss. Kein Erstgeborenes, das ich als Gegenleistung fordere.«

Ich fühle, wie sich ein Schmunzeln in meinem Gesicht ausbreitet. »Dann bin ich ja beruhigt. Ich habe also nur dich für den Rest meines Lebens an der Backe.«

Das Rauchgrau verschwindet aus seinen Augen, aber ein Funkeln bleibt bestehen. »Scheint wohl so.«

»Nur ... ich fühle mich nicht anders als zuvor«, gebe ich zu. »Müsste ich nicht ... etwas spüren? Eine Verbindung oder so was?«

Ich habe mir immer etwas Magisches darunter vorgestellt, wenn ein Magiebegabter seinen Familiar bekommt. Dass sich der Himmel auftut und ein gleißendes Licht auf sie herabscheint oder dergleichen. Aber nur zu sagen, dass ich den Pakt akzeptiere, ist schon irgendwie ... langweilig? Da war es sogar aufregender, Shadow in meinem Schatten zu haben.

»Du möchtest eine Verbindung?« Beim Klang von Shadows rauer Stimme prickelt es in meinem Nacken. »Sei vorsichtig mit dem, was du dir wünschst.«

»Ich ... ich meine ...«

Ach herrje, das kam jetzt völlig falsch rüber! Ich will doch nicht *so eine Art* Verbindung mit ihm! Nein, daran mag ich nicht mal denken!

»Wirst du immer so schnell rot?«, fragt Shadow und unterdrückt ein aufsteigendes Glucksen.

Wenn meine rechte Hand nicht ein Fall fürs Krankenhaus wäre, würde ich ihm für die letzte Spitze eins verpassen. Betreten senke ich den Blick, merke aber, dass meine Wangen heißer und heißer werden. Und ich bin völlig machtlos dagegen …

Erneut lehnt er sich nach vorn zu mir, doch diesmal versuche ich ihm auszuweichen. Er will sich bestimmt nur weiter über mich lustig machen! Ich entwinde ihm meine Hand und rutsche so weit wie möglich auf dem schmalen Bett nach hinten, bis ich mit dem Rücken gegen die Wand stoße. Anstatt den Wink mit dem goldenen Zaunpfahl zu verstehen und mir fernzubleiben, folgt er mir, bis er über mir kniet, die Hände seitlich meiner Hüften abgestützt.

Wie geht das noch mal mit dem Atmen?

Obwohl er mich nirgends direkt berührt, spüre ich ihn überall. Wie ein Fisch auf dem Trockenen öffne und schließe ich den Mund mehrmals hintereinander. Einerseits, um ihn anzuschreien, dass er von mir runtergehen soll. Andererseits, um ihn zu fragen, warum er mir so nahe kommt. Doch schlussendlich kann ich mich für keine der beiden Varianten entscheiden. Also schweige ich und starre ihn an, als würde ich ihn zum ersten Mal sehen.

»Du bist meine Trägerin«, murmelt er, ohne dabei meinen Blick freizugeben. Sein Gesicht ist nur wenige Zentimeter von meinem entfernt und es fällt mir verdammt schwer, mich auf das, was er zu mir sagt, zu konzentrieren. »Du wirst mich jetzt nicht mehr los. Es gibt …« Er hebt eine Hand und streicht mir eine Haarsträhne hinters Ohr. Die Haut, die er dabei wie zufällig an meiner Wange berührt, brennt noch heißer als zuvor. »… keinen Ort, an dem ich dich nicht finden würde. Denn wir *haben* bereits eine Verbindung. Und dank des besiegelten Pakts kann ich dir endlich helfen.«

Er lehnt sich ein Stück zurück und legt die Hand behutsam auf meine verletzte. Dann schließt er die Augen und presst den Mund zu einem schmalen

Strich zusammen. Eine steile Falte bildet sich zwischen seinen Augenbrauen, als würde er sich konzentrieren.

Plötzlich spüre ich ein Prickeln in der Rechten, das die Schmerzen übertönt. Es fühlt sich an, als würde ein ganzes Ameisenvolk unter der Haut entlangkrabbeln. Ich bin drauf und dran, die Hand unter seiner hervorzuziehen, damit dieses Krabbeln aufhört, doch Shadow schüttelt leicht den Kopf. Nur kurz öffnet er die Augen und schaut mich an, bevor er die Lider wieder zusammenkneift.

Das Kribbeln wird immer schlimmer und verwandelt sich in ein Brennen. Ich beiße mir auf die Unterlippe, um nicht zu schreien. Warum ich mir das antue? Es ist Shadows konzentrierter Gesichtsausdruck, der mich zögern lässt. Ich habe zwar keinen Schimmer, was er da gerade macht, aber was es auch ist, es strengt ihn an. Und er tut es für mich. Also ist es an mir, die Zähne zusammenzubeißen und das durchzustehen.

Ein Krachen ertönt, gefolgt von einem Knacken – und nur Sekunden später rauscht ein so starker Schmerz meinen Arm hinauf, dass mein Vorhaben merklich ins Wanken gerät.

»Tut mir leid«, presst Shadow hervor. »Es ist … gleich geschafft.«

Schweiß glänzt auf seiner Stirn und ich widerstehe nur knapp dem Drang, ihn wegzuwischen.

Die Prozedur dauert wahrscheinlich nur Minuten, doch durch die Schmerzen, die meine ohnehin lädierte Hand nun noch stärker pulsieren lassen, kommt es mir wie Stunden vor. Doch irgendwann ebben das Brennen und Kribbeln ab und die Schmerzen verkommen zu einem dumpfen Pochen.

Shadow stößt den Atem aus und sackt anschließend nach vorn. Sein Kopf landet auf meiner Brust, während sein restlicher Oberkörper quer über mir liegt. Völlig perplex starre ich auf seinen grauschwarzen Haarschopf.

Ich pikse ihn mit dem Zeigefinger gegen die Wange, um zu sehen, ob er überhaupt noch lebt. *Shit,* habe ich meinen Familiar etwa nach weniger als vierundzwanzig Stunden gekillt? So was kann auch wirklich nur mir passieren!

»Beweg sie«, nuschelt er undeutlich.

»Was?«, frage ich, weil ich den Zusammenhang beim besten Willen nicht verstehe. Aber immerhin lebt er noch! Ein Glück!

»Deine Hand, du Dummerchen«, murrt er. »Was glaubst du denn, was ich eben gemacht habe?«

»Meine ...«

Ich schaue an ihm vorbei und hebe den rechten Arm. Die Hand ist zwar immer noch ein bisschen geschwollen, aber ... Vorsichtig bewege ich einzelne Finger, vor allem die, die vor ein paar Minuten noch in einem seltsamen Winkel abstanden. Es zwickt etwas und die Bewegungen sind ein wenig steif, aber es geht und ich spüre keine Schmerzen.

»Wie ... wie hast du ...?«

Er schiebt einen Arm unter meinen Rücken und schmiegt sich enger an mich. Ich schnappe nach Luft. Sein Gewicht auf mir ist jedoch nicht unangenehm, ebenso wenig wie die Wärme, die er abstrahlt. Wie kann ein Schatten-Familiar so warm sein?

»Ich habe ... deine Knochen gerichtet und die Sehnen wieder zusammengesetzt«, murmelt er leise. Ich spüre die Bewegungen seines Mundes durch das dünne Shirt. »Die Schwellung wird auch in ein paar Stunden zurückgehen. Allerdings ...« Erneut kuschelt er sich enger an mich. »... kostet es mich eine Menge Kraft, solch aufwendige Heilungsprozesse durchzuführen. Deshalb brauche ich dringend etwas Schlaf. Du hast doch nichts dagegen, wenn ich hier eine Weile liegen bleibe, oder?«

Ich blinzele mehrmals hintereinander. »Leg dich wenigstens ordentlich aufs Bett!«

Er gibt ein Brummen von sich und murmelt etwas, was ich nicht genau verstehe. Bevor ich ihn fragen kann, was er mir sagen wollte, höre ich ein leises Schnarchen aus seiner Richtung.

Seufzend hebe ich die Arme und lege sie um ihn. Kurz lasse ich die Finger durch sein Haar gleiten, bevor auch ich die Augen schließe.

KAPITEL 11

Felicity

Etwas regt sich auf mir, wodurch ich aufwache. Ein Blick nach unten verrät mir, dass auch Shadow mittlerweile wach geworden ist – und dass er noch immer auf mir liegt. Das Kinn auf mein Brustbein gestützt schaut er grinsend zu mir auf.

Seine Nähe müsste mir unangenehm sein – vor allem an solch intimen Regionen meines Körpers –, aber seltsamerweise ist das nicht der Fall. Es ist vielmehr sein Grinsen, durch das das Kribbeln im Bauch besorgniserregende Ausmaße annimmt. Die Frage, was er jetzt schon wieder vorhat, bringt das ein oder andere Horrorszenario im Kopf zum Laufen.

»Du sabberst im Schlaf«, sagt er.

Ich presse die Hand gegen sein Gesicht und schiebe ihn unsanft von mir runter.

Was für ein Idiot! Kann er nicht irgendetwas Nettes zu mir sagen? Ich habe ihn immerhin auf mir schlafen lassen!

Das bringt mich zu der Frage, wo er in Zukunft schlafen soll. Wie erkläre ich meinen Brüdern, dass ich auf einmal einen Familiar habe? Was werden sie dazu sagen? Werden sie Shadow überhaupt in ihrem Haus dulden? Aber ich brauche ihn in meiner Nähe. Er braucht meine Magie und ich brauche den kribbelnden und gleichzeitig berauschenden Kick, den ich empfinde, wenn er sich an ihr nährt. Ich brauche die Stärke, die dann durch meine Adern rauscht und deren Ausmaß ich noch nicht gänzlich begriffen habe. Aber wie kann ich ihn mitsamt seinem riesigen Ego vor meinen Brüdern verbergen?

»Woran denkst du?«, fragt er und reißt mich dadurch aus den Gedanken.

Ich schiele zu ihm hinüber. »An dich.«

Bevor ich weiterreden und meine Aussage präzisieren kann, verzieht sich sein Mund zu einem breiten Lachen, das seine spitzen Eckzähne entblößt.

»Das nehme ich dir nicht übel«, sagt er. »Ich denke auch gerne an mich.«

Ich setze mich auf und boxe ihn gegen die Schulter. »Spinner«, murmele ich und drehe mich schnell um, damit er nicht wieder die Röte zu sehen bekommt, die meine Wangen hinaufkriecht. »Ich frage mich, wie ich dich verstecken soll.«

Shadow verschränkt die Arme hinterm Kopf und lehnt sich gegen die Wand. »Ich verstehe das Problem nicht. Wir haben einen Pakt. Wir sind aneinander auf Lebenszeit gebunden. Früher oder später werden sie von mir erfahren müssen.«

Ich kaue einen Moment auf der Unterlippe, ehe ich murmele: »*Später* wäre mir in dem Fall aber lieber.«

Kurz bildet sich wieder die Falte zwischen Shadows Augenbrauen. »Schämst du dich für mich?«

»Was? Wie kommst du darauf?«

Er lässt die Arme sinken und zuckt mit den Schultern. »So mächtig deine Brüder auch sein mögen, sie können nichts gegen einen geschlossenen Pakt ausrichten. Du und ich, wir gehören jetzt für eine sehr lange Zeit zusammen. Sie werden sich wohl oder übel an mich gewöhnen müssen.«

»Ich weiß«, sage ich undeutlich. »Ich würde trotzdem gerne auf den richtigen Moment warten.«

»Und was soll ich bis dahin machen? Willst du mich in deinen Schrank sperren?«

»Nein … Ich muss mich nur erst an den Gedanken gewöhnen, dass ich jetzt einen Familiar habe.« Ich ziehe die Beine nah an den Körper, schlinge die Arme darum und bette das Kinn auf die Knie. »Davon habe ich so lange geträumt, doch meine Brüder waren dagegen. Ich weiß bis heute nicht, warum, aber irgendwann habe ich mich damit abgefunden, dass ich wohl niemals einen Familiar bekommen werde.« Mein Blick huscht zu Shadow. »Und jetzt bist du hier. Ich habe vom Medium erfahren, dass meine Gabe weitreichender ist, als ich bisher angenommen habe. Ich habe gegen eine Abtrünnige gekämpft und dank deiner Hilfe meine Brüder gerettet. Es ist … wohl alles etwas viel auf einmal, schätze ich. Stress mit Zac und Cal würde ich gerne vermeiden, bis ich alles andere halbwegs auf die Reihe gekriegt habe. Das hat nichts mit dir zu tun.«

Shadow schweigt lange. Ich habe keine Ahnung, ob er mich zumindest ein bisschen verstehen kann, aber es gibt nichts, was ich noch sagen könnte. Ich schäme mich nicht für ihn, weiß Gott nicht! Er ist eine Augenweide ... Vielmehr kann ich immer noch nicht glauben, dass er tatsächlich mir gehören soll. Einen kleineren Familiar hätte ich irgendwie verstecken können, aber Shadow ... Er ist niemand, den man übersehen kann.

Auf einmal kommt mir eine Idee.

»Mein Schatten!«, rufe ich. »Du könntest dich für eine Weile in meinem Schatten verbergen! Das hast du doch auch gemacht, als wir gestern ...«

Ein Blick in Shadows Gesicht lässt mich mitten im Satz innehalten. Er sieht ... wütend aus. Was habe ich denn jetzt schon wieder falsch gemacht?

»Ich soll mich also verstecken«, schlussfolgert er in einem gefährlich ruhigen Tonfall.

Ich halte die Luft an, warte auf die gemeine Spitze, die unweigerlich folgen muss, doch er schaut mich nur an. Noch immer auf der Hut, nicke ich.

»Wenn wir allein sind, musst du natürlich nicht in meinem Schatten bleiben«, sage ich. »Nur wenn wir an meinen Brüdern vorbeimüssen. Oder irgendwohin, wo man mich kennt.« Ich zucke mit den Schultern. »Aber kaum einer kennt mich. Ich bin nicht so berühmt wie Zac und Cal, von daher sollten wir keine Probleme bekommen. Solange dich meine Brüder nicht zu Gesicht kriegen, ist alles im grünen Bereich.«

»Im grünen Bereich«, wiederholt er brummend.

Seufzend fahre ich mir mit beiden Händen durchs Haar. »Hör bitte damit auf, mich so vorwurfsvoll anzusehen. Ich weiß selbst, dass die Idee bescheuert ist, okay? Aber es ist nur eine Übergangslösung. Sobald sich alles beruhigt hat, werde ich meinen Brüdern von dir erzählen. Aber bis dahin würde ich gerne so wenig wie möglich unter Beobachtung stehen.«

Shadow stößt den Atem aus. »Na schön. Es geht mir zwar gegen den Strich, aber ich werde den fast ertappten Liebhaber spielen.«

Verwirrt schaue ich zu ihm auf, woraufhin er grinsend eine Augenbraue anhebt.

»Ist das bei euch Menschen nicht eines dieser Klischees? Der Liebhaber, der sich ganz plötzlich verstecken muss, weil der Ehemann nach Hause kommt? Normalerweise muss er aber in den Kleiderschrank und nicht in den Schatten seiner Angebeteten. Und dein Schrank ist wirklich geräumig dafür, da du so wenig Klamotten hast.«

»Also, erstens bist du nicht mein Liebhaber«, stelle ich klar. »Du bist mein Familiar. Sei froh, dass ich dir kein Halsband umlege wie einem Haustier.«

»He, ich habe jetzt oft genug gesagt, dass ich es nicht leiden kann, wenn du mich als Haustier …«

Ich bringe ihn mit einer Handbewegung zum Schweigen. »Zweitens habe ich keinen Ehemann. Ich hatte bisher nicht mal einen festen Freund. Und drittens …«

»Stopp!«, ruft Shadow. »Was meinst du damit, dass du noch nie einen festen Freund hattest?«

Ich rutsche unruhig einen Moment auf der Bettkante umher und weiche seinem Blick aus. Nur knapp kann ich mich davon abhalten, an den Nägeln zu kauen. »Das, was ich gesagt habe. Meine Gabe ist mit dem anderen Geschlecht leider nicht kompatibel. In der Schule hielten mich alle für einen Freak und haben mich gemieden. Und danach …« Ich zucke wieder mit den Schultern, jedoch merke ich, dass die Geste nicht so locker wirkt, wie sie eigentlich geplant war. »Danach habe ich es immer mal wieder versucht. Ich habe mir Mühe gegeben, das Glimmen zu ignorieren und mich stattdessen auf die jeweilige Person zu konzentrieren, die mir gegenübersaß. Eine Weile hat es auch funktioniert, aber da ist noch mehr als das Glimmen an sich. Es ist wie … ein misstönender Klang. Weißt du, was ein Tinnitus ist?«

»Dieses Fiepen im Ohr?«

Ich nicke. »Genau. Im Grunde ist es ähnlich, nur dass dieser Ton lauter und nicht in meinen Ohren, sondern tief in meinem Kopf ist. Je länger ich ein nicht zueinanderpassendes Glimmen ignoriere und versuche mich darüber hinwegzusetzen, desto lauter wird der Ton, bis ich es nicht mehr aushalte. Meistens war das nach spätestens einer halben Stunde der Fall und ich bin – so schnell mich meine Füße trugen – aus dem Klub oder der Bar geflüchtet.« Ich schnaube. »Ich werde wohl nicht erwähnen müssen, dass sich nie wieder jemand bei mir gemeldet hat, nachdem ich mich aufgeführt habe wie eine Irre.«

Shadow schweigt eine Weile, ehe er sagt: »Also wirkt deine Gabe auch bei dir selbst.«

»Ja«, wispere ich. »Leider. Ich wünschte, es wäre anders.«

»Und … und bei mir? Ich meine, hörst du dieses Fiepen auch, wenn du in meiner Nähe bist?«

Ich schließe die Augen. Ein Lächeln zupft an meinen Mundwinkeln. »Nein. Und das ist wunderbar. Du glaubst gar nicht, wie erholsam das für mich ist. Diese Stille! Entweder liegt es daran, dass durch dich meine Magie endlich im Gleichgewicht ist, oder daran, dass du als Familiar kein Herz – und dadurch auch kein Glimmen – im herkömmlichen Sinne hast. Was es auch ist, ich bin dankbar dafür.« Ich öffne die Augen und schaue ihn an. »Und ich bin dankbar für dich.«

Shadow rutscht näher an mich heran, bis wir uns beinahe berühren. Normalerweise würde ich spätestens jetzt schreiend das Weite suchen, weil mich das Glimmen und der nervige Ton in den Wahnsinn treiben würden, doch bei ihm muss ich das nicht. Leise seufzend lehne ich den Kopf an seine Schulter, woraufhin er die Hand auf meine legt. Wie von selbst verflechten sich unsere Finger miteinander.

»Vielleicht kann ich dank deiner Hilfe endlich ein normales Leben führen«, murmele ich, bevor ich den Kopf ein Stück drehe, um ihn ansehen zu können. »Meinst du, das klappt?«

Shadows Blick ist unergründlich, doch er genügt, um ein warmes Kribbeln im Inneren heraufzubeschwören.

»Ich dachte zwar, dass ein normales Leben nichts für dich ist, immerhin willst du eine Meister-Magierin sein, aber wir können es versuchen«, sagt er rau, ohne meinen Blick freizugeben. »Was genau stellst du dir denn unter ›normal‹ vor?«

Ich beiße mir auf die Unterlippe, während ich abwäge, ob ich ihm tatsächlich davon erzählen soll. Bisher weiß es nur Katie – und die hat mich ausgelacht.

Shadow drückt meine Hand. »Erzähl's mir. Ich mache mich auch nicht über dich lustig, versprochen.«

Ich hole tief Luft, nur um sie kurz darauf geräuschvoll wieder auszustoßen. »Mit ›normalem Leben‹ meine ich nicht, dass ich heiraten und eine große Familie gründen will. Denn du hast recht: Mein vorrangiges Ziel ist es, eine Meister-Magierin zu werden und berühmt zu sein.«

»Du willst, dass es Actionfiguren von dir gibt«, zieht er mich grinsend auf.

»*Eine* Actionfigur würde mir schon reichen, aber ja«, gebe ich zu und kann mir ebenfalls ein Lachen nicht verkneifen. »Doch abgesehen davon … Ich würde wirklich gern wissen, wie es ist, geküsst zu werden.«

Shadow lehnt sich ein Stück zur Seite, sodass mein Kopf von seiner Schulter rutscht. Unsicher sehe ich zu ihm auf und begegne seiner entgeisterten Miene. Ich wusste, dass ich es ihm nicht hätte erzählen sollen … Welche Frau ist denn bitte schön mit beinahe Mitte zwanzig noch ungeküsst? Die Liste wird nicht allzu lang sein … Von den restlichen Erfahrungen, die mir ebenfalls fehlen, will ich lieber gar nicht erst anfangen …

»Du … hast noch nie jemanden geküsst?«, fragt Shadow nach einer gefühlten Ewigkeit.

Ich entwinde die Hand seinem Griff, stehe auf und mache ein paar unsichere Schritte durch das kleine Zimmer. Er lacht nicht und ich finde auch keinerlei Anzeichen von Spott in seiner Miene. Jedoch trifft mich sein Unglauben fast genauso hart.

»Noch nie«, gebe ich zu, nachdem ich mich wieder halbwegs unter Kontrolle habe. »Also, jedenfalls nicht im romantischen Sinne.«

»Macht dir deine Gabe jedes Mal einen Strich durch die Rechnung oder gab es bisher niemanden, der dich interessiert hätte?«

»Es gab schon jemanden … Ich habe ihn sogar vor Kurzem wiedergesehen.«

Bei der Erinnerung an meinen peinlichen Auftritt Justin gegenüber spüre ich, wie meine Ohren zu brennen scheinen. Am liebsten wäre ich im Boden versunken … Ich kann mir nicht vorstellen, dass es besser laufen wird, wenn Katie mich mit zu Justins Party schleppt. Eher wird es noch schlimmer werden. Vielleicht sollte ich absagen. Niemand wird mich vermissen, schließlich kennt mich keiner, Katie ausgenommen. Aber meine beste Freundin wird es mir nicht durchgehen lassen, wenn ich einfach kneife.

Und ich will nicht kneifen. Ich möchte Justin wiedersehen und das katastrophale Treffen im Café vergessen machen. Mir fehlt wahrscheinlich nur die Übung. Von meinen Brüdern mal abgesehen habe ich aufgrund des nervigen Glimmens kaum ein Wort mit Jungs oder Männern gewechselt.

Aber Shadow ... Mit ihm könnte ich üben! Er hat kein Glimmen, also schaltet sich meine Gabe auch nicht ein. Ich kann mit ihm üben zu sprechen, ohne mich zu verhaspeln, oder wie ich mich ungezwungen in männlicher Umgebung benehmen muss. Und wenn er mir vor der Party so viel Magie wie möglich abnimmt, schaffe ich die paar Stunden vielleicht sogar ohne Zwischenfall.

Am liebsten würde ich mir gerade selbst für diese geniale Idee auf die Schulter klopfen.

Ich setze mich wieder neben Shadow auf die Bettkante. »Sein Name ist Justin«, nehme ich das Gespräch von eben auf. »Seit meinem Abschluss habe ich ihn nicht mehr gesehen und ich wusste bis gestern nicht, wie es ihm geht oder was er macht.«

»Justin«, murmelt Shadow. »Den Namen habe ich schon mal gehört. Hat deine Freundin mit dem ›schönen Schein‹ ihn nicht erwähnt?«

Ich nicke. »Katie meinte, dass wir vorher noch mal shoppen gehen müssen. Justin hat uns beide auf seine Party eingeladen, die in ein paar Tagen stattfindet. Ich bin ihm am Morgen begegnet, bevor Katie mich zum Medium geschleppt hat.«

»Und wirst du zu dieser Party gehen?«

Seufzend lehne ich mich nach hinten und stütze mich auf die Unterarme. »Ich würde gern, aber ich habe Angst, dass ich mich wieder total zum Löffel mache – wie beim letzten Mal, als ich ihn getroffen habe. Mein Gehirn setzt aus, wenn ich in seiner Gegenwart bin.«

Ich erwähne lieber nicht, dass es mir bei Shadow ähnlich ergeht, wenn er mir zu nahe kommt. Muss an einem defekten Kontakt in meinem Kopf liegen und scheint ein allgemeines Problem zu sein ...

»Außerdem wird Katie mich vorher in zig Läden schleifen, weil sie mit meinem Klamottengeschmack nicht einverstanden ist. Sie meint, ich müsse mich freizügiger anziehen, wenn ich endlich mal einen Typen abkriegen will.«

Shadow gibt ein glucksendes Lachen von sich. »Ich bezweifele, dass du den richtigen Typen findest, indem du ihm einen möglichst tiefen Ausschnitt präsentierst. So oberflächlich hätte ich dich gar nicht eingeschätzt.«

Ich ziehe eine Schnute. »Bin ich auch nicht. Mir reicht es schon, wenn Justin auf mich aufmerksam werden würde.«

»Und ist er ein so oberflächlicher Typ, den du nur auf diese Weise beeindrucken könntest?«

»Ich weiß nicht«, gebe ich zu. »Während meiner Schulzeit war er sehr beliebt bei den anderen Mädchen und er hat das wohl auch gnadenlos ausgenutzt. Bestimmt ist er mittlerweile ruhiger geworden.«

Shadow gibt ein Schnauben von sich. »Und wenn nicht?«

»Dann gibt es auf der Party mit Sicherheit noch andere Männer«, gebe ich grummelnd zurück. »Katie hat schon recht: Ich brauche auch mal ein Oberteil, das mir nicht bis zum Hals reicht. Bisher habe ich es vermieden, so was zu tragen, aber offenbar bin ich die Einzige, die das Glimmen sehen kann. Also muss ich es nicht verstecken, wenn es eh kein anderer bemerkt.«

Ich habe mir in der Vergangenheit oft gewünscht, schöne Kleidung zu tragen, aber ich habe mich nicht getraut ... Was, wenn es da draußen noch einen Magiebegabten gibt, dessen Gabe ähnlich funktioniert wie meine?

Ich möchte nicht, dass jemand mein Glimmen sieht. Es ist ... etwas Persönliches. Etwas, was ich niemandem zeigen möchte. Es ist mein Innerstes. Der privateste Teil von mir.

»Du willst also auf diese Party, um Typen aufzureißen?«, hakt Shadow nach.

Ich verziehe den Mund. »Bei dir klingt das so unanständig ... Ich sehe diese Party eher als den ersten Schritt in ein normales Leben an. Als Übung, sozusagen. Ich gehe nicht mit dem Vorsatz dorthin, einen Ehemann zu finden.«

»Aber wenn Justin Interesse zeigt, wärst du nicht abgeneigt.«

Ich muss dringend etwas gegen die Hitze in den Wangen unternehmen ... Das geht mir auf die Nerven!

»Wahrscheinlich nicht«, gebe ich zu. »Aber so weit bin ich noch nicht. Vorher müsste ich üben, ungezwungen mit einem Mann zu reden, ohne dabei Blödsinn zu stammeln oder über die eigenen Füße zu stolpern. Und ich müsste möglichst magieleer sein, damit meine Gabe nicht zuschlägt.«

»Aha. Hier komme also ich ins Spiel.«

Mit den Fingern tastet Shadow nach meiner Hand. Ich zucke kurz bei der Berührung zusammen, obwohl sie mir nicht unangenehm ist. Ganz im Gegenteil.

»Und wie weit … sollen diese Übungen gehen?«, fragt er leise, während er sich weiter zu mir beugt.

Mein Herz wummert in der Brust und die Gedanken befinden sich auf ihrer ganz eigenen Reise, während ich in Shadows Gesicht starre. Eben wusste ich noch, was die Übungen beinhalten sollten. Jetzt bin ich mir nicht mehr so sicher. Zitternd hole ich Luft und ignoriere dabei das seltsame Kribbeln, das sich in mir ausbreitet.

Bevor ich mich ein Stück nach vorn lehnen kann – warum entwickelt mein Körper plötzlich ein Eigenleben?! –, lässt mich das schrille Klingeln meines Handys einen Satz zurück machen. Ich bin mir sicher, dass mein Herz jeden Moment aus dem Brustkorb springen wird, und ich presse schnell beide Hände dagegen, um es daran zu hindern. Mehrere Sekunden vergehen, in denen ich Shadow nur aus weit aufgerissenen Augen anstarre und versuche, das eben zu verarbeiten. Keine Ahnung, was das war! Aber hätte das Handy nicht geklingelt, hätte ich …

Das Handy! Es klingelt immer noch, aber der hämmernde Herzschlag in den Ohren ist lauter als die nervtötende Melodie, die ich für einen Anruf meiner Brüder eingestellt habe.

Fluchend entziehe ich Shadow die Hand und krame im Umhang, der auf dem Boden vor dem Bett liegt, nach meinem Handy. Ich finde es in der Innentasche.

»Ja?«, krächze ich, nachdem ich das Gespräch angenommen habe.

»Wo, zum Teufel, bist du?«, schreit Zac am anderen Ende. Er ist so laut, dass ich das Handy schnell auf Armlänge von mir weghalte. »Wir warten seit Stunden auf eine Nachricht von dir! Warst du gestern Abend überhaupt zu

Hause? Wie oft haben wir dir schon gesagt, dass du dich melden sollst, wenn es später bei dir wird?«

»Tut mir leid«, murmele ich kleinlaut. »Ich … ich war mit Katie unterwegs und dann … Ähm … Ich habe bei ihr übernachtet.«

So nah wie möglich an der Wahrheit bleiben. Guter Grundsatz! Kurz huscht mein Blick zu Shadow, der sichtlich gelangweilt auf dem Bett herumlümmelt und mich mit hochgezogenen Augenbrauen mustert. *Diesen* Teil der Wahrheit verschweige ich meinen Brüdern lieber noch eine Weile …

»Komm sofort nach Hause!«, herrscht Zac mich an. »Da draußen läuft eine Abtrünnige herum, die wir gestern Abend nicht schnappen konnten. Ich will, dass du bis dahin im Haus bleibst, wo du sicher bist.«

Ich verdrehe die Augen. Zum Glück kann er das nicht sehen.

»Hast du gehört?«, schiebt er streng nach, als ich nicht antworte.

»Ja, ja«, murre ich. »Bin schon unterwegs.«

Ohne ein weiteres Wort lege ich auf, werfe das Handy neben Shadow aufs Bett und fahre mir mit beiden Händen übers Gesicht.

»Alles okay?«, fragt Shadow.

Ich sehe vom Boden zu ihm auf. »Du hast vorhin einfach so meine Hand geheilt. Kannst du das auch bei jemand anderem?«

Shadow schaut mich an, als hätte ich jetzt komplett den Verstand verloren. »Die Heilung einer Hand ist ein sehr schwieriger Prozess. Sehr filigrane Knochen, Gelenke, Sehnen und unzählige Nervenenden. Kein anderer Körperteil ist so komplex wie eine Hand. Ich habe sie nicht einfach so geheilt; das war Schwerstarbeit, die ich ungern bald wiederholen möchte. Aber ehe du fragst: Nein, ich kann das nur bei dir, dank unseres Pakts. Andere Lebensformen, egal ob Mensch, Tier oder Familiar kann ich nicht heilen.«

»Entschuldige«, murmele ich. »Ich wollte nicht undankbar erscheinen. Es ist nur … Lumia und Terra scheinen sich noch nicht wieder erholt zu haben.«

»Es obliegt deinen Brüdern, ihnen zu helfen. Sie brauchen ihre Magie. Das sollten erfahrene Meister-Magier doch wissen.«

»Ich habe keine Ahnung, was daheim vor sich geht. Zac klang ziemlich aufgebracht und hat verlangt, dass ich sofort nach Hause kommen soll. Wir sind … vorhin vom Thema abgekommen. Ist es für dich okay, wenn du dich in meinem Schatten versteckst, sobald Zac und Cal anwesend sind? Ich bezweifele, dass jetzt der beste Zeitpunkt wäre, um dich ihnen vorzustellen.«

Shadow stößt geräuschvoll den Atem aus. »Nein, es ist nicht okay, aber ich tue es trotzdem. Für dich. Verlange aber nicht von mir, dass ich das ewig mache.«

Ich schenke ihm ein breites Lächeln. »Keine Sorge! Sobald die Abtrünnige von gestern Abend gefasst ist, werden sich meine Brüder wieder beruhigen und dann stelle ich dich ihnen vor. Jetzt können sie dich mir nicht mehr wegnehmen, aber ich möchte nicht für noch mehr Wirbel sorgen.«

Shadow streckt die Hand nach mir aus und wuschelt mir durchs Haar. »Das wird schon. Lass uns gehen.«

Grummelnd richte ich mir die ohnehin zerzauste Frisur, schnappe mir meine Sachen und folge ihm hinaus. Wie selbstverständlich greift er nach meiner Hand.

***

Da ich nicht riskieren will, doch jemandem über den Weg zu laufen, der mich kennt und Shadow bei mir sehen könnte, bitte ich ihn, sich bereits auf der Taxifahrt nach Hause in meinem Schatten zu verbergen.

»Weißt du, wenn du mich plötzlich in eine schummrige Seitengasse ziehst, gehe ich eigentlich davon aus, dass du etwas Unanständiges mit mir vorhast«, murrt er. »Dass ich einfach so in deinem Schatten verschwinden soll, ist jetzt irgendwie enttäuschend.«

Ich verdrehe die Augen. »Als ob ich etwas Unanständiges mit dir vorhätte«, grummele ich. »Ich weiß nicht, wie du auf solche Ideen kommst!«

Er verschränkt die Arme vor der Brust und sieht mich mit einem Blick an, bei dem mir abwechselnd heiß und kalt wird. Ach herrje, was habe ich denn jetzt wieder Falsches gesagt? Schnell gehe ich den letzten Satz noch mal im Kopf durch, doch mir fällt nichts auf, was ihn zu diesem süffisanten Grinsen bewogen haben könnte.

»Was ist denn nun?«, schiebe ich nach, bevor meine Wangen wieder anfangen können zu brennen. »Wenn wir noch länger brauchen, telefoniert Zac mir wieder hinterher.«

Shadows Grinsen wird breiter. »Es wäre wirklich zu schade, wenn uns ein Anruf deiner Brüder erneut unterbrechen würde.«

Mist, *das* meint er! Aber ... das war doch gar nicht so! Da wäre nichts gewesen, selbst wenn Zac nicht genau in diesem Moment angerufen hätte. Ich hätte doch nicht ...

Ich schlucke krampfhaft und recke dann das Kinn. »Wie auch immer, ich muss nach Hause oder die beiden schicken einen Suchtrupp los. Wenn du also die Güte hättest, mit meinem Schatten zu verschmelzen ...«

Shadow gibt ein Schnauben von sich, das wahrscheinlich ein Lachen überspielen soll. Anschließend macht er einen Schritt auf mich zu und steht mir wieder so nah, dass es mir beinahe unangenehm ist. Dennoch halte ich das Kinn oben und weiche nicht zurück. Er ist mein Familiar und muss mir gehorchen! Warum diskutiere ich überhaupt mit ihm? Dafür habe ich keine Zeit! Und einschüchtern kann er mich auch nicht. Wo kämen wir denn dann hin?

Während er direkt vor mir steht, verlässt sein Blick nicht eine Sekunde lang mein Gesicht. Er studiert meine Mimik und ich bin mir sicher, dass er den inneren Konflikt sehr wohl sieht, denn von einem Moment auf den anderen hebt sich sein rechter Mundwinkel zu einem schiefen Grinsen.

Ich starre auf seinen Mund. Bei mir würde ein solch schiefes Lächeln aussehen, als hätte ich gerade einen Schlaganfall erlitten. Bei ihm hingegen ... sieht es gut aus. *Gut* im Sinne von *sexy*. Ich ... ich meine ...

Schnell schüttele ich den Kopf, um diese verstörenden Gedanken zu vertreiben und meinen Blick von seinen Lippen loszureißen. Du lieber Himmel, was denke ich denn da?! Er ist mein verdammter Familiar und kein Mann in meinem Alter! Es ist völlig unangebracht, dass ich ihn so ansehe und mir solche Gedanken in den Sinn kommen!

»Jetzt verschwinde endlich in meinem Schatten!«, sage ich eine Spur zu barsch, doch ich entschuldige mich nicht dafür. »Ich bin deine Trägerin! Du musst tun, was ...«

Shadow legt seinen Zeigefinger an meinen Hals und lässt ihn langsam hinauf zum Kinn gleiten. Dabei bemerkt er, dass ich – ganz zufällig natürlich! – in diesem Augenblick hektisch schlucken muss. Am Kinn übt er leichten Druck aus, um meinen Kopf wieder nach oben zu drücken. An den Stellen, die er mit dem Finger berührt hat, brennt die Haut wie Feuer.

»Ich verstecke mich in deinem Schatten, weil du mich darum bittest«, stellt er klar, nachdem ich ihn wieder ansehe. »Nicht, weil du es mir als meine Trägerin befiehlst. Ist das klar?«

Wie bitte?! Bevor ich widersprechen kann, bleckt er die Zähne; ich klappe schnell den Mund wieder zu und starre auf die längeren Eckzähne. Wenn er spricht, fallen sie nicht auf, wenn man nicht weiß, dass sie da sind. Aber warum sind sie überhaupt da? Ist er so was wie ein Schattenvampir? *Uuh,* das klingt echt gruselig … Und wenn ich ehrlich bin, will ich lieber nicht wissen, warum er solche Zähne hat. Lumia und Terra sehen in ihrer Menschenform fast vollkommen menschlich aus. Warum hat Shadow sich dazu entschieden, seiner Menschenform spitze Eckzähne zu geben?

»Lass dich auf keine Dominanzspielchen mit mir ein, Kleines«, raunt er, als ich viel zu lange stumm bleibe. »Du würdest unweigerlich den Kürzeren ziehen. Wir sind ein Team und ich möchte auch wie ein vollwertiges Teammitglied behandelt werden und nicht wie ein Anhängsel, das du benutzen kannst, wann immer es dir beliebt. War das deutlich genug?«

Ich öffne den Mund, doch es kommt nur ein Krächzen heraus. Meine Güte, ich hätte nicht gedacht, dass Shadow so einschüchternd sein kann. Er ist mächtig dank der Schattenmagie und anderen Gaben, aber auch ohne all das wirkt er … Er verströmt eine Präsenz, die mich dazu veranlasst, den Kopf zwischen die Schultern zu ziehen, um mich so klein wie möglich zu machen und zu beten, dass er mich nicht weiter wahrnimmt. Eben wollte ich noch protestieren und ihn auslachen, als er meinte, dass ich unweigerlich den Kürzeren ziehen würde, doch jetzt muss ich zugeben, dass er wohl recht hat. Bisher habe ich es nicht so stark wahrgenommen, aber hinter Shadows Überheblichkeit und den lockeren Sprüchen verbirgt sich noch etwas anderes: wahre und sehr alte Macht. Und ich bin mir sicher, dass ich bisher nur einen Bruchteil dieser Macht zu sehen bekommen habe.

Zwischen Shadows Augenbrauen bildet sich eine steile Falte und er nimmt die Hand von meinem Kinn. Stattdessen schiebt er mir sanft eine vorwitzige Haarsträhne hinters Ohr.

»Entschuldige«, murmelt er dabei. »Ich wollte dir keine Angst einjagen. Ich mag es nur nicht, wenn man mich wie einen Gegenstand behandelt oder mir Befehle erteilt. Damit ... habe ich schlechte Erfahrungen gemacht.«

Ich zwinge mich zu einem schwachen Lächeln. »Wie es aussieht, müssen wir uns beide erst an unsere neuen Rollen gewöhnen. Aber, Mann! Das war echt einschüchternd! Mach das bitte nicht noch mal, das ist bestimmt nicht gut für meine Gesundheit! Ich hatte echt Panik!«

Shadow legt mir eine Hand an die Wange. »Das wollte ich nicht ...«

»Schon gut«, sage ich schnell und schiebe meine Hand über seine. »Ich hätte dich auch nicht so anschnauzen dürfen. Aber wir müssen jetzt los.« Ich hebe die andere Hand. »Brauchst du noch etwas Magie? Ich weiß nicht, wie lang die Vorträge meiner Brüder dauern werden und ich endlich in mein Zimmer kann. Vielleicht musst du eine ganze Weile in meinem Schatten zubringen.«

Die Sorge verschwindet aus Shadows Miene und macht einem Grinsen Platz. »Da sag ich nicht Nein.«

Erneut verfolge ich gebannt das Schauspiel in seinen Augen, beobachte, wie das Schwarz dem Rauchgrau weichen muss, während Shadow Magie aus mir herauszieht und dabei meinen Blick erwidert. Ich hätte nie gedacht, dass solch dunkle Augen derart faszinierend sein können. Als der bekannte Sog mich erfasst und die freigesetzte Magie bis in meine Fingerspitzen spürbar ist, entweicht mir ein leises Seufzen, was Shadow mit einem Grinsen quittiert. Erst dann löst er die Lippen vom Ring, lässt die Hand sinken und tritt hinter mich.

»Weißt du«, murmelt er, als er in meinen Schatten tritt, »eigentlich mag ich es, in deinem Schatten zu sein.«

Ich werfe einen Blick über die Schulter, doch er ist bereits verschwunden. »Warum?«, frage ich dennoch.

Ein Impuls fährt durch mich hindurch.

»Weil ich dann das hier machen kann«, antwortet er in meinem Kopf.

Ohne bewusstes Zutun hebe ich die Hände, lege sie auf meine Brüste und drücke sanft zu. Ich quietsche erschrocken und lasse sofort die Hände sinken, doch als Antwort höre ich nur Shadows dunkles Lachen.

»Mach das nie wieder!«, zische ich in Gedanken.

»Tut mir leid, aber das kann ich dir nicht versprechen.«

Ich knirsche mit den Zähnen. *»Wie hast du das überhaupt gemacht? Ich dachte, das klappt nur, wenn ich dir die Kontrolle überlasse.«*

»Wenn du mir aus freiem Willen die Kontrolle überlässt, kann ich deinen gesamten Körper steuern, so wie beim Kampf gegen die Abtrünnige«, erklärt Shadow. *»Aber auch davor konnte ich dich hin und wieder Bewegungen ausführen lassen, wobei diese eher kurze Impulse sind. Ich kann dich deinen Arm heben oder einen Schritt zur Seite machen lassen; keine kompletten Bewegungssequenzen wie in einem Nahkampf. Und wenn du dich bewusst dagegen entscheidest, kann ich nichts machen. Wenn du eben gedacht hättest, dass ich deine Hände auf keinen Fall bewegen soll, hätte ich sie auch nicht bewegen können.«*

»Du hast mich überrumpelt.«

Wieder höre ich Shadows Lachen. *»Ein wenig. Aber das war es mir wert.«*

Der Kerl ist einfach unglaublich! Aber nicht auf die gute Weise unglaublich! Jetzt muss ich auch noch die ganze Zeit über darauf achten, die Kontrolle über meinen Körper zu behalten.

Leise vor mich hin schimpfend gehe ich zurück zur Straße und winke mir ein Taxi heran. Das Geld, das ich dabeihabe, reicht gerade so für eine Fahrt zur Villa. Wieder versucht der Fahrer zu ergründen, warum ich dorthin will. Wahrscheinlich hält er mich für einen Groupie meiner Brüder und ich lasse ihn in dem Glauben.

KAPITEL 12

Felicity

Als ich an der Villa aus dem Taxi steige, sehe ich bereits Zac mit großen Schritten auf mich zukommen. Ich seufze und ergebe mich meinem Schicksal. Er ist so sauer, dass er sogar den Taxifahrer ignoriert, der ihn um ein Autogramm bittet.

»Rein mit dir«, knurrt er. »Auf der Stelle!«

Ich verdrehe die Augen und erspare mir einen Widerspruch. Stattdessen stecke ich die Hände in die Hosentaschen und schlurfe den mir schier endlos vorkommenden Kiesweg zum Anwesen entlang.

»Wie oft habe ich dir schon gesagt, dass du dich melden sollst, wenn du über Nacht wegbleibst?«, zetert Zac hinter mir. »Wir haben uns Sorgen um dich gemacht.«

»Es geht mir bestens«, erwidere ich, ohne mich zu ihm umzudrehen. »Nur weil ich euch nicht über jeden meiner Schritte aufkläre, heißt das nicht, dass mir etwas passiert sein muss.«

»Aber es wäre gut möglich! Du kannst nicht allein auf dich aufpassen.«

Ich beiße mir auf die Zunge, um einen Widerspruch im Keim zu ersticken. Ich höre schon mein Leben lang, aber besonders oft seit sich meine Gabe zum ersten Mal manifestiert hat, dass ich allein nichts auf die Reihe kriege. Dass ich Freiwild für jeden Abtrünnigen bin, der über mich an meine Brüder herankommen will. Dass ich ohne ihre Hilfe aufgeschmissen bin. Dass ich schwach bin.

Obwohl ich weiß, dass es eine dumme Idee ist, bleibe ich stehen, wirbele zu Zac herum und pikse ihm mit dem Zeigefinger in die Brust.

»Ich kann sehr wohl auf mich aufpassen!«, zische ich. »Ich bin kein kleines Kind mehr und ich brauche euch auch nicht als meine Bodyguards! Ich komme zurecht.«

Zac umschließt mein Handgelenk mit den Fingern. »Dass ich nicht lache!«

»*Shadow*«, murmele ich in meinem Inneren.

»*Schon dabei.*«

»*Aber tu ihm bitte nicht weh!*«

Meine linke Hand hebt sich und innerhalb zwei geschickter Griffe entwinde ich Zac die rechte. Mein Bruder starrt mich aus weit aufgerissenen Augen an, als würde er sich davon überzeugen wollen, dass ich tatsächlich seine kleine, vermeintlich schwache Schwester bin.

»Das war gar nicht schlecht. Wo hast du das gelernt?«, fragt er, nachdem er sich von dem ersten Schreck erholt hat.

Ich zucke mit den Schultern. »Ich bin online in so einer Art Selbsthilfegruppe und habe da ein paar Tipps gelesen. Du hast recht: Ich bin bei Weitem nicht so stark wie Cal oder du. Aber das bedeutet nicht, dass ich wehrlos bin. Außerdem bin ich für Abtrünnige kein lohnendes Ziel. Niemand weiß, dass ich eure Schwester bin. Warum sollten sie mich dann also verfolgen? Ich möchte nur ... etwas Freiheit. Ich will mich nicht alle drei Stunden bei euch melden und darum bitten müssen, dass ich noch ein wenig länger wegbleiben darf. Ich bin kein Kind mehr!«

Zac schweigt. Unglauben tanzt in seinen wasserblauen Augen. Wahrscheinlich überlegt er, ob es jemand geschafft hat, mich zu klonen oder auszutauschen, denn bisher habe ich ihm nie widersprochen. Ich habe mich oft über ihre übervorsichtige Art geärgert, aber ich habe nie dagegen aufbegehrt, sondern mich gefügt.

Größtenteils weil ich dachte, dass sie recht hätten.

Wenn man etwas oft genug hört und selbst keinen Beweis für das Gegenteil finden kann, glaubt man irgendwann daran. Ich habe meinen Brüdern geglaubt, als sie mir sagten, ich sei schwach, und habe mich letztendlich selbst so gesehen.

Doch jetzt hat sich die Ausgangssituation geändert. Ich bin nicht mehr allein. Und dank Shadow bin ich nicht mehr wehrlos. Zwar wird es noch lange dauern, bis wir so eingespielt sind wie meine Brüder und ihre Familiare, aber diese Zeit wird kommen.

Ich wende mich um und setze meinen Weg fort. »Wie geht es Cal und den Familiaren?«

»Cal ist … Körperlich geht es ihm gut, aber seit dem Kampf ist er mit den Gedanken woanders, habe ich das Gefühl. Er vernachlässigt sogar Lumia, die sich noch nicht vollständig erholt hat. Terra ist wieder auf den Beinen, doch auch sie weiß nicht, was mit Cal los ist. Wir können leider nichts tun, um Lumia zu helfen.«

»Steht es schlecht um sie?«

Als Zac den Kopf schüttelt, atme ich erleichtert auf. »Nein, es ist nichts Ernstes. Aber sie ist noch nicht so weit genesen, wie sie es eigentlich sein sollte.«

»Ich werde gleich nach ihr sehen«, sage ich, als wir die Villa betreten.

»Und ich sage Cal, dass du zurück bist. Er wird auch mit dir reden und dir die Leviten lesen wollen.«

Ich seufze, erspare mir aber eine Antwort. Stattdessen mache ich mich gleich auf den Weg zu Lumia. Ihr Zimmer liegt im Erdgeschoss, direkt neben Cals Zimmer. Ich klopfe an die Tür und bin überrascht darüber, dass es Terra ist, die mich hereinbittet.

»Ich will nicht stören«, murmele ich.

Lumia sitzt auf dem Bett, Terra auf einem Stuhl daneben. Beide wenden sich zu mir um.

»Du störst nicht«, sagt Lumia.

Mir fällt sofort auf, wie blass der Feuer-Familiar ist, doch ansonsten sehe ich keinerlei Anzeichen von Verletzungen an ihr. Terra hingegen sieht aus wie immer.

Ich trete ein und schließe die Tür hinter mir. »Zac meinte, dass ihr in einen Kampf verwickelt wurdet.«

Als ich näher komme, verändern sich die Mienen der Familiare; sie mustern mich plötzlich intensiv von Kopf bis Fuß.

Terra macht einen Schritt auf mich zu, doch Lumia hält sie zurück. »Nicht hier drin. Das gibt nur Ärger.«

Der Erd-Familiar nickt und wendet sich wieder mir zu. »Komm bitte kurz mit nach draußen in die Trainingshalle, Felicity«, sagt sie in einem Tonfall, der mir die Nackenhaare zu Berge stehen lässt.

»Warum?«, frage ich. »Ich wollte nur schnell nach euch sehen. Bin eben auch erst zurückgekommen.«

»Wir haben etwas mit dir zu besprechen«, antwortet Lumia.

»Kann ich vielleicht erst duschen und mich umziehen und etwas essen?«

Doch Terra hakt sich bei mir unter und zieht mich zurück zur Tür. Lumia folgt uns auf dem Fuße.

Was ist denn hier nur los?

***

Es ist nicht ungewöhnlich, dass die beiden mit mir reden wollen. In der Vergangenheit haben sie mich häufiger um Tipps gebeten, wie sie mit meinen Brüdern umgehen sollen. Quasi Tipps aus erster Hand der einzigen Menschenfrau, die für sie greifbar war. Zweifellos muss ich nicht erwähnen, dass ich dank meines »weitreichenden Erfahrungsschatzes« eher nicht viele Tipps für sie hatte.

Dennoch werde ich diesmal erst stutzig, als Terra hinter uns die Tür der Trainingshalle verriegelt.

Ich war noch nie gerne hier drin. Alles ist mit hitzebeständigem Metall verkleidet und aus noch irgendeinem neumodischen Material gefertigt, das nicht sofort bei Terras Erdbebenattacken zu Bruch geht. Nachdem sie die Trainingshalle alle paar Wochen neu aufbauen lassen mussten, waren es meine Brüder leid und ließen den Innenraum so fertigen, dass sie mit ihren Familiaren ungestört trainieren konnten.

Lumia bleibt inmitten der Halle stehen und wendet sich zu mir um. Feuerglanz umgibt sie, der ihre blasse Haut nur noch blasser wirken lässt.

»*Sei vorsichtig*«, raunt Shadow in meinem Kopf.

Dass hier etwas faul ist, hätte ich auch ohne seinen Kommentar bemerkt ...

Trotzdem beschließe ich so zu tun, als sei alles in bester Ordnung. Ich verschränke die Arme und sehe abwechselnd zu Lumia und Terra, die sich vor mir aufgebaut haben.

»Also?«, frage ich. »Worüber wolltet ihr mit mir sprechen?«

»Hältst du uns für dumm?«, grollt Terra. Ihre Stimme klingt nicht wie gewöhnlich. Vielmehr schwingt bereits ein basslastiges Knurren darin mit.

Ich mache einen Schritt zurück. »Ich habe keine Ahnung, was du meinst.«

Lumias Züge verschieben sich und für einen Moment wird ihr hübsches Gesicht spitzer und ihr Mund wandelt sich zu einem Schnabel, doch nur eine halbe Sekunde später sieht sie wieder aus wie eine junge Frau.

»Glaubst du, dass wir einen fremden Familiar in unserem Territorium nicht bemerken?«, zischt Lumia und breitet die Arme aus, die sich sofort in Flügel verwandeln.

Shit! Wollen die beiden mich ernsthaft angreifen? Aber wieso?

»Wir lassen nicht zu, dass du ihn hier hereinschmuggelst!«, sagt Terra. »Wen von uns soll er ersetzen?«

Ich blinzele mehrmals hintereinander. »Was?«

»Garantiert hat Cal nach einem neuen Familiar verlangt«, grollt Lumia, deren Züge mehr und mehr die eines Vogels annehmen. Eines sehr großen Vogels. »Überlass ihn mir!«

Terra neigt den Kopf und geht beiseite.

Und ich stehe plötzlich einem fast zweieinhalb Meter großen Phönix gegenüber. Ich habe Lumia schon oft in dieser Gestalt gesehen, doch meistens aus der Entfernung. Nie hätte ich mir vorgestellt, dass sie eine solche Hitze abstrahlen würde. Meine Haut fühlt sich an, als würde sie jeden Moment von meinen Knochen schmelzen, dabei ist der Phönix noch mindestens fünf Meter von mir entfernt. Ich möchte lieber nicht herausfinden, wie heiß sie ist, wenn sie direkt vor mir steht.

Lumia breitet die ausladenden Schwingen aus und gibt ein schrilles Krächzen von sich, das mir in den Ohren klingelt. Die langen Krallen an ihren Beinen scharren über den Metallboden, als sie langsam auf mich zukommt. Hastig weiche ich zurück, stolpere dabei aber über meine eigenen Füße und lande auf dem Hintern. Die Hitze wird beinahe unerträglich.

»Lumia!«, schreie ich. »Ich bin's, Feli! Erkennst du mich denn nicht?«

Doch keines meiner Worte scheint zu ihr durchzudringen. Sie ist mir jetzt so nah, dass ich kaum noch Luft holen kann. Jeder Atemzug scheint meine Lungen zu verbrennen. Die Augen tränen, deshalb kneife ich sie zusammen.

Ein lautes Grollen hallt mir durch den Kopf, mehrere Schattenimpulse rauschen durch meinen Körper. Dann spüre ich, dass sich Shadow aus meinem Schatten löst. Ich will ihn anschreien, dass er sich wieder verstecken soll, weil mir gerade ein durchgeknallter Phönix gegenübersteht, doch der Mund ist wie ausgedörrt. Wieder ertönt ein Grollen, drohender diesmal und nicht in meinem Kopf, sondern ganz nah ... neben mir.

Als ich vorsichtig die Augen öffne und es schaffe, gegen den Tränenschleier anzublinzeln, nehme ich als Erstes lange Fangzähne wahr, die in Lumias Feuerschein glänzen. Wenn ich es schaffte, mich aufzusetzen, brauchte ich nur den Arm ausstrecken, so nah befindet sich das gefletschte Maul einer Bestie, die ich noch nie zuvor gesehen habe. Sie ist riesig und steht über mir, den Kopf angriffslustig gesenkt, während sie den Phönix fixiert und dabei immer wieder ein tiefes Grollen ausstößt. Der Laut vibriert in meiner Brust und beruhigt mich seltsamerweise, anstatt mich noch mehr in Panik zu versetzen. Alles geschieht viel zu schnell, als dass ich Einzelheiten wahrnehmen könnte. Zähne und dunkles rauchgraues Fell – das ist alles, was ich direkt sehen kann.

Das Auftauchen der Bestie scheint auch Lumia und Terra zu verwirren. Lumia weicht mehrere Schritte zurück und streift ihre Phönixgestalt ab. Schock und Unglauben verzerren ihr hübsches, jetzt wieder menschliches Gesicht.

»Ein ... Schatten-Familiar?«, keucht Terra, die sich bisher im Hintergrund gehalten hat. »Was will Cal denn mit einem Schatten-Familiar?«

»Nicht *irgendein* Schatten-Familiar«, zischt Lumia. »Was, zur Hölle, macht *er* hier?«

Moment! Ich rappele mich auf, krieche unter dem Wesen über mir hervor und komme unsicher auf die Beine.

Ich weiß nicht, was ich erwartet habe. Mir war klar, dass auch er eine Form hat, ebenso wie Lumia und Terra. Dass sein menschliches Äußeres nichts weiter als Anpassung an unsere Welt ist. Aber ihn vor mir zu sehen, auf allen vieren, mit dem dunklen Fell und den wabernden Schatten, die aus seinem Rücken, dem Nacken und dem Schwanz schlagen, macht mir wieder bewusst, dass uns viel mehr unterscheidet als nur das Äußere.

Ich habe bisher nicht darüber nachgedacht, wie Shadows andere Gestalt wohl aussehen mag, denn mir wäre beim besten Willen nichts zum Thema

»Schatten« eingefallen. Auf einen Panther – oder zumindest etwas, was weitläufig daran erinnert – wäre ich wohl nie gekommen. Schon gar nicht auf einen so riesigen. Er ist zwar etwas kleiner als Terras Bärengestalt, die mich überragt, aber nicht minder eindrucksvoll. Sein Fell ist etwas länger, als es bei dem Pendant aus unserer Welt der Fall ist, und es weist silbergraue Spitzen auf, so wie sein Haar in der menschlichen Gestalt. Allgemein ist seine Form größer, kraftvoller und muskulöser als die der Raubkatze, mit der ich ihn vergleiche – und doch ist es das, was mir am ehesten in den Sinn kommt, wenn ich ihn ansehe.

Er schickt noch ein letztes warnendes Grollen in die Richtung der anderen beiden Familiare und neigt dann den Kopf zu mir. Ich schnappe hörbar nach Luft, als ich in seine Augen schaue. Sie sind nicht dunkel wie gewöhnlich, sondern strahlen mich in einem hellen Quecksilberton an. Ich hebe die Hand und strecke sie nach Shadow aus. Angst verspüre ich nicht, nur Überraschung. Und Verwirrung. Wie soll ich mit ihm umgehen?

Gerade als ich die Hand wieder zurückziehen will, um mir über meine Gefühle klar zu werden, zucken die hellen Schnurrhaare um seine Schnauze und kitzeln an meiner Handfläche, ebenso wie es sein Atem tut. Wie von selbst heben sich meine Mundwinkel zu einem Lächeln. Vorsichtig, um ihn nicht zu erschrecken, strecke ich die Finger nach seiner Schnauze aus und fahre über die rosafarbene Nase – den einzigen Farbklecks im Wirrwarr aus Schwarz und Silber. Unter den Fingerspitzen spüre ich, dass sein Fell genauso weich ist wie sein Haar. So leise, dass ich es fast für Einbildung halte, höre ich ihn schnurren, wodurch mein Lächeln nur noch breiter wird.

»Feli, geh weg von ihm!«, ruft Terra aus mehreren Metern Entfernung.

Ich drehe mich zu ihr um und ziehe die Hand zurück. Terra klammert sich an Lumias Arm. Panik spiegelt sich in ihrer Miene.

Sie macht einen Schritt nach vorn – keine Ahnung, was sie vorhat und warum sie überhaupt so ängstlich reagiert –, doch Shadow stellt sich prompt quer vor mich. Als er erneut einen Laut von sich gibt, der eine wilde Mischung aus Grollen und Fauchen ist, wirbeln die Schatten, die aus seinem Rücken emporschlagen, um uns herum und hüllen uns ein.

»Das glaube ich nicht«, zischt Lumia, während sie abwechselnd Shadow und mich anstarrt. »Ist er … gehört er zu *dir*?«

Ich lege eine Hand auf Shadows muskulösen Nacken und fahre sacht durch das aufgestellte Fell, woraufhin er sich ein wenig entspannt. Anschließend laufe ich um ihn herum, wobei ich die beiden Frauen nicht aus den Augen lasse.

»Er ist mein Familiar«, sage ich.

Lumia und Terra ziehen scharf die Luft ein und starren mich an, als wären mir plötzlich zwei Extraköpfe gewachsen.

»Dein Familiar?«, fragt Lumia. »*Du* bekommst einen solchen Familiar?«

Ich verziehe den Mund. »Ja, das habe ich schon mal gehört. War eher ein Zufall.«

»Aber er …« Der Feuer-Familiar hat sichtlich Mühe, die richtigen Worte zu finden. »Hast du eine Ahnung, *wer* er ist?«

Nun ist es an mir, die Stirn zu runzeln und den Kopf zu schütteln. Warum benehmen sich die beiden so seltsam? Hinter mir höre ich ein abfälliges Schnauben.

»Er ist nicht einfach nur ein Schatten-Familiar«, wirft Terra ein.

Könnten alle bitte aufhören in Rätseln zu sprechen? Ich verschränke die Arme. »Sondern?«

»Es gibt nur wenige Familiare, die so bekannt sind wie er«, sagt Lumia. »Nahezu jeder Familiar in der Nebenwelt kennt seinen Namen, denn er gehört zu den ältesten Wesen, die es gibt. Gerüchten zufolge hat er schon zwei Zyklen miterlebt. Dieser hier dürfte schon sein dritter sein. Aber ich habe noch nie gehört, dass er dem Ruf eines Mediums gefolgt ist … Dank seines Alters und der Macht, die ihm innewohnt, ist er in unserer Welt eine große Nummer, ein Herrscher. Wenn du so willst, ist er ein Schattenprinz.«

Zyklen? Von welchen Zyklen redet sie denn da? Das habe ich bisher noch nie gehört.

Als ein tiefes Lachen hinter mir ertönt, rieselt mir ein wohliger Schauer den Rücken hinunter.

»Schattenprinz«, sinniert Shadow und tritt in seiner menschlichen Gestalt neben mich. »Das gefällt mir.«

Ich werfe ihm einen Seitenblick zu. Anscheinend ist er der Meinung, dass er die anderen – und mich – genug mit seiner wahren Gestalt beeindruckt hat. »Also hast du doch nicht übertrieben, als du sagtest, dass du der größte Fang schlechthin wärst.«

Er reckt das Kinn. »Sind deine Zweifel jetzt ausgelöscht?«

Ich starre wieder geradeaus. »Das sind sie erst, wenn wir gegen einen Abtrünnigen gewinnen und du mich nicht anschließend halb bewusstlos vom Kampfplatz zerren musst.«

Terras Mund klappt auf. »Die neue Magierin gestern Abend ... Warst *du* das?«

Ich wiege den Kopf hin und her. »Wir arbeiten noch am Auftritt. Und ... am Abgang.«

Lumia macht einen Schritt nach vorn. »Warum bist du hier?«, fragt sie Shadow. »Warum hast du unsere Welt verlassen?« Ihr Kinn ruckt in meine Richtung. »Doch sicher nicht wegen der kümmerlichen Magie von Felicity.« Sie wendet sich an mich. »Nichts für ungut, du brauchtest einen Familiar, da bin ich mit dir einer Meinung, aber ... doch nicht *ihn*. Der da ist eine Nummer zu groß für dich.«

»Meine Gründe haben dich nicht zu interessieren«, sagt Shadow mit schneidender Stimme, bevor ich verbal auf Lumia einhacken kann. »Ich bin hier. Der Pakt ist geschlossen. Ende der Erklärung.«

Terra reibt sich mit der Hand über die Stirn. »Zac und Cal werden ausflippen. Nicht nur, dass du dir gegen ihren Willen einen Familiar geholt hast. Es handelt sich auch noch um einen männlichen Familiar. Deine Brüder würden jeden deiner Verehrer durch die Mangel nehmen, bevor er überhaupt nur deine Hand halten dürfte, aber ein Familiar ist eine ganz andere Sache ... Die Verbindung zwischen Träger und Familiar ist ... sehr speziell.«

Ich verdrehe die Augen. »Keine Sorge. Ich habe nicht vor, das Gleiche mit ihm zu machen wie du mit Zac. Shadow wird mir dabei helfen, die Prüfungen zu bestehen und eine Meister-Magierin zu werden, und nichts anderes.«

»Ich bin gespannt, wie lange dieser Vorsatz halten wird«, murmelt Terra mehr zu sich selbst, doch ich verstehe sie trotzdem. Dummerweise gibt ein winzig kleiner Teil in mir ihr insgeheim recht, doch ich bringe diesen Teil rigoros zum Schweigen.

»Ihr werdet kein Wort zu meinen Brüdern sagen«, befehle ich. »Kümmert euch um eure eigenen Angelegenheiten.« Ich wende mich Lumia zu. »Warum warst du der Meinung, dass ich einen fremden Familiar für Cal einschmuggeln würde?«

Der Feuer-Familiar wendet den Blick ab. Es ist Terra, die mir antwortet. »Da du ja anwesend warst, weißt du, dass wir im Kampf gegen die Wasserbändigerin ziemlich einstecken mussten. Lumia und ich waren völlig außer Gefecht gesetzt und kamen erst hier in der Villa wieder zu uns. Zac konnte mich nach einer Ruhepause wieder mit Magie versorgen, aber Cal ...« Sie wirft Lumia einen unsicheren Blick zu. »Cal kam nur kurz zu Lumia, um ihr Magie zu geben. Es hatte gerade so dafür gereicht, dass sie allein aufstehen konnte. Aber mehr ... bekommt sie nicht. Cal scheint durch sie hindurchzusehen und interessiert sich gar nicht dafür, wie es ihr geht.«

»Was?«, frage ich.

Das, was Terra eben erzählt hat, stößt mich völlig vor den Kopf. So kenne ich meine Brüder nicht. Beide schätzen ihre Familiare, denn sie verbindet mehr als nur die Magie, die sie tauschen. Seit über fünfzehn Jahren sind sie ein Team, teilen alle Höhen und Tiefen. Ich habe noch nie erlebt, dass einer von ihnen seinen Familiar vernachlässigt hat.

»Vielleicht ist Cal selbst noch angeschlagen«, werfe ich ein. »Es war ein ziemlich heftiger Kampf. Da ist es nur natürlich, dass auch er etwas länger braucht, um wieder auf die Beine zu kommen.«

»Das ist es nicht«, sagt Lumia. »Ich ... ich habe es gespürt. Als ich seine Magie nahm, war da ... eine Art Barriere. Es war nicht wie sonst. *Er* war nicht wie sonst. Irgendetwas ist vorgefallen. Ich gehe die ganze Zeit schon den Ablauf des Kampfes in Gedanken durch, suche nach etwas, was ich falsch gemacht habe, um sein Verhalten zu erklären, aber ... ich finde nichts.«

Mit drei großen Schritten bin ich bei ihr und greife nach ihren Händen. Sie sind eiskalt. »Ich werde mit Cal reden«, verspreche ich. »Du wirst sehen, alles wird wieder gut. Gib ihm etwas Zeit, um selbst zu genesen, dann wird er sich auch wieder um dich kümmern können. Und wenn nicht, trete ich ihm in den Hintern!«

Lumia schnieft und nickt.

Ich wende mich Terra zu. »Und bei dir? Alles wieder okay? Als ich dich zuletzt gesehen habe, lagst du bewusstlos am Boden.«

Sie nickt. »Bei mir ist alles wie immer. Dank Zac sind meine Verletzungen vollständig verheilt und ich brenne auf eine zweite Runde gegen die Abtrünnige.« Ihr Blick schweift hinter mich. »Mit ihm könnten wir sogar eine Chance haben.«

Ich lächele sie an. »Versprich dir nicht zu viel. Beim letzten Mal war er auch dabei und wir haben eher mäßig abgeschnitten.«

»Das habe ich gehört!«, grummelt Shadow hinter mir. »Könnte daran gelegen haben, dass sich ein gewisser Jemand von jedem zweiten Kieselstein hat ablenken lassen und sogar die Vorstellung verpatzt hat, sodass die ganze Arbeit an mir hängen geblieben ist.«

Ich drehe den Kopf und strecke ihm die Zunge heraus. Trotz seiner Worte steigt ein glucksendes Kichern in mir auf. Irgendwie genieße ich die kleinen Kabbeleien zwischen uns.

»Entschuldige«, murmelt Lumia und drückt meine Hände. »Ich wollte dich nicht angreifen und erschrecken. Ich dachte ... Ich habe einen fremden Familiar gespürt und angenommen, dass Cal dich zum Medium geschickt hat, um Ersatz für mich zu holen, weil er enttäuscht von mir ist. Ich wäre im Traum nicht darauf gekommen, dass du tatsächlich genug Mumm hattest, allein zum Medium zu gehen. Und erst recht hätte ich es nie für möglich gehalten, dass du einen solch mächtigen Familiar bekommst. Allerdings weiß ich noch nicht, ob ich dich dafür beglückwünschen oder bedauern soll.«

Ich habe keine Ahnung, was sie damit andeuten will, aber ihre Worte jagen mir einen eisigen Schauer nach dem nächsten den Rücken hinunter, bis sich jedes einzelne Härchen im Nacken und an den Armen aufgerichtet hat.

»Wir verraten nichts«, sagt Lumia. »Aber du wirst ihn nicht ewig verstecken können.«

»Das habe ich nicht vor«, entgegne ich. »Allerdings würde ich gerne warten, bis sich Zac und Cal von einer ihrer seltenen Niederlagen erholt haben. Dann sind sie immer so grantig ... Nachdem ich ihr den Kiefer gebrochen habe, wird die Wasserbändigerin zwar noch eine Weile von der Bildfläche verschwunden sein, aber wenn sie wieder auftaucht, müssen wir alle bereit sein.«

Die beiden Familiare nicken.

KAPITEL 13

Felicity

Ich lege Terra ans Herz, ein Auge auf Lumia zu haben und notfalls bei ihr zu bleiben, bevor ich mich von ihnen verabschiede. In meinem Zimmer angekommen löst sich Shadow aus dem Schatten. Mit großen Augen schaue ich zu ihm auf, woraufhin er mit einem ergebenen Laut seufzt.

»Warum glaube ich, dass dieser Blick nichts Gutes zu bedeuten hat?«, murmelt er.

Ich kann mir ein Quietschen nicht länger verkneifen. »Das war so cool! Wieso hast du mir nicht gleich gesagt, dass deine andere Gestalt so beeindruckend ist? Ich meine, du siehst fast so aus wie …«

»Nein, bitte! Sag es nicht!«, fällt er mir ins Wort, doch ich bin nicht mehr zu stoppen.

»*Chat Noir!*«, bricht es aus mir hervor.

Shadow gibt wieder einen jammervollen Laut von sich. »Und genau das ist der Grund, warum ich es dir nicht gesagt habe … Als du mit dem Punktekostüm angefangen hast, hatte ich Angst, ständig mit vierzehnjährigen Jungen verglichen zu werden, wenn du weißt, wie ich wirklich aussehe.« Er greift nach meinem Handgelenk und zieht mich zu sich. Auch sein dunkler Blick kann meinen Enthusiasmus nicht bremsen. »Ich wollte erst, dass du begreifst, dass ich kein Junge bin.«

Ich ziehe eine Augenbraue nach oben. »Wenn du mir gesagt hättest, dass deine andere Gestalt eine Raubkatze ist, hätte ich nie mit dem Gedanken gespielt, dich zurückzugeben.«

Außer wenn es darum ginge, ihn vor Schaden zu bewahren, aber nicht aus freien Stücken. Dazu schreit mein inneres Fangirl viel zu laut, selbst bei der Erinnerung an seinen Anblick. Er bewegte sich so kraftvoll und gleichzeitig geschmeidig ... Und wie kommt er überhaupt auf die Idee, dass ich einen kleinen Jungen in ihm sehen könnte? Er ist mein Familiar!

Shadow schüttelt murrend den Kopf und schlendert hinüber zum Bett. »Haben wir heute noch was vor?«, fragt er, als er sich auf die Matratze wirft.

Ich verdrehe über die Selbstverständlichkeit, mit der er sich niedergelassen hat, die Augen. Andererseits ist es nicht das erste Mal, dass er auf meinem Bett herumlümmelt.

»Nein«, antworte ich. »Ich will nur noch duschen, vielleicht Cal Feuer unterm Hintern machen, aber da bin ich mir noch nicht so sicher, und dann schlafen. Ich bin ziemlich erledigt.«

Shadow gegenüber fällt es mir leicht, das zuzugeben. Er hat mich vom Kampfgeschehen weggeschleppt und anschließend versorgt. Er weiß, dass ich verletzt und völlig ausgepowert war. Ich habe keinen Grund, etwas vor ihm zu verheimlichen oder auf tough zu machen. Lumia, Terra oder gar meinen Brüdern gegenüber wäre die Antwort anders ausgefallen.

»Du solltest dich ausruhen«, sagt Shadow. »Ab morgen beginnen wir mit dem Training.«

Ich setze mich neben ihn aufs Bett. »Hast du schon einen Plan? Was wirst du mir beibringen?«

»Hmmm ...« Er pikst mir mit dem Zeigefinger in den Bauch. Ich unterdrücke ein erschrockenes Quietschen. »Körperlich bist du nicht so gut in Form. Wir werden uns wohl auf deine Kräfte anstatt auf Kondition konzentrieren müssen.«

Ich plustere die Wangen. »Wie bitte? Ich bin sehr wohl gut in Form und kräftig!«

Noch bevor das letzte Wort meinen Mund verlassen hat, blitzt ein Funkeln in Shadows dunklen Augen auf. Eine weitere Warnung bekomme ich nicht.

Innerhalb einer Sekunde finde ich mich auf dem Rücken liegend wieder. Mein Körper wird von Shadows in die Matratze gedrückt, während er beide Hände über meinem Kopf festhält. Ich bin viel zu überrumpelt, um mich wehren zu können. Stattdessen scheint sich jeder einzelne Muskel in mir zu verkrampfen, während mein Herz kurz davor ist, aus dem Brustkorb zu hüpfen.

Wie erstarrt glotze ich in Shadows Gesicht, das mir viel zu nah ist. Das schelmische Grinsen, das seine Lippen umspielt, setzt mich zusätzlich unter Strom, während die Muskeln vor Anspannung vibrieren.

Worüber haben wir uns eben unterhalten? Wie genau bin ich noch mal in diese Situation geraten? Ich habe nicht den leisesten Schimmer. Und wenn ich ehrlich bin, kümmert es mich auch nicht.

Auf eine verwirrende Weise fühlt es sich gut an, seinen Körper auf mir zu spüren und festgehalten zu werden.

»Willst du nicht versuchen dich zu befreien?«, raunt Shadow leise, während er mir mit der Nasenspitze über die Wange streicht.

Ich erschauere unter dieser federleichten Berührung. Sie steht in völligem Kontrast zu seinem Gewicht auf mir und der Schonungslosigkeit, mit der er meine Handgelenke umklammert hält.

»Häh?«, krächze ich, weil seine Worte keinerlei Sinn für mich ergeben.

Ich denke gar nichts mehr. Ich fühle nur noch. Jeden Zentimeter, den er mit seinem Körper berührt, nach unten drückt oder umklammert hält, scheint in Flammen zu stehen. Besonders schlimm ist es an den Stellen, wo seine Haut meine berührt.

Mit meiner Gehirnfunktion scheint es nicht zum Besten zu stehen, aber ich habe keine Ahnung, wie ich das ändern kann. Oder ob ich es ändern will. Ich konnte noch nie einen Mann so nah an mich heranlassen. Selbst meine Brüder mochte ich nicht länger als ein paar Sekunden umarmen, seitdem sich die dämliche Gabe manifestiert hat. Die Tatsache, dass Shadow kein Mensch ist, ignoriere ich geflissentlich. Dank ihm bekomme ich eine Ahnung davon, wie es sich anfühlt, mit jemandem zusammen zu sein. Und das ist besser als nichts.

Shadow zieht eine Augenbraue nach oben. »Alles in Ordnung mit dir? Deine Augen sehen glasig aus.«

Ich öffne den Mund, aber kein Ton kommt heraus. Also schließe ich ihn wieder. Was hätte ich auch sagen sollen? Ich bezweifele, dass es einen guten Eindruck machen würde, wenn ich ihn bitte, meine Handgelenke endlich loszulassen, damit er sich mit den Händen anderen Körperregionen von mir widmen kann.

Shit, was denke ich da eigentlich?

»Du versuchst ja nicht einmal, dich zu befreien«, murrt Shadow und verzieht dabei den Mund. »Das bestätigt meine Vermutung, dass wir uns nur auf meine Kräfte verlassen können. Einen richtigen Kampf überlässt du lieber mir.«

Ich verdrehe die Augen. Dank Shadows Großkotz-Ader bin ich zumindest aus den Tagträumen erwacht, die es mir bis eben unmöglich gemacht haben, auch nur einen einzigen klaren Gedanken zu fassen. Das sieht mir gar nicht ähnlich.

Versuchsweise bewege ich die Hände, doch es gelingt mir nicht, sie aus Shadows Umklammerung zu lösen.

»Ah, du kannst dich ja doch noch bewegen«, feixt er. »Ich hatte schon Angst, dass ich dich erdrückt habe. Aber deine Befreiungsversuche sind erbärmlich. Vielleicht brauchst du einen Anreiz, um dich mehr anzustrengen?«

Sämtliche Härchen an meinen Armen stellen sich auf, als Shadow die Zähne mit einem Grinsen entblößt. Dann öffnet er den Mund leicht, wodurch die unnatürlich spitzen Eckzähne noch deutlicher hervortreten. Er wird doch nicht etwa …?

Als er den Kopf senkt, weiß ich: Er wird doch. Ich wehre mich nach Leibeskräften, aber ich habe ihm nichts entgegenzusetzen. Durch sein Gewicht auf mir kann ich keinen Schwung holen; Arme und Hände sind nutzlos über dem Kopf festgepinnt. Zwar werfe ich den Kopf und den Oberkörper hin und her und versuche die Beine unter ihm hervorzuwinden, aber nichts zeigt auch nur im Entferntesten Erfolg.

Die verbissenen Befreiungsversuche, die ich abliefere, scheinen Shadow zu erheitern. Seine Brust vibriert von einem unterdrückten Lachen, während er sich langsam, aber stetig meinem Hals nähert.

»Wag es ja nicht!«, zische ich, nachdem ich endlich meine Stimme wiedergefunden habe. »Du bist kein verdammter Vampir!«

Doch davon lässt er sich nicht einschüchtern. Wieder und wieder bäume ich den Oberkörper in der Hoffnung auf, ihn irgendwie abzuschütteln, doch ich scheitere ein ums andere Mal.

Als ich schon seinen heißen Atem auf der Haut spüren kann, höre ich plötzlich ein lautes Krachen. Shadow reißt die Augen auf, versucht sich an etwas festzuhalten – dummerweise an mir – und purzelt aus dem Bett, wobei er mich mit sich zieht. Ihm entweicht ein dumpfes Ächzen, als er auf den Boden schlägt. Mein Aufprall ist verglichen damit weitaus angenehmer, denn ich lande direkt auf meinem Familiar. Rittlings auf ihm sitzend, die Hände auf seine Brust gestützt, starre ich ihn an.

Mein Herz wummert wie verrückt und ich schnappe mehrmals nach Luft, bis ich mich so weit beruhigt habe, um ganze Sätze bilden zu können.

»Was ... was ist passiert?«, krächze ich.

Shadow dreht den Kopf und schaut zum Bett. Ich folge seinem Blick und runzele die Stirn, als ich die Holzfüße betrachte. Beide sind gebrochen, sodass sich das Bett zur Seite geneigt hat und wir herausgepurzelt sind. Aber wie konnte das passieren? Klar, das Bett hat ein paar Jährchen auf dem Buckel, aber Katie und ich sind schon darauf herumgesprungen und da ist nichts zu Bruch gegangen.

»Deine Gabe ist passiert«, erklärt Shadow. »Du hast mir das Glück genommen. Wobei ...« Er legt beide Hände an meine Hüften und lässt sie langsam ein Stück nach oben wandern. »... ich die jetzige Situation auch nicht gerade als Unglück bezeichnen würde.«

Das spitzbübische Grinsen, das er dabei zur Schau stellt, während er meinen Körper auf sich betrachtet, treibt mir die Schamesröte in die Wangen.

»Was meinst du damit, ich hätte dir das Glück genommen?«, frage ich teils aus Interesse, teils um meine Unsicherheit zu überspielen. Mir zittern die Knie selbst jetzt so sehr, dass ich gar nicht daran denken kann aufzustehen.

»Glaubst du etwa, dass das Bett zufällig zusammengebrochen ist?«, entgegnet Shadow. »Nein, das war ganz eindeutig deine Gabe. Das Problem ist nur, dass du anscheinend nicht kontrollieren kannst, was sie auslöst. Wir sollten froh sein, dass nichts Schlimmeres passiert ist.«

»Schlimmeres?«

Shadow zuckt mit den Schultern. »Dass der gesamte Boden einstürzt und uns in die Tiefe reißt oder dass ein Meteor uns plattmacht oder dass du mich spontan in Flammen aufgehen lässt. So was in der Art. Ein kaputtes Bett ist da noch zu verkraften. Außerdem habe ich es ja herausgefordert.«

Seufzend lege ich den Kopf in den Nacken. War ja klar, dass sein Benehmen einen Grund hatte … Er wollte sehen, ob meine blöde Gabe einspringt, um mir zu helfen, wenn ich es nicht schaffe, mich selbst zu befreien. Und ich dachte …

Toll, jetzt fühle ich mich wie ein Versuchskaninchen! Es war nichts weiter als ein Test und wahrscheinlich noch bis ins kleinste Detail durchdacht. Und ich blöde Kuh bin voll darauf reingefallen, habe es zeitweise sogar genossen. Geht es noch erbärmlicher?

Ich will von ihm herunterklettern, um mir wenigstens einen kümmerlichen Rest von Würde zu bewahren, doch Shadows Griff verstärkt sich um meine Hüften und hält mich an Ort und Stelle.

Als ich ihn ansehe, sagt er: »Es war ein Test. Ich wollte sehen, wie lange es dauert, bis deine Gabe im Ernstfall übernimmt. Wenn ich damit eine Grenze überschritten habe, tut es mir leid. Ich würde nie etwas tun, was du nicht willst.« Ein Lächeln erscheint auf seinem Gesicht und nimmt den Worten die Schärfe. »Du hast recht, ich bin kein verdammter Vampir, wie du es so treffend ausgedrückt hast, aber ich habe dich schon bei unserer ersten Begegnung gewarnt, dass ich beiße.«

Ich lehne mich ein Stück nach vorn, die Hände noch immer auf seiner Brust abgestützt, und zische: »Mach das trotzdem nie wieder!«

Für den Bruchteil einer Sekunde weitet er die Augen, bevor er eine Braue nach oben zieht und mich mit einem Blick bedenkt, bei dem mir abwechselnd heiß und kalt wird. Was ist denn jetzt schon wieder? Kurz darauf verstärkt sich der Griff um meine Taille.

»Wenn du dich noch ein bisschen mehr bewegst«, raunt er, wobei er bedächtig zwei Finger unter mein Shirt schiebt, »kann ich für nichts garantieren.«

Mein Hals ist plötzlich wie zugeschnürt. Ich starre ihn an, unfähig auch nur einen Ton von mir zu geben, während die Stellen, die er berührt, wie Feuer brennen. Muss an seinen warmen Händen liegen. Shadow schaut mich an, als erwarte er jeden Moment einen Protest. Langsam, Millimeter für Millimeter, lässt er die Hände unter dem Shirt nach oben wandern. Federleicht erkundet er mit den Fingern die Haut am Rücken. Die Muskeln in meinen Armen zittern und ich werde es nicht mehr lange schaffen, mich an ihm abzustützen.

Plötzlich halten seine Finger mit ihrer Erkundung inne und Shadow späht an mir vorbei Richtung Tür. Im nächsten Moment ist er bereits unter mir verschwunden und eins mit meinem Schatten geworden. Ich plumpse die letzten Zentimeter auf den Fußboden. Was soll denn das auf einmal?

Bevor ich Shadow in Gedanken zur Schnecke machen kann, wird die Tür zu meinem Zimmer aufgerissen und Zac kommt hereingestürmt. Ich wende mich zu ihm um, schaffe es aber immer noch nicht aufzustehen.

»Feli, ist alles in Ordnung?«, fragt er, während er mit langen Schritten auf mich zukommt. »Ich habe ein lautes Krachen und anschließend ein Poltern gehört.« Sein Blick huscht zu dem auf einer Seite zusammengebrochenen Bett und anschließend wieder zurück zu mir.

»Ja, alles okay«, murmele ich und versuche auf die Füße zu kommen. Warum hören meine verdammten Knie nicht auf zu zittern? Möglichst unauffällig zupfe ich mein Shirt wieder zurück an Ort und Stelle. »Das Bett ist plötzlich kaputtgegangen und ich bin herausgefallen. Zum Glück war der Sturz nicht allzu tief und ich habe keine bleibenden Schäden davongetragen.« Ich bemühe mich, ein möglichst unverfängliches Lächeln aufrechtzuerhalten.

Zac runzelt die Stirn, während er einen Augenblick nachdenkt. »Das Bett war wirklich schon alt. Wir kaufen dir morgen ein neues.«

Schnell winke ich ab. »Mach dir keine Umstände! Ich wollte übermorgen sowieso mit Katie in die Stadt zum Shoppen. Da mache ich noch schnell einen Abstecher in ein Möbelhaus.«

Mein ältester Bruder nickt. »Am besten wäre es, wenn du heute Nacht in einem anderen Zimmer schläfst.« Er wendet sich zum Gehen. »Warst du schon bei Cal?«

»Nein«, gebe ich zu. »Aber ich habe mit Lumia gesprochen. Sie sah ... ziemlich fertig aus.«

Zac reibt sich mit der Hand über den Nacken. »Ich habe Cal schon mehrfach ins Gewissen geredet, aber ich dringe einfach nicht zu ihm durch. Vielleicht hast du mehr Glück dabei, ihn zur Vernunft zu bringen.«

Es versetzt mir einen Stich, meinen großen Bruder so verzweifelt zu sehen. Zac ist der Älteste von uns, und nachdem unsere Eltern starben, übernahm er wie selbstverständlich die Führungsrolle. Weder Cal noch ich stellten das je infrage. Zac war schon immer der Ruhigste und Besonnenste von uns dreien, deshalb war es nur logisch, dass er ab jetzt die Entscheidungen treffen würde. Ich hätte nicht gedacht, dass es etwas gibt, was ihn an seine Grenzen bringen könnte. Aber dass Cal sich gehen lässt, scheint Zac mitzunehmen. Allein dafür werde ich Cal in den Hintern treten!

Zac seufzt und zuckt mit den Schultern. »Ich habe das Gefühl, dass irgendetwas nicht stimmt, aber ich kann nicht benennen, was es ist. Im Kampf gegen die Abtrünnige kam es mir schon so vor, als wäre Cal nicht bei der Sache. Das sieht ihm nicht ähnlich.«

Cal ist das genaue Gegenteil von Zac. Trotz seiner Gabe – Eis, Schnee und Kälte – ist mein zweiter Bruder ein Hitzkopf und Heißsporn. Bis vor wenigen Jahren testete er stets seine Grenzen aus und trieb Zac damit beinahe in den Wahnsinn. Cal geriet ständig in Schlägereien – die er dank seiner Gabe spielend leicht gewann und sich dadurch nur noch mehr langweilte –, hatte unzählige Frauengeschichten und eine Schwäche für schnelle Motorräder. Zumindest letzteres Laster hat er vor einiger Zeit aufgegeben, als er bei einem Unfall beinahe draufgegangen wäre.

Dennoch ist auf Cal genauso Verlass wie auf Zac. Wenn es um die Familie oder einen Kampf gegen einen Abtrünnigen geht, würden sich meine Brüder nie gehen lassen. Sie nehmen ihre Berufung zu Meister-Magiern und die damit verbundene Verantwortung ernst.

»Ich werde mit ihm reden«, verspreche ich.

Zac zieht mich in eine feste Umarmung, die aber nur wenige Sekunden andauert, bevor ich zusammenzucke. Er lässt mich sofort los und macht einen Schritt zurück, bevor er mich entschuldigend ansieht. »Tut mir leid, dass ich vorhin so aufbrausend war. Du hast recht: Du bist alt genug, um über Nacht bei Katie bleiben zu können.«

Mir entgeht nicht, dass er das Zugeständnis sehr genau eingrenzt. Wehe dem, ich würde woanders übernachten ...! Ich verkneife mir jedoch einen Kommentar dazu.

»Ich habe dich lieb, Feli«, fährt er fort. »Es tut gut, dass wenigstens du von uns dreien keine Dummheiten machst. Auf dich kann ich mich verlassen. Gute Nacht!«

Beinahe hätte ich mich an der eigenen Spucke verschluckt, doch ich schaffe es, ein hoffentlich zustimmendes Lächeln zustande zu bringen. Wenn Zac wüsste ... In meinem Kopf höre ich Shadows Lachen.

Kaum dass Zac mein Zimmer wieder verlassen hat, löst sich Shadow aus dem Schatten.

»Ich verstehe langsam, warum du mich deinen Brüdern nicht sofort vorstellen willst«, murmelt er. »Zac sah aus, als würde er unter der Last, die auf seinen Schultern liegt, jeden Moment zusammenbrechen.«

Da kann ich ihm nicht widersprechen. Zac neigte schon immer dazu, sich alles selbst aufzubürden und schwierige Entscheidungen von Cal und mir fernzuhalten. Er war es, der sich allein um die Beerdigung unserer Eltern kümmerte, der für mich da war, wenn ich mich abends in den Schlaf weinte, und der mich zu Schulaufführungen begleitete, damit ich nicht völlig zur Außenseiterin verkam.

Ich liebe meinen Bruder, doch ihm jetzt Shadow vorzustellen, würde bei Zac das Fass zum Überlaufen bringen. Und ich kann nicht absehen, was er dann tun würde. Zuerst muss ich herausfinden, was mit Cal nicht stimmt – und die Beziehung zwischen ihm und Lumia wieder kitten. Erst danach werde ich überlegen, wie ich Shadow am besten zur Sprache bringe. Vorzugsweise nach Justins Party, denn ich gehe jede Wette ein, dass Zac mir bis ans Lebensende Hausarrest aufbrummen wird, sobald er von meinem Familiar erfährt.

Shadow steckt die Hände in die Hosentaschen. »Wo schlafen wir heute?«

Ich werfe einen Blick über die Schulter. »In diesem Haus stehen genügend Zimmer frei. Du kannst ein eigenes haben.«

Er stößt ein Schnauben aus. »Und was mache ich, wenn einer deiner Brüder mitten in der Nacht hereinplatzt? Wo soll ich mich verstecken? Unter dem

Bett oder hinter dem Vorhang? Ich kann mich nur in deinem Schatten verbergen, aber wenn du der Meinung bist, dass es sicher genug ist, wenn ich ein eigenes Zimmer habe …?«

Er beendet den Satz nicht, hebt das letzte Wort aber wie eine Frage an. Ich seufze. Wahrscheinlich hat er recht. Wenn Zac oder Cal zufällig über Shadow stolpern, ist Chaos vorprogrammiert. Außerdem haben wir bereits gestern im selben Bett geschlafen. Da ist ja auch nichts dabei. Die Betten hier im Haus sind groß genug, dass fünf Personen gleichzeitig darin schlafen können; kein Vergleich zu der schmalen Pritsche in Katies Abstellzimmer. Shadow wird brav auf der einen Seite des Bettes schlafen – ich auf der anderen.

Ja, ich bin verdammt gut darin, mir Dinge schönzureden.

Ich gehe in den hinteren Bereich zum Kleiderschrank, um mir ein paar Sachen für die nächsten Tage und den kurzzeitigen Umzug in ein anderes Zimmer zurechtzulegen, und breite sie dann auf dem Bett aus.

Mit einem Handtuch über dem Arm und frischen Sachen in der Hand wende ich mich der Tür zu.

»Kannst du dich wenigstens so lange hier verstecken, bis ich fertig geduscht habe?«, frage ich.

»Schade, ich dachte, dass ich mitkommen darf«, entgegnet er grinsend.

Ich bin drauf und dran, das Handtuch nach ihm zu werfen, doch ich schlucke den Ärger über seine Bemerkung hinunter. Er legt es nur darauf an, mich auf die Palme zu bringen. Dummerweise gelingt ihm das immer wieder … Wie schafft er das nur? Ich müsste durch die jahrelangen Sticheleien, die ich dank zweier älterer Brüder erleiden musste, abgehärtet sein, aber Shadows Sprüche treffen fast jedes Mal einen Nerv bei mir. Er ist nur ein Familiar! Na ja, er ist mein Familiar, aber trotzdem!

Ich atme tief durch, schlucke eine spitze Bemerkung hinunter und wende mich ab. Bevor ich das Zimmer verlassen kann, greift Shadow nach meiner Hand und hält sie fest. Ich wende mich halb zu ihm um und beobachte ihn dabei, wie er die Hand zum Mund führt und den Ring küsst. Gebannt verfolge ich das graue Wirbeln in seinen Augen. Ich bezweifele, dass ich diesen Anblick je langweilig finden könnte. Als der Magiesog auch mich erfasst, schließe ich wohlig seufzend die Augen und öffne sie erst wieder, als Shadow meine Hand sinken lässt. Er steht mir plötzlich so nah, dass ich überrascht nach Luft schnappe.

Er lehnt sich nach vorn und flüstert mir ins Ohr: »Mir gefällt dein Gesichtsausdruck, wenn ich deine Magie nehme.«

Seine Worte, gepaart mit dem tiefen Raunen in der Stimme, stellen seltsame Dinge mit meinem Herzschlag an. Viel zu schnell wummert er in der Brust!

Ich neige leicht den Kopf in Shadows Richtung. Er tut es mir gleich und für einen Augenblick berühren sich unsere Nasenspitzen.

Er hält mich nicht mehr fest; es müsste doch ein Leichtes sein, einen Schritt zur Seite zu machen. Aber ich stehe hier wie festgewachsen, während mein Körper sämtliche Befehle des Gehirns verweigert. Ich beiße mir auf die Unterlippe, damit Shadow den abgehackten Atem nicht bemerkt. Sein Blick aus wieder nachtschwarzen, halb geschlossenen Augen hält mich gefangen und es kommt mir vor, als würde ich in ihrer bodenlosen Tiefe versinken.

Den einzigen Befehl, den mein Körper entgegennimmt, geht an meine Hände. Beinahe krampfhaft zwinge ich die zitternden Finger dazu, sich in das Handtuch zu krallen, damit ich nicht eine viel größere Dummheit begehe. Meine Hände durch sein Haar gleiten lassen, zum Beispiel. Oder ihn vorn an seinem Shirt zu packen und die lächerlichen letzten Zentimeter zu überbrücken, die unsere Lippen voneinander trennen.

Aber das ist natürlich Blödsinn.

Ich bin nicht wie meine Brüder. Ich begehre meinen Familiar nicht, obwohl ich nicht leugnen kann, dass er eine gewisse Anziehungskraft auf mich ausübt.

Das jedoch ist völlig neu für mich.

Ich erinnere mich noch daran, als Katie mich einmal zu einem dieser Speeddatings mitgenommen hat. Schon nach zwei Minuten, in denen ich einem wildfremden Kerl nur gegenübersitzen musste, wollte ich meinen Kopf am liebsten gegen die nächstbeste Wand schlagen, damit die Schmerzen endlich aufhörten.

Ich habe mich schon fast damit abgefunden, als alte Jungfer sterben zu müssen, aber Shadow … Wenn er den Magiefluss in mir kontrollieren und auf ein Minimum reduzieren kann und mit mir trainiert, könnte ich endlich Erfahrungen sammeln, auf die ich mein ganzes Leben bisher verzichten musste. Ich könnte auf Partys gehen. Mit Männern reden. Meine Brüder umarmen. Selbst solch banale Dinge wie ein Kino- oder Schwimmbadbesuch würden keine Panikattacken mehr bei mir auslösen.

Ich wäre kein Freak mehr.

Ich würde ... dazugehören.

Nicht nur das: Er kann mir dabei helfen, endlich ein normales Leben zu führen, und mich auch zu einer gefeierten Meister-Magierin machen. Ich habe seine andere – seine wahre! – Gestalt gesehen und ... O Mann! Wäre ich eine Abtrünnige, würde ich mir vor Angst in die Hose machen, wenn ein Wesen wie Shadow plötzlich vor mir stünde.

»Danke«, wispere ich. Noch immer hat sich keiner von uns bewegt.

»Wofür?«, fragt er ebenso leise. »Noch habe ich nichts gemacht.«

»Dafür, dass du hier bist«, sage ich. »Dafür, dass du mir hilfst.«

Er zieht die Augenbrauen zusammen, bevor er eine Hand hebt und sie an meine Wange legt. Ich halte die Luft an. Selbst diese kleine Berührung reicht aus, um einen wohligen Schauer durch mich hindurchzuschicken. Mit sanftem Druck hebt er meinen Kopf ein Stück an. Gut möglich, dass ich jeden Moment an einem Herzinfarkt sterbe. So ein schneller Herzschlag kann nicht gesund sein!

Shadow lehnt sich nach vorn. Kurz darauf spüre ich seine Lippen an meiner Stirn. Sie sind kühl, viel kühler als der Rest von ihm, den ich bisher berührt habe.

Er lässt die Hand sinken – meine Wange fühlt sich sofort kalt an, aber auf eine unangenehme Art – und macht einen Schritt zurück. Beinahe bin ich enttäuscht darüber, doch dann sehe ich das Lächeln, das seine Lippen umspielt. Nicht im Geringsten überheblich oder spitzbübisch wie sonst, sondern ... *ehrlich*. Das verflixte Kribbeln wütet wieder im Bauch.

»Geh duschen«, sagt Shadow sanft. Auch diese Stimmlage habe ich nur selten bei ihm gehört. »Ich warte hier auf dich.«

Da ich den Blick nicht von ihm lösen kann, brauche ich drei Anläufe, um den Türgriff zu erwischen.

KAPITEL 14

Felicity

Das Wasser ist eiskalt und das ist gut so. Ich klappere bereits mit den Zähnen, doch ich bleibe weiterhin unter dem Strahl stehen, obwohl ich schon seit fünf Minuten mit Einseifen und Haarewaschen fertig bin. Die Kälte hilft mir dabei, nicht komplett durchzudrehen.

Seit ich die Badtür hinter mir abgeschlossen und das Wasser aufgedreht habe, versuche ich mir darüber klar zu werden, was verdammt noch mal mit mir nicht stimmt. Das, was ich fühle – oder zu fühlen glaube –, hat nichts damit zu tun, dass ich ihn anziehend finde. Shadow ist ein Familiar und kein Mensch. Das Kribbeln und die verwirrenden restlichen Empfindungen, die ich plötzlich habe, rühren nur daher, dass das alles völlig neu für mich ist. Berührungen, Nähe, der Magieaustausch. Das geht tiefer als die familiären Bande mit meinen Brüdern.

Und ich bin schon nach etwas mehr als einem Tag kurz davor, die Nerven zu verlieren.

Dabei sind Shadow und ich nun ein Team. Für sehr lange Zeit, bis einer von uns beiden stirbt. Nicht dass ich ein Problem damit hätte. Shadow ist auf so viele verschiedene Arten gut für mich, dass ich sie noch nicht vollends begriffen habe. Seine Stärke, seine Gaben, seine Ausstrahlung – all das wird mir helfen.

Ich muss nur diese verflixten Empfindungen endlich auf die Reihe kriegen!

Ich drehe das Wasser ab und verlasse die Dusche. Nachdem ich trocken gerubbelt bin und meine Haare geföhnt habe, schlüpfe ich in die mitgebrachten Sachen. Das einfache schwarze T-Shirt ist viel zu groß und reicht mir bis zur Mitte der Oberschenkel. Darunter trage ich nur einen schwarzen Slip.

Ein bisschen ist mir mulmig zumute, nachher so leicht bekleidet zurück ins Zimmer zu gehen, doch ich besitze nicht so etwas wie einen Schlafanzug.

Barfuß tapse ich durch die langen Korridore zu Cals Zimmer. Ich seufze, als ich schon aus mehreren Metern Entfernung sehe, dass es wohl gerade kein guter Zeitpunkt ist, ein ehrliches Gespräch mit ihm zu führen. Um den Türsturz herum hat sich eine Eisschicht gebildet, die sich langsam weiter über die Korridorwand ausbreitet.

Ich bleibe vor der Tür stehen und klopfe an. Normalerweise würde ich einfach nach der Klinke greifen und ins Zimmer platzen, schließlich praktizieren meine Brüder das auch ständig bei mir. Allerdings habe ich mir diese Unart schnell abgewöhnt, als ich sie mehrmals mit ihren Familiaren erwischt habe ... Und ja, ich habe Wochen gebraucht, um diese Bilder aus dem Gedächtnis verbannen zu können!

»Cal?«, rufe ich, als ich nach mehrmaligem Klopfen keine Antwort erhalte. »Hier ist Feli. Darf ich reinkommen?«

Wieder keine Antwort.

»Ich werde garantiert nicht anfangen, ›Willst du einen Schneemann bauen?‹ zu singen! Auf den Kram habe keine Lust!«, grummele ich. »Mach die verdammte Tür auf oder ich hole Terra, damit sie sie eintritt! Wir müssen reden.«

»Ich muss nichts mit dir bereden«, kommt es patzig von drinnen. »Lass mich in Ruhe!«

»Vergiss es!«, zische ich, während ich mit dem blanken Fuß auf den Boden tappe, um mir und meiner Wut wenigstens so Luft zu machen. Ich hasse Cals Starrsinn! »Ich werde nicht zulassen, dass du wieder sämtliche Wasserleitungen einfrierst, weil du einen schlechten Tag hast. In diesem Haus leben auch noch andere als du. Und ich habe keine Lust, wieder eine Woche lang bei Katie duschen zu müssen.«

Erneut ernte ich eisiges Schweigen. Im wahrsten Sinne des Wortes.

»Na schön«, knurre ich. »Du hast es nicht anders gewollt.«

Gerade als ich mich umdrehen will, reißt Cal von innen die Tür auf und starrt mich an. Auf manch anderen mag der stechende Blick aus eisblauen

Augen einschüchternd wirken und die Eiskristalle, die um ihn herumschwirren oder in seinen hellblonden Haaren hängen, tun bestimmt ein Übriges, aber ich bin sein Auftreten seit Jahren gewohnt.

»Wurde auch Zeit«, murre ich, während ich mich an ihm vorbeidränge.

Wie erwartet ist das gesamte Zimmer von einer Eisschicht überzogen. Ich schaffe es nicht, länger als ein paar Sekunden auf einer Stelle zu stehen. Mist, ich hätte mir Hausschuhe oder wenigstens Strümpfe anziehen sollen! Mich irgendwohin zu setzen wage ich erst recht nicht, denn dann würde ich festfrieren.

»Was willst du?«, grollt Cal aus Richtung Tür.

Ich winke ab. »Bleib cool, großer Bruder. Ach, habe ich vergessen: Das bist du ja schon! Dann … tau auf oder was auch immer.«

Kleine Sticheleien auf seine Kraft bezogen gehören schon seit jeher zu unserem Repertoire. Und jedes Mal treffe ich damit einen Nerv bei ihm, was mich natürlich mit diebischer Freude erfüllt. Doch heute bin ich nicht nur da, um ihn zu ärgern.

»Harter Kampf gestern?«, frage ich, ernte dafür aber nur ein Knurren. Nein, Cal ist nicht sonderlich gesprächig, wenn es um Themen geht, die er lieber vermeiden würde.

»Sag endlich, was du willst, oder verschwinde!«

Erneut lasse ich den Blick durchs Zimmer gleiten. »Wenn ich mich so umsehe, sind deine Kräfte wiederhergestellt.« Ich reibe mir mit den Händen über die Arme. »Gibt es einen Grund, warum du lieber hier eine neue Eiszeit anzettelst, anstatt dich um deinen Familiar zu kümmern?«

Cal verdreht die Augen und lehnt sich mit der Schulter gegen den Türrahmen. »Fängst du jetzt auch noch mit dem Blödsinn an? Ich musste mir schon Zacs Vorhaltungen anhören. Von dir hätte ich das nicht erwartet. Schließlich hast du keine Ahnung.«

»Wovon habe ich keine Ahnung?«

»Von Familiaren und ihren Trägern«, antwortet er und ich glaube, ein fieses Grinsen zu sehen, das an seinen Mundwinkeln zupft.

Cal und ich geraten regelmäßig aneinander. Zac ist der Ruhige und

Besonnene von uns dreien, aber Cal und ich sind uns zu ähnlich, als dass wir längere Zeit miteinander auskommen können. Aus kleinen Neckereien und Sticheleien werden schnell hitzige – oder in seinem Fall eisige – Wortgefechte und nicht selten fliegen auch mal Gegenstände. Oder Eisgeschosse.

Doch diesmal liegt Cal daneben: Ich *habe* sehr wohl Ahnung von Familiaren und ihren Trägern. Zwar erst seit gut einem Tag, aber hey! Ich sagte ja auch nicht, dass ich Expertin auf dem Gebiet wäre, oder?

»Ich habe mich um Lumia gekümmert«, fährt Cal fort, als ich auf seine Spitze nicht eingehe. »Ihre Verletzungen sind verheilt und sie ist wieder auf den Beinen. Was wollt ihr also alle von mir?«

»Spiel hier nicht den Dummen!«, zische ich. »Du weißt genau, warum Zac und ich das Thema zur Sprache bringen. Natürlich hast du alles Nötige unternommen, aber kein Quäntchen mehr. Und das sieht dir nicht ähnlich. Lumia hat es auch bemerkt und sie ist deswegen völlig neben der Spur. Sie war sogar der Meinung, dass du dir einen neuen Familiar suchen und sie ersetzen würdest.«

Cal starrt mich an und runzelt die Stirn. »Warum sollte ich …? Das ist doch völlig abwegig!«

Ich gehe hinüber zu meinem Bruder und baue mich vor ihm auf. Wahrscheinlich wäre die Wirkung einschüchternder, wenn ich ihm nicht nur bis zum Kinn reichen würde, aber ich setze trotzdem eine strenge Miene auf und stemme die Hände in die Hüften.

»Was ist gestern Abend passiert?«, frage ich scharf.

Cals Augenbrauen zucken überrascht in die Höhe, bevor er seine Mimik wieder unter Kontrolle hat. Aber dieser Sekundenbruchteil hat ausgereicht, um die Panik in mir weiter anzufachen. Irgendetwas *muss* vorgefallen sein, sonst würde Cal nicht seinen Familiar vernachlässigen und das Zimmer in eine neue Antarktis verwandeln.

»Uns wurde gestern ganz schön eingeheizt, das ist passiert«, entgegnet Cal barsch, aber ausweichend.

»Und die Abtrünnige?«, hake ich nach. »Kanntest du sie?«

Er schüttelt den Kopf. »Nein. Ich habe sie noch nie zuvor gesehen.«

Seine Stimmlage verursacht ein Kribbeln in meinem Nacken.

»Wir … haben nicht gut gegen sie abgeschnitten«, erzählt er weiter, ohne mich dabei anzusehen. »Wir haben sogar ziemlich auf den Deckel bekommen … Wahrscheinlich hätte sie uns besiegt, wenn nicht gar getötet, doch dann ist wie aus dem Nichts eine neue Meister-Magierin aufgetaucht. Zumindest glaube ich, dass sie eine war, denn sie kämpfte gegen die Abtrünnige.«

»War sie gut?«, frage ich und schaffe es nur mit Müh und Not, ein Grinsen zu unterdrücken. »Diese Meister-Magierin, meine ich, nicht die Abtrünnige.«

Cal hebt eine Augenbraue. »Sie hat genauso auf den Deckel bekommen wie wir.«

Für die Bemerkung möchte ich ihm am liebsten vors Schienbein treten.

»Aber irgendwie gelang es ihr, die Abtrünnige im Nahkampf zu besiegen. Keine Ahnung, wie sie das angestellt hat.«

Tja, da sind wir schon zwei …

»Die Sache ist nur …« Cal bricht ab und reibt sich mit beiden Händen übers Gesicht. »Ist es seltsam, wenn ich mich frage, wie es der Abtrünnigen geht?«

Ja, ist es!, will ich am liebsten schreien, doch ich beiße mir schnell auf die Zunge.

»Ich konnte weder mit Zac noch mit Lumia darüber reden, aber dir gegenüber fällt es mir irgendwie leichter. Ich …« Er seufzt. »Ich weiß auch nicht, was mit mir los ist.«

Bei dem verzweifelten Ausdruck in seinem Gesicht krampft sich mein Herz zusammen. *Shit!* Ich mache zwei Schritte auf Cal zu und ziehe ihn in eine schnelle feste Umarmung.

»Es tut mir leid«, flüstere ich, während ich verbissen versuche das Fiepen und Hämmern im Kopf auszublenden.

Etwas unbeholfen legt Cal beide Arme um mich. »Hey, du kannst doch nichts dafür. Ich bin eben seltsam; das ist doch nichts Neues. Vielleicht habe ich auch nur zu viel einstecken müssen und verhalte mich deshalb noch merkwürdiger als normalerweise.«

Ich mache mich von ihm los und bringe schnell wieder etwas Abstand zwischen uns. Darauf bedacht, gleichmäßig zu atmen, warte ich mehrere Sekunden, bis die schlimmsten Schmerzen abgeklungen sind.

»Kümmere dich bitte um Lumia«, sage ich leise. »Vielleicht renkt sich dann alles Weitere auch wieder ein.«

Cal nickt. »Du hast recht. Ich habe mich ihr gegenüber verhalten wie ein Idiot. Ich werde mich gleich morgen früh bei ihr entschuldigen. Bis dahin ...« Ich schlinge die Arme um mich, als die Temperatur im Zimmer um gefühlte weitere zehn Grad sinkt. »... versuche ich keine weiteren Schäden anzurichten.«

Ich würde ihm gerne sagen, dass er damit aufhören und seine Kräfte nicht mehr im Haus benutzen soll, doch es scheint für ihn der einzige Weg zu sein, mit der Verwirrung, den Zweifeln und der Frustration, die in ihm wüten, zurechtzukommen. Also schweige ich, streichele ihm im Vorbeigehen kurz über den Arm und verlasse das Zimmer.

Ich habe Cal noch nie in einer solchen Verfassung gesehen. Als sein Lieblingsfußballklub knapp die Meisterschaft verlor, hat er sämtliche Wasserleitungen bei uns im Haus einfrieren lassen. Ein anderes Mal ärgerte er sich so sehr über eine meiner Sticheleien, dass er den Pool zufrieren ließ – während ich noch drin war. Lumia musste das Wasser wieder auftauen, um mich zu befreien.

Aber wegen eines verlorenen Kampfes hat er sich noch nie so gehen lassen. Erst recht nicht wegen einer fremden Frau – und Cal ist nun wirklich kein unbeschriebenes Blatt!

Ich stecke die Hände unter die Achseln, um sie wenigstens ein bisschen aufzuwärmen, während ich so schnell wie möglich durch die Korridore husche. Meine Füße sind so eiskalt, dass ich sie kaum noch spüre. Ich kann nicht sagen, ob ich gerade über Holz oder Teppich laufe. Ich weiß zwar, dass sich ein flauschiger Teppich mit einem altmodischen geblümten Muster unter meinen Füßen befindet, aber vom Gefühl her könnten es auch genauso gut Scherben oder Nägel sein.

***

»Du hast dir ganz schön Zeit gelassen«, murmelt Shadow, als ich endlich in meinem Zimmer ankomme, und tritt aus dem hinteren Bereich in den Lichtstrahl, der durch die geöffnete Tür hereinfällt. »Ich hatte schon Angst, dass du dich den Abfluss hinuntergespült hättest.« Er schweigt einen Augenblick. »Noch weniger hättest du dir nicht anziehen können?«

Ich werfe ihm nur einen kurzen Blick zu, ehe ich an ihm vorbeigehe, um die zurechtgelegten Sachen für den Umzug ins Nebenzimmer an mich zu nehmen.

Shadow folgt mir zum Bett und greift nach meinem Arm. »Was ist los? Meine Güte, du bist ja ein menschlicher Eiszapfen! Dabei haben wir Sommer! Hast du dich in einer Kühltruhe eingesperrt?«

»So was in der Art«, murmele ich.

Mir steht nicht der Sinn nach Sticheleien oder Wortgefechten. Ich will einfach nur ins Bett, unter eine warme Decke. Jedes Wort, das ich sagen müsste, wäre mir zu viel, selbst Shadow gegenüber.

Ich presse die notwendigen Sachen und ein Kissen an mich. »Wir werden heute Nacht im Zimmer nebenan schlafen.«

Zwischen Shadows Augenbrauen hat sich wieder eine steile Falte gebildet.

»Nebenan, hmm?«, raunt er.

Bevor ich weiß, wie mir geschieht, werde ich hochgehoben und an eine herrlich warme Brust gedrückt. Ich kreische erschrocken und drücke die Sachen noch fester an mich.

»Was soll das?«, erwidere ich mit einem Kieksen in der Stimme.

»Deine Zehen sind blau«, antwortet Shadow, als würde das seine Handlung voll und ganz erklären. »Keine Ahnung, wie du mit solchen Frostbeulen laufen kannst. Ich trage dich nach nebenan.«

»Spinnst du?« Ich zappele wild in seinen Armen, doch alles, was ich damit erreiche, ist, dass er mich noch fester an sich drückt. »Du musst in den Schatten! Wenn einer meiner Brüder gerade durch den Flur läuft …«

»Wenn du weiter so herumzeterst, werden sie garantiert auf uns aufmerksam«, hält Shadow dagegen, während er mich aus dem Zimmer trägt. Kurz späht er nach links und rechts, bevor er die wenigen Meter den Flur entlang zur nächsten Tür huscht. Er bewegt sich völlig normal und leichtfüßig, als würde er mich nicht als zusätzlichen Ballast mit sich herumschleppen.

Jeder Muskel im Körper scheint sich zu verspannen und ich halte zusätzlich die Luft an. Ständig rechne ich damit, dass Zac um die Ecke kommt und Shadow sieht – mich in seinen Armen. Ich hatte für einen Abend genug Drama ...

Im Zimmer nebenan angekommen kickt Shadow die Tür mit dem Fuß zu und trägt mich zum Bett.

»Weg mit dem Zeug«, kommandiert er und deutet mit einer Kinnbewegung auf das Kleidungsbündel, das ich noch immer wie einen Schutzschild an mich presse.

»Aber ...«

»Weg. Damit.«

Ich widerspreche nicht erneut und werfe die Sachen achtlos auf den Boden.

»Schling die Arme um mich!«, lautet sein nächster Befehl.

Ich sehe zu ihm auf, öffne den Mund, um zu einer Ablehnung auszuholen, werde jedoch von seinem durchdringenden Blick zum Schweigen gebracht. Er sieht wütend aus ... Aber wieso? Kurz ringe ich noch mit mir, dann hebe ich die Arme und lege sie wie befohlen um seinen Nacken.

Warum schlägt mir das verdammte Herz plötzlich bis zum Hals?

Mit einem Arm presst er mich so fest gegen seine Brust, dass ich kaum noch Luft holen kann. Mit der anderen schlägt er die Bettdecke zurück und lässt mich langsam auf die Matratze hinab. Anschließend umrundet er das Bett, legt sich neben mich und breitet die Decke über uns aus.

Obwohl Laken und Decke aus kühlem Satin sind, seufze ich wohlig auf, als ich beides auf der kalten Haut spüre. Dennoch friere ich erbärmlich. Cal hat es wirklich übertrieben!

Ohne Vorwarnung schlingt Shadow einen Arm um meine Mitte und zieht mich mit dem Rücken an die Brust. Erneut gebe ich ein Geräusch von mir, das eher an ein Meerschweinchen als einen Menschen erinnert. *Sexy? Kann ich!*

»Wenn du noch länger mit den Zähnen klapperst«, murmelt Shadow viel zu nah an meinem Ohr, »wirst du dir noch auf die Zunge beißen.«

Ich schlucke hektisch, spare mir aber einen Widerspruch.

Herrlich warme Hände lässt er an meinem Arm auf- und abgleiten und schafft dadurch eine heiße Spur, dank der ich wohlig erschauere. Gleichzeitig haucht er mir in den Nacken und nimmt meine Eiszapfenfüße zwischen die Unterschenkel.

Ich bin mir sicher, dass sich so der Himmel anfühlen muss ...

Als er eine Hand tiefer in Richtung meiner Beine gleiten lässt, versteife ich mich jedoch.

»Ich will nur deine Beine wärmen, nichts weiter! Wenn ... wenn es ... dir unangenehm ist, musst du es nur sagen und ich höre sofort auf«, verspricht er leise.

»Ist okay«, murmele ich mit heiserer Stimme.

In dem Moment, als seine Hand die sichere Zone des Shirts verlässt und direkt auf die Haut an den Beinen trifft, hole ich keuchend Atem, presse aber schnell beide Hände vor den Mund, damit ihn nicht noch ein solch seltsamer Laut verlassen kann. Als er mich zuvor am Oberarm berührt hat, fühlte es sich bei Weitem nicht so ... intim an.

Shadow hält einen Moment inne, wartet auf Protest, der jedoch nicht kommt, und lässt die Hand anschließend über meine kalte Haut gleiten. Ich lehne den Kopf zurück und dränge mich noch fester an ihn, obwohl selbst jetzt kein Lufthauch zwischen uns hindurchpassen würde. Begierig nehme ich jedes Fünkchen Wärme, das sein Körper abstrahlt, in mich auf.

Kurz glaube ich, seine Lippen an meinem Ohr spüren zu können, doch das Gefühl verschwindet, bevor ich mich darauf konzentrieren kann.

Beinahe drifte ich in einen erholsamen Schlaf ab, als ich Shadows Stimme höre. Heiser und rauer, als ich es gewohnt bin. Ihr Klang lässt meine Sinne zusätzlich vibrieren.

»Erzählst du mir, warum du beschlossen hast, als Eisklotz zurückzukommen?«

Mit den Fingern zeichnet er eine imaginäre Linie auf meinem Oberschenkel nach.

Nach kurzem Zögern berichte ich von dem Gespräch mit Cal und der Krise, die er gerade mit seinem Familiar durchmacht.

»Ich fühle mich hilflos«, murmele ich. »Ich weiß nicht, was ich machen soll. Aber für Lumia würde ich alles gerne erleichtern. Irgendwie.«

»Inwiefern?«, hakt er nach.

»Sie und Cal sind seit über fünfzehn Jahren ein Team«, antworte ich. »Sie wuchsen gemeinsam heran, kämpften und lebten zusammen.« Ich zucke mit den Schultern. »Wahrscheinlich entwickelt sich dann selbst bei Familiaren eine Art Bindung. Du hast sie heute gesehen. Sie war jetzt schon völlig neben der Spur.«

»Hatte dein Bruder noch nie eine Freundin?«

»Nein, jedenfalls nichts Festes. Cal und Zac lieben es, von ihren vorrangig weiblichen Fans umjubelt zu werden. Ich bin mir ziemlich sicher, dass sich Cal immer mal eine von ihnen herauspickt, um ... du weißt schon. Aber das ist selten und geschieht niemals hier auf dem Anwesen. Wahrscheinlich würde Lumia jedes weibliche Wesen, das sich an seinen Arm klammert, ohne mit ihm verwandt zu sein, in ein Häufchen Asche verwandeln. Für alles andere hält Cal sich an seinen Familiar.«

Shadows Brust vibriert durch ein unterdrücktes Lachen an meinem Rücken. »Klingt, als würdest du das als kleine Schwester nicht gutheißen.«

»Es ist mir egal«, sage ich schnell. »Ich würde mich nur freuen, wenn ich nicht ständig über sie stolpern müsste.«

»Wegen deiner Gabe?«

Ich beiße mir auf die Unterlippe. »Nein – oder auch«, gebe ich zu. »Aber sobald ich mich umdrehe und in die andere Richtung davongehe, schlägt meine Gabe nicht mehr Alarm.«

»Was ist dann der Grund dafür?«

Ich will ihm auf diese Frage nicht antworten ... Ich will nicht gestehen, wie es tatsächlich in mir aussieht. Nicht einmal gegenüber Katie habe ich zugegeben, was der wahre Grund ist, warum ich die Beziehungen meiner Brüder zu ihren Familiaren nicht gutheiße. Ich will nicht, dass Shadow etwas von den egoistischen Abgründen, die in mir lauern, bemerkt. Außerdem kenne ich ihn noch nicht lang genug, um einschätzen zu können, wie er auf die Wahrheit reagiert.

Während ich schweige, streicht Shadow weiter mit den Fingern über die endlich warme Haut an meinem Bein. Dennoch spüre ich, dass seine Finger noch wärmer sind als die Haut, die sie berühren. Er wiederholt seine Frage nicht oder drängt mich auf andere Weise, ihm zu antworten. Er wartet – geduldig und ohne mich unter Druck zu setzen. Ich müsste ihm gar nicht antworten. Wenn er vor mir stände ... Wenn ich ihn dabei ansehen müsste, würde wohl kein Wort meinen Mund verlassen. Doch hier in der Dunkelheit, in seinen Armen und umgeben von seiner Wärme, fällt es mir plötzlich leicht, ihm die finstersten Abgründe meiner Seele zu offenbaren.

»Neid«, wispere ich. »Ich bin neidisch auf meine Brüder, ihre Kräfte und die mächtigen Familiare, die sie besitzen und die sie in allem, was sie tun, unterstützen. Ich bin neidisch auf die Beziehung, die sie sowohl mit ihren Familiaren als auch anderen Menschen haben – sowohl körperlich als auch emotional –, denn es führt mir immer wieder vor Augen, was ich *nicht* haben kann.«

Stets habe ich versucht die negativen Empfindungen, die mich ständig überkommen, tief in mir einzuschließen. Ich bin mir sicher, dass Shadow nicht verstehen wird, warum ich Neid empfinde. Dennoch rede ich weiter.

»Ich bin nicht stolz auf dieses Gefühl und gönne Zac und Cal ihr Glück von Herzen, aber ... Ist es zu viel verlangt, dass ich auch etwas davon abhaben will? Ich möchte eine gefeierte Meister-Magierin sein, die in die Geschichtsbücher eingeht und von der ein ganzes Set Actionfiguren hergestellt wird. Andererseits will ich einen Freund haben und von ihm berührt werden können, ohne mich vor Schmerzen auf dem Boden krümmen zu müssen. Neben einem berühmten Dasein will ich ein ganz normales Leben. Herrgott, selbst mit *einem* der beiden Szenarien wäre ich zufrieden! Aber nichts davon kann ich haben.«

Shadow lässt eine Hand federleicht an meinem Arm nach vorn zu meiner gleiten, wo er anschließend unsere Finger miteinander verschränkt.

»Was tue ich hier gerade?«, raunt er mir ins Ohr.

Ich hole zitternd Luft. »Du ... berührst mich«, krächze ich.

Mit dem Daumen streichelt er über meinen Handrücken. »Und hast du Schmerzen? Schlägt deine Gabe an?«

»Nein«, hauche ich, »aber ...«

»Du hast jetzt mich, Fell«, murmelt er, während er mit der Nasenspitze an meinem Ohr entlangstreicht. Ich will ihn anflehen, noch einmal meinen Namen auf diese Weise zu sagen, doch ich beiße mir schnell auf die Unterlippe. »Du musst nicht mehr neidisch auf deine Brüder sein. Gemeinsam werden wir dich zu einer umjubelten Meister-Magierin machen und zur Not gebe ich persönlich eine Actionfigur von dir in Auftrag.«

Ich spüre ein Schmunzeln, das an den Mundwinkeln zupft. Shadow hat recht: Dank seiner Kraft werde ich die Prüfungen bestehen können. Selbst Lumia und Terra sind vor ihm zurückgewichen. Von unserer Familie habe ich den stärksten Familiar bekommen, aber ... reicht das aus? Was ist mit meinen anderen Wünschen? Manchmal glaube ich, dass der Wunsch nach einem normalen Leben stärker ist als der nach Ruhm ...

Als hätte er meine Gedanken gelesen, raunt Shadow: »Ich bin zwar kein Mensch, doch ich berühre dich, so viel du willst.«

Ich zucke zusammen und schnappe keuchend nach Luft, als ich plötzlich seinen Mund und die spitzen Eckzähne an der empfindlichen Stelle direkt unter dem Ohr spüre. Meine Finger krampfen sich Halt suchend um seine und er erwidert den Druck, bevor er unsere Hände voneinander löst. Ich will protestieren, doch da spüre ich seine Hand an einer anderen Stelle. Langsam, unendlich langsam schiebt er sie von meiner Hüfte unter das schwarze Shirt.

»Sag mir, wenn ich aufhören soll, und ich tue es sofort«, wispert er.

Im Kopf dreht sich alles, während sich all meine Sinne auf das neckende Spiel seiner Finger auf der Haut auszurichten scheinen. Bedächtig lässt er sie über die Taille gleiten, dann hinunter zum Bauchnabel, wo sie träge Kreise ziehen, bevor sie anschließend wieder zum Ausgangspunkt zurückkehren. Nur kurz streift er mit den Fingern über meine Rippen. Im Grunde berührt er keine Stellen, die besonders empfindlich wären, dennoch scheine ich überall in Flammen zu stehen. Jeder Zentimeter Haut, den er berührt – egal wie flüchtig –, kribbelt und lechzt nach mehr.

»Ist dir wieder warm?«

Das raue Timbre in seiner Stimme schickt zusätzliche Stromstöße durch mich hindurch. Wie von selbst dränge ich mich noch enger an ihn. Sogar die wenige Kleidung zwischen uns stört mich plötzlich und ich wünschte, sie würde sich einfach in Luft auflösen. Ich will ihn spüren, überall auf der Haut. Nicht nur flüchtig.

Auf seine Frage hin zwinge ich mich zu einem Nicken.

»Sehr gut.« Wieder fühle ich seine Lippen an meinem Ohr. Dann zieht er auf einmal die Hand unter dem Shirt hervor und lässt sie wieder auf meiner Hüfte ruhen. »Dann können wir ja jetzt schlafen.«

»Was?«, krächze ich und versuche erfolglos mich in seiner festen Umarmung zu ihm herumzudrehen. »Aber …«

»Wir haben gestern beide nicht viel Schlaf bekommen«, fährt er sachlich fort. Keine Spur des Raunens in seiner Stimme. »Und morgen beginnt dein Training. Ich habe sogar eine Idee, wie du Lumia helfen könntest, aber das müssen wir erst noch testen, bevor ich Versprechungen machen kann.«

Training? Hilfe für Lumia? Ähm … irgendwie ging mir der Themenwechsel zu schnell. Mein Blut scheint noch zu kochen, während ich mich nach weiteren sanften Berührungen, auf die ich fast mein ganzes Leben lang verzichten musste, sehne.

Erneut streichelt Shadow mit dem Daumen über meinen Handrücken. »Schlaf jetzt«, murmelt er. »Ich werde morgen früh auch noch da sein. Und morgen Abend ebenfalls. Wenn wir allein sind, kann ich dich berühren, wann immer du willst. Du musst mich nur darum bitten. Doch jetzt sollst du dich ausruhen.«

Mit einem letzten Seufzen schmiege ich mich an Shadows Arm, der unter meinem Kopf liegt, und schlafe in Windeseile ein.

KAPITEL 15

Felicity

Ich weiß nicht, wann ich das letzte Mal so gut erholt aufgewacht bin. Es muss Ewigkeiten her sein.

Einen Moment lang genieße ich die Phase zwischen Schlafen und dem ersten Augenaufschlagen und das Gefühl des anderen Körpers, der neben mir im Bett liegt und sich an meinen Rücken schmiegt. Der fremde Arm, auf dem ich liege. Der andere Arm, der um meinen Bauch geschlungen ist, um mich noch fester an ihn zu drücken. Die Beine, die sich gemeinsam mit meinen zu einem schier unentwirrbaren Knäuel verknotet haben.

Und ich nehme den warmen Atem wahr, den er mir in regelmäßigen Abständen in den Nacken haucht. Anscheinend schläft Shadow noch.

Wie auch gestern Morgen, als ich zum ersten Mal neben ihm aufgewacht bin, ist mir seine Nähe nicht unangenehm. Ich will ihn nicht wecken, aber ich habe keine Ahnung, wie ich mich aus seiner Umklammerung winden soll, ohne dass er davon aufwacht. Als ich versuchsweise seinen Arm von mir schiebe, verstärkt er den Druck nur weiter, zieht mich wieder an sich und gibt ein Grummeln von sich.

Nein, es ist kein Grummeln ... Ich drehe den Kopf ein Stück zur Seite, um ihn besser verstehen zu können. Es scheint, als würde er im Schlaf reden! Aber sein Gebrabbel ergibt keinen Sinn für mich. Er wiederholt immer wieder ein Wort.

Kassi.

Ich habe keinen Schimmer, was das bedeuten soll. Es ist kein Wort, das ich kenne. Dennoch bildet sich bei der Art, wie er es ständig wiederholt, ein eisiger Knoten im Bauch.

Kurz darauf verspannen sich seine Muskeln, wobei er mich so fest an sich presst, dass ich kaum noch Luft bekomme. Anschließend streckt er sich und gibt mich endlich frei.

»Wie spät ist es?«, murmelt er verschlafen.

Ich drehe mich halb zu ihm, soweit es unsere noch immer verknoteten Beine zulassen. Müde blinzelnd begegnet er meinem Blick.

»Ich habe keine Ahnung«, gebe ich zu.

Er richtet sich ein Stück auf. »Da keiner deiner Brüder bereits auf der Matte steht, gehe ich davon aus, dass es noch recht früh ist.«

Bevor ich fragen kann, worauf er mit der Aussage hinauswill, löst er bereits unsere verknoteten Beine voneinander und gleitet mit einer fließenden Bewegung über mich. Völlig perplex starre ich ihn an. Wie er es noch dazu geschafft hat, zwischen meinen Beinen zu landen, ist mir ein Rätsel. Auf die Unterarme gestützt hält er den Großteil seines Gewichtes davon ab, mich wieder tiefer in die Matratze zu drücken. So wie gestern, als meine Gabe angesprungen ist und das Bett zerlegt hat.

Der Protest bleibt mir im Hals stecken, als er mich anlächelt und fragt: »Wie hast du geschlafen?«

»G…gut«, stammele ich. »Könntest du von mir …?«

»Es ist wichtig, dass du ausgeruht bist«, sagt Shadow, ohne auf meinen nicht beendeten Protest einzugehen. »Das Training wird dich heute fordern. Vorher musst du jedoch noch etwas essen. Und dir dringend mehr anziehen.«

Ich hebe eine Augenbraue. »Hast du etwas gegen mein Shirt?«

»Nein, nicht direkt.« Er drückt sich mit den Armen ein Stück nach oben und lässt dann eine Hand hinab zu meinem angewinkelten Bein gleiten. Ich ziehe scharf die Luft ein, als er mit den Fingern sanft über die Haut fährt. »Ich würde es jedoch bevorzugen, wenn du meine Selbstbeherrschung nicht über Gebühr strapazierst.«

Ich verdrehe die Augen. »Morgen gehe ich mit Katie shoppen und kaufe mir einen Pyjama, damit mein Familiar nicht mehr durch meinen Aufzug visuell belästigt wird.«

»Du weißt genau, dass ich es so nicht gemeint habe«, grummelt Shadow, rollt sich von mir hinunter und steigt aus dem Bett.

Während ich ihn dabei betrachte, fällt mir auf, dass er die ganzen Tage über auch in der Nacht dieselben Klamotten getragen hat.

Er zupft das heillos zerknitterte Shirt zurecht und fährt sich mit einer Hand durchs Haar. »Wenn du fertig bist, bringst du mich zu Terra. Ich werde sie bitten, uns beim Training zu unterstützen«, sagt Shadow. »Sobald Lumia wieder auf dem Damm ist, können wir sie ebenfalls fragen, aber ich würde es vorziehen, wenn wir sie erst mal übergehen. In ihrem momentanen Zustand könnten sie und ihre Kräfte unberechenbar sein.«

Ich nicke. Ich bin nicht sonderlich scharf darauf, noch einmal einem durchgeknallten Phönix gegenüberzustehen.

»Wenn Terra zustimmt, mit uns zu trainieren«, fährt Shadow fort, »werden wir nach und nach austesten, wie deine Gabe funktioniert.«

Ich ziehe eine Schnute. »Ich dachte, dass wir so bald wie möglich dazu übergehen, gegen Abtrünnige zu kämpfen, damit die Magier-Allianz auf mich aufmerksam wird. Immerhin warte ich schon Jahre auf diese Chance!«

Shadow dreht sich zu mir um. »Und genau das ist der springende Punkt. Du hast deinen Familiar – mich – fast zehn Jahre zu spät bekommen. Es ist nur natürlich, dass es jetzt seine Zeit braucht, um deinen Rückstand wieder wettzumachen. Wann haben deine Brüder damit begonnen, Abtrünnige zu bekämpfen?«

Ich senke den Blick, denn ich weiß, worauf er hinauswill. »Mit Anfang zwanzig«, murmele ich.

»Also gut fünf Jahre, nachdem sie Terra und Lumia bekommen haben«, schließt er. »Fünf Jahre, in denen sie sich aneinander gewöhnen und aufeinander einspielen konnten. Du kannst nicht erwarten, dass wir das in fünf – geschweige denn zwei! – *Tagen* bewerkstelligen.«

»Aber ich ...«

»Vergiss es, Feli!«, unterbricht er mich barsch. »Ich werde nicht zulassen, dass du dich noch einmal kopflos in einen Kampf stürzt, den du nur verlieren kannst. Wir *werden* kämpfen. Du *wirst* eine Meister-Magierin werden. Aber nicht, bevor du dazu bereit bist. Nicht noch einmal.«

Ich klettere aus dem Bett und weiche seinem Blick aus. Dennoch spüre ich, wie er förmlich in meinem Rücken brennt. Ich weiß, dass er recht hat, aber es fällt mir unendlich schwer, das auch zuzugeben. Nachdem ich mich beinahe damit abgefunden hatte, niemals einen Familiar zu bekommen, will ich nun alles nachholen, worauf ich die letzten Jahre verzichten musste. Mir geht es nicht schnell genug. Am liebsten hätte ich schon gestern mein Kostüm beim Magier-Ausstatter bestellt und den Namen *Lady Luck* in die Welt hinausgeschrien.

»Erkläre es mir«, murmelt er. »Warum willst du dir keine Zeit lassen?«

Ich seufze und suche nach den richtigen Worten. »Die Magier-Allianz entscheidet, wer ganz offiziell ein Meister-Magier werden darf und wer nicht. Im Grunde gleicht es einem strengen Auswahlverfahren, bei dem die Eignung des Anwärters geprüft wird. Wozu ist er fähig? Wie stark ist sein Familiar? Wie ausdauernd ist der angehende Meister-Magier, auch wenn er nicht auf die Hilfe seines Familiars zurückgreifen kann? Ausgehend von diesen und weiteren Kriterien wird der Anwärter in Kategorien eingeteilt. Ich muss wohl nicht erwähnen, dass meine Brüder in die höchstmögliche Kategorie aufgestiegen sind, oder?« Ich unterdrücke ein Seufzen. »Aber das eigentliche Problem ist, dass es eine Altersgrenze für die Prüfungen gibt, und ich bin da schon verdammt nah dran.«

»Warum gibt es eine Begrenzung?«, will Shadow wissen.

Ich zucke mit den Schultern. »So genau weiß ich das auch nicht. Die Magier-Allianz ist wahrscheinlich der Meinung, dass es ab einem gewissen Alter aussichtslos ist, die Prüfung noch zu bestehen, keine Ahnung. Jedenfalls muss ich die Prüfung vor meinem fünfundzwanzigsten Geburtstag bestehen.«

Ich spüre Shadow hinter mir. Seine bloße Präsenz vertreibt die Schwermut, die bereits wieder von mir Besitz zu ergreifen sucht.

»Wie viel Zeit bleibt uns noch?«, fragt er leise.

»Knapp drei Monate«, wispere ich.

Er greift von hinten um mich herum und nimmt meine linke Hand. Langsam führt er sie nach oben an die Lippen und scheucht die Magie, die bis jetzt noch geschlafen hat, in mir auf. Ungehemmt rauscht sie durch meinen Körper und kribbelt in den Fingerspitzen. Alles entgleitet meinen zitternden

Händen. Shadow schlingt den anderen Arm um meinen Bauch, um mich davon abzuhalten zu Boden zu gehen. Ich fühle mich nicht schwach – ganz im Gegenteil. Eher fühlt es sich so an, als würde sich jeder Muskel im Körper voller Erwartung zusammenziehen. Eine ungeahnte Kraft erfüllt mich und lässt mich so sehr erbeben, dass beinahe die Beine unter mir nachgeben.

»Normalerweise brauche ich nicht so viel Magie von dir«, raunt er mir ins Ohr, was mich erneut wohlig erschauern lässt. »Aber wir beide haben einen anstrengenden Tag vor uns und ich weiß nicht, ob und wann ich zwischendurch dazu komme, mich zu nähren.«

Ich balle die freie Hand zur Faust und löse sie wieder. »Du kannst dir so viel nehmen, wie du willst«, wispere ich, noch immer überwältigt von der Kraft, die ungehemmt durch mich hindurchrauscht.

Es handelt sich nicht um eine körperliche Kraft. Es ist vielmehr ... das Wissen, dass eine uralte Macht in mir schlummert, die nur darauf wartet, freigelassen zu werden. Und diese Macht ist quasi der Kraftstoff für meinen Familiar, denn in einem Kampf ist er meine einzige Waffe. Daher gebe ich ihm nur zu gerne alles, was er braucht.

»Ich nehme mir nie mehr, als ich tatsächlich benötige«, entgegnet Shadow auf mein Angebot hin. Er lässt die Hand mit dem Ring sinken, gibt mich aber mit der anderen nicht frei. »Ich weiß, dass du darauf brennst, endlich eine Meister-Magierin sein zu können. Ich verstehe dich. Und ich werde alles in meiner Macht Stehende tun, um dich innerhalb des Zeitlimits auf diesen Test vorzubereiten und dabei zu unterstützen, ihn zu bestehen. Aber bei unserem letzten Kampf hatten wir ... *Glück*. Trotz deiner Gabe möchte ich mich nicht darauf verlassen, dass wir auch aus dem nächsten Kampf so glimpflich davonkommen.«

»Ich weiß«, murmele ich und starre hinab auf meine Hände, in denen ich noch immer die kribbelnde Magie spüren kann. »Es fällt mir nur schwer zu begreifen, dass es da draußen einen Gegner geben soll, dem wir trotz der Kraft, die ich in mir spüre, und deiner Stärke nicht gewachsen wären.«

Der Griff um meinen Bauch verstärkt sich und für einen kurzen Moment spüre ich Shadows Lippen an der Schläfe. Als ich jedoch den Kopf zu ihm umwende, hat er sich bereits zurückgezogen. Ich schlucke hektisch, als ich dem Blick aus seinen halb geschlossenen silbergrauen Augen begegne. Das Funkeln darin scheint das Kribbeln der Magie in mir nur noch zu verstärken.

»Wir werden trainieren«, sagt er mit einer harten Stimme, die die Sanftheit im Blick Lügen straft. Doch dann zucken seine Mundwinkel unter einem unterdrückten Lächeln. »Und wenn du es schaffst, Terra zu besiegen, werden wir heute Abend über dein Kostüm reden. Du könntest es morgen, wenn du sowieso mit Katie in die Stadt willst, in Auftrag geben. Nur für alle Fälle. Wie klingt das?«

Ich drehe mich in seiner Umklammerung und falle ihm jauchzend um den Hals. Einen Augenblick lang versteift er sich, doch dann schlingt Shadow beide Arme um mich und presst mich noch fester an sich.

Allein die Möglichkeit, einen weiteren Schritt in Richtung Meister-Magierin machen zu können, befeuert meinen Tatendrang und ein Lächeln breitet sich auf meinem Gesicht aus. Ich werde Terra so was von ungespitzt in den Boden rammen!

Ich winde mich aus Shadows Umarmung, klaube alles Notwendige vom Boden, um aus dem Zimmer zu flitzen.

Als ich schon halb aus der Tür bin, ramme ich die Füße in den Boden und rufe: »Ich hole dich gleich wieder ab! Versteck dich bis dahin!«

Ohne eine Antwort abzuwarten, haste ich den Korridor entlang zum Bad, um endlich mit dem Training beginnen zu können.

***

Nachdem ich im Bad fertig bin, esse ich im Gehen ein schnelles Frühstück, während ich wieder zurück ins Zimmer eile.

Shadow thront im Schneidersitz auf dem Bett und betrachtet mich mit schief gelegtem Kopf. Als ich näher komme, streckt er die Hand nach mir aus und wischt mir ein paar Krümel von der Wange.

»Willst du dich auch noch vor dem Training umziehen?«, frage ich und deute mit einer Kinnbewegung auf die zerknitterten Klamotten, die er seit unserer ersten Begegnung ununterbrochen trägt.

Er schaut an sich hinab, nimmt das Shirt zwischen zwei Finger und schnuppert daran. »Wäre wohl keine schlechte Idee. Ich kann zwar meine Gestalt der eines menschlichen Körpers anpassen, aber das gilt nicht für das Zubehör.«

Ich habe mir früher noch nie Gedanken darüber gemacht, doch jetzt fällt mir auf, dass die Familiare auch nach einer Verwandlung zurück in einen Menschen ihre Kleidung noch tragen. Bei Lumia müsste sie verbrannt und bei Terras massiger Gestalt zerrissen sein. Aber sobald sie wieder ihre menschliche Form annehmen, ist die Kleidung, die sie zuvor getragen haben, unversehrt an Ort und Stelle. Wahrscheinlich ist es auch besser, denn sonst wären sie nackt und meine Brüder würden wohl gar nichts mehr zustande bringen ...

»Wie macht ihr Familiare das?«, frage ich. »Das mit den Klamotten.«

Shadow zuckt mit den Schultern. »Unsere menschliche Erscheinung ist magisch erschaffen. Eine Art Illusion, wenn du so willst. Alles, was wir tragen, wird sozusagen ein Teil dieser Illusion und verschwindet, sobald wir in unsere echte Gestalt schlüpfen. Doch dieser zusätzliche Teil kann nicht von uns beeinflusst werden. Ich kann dem Shirt, das ich trage, nicht befehlen, sich in ein blaues zu verwandeln oder wie frisch gewaschen zu riechen. Da muss ich auf die altmodische Variante zurückgreifen und mich umziehen.«

Ich nicke, auch wenn ich nicht alles verstanden habe. Sein Körper fühlt sich so ... real an. Lumias und Terras ebenso. Abgesehen von ihren Augen und kleineren Abweichungen, wie Shadows Eckzähnen, würde niemand auf die Idee kommen, dass sie keine Menschen wären.

Ihre Illusion ist nahezu perfekt.

»Ich bringe dich in die Waschküche und anschließend zu Terra«, biete ich an.

Shadow springt vom Bett und tritt in meinen Schatten. Nur einen Sekundenbruchteil später ist er verschwunden, als wäre er nie da gewesen. Doch ich spüre ihn als Präsenz, die mich umgibt. Es ist nicht dasselbe, als wenn ich ihm meinen Körper überließe – dann spüre ich sein Bewusstsein direkt neben meinem. Jetzt weiß ich, dass er da ist, ohne dass ich ihn sehen kann.

Wie ein unsichtbarer zweiter Schatten, der direkt über meinem liegt.

***

In der Waschküche entsteigt Shadow meinem Schatten, als die Luft rein ist. Glücklicherweise kamen die Dienstboten noch nicht dazu, die gemachte Wäsche wegzuräumen, sodass er die freie Auswahl hat. Ich warte draußen, bis er sich umgezogen hat, und lausche auf jedes Geräusch, das meine Brüder oder einen der Diener ankündigen könnte.

Shadow braucht nur wenige Minuten, sich umzuziehen. Er entscheidet sich für eine dunkle, lockere Jogginghose mit weißen Streifen an den Seiten und ein schwarzes Achselshirt, das seine definierten Schultern und Oberarme so gut zur Geltung bringt, dass mein Mund mit einem Mal staubtrocken wird. Mir ist zwar schon vorher aufgefallen, dass er kräftig ist – schließlich konnte er mich mühelos hochheben und tragen –, aber bisher bekam ich nur seine Unterarme zu sehen. Er ist nicht übertrieben muskulös, sondern verfügt über die geschmeidigen Muskeln eines Tänzers – oder einer Raubkatze. In dem weiten Shirt, das er zuvor getragen hat, wirkte auch sein Rücken nicht so breit und seine gesamte Statur wurde nur grob von dem Stoff umspielt. Doch jetzt erkenne ich die Andeutung der Brust- und Schultermuskeln und …

Als Shadow bemerkt, dass ich ihn anstarre, schnipst er mir mit dem Zeigefinger gegen die Stirn.

»Wenn du anfängst zu sabbern, könnte noch jemand darauf ausrutschen«, schnurrt er gedehnt und treibt mir damit die Schamesröte ins Gesicht.

»Ich hatte nicht vor zu sabbern!«, zische ich.

»Nein, natürlich nicht«, sagt er, während er breit grinsend an mir vorbeiläuft.

Eingebildeter Blödmann!, denke ich, kann mich aber gerade noch davon abhalten, es laut auszusprechen. *Als ob dich jemand anstarren würde! Na ja, außer Katie.*

Doch egal, wie sehr ich ihn in Gedanken verfluche, schaffe ich es nicht, den Blick von Schultern und Armen zu nehmen.

Bisher habe ich mich immer darüber lustig gemacht, wenn Katie ihre Liebeleien auf überkochende Hormone geschoben hat, war ich mir doch sicher, dass es nichts weiter als eine faule Ausrede sein konnte. Ich war froh darüber, dass ich anscheinend diesen Teil der Pubertät überspringen konnte, denn mit Ausnahme von Justin schwärmte ich nie für einen Jungen oder fühlte mich auch nur zu einem hingezogen, weil mir zum Beispiel sein Aussehen gefiel.

Jetzt ist es, als wären meine eigenen Hormone mit einem Knall aus einem viel zu langen Kryoschlaf erwacht. Und das jagt mir eine Heidenangst ein, denn ich habe keine Ahnung, wie ich damit umgehen soll.

Ich haste hinter Shadow her, der bereits kurz davor ist, in den nächsten Korridor einzubiegen. »Hör auf, einfach so durch die Gänge zu laufen!«, mahne ich. »Terras Zimmer ist direkt neben Zacs. Wenn dich jemand sieht ...«

Er verdreht die Augen, bleibt aber stehen. »Ja, ja, ich weiß«, murrt er. Er sagt kein weiteres Wort, kommt auf mich zu und verschwindet in meinem Schatten, ohne mich dabei zu berühren.

Seine Stimmungsschwankungen gehen mir langsam, aber sicher auf die Nerven! Ich denke gar nicht daran, ihn zu fragen, was ich jetzt schon wieder Falsches gesagt habe, sondern stapfe schnaubend den Gang entlang zu Terras Zimmer.

Den ganzen Weg über höre ich keinen Mucks von Shadow in meinen Gedanken. Er will schmollen? Von mir aus! Das Spielchen beherrsche ich ebenfalls!

***

Auch als ich an die Tür zu Terras Zimmer klopfe, hüllt Shadow sich weiterhin in eisiges Schweigen. So ungern ich es auch zugebe, aber nach und nach wird mir mulmig zumute. Zwar haben wir uns schon mehrmals angemotzt, doch noch nie so lange kein Wort miteinander gewechselt, seitdem ich ihn im Haus des Mediums das erste Mal sah.

Terra öffnet die Tür und bewahrt mich dadurch davor, den ersten Schritt machen zu müssen. Ihr braunes Haar ist vom Schlafen zerzaust und die Vorhänge im Zimmer sind noch zugezogen.

Gähnend reibt sie sich mit der Hand über die Augen, ehe sie fragt: »Was machst du denn so früh schon hier? Weißt du eigentlich, wie spät es ist?« Mit einem verwirrten Stirnrunzeln beäugt sie meine Trainingskleidung. »Willst du joggen gehen?«

»Nein, ich ... Wir haben gehofft, dass du uns ... Na ja, dass du uns ein wenig unterstützen könntest.«

»Wir?«, wiederholt Terra und späht an mir vorbei.

Ich seufze. *»Hilf mir doch mal!«*

»Deine Anweisung lautete, dass ich von niemandem gesehen werden darf«, entgegnet Shadow.

»Du bist die schlimmste männliche Zicke, die ich kenne!«, zische ich in Gedanken.

Kurz rumpelt Shadows Lachen durch meinen Kopf. *»Da du von deinen Brüdern abgesehen nicht viele Männer kennst, sind deine Beleidigungen nicht ganz so verletzend, wie du vielleicht glaubst, Kleines.«*

»Es war deine Idee, dass wir mit Terra trainieren«, wechsele ich das Thema. *»Du hast mir versprochen, dass wir über mein Kostüm reden, wenn ich es schaffe, sie zu besiegen.«*

Shadow schnaubt verächtlich und versetzt mir einen Impuls, der mich nach vorn in Terras Zimmer stolpern lässt. Erst dort entsteigt er meinem Schatten und steht mit verschränkten Armen und versteinerter Miene neben mir.

Terra braucht einen Moment, um ihr Erstaunen, dass Shadow einfach so aus meinem Schatten emporsteigt, zu überspielen, doch dann verzieht sie die Lippen zu einem Lächeln. »Du siehst aus, als hätte sie dich geärgert.«

Ich will einschreiten, doch Shadow kommt mir zuvor.

»Sie hat mich eben als ›männliche Zicke‹ bezeichnet«, grollt er, wobei seine Mundwinkel verdächtig zucken. Allerdings gelingt es ihm, das Grinsen zu unterdrücken.

»Ganz schön respektlos von ihr«, pflichtet Terra ihm bei und kämpft ebenfalls mit einem aufsteigenden Lächeln. »Träger können eine wahre Plage sein, nicht wahr?«

Ich hasse es, wenn andere so tun, als wäre ich Luft, obwohl ich direkt neben ihnen stehe. Sie tratschen über mich, als wäre ich überhaupt nicht im Zimmer!

»Wir sind hier, um zu trainieren!«, platze ich dazwischen.

Terra betrachtet mich mit hochgezogenen Augenbrauen und eine Spur mitleidig, bevor ihr Blick zurück zu Shadow gleitet. »Und was habe ich damit zu tun?«

Traut sie mir etwa nicht zu, dass ich diese Frage beantworten könnte?

»Wenn ich dich besiege, bekomme ich mein Kostüm!«, sage ich schnell, bevor Shadow den Mund aufmachen kann.

Erneut huscht Verwirrung über Terras Miene. Wahrscheinlich versteht sie den Zusammenhang nicht, aber das ist mir egal. Ich bin nicht hier, um Erklärungen abzuliefern!

Terra richtet sich zu voller Größe auf und schaut auf mich herab. Sie ist zwar nur gut fünfzehn Zentimeter größer als ich, dennoch muss ich den Kopf ein Stück in den Nacken legen, um den Blickkontakt nicht zu verlieren.

»Du glaubst ernsthaft, dass du gegen mich gewinnen kannst?«, fragt sie und verzieht spöttisch den Mund. »Du magst jetzt einen Familiar haben, aber das bedeutet nicht, dass du eine Chance gegen mich hast. Wenn du mit mir trainieren willst, endet es damit, dass ich dich verletze.« Ihr Blick huscht hinter mich und der spöttische Ausdruck um die Mundwinkel verwandelt sich in ein schmales Lächeln. »Und das wiederum brächte mir Ärger mit deinem Familiar ein, den ich gerne vermeiden würde.«

Ich wende mich ebenfalls Shadow zu, der noch immer mit verschränkten Armen dasteht. Der gutmütige Spott ist jedoch aus seinem Gesicht gewichen und hat einer Härte Platz gemacht, die selbst mir eine Gänsehaut beschert. Er starrt Terra an, als wäre er kurz davor, auf sie loszugehen, sollte sie auch nur eine falsche Bewegung machen. Wann ist die Stimmung hier drin dermaßen gekippt?

Schnell schaue ich wieder zu Terra und sage: »Ich muss aber trainieren! Wenn die Wasserbändigerin erneut auftaucht, dann ...«

Terra lacht – hart und freudlos. »Du glaubst, etwas gegen die Abtrünnige ausrichten zu können? Noch dazu eine, an der sowohl ich als auch Lumia uns die Zähne ausgebissen haben?«

Sie macht einen Schritt auf mich zu und wirkt dadurch noch größer und bedrohlicher als zuvor. Ich muss mich selbst dazu ermahnen, nicht vor ihr zurückzuweichen. Stocksteif bleibe ich stehen und balle die Hände zu Fäusten.

»Was ist deine Gabe, kleine Felicity?«, fragt Terra, während sie mich niederstarrt.

Sie ist mir noch nie zuvor so Furcht einflößend erschienen wie in diesem Moment. Ihre sanften braunen Augen und die weiche Gesichtsform ließen sie stets freundlich und nachsichtig wirken, doch jetzt erhasche ich einen Blick auf den mächtigen Familiar, der hinter dieser menschlichen Illusion lauert. Sie schüchtert mich sogar dermaßen ein, dass ich es nicht schaffe, mich über die Anrede »kleine Felicity« zu beschweren.

Ich schlucke angestrengt, bringe jedoch keinen Ton heraus. Dabei will ich ihr antworten – will es wirklich! Ich will ihr meine Gabe nennen, ohne mich dafür schämen zu müssen, aber mein Mund weigert sich hartnäckig, die Worte zu formen.

»Du siehst das Leuchten der Herzen«, fährt Terra fort. Ihre Stimme klingt hart, jedoch nicht gehässig, dennoch zucke ich unweigerlich zusammen. »Das ist deine Gabe. Eine, die zu gering ist, um von der Magier-Allianz anerkannt zu werden. Du beherrschst keine Elemente, verfügst nicht über besondere Kraft oder Schnelligkeit.«

Sie hebt die Hand; innerhalb eines Wimpernschlags verwandelt sich ihre rosige Haut in braunen Stein. Ich sehe ihren Angriff kommen, doch ich bin wie erstarrt und schaffe es nicht einmal, die Arme schützend vors Gesicht zu heben. Während ihre Steinhand auf mich zurast, um mir den Schädel zu spalten, kneife ich die Augen zusammen, anstatt mich zu verteidigen.

Sie hat recht, ist der letzte Gedanke, der mir durch den Kopf schießt. In einem Kampf bin ich nutzlos und eher eine Last denn eine Hilfe.

Doch der erwartete Hieb bleibt aus. Als ich nichts weiter als einen Luftzug spüre, öffne ich die Augen einen Spaltbreit. Ich schnappe nach Luft und starre auf Shadows Arm, der nur wenige Zentimeter von meiner Nasenspitze entfernt ist. Unter der Haut kann ich seine Muskeln zittern sehen; einzelne Sehnen treten hervor, während er Terras Handgelenk umklammert hält. Ihre Hand besteht noch immer aus Stein, doch ihre Kraft reicht nicht aus, um sich aus Shadows Griff zu winden.

»Auf den ersten Blick mag Felicitys Gabe nicht so sehr herausstechen wie die ihrer Brüder«, knurrt Shadow, bevor er die andere Hand hebt und Terra mit einem Schattenblitz mehrere Meter zurückstößt, »aber das bedeutet nicht, dass sie wehrlos ist. Schließlich ...« Das Herz schlägt mir bis zum Hals, als Shadow vor mich tritt und mich vollständig hinter seinem breiten Rücken verbirgt. »... hat sie jetzt mich und jeder, der ihr schaden will, muss erst an mir vorbei. Das gilt auch für dich, Terra.«

Ich kratze all meinen Mut zusammen und lege eine Hand an Shadows Rücken. Unter den Fingerspitzen spüre ich seine Muskeln zucken. Er dreht den Kopf leicht in meine Richtung, sodass er mich aus den Augenwinkeln anschauen kann, während ich hinter ihm hervortrete und mich neben ihn stelle.

Eine Hand auf ihren Bauch gepresst, lässt Terra den Blick zwischen Shadow und mir hin- und herhuschen.

»Ich will mich nicht mit dir streiten«, sage ich versöhnlich, während ich einen Schritt auf sie zu mache. »Du hast recht: Das Glimmen, das ich sehen kann, ist in einem Kampf vollkommen nutzlos. Dank Shadow habe ich aber einen mächtigen Familiar an meiner Seite, der mithilfe meiner Magie zu ganz unglaublichen Dingen fähig ist.« Ich bleibe stehen und schaue auf meine Hände. »Meine Gabe mag nicht so eindrucksvoll wie die von Zac oder Cal sein. Sie erfüllt mich auch nicht mit unmenschlicher Kraft oder Geschwindigkeit. Aber vielleicht ...« Ich balle die Hände zu Fäusten und blicke wieder zu Terra, die mich mit schief geneigtem Kopf mustert. »... brauche ich all das nicht. Vielleicht agiert meine Gabe aus dem Hintergrund heraus, ohne auf den großen Auftritt zu hoffen. Und wenn nicht ...« Mein Blick huscht zu Shadow. »... habe ich ihn.«

»Und damit wärst du zufrieden?«, hakt Terra nach.

Ich nicke. »Ich bin mit allem zufrieden, solange ich nicht mehr nutzlos sein muss.«

Zu meiner Überraschung lächelt Terra mich an. »Worauf warten wir dann noch? Wir sollten trainieren! Ich bin schon gespannt darauf, euch in Aktion zu sehen.« Ihr Blick wandert zu meinem Familiar. »Allerdings habe ich wenig Lust, mich von ihm vermöbeln zu lassen ...«

Shadow gibt ein tiefes Lachen von sich. »Wie es aussieht, wird es dir auch guttun, gegen einen Trainingspartner anzutreten, der dich nicht mit Samthandschuhen anfasst. Ich hoffe, dein Träger wird dich hinterher wieder zusammensetzen.«

Terra schenkt ihm ein schmallippiges Grinsen. »Mach dir da mal keine Sorgen! Zac und ich sind schon sehr lange ein Team. Ich weiß, dass seine Magie alle Schäden reparieren wird, die du mir zufügst.« Ohne weiter auf mich zu achten, schlendert sie zu Shadow und lässt langsam eine Hand an seiner Brust hinabgleiten. Ich beiße bei diesem Anblick die Zähne zusammen. Anschließend lehnt sie sich ein Stück vor und wispert: »Du brauchst also nicht sanft zu sein. Ich mag es, wenn man mich etwas gröber anfasst.«

Ich weiß nicht, ob es ihre Worte sind oder ob es der Tonfall ist, in dem sie es sagt, oder die Nähe zu Shadow und die Selbstverständlichkeit, mit der sie meinen Familiar betatscht, doch irgendetwas davon lässt bei mir mehrere Sicherungen gleichzeitig durchbrennen. Die Magie, die seit dem Austausch vorhin wieder in den Schlaf gefallen ist, rauscht durch mich hindurch. Die Ränder meines Blickfelds werden heller, fast weiß, während die Magie das Blut in meinen Adern zum Kochen bringt und die Fingerspitzen kribbeln lässt.

Ich greife nach Shadow, lege besitzergreifend eine Hand auf seinen Arm, doch bevor ich Terra anschreien kann, dass sie ihre Griffel von ihm nehmen soll, reißt sie bereits die Hand zurück, als hätte sie sich plötzlich an Shadow verbrannt. Dann geben die Knie unter ihr nach und sie landet sichtlich unsanft auf dem Hintern, wobei ihr ein Ächzen entweicht.

Shadow blinzelt ein paarmal überrascht, dann huscht sein Blick zu mir. Er grinst und zieht eine Augenbraue nach oben.

Ich tue so, als würde ich es nicht bemerken, verschränke die Arme vor der Brust und baue mich vor Terra auf, die verwirrt und auch ein klein wenig ängstlich zu mir aufschauen muss. Ja, das fühlt sich verdammt gut an! Ein ungeahntes Gefühl von Macht und Stärke durchströmt mich zusätzlich zu der Magie, die noch immer durch meine Adern peitscht. Doch ich zwinge mich dazu, dieses Hochgefühl zu unterdrücken und eine gleichgültige Miene zur Schau zu stellen.

»Wir treffen uns in zehn Minuten in der Trainingshalle«, sage ich kalt, packe den immer noch grinsenden Shadow am Arm und zerre ihn hinter mir her Richtung Tür. Erst dort verschmilzt er wieder mit meinem Schatten.

»Ich hätte sie mir auch allein vom Hals halten können«, sagt er in meinem Kopf. *»Deshalb hättest du nicht deine Gabe einsetzen müssen.«*

Ich antworte mit einem unwirschen Knurren, das ihn nur dazu veranlasst, erneut zu lachen. Meine Schritte sind schneller und gehetzter als gewöhnlich, denn ich kann es gar nicht erwarten, endlich in der Halle anzukommen und Terra beim Training nach Strich und Faden fertigzumachen. Was bildet sich diese blöde Kuh eigentlich ein? Bisher hatte ich nie ein Problem mit ihr, habe nie etwas gegen ihre Verbindung mit meinem Bruder gesagt. Aber dass sie meinen Familiar vor meinen Augen begrabbelt, geht eindeutig zu weit! Und dann auch noch so plump!

»Das ist die richtige Einstellung für ein ordentliches Training!«, kommentiert Shadow meine Gedanken.

Ich höre noch immer das Grinsen in seiner Stimme.

KAPITEL 16

Felicity

Regelrecht getrieben tigere ich in der Halle auf und ab, während ich auf Terra warte. Ich weiß selbst nicht, warum ich mich so verhalte, doch in mir pulsiert eine Wut, die ich nicht bezähmen kann. Dabei ist Wut ein Gefühl, das mir nahezu fremd ist; zumindest in diesem Ausmaß habe ich es noch nie gespürt. Ich habe mich geärgert, wenn Dinge nicht so liefen, wie ich es mir vorgestellt habe, oder wenn ich mich ungerecht behandelt fühlte. Ich habe gehadert und gezweifelt, als sich meine Gabe manifestierte und mich schier in den Wahnsinn trieb.

Aber ich kann mich nicht daran erinnern, je so in Rage gewesen zu sein wie in diesem Moment.

Als uns Terra endlich mit ihrer Anwesenheit beehrt, knirsche ich mit den Zähnen. Ihr knallenges silbernes Top überlässt nichts der Fantasie und die Shorts sind so kurz, dass ich garantiert den Ansatz ihres Hinterns sehen kann, sobald sie sich umdreht. Plötzlich komme ich mir in dem schwarzen Schlabbershirt und der langen, weiten Jogginghose schäbig vor.

Shadow, der bis eben an der Wand gelehnt dastand und mir dadurch aus dem Weg gegangen ist, stellt sich nun neben mich und streift kurz mit den Fingern über meinen Arm. Ich entspanne mich etwas und werfe ihm einen kurzen Seitenblick zu.

»Ich bin neugierig«, sagt Terra gedehnt, nachdem sie vor uns stehen geblieben ist. »Wie soll unser Training denn aussehen? Zwei gegen einen finde ich ziemlich unfair.«

»Hast du dich nicht vor einer Viertelstunde noch über meine kümmerlichen Kräfte lustig gemacht?«, grolle ich.

Sie stößt ein freudloses Lachen aus. »Das war, bevor du mich – ohne mich direkt zu berühren! – zu Boden geschickt hast.«

Ein zufriedenes Lächeln zupft an meinen Mundwinkeln. Das Ächzen, das sie ausgestoßen hat, nachdem sie auf ihrem Hintern landete, werde ich so schnell nicht vergessen. Ebenso wenig wie ihren fassungslosen Blick, als sie zu mir aufsehen musste.

»Ich würde gern wissen, wie dir das gelungen ist«, fährt sie fort. »Welche Art von Kraft schlummert in dir, die Lumia und ich übersehen haben und dir einen der mächtigsten Familiare eingebracht hat, den die Nebenwelt zu bieten hat?«

»Feli kann ihre Kraft noch nicht kontrollieren«, mischt Shadow sich ein. »Der Sinn dieses Trainings besteht darin, dass wir ein Gefühl dafür bekommen, wozu wir fähig sind. Denn, ehrlich gesagt, wissen wir das selbst noch nicht. Es ist sehr nett von dir, dass du dich als Versuchsobjekt zur Verfügung stellst, Terra.«

Mit einer eleganten Handbewegung wirft sie sich das braune Haar über die Schulter. »Du kannst dich gerne später dafür erkenntlich zeigen«, erwidert sie mit süßlicher Stimme, bei der es in mir wieder zu brodeln beginnt. »Ich bin noch nie einem so alten und mächtigen Familiar wie dir begegnet und gespannt, ob du neben deiner Erfahrung und Kraft noch mehr zu bieten hast.«

Ohne dass ich bewusst den Entschluss getroffen habe, schießt meine Hand nach vorn und packt Terra am Arm, bevor sie Shadow erneut berühren kann.

»Was ist los?«, fragt Terra. »Willst du mich wieder hinfallen lassen?«

»Nein«, entgegne ich ruhig, obwohl ein wütender Sturm in mir tobt, der nur darum bettelt, freigelassen zu werden. Doch mir fehlt der Schlüssel, um auf diesen Sturm zugreifen zu können. Die Magie, um Terra in die Schranken zu weisen, ist da, aber sie entgleitet mir noch zu oft, wenn ich danach greifen will. »Beim nächsten Mal werde ich dich nicht auf dem Hintern landen lassen. Diesmal denke ich mir etwas Schmerzhafteres für dich aus.«

Terra gibt ein Schnauben von sich, lächelt dabei aber. Ich kann es gar nicht erwarten, den Boden mit ihrem selbstgefälligen Grinsen zu wischen.

»Du kommst mir heute so feindselig vor, Feli«, spottet sie. »Das ist doch sonst nicht deine Art.«

Ich verstärke den Griff um ihren Arm; meine Finger graben sich förmlich in das weiche Fleisch und für einen Moment verzieht sie den Mund, als hätte sie Schmerzen.

»Geh zu meinem Bruder, wenn du es nötig hast«, zische ich, »aber lass die Griffel von meinem Familiar!«

Terra zieht die Augenbrauen zusammen und legt den Kopf schief, während sie mich einen Moment lang aufmerksam betrachtet. »So kenne ich dich ja gar nicht! Wie nennt man doch gleich diese menschliche Empfindung?« Sie tippt sich mit dem Zeigefinger gegen das Kinn. »Oh, warte! Ich weiß es! Eifersucht!«

Ich zucke bei ihren Worten zusammen, blecke dann aber die Zähne und lasse Terra abrupt los. »Mach dich nicht lächerlich! Ich brauche meinen Familiar nur einsatzbereit und konzentriert, das ist alles. Wir haben Großes vor!«

Auch ohne ihn anzusehen, spüre ich Shadows musternden Blick auf mir. Ich muss mich davon abhalten, unruhig das Gewicht von einem Bein auf das andere zu verlagern oder ihn anzuschreien, dass er mich nicht so ansehen soll. Ich fühle mich unwohl dabei, von beiden Familiaren so durchdringend angestarrt zu werden, als würden sie nur darauf warten, mich zugeben zu hören, dass Terra recht hat. Aber das würde ich nie sagen! Schließlich stimmt es nicht. Es ist meilenweit von der Wahrheit entfernt …

Ich recke das Kinn vor und frage: »Können wir dann endlich anfangen?«

Terra zuckt mit den Schultern. »Von mir aus.«

Ohne eine weitere Vorwarnung lässt sie die Hand wieder zu Stein werden und zielt mit der Faust auf meinen Bauch. Alles geschieht innerhalb eines Wimpernschlags; viel zu schnell, als dass mein menschliches Bewusstsein darauf reagieren könnte. Doch Shadow gelingt es, mich zur Seite zu stoßen und Terras Hieb abzufangen. Mit der flachen Hand leitet er ihren Schlag um, noch bevor ich unsanft auf dem Metallboden der Trainingshalle aufkomme.

»Warum mischst du dich ein?«, grollt Terra und deutet dann auf mich. »Sie wollte doch trainieren!«

Anstatt auf sie einzugehen, kniet Shadow sich neben mich. »Alles okay?«, fragt er und betrachtet mich von oben bis unten.

Ich ringe mich zu einem Nicken durch, auch wenn mir die Hüften von der harten Landung schmerzen.

Shadow streckt die Hand nach mir aus und streicht mir eine Haarsträhne, die sich aus dem Zopf gelöst hat, hinters Ohr. »Wir sollten dem Familiar deines Bruders Respekt beibringen. Meinst du nicht auch?«

Kurz verziehe ich die Lippen zu einem Lächeln, das jedoch gleich wieder erstirbt. »Aber das Training … Wenn ich dich wieder übernehmen lasse, lerne ich nie etwas dazu …«

Bei dem Grinsen, das Shadow mir schenkt, kribbelt es wieder im Bauch und die Schmerzen sind vergessen. »Keine Angst! Die Übernahme ist ein wichtiger Bestandteil unseres Trainings. Es ist gut möglich, dass ich sie länger aufrechterhalten kann, wenn wir sie öfter anwenden. Unsere Bewegungen und Denkweise müssen besser aufeinander abgestimmt werden.«

Ich nicke und lasse mir von ihm aufhelfen. Terra beäugt uns mit einer Mischung aus echtem Interesse und unverhohlener Abneigung. Shadow hat seinen Standpunkt klargemacht: Wenn sie mich hinterrücks attackiert oder zu hart mit mir umspringt, wird er dazwischengehen. Und dann wird es Terra sein, die unweigerlich den Kürzeren zieht.

Aber wir sind nicht hier, damit Shadow Terra im Alleingang fertigmacht – obwohl ich wahrscheinlich dafür Eintritt zahlen würde, um das sehen zu dürfen. Wir sind hier, damit ich mit Shadow ein Team bilden kann, das im Kampf gegen einen Abtrünnigen besteht. Beim letzten Versuch haben wir keinen Blumentopf gewonnen, weil keiner von uns wusste, was er da eigentlich tat, und wir von vorn bis hinten improvisieren mussten. Das darf nicht noch einmal geschehen!

Shadow tritt hinter mich und legt mir eine Hand auf den Rücken. Augenblicklich beruhigt er mit seiner Nähe und Berührung meine Gedanken.

»Du hast recht«, sagt er über meine Schulter hinweg zu Terra. »Zwei gegen einen ist unfair.«

Bevor Terra reagieren oder etwas erwidern kann, verschmilzt Shadow mit meinem Schatten. Ein sanfter, aber gleichzeitig dunkler Impuls streichelt über mein Bewusstsein.

»Lass dich fallen«, wispert er mir in den Gedanken zu.

Und ich gehorche, ohne zu zögern.

Schon nach wenigen Sekunden streift Terra ihre menschliche Illusion ab und tritt uns in ihrem wahren Körper gegenüber. In Gestalt eines Bären, der aus nichts anderem als dunkelbraunem Gestein zu bestehen scheint, reicht sie mir fast bis zu den Schultern und ist – da gehe ich jede Wette ein – mindestens zwanzigmal so schwer wie ich.

Zum Glück steuert Shadow meinen Körper; ansonsten wäre ich nämlich auf dem Absatz herumgewirbelt und hätte das Weite gesucht.

Während des Kampfes gegen die Wasserbändigerin lag Terra bewusstlos am Boden, doch jetzt, aufgerichtet zu ihrer vollen Größe und sichtlich wütend darüber, dass sie doch kein leichtes Spiel haben wird, flößt sie mir eine Heidenangst ein. Mein ganzer Körper würde zittern, wenn Shadow ihn nicht davon abhielte.

Terra hebt eine Pranke und lässt sie zurück auf den Boden sausen, wobei die langen Krallen einen kreischenden Ton erzeugen, während sie über den Metallboden scharren. Die gesamte Halle erzittert, und das nur, weil sie mit einer Pfote aufgetreten ist! Ich will mir lieber nicht vorstellen, was mit mir passiert, wenn ich diesmal einen Hieb kassiere … Eine gebrochene Hand wäre dann wohl meine kleinste Sorge.

Während ich mir im Inneren vor Angst fast in die Hosen mache, lässt Shadow meinen Körper eine gleichgültige Pose annehmen. Scheinbar ungerührt und mit verschränkten Armen beobachte ich nach außen hin Terra und warte auf ihren Angriff.

»Haben wir einen Plan?«, frage ich. Meine Stimme rutscht vor Panik ein paar Töne höher. *»Ich meine, wir stehen hier einem was weiß ich wie schweren Gesteinsbären gegenüber. Da haben wir doch sicherlich einen Plan. Oder?!«*

Als Shadow mit einer Antwort zögert, beschleunigt sich mein Herzschlag.

»Bitte sag mir, dass wir einen verdammten Plan haben!«

»Wir haben einen Plan«, antwortet mein Familiar endlich.

Ich atme erleichtert aus. *»Da bin ich aber froh! Ich dachte schon, dass du uns völlig unvorbereitet gegen den Felsbrocken vor uns antreten lässt. Ist es auch ein guter Plan?«*

Erneut nimmt sich Shadow Zeit, meine Frage zu beantworten.

»Wir ... haben einen Plan«, wiederholt er einfach nur.

»Manchmal hasse ich dich, weißt du das?«, zische ich.

Kurz hallt sein Lachen durch meinen Kopf. *»Nein, tust du nicht.«*

Bevor ich etwas erwidern und ihm klarmachen kann, wie gern ich ihn dafür, dass er mich ohne einen guten Plan in diese Situation gebracht hat, erwürgen würde, springt er zur Seite, um einem Angriff von Terra auszuweichen.

»Wenn du dich auf das Training konzentrieren würdest, anstatt mir Vorhaltungen zu machen«, sagt er, während er einem erneuten Hieb ausweicht, *»wäre das für mich auch leichter. Es kostet mich sehr viel Energie, deinen Körper ohne deinen bewussten Willen zu lenken. Ein bisschen Unterstützung wäre hilfreich!«*

Ich unterdrücke die Wut und Panik. *»Was muss ich tun?«*

»Ahne ihre Angriffe voraus und weiche ihnen aus«, antwortet er. *»Damit fangen wir an. Verteidigung und eigener Angriff folgen in den nächsten Lektionen. Heute versuchen wir nur, ihr so lange auszuweichen, dass sie dir nicht sämtliche Knochen bricht.«*

»Ich hasse dich«, murre ich erneut, konzentriere mich aber auf Terra.

Eine dunkle Kraft streichelt über mein Bewusstsein. *»Zum Glück weiß ich, dass du das nicht so meinst.«*

Ich grummele ihn in Gedanken an. Mir war zwar klar, dass das Training mit Terra kein Zuckerschlecken wird, aber ich gab mich zumindest der Illusion hin, dass ich hier nicht wieder mit gebrochenen Knochen rausgehe.

Er lässt mich einen Schritt zur Seite machen; diesmal habe ich den Angriff kommen sehen und weiche ebenfalls aus, nur in die entgegengesetzte Richtung. Shadow erkennt meinen Fehler, doch er braucht sehr viel länger, um meinen Körper zu bewegen. Ich spüre den kalten Luftzug, als Terras Klauen nur wenige Zentimeter von meiner Schulter entfernt ins Leere packen.

»Bist du wahnsinnig?«, herrscht Shadow mich an und ich zucke innerlich zusammen. *»Wenn du das komplette Gegenteil von dem machen willst, was ich deinem Körper befehle, kostet es mich doppelt so viel Kraft und Zeit, die richtige Bewegung auszuführen. Terra hätte dir eben um ein Haar den gesamten Arm aufgeschlitzt, weil du zur falschen Seite ausweichen wolltest!«*

»Aber ich ... Du hast doch gesagt, dass ich mithelfen soll!«

»Ja!«, knurrt er. *»Aber zuallererst musst du auch mitdenken! Wenn du tatsächlich nach rechts ausgewichen wärst, hätte sie dich mit der anderen Pfote erwischt.«*

Das ist mir im Bruchteil der Sekunde, den ich Zeit hatte, um das Ausweichmanöver durchzuführen, nicht aufgefallen ... Ich wollte einfach nur ihrem Angriff entgehen und habe den Blick für das Drumherum verloren.

»Das ist dir auch schon im Kampf gegen die Bändigerin passiert«, sagt Shadow. *»Wir müssen das schnellstens in den Griff kriegen.«*

»Du könntest mir einen Hinweis geben, in welche Richtung du mich ausweichen lassen willst«, schlage ich vor. *»Die ersten Male werde ich nicht schnell genug reagieren, aber vielleicht gewöhne ich mich mit der Zeit dran.«*

»Einen Versuch ist es wert.«

***

Die nächste Stunde verbringe ich damit, auf Shadows Anweisungen zu hören. Die ersten Male bin ich, wie ich befürchtet habe, viel zu langsam, aber wenigstens weiche ich so nicht mehr in die entgegengesetzte Richtung aus.

Mein gesamter Körper ist schweißgebadet; Shirt und Hose kleben förmlich an der Haut und Schweißtropfen strömen Nacken und Schläfen hinunter. Ich selbst spüre davon jedoch kaum etwas. Ansonsten hätte ich schon auf Knien um eine Pause gebettelt. Shadow treibt meinen Körper gnadenlos an und ich kann nur hoffen, dass er weiß, was er mir zutrauen kann.

»Sie wird langsamer«, sagt er nach einer gefühlten Ewigkeit.

Ich konzentriere mich auf Terra. Durch ihren Steinkörper kann ich keinerlei Anzeichen von Ermüdung erkennen; kein schnelles Heben und Senken ihrer Flanken, kein Zittern der Muskeln.

»Für mich sieht sie aus wie zu Beginn«, grummele ich. *»Und ihre Attacken haben auch noch nicht an Biss verloren.«*

Zum Glück hat sie mich bisher nicht erwischt, sondern nur gefühlte hundertmal quer durch die Halle gejagt. Keine Ahnung, ob sie tatsächlich ernst macht und mich verletzen würde, wenn sie die Chance dazu bekommt. Mittlerweile wirkt sie ziemlich zornig auf mich, deshalb bin ich lieber auf alles gefasst.

Als Terra wieder auf mich losgeht und die Pranke hebt, lässt Shadow meinen Körper nicht nach hinten oder zur Seite ausweichen. Kurz rauscht Panik durch mich hindurch und ich bin drauf und dran, eigenständig zu handeln, auch wenn er mich dann wieder ausschimpft.

»Arm hoch!«, kommandiert Shadow.

Mir bleibt keine Zeit, die Klugheit seiner Anweisung infrage zu stellen, sondern ich reiße den rechten Arm nach oben. Warum er das nicht selbst macht, ist mir schleierhaft. Ich kneife die Augen fest zusammen, um den drohenden Angriff nicht mehr sehen zu müssen. *Shit*, das wird verdammt wehtun!

Kribbelnde Energie sammelt sich über meiner Handfläche. Ich öffne die Augen einen Spaltbreit und sehe einen Schattenblitz über der Hand tanzen, bevor er auf Terras Bärengestalt zufliegt und sie direkt zwischen Brust und Kinn trifft – die Stelle, an der die Gesteinsschicht nicht sehr dick ist, die sie aber nur während eines Tatzenhiebes entblößt.

Der massige Familiar wird nach hinten geschleudert und überschlägt sich dabei mehrmals. Der Metallboden unter meinen Füßen bebt bei jedem Aufprall, als würde gerade ein Erdbeben über uns hereinbrechen.

Während sie versucht, sich mit den Vorderpfoten nach oben zu stemmen, fällt das Gestein von ihr ab, allerdings kommt es nicht auf dem Boden auf, sondern verschwindet einfach, als wäre es nie da gewesen. Kurz darauf kniet Terra in ihrer menschlichen Gestalt in der Halle und wischt sich mit der Hand den Schweiß aus dem Gesicht.

Ein Lächeln umspielt ihre Lippen, als sie mir zunickt. »Nicht schlecht, ihr zwei. War das wirklich euer erstes Training? Ich bin beeindruckt.« Wackelig kommt sie auf die Füße und zupft an ihrem engen Top herum. »Wir sind fertig für heute, nehme ich an? Dein Schatten-Familiar hat sein gesamtes Pulver verschossen, aber am Ende habt ihr mich besiegt.«

Ich stutze einen Augenblick, während ich ihren letzten Satz noch mal in Gedanken wiederhole.

»Was meint sie damit?«, frage ich.

Ich höre ein Keuchen im Kopf und verfalle sofort in den Panikmodus.

»Shadow?«, wispere ich ängstlich. *»Ist alles in Ordnung?«*

»Lauf in dein Zimmer«, ächzt er.

Dann ernte ich nichts als Stille.

Erst jetzt bemerke ich, dass ich wieder die volle Kontrolle über meinen Körper habe. Und mit der vollen Kontrolle folgt auch die mich zu Boden drückende Erschöpfung.

Ich zwinge meine zitternden Muskeln dazu, sich erneut zu bewegen, und haste, so schnell es mir möglich ist, aus der Halle. Jeder Schritt kostet mich mehr Überwindung als der vorherige.

***

Nachdem ich endlich die Tür zum Zimmer, das wir vorübergehend bewohnen, aufgestoßen und hinter mir wieder geschlossen habe, rutsche ich kraftlos an ihr hinunter. Meine Füße hätten mich keine Sekunde länger getragen. Im Grunde weiß ich nicht mehr genau, wie ich es bis hierher geschafft habe.

Erst jetzt löst sich Shadow aus meinem Schatten – und bleibt reglos auf dem hochflorigen Teppichboden liegen.

Panik schnürt mir beinahe die Kehle zu. Meine Muskeln protestieren lautstark, als ich mich von der Tür abstoße, und ich stöhne auf, während ich auf allen vieren zu Shadow robbe. Schmerz durchzuckt mich bei jeder noch so kleinen Bewegung, doch ich arbeite mich verbissen vorwärts.

Neben ihm bleibe ich sitzen und ziehe seinen Oberkörper zu mir, sodass sein Kopf auf meinem Schoß liegt. Seine Augen sind geschlossen, Schweiß glänzt auf der Stirn. Den Mund hat er leicht geöffnet, und am hektischen Heben und Senken der Brust sehe ich, dass sein Atem stoßweise geht. Mit der Hand streiche ich ihm die wirren Haare aus der Stirn. Sein Gesicht ist so blass …

Mir kam es während des Trainings schon seltsam vor, dass die Symbiose, wie ich unsere Körperübernahme nenne, so lange anhielt. Ich schob es darauf, dass ich mich nur wenige Schritte bewegen musste und es ihn nicht so viel Kraft kosten würde, als wenn er Attacken erwidern oder mich komplizierte Bewegungsabläufe ausführen lassen müsste.

Meinte Terra etwa Shadows plötzliche Schwäche damit, als sie sagte, er habe sein gesamtes Pulver verschossen?

Ich starre auf den Ring an meiner Hand und beiße die Zähne zusammen. Selbst wenn ich ihm den Ring direkt an die Lippen hielte, bekäme er keine Magie von mir, denn ich habe so gut wie keine mehr in mir. Um meinen Vorrat wieder aufzuladen, brauche ich etwas zu essen und viel Ruhe.

»Du Idiot!«, schimpfe ich kraftlos. »Warum hast du das Training nicht einfach beendet? Warum hast du weitergemacht, obwohl deine Magiereserven so gut wie aufgebraucht waren?«

Und warum habe ich es nicht bemerkt? Warum bin ich nicht eingeschritten und war die Stimme der Vernunft? Ich habe die Auswirkungen des harten Trainings zwar nicht selbst gespürt, aber an meinem Körper gesehen. Ich hätte Shadow Einhalt gebieten müssen!

Aber ich wollte dieses Training ... Ich wollte erneut dieses Hochgefühl, wenn Terra vom Boden aus zu mir aufschauen muss. So sehr will ich die Erfüllung meines Traums – und auf dem Weg dorthin habe ich alles andere aus den Augen verloren. Selbst meinen Familiar.

Wenn er wenigstens bei Bewusstsein wäre und mir Anweisungen geben könnte ... Wenn er mir sagen könnte, dass alles wieder gut wird und ich nicht so ein Gesicht machen soll ... Wenn er mich mit diesem schiefen Grinsen bedenken könnte ... Dann ...

»Shadow, bitte«, hauche ich nahezu tonlos. »Bitte sieh mich an!«

Tränen sammeln sich in meinen Augen und laufen mir anschließend heiß die Wangen hinunter, obwohl ich verbissen versuche sie wegzublinzeln. Doch je länger ich ihn anschaue – das viel zu blasse Gesicht, die zu einem schmalen Strich zusammengepressten Lippen, die vor Schweiß glänzende Stirn –, wird das Gefühl der Hilflosigkeit immer stärker.

Niemand kann mir helfen – weder meine Brüder noch deren Familiare. Auch sie könnten nur tatenlos danebenstehen, selbst wenn ich mich ihnen anvertrauen und sie um Hilfe bitten würde. Die Einzige, die Shadow helfen kann, bin ich.

Und ich sitze hier und flenne.

Dafür könnte ich mich selbst ohrfeigen, doch mit jeder verstreichenden Sekunde fließen mehr und mehr Tränen aus mir heraus, ohne dass ich sie daran hindern kann.

Schluchzend beuge ich mich über ihn, kralle eine Hand in Shadows Shirt, die andere in sein Haar. Immer wieder flehe ich ihn mit heiserer Stimme an, dass er aufwachen und mich ansehen soll. Dass er mir sagen möge, wie ich ihm helfen kann, damit ich mich nicht mehr so nutzlos fühlen muss.

Durch den Stoff des Achselshirts hindurch, spüre ich seinen Herzschlag. Nicht so kraftvoll wie sonst, aber gleichmäßig. Das stetige Pochen beruhigt mich ein wenig. Solange sein Herz schlägt, ist er noch hier. Ich wüsste nicht, was ich tun sollte, wenn es anders wäre.

Ich schließe die Augen, um mich nur noch auf das Gefühl unter den Fingerspitzen zu konzentrieren. Die Dauer zwischen zwei Herzschlägen kommt mir wie eine kleine Ewigkeit vor, rechne ich doch stets damit, dass kein weiteres Pochen folgt. Aber entgegen der Ängste schlägt sein Herz weiter gegen meine tastende Hand.

In diesem Moment existiert nichts um mich herum. Alles, worauf ich mich konzentriere, ist Shadows gleichmäßiger Herzschlag. Jeder meiner Sinne scheint sich darauf auszurichten, bis ich sogar glaube, ihn hören, sehen und schmecken zu können.

Plötzlich beginnt die Hand, die auf seiner Brust liegt, zu glühen und ausgehend davon rauscht ein schmerzhaftes Prickeln meinen Arm hinauf. Ich habe zwar noch nie in eine Steckdose gefasst, aber genauso stelle ich mir den damit einhergehenden Schmerz vor. Dennoch zwinge ich mich dazu, die Hand weiterhin auf seine Brust zu pressen. Selbst dieser Schmerz wird mich nicht davon abhalten, seinen Herzschlag weiter zu überwachen! Ich beiße die Zähne zusammen und kneife die Augen zu, dennoch entweicht mir ein Ächzen, als sich das Prickeln auf meinen gesamten Körper ausbreitet.

Genauso plötzlich, wie es aufgetreten ist, verschwindet es wieder. Als ich die Augen aufschlage, begegne ich Shadows fassungslosem Blick. Ich seufze erleichtert auf. Seine Iriden sind so dunkel wie noch nie zuvor, doch er ist bei Bewusstsein!

Ich zwinge mich zu einem Lächeln, obwohl selbst diese kleine Bewegung die restlichen Kraftreserven in mir aufbraucht.

Dann wird alles um mich herum schwarz.

KAPITEL 17

Shadow

Diese Närrin!

Warum hat sie mir die letzten Fünkchen Magie, die noch in ihr steckten, übertragen? Und vor allem, wie? War es ihre Gabe? Nein, das hatte eher Ähnlichkeit mit meiner Heilkraft, die ich nur bei ihr einsetzen kann ... Aber bedeutet das, dass sie ebenfalls über eine solche Heilkraft verfügt? Bisher dachte ich, dass ihre Magie wie eine Art Schutzschild funktioniert, doch anscheinend schlummert noch mehr in ihr.

Fassungslos sehe ich dabei zu, wie sie mit einem kleinen Lächeln auf den Lippen nach vorn sackt. Ich rappele mich hoch – warum liege ich auf ihrem Schoß? – und fange sie auf, bevor sie zur Seite wegkippen kann.

Wir haben gemeinsam mit Terra trainiert, mehrere Stunden lang. Ich gab mir Mühe, meine Magiereserven einzuteilen, sodass wir möglichst lange durchhielten. Doch in den letzten Angriff, mit dem ich Terra zu Boden schickte, legte ich all die verbliebene Magie, die ich noch in mir hatte.

Wie wir anschließend zurück ins Zimmer gekommen sind, weiß ich nicht. Ich kann mich nur noch daran erinnern, dass ich mit aller Kraft versucht habe, noch länger in Felis Schatten zu bleiben. Und danach ... Ich glaubte, ihre Stimme zu hören, die mich rief, aber ich habe nicht verstanden, was sie sagte.

Ich ziehe ihren bewusstlosen Körper so nah wie möglich an mich heran. Wie eine leblose Puppe liegt sie schlaff in meinen Armen. Überall, wo ich sie direkt berühre, ist sie klamm und eiskalt. Das Shirt ist komplett verschwitzt und klebt wie eine zweite Haut an ihr. Sie muss dringend aus den Klamotten heraus ... Ich halte mein Ohr über ihren Mund, um zu hören, ob ihre Atmung regelmäßig geht.

Sie braucht etwas zu essen. Um sie schnell wieder auf die Beine und ihre

Magie in Schwung zu bringen, würde ich sie mit Schokolade füttern, aber ich bezweifele, dass sie das in ihrem jetzigen Zustand essen könnte. Eine kräftige, warme Brühe oder stark gezuckerter Tee, das wäre das Richtige. Aber woher soll ich so etwas nehmen?

Eins nach dem anderen. Ich umfasse ihren kraftlosen Körper fester, stehe mit ihr auf den Armen auf und trage sie hinüber zum Bett. Das Shirt, das sie letzte Nacht getragen hat und mich fast meine ganze Selbstbeherrschung gekostet hätte, liegt noch dort. Ich seufze. Es ist allemal besser als die schweißnasse Kleidung, die sie jetzt trägt. Sie wird mich dafür köpfen, sobald sie wieder dazu in der Lage ist ... Dennoch ziehe ich ihren Oberkörper wieder in eine sitzende Position hoch, packe das verschwitzte Shirt am Saum und ziehe es mit einer fließenden Bewegung über ihren Kopf.

Behutsam lasse ich sie wieder zurück aufs Bett sinken. Anschließend greife ich nach dem Bund der Jogginghose, hebe ihre Hüften ein Stück an und ziehe ihr die Hose ebenfalls aus.

Mit beiden Händen reibe ich mir übers Gesicht, nachdem ich es endlich geschafft habe, mich von ihrem Anblick loszureißen. Ihre helle Haut schimmert feucht im spärlichen Licht des Zimmers und betont dadurch die verlockenden Rundungen, die jetzt von nichts anderem als einem schwarzen BH und Slip verhüllt werden, nur noch mehr.

Meine Trägerinnen – auch die beiden zuvor – waren schon immer schön und begehrenswert gewesen. Felicity bildet da keine Ausnahme. Ich müsste es gewöhnt sein. Schließlich habe ich ...

Dennoch kribbeln mir die Fingerspitzen vor Verlangen, ihren Körper zu berühren. Während meine anderen beiden Trägerinnen mächtige Frauen und sich der Wirkung ihres Äußeren durchaus bewusst waren, umgibt Felicity eine Unschuld, die mich mehr reizt, als ich es mir je hätte vorstellen können. Die weite und bis oben hin zugeknöpfte Kleidung, die sie für gewöhnlich trägt, macht mich nicht blind für das, was sich darunter verbirgt.

Nicht zum ersten Mal frage ich mich, ob sich hinter diesem unschuldigen Gesicht auch eine wilde Seite versteckt, die sie noch nie jemandem gezeigt hat. Ich würde es so gern erfahren ...

Kurz lasse ich die Finger über die Stelle gleiten, unter der ihr Herz schlägt und von wo das Glimmen ausgeht, das nur Felicity sehen kann. Aber ich weiß, dass es da ist.

Ich beuge mich vor und hauche einen Kuss auf die Stelle, die ich eben berührt habe. Die Haut knapp oberhalb ihrer Brust fühlt sich genauso samtig weich unter meinen Lippen an, wie ich es mir vorgestellt habe.

Als mir die Gänsehaut auffällt, die ihren Körper überzieht, greife ich nach der Decke und wische ihr damit sanft den gröbsten Schweiß von der Haut. Anschließend ziehe ich sie wieder ein Stück nach oben, um ihr das Shirt überstreifen zu können, und wickele danach die andere Decke um sie.

Eine Weile bleibe ich noch auf der Bettkante sitzen und betrachte meine Trägerin. Die junge Frau vor mir ist ganz anders als die beiden vorherigen Trägerinnen. Unwissend und unschuldig, das trifft es wohl am ehesten. Und stur obendrein. So *verdammt* stur. Aber gleichzeitig auch willensstark und voller Träume. Ich werde alles dafür tun, um sie beim Erreichen dieser Träume zu unterstützen.

Mit der Hand streiche ich ihr einige klamme Haarsträhnen aus der Stirn, während ich sie betrachte. Anschließend wische ich mit dem Daumen über die Tränenspuren auf den Wangen. Ihre Atmung geht gleichmäßig. Alles, was sie braucht, um wieder auf die Beine zu kommen, ist Ruhe und etwas zu essen.

Sie sieht so friedlich aus, als würde sie nur schlafen, doch ich weiß, dass sie bewusstlos ist. Ich wollte nicht, dass sie mir den letzten Rest ihrer Kraft gibt! Sie hätte sich nur erholen und mich anschließend mit der wieder aufgetankten Magie versorgen müssen. Ich bin nicht wie sie; mir genügt es, von ihrer Magie zu leben. Um mich hätte sie sich keine Sorgen machen müssen.

Aber sie tat es trotzdem ... Ich ziehe die Hand zurück und balle sie zur Faust. Nein, ich darf nicht zulassen, dass es genauso endet wie beim letzten Mal.

Diesmal darf ich nicht versagen.

KAPITEL 18

Felicity

In meinem Kopf hämmert es, als würde darin gerade eine achtspurige Autobahn gebaut werden. Stöhnend will ich mich von einer Seite auf die andere wälzen – in der Hoffnung, so den Schmerz etwas dämpfen zu können, doch ich komme nicht weit.

»Ich glaube, sie wacht auf«, sagt jemand in meiner Nähe.

Ich erkenne die Stimme sofort: Lumia. Doch was macht sie hier? Wo ist überhaupt »hier«? Die Augen weiterhin geschlossen mache ich eine kurze Bestandsaufnahme. Ich liege nicht, sondern sitze halb aufrecht gegen etwas gelehnt. Aber ich müsste doch liegen, oder? Unter mir müsste Teppich sein. Ich erinnere mich daran, dass ich ohnmächtig geworden bin, nachdem meine Hand plötzlich anfing zu glühen. Das Letzte, was ich sah, waren Shadows dunkle Augen. Ich bewege die Füße. Nein, das ist definitiv nicht der Teppich. Weich und warm. Ein Bett? Das würde auch die Decke erklären, die ich über mir spüre. Aber … da ist noch mehr.

Etwas – jemand? – bewegt sich hinter mir. Starke Arme ziehen mich an einen festen Körper. Ich stoße erleichtert den Atem aus. *Shadow.* Auch ohne ihn zu sehen, weiß ich, dass er es ist. Niemand sonst könnte mir so nahe kommen, ohne dass meine Gabe Alarm schlägt. Außerdem ist da der vertraute Geruch, der mich an die dunklen Sommernächte meiner Kindheit erinnert.

Plötzlich wird das Hämmern im Kopf beinahe unerträglich und ich zucke zusammen.

Der Griff um meine Mitte verstärkt sich. Zeitgleich vibriert ein Grollen an meinem Rücken.

»Geht zurück«, knurrt Shadow nah an meinem Ohr. »Eure Nähe verursacht ihr Schmerzen.«

Jemand stößt ein verächtliches Schnauben aus. Es kommt vom anderen Ende des Zimmers. »Aber du kannst sie betatschen oder was?«

Augenblicklich bin ich hellwach und verdränge sogar die Kopfschmerzen für einen Moment. Das ... das war Zacs Stimme! Aber wenn er hier ist ...

Wieder bewegt sich Shadow hinter mir und ein Arm entlässt mich aus dem Klammergriff. »Her damit!«, verlangt er. »Und dann machst du einen Schritt zurück. Sie ist gerade erst wieder warm geworden. Da braucht sie dich nicht in ihrer Nähe, *Ice King*!«

Ach du heilige Sch... Cal ist auch hier? Und warum speit Shadow den Alias meines Bruders so abwertend aus?

»Pass mal auf, Freundchen«, grollt Cal. »Ich habe keine Ahnung, wer du bist, aber wenn du nicht augenblicklich die Hände von meiner kleinen Schwester nimmst, dann ...«

»Was dann?«, entgegnet Shadow scharf. »Ich musste sie schon das letzte Mal aufwärmen, als du sie fast in einen Eiszapfen verwandelt hast. Du hast deine Kräfte eindeutig nicht unter Kontrolle, und selbst wenn es so wäre, würde ich dich trotzdem nicht zu ihr lassen. Sie hat schon genug Schmerzen, auch ohne eure direkte Nähe, die ihr sowieso gerade nicht hilft.«

Ich höre stampfende Schritte, die sich nähern, und gezischte Verwünschungen, die ich lieber nicht genau verstehen will.

»Cal«, mischt sich eine weitere Person ein. Terra. »Er ist in Ordnung. Lass ihn machen. Du weißt genauso gut wie ich, dass Feli euch beide nicht in ihrer Umgebung ertragen kann.«

Meine Gedanken überschlagen sich. Was, zur Hölle, geht hier vor? Warum sind meine Brüder da? Und warum hat sich Shadow nicht in meinem Schatten verborgen?! Sie sehen ihn ... Sie wissen, dass er hier ist ... dass er ...

»Mund auf«, wispert mir Shadow ins Ohr. Ein warmes Kribbeln rinnt dabei meinen Rücken hinab. Erstaunlich, wie schnell sich seine Stimme von barsch zu sanft ändern kann.

Gehorsam öffne ich den Mund. Nur wenige Augenblicke später spüre ich etwas Warmes an den Lippen und anschließend eine Flüssigkeit auf der Zunge. Ich zwinge mich zu schlucken und verziehe dann den Mund.

»Habt ihr auch Tee dazugemischt oder ist das reiner Zucker?«, frage ich. Meine Stimme gleicht einem Krächzen, als hätte ich drei Tage auf einem Rockkonzert verbracht.

Hinter mir bebt Shadows Körper vor unterdrücktem Lachen. »Wenn es dir gut genug geht, dass du schon wieder in der Lage bist zu meckern, kannst du auch selbst die Tasse halten und trinken.«

Blinzelnd öffne ich die Augen. Nachdem ich mich an die spärliche Helligkeit gewöhnt habe, wage ich einen kleinen Blick ins Zimmer. Wie ich befürchtet habe, sind alle hier. Und mit »alle« meine ich wirklich alle. Zac und Cal, ebenso wie Terra und Lumia. Und sie starren mich an. Mich und Shadow, zwischen dessen angewinkelten Beinen ich sitze. Mit dem Rücken lehne ich an seiner Brust. Eine Decke ist über uns ausgebreitet, dennoch rauscht ein eisiger Schauer über mich hinweg, als ich die ernsten und wütenden Mienen meiner Brüder sehe. Ich schlucke angestrengt und senke schnell den Blick.

Wieder erscheint etwas an meinen Lippen. Diesmal erkenne ich es als Teelöffel.

»Du musst trinken«, mahnt Shadow leise. Flüsternd fügt er hinzu: »Achte nicht auf sie. Sie sind schon die ganze Zeit hier.«

Das fällt mir schwer, kann ich doch ihre durchdringenden Blicke förmlich auf mir spüren. Dennoch öffne ich den Mund und lasse mich weiter von ihm mit kleinen Löffelchen voll Zuckertee füttern.

»Wir warten immer noch auf eine Erklärung, Feli!«, sagt Zac nach einer Weile.

Erneut zucke ich zusammen. Ich verstehe, dass sie eine Erklärung wollen, aber ich fühle mich im Moment nicht in der Lage dazu. Alles, was ich will, ist, mich an Shadow zu schmiegen, seine Wärme in mich aufzunehmen und zu schlafen. Ich bin hundemüde …

Hinter mir ertönt ein halb unterdrücktes Knurren. »Sie braucht Ruhe«, stellt Shadow in einem Tonfall klar, der keinen Widerspruch duldet.

Doch meine Brüder scheint das nicht zu interessieren.

»Du nimmst jetzt sofort deine schmutzigen Finger von ihr«, blafft Cal, »oder ich werde dich zwingen, sie loszulassen!«

»Cal«, murmele ich schwach, aber keiner der Anwesenden nimmt von mir Notiz.

Ich spüre, dass sich Shadow versteift. »Ach, wirklich? Du gegen mich, *Ice King*? Hältst du das für eine gute Idee?«

»Ich kämpfe doch nicht gegen einen Familiar!«, gibt Cal zurück. »Dafür habe ich Lumia.«

Der Feuer-Familiar gibt ein Hüsteln von sich. »Ich bin nicht sonderlich scharf drauf, gegen ihn anzutreten. Wenn du dich mit ihm anlegen willst, bitte schön! Aber definitiv ohne mich. Ich bin nicht lebensmüde. Der nimmt dich auseinander, bevor du weißt, was dich da erwischt hat.«

Ein kleines Lächeln stiehlt sich auf meine Lippen und ich glaube, Cals Zähneknirschen bis zu mir hören zu können.

»Ich bin ebenfalls raus«, sagt Terra sofort. »An der Abreibung von heute Mittag werde ich noch eine Weile zu knabbern haben – und da stand ich nicht mal ihm persönlich gegenüber.«

Shadows Stimme gleicht nun einem Schnurren. »Eure Familiare sind eindeutig schlauer als ihr. Dann bleiben nur noch du und ich, *Air Master*«, sagt er an Zac gewandt.

»Unsere Familiare fürchten dich«, entgegnet Zac langsam und mit einer drohenden Ruhe, bei der sich sofort sämtliche meiner Muskeln versteifen. »Du musst gefährlich sein, wenn sie einen Kampf gegen dich meiden und sich unserem Befehl verweigern. Ein Grund mehr, warum wir dich auf der Stelle von Felicity fernhalten sollten.«

»Wir können das gerne draußen regeln«, bietet Shadow gönnerhaft an.

»Niemand regelt hier irgendwas!«, gehe ich dazwischen.

Ich habe das Gefühl, an einer Überdosis Testosteron sterben zu müssen, wenn ich noch einen einzigen Atemzug in diesem Zimmer tue. Die Luft knistert förmlich vor Anspannung. Ich will nicht, dass sich Shadow mit meinen Brüdern anlegt. Sie sollten ja noch nicht einmal was von ihm wissen! Wie konnte das nur passieren? Ich wollte einen günstigen Zeitpunkt wählen, um ihnen Shadow vorzustellen, aber das kann ich nun vergessen. Jetzt ist mein vorrangiges Ziel, eine Eskalation zu vermeiden.

Doch natürlich ignorieren mich alle Beteiligten.

»Einverstanden«, sagt Zac, ohne auf mich einzugehen. »Wir treffen uns in ein paar Minuten draußen.«

Mit einem Kopfnicken gibt er Terra zu verstehen, ihm hinauszufolgen. Seufzend kommt sie seiner Aufforderung nach und wirft mir noch einen entschuldigenden Blick zu, bevor sie das Zimmer verlässt.

»Zac wird dich ungespitzt in den Boden rammen!«, giftet Cal, bevor er sich ebenfalls trollt. Lumia folgt ihm kopfschüttelnd.

Wie erstarrt bleibe ich allein mit Shadow zurück. Ich bin dankbar für den Arm, den er noch immer um meine Mitte geschlungen hat und der mich aufrecht hält.

Mit sanftem Druck zieht mich Shadow zurück, sodass ich mich wieder an seine Brust lehnen kann. Den Kopf bette ich an seiner Schulter und schließe seufzend die Augen. Federleicht streichelt er mir mit den Fingern über den Arm und sendet damit ein Prickeln durch den Rest meines Körpers. Mit der anderen Hand greift er nach der Teetasse und hält sie mir an die Lippen. Vorsichtig nippe ich an der mittlerweile lauwarmen Flüssigkeit, die so süß ist, dass sie mir fast sämtliche Geschmacksnerven verklebt.

»Ich muss gleich gehen«, murmelt er, während er mir weiterhin über den Arm streichelt.

»Warum?«, hauche ich. »Warum wissen meine Brüder von dir? Wieso hast du dich ihnen gezeigt?«

Für einen Moment hört er auf mich zu streicheln und stößt den Atem aus. »Weil ich keine andere Wahl hatte«, murmelt er dann. »Nach dem Training … Ich war völlig am Ende, so ungern ich das auch zugebe, aber ich wollte es nicht unterbrechen, sondern weitermachen. Vor allem, nachdem du endlich deine Bewegungen auf meine abgestimmt hattest. Du hast solche Fortschritte gemacht … Also biss ich die Zähne zusammen und hielt die Übernahme so lange aufrecht, wie es mir möglich war.«

»Das hättest du nicht tun müssen«, sage ich, wobei ich mich ein Stück aufrichte, doch Shadow drückt mich wieder an sich und lässt die Fingerspitzen über meinen Arm gleiten.

»Doch, das musste ich«, fährt er fort. »Wenn du gegen Terra verloren hättest, wärst du in ein tiefes Loch gestürzt, schließlich bist du schon vor dem Training mit ihr aneinandergeraten.«

Ja, seinetwegen. Weil Terra ihre Finger an ihn gelegt hat. Allein die Erinnerung daran bringt mein Blut zum Kochen.

»Und wenn du zu schnell gewonnen hättest«, murmelt Shadow weiter, »wäre Terra zu keinem erneuten Training mehr bereit gewesen. Ich schlug also zwei Fliegen mit einer Klappe, indem ich so lange wie möglich durchhielt: Wir konnten uns besser aufeinander einspielen und du hast auch für die Zukunft eine Trainingspartnerin. Allerdings ... schluckte der Angriff, mit dem wir Terra besiegten, den letzten Rest Magie, den ich noch in mir hatte. Meine verbliebene Kraft reichte gerade noch, um in deinem Schatten zu bleiben, bis wir zurück im Zimmer waren.«

Den Anblick, wie er totenbleich auf dem Teppich lag und sich nicht rührte, werde ich ebenso wenig vergessen können wie die Hilflosigkeit, die mich in diesem Moment lähmte.

»War es ... meine Gabe?«, will ich wissen. »Meine Hand glühte auf einmal und dann ... wurdest du wieder wach.«

»So etwas Ähnliches«, gibt er nach kurzem Zögern zu. »Es erinnerte mich an meine Heilkraft, doch sie scheint bei dir anders zu funktionieren als bei mir. Genau kann ich das jedoch nicht sagen, dazu müsste ich es noch mal sehen. Aber wenn meine Vermutungen stimmen, würde ich das gerne vermeiden. Du musst meinetwegen nicht deine Kräfte einsetzen. Alles, was ich brauche, um wieder auf die Beine zu kommen, ist deine Magie.«

Er lässt die Hand an meinem Arm nach unten gleiten und umfasst meine Finger.

»Du hättest dich einfach um dich selbst kümmern müssen«, murmelt er, während er mit dem Daumen über den Ring streicht.

Ich hebe den Kopf. Er weicht meinem Blick aus und schaut stattdessen auf den Ring. »Ich hätte dich einfach da liegen lassen sollen?«, hake ich schärfer als beabsichtigt nach.

»Ja«, antwortet er ohne Umschweife. »Dann hättest du nicht leiden müssen. Ich bin …« Er bricht ab und schüttelt den Kopf. »Du bist ohnmächtig geworden. Womit wir wieder bei deiner Ausgangsfrage wären, warum deine Brüder von mir wissen. Nachdem ich dich aufs Bett gelegt und überprüft hatte, dass sonst alles in Ordnung war, musste ich etwas besorgen, um deinen Magievorrat wieder aufzustocken.«

»Du bist in die Küche gegangen«, schließe ich mit einem Blick zur Teetasse.

Shadow nickt. »Ich hatte keine andere Wahl. Da wir noch nicht wissen, wie genau deine Gabe funktioniert, wollte ich kein Risiko eingehen. Du brauchtest Zucker, am besten in flüssiger Form. Dummerweise waren Zac und Cal ebenfalls in der Küche, als ich hinunterkam. Ich kann wohl froh sein, dass Terra und Lumia auch bei ihnen waren, sonst hätten sie mich auf der Stelle auseinandergenommen.«

Das kann ich mir bildlich vorstellen. Wahrscheinlich haben sie im ersten Augenblick gar nicht erkannt, dass Shadow ein Familiar ist, sondern ihn für einen Einbrecher oder so gehalten. Solange sie ihm nicht direkt in die Augen geschaut oder seine Eckzähne gesehen haben, hielten sie ihn bestimmt für einen Menschen. Selbst mir fällt es mit jedem Tag schwerer, die Unterschiede zu bemerken.

»Ich musste also erklären, wer ich war und warum ich durchs Haus spazierte«, sagt Shadow und seine Brust bebt unter einem unterdrückten Lachen, »während Terra und Lumia versuchten ihre Träger zurückzuhalten. Bei jeder Erklärung, die ich abgab, rechnete ich stets damit, mich jede Sekunde in einem eisigen Grab wiederzufinden. Cal besitzt entgegen seiner Magie ein ziemlich hitziges Temperament. Ich bin gespannt, was dein anderer Bruder zu bieten hat.«

Er regt sich hinter mir und mir fällt siedend heiß wieder ein, dass er gleich nach draußen gehen wird, um sich mit Zac zu messen. Warum auch immer! Muss wohl so ein Männer-Ding sein …

Ich winde mich aus seiner Umklammerung und knie mich vor ihn. Verdutzt blinzelnd schaut er zu mir auf, während ich die Hände in sein Shirt kralle, weil mir durch die abrupte Bewegung schwarz vor Augen wird. Shadow scheint es zu bemerken, denn sofort spüre ich seine Hände an meinen Hüften, um mich zu stützen.

»Geh nicht!«, bitte ich, nachdem der schwarze Schleier vor den Augen verschwunden ist. »Zac ist sehr stark. Er wird …«

Shadows Lippen verziehen sich zu einem einseitigen Grinsen. »Es ist schon fast beleidigend, wie wenig du mir zutraust«, raunt er.

Mit jedem Wort lässt er die Hände tiefer wandern und fährt mit den Fingern die Wölbung meiner Schenkel nach. Ein Prickeln schießt mir die Wirbelsäule hinauf, als er die blanke Haut berührt.

Moment, blanke Haut?! Hatte ich vorhin nicht noch eine Hose an? Ich schaue an mir hinunter. Das ist auch nicht das Shirt, das ich zum Training anhatte … Aber … wer …? Hoffentlich Lumia oder Terra. Doch wenn ich mir Shadows Grinsen anschaue, das nun förmlich von einem Ohr zum anderen reicht, weiß ich mit Sicherheit, dass es weder Lumia noch Terra war, die mich umgezogen hat.

Hitze kriecht meine Wangen hinauf und ich will vor ihm zurückweichen, doch er packt mich erneut an den Hüften und wirft mich mit dem Rücken voran zurück aufs Bett.

Über mir ragt er auf, die Arme seitlich von meinem Kopf abgestützt, und schaut auf mich herab. Das Herz stolpert in meiner Brust und ich presse schnell beide Hände darauf.

»Hast du … hast du es gesehen?«, stammele ich.

Shadows Blick wird weich. »Nein«, murmelt er. »Nur du kannst es sehen. Aber …« Er verlagert das Gewicht und greift mit einer Hand nach einer Haarsträhne von mir, die er sich um den Zeigefinger wickelt. Dabei streift er wie zufällig meine Wange. »Aber ich würde gern wissen, wie es aussieht.«

Ich schlucke hektisch. Meine Unterlippe bebt, als ich erneut den Mund öffne. »Es …«

Ich räuspere mich. Noch nie hat mich jemand gefragt, wie mein eigenes Glimmen aussieht, und ich wäre von mir aus auch nie auf die Idee gekommen, es zu erzählen. Es geht niemanden etwas an. Bei dem Glimmen, das ich jeden Morgen und Abend im Spiegel sehe, handelt es sich um den privatesten Teil von mir.

Während ich noch nach Worten suche, huscht Shadows Blick über mein Gesicht, nimmt jede noch so kleine Regung wahr, doch er drängt mich zu nichts. Ich muss ihm nichts über mein Glimmen erzählen, wenn ich nicht will.

Aber ich will es. Keine Ahnung, wieso.

Nachdem ich ein paarmal tief durchgeatmet habe, sage ich: »Es leuchtet in einem hellen Gelb. So hell, dass es fast weiß ist. Und es pulsiert so schnell, dass selbst ich das Pulsieren nur wahrnehmen kann, wenn ich mich ganz genau darauf konzentriere.«

»Das klingt wunderschön«, haucht er. »Ich wünschte, ich könnte es ebenfalls sehen.«

Wieder einmal scheine ich vergessen zu haben, wie man atmet. Ich begegne seinem Blick, suche darin ein Anzeichen für Spott oder die Neckereien, mit denen er mich sonst bedenkt. Doch ich finde nichts – außer einem Funkeln, das das Schwarz seiner Iriden erhellt. Normalerweise lässt dieses Funkeln seine abgrundtiefen Augen sanft und warm wirken, nun ist es jedoch … *intensiv*. Anders kann ich es nicht beschreiben. Intensiv und elektrisierend, dunkel und gleichzeitig einladend. Ein wohliger Schauer lässt mich erzittern, während ich außerstande bin, mich von seinem Blick zu lösen.

»Geh nicht«, wispere ich.

Ein spitzbübisches Lächeln, das das Feuer in seinen Augen Lügen straft, umspielt seine Lippen. »Deine Brüder wissen jetzt von mir«, erwidert er ebenso leise. »Sie können uns nicht trennen, denn wir haben einen Pakt. Jedoch können sie mir das Leben schwer machen. Sie sind wütend, was ich sogar verstehe, aber ich werde dennoch von Anfang an meinen Standpunkt klarmachen.«

»Und … was ist dein Standpunkt?«

Er beugt sich nach vorn, ist jetzt wieder ganz nah und haucht mir einen Kuss auf die Stirn. »Dass ich notfalls darum kämpfen werde, bei dir bleiben zu können.«

Himmel, was stellt er nur mit mir an? Ich habe das Gefühl, dass er mich mit Worten und kleinen Gesten an Stellen berührt, die Hände niemals erreichen würden. Anders kann ich das aufgeregte Flattern in der Brust nicht erklären.

Je länger ich darüber nachdenke, desto mehr erkenne ich, dass Shadow recht hat: Zac und Cal müssen akzeptieren, dass ich einen Familiar habe. Aber Shadow wird sich seine Position hier in unserer Familie erkämpfen müssen – im wahrsten Sinne des Wortes. Denn meine Brüder sind stur und festgefahren in ihren Ansichten. Sie werden nicht einfach so hinnehmen, dass ich mich über ihr Verbot hinweggesetzt habe. Der schnellste Weg, seinen Platz in unserer Familie zu sichern, ist, meinen ältesten Bruder, das Oberhaupt unserer Familie, in einem Kampf Mann gegen Mann zu besiegen.

Shadow klettert aus dem Bett und zupft sein Achselshirt glatt. Dann dreht er sich halb zu mir um. »Wie fühlst du dich?«

Ich setze mich ebenfalls auf und hebe die linke Hand. »Stark genug, um dafür zu sorgen, dass du meinen Bruder das Fürchten lehrst.«

Mit einem breiten Lächeln verschränkt er unsere Finger miteinander. »So hätte ich dich gar nicht eingeschätzt. Warst du nicht eben noch dagegen, dass ich nach draußen gehe?«

Ich nicke. »Ich bin immer noch dagegen, dass ihr euch gegenseitig die Köpfe einschlagt, aber ich verstehe auch den Sinn dahinter. Lieber stellst du einmal klar, dass du kein schwacher Familiar bist, wie sie zweifelsohne annehmen, als dass du ständig mit ihnen aneinandergerätst.«

Er führt meine Hand zu seinem Mund und legt die Lippen an den Ring. Als der Sog mich erfasst, schließe ich genüsslich die Augen und erfreue mich an der schier grenzenlosen Magie, die wieder durch meine Adern pulsiert. Diesmal ist der Sog nicht so stark wie die Male zuvor, belebt jedoch meine müden Glieder. Wenn ich ausgeruht und nicht so hungrig wäre, könnte ich Shadow noch viel mehr Magie geben, damit er auf jeden Fall gegen Zac bestehen kann …

»Wird es … ausreichen?«, frage ich heiser.

Shadow lässt meine Hand los, richtet sich auf und sieht mit einem schiefen Grinsen auf mich herab. Dunkle Schwaden wabern um ihn herum. *Wie bei seiner wahren Form*, schießt es mir durch den Kopf. Seine Augen sind wieder von einem so hellen Silber, dass sie zu leuchten scheinen.

Anstatt auf meine Frage zu antworten, will er wissen: »Wirst du mit nach draußen kommen?«

Ich nicke.

Shadow zieht eine Augenbraue nach oben. »Und wirst du mich anfeuern?«

Wieder nicke ich, ohne eine Sekunde zu zögern.

Der unsichere Ausdruck, der eben noch auf seinem Gesicht lag, verschwindet und macht Platz für ein breites, ehrliches Lächeln, bei dem mein Herzschlag wieder aus dem Takt gerät. Dann streckt er die Hand nach mir aus, legt sie auf meinen Kopf und strubbelt mir durchs Haar. »Wie könnte ich denn da noch verlieren, wenn ich die Glücksgöttin *Lady Luck* auf meiner Seite habe?«

Gerade als ich ihm sagen will, dass er aufhören soll, meine Haare noch mehr durcheinanderzubringen, lässt er die Hand sinken und legt sie mir an die Wange. Jeder Widerspruch bleibt mir augenblicklich im Hals stecken. Shadow lässt die Hand tiefer gleiten und drückt anschließend mein Kinn mit den Fingern nach oben. Ich schlucke angestrengt, als ich seinem Blick begegne, der unstet zwischen Augen und Lippen hin- und herhuscht.

Als er sich nach vorn beugt, hole ich zittrig Luft. Ich weiß nicht, wie ich darauf komme, aber in diesem Moment bin ich mir sicher, dass er mich küssen wird. Wir waren schon einmal in einer ähnlichen Situation, damals nach dem Kampf gegen die Wasserbändigerin, als wir bei Katie übernachten mussten. Und auch mehrmals danach dachte ich, dass er ... Ich habe mir *gewünscht,* dass er mich küssen würde. Nicht nur einmal. Mir war egal, dass er ein Familiar und kein Mensch ist. Mir wäre es auch jetzt egal. Der Zeitpunkt ist vielleicht nicht ideal, aber ...

Entgegen meiner Erwartungen und Hoffnungen haucht er mir jedoch nur einen flüchtigen Kuss auf die Stirn und zieht sich gleich wieder zurück.

Als er zur Tür schlendert, ruft er mir über die Schulter zu: »Zieh dir bitte eine Hose an, bevor du nach draußen kommst!«

Ohne meine Reaktion abzuwarten, schließt er die Tür hinter sich und lässt mich allein zurück. Mit klopfendem Herzen reibe ich mir mit den Fingern über die Stelle, die er eben mit den Lippen berührt hat.

Herrje, was ist denn nur los mit mir?! Habe ich mir tatsächlich gewünscht, dass er mich küssen würde? Ich habe eindeutig nicht mehr alle Latten am Zaun! Schnaubend stehe ich auf, stapfe hinüber in mein Zimmer und ziehe mich an.

Wenn ich es nüchtern betrachte, ist es wahrlich ein Segen, dass Zac und Cal von Shadow wissen. Klar kann ich darauf verzichten, dass sie sich gleich die Köpfe einschlagen, aber ich muss mir keine Gedanken mehr darüber machen, wie ich ihn am besten verstecken könnte. Er könnte sogar sein eigenes Zimmer bekommen – so wie Lumia und Terra auch.

Wenn er mir nicht mehr ständig so nahe kommt, verschwinden sicherlich auch diese verstörenden Gedanken.

Küssen, pah! Als ob ich mich darüber freuen würde, meinen ersten Kuss von einem Familiar zu bekommen! Absolut lächerlich!

***

Ich haste die Treppe nach unten und stoße mit beiden Händen die große Eingangstür auf, die nach draußen führt. Alle anderen haben sich bereits außerhalb unseres Grundstücks auf einer ebenen Wiese eingefunden: Shadow und Zac stehen sich in einem Abstand von etwa zehn Metern gegenüber und geben sich die größte Mühe, den jeweils anderen mit bloßen Blicken zu erdolchen. Cal und die beiden Familiare sind ein Stück abseits. Während Cal brüllt, Zac solle Shadow auseinandernehmen, sehen Terra und Lumia eher gelangweilt aus.

Ich stelle mich zu den beiden Familiaren, weit genug von Cal entfernt, dass meine Gabe nicht anspringt – und mir sein Geschrei nicht allzu laut in den Ohren klingelt.

»Dieser Kampf ist eine Farce«, murrt Terra und zieht eine Schnute.

»Wie kommst du darauf?«, frage ich.

Sie schnaubt. »Ich kann froh sein, wenn dein Familiar noch genug von meinem Träger übrig lässt, was ich später wieder zusammensetzen kann. Aber wenn Zac meint, dass er unbedingt Shadow gegenüber den großen Bruder markieren muss, will ich ihn nicht aufhalten. Er wird schon sehen, was er davon hat.«

Ich ziehe überrascht die Augenbrauen nach oben. »Solltest du nicht auf der Seite deines Trägers stehen und ihn unterstützen?«

»Warum?«, gibt sie zurück und sieht mich dabei so mitleidig an, als wäre ich nicht mehr ganz richtig im Kopf. »Zac ist ein Idiot, wenn er glaubt, gegen Shadow auch nur den Hauch einer Chance zu haben. Er kann froh sein, wenn sich dein Familiar deinetwegen zurückhält.«

»Meinetwegen?«

Nun schaltet sich auch Lumia ins Gespräch ein. »Ich bezweifele, dass du es gut aufnehmen würdest, wenn Shadow deinen ältesten Bruder hier und jetzt in seine Einzelteile zerlegt. Die Macht dazu hätte er, selbst wenn du ihn nach deinem Schwächeanfall mit nicht allzu viel Magie versorgen konntest. Shadow hat ganz klar die Oberhand – und er weiß das ganz genau.«

Terra nickt bekräftigend. »Dieser Kampf ist absolute Zeitverschwendung. Auch Shadow ist sich darüber im Klaren. Er macht das nur deinetwegen. Damit die ›Beziehung‹«, bei dem Wort malt sie mit den Fingern Anführungszeichen in die Luft, »zwischen ihm und deinen Brüdern von vornherein geklärt ist und du nicht ständig zwischen den Stühlen sitzen musst.« Sie stößt geräuschvoll den Atem aus. »Und an wem bleibt hinterher wieder die ganze Arbeit hängen? An mir. Ich muss dann dafür sorgen, dass Zacs Verletzungen versorgt werden und zusätzlich sein Ego streicheln, weil er ja – so seine eigenen Worte – gegen einen dahergelaufenen Familiar verloren hat.«

»Da nun endlich alle hier sind, können wir auch anfangen«, ruft Zac laut genug, dass wir ihn verstehen können.

Ich lehne mich zu Terra. »Warum gehen sie draußen aufeinander los und nicht in der Trainingshalle? Zacs Windattacken könnten – wenn sie nur ein bisschen schlecht gezielt sind – das halbe Haus in Schutt und Asche legen.«

Sie verschränkt die Arme und verzieht den Mund. »Ich weiß. Ich heiße es auch nicht gut, dass sie das unbedingt in der Nähe der Villa veranstalten müssen, aber die Halle ist nicht hoch genug. Zacs Angriffe brauchen vor allem eines: Platz. Je mehr Wind er beschwören kann, desto höher werden seine Tornados und dadurch steigt auch seine Kraft. In der Halle könnte er ein paar Windstöße auf Shadow schießen und das war's. Hier draußen allerdings ...« Terra zuckt mit den Schultern. »Du wirst es sehen. Außerdem war Zac so aufgebracht, dass er keine Zeit verlieren wollte, um erst nach einem sicheren Ort zu suchen.«

Ich umklammere den Saum meines Shirts mit beiden Händen, während ich den Blick starr auf Zac und Shadow gerichtet lasse. Keiner von beiden hat sich nach Zacs Aufforderung, endlich anzufangen, bewegt. Fast könnte man meinen, dass sie dastehen wie Statuen, doch wenn man genau hinschaut, spürt und sieht man die Anspannung. Das kaum merkliche Zucken ihrer Muskeln, die leicht gebeugte Haltung. Beide Kontrahenten sind bereit, beim kleinsten Anzeichen zuzuschlagen.

Schließlich ist es Zac, dem zuerst der Geduldsfaden reißt. Über der Handfläche kanalisiert er einen Windstoß, den er anschließend in Shadows Richtung schleudert. Ich halte die Luft an, doch Shadow gelingt es mit einem Sprung zur Seite, dem Angriff auszuweichen.

Gelangweilt schiebt er beide Hände in die Hosentaschen und stößt ein Schnauben aus. »Was war das denn, *Air Master*? Ich dachte, du wolltest Ernst machen. Wie lautete doch gleich deine Forderung?«

Zac stößt ein unwirsches Knurren aus, einen Laut, den ich zuvor noch nie bei ihm gehört habe. »Mein Familiar fürchtet dich, also bist du gefährlich. Und ich werde niemanden, der gefährlich ist, in die Nähe meiner kleinen Schwester lassen!«

Shadow bedenkt ihn mit einem schiefen Grinsen. »Wie wäre es, wenn du Felicity selbst entscheiden lässt, ob sie mich für gefährlich hält oder nicht?«

»Felicity ist viel zu unerfahren, um solche Entscheidungen zu treffen!«, widerspricht Zac sofort, kaum dass Shadow seine Frage gestellt hat. »Und sie ist zu schwach. Felicity ist nicht wie wir.«

Wie von selbst ballen sich meine Hände zu Fäusten und ich knirsche mit den Zähnen. Jedes einzelne von Zacs Worten verletzt mich. Am liebsten würde ich ihn anschreien, ob das sein verdammter Ernst sei, doch ich zittere so sehr vor Wut und Enttäuschung, dass ich kein Wort über die Lippen bekomme. Die ganze Zeit über ruht Shadows Blick auf mir, nimmt jede meiner Gefühlsregungen wahr – und seine Miene verdüstert sich zusehends.

»Ein schwacher Magiebegabter«, sagt er nach einer Weile in einem gefährlich ruhigen Tonfall, der auch mich aufhorchen lässt, »bekommt einen schwachen Familiar. Ist es nicht so?« Abwartend schaut er wieder zu Zac.

»Für gewöhnlich, ja«, antwortet mein Bruder.

Erneut grinst Shadow, doch diesmal liegen kein Hochmut oder Spott darin. Vielmehr zeugt das Lächeln, das auch seine spitzen Eckzähne entblößt, von einer grimmigen Genugtuung. Ein wohliger Schauer durchströmt mich, als sein Blick für einen Moment zurück zu mir huscht. Ich bin überrascht darüber, dass ich in Shadows Blick lesen kann wie in einem offenen Buch: Ich sehe Wut darüber, was Zac gesagt hat, gepaart mit dem Wissen, dass er die Macht besitzt, ihn vom Gegenteil zu überzeugen.

Und Shadow bittet mich um Erlaubnis, genau das tun zu dürfen.

Würde ich jetzt den Kopf schütteln, würde er Zac nicht angreifen. Mir zuliebe würde er auf den Kampf verzichten. Aber nach dem, was Zac gesagt hat, ist dieser Kampf auch für mich zu etwas Persönlichem geworden. Es geht nicht nur darum, dass Shadow seinen Platz bei uns finden und festigen soll. Es geht darum, ein für alle Mal jedem hier klarzumachen, dass mit ihm nicht zu spaßen ist.

Wenn ich nicke, wird er ein Exempel statuieren. Es tut mir leid, dass es ausgerechnet Zac treffen muss, schließlich ist er von uns dreien immer der Vernünftigste gewesen, doch ich habe jahrelang versucht es auf dem guten Weg zu klären.

Shadow schaut noch immer zu mir und wartet auf ein Zeichen. Ich löse die verkrampften Hände, atme tief durch und nicke ihm zu. Mehr braucht es nicht. Er fragt nicht nach, ob ich mir sicher bin, oder zweifelt meine Entscheidung an. Er diskutiert nicht, sondern akzeptiert es.

Das kenne ich bisher nicht.

Schatten wabern um ihn herum und hüllen ihn fast vollständig ein. Anschließend scheinen sie auch über den Boden hinweg auf uns zuzukriechen. Obwohl es erst später Nachmittag ist, wird es zunehmend dunkler um uns herum. Terra und Lumia weichen vor den Schwaden zurück; ich jedoch bleibe an Ort und Stelle stehen.

Ich fürchte mich nicht vor der Dunkelheit. Das tat ich noch nie. Manchmal war sie alles, was ich hatte, als ich klein war. Mein einziger Freund. Mein treuer Gefährte. Die andere Seite meiner Magie und doch ein Teil von mir. Als Kind oder Jugendliche wusste ich das noch nicht, dennoch fühlte ich mich im Dunkeln immer wohl.

Mittlerweile hat die Dunkelheit Shadow völlig eingehüllt, doch seine Stimme ist noch klar und deutlich zu hören.

»Es ist richtig, dass ein schwacher Magiebegabter nie einen starken Familiar bekommt, und umgekehrt.« Immer schneller und schneller wirbeln die Schatten um ihn herum, als befände er sich inmitten eines Sturms aus nachtschwarzer Dunkelheit. »Wenn ich mit dir fertig bin, wird keiner von euch es je wieder wagen, meine Trägerin oder mich als ›schwach‹ zu bezeichnen.«

Lumia gibt einen überraschten Laut von sich. »Er macht tatsächlich Ernst! Ist das nicht ein bisschen übertrieben?«

Ich habe zwar keine Ahnung, was sie damit meint, aber ich empfinde es nicht im Geringsten als übertrieben. Zum ersten Mal habe ich dank Shadow die Gelegenheit, sie vom Gegenteil zu überzeugen. Solange sich mein Bruder so engstirnig verhält, werde ich nicht einschreiten, denn das würde es nur schlimmer machen. Dann würden sie erst recht glauben, dass ich schwach und nutzlos und obendrein wankelmütig sei.

Ein lautes Grollen hallt über den Platz und die Schattenschwaden lichten sich. Dort, wo Shadow noch vor einer halben Minute stand, ist jetzt der Schattenpanther, den ich bereits einmal zu Gesicht bekommen habe – Shadows wahre Gestalt. Die übrig gebliebene Dunkelheit strömt auf ihn zu, wird von ihm aufgesogen und eins mit ihm – und ich habe das Gefühl, dass sein Fell dadurch noch eine Spur schwärzer wird.

Shadow senkt den Kopf und entblößt die spitzen Zähne, während er ein grollendes Fauchen ausstößt. Schatten steigen aus dem gesträubten Nackenfell empor.

»Na toll«, zischt Terra und wirft mir einen bitterbösen Blick zu. »Bring deinen Familiar unter Kontrolle! Ich habe keine Lust, nachher Zacs Überreste vom Boden aufwischen zu müssen!«

Ich schaue zu meinem ältesten Bruder. Er ist tatsächlich ziemlich blass um die Nase geworden, doch er macht mir nicht den Eindruck, dass er aufgeben will. Ich bezweifele sogar, dass Shadow mit ihm leichtes Spiel haben wird. Meine Brüder verfügen auch ohne die direkte Unterstützung ihrer Familiare über Kräfte, von denen ich nur träumen kann.

Zac kanalisiert erneut einen Windzauber, diesmal über beiden Händen, doch Shadow ist auf seine Attacke vorbereitet. Fauchend prescht er nach vorn und stürzt sich auf Zac. Der schafft es erst in letzter Sekunde dem massigen Körper des Schattenpanthers auszuweichen, muss dafür aber den Zauber abbrechen. Shadow wirbelt sofort herum, um ihm erneut nachzusetzen. Solange er schnell genug ist und Zac ständig daran hindert, überhaupt erst Wind zu erschaffen, den er für seine Angriffe benötigt, hat mein Bruder nicht den Hauch einer Chance gegen den Schatten-Familiar. Ich weiß, dass Shadow alles bestens unter Kontrolle hat. Dass er es ist, der diesen Kampf dominiert. Dennoch kribbeln meine Finger vor Verlangen einzugreifen. Ich fühle mich schrecklich dabei, einfach nur danebenzustehen und zuzusehen. Sie kämpfen meinetwegen!

Shadow braucht meine Hilfe nicht; er kommt prima allein zurecht. Aber was ist mit mir? Was schaffe *ich* allein?

Glück – und noch dazu Glück in der Liebe – ist wohl doch die kümmerlichste Gabe, die man bekommen kann ... Völlig egal, für wie mächtig mich das Medium hält – ohne Shadows Hilfe bringe ich gar nichts zustande. Er ist der Starke von uns; derjenige, vor dem alle aus Ehrfurcht und Angst gleichermaßen zurückweichen. Wenn ich es tatsächlich schaffe, die Prüfungen zu bestehen, wird sich das nicht ändern. Ich kann die gehässigen Kommentare der Abtrünnigen schon förmlich hören! *Lady Luck? Pff, vor der brauchst du doch keine Angst zu haben! Aber ihrem Familiar gehst du lieber aus dem Weg, sonst verwandelt er dich in Kleinholz und anschließend in winzige Zahnstocher.*

Zac hat sich in die Lüfte erhoben – in der Hoffnung, Shadow von dort oben besser zusetzen zu können, doch der springt ihm nach, bekommt die Füße meines Bruders zu fassen und zerrt ihn zurück. Zac entweicht ein Ächzen, als er hart aufschlägt. Anschließend stellt Shadow beide Vorderpfoten auf Zacs Schultern, drückt ihn so fester auf den von der Sommerhitze harten Boden und senkt das Maul so weit hinab, dass es nur eine Handbreit über Zacs Nasenspitze schwebt. Zac bäumt sich zwar auf und versucht erneut einen Windstoß herbeizurufen, um den garantiert sehr schweren Schattenpanther von sich zu stoßen, doch Shadow lässt nur einmal geräuschvoll die spitzen Zähne aufeinanderprallen – und Zac stellt jegliche Gegenwehr ein. Wenn er es wollte, könnte Shadow meinen Bruder hier und jetzt in winzige unbeschriftete Einzelteile zerfetzen. Er müsste nur die Zähne in Zacs Gesicht versenken und der Kampf wäre vorbei. Zacs Leben wahrscheinlich auch. Doch Shadow presst ihn einfach nur zu Boden und zwingt ihn so zur Aufgabe.

Nachdem er von Zac ablässt, rennt Terra sofort zu ihrem Träger und kniet sich neben ihn. Da Zac sich aber bereits wieder aufsetzt und Shadow mit einem bitterbösen Blick bedenkt, scheint er nicht weiter verletzt zu sein.

Nur sein Stolz wird bleibende Schäden davongetragen haben.

Cal ist meinem Blick gefolgt und schnalzt mit der Zunge, bevor er sagt: »Ich wusste, dass ich gegen ihn hätte antreten sollen. Zac ist einfach zu weich. Jetzt pfeif deinen Kater zurück! Bring ihn am besten gleich wieder zum Medium! Mit der Alten werde ich ein ernstes Wörtchen reden müssen, dass sie dir einfach über unsere Köpfe hinweg einen Familiar mitgibt.«

»Ihr werdet euch an Shadow gewöhnen müssen«, zische ich. »Er und ich haben einen besiegelten Pakt. Ihr könnt ihn mir nicht wegnehmen, selbst wenn ihr euch auf den Kopf stellen würdet. Mein Familiar hat bewiesen, dass er mich im Ernstfall beschützen kann. Ihr mögt mich als schwach ansehen – und vielleicht habt ihr damit recht, aber …«

Eine Hand legt sich von hinten auf meinen Bauch und zieht mich zurück an einen festen Körper. Ich muss mich nicht umdrehen, um zu wissen, dass Shadow in seiner menschlichen Gestalt hinter mir steht. Ich spüre ihn, ohne ihn zu sehen. Die immense Stärke, die ihn nach dem Kampf noch immer umgibt. Die Kraft, die ihm in beiden Erscheinungen innewohnt und die meine restlos in den Schatten stellt.

Doch anders als Zac und Cal gibt er mir nicht das Gefühl, unbedeutend oder schwach zu sein. Mit seiner Stärke stützt er mich. Mit seiner Berührung zeigt er mir den Weg, wenn ich mich wieder in Selbstzweifel verliere. Und ehe ich weiß, warum ich es überhaupt mache, schmiege ich mich gegen ihn. Der Griff um meinen Bauch verstärkt sich.

»Nur weil sie keine sichtbaren Elemente beherrschen kann wie ihr«, grollt Shadow so nah an meinem Ohr, dass mir der bloße Klang seiner Stimme eine wohlige Gänsehaut beschert, »bedeutet das nicht, dass Felicity schwach ist.

In ihr schlummern andere Kräfte, und sie wird lernen, diese zu beherrschen. Wie lange hast du gebraucht, um einen Schneesturm heraufbeschwören zu können, *Ice King*?«

Cals Augen verengen sich zu Schlitzen und sein Blick scheint Funken zu sprühen. Es wundert mich, dass Shadow und ich nicht sofort zu kleinen Häufchen Asche werden.

Statt auf Shadows Frage zu antworten, knurrt mein Bruder nur: »Nimm deine Hand von meiner kleinen Schwester!«

Der Schatten-Familiar hinter mir schlingt den Arm nur noch fester um mich. »Sonst was?«

Bevor die Situation weiter eskalieren kann, sage ich: »Shadow gehört zu mir, genau wie Lumia zu dir gehört. Wir sind ein Team und es gibt nichts, was du dagegen unternehmen könntest.«

Cal öffnet den Mund, zweifellos um zu widersprechen und meinen Familiar noch weiter zu bedrohen, doch ehe er die Gelegenheit dazu bekommt, beschwört Shadow über der freien Hand eine Schattenkugel und schleudert sie Cal direkt vor die Füße. Erschrocken macht er einen Satz zurück, während ich zusammenzucke, doch er schüttelt den Schreck schnell ab, verengt die Augen zu Schlitzen und starrt meinen Familiar hasserfüllt an. Wenigstens hält er endlich die Klappe!

»Wie sagte es Felicity vorhin so treffend?«, raunt Shadow laut genug, damit Lumia und Cal ihn verstehen können. »Gewöhnt euch an mich. Denn ich werde erst verschwinden, wenn meine Trägerin es befiehlt. Bis dahin werden wir alle miteinander auskommen müssen – Felicity zuliebe.«

Ich atme zittrig aus. Wie gerne würde ich mich umdrehen und Shadow für das, was er eben gesagt hat, um den Hals fallen! Meine Brüder können ihm aus dem Weg gehen. Sie können so tun, als wäre er Luft. Sie müssen ihn nicht lieben. Aber sie haben ihn zu akzeptieren. Weil wir durch einen Pakt miteinander verbunden sind, den weder Zac noch Cal aufheben können. Weil er zu mir gehört. Weil er zu mir gekommen ist, als ich ihn am dringendsten gebraucht habe.

Eine Weile starren sich Shadow und Cal noch an, bis sich Letzterer mit einem Schnauben abwendet. Lumia geht zu ihm, will ihm eine Hand auf die Schulter legen, doch Cal hält sie mit einem unwirschen Knurren auf Abstand. Der Ausdruck in ihrem Gesicht – gleichzeitig entsetzt, fassungslos und zutiefst verletzt – versetzt mir einen Stich, der mich nach Luft schnappen lässt. Sie haben sich also noch immer nicht zusammengerauft.

Auch Shadow scheint die Spannung zwischen Cal und Lumia nicht zu entgehen, denn er lockert den Griff um mich und lässt eine Hand sanft an meinem Arm hinauf- und hinabgleiten. Erst nachdem ich mich etwas entspannt habe, werden die Bewegungen seiner Hand langsamer.

»Erinnerst du dich noch, dass ich dir sagte, ich wüsste vielleicht einen Weg, wie wir den beiden helfen können?«, flüstert er mir leise ins Ohr. Ich wende mich ihm zu. Sein warmer Atem streicht mir dabei über das Gesicht. »Ich kann dir nicht versprechen, dass es klappt. Es wird auf keinen Fall etwas Grundlegendes ändern und die Probleme lösen, die die beiden nur gemeinsam bewältigen können. Aber vielleicht macht es die ganze Situation ... einfacher. Für alle.«

Einen Moment lang schaue ich Cal dabei zu, wie er zurück in die Villa stapft. Lumia folgt ihm in sicherem Abstand, lässt dabei aber die Schultern hängen und erweckt für mich den Eindruck eines geprügelten Hundes. Sie tut mir so leid ...

»Was genau ist das für ein Weg?«, frage ich und wende mich wieder Shadow zu.

»Wie gesagt, ich weiß nicht, ob es tatsächlich funktioniert, aber es ist einen Versuch wert. Wahrscheinlich wird es nur temporär sein, aber ... Deine Gabe ist das Glück in der Liebe. Was, wenn es uns gelänge, dieses Glück in einen Trank abzufüllen?«

Ich schnappe hörbar nach Luft. »Redest du ... von einem Liebestrank?«

Ein Lächeln zupft an seinen Mundwinkeln. »So was in der Art. Nicht einen Liebestrank im eigentlichen Sinne – obwohl auch das möglich sein dürfte –, sondern eher einen Trank, der das Glück verschenkt und Schwermut für eine gewisse Zeit vertreibt. Ich kannte mal ... eine Zauberin, die sehr geschickt darin war, Tränke für alles Mögliche zu brauen, und habe mir das ein oder andere abgeschaut. Ihre Magie ähnelte deiner, deshalb könnte es gelingen. Aber es ist nur eine Idee. Wir müssen es nicht ausprobieren, wenn du …«

»Wir fangen sofort an!«, sage ich, winde mich aus Shadows Umarmung und greife nach seiner Hand, um ihn hinter mir her zurück ins Haus zu zerren. Er folgt mir mit einem gutmütigen Lachen, das so ansteckend ist, dass sich sofort auch meine Lippen zu einem Lächeln verziehen und der Ärger der letzten Stunden einfach verpufft.

KAPITEL 19

Felicity

Wir tüfteln den restlichen Tag und die halbe Nacht an dem Glückstrank.

Wenn Shadow mir von Anfang an gesagt hätte, dass ich mir jedes Mal in den Finger schneiden muss, wäre ich wahrscheinlich weniger begeistert über seinen Vorschlag gewesen.

Doch dann erinnere ich mich daran, was er mir bei unserem ersten Treffen gesagt hat. Damit das Glück im Gleichgewicht bleibt, muss ich ein Opfer bringen, um anderen Glück schenken zu können. Da ich einen Tropfen Blut nicht als allzu großes Opfer ansehe, wird das Ergebnis, das ich mit den Tränken erzielen kann, nicht bahnbrechend sein, aber ich bin über jede Möglichkeit, helfen zu können, dankbar.

Aus der Küche habe ich alle Gläser, Schüsseln und Tassen stibitzt und in mein Zimmer gebracht. Anschließend habe ich die Tür abgeschlossen, weil ich dankend auf einen weiteren Überraschungsbesuch meiner älteren Brüder verzichten kann. Shadow sah mich mit einem belustigten Schmunzeln an, als ich den Schlüssel herumdrehte, behielt jedoch seine Gedanken für sich. Dennoch trieben mir sein Grinsen und das kurz aufblitzende Funkeln in den nachtschwarzen Augen die Schamesröte ins Gesicht. Ich tat aber so, als wäre alles in bester Ordnung, ging zurück zum Schreibtisch und pflanzte mich auf den Drehstuhl.

Nun sitze ich hier – mit mehr bunten Heftpflastern an sämtlichen Fingern, als ich zählen kann, doch der erwünschte Durchbruch blieb bisher aus. Schnaubend starre ich auf das zur Hälfte mit Wasser gefüllte Glas und sehe dem einzelnen Blutstropfen, den ich habe hineinfallen lassen, dabei zu, wie er sich auflöst.

»Wie genau wissen wir, dass es geklappt hat?«, frage ich zum gefühlt einhundertsten Mal.

Ein kurzer Seitenblick verrät mir, dass Shadow intensiv das Glas betrachtet. Als nichts passiert – was auch immer womöglich passieren soll –, verzieht er den Mund und stellt das nächste Glas vor mich. Diesmal ist etwas mehr Wasser darin.

»Wir müssen das richtige Verhältnis finden«, erklärt er knapp.

»Und wie wissen wir, dass wir das richtige Verhältnis gefunden haben?«

Shadows kryptische Aussagen gehen mir langsam, aber sicher auf den Keks. Die Lust an diesem Experiment habe ich schon vor Stunden verloren und will nichts lieber tun, als endlich ins Bett zu gehen. Meine Augenlider werden schwerer und schwerer und es kostet mich mit jeder verstreichenden Minute mehr Kraft, mich auf das Glas vor mir zu konzentrieren. Dabei weiß ich gar nicht, ob ich mich überhaupt auf etwas konzentrieren muss oder ob mein Blut ausreicht.

Nachdem sich auch der Blutstropfen im nächsten Wasserglas aufgelöst hat, ohne dass etwas geschieht, lehne ich mich seufzend zurück und fahre mir mit beiden Händen übers Gesicht. Die Heftpflaster scheuern an der Haut.

»Können wir für heute Schluss machen?«, murmele ich und lasse die Hände sinken. »Ich habe keine Ahnung, wo ich das Messer noch ansetzen soll.«

Tatsächlich ist kaum noch Haut zwischen all den Heftpflastern zu sehen. Die Schnitte, die ich mir zufüge, sind weder tief noch der Rede wert; mehr als ein einzelner Blutstropfen quillt nicht daraus hervor. Es sind vielmehr die ständigen Rückschläge, die mir zusetzen. Wenn wir wenigstens einen kleinen Fortschritt machen würden – das würde meine Laune heben. Aber wir haben rein gar nichts erreicht. Und das frustriert mich mehr, als ich es für möglich gehalten hätte. Shadow meinte zwar von Anfang an, dass es nur eine Idee sei, die vielleicht gar nicht umsetzbar wäre, aber trotzdem klammerte ich mich an die Möglichkeit, etwas erreichen zu können.

Etwas, was nur ich zu leisten imstande bin.

Aber wieder einmal scheint das nichts weiter als Wunschträume gewesen zu sein …

Ich spüre, wie ich immer mehr in ein tiefes Loch falle. Nachdem ich aus meinem alten Loch herausklettern konnte, als ich meinen Familiar bekam, sah ich zum ersten Mal seit vielen Jahren wieder den Himmel. Ich schöpfte Hoffnung. Doch dann folgten die Rückschläge. Meine Magie ist eine Lachnummer, genau wie ich selbst es bin, und ohne dass Shadow es für mich regelt, bekomme ich nichts auf die Reihe. Nicht mal einen einzigen verdammten Trank!

Diesmal ist das Loch, in dem ich versinke, tiefer und die Wände sind so glatt, dass ich nicht wieder herausklettern kann. Ich weiß, dass es mir nichts bringt, wenn ich mich selbst bemitleide, aber es fällt mir verflucht noch mal schwer!

Doch auf die Fragen, die immer wieder in meinem Geist aufblitzten, habe ich noch keine Antworten gefunden. Muss ich unbedingt selbst etwas leisten? Muss ich es allein sein, die einen Abtrünnigen zur Strecke bringt? Oder gelingt es mir, mich so sehr auf Shadow zu verlassen, dass er allein alles übernimmt, was mit Kämpfen zu tun hat?

Denn wenn ich ehrlich bin, wird sich an meiner Situation nichts ändern, ganz gleich wie lange ich mit ihr hadere. Ich werde nicht über Nacht mit einer anderen Magie aufwachen. Sosehr ich es auch versuchen oder auf irgendeine Art und Weise trainieren würde, könnte ich nicht irgendwann Feuer beschwören.

Ich würde gern einen Zauberspruch aufsagen oder mit einem Zauberstab wedeln, um damit alles erreichen können, aber das klappt nur in Büchern und Filmen.

Shadow greift nach meiner Hand und reißt mich dadurch aus den Gedanken. Die plötzliche Berührung schickt ein behagliches Prickeln meinen Arm hinauf. Wir saßen zwar die ganze Zeit nah nebeneinander, haben uns aber nicht berührt, sondern uns ausschließlich auf das konzentriert, was wir schaffen wollten.

»Du wirkst abwesend«, murmelt er und legt den Kopf schräg.

Ich zwinge mich zu einem kleinen Lächeln und streichele mit dem Daumen über seinen Handrücken. »Ich bin nur müde«, sage ich ausweichend.

Ich bin jedes Mal wieder überrascht darüber, welchen Effekt sogar solch simple Berührungen bei mir auslösen. Vielleicht liegt es daran, dass ich es allgemein nicht gewohnt bin, berührt zu werden. Doch wann immer ich seine

Haut an meiner spüre, scheine ich von einer Sekunde auf die andere in Flammen zu stehen. Was ist nur los mit mir? Ich sollte Katie danach fragen, wenn ich sie morgen treffe …

Nach und nach löst Shadow die unzähligen Heftpflaster und legt die kaum sichtbaren Schnitte frei. Gerade als ich dagegen protestieren will, hebt er meine Hand an seine Lippen und haucht winzig kleine Küsse auf die Verletzungen.

Jeder Protest, jedes Wort, jeder andere Gedanke verschwindet aus dem Kopf und ich klappe den Mund, den ich gerade geöffnet habe, schnell wieder zu, bevor irgendein Blödsinn herauskommt. Nur kurz ziehe ich etwas schärfer als beabsichtigt die Luft ein, als sich ein brennender und gleichzeitig ziehender Schmerz in der Hand ausbreitet. Ich habe ihn schon einmal gespürt, und zwar als Shadow meine gebrochene Hand geheilt hat. Nur waren die Schmerzen damals viel schlimmer. Jetzt sind sie nichts weiter als ein kurzes Aufflackern, das so schnell wieder verschwunden ist, dass ich seinen Ursprung nicht benennen kann.

Wie gebannt sehe ich ihm dabei zu, wie er sich um einen Schnitt nach dem anderen kümmert. Nicht ein einziges Mal schaut er dabei zu mir auf, sondern konzentriert sich ausschließlich auf meine Finger. Vorsichtig dreht er meine Hand in seiner, um auch an die Schnitte in den Zwischenräumen zu gelangen.

Mein Herz hämmert immer wilder gegen die Brust, und als Shadow bei den empfindlichen Fingerspitzen ankommt, legt es noch einen Zahn zu.

Ich erschauere am ganzen Körper, als ich für einen winzigen Moment seine Zunge an der Fingerkuppe spüre. Unfähig mich bewusst zu bewegen, zu sprechen oder klar zu denken, hoffe ich dennoch, dass er meine Reaktion nicht bemerkt hat.

Doch der Blick, den er mir daraufhin zuwirft, ohne dabei seine Haltung zu verändern, lässt mich wissen, dass ihm mein Zittern sehr wohl aufgefallen ist. Nur für den Bruchteil einer Sekunde begegne ich dem Blick aus Augen, die so schwarz sind wie der Himmel um Mitternacht, doch diesmal meine ich, unzählige Sterne darin tanzen zu sehen. Und dieser eine kurze Blick reicht aus, um mich nach Luft schnappen zu lassen. Erneut rauscht eine unbekannte

Hitze durch mich hindurch und zwingt mich dazu, mich unruhig auf dem Stuhl zu winden. Aber auch das bringt nicht im Entferntesten die gewünschte Linderung.

Ich habe das Gefühl, als würde ich innerlich verglühen – und das nur wegen dieses Blickes, den er mir zugeworfen hat.

Irgendetwas hat sich zwischen uns geändert, ohne dass ich genau benennen kann, was diese Änderung ausgelöst hat. Wegen des Kampfes gegen Zac und weil meine Brüder jetzt von meinem Familiar wissen? Oder weil … Shadow sich wieder und wieder um mich kümmert?

»Danke«, krächze ich. Teils um meine Gedanken auf unverfängliche Bahnen zu lenken, teils weil ich die knisternde Stille zwischen uns keine Sekunde länger ertrage, ohne etwas ganz, ganz Dummes zu tun.

Gleichzeitig möchte ich am liebsten den Kopf gegen die Schreibtischplatte schlagen. *Danke?* Ernsthaft?! Das ist alles, was ich dazu zu sagen habe? Wo sind die sarkastischen Sprüche, mit denen ich für gewöhnlich um mich werfe? Vielleicht sind sie zusammen mit meinem Selbsterhaltungstrieb in dem dunklen Loch von vorhin verschwunden. Nur meine Hormone scheinen es heil herausgeschafft zu haben. Wie toll. *Nicht.*

»Nichts zu danken«, murmelt Shadow, während er nach meiner anderen Hand greift und dort ebenfalls die Heftpflaster abpult.

Bei allem, was recht ist, aber ein zweites Mal werde ich es nicht heil überstehen, wenn er wieder mit der Zunge über meine Fingerkuppen leckt! Mein Gehirn fühlt sich jetzt schon an, als wäre es zu einer undefinierbaren Masse geschmolzen, und ich bekomme kaum einen klaren Satz heraus. Nur die Haut, die er berührt – sei es mit den Fingern oder Lippen – lechzt nach mehr.

Schnell entziehe ich ihm die Hand und lehne mich so weit wie möglich auf dem Stuhl zurück. Ich könnte von ihm wegrollen, doch das käme einer Flucht gleich. Ich will nicht fliehen … Aber ich will wieder klar denken können. Und ein paar Grad weniger Körpertemperatur wären auch hilfreich!

Shadow zieht die Augenbrauen zusammen, sodass sich eine steile Falte dazwischen bildet, und starrt mich an. Wortlos streckt er die Hand mit der Handfläche nach oben aus. Und wartet. Ich schlucke angestrengt, während ich mein Bestes gebe, um seinem durchdringenden Blick auszuweichen. Der Sternenglanz von vorhin ist nicht mehr in seinen Augen zu sehen. Seine Iriden scheinen aus nichts anderem als purem Schwarz zu bestehen, wäre da nicht das ungeduldige Funkeln, das hin und wieder darin aufblitzt, als ich mich immer noch nicht rühre.

»Warum …?« Plötzlich verlegen streiche ich mir mit der geheilten Hand eine Haarsträhne hinters Ohr – einfach nur, um sie zu beschäftigen und die andere Hand davon abzuhalten, nach seiner zu greifen. »Warum kümmerst du dich um mich? Die Schnitte wären auch bis morgen von allein verheilt. Sie … waren nur …« Kurz muss ich überlegen, wie das richtige Wort dafür lautet. Mein Vokabular scheint auf ein Minimum geschrumpft zu sein. »… oberflächlich.«

Mir ist klar, warum er meine Hand geheilt hat, als sie gebrochen war. Auch Lumia und Terra kümmern sich um Zac und Cal, wenn sie beim Kampf gegen einen Abtrünnigen größere Verletzungen davongetragen haben, aber Shadows Fürsorge geht weit darüber hinaus. Das fiel mir schon auf, als er mir nach dem Schwächeanfall Tee eingeflößt hat. Weder Lumia noch Terra hätten das für ihre Träger getan, und umgekehrt wäre es auch nicht der Fall gewesen.

So nah sich meine Brüder und ihre Familiare auch stehen – ihre Beziehung geht nicht über ein Teamgefühl mit Bonus hinaus. Sie wissen, dass es sich bei Lumia und Terra um Familiare handelt, mit deren Hilfe sie in der Lage sind, gegen Abtrünnige zu kämpfen, aber … Da ist nicht *mehr.* Grob gesagt sehen meine Brüder ihre Familiare als lieb gewonnene Werkzeuge an.

Da rund neunundneunzig Prozent aller Magiebegabten nur einen niederen Familiar ihr Eigen nennen, den sie höchstens als ihr Haustier ausgeben können, steht der Großteil der Magier nicht vor dem Problem wie meine Brüder – und ich. Sie besitzen keinen Familiar, der sie mit Händen berühren oder ihnen Worte zuflüstern kann, die einen an Stellen erreichen, die man selbst für nicht existent hielt.

Was mich zu der Frage bringt, warum es bei Shadow und mir anders sein sollte. Ja, er sieht aus wie ein Mensch, redet und bewegt sich wie einer. Mein

Kopf weiß, dass er kein Mensch ist – ganz gleich, wie perfekt seine Illusion auch sein mag. Doch ein Teil von mir, der jeden Moment, den ich mit Shadow verbringe, unaufhaltsam wächst, bringt mein Denkvermögen mehr und mehr zum Schweigen. Ich vergesse, dass es nur eine Illusion ist, die ich vor mir sehe. Ich vergesse, dass die Berührungen, die wir tauschen, eigentlich nur die eines Zweckbündnisses sein sollten. Interpretiere ich nur zu viel hinein?

Shadows rechter Mundwinkel hebt sich zu einem kaum merklichen Grinsen. »Du siehst aus wie eine Vierjährige mit den bunten Heftpflastern.«

Ich blinzele mehrmals, bis mir auffällt, dass das wohl die Antwort auf meine Frage von eben, warum er sich um die oberflächlichen Verletzungen kümmert, sein soll. *Das* ist der Grund? Weil es albern aussieht?! Da er – bis auf das winzige Lächeln – keine Miene verzieht, habe ich keine Ahnung, ob er es ernst meint oder ob er mich verdammt noch mal veralbern will! Egal was zutrifft, für beide Varianten möchte ich ihm am liebsten den Hals umdrehen!

Ich verschränke die Arme vor der Brust und funkele ihn möglichst giftig an. »Nur damit das klar ist, ich mag die bunten Bildchen auf den Heftpflastern!«

Erneut huscht der Anflug eines Lächelns über seine Lippen, doch er wird sofort wieder ernst. Die Hand hält er noch immer nach mir ausgestreckt. Wartend. Lockend. Ich gebe mir die größte Mühe, das Zittern in der noch nicht verarzteten Hand zu ignorieren.

»Ich ... ich war noch nie verletzt – abgesehen von dem Kampf gegen die Wasserbändigerin«, sage ich. »Wahrscheinlich dank meiner Glücksgabe. Es ist das erste Mal, dass ich ein Heftpflaster auf eine Wunde kleben kann. Morgen wird auch die andere Hand so weit verheilt sein, dass wir weiter an dem Glückstrank forschen können.«

»Jetzt gib mir endlich deine verdammte Hand, du stures Ding!«, grollt Shadow, grinst dabei aber endlich.

Und ich spüre ebenfalls ein Lachen in mir hochsteigen. Die Rückschläge der letzten Stunden sind vergessen, zumindest für den Moment, ebenso wie die verstörenden Gedanken, die meinen Verstand beinahe überhitzen ließen.

Ohne Vorwarnung krallt Shadow die Hände rechts und links von meiner Hüfte in den Drehstuhl und zieht ihn so nah wie möglich zu sich heran. Mit angehaltenem Atem und weit aufgerissenen Augen finde ich mich plötzlich zwischen seinen Beinen wieder. Kurz erbebt der Stuhl, als er einen Fuß hinter die Rollen stellt, damit ich ihm nicht sofort wieder entkommen kann.

Ich bin viel zu verdattert, um mich zu wehren, als er mit sanfter Kraft meine immer noch verschränkten Arme entwirrt und die mit Heftpflastern beklebte Hand zwischen seine Hände nimmt. Diesmal kommt mir seine Haut nicht so warm wie sonst vor. Oder bin ich es, die vor Hitze glüht?

Während er nach und nach die Schnitte freilegt, murmelt er, ohne dabei aufzusehen: »Ich brauche kein ›Warum‹. Ich brauche keinen Grund, um dir zu helfen. Ich tue es, weil ich es tun will, und nicht, weil ich durch irgendeinen Pakt oder eine höhere Magie dazu gezwungen werde.« Ein weiteres abgepultes Heftpflaster fällt zu unzähligen anderen zu Boden. »Durch unseren Pakt habe ich die Möglichkeit, dir Schmerzen zu ersparen und Verletzungen zu kurieren. Warum sollte ich also davon nicht Gebrauch machen? Warum sollte ich dich mit diesen lächerlichen bunten Bildchen um den Fingern herumlaufen lassen, wenn es mich doch nur …«

Sein Blick huscht zu mir, verhakt sich mit meinem und die Sterne, die jetzt wieder in seinen nachtschwarzen Augen tanzen, rauben mir fast die Luft zum Atmen. Diesen Anblick finde ich noch eindrucksvoller als die bodenlose Tiefe, die seine dunklen Augen sonst ausstrahlen. Behutsam führt er meine Hand an die Lippen und haucht kleine Küsse auf die verletzten Stellen. Nicht eine Sekunde lang nimmt er dabei den Blick von mir, sondern registriert jede noch so kleine Reaktion meinerseits. Ich bin sicher, dass er auch meinen hämmernden Herzschlag hören kann.

»… eine kurze Berührung kostet, um deine Wunden heilen zu lassen?«

Seine Stimme gleicht einem Raunen, das seltsame Dinge mit mir anstellt. Gemeinsam mit der Wärme seiner Haut an meiner, seiner Nähe, seinem glimmenden Blick und dem sachten Ziehen, das die Heilung mit sich bringt, spielen nahezu all meine Sinne völlig verrückt.

Auch nachdem der letzte Schnitt versorgt und das Ziehen abgeklungen ist, lässt er weder meine Hand los noch nimmt er den Blick von mir. Und ich sehe mich ebenfalls außerstande, mich von ihm abzuwenden. Es ist wie ein Sog:

Egal, wie lange ich ihn ansehe, ich kann nicht woandershin schauen. Ich könnte ihm jederzeit die Hand entziehen, und wenn ich es darauf anlegte, könnte ich auch mit dem Stuhl zurückrollen und mehr Abstand zwischen uns bringen.

Aber warum sollte ich das wollen?

Das Kribbeln im Bauch nimmt besorgniserregende Ausmaße an, als sein Blick für einen winzigen Moment zu meinem Mund huscht. Ich kratze all meinen Mut zusammen und lehne mich ein kaum merkliches Stück nach vorn. Shadow entgeht es jedoch nicht, denn sein Blick begegnet wieder meinem und er zieht mit einem herausfordernden, aber schiefen Grinsen eine Augenbraue nach oben.

Ich weiß, was er von mir will. Seine Worte von gestern Abend kommen mir wieder in den Sinn. Er sagte, ich muss ihn nur darum bitten, mich zu berühren, wenn wir allein sind. Allein sind wir definitiv, aber … Ich kann es nicht aussprechen! Ich schaffe es nicht, ihm zu sagen, dass ich mehr will, als nur an den Händen berührt zu werden. Das ist doch viel zu peinlich! Ich wüsste überhaupt nicht, wie ich meinen Wunsch formulieren soll …

Also senke ich schnell den Blick und lehne mich wieder zurück. Doch noch bevor mein Rücken gegen die Stuhllehne trifft, spüre ich Shadows Hand an meiner Wange. Ich halte die Luft an, doch ich bin machtlos gegen das warme Prickeln, das durch mich hindurchrauscht. Langsam lässt er die Hand ein Stück tiefer zu meinem Kinn gleiten und drückt dann sanft meinen Kopf mit den Fingerknöcheln nach oben.

Flüchtig, so kurz, dass ich es fast für eine Einbildung halte, streift er mit dem Daumen an meiner Unterlippe entlang. Er hat sich nach vorn gebeugt und ist mir so nah, dass sich unsere Nasenspitzen beinahe berühren. Unter halb geschlossenen Augenlidern hinweg beobachtet er mich, während er die Hand, die bis eben noch unter meinem Kinn lag, in meinen Nacken gleiten lässt.

Ich bin mir sicher, dass mir das Herz jeden Moment aus der Brust hüpfen wird, denn es donnert viel zu schnell gegen die Rippen. Die Hand, die noch immer Shadows Finger umklammert hält, beginnt zu zittern. Er verstärkt leicht den Druck und streicht mit dem Daumen über meinen Handrücken. Augenblicklich entspanne ich mich etwas.

»Shadow, ich …«, bringe ich abgehackt hervor, ohne zu wissen, was ich eigentlich sagen will. Möchte ich ihn aufhalten? Oder ihn bitten, endlich weiterzumachen? Ich weiß es beim besten Willen nicht …

Mit leicht schräg gelegtem Kopf verharrt er nur wenige Zentimeter von meinem Gesicht entfernt. Seine Hand liegt zwar noch immer an meinem Nacken, wo er mit den Fingern beruhigend über die kleinen Wirbel streichelt, doch er zieht mich nicht zu sich. Er wartet. Er überlässt es mir, aus freien Stücken die letzten Zentimeter zu überbrücken – oder eben nicht.

Die freie Entscheidung liegt ganz allein bei mir. Eine weitere, für mich völlig neue Erfahrung.

Mein Leben lang, vor allem nach dem Tod unserer Eltern, haben mich meine Brüder bevormundet. Ich durfte quasi keinen Schritt ohne ihre Zustimmung machen. Ich wusste, dass ich keinen Familiar bekam, also schied es für mich aus, meinen Brüdern nacheifern zu können und eine Meister-Magierin zu werden. Durch meine Gabe hatte ich kaum Freunde, aber ich bin mir sicher, dass sie streng durchleuchtet worden wären, wenn ich welche gehabt hätte.

Doch seit ich von dem schnurgeraden Weg meines vorgezeichneten Lebens abgewichen und auf eigene Faust zum Medium gegangen bin, taten sich plötzlich unzählige Nebenwege vor mir auf. Und Shadow gesteht mir zu, dass ich allein entscheiden kann, welchen dieser Wege ich beschreiten möchte. *Ich habe … die Wahl.*

Kurz balle ich die freie Hand zur Faust, atme tief durch und strecke sie dann nach ihm aus. Vorsichtig fahre ich mit den Fingerspitzen über seine Wange und beobachte fasziniert, wie Shadow in dem Moment genießerisch die Augen schließt, als ich ihn berühre.

Gerade als ich mich mutig genug fühle, um mich weiter nach vorn zu lehnen, poltert es an der Tür. Erschrocken pralle ich nach hinten und wäre beinahe vom Stuhl gefallen. Schnell presse ich beide Hände gegen die Brust, doch ich schaffe es nicht, meinen Herzschlag dadurch wieder zu normalisieren.

Shadow springt auf, stapft zur Tür, schließt auf und reißt sie mit einem Ruck auf. Cal steht auf der anderen Seite und betrachtet meinen Familiar von oben bis unten.

»Störe ich?«, fragt mein Bruder in einem Tonfall, für den ich ihm am liebsten direkt an die Kehle gehen würde.

Doch Shadow bleibt völlig gelassen, zumindest nach außen hin, und erwidert: »Sieht es für dich danach aus?«

»Nun ja, die Tür war abgeschlossen«, sinniert Cal und schaut sich demonstrativ im Zimmer um.

Ich verschränke die Arme und recke das Kinn. Wahrscheinlich kommt auch Cal endlich zu dem Schluss, dass nicht allzu viel vorgefallen sein kann, wenn sowohl Shadow als auch ich vollständig bekleidet sind. Ja, leider sind meine Brüder so oberflächlich ...

Er schaut wieder zu Shadow, der ungerührt am Türrahmen lehnt. »Ich wollte nur sagen, dass wir noch mal wegmüssen. Wir haben einen Notruf erhalten«, rückt Cal mit der Sprache heraus. »Die Wasserbändigerin wurde gesichtet.«

Ich kaue kurz auf der Unterlippe. »Sie hat sich schneller erholt, als ich dachte ...«

Cal, der schon fast wieder auf dem Weg nach draußen war, bleibt wie angewurzelt stehen. Wie in Zeitlupe dreht er sich zu mir um. »Was meinst du mit ›erholt‹?«, hakt er nach.

»Na ja, ihr Kiefer ... Ich dachte eigentlich, dass ich ...« Augenblicklich klappe ich den Mund zu.

»Du?«, knurrt mein Bruder und macht einen Schritt auf mich zu. Ich weiche – soweit es mir auf dem Stuhl möglich ist – vor ihm zurück. »Diese neue Magierin warst *du*?«

Als er einen weiteren Schritt auf mich zu machen will, saust Shadows Hand auf seine Schulter nieder und Cal rührt keinen Muskel mehr.

»Wie nett von dir, dass du uns Bescheid gegeben hast, *Ice King*«, raunt Shadow, während er die Finger so fest in Cals Schulter gräbt, dass sich die Augen meines Bruders zu Schlitzen verengen. »Dann wissen wir ja, was wir die restliche Nacht zu tun haben.«

»Du wirst garantiert nicht mitkommen!«, grollt Cal. Sein Blick huscht wieder zu mir. »Und du schon gar nicht!«

Ich höre sie, die Worte, die er nicht ausspricht, aber die zwischen den Zeilen hängen und mich mehr verletzen als je zuvor. Obwohl er jetzt weiß, dass es Shadow und ich waren, die gegen die Wasserbändigerin angetreten sind, traut mir mein Bruder noch immer nichts zu. Wenn es nach ihm ginge, würde er mich am liebsten hier drin einschließen.

Nachtschwarzer Nebel umwabert meinen Familiar, als er die Zähne bleckt und den Griff um Cals Schulter verstärkt, sodass er vor Schmerzen das Gesicht verzieht.

»Du hast ihr nichts zu befehlen«, knurrt Shadow. »Nachdem wir euch beim letzten Mal den Hintern gerettet haben und ich vorhin deinen älteren Bruder nach allen Regeln der Kunst vorgeführt habe, sollte es sogar dir klar sein, wer hier das stärkere Magier-Familiar-Team ist. Ich gebe dir einen Hinweis: Lumia und du, ihr seid es garantiert nicht.«

»Halt dich aus meinen Angelegenheiten raus, Familiar!«

Die Hand halb hinter seinem Rücken verborgen, beschwört Cal einen Eiszauber. Shadow kann es von seiner Position aus nicht sehen, aber mir fällt es auf. Wahrscheinlich auch, weil er diesen hinterhältigen Trick schon oft genug gegen mich angewendet hat.

Ich springe auf, greife nach Shadow, um ihn zur Seite zu ziehen, doch da durchfährt mich ein Kribbeln bis hinab zu den Fingerspitzen und im nächsten Augenblick wird Cal gegen die Wand im Flur gegenüber meiner Zimmertür geschleudert. Ihm entweicht ein Keuchen, als sein Rücken gegen die Mauer schlägt, und ein weiteres, als er unsanft auf dem Boden landet. Einige Sekunden lang rührt er sich nicht und ich bin schon drauf und dran, auf ihn zuzustürmen. Doch dann hebt er den Kopf und wirft Shadow einen hasserfüllten Blick zu.

»Du dreckiger Schatten-Familiar!«, keift Cal, nachdem er wieder auf die Füße gekommen ist. »Wie kannst du es wagen?!«

Ich krümme mich innerlich bei dem Hass, der in seiner Stimme mitschwingt. Das war es wohl mit dem Traum, dass meine Brüder und Shadow miteinander auskommen ... Und das nur, weil ich meine verdammten Kräfte nicht unter Kontrolle habe!

Mein Blick huscht zu Shadow, der nicht ganz so geschockt aussieht, wie ich mich fühle, denn er schenkt mir ein kleines Nicken, bevor er sich zwischen mir und Cal aufbaut – womit er die ganze Wut meines Bruders auf sich zieht, um von mir abzulenken.

»Wir sehen uns gleich beim Kampf«, sagt Shadow, an dem Cals Groll einfach abzuperlen scheint. Ich wünschte, ich würde ebenfalls über diese Ruhe verfügen ... »Stellt sicher, dass ihr uns nicht im Weg steht, wenn wir die Wasserbändigerin erneut fertigmachen!«

Cal verzieht hasserfüllt den Mund und will zu einer Erwiderung ansetzen, doch Shadow schlägt ihm einfach die Tür vor der Nase zu und schließt wieder ab. Einige Male hämmert Cal von draußen gegen die Tür, doch dann wird alles still. Selbst mein Atem klingt plötzlich viel zu laut in den Ohren.

Als Shadow sich zu mir umwendet, bin ich überrascht darüber, den Schalk in seinen Augen aufblitzen zu sehen. Ich habe mit Wut oder Vorwürfen gerechnet, doch stattdessen grinst er mich an und sieht dabei so aus, als koste es ihn große Mühe, nicht direkt in schallendes Gelächter auszubrechen.

»Wirst du irgendwann lernen, dass ich meine Kämpfe selbst ausfechten kann?«, fragt er schmunzelnd und kommt auf mich zu. Als er vor mir steht, hebt er die Hand und legt sie federleicht an meine Wange.

Wie kann er nach dem Hass, den Cal ihm entgegengeschleudert hat, so ruhig bleiben, während ich am ganzen Körper zittere?

»Es ehrt mich, dass du mich beschützen willst, aber das ist mein Job.«

»Ich ...«, krächze ich und räuspere mich schnell. »Es ist einfach passiert. Ich wusste nicht ... Das wollte ich nicht.«

»Ich weiß«, murmelt er und streicht mir mit dem Daumen über die Wange. Mein Herz vollführt vor Freude einen Salto, als er sich anschließend nach vorn lehnt und mich auf die Stirn küsst. Seine Lippen sind herrlich kühl und fühlen sich angenehm auf meiner erhitzten Haut an. »Geh dich umziehen, *Lady Luck*«, sagt er dann. »Eine Abtrünnige wartet darauf, von uns gefasst zu werden.«

Mit einem Mal fällt all die Anspannung der letzten Minuten von mir ab. Das Zittern hört auf und auch meine Mundwinkel heben sich zu einem kleinen Lächeln. Schnell lege ich die Hand auf seine, die noch immer an meiner Wange ruht, und schließe für einen Moment die Augen. Allein hätte ich es niemals gewagt, mich über die Anweisungen meiner Brüder hinwegzusetzen. Ich wäre brav zu Hause geblieben, ganz gleich wie sehr ich mich im Inneren danach gesehnt hätte, gemeinsam mit ihnen da draußen zu kämpfen.

Aber ich bin nicht mehr allein.

Mit einem aufgeregten Flattern im Bauch wirbele ich herum und renne nach hinten in meinen begehbaren Kleiderschrank und ziehe mich in Rekordzeit um.

»Bereit?«, fragt er, als ich wieder zu ihm gehe.

Ich verziehe den Mund. »Nein«, gebe ich zu. »Aber wir können los.«

Auf einen weiteren Schattensprung könnte ich verzichten, aber es ist der schnellste Weg, um in die Stadt zu kommen. Hoffentlich hält das mein Magen durch ...

»Oh, warte!«, sage ich.

Bevor er mich fragen kann, was los ist, entwinde ich ihm die Hand und hebe sie hoch.

»Ich habe heute nicht allzu viel Magie verbraucht«, murmelt er ausweichend, während sein Blick auf dem Ring liegt. Doch mir entgeht nicht das kurze hungrige Aufglimmen in seinen Augen.

»Blödsinn«, entgegne ich, woraufhin sein Blick wieder zu mir huscht. »Du hast gegen meinen Bruder gekämpft und meine Wunden versorgt. Ich werde nicht das Risiko eingehen, dich völlig entkräftet in einen Kampf zu schicken. Wenn du meine Magie nicht haben willst, bleiben wir hier. So einfach ist das.«

Das ist keine leere Drohung. Ohne Shadows Hilfe bin ich in einem Kampf gegen einen Abtrünnigen völlig aufgeschmissen. Niemals möchte ich ihn verletzt und halb tot am Boden liegen sehen. Ich könnte das nicht einfach so wegstecken, sondern würde mir ewig Vorwürfe machen. Für mich ist Shadow nicht nur ein Werkzeug, das ich nach Belieben benutzen kann.

Aber das sind nicht die einzigen Gründe, warum ich will, dass er meine Magie nimmt … Ich möchte die nebelgrauen Strudel in seinen Augen sehen, während eine ungeahnte Kraft durch mich hindurchrauscht und mir schier den Verstand raubt. Eine Kraft, die nur er in mir auslösen kann.

Ein kurzes Lächeln zupft an Shadows Mundwinkeln. »Weißt du …«, murmelt er, während er mir mit den Fingern eine Haarsträhne hinters Ohr streift. Die Haut, die er dabei berührt, kribbelt. »… es ist gut möglich, dass ich deine Brüder ernsthaft verletze, wenn sie uns noch einmal unterbrechen.«

Bevor ich ihn fragen kann, was er damit meint, greift er nach meiner Hand und führt sie an seine Lippen. Der anschließende Magiesog löscht alles aus, was ich gerade dachte und ihn fragen wollte. Ich schließe mit einem Seufzen die Augen und lege den Kopf ein Stück in den Nacken. Kraft und Stärke erfüllen schier jede Zelle meines Körpers und geben mir das Gefühl, unbesiegbar zu sein. Es ist gleichgültig, ob ich meine Gabe unter Kontrolle habe oder nicht – im Moment könnte ich platzen vor Stärke, und die Vorstellung, dass es irgendwer da draußen mit mir aufnehmen könnte, ist so absurd, dass sie mir beinahe ein Lachen entlockt.

»Wir müssen los«, flüstert Shadow und holt mich dadurch wieder ins Hier und Jetzt zurück.

Meine Lider flattern, als ich mich dazu zwinge, mich auf ihn zu konzentrieren. Obwohl der Kraftüberschuss langsam abebbt, zittern mir die Knie und ich lehne mich nach vorn gegen Shadows Brust. Er schlingt einen Arm um meine Mitte und zieht mich noch fester an sich. Ich fühle mich nicht kraftlos, ganz im Gegenteil: Durch mich zirkuliert so viel Magie, dass mein Körper sie nicht verarbeiten kann. Daher bin ich dankbar für Shadows Stütze und seinen Halt.

Es dauert nur Sekunden, bis ich wieder allein stehen kann. Ich schaue nach oben und mein Herz macht einen Satz, als ich seinem Blick begegne. Seine sonst fast schwarzen Iriden glühen jetzt förmlich in einem hellen Quecksilberton, der mich derart fasziniert, dass ich ihn mit offenem Mund anstarre. Schmunzelnd schiebt er mein Kinn sanft mit einem Finger nach oben.

»Wir … können los«, krächze ich, noch immer gefesselt von seinen wunderschönen Augen. Zwar habe ich den helleren Grauton schon früher bei ihm bemerkt, doch ich bezweifele, dass ich mich je daran sattsehen kann.

»Augen zu«, raunt er.

Sein Griff um mich ist weiterhin fest; ohne ihn würde ich wohl in Panik verfallen, als ich wieder das Gefühl habe, ins Bodenlose zu fallen. Ich weiß, dass wir uns eben noch in meinem Zimmer befunden haben, doch plötzlich scheint sich unter uns ein schwarzes Loch aufzutun, das uns verschluckt. Ich kralle mich mit den Fingern in sein Shirt und presse die Stirn gegen seine Schulter, während ich gehorsam die Augen geschlossen halte. Ich will lieber gar nicht wissen, warum er das jedes Mal von mir verlangt, ebenso wenig wie ich mir vorstellen mag, was in den bodenlosen Schatten, durch die wir gerade fallen, lauert.

***

Als ich endlich wieder festen Boden unter den Füßen spüre, steht mir kalter Schweiß auf der Stirn und ich taumele. Nur Shadows Griff bewahrt mich davor hinzufallen. Mein Magen fühlt sich an, als würde er von innen nach außen gestülpt werden, und ich brauche mehrere Anläufe, um die bittere Galle, die mir den Hals hinaufkriecht, wieder hinunterzuschlucken.

»Menschen reagieren immer etwas empfindlich auf Schattensprünge«, murmelt Shadow, während er mir mit der Hand den Schweiß aus der Stirn streicht und mir mit der anderen über den Rücken reibt.

Ich gebe garantiert einen jämmerlichen Anblick ab …

Nachdem ich meine Atmung und Magenfunktion wieder halbwegs unter Kontrolle habe, frage ich: »Mit wie vielen Menschen hast du denn schon einen Schattensprung gemacht?«

Sofort halten seine Hände inne. Dann lässt er sie sinken und macht einen Schritt von mir weg. Jeder einzelne Muskel in mir scheint sich zu verkrampfen. Als ich ihn anschaue, fällt mir auf, dass er meinem Blick ausweicht. Erneut zieht sich mir der Magen zusammen, doch diesmal hat es nichts mit dem Schattensprung zu tun.

»Mit zwei Menschen außer dir«, antwortet er nach einer gefühlten Ewigkeit.

Ich würde ihn gerne mehr dazu fragen, doch ich spüre, dass sich die Stimmung zwischen uns allein durch die eine Frage merklich abgekühlt hat. Und ich habe keine Ahnung, wieso. Doch ich fühle sie – die Kälte, die von ihm ausgeht. Es ist nicht dieselbe wie bei Cal, keine Magie aus Schnee, und dennoch ist sie da. Wie eine Mauer aus Eis, die ich nicht überwinden kann und die plötzlich zwischen uns steht. Unerklimmbar und so frostig, dass ich nicht wage, die Hand danach auszustrecken – aus Angst, sofort zu erstarren.

Während der letzten Tage sind Shadow und ich bereits mehrmals aneinandergeraten und ich habe seine Wut oder Frustration zu spüren bekommen, vor allem als ich ihm sagte, dass ich ihn zurückgeben will. Doch selbst wenn er sich über mich geärgert hat, fühlte ich eine Wärme in ihm, die nun vollkommen fehlt, als wäre jedwede positive Emotion aus ihm verschwunden.

Und das alles nur, weil ich ihm eine einzige Frage gestellt habe … Nach einer solchen Reaktion brennt es mir jetzt natürlich unter den Nägeln zu erfahren, was es für Menschen waren, mit denen er durch die Schatten gesprungen ist. Waren es andere Magiebegabte? Vielleicht … sogar vorangegangene Träger?

Ein Satz, den das Medium gesagt hat, kommt mir wieder in den Sinn.

»Sie wäre nicht die Erste, die dich nicht haben will.«

Ich habe mich damals schon gefragt, was sie damit meinte, aber nach allem, was danach geschah, habe ich es wieder vergessen. Wahrscheinlich hat es nur damit zu tun, dass Shadow sich gerne mal aufführt wie ein Großkotz, wobei er diese Seite von sich schon länger nicht mehr mir gegenüber gezeigt hat.

Nachdem ich gesehen habe, wozu Shadow fähig ist, kann ich mir nicht vorstellen, dass es irgendeinen Magiebegabten geben soll, der ihn freiwillig zurückschickt oder den Pakt mit ihm verweigert. So grenzdebil kann niemand sein!

Auch Lumia sagte etwas, was ich bis heute nicht verstanden habe. Sie sprach … Wie nannte sie es? Zyklen? Ja, das war es! Ob das auch etwas damit zu tun hat? Die Anzahl würde passen, wenn die beiden anderen Menschen Shadows vorherige Träger waren.

»Worüber grübelst du nach?«, fragt Shadow und verschränkt die Arme. Ich zucke beim Klang seiner Stimme zusammen. Selbst sie ist mit Eis überzogen. Mit einer Kinnbewegung deutet er hinter mich. »Der Kampf, zu dem du so dringend wolltest, tobt dort hinten. Wenn wir weiter hier herumstehen, heimsen deine Brüder den ganzen Ruhm ein.«

»Ich …«

Den dämlichen Kampf habe ich völlig vergessen – und wenn ich ehrlich bin, interessiert er mich im Moment auch nicht im Geringsten. Der plötzliche Schmerz, der sich mit der Kälte in meiner Brust eingenistet hat, schnürt mir die Kehle zu und lässt mich kaum Atem holen. Warum verletzt mich die Mauer, die er um sich errichtet hat, so sehr? Sollte es mir nicht egal sein? Er will nicht darüber reden; das ist kein Beinbruch. Aber er hätte es … auf eine andere Weise sagen können.

»Entschuldige«, murmele ich. »Ich wollte nicht neugierig erscheinen. Ich wollte nur … mit dir reden und mich von den Kapriolen, die mein Magen nach dem Schattensprung veranstaltet hat, ablenken. Wenn ich dir mit meiner Frage zu nahe getreten bin, tut es mir leid, aber …« Schnell balle ich die Hände zu Fäusten, damit er nicht sieht, dass sie zittern. Dann schaue ich zu ihm auf und wappne mich innerlich gegen die Kälte, die mir sein Nachtblick gleich entgegenschleudern wird. »Kannst du mich bitte wieder so ansehen wie vorher? Bevor ich diese Frage gestellt habe.«

Shadow zieht die Augenbrauen zusammen und blinzelt ein paarmal schnell hintereinander. Die Stille und Kluft zwischen uns sind beinahe unerträglich für mich. Innerhalb weniger Tage habe ich mich so an seine Art, seine Nähe und die ständigen Berührungen gewöhnt, dass es sich falsch anfühlt, nichts davon mehr zu haben. Ich bin wieder allein und schutzlos und plötzlich taucht das dunkle Loch unter mir auf und droht mich zu verschlingen.

Ohne Vorwarnung zieht er mich zu sich, schlingt beide Arme um mich und presst mich so fest gegen seine Brust, dass mir sämtliche Luft aus den Lungen entweicht. Ich bin zwar etwas überrumpelt, doch nach kurzem Zögern hebe auch ich die Arme und lege sie um ihn. Erleichtert stößt er den Atem aus.

»Verzeih mir«, flüstert er so nah an meinem Ohr, dass mir ein wohliger Schauer über den Rücken rinnt. »Ich rede nicht über meine Vergangenheit oder die anderen Träger. Mit niemandem, auch nicht mit dir. Aber ich hätte dich nicht so abweisend behandeln dürfen. Jedem, der zu tief im Damals gräbt, mache ich von Anfang an klar, dass er das zu unterlassen hat.«

Ein Zittern erfasst mich bei seinen Worten. Einerseits gibt er mir ohne Umschweife zu verstehen, dass ich ihn nie wieder nach seiner Vergangenheit fragen soll. Und wenn ich mir seine Reaktion auf eine eigentlich völlig unverfängliche Frage ansehe, will ich ihn auch nie wieder nach irgendetwas fragen, was vor meiner Zeit passiert ist, aus Angst davor, dass er mich wieder so unnahbar behandelt. Andererseits klingt er gleichzeitig so traurig und resigniert, dass es mir schier das Herz zerreißt.

Was ist nur mit ihm geschehen, dass er derart abweisend reagiert?

Ein Arm verschwindet um meine Mitte und kurz darauf spüre ich seine Hand an der Wange. Mit dem Daumen streicht er sanft über die Haut. Während er mich so eingehend betrachtet, als könnte er in meinen Augen all die Antworten finden, nach denen er zu suchen scheint, verzieht sich sein Gesicht vor Traurigkeit. Der Schmerz in meiner Brust flammt bei diesem Anblick wieder auf. Ich öffne den Mund, um zu fragen, was plötzlich mit ihm los ist, doch noch ehe ich ein Wort hervorbringe, schüttelt er den Kopf. Dann umschließt er auch mit der anderen Hand mein Gesicht, hebt meinen Kopf ein Stück an und küsst mich auf die Stirn. Die kurze Berührung seiner kühlen Lippen auf der Haut vertreibt den Schmerz aus mir und ich kann wieder normal atmen. Unendlich erleichtert schließe ich die Augen.

»Ein Kampf wartet auf uns«, erinnert er mich, wobei ein kleines Lächeln seine Mundwinkel umspielt.

Ich sehe zu ihm empor und nicke. Alles ist mir recht, solange ich dadurch die letzte Viertelstunde vergessen kann. Ich würde noch hundert Schattensprünge in Kauf nehmen, würde gegen zig Abtrünnige kämpfen und mich sogar von ihnen verprügeln lassen – nichts davon würde mich so sehr mitnehmen wie Shadows eiskalter Blick.

KAPITEL 20

Felicity

Wir hasten einige Querstraßen weiter. Schon aus mehreren Metern Entfernung kann ich den Lärm hören, den Zac und Terra verursachen. Die Straße erbebt unter den Füßen, doch ich bleibe nicht stehen.

Shadow hält sich nah an meiner Seite. Seit wir uns zum Kampf aufgemacht haben, hat er kein Wort mehr zu mir gesagt. Zwar ist die eisige Aura, die ihn vorhin noch umgab, verschwunden, dennoch spüre ich, dass etwas Unausgesprochenes zwischen uns steht. Vielleicht bilde ich es mir auch nur ein ... Schnell schüttele ich den Kopf. Ich habe keine Zeit, um mir darüber Gedanken zu machen! Da vorn ist eine Wasserbändigerin, die ich diesmal auf jeden Fall schnappen will! Ich darf nicht zulassen, dass sie erneut meine Brüder und ihre Familiare verletzt! Sie muss gefasst und eingesperrt werden; das allein zählt im Moment!

Unvermittelt packt mich Shadow am Arm und zieht mich zu sich. Nur einen Augenblick später kracht eine etwa zwei Meter große Mauer – wahrscheinlich aus einem Gebäude – auf die Stelle, an der ich eben noch stand.

»Terra muss wirklich mehr auf ihre Umgebung achten«, knurrt Shadow. »Und du ebenso.« Er gibt ein frustriertes Schnauben von sich und lockert den Griff um meinen Arm. »Wenn wir der Abtrünnigen gegenüberstehen, wirst du dich fürs Erste im Hintergrund halten.«

»Was?«, zische ich. »Ich habe mich wohl verhört! Ich bin doch nicht hier, damit ich mich irgendwo verkrieche und Däumchen drehe! Ich bin hier, um zu kämpfen und eine Abtrünnige zu schnappen, damit ich endlich die Chance bekomme, zu den Prüfungen eingeladen zu werden!«

»Und wie willst du das anstellen?«, fragt Shadow. »Willst du mir wieder deinen Körper überlassen? Das ist nur für eine sehr kurze Zeit möglich, das weißt du. Wenn ich angreifen oder sogar Schattenmagie einsetzen muss, sind es höchstens ein paar Minuten.«

»Aber … warum sind wir dann hier?«

»Du besitzt keine Angriffsgabe«, sagt Shadow ruhig. »Das ist nichts Schlimmes.« Er streicht mir mit der Hand über den Kopf. »Ich kämpfe besser, wenn ich mich nicht ständig nach dir umsehen muss, ob du auch keinen Blödsinn machst.«

Der Kloß, der sich plötzlich im Hals bildet, lässt mich kaum noch atmen. So sieht er mich also? Als eine Bürde, auf die er aufpassen muss …

Ich hole zittrig Luft, habe aber weiterhin das Gefühl, ersticken zu müssen.

Selbst mein Familiar sieht in mir nicht mehr als eine nutzlose Magiebegabte, die es niemals zu etwas bringen wird.

»In Ordnung«, krächze ich. Meine Stimme ist nicht mehr als ein heiseres Flüstern. »Ich verspreche, dass ich mich im Hintergrund halten werde.«

»Braves Mädchen«, murmelt er, als würde er nichts von meiner Zerrissenheit bemerken.

Vielleicht merkt er es tatsächlich nicht. Vielleicht habe ich die letzten Tage nur geglaubt, er würde mich verstehen und wäre anders als meine Brüder. Die Hoffnung, ich könnte endlich jemanden gefunden haben, der mehr in mir sieht als ein kleines schutzbedürftiges Mädchen, hat mich blind gemacht.

Blind und dumm.

Shadows Hand verschwindet von meinem Kopf, als sein Körper sich in Schatten hüllt. Nur wenige Augenblicke später lösen sich die Schatten wieder auf und er steht in seiner wahren Gestalt vor mir. Der Schattenpanther schaut zu mir auf und für einen kurzen Moment huscht Verwirrung durch den Blick seiner nun rauchgrauen Augen.

Schnell reibe ich mit der Hand über meine Wange und lasse die einzelne verräterische Träne verschwinden, ehe ich ihm zunicke. Jetzt ist nicht die Zeit dafür, in Selbstmitleid zu versinken; das kann ich machen, sobald die Abtrünnige gefasst ist und ich wieder zu Hause bin. Doch zuvor muss ich meinen Familiar, der die einzige Waffe ist, die ich zu bieten habe, in einen Kampf schicken, bei dem ich zum Zuschauen verdammt bin.

***

Als wir den Kampfplatz erreichen, stürzt sich Shadow sofort von hinten auf die Wasserbändigerin, die es im letzten Augenblick schafft, seinem Angriff zu entgehen. Dadurch gerät sie jedoch ins Straucheln, sodass es Terra möglich ist, sie durch ein Erdbeben endgültig zu Boden zu schicken.

»Was macht ihr denn hier?«, herrscht Zac mich an, nachdem er den Schattenpanther erkannt hat.

Cal und Lumia scheinen noch nicht eingetroffen zu sein. Dank seiner Magie kann Zac sich selbst und auch seinen Familiar zu einem Einsatzort fliegen und Shadow kann mich durch die Schatten transportieren, während Cal und Lumia auf die üblichen Fortbewegungsmittel zurückgreifen müssen. Wahrscheinlich ist es jedoch ein Segen, dass Cal noch nicht hier ist. Beim letzten Aufeinandertreffen mit der Wasserbändigerin war er völlig neben der Spur. Gut möglich, dass er noch weniger als ich eine Hilfe ist.

Ich werfe meinem ältesten Bruder einen bösen Blick zu. »Wonach sieht es denn aus? Wir helfen dir wieder mal aus der Patsche.«

Nun ja, genau genommen hilft mein Familiar ihm aus der Patsche, während ich vom Spielfeldrand aus dabei zusehen und ihn anfeuern darf. Doch ich möchte beweisen, dass auch ich nützlich sein kann. Irgendwie.

»Pfeif deinen Kater zurück und verschwindet!«, grollt Zac. »Wir haben hier alles bestens unter Kontrolle.«

Just in diesem Moment kommt die Abtrünnige wieder auf die Füße und stößt Terra mit einem Schwall Wasser so weit zurück, dass der Familiar mit voller Wucht gegen eine Mauer prallt.

»Ja«, erwidere ich trocken, »das ist nicht zu übersehen.«

Zac stürzt nach vorn, um zu Terra zu rennen. Zum Glück hat sich die Abtrünnige bereits von ihr abgewandt und versucht nun sich Shadow vom Leib zu halten, der wieder und wieder mit gefletschten Zähnen und bedrohlichem Fauchen auf sie losgeht. Geschickt taucht er unter den Wasserschwallen, die sie ihm entgegenschleudert, hindurch, und es gelingt ihr ein ums andere Mal, seinen Angriffen auszuweichen. Mit aufgerissenem Maul versucht Shadow, die Abtrünnige fassen zu können, doch sein Gebiss zermalmt nichts anderes als Luft.

Da Terra sämtliche Straßen und Wege im Umkreis aufgerissen hat, verfügt die Abtrünnige über einen nie enden wollenden Vorrat an Wasser aus den unterirdischen Leitungen, das sie nach ihrem Willen formen kann. Shadow wird früher oder später die Puste ausgehen, wenn es ihr weiterhin gelingt, meinen Familiar auf Abstand zu halten.

Fieberhaft suche ich nach einer Lösung, um die Angriffe der Abtrünnigen unterbinden zu können, doch mir will einfach nichts einfallen.

Ich haste hinüber zu Zac und Terra. Letztere ist mittlerweile wieder auf die Füße gekommen und prescht nach vorn, um Shadow zu unterstützen. Zac erhebt sich in die Luft, während ein brausender Sturm um ihn tost. Mehrmals lässt er Windzauber auf die Abtrünnige niedergehen, die diese jedoch jedes Mal mit einem Wasserschild abwehrt. Es kommt mir fast vor, als würde sie meinen Bruder verspotten, der mit seinen mächtigen Windangriffen rein gar nichts bewirkt.

Als Shadow und Terra die Abtrünnige gleichzeitig angreifen, formt sie aus Wasser eine schützende Kugel um sich, an der die beiden Familiare abprallen. Shadows Schmerzenslaut – eine Mischung aus Fauchen und Jaulen – geht mir durch Mark und Bein. Er rappelt sich jedoch sofort wieder auf und sucht nach einer neuen Möglichkeit, die Abtrünnige zu überwältigen, während ich nutzlos auf und ab laufe und zum Zusehen verdammt bin.

Wieder und wieder überlege ich, wie wir der Abtrünnigen beikommen könnten, doch jeden Angriff von Zac, Shadow und Terra, ganz gleich wie hinterhältig oder gebündelt er ist, wehrt sie ab. Sie verfügt nicht nur über ein beachtliches Repertoire an Wasserangriffszaubern, sondern versteht sich auch auf Verteidigung ... Wie sollen wir nur dagegen ankommen?

Es ist ungewöhnlich, dass ein Abtrünniger so mächtig ist. Normalerweise sind die stärkeren unter ihnen Wahnsinnige, denen es nur um Zerstörung geht. Doch das Vorgehen der Bändigerin ist methodisch und überlegt. Zudem scheint sie genau zu wissen, welche Attacken wir ausführen werden – und wie sie sich dagegen schützen kann.

Keuchend sackt Terra in ihrer Steinbärengestalt einen Moment lang zu Boden.

Auch Zacs Angriffe werden kraftloser, beinahe fahrig. Hier, inmitten der Stadt, zu kämpfen birgt immer Risiken und er kann nicht auf alle Windzauber zurückgreifen, aber ich sehe ihm an, dass er buchstäblich aus dem letzten Loch pfeift.

Ich ringe die Hände und bete um ein Wunder ... Gleichzeitig wünsche ich mir nichts sehnlicher, als dass Shadow endlich aus der Reichweite der Abtrünnigen verschwindet. Ich habe aufgehört zu zählen, wie viele Treffer er schon kassiert hat ... Wenn ich den Laut, den er jedes Mal dabei von sich gegeben hat, noch einmal hören muss, fürchte ich, mein Herz könnte stehen bleiben.

»Will ich wissen, was du hier machst?«, knurrt Cal, der endlich mit Lumia im Schlepptau angekommen ist, plötzlich hinter mir.

Wie schön, dass die Herrschaften auch endlich eingetroffen sind! Als ich mich zu ihm umwende, in die eisblauen und leicht verengten Augen meines Bruders starre und schon zu einer passenden Erwiderung ansetzen will, kommt mir endlich die rettende Idee.

Eis!

Die Abtrünnige kann zwar Wasser kontrollieren, aber kein Eis. Bereits in der Vergangenheit ist es Cal gelungen, sämtliche Wasserleitungen bei uns daheim einfrieren zu lassen, wenn er einen schlechten Tag hatte. Sollte es ihm hier auch gelingen, hätte die Bändigerin kein Element mehr, auf das sie zurückgreifen kann.

Ich ignoriere Cals barsche Frage und packe ihn an den Schultern, um mir seine Aufmerksamkeit zu sichern. Jedoch muss ich sofort wieder einen Schritt zurück machen, wenn ich mich nicht gleich vor Schmerzen auf dem Boden krümmen will. Verdammte Gabe!

»Ich habe eine Idee, aber dazu brauche ich deine Hilfe.« Dann wende ich mich Lumia zu. »Kannst du nach Terra und Zac sehen und anschließend Shadow helfen, bis wir mit den Vorbereitungen fertig sind? Sag ihm, er soll nur noch ein bisschen durchhalten!«

Kurz huscht ihr Blick zu ihrem Träger, der jedoch damit beschäftigt ist, mich niederzustarren, und sie nickt mir zu, bevor sie hinüber zu Terra und Zac rennt.

Cal schaut über meine Schulter hinweg zur Bändigerin und zu Shadow und verzieht den Mund. »Wenn deine Mieze ihr auch nur einen Kratzer zufügt …«

»Sie ist eine Abtrünnige«, erinnere ich ihn so ruhig wie möglich, obwohl ich ihn am liebsten schütteln würde. »Und wir können sie stoppen, wenn wir zusammenhalten. Dann muss Shadow sie nicht in ihre Einzelteile zerlegen. Aber das geht nur, wenn du tust, was ich dir sage.«

Widerwillig löst Cal den Blick von der Abtrünnigen. »Und dann wird ihr nichts geschehen?«

»Wir nehmen sie fest, wie es sich gehört«, antworte ich. »Aber wir werden ihr nicht unnötig wehtun.«

Ich sehe Cals Kiefermuskeln arbeiten und zähle in Gedanken die Sekunden, in denen er mit sich ringt.

»Na schön«, knurrt Cal dann. »Wie lautet dein Plan?«

»Terra hat die Wasserleitungen freigelegt«, erkläre ich. »Friere sie ein! Nimm der Bändigerin die Grundlage für ihre Angriffe! Dadurch wird sie wehrlos sein und wir können sie leichter festsetzen. Wir müssen keine Gewalt anwenden, um sie zu besiegen.«

So viele Emotionen huschen über das markante Gesicht meines Bruders, dass ich sie nicht zu fassen bekomme. Zweifel und Angst, aber auch Pflichtgefühl sind die, die am meisten hervorstechen, doch da sind noch unzählige mehr. Emotionen, die ich nicht wage zu analysieren. Ich muss mich auf den Kampf konzentrieren. Mir geht es nicht nur darum, dass wir die Bändigerin möglichst unblutig einfangen können, sondern auch um Shadows Unversehrtheit, der im Moment völlig allein gegen die Abtrünnige kämpft.

»Von mir aus!« Cals Stimme ist rau und sein Gesicht verzerrt. »Ich mach's! Aber es wird eine Weile dauern, das Wasser in allen Leitungen einzufrieren.«

»Wir verschaffen dir Zeit«, verspreche ich und haste ebenfalls hinüber zu Zac und den Familiaren.

Um nichts in der Welt will ich in Cals Nähe stehen, wenn er seine Eismagie in vollem Umfang einsetzt. Und das muss er tun, um die städtischen

Wasserwerke lahmzulegen. In den Rohren unter unseren Füßen fließt weit mehr Wasser als bei uns zu Hause.

Ich knie mich neben Terra, die noch immer nicht bei Bewusstsein ist. In ihrer Bärenform liegt sie reglos auf der Seite, doch ich sehe, dass sie atmet. Dank ihres Steinkörpers hat sie hoffentlich keine inneren Verletzungen davongetragen und ist nur durch den Aufprall bewusstlos geworden.

Mit knappen Worten berichte ich Zac und Lumia, was wir vorhaben, und ich glaube, einen Funken Stolz im Blick meines ältesten Bruders sehen zu können, als ihm klar wird, dass es meine Idee war.

»Ich gehe hinüber zu Cal und helfe ihm durch ein paar Windzauber dabei, sein Eis schneller zu verteilen«, sagt Zac sogleich und steht auf.

Ich wende mich an Lumia. »Geh und hilf Shadow, die Abtrünnige so lange abzulenken, bis alles bereit ist. Ich bleibe bei Terra und …«

Ein hohes Fauchen reißt mich aus dem Gespräch. Sofort springe ich auf die Füße und taumele wie in Trance ein paar Schritte nach vorn. Ich lausche so angespannt, dass ich mein Blut in den Ohren rauschen höre, doch ansonsten ist bis auf das Knistern und Dröhnen um mich herum alles still.

Dann vernehme ich das Platschen von unzähligen Wassermassen, gefolgt von einem erneuten Aufschrei meines Familiars.

»Shadow!«, kreische ich.

Im ersten Moment sehe ich gar nichts. Nur Geröll und Schatten und Staub und Gischt. Mein Herzschlag dröhnt so laut in den Ohren, dass ich jeden einzelnen mitzählen kann. Es vergehen fünf Schläge, bis ich etwas erkennen kann. Wie erstarrt muss ich dabei zusehen, wie Shadow erneut an der Seite von einem Wasserschwall getroffen und zurückgeschleudert wird. Der harte Aufprall muss ihm sämtliche Luft aus den Lungen pressen und er überschlägt sich mehrmals, bis er schließlich reglos liegen bleibt. Mein Herz scheint stehen zu bleiben, während sich jeder einzelne Muskel im Körper versteift.

Bitte, steh wieder auf!, flehe ich stumm. *Steh auf, verdammt noch mal!*

Doch Shadow rührt sich nicht. Von hier aus kann ich nicht einmal erkennen, ob er noch atmet. Was wenn er …?

Mit bedächtigen Schritten tritt die Bändigerin aus dem sich lichtenden

Nebel aus Wasser und Schatten hervor. Langsam, beinahe genüsslich nähert sie sich Shadow, eine Hand erneut erhoben, um Wasser aus der Umgebung herbeizurufen. Einzelne Tropfen verbinden sich zu einem zuckenden und wabernden Zauber, der wartend über ihrer Handfläche schwebt.

Ich denke keine Sekunde darüber nach, sondern stürze nach vorn.

»Feli, bleib hier!«, schreit Zac hinter mir, bekommt mich jedoch nicht zu fassen.

Ich renne an Cal vorbei und spüre die Kälte, die von ihm ausgeht. Unter seinen Füßen hat sich eine Eisschicht gebildet und auch die Luft um ihn herum ist deutlich kühler als die drüben bei Terra. Cal wirft mir einen bittenden Blick zu, doch ich habe nur ein Kopfschütteln für ihn übrig. Ich werde keine Nachsicht mit der Bändigerin haben, wenn sie Shadow ernsthaft verletzt hat!

Ich habe keine Ahnung, wie ich gegen die Abtrünnige ankommen soll, an der sich sogar Shadow und meine Brüder samt deren Familiare mehr als einmal die Zähne ausgebissen haben. Wahrscheinlich bin ich für sie nichts weiter als ein mickriges Insekt, das sie unter ihren Schuhen zertreten kann, und sie wird mich innerhalb eines Wimpernschlags zerfetzen. Aber das ist mir egal. Im Augenblick zählt für mich nur, dass ich nicht tatenlos dabei zusehen werde, wie sie Shadow weiter verletzt. Das letzte Fauchen, das er vorhin ausgestoßen hat ... Höher und herzzerreißender als die Male zuvor ... Solch einen Laut will ich nie wieder von ihm hören müssen!

Die Abtrünnige sieht mich schon von Weitem kommen, hat jedoch keinen Blick mehr für mich übrig. Wahrscheinlich steht mir schon auf der Stirn geschrieben, dass ich keine Gefahr für sie darstelle. Sie hat nur Augen für Shadow, der zwar zum Glück wieder zu sich gekommen ist, jedoch nicht aufstehen kann. Vergeblich versucht er sich mit den Vorderpfoten nach oben zu drücken, rutscht aber immer wieder weg. Nur vereinzelt wabern noch Schatten aus seinem Rücken empor.

Ich habe völlig den Überblick darüber verloren, wie lange er bereits gegen die Wasserbändigerin auf sich allein gestellt kämpft. Hat er seitdem Magie eingesetzt oder sie nur in seiner wahren Gestalt attackiert? Wie oft hat sie ihn bereits getroffen, ohne dass einer der anderen ihm zu Hilfe kam?

Ich knirsche mit den Zähnen und haste weiter auf ihn zu. Ich war so sehr mit dem ganzen Drumherum beschäftigt, wollte unbedingt etwas beitragen und suchte fieberhaft nach einer Lösung, dass ich nicht auf meinen Familiar geachtet habe. Wie konnte ich mich nur so sehr ablenken lassen?

Die Wasserbändigerin hat Shadow nun beinahe erreicht. Der Wasserzauber, der über ihrer Hand tanzt, ist mindestens doppelt so groß wie ein Fußball. Wenn sie Shadow, der sich nicht schützen kann, diesen Zauber aus so kurzer Distanz entgegenschleudert …

Als sie die Hand hebt und der Zauber zu zucken beginnt, bin ich noch gut fünf Meter von Shadow entfernt. Ich hechte nach vorn, schlittere durch den Schwung über das Geröll und die aufgerissene Straße und beiße die Zähne zusammen, als mir spitze Steine erst die Hose und anschließend die Haut aufschlitzen.

Nun hat auch Shadow mich bemerkt. Er dreht den Kopf in meine Richtung und starrt mich aus weit aufgerissenen Augen an. Der Idiot soll dorthin schauen, von wo aus ihm Gefahr droht!

Genau in dem Moment, als die Bändigerin den Wasserzauber auf ihn niedergehen lässt, stürze ich mich nach vorn und werfe mich über den riesigen Körper meines Familiars. Shadows Fauchen klingelt mir in den Ohren und er versucht mich von sich zu schubsen, damit ich nicht mehr zwischen ihm und dem Zauber bin, doch das kann er vergessen!

Ich kralle die Finger in sein Fell, kneife fest die Augen zusammen und warte auf den Schmerz, der unweigerlich folgen muss.

Wie gern würde ich mehr für ihn tun können und nützlicher sein, doch wenigstens tauge ich als Schutzschild. Nicht die schlechteste Art abzutreten. Es ist allemal besser, als dass sie Shadow aus solch kurzer Entfernung trifft, wenn er sich nicht verteidigen kann.

Der Schmerz lässt nicht lange auf sich warten. Wie tausend winzige Nadelstiche bahnt sich der Zauber einen Weg durch mein Shirt, das kaum mehr als eine Sekunde Widerstand leistet. Anschließend frisst er sich durch die Haut. Ich kreische auf, als er offenbar ungebremst auf die Wirbelsäule trifft. Es fühlt sich an, als würde sie mit ihrem Wasserzauber zuerst die Haut vom Leib schälen und anschließend mit einem Hammer auf die offene Wunde schlagen und dabei jeden Wirbel und jeden Nerv im Rücken zerschmettern.

»Da bist du ja endlich!«, raunt die Bändigerin. »Ich hatte schon Angst, du willst die ganze Zeit über nur zusehen.«

Immer neue Schmerzwellen rauschen durch mich hindurch, bis ich nicht mehr weiß, wo die eine endet und die andere beginnt. Ihr Zauber scheint grenzenlos zu sein; nicht eine Sekunde Pause ist mir vergönnt, um wieder zu Atem zu kommen.

»Du bist noch schwächer, als ich dachte«, spottet die Abtrünnige. »Bemitleidenswerte Kreatur. Es ist mir ein Rätsel, warum *er* ausgerechnet nach dir verlangt.«

Ich schreie die Schmerzen heraus, bis ich die eigene Stimme nicht mehr erkenne, die hoch und schrill in den Ohren klingt, doch ich bewege mich keinen Zentimeter von Shadow weg. Zwar versucht er weiterhin sich unter mir hervorzukämpfen, doch es gelingt ihm nicht. Verbissen umklammere ich ihn und kralle die Hände in sein Fell.

Der Zauber versiegt, doch die Schmerzen bleiben. Meine Schreie verkommen zu einem Wimmern, während ich darum kämpfe, bei Bewusstsein zu bleiben. Flüssigkeit läuft über meinen Rücken und anschließend über die Taille und den Bauch. Ich bin mir sicher, dass es nicht nur die Überreste ihres Wasserzaubers sind ...

»Zu schade, dass ich dich nicht töten darf«, murmelt die Bändigerin. Ihre Stimme klingt seltsam weich und melodisch, völlig falsch an einem Kampfplatz wie diesem. »Ich werde die Aufgabe vollbringen, die mein Meister mir gestellt hat, doch zuerst werde ich diesen Kater dafür ersäufen, dass er nach mir schnappen und mich kratzen wollte. Zum Glück stand er nicht mit auf der Liste. Aber du bist mir im Weg!«

Mehrmals versuche ich Worte zu formen, doch erst beim dritten Anlauf gelingt es mir. Ich stemme mich so weit auf die zitternden Arme, dass ich ihr zumindest halbwegs ins Gesicht sehen kann. »Du wirst ... ihn mir ... nicht ... wegnehmen ...«

Sie stößt ein Schnauben aus, bückt sich und packt mich an den Haaren.

Ich bin zu schwach, um zu schreien, und verglichen mit den Schmerzen, die noch immer ausgehend vom Rücken durch meinen Körper schießen, spüre ich das Ziepen am Kopf kaum. Beinahe bin ich froh über diese kleine Verlagerung des Schmerzes, denn sie verhindert, dass ich ohnmächtig werde. Ich wünschte, ich könnte mich wehren und irgendetwas tun, außer wie halb toter Ballast über Shadow zu liegen ... Aber wenigstens konnte ich verhindern, dass sie ihn mit dem letzten Zauber traf. Zumindest das habe ich geschafft ...

Als sie das kleine zufriedene Lächeln sieht, das sich auf meine Lippen gestohlen haben muss, verzieht die Abtrünnige den Mund und will mich zur Seite wegschleudern, um endlich an Shadow heranzukommen. Dabei krallt sie auch die zweite Hand in mein Haar und beugt sich ein Stück zu mir herunter, um mehr Schwung zu holen.

Genau in diesem Moment stemmt Shadow sich auf die Vorderpfoten und versenkt mit einem Grollen die Zähne so tief in ihrer Schulter, dass ich höre, wie die spitzen Fangzähne auf Knochen treffen.

Sie kreischt auf; hoch und schrill und so durchdringend, dass ich mir am liebsten die Ohren zuhalten will. Doch die Arme hängen schlaff und kraftlos herab. Selbst wenn mein Leben davon abhängen würde, könnte ich sie nicht heben.

Ich schiele zur Seite. Blut tropft aus Shadows Maul auf mich herab. Abrupt lässt die Bändigerin mich wieder los, damit sie einen neuen Zauber auf Shadow schleudern kann, doch kein Wasser kommt ihrem Befehl nach. Ist es Cal endlich gelungen, es einzufrieren? Ich bin zu schwach, um mich nach ihm umzudrehen. Dennoch kämpfe ich mich auf die Knie hoch, als die Bändigerin ihre Finger mit den langen, blau lackierten Nägeln in Shadows Augen drückt, um ihn dazu zu zwingen, von ihr abzulassen.

Und da ist endlich das Gefühl, wofür ich die ganze Zeit gebetet habe: das Kribbeln, das durch mich hindurchrauscht und mich für einen Moment die Schmerzen, die meinen Körper zu lähmen scheinen, vergessen lässt.

Meine Hände glühen, als ich die linke wieder in Shadows Fell vergrabe und die rechte der Bändigerin auf die unverletzte Schulter lege. Im selben Augenblick zieht Shadow die Zähne aus ihrem Fleisch, sodass sie ungehindert von der Kraft zurückgeschleudert werden kann. Mehrmals überschlägt sie sich, bevor sie hart gegen die Überreste des Brunnens mitten auf dem Platz knallt. Kleine Eisbrocken rieseln anstatt Wasser auf sie herab. Ihr Kopf sackt auf die Brust und sie rührt keinen Muskel mehr.

Dann wird mir für einen Moment schwarz vor Augen und das Gefühl von Kraft verschwindet genauso schnell wieder, wie es aufgetaucht ist.

»Feli!«, ruft Zac hinter mir.

Ich kämpfe mich wieder zurück aus der gnädigen Schwärze, die sich über mich legen wollte, und es dauert eine Weile, bis ich halbwegs meine Umgebung erkennen kann. Gemeinsam mit Cal kommt Zac auf mich zugerannt. Auch Lumia und Terra, die offenbar wieder bei Bewusstsein ist, sind bei ihnen und umringen mich.

Ich weiß nicht, wie schlimm es um mich steht, doch aus ihren geschockten Mienen schließe ich, dass ich einen äußerst erbärmlichen Anblick abgeben muss …

Dunkle Punkte tanzen vor meinen Augen und ich merke, dass ich mich erneut in die lockende Bewusstlosigkeit flüchten will, wo ich die pulsierenden Schmerzen und die Schwäche, die nun von mir Besitz ergriffen hat, nicht mehr spüren muss.

Es ist Shadow, der mich auffängt, als ich zur Seite kippe. Er hat wieder seine menschliche Gestalt angenommen – ich habe seine Verwandlung gar nicht bemerkt – und sieht so schockiert aus, wie ich ihn noch nie zuvor gesehen habe. Beinahe muss ich über seine weit aufgerissenen Augen und den vor Schreck offen stehenden Mund lächeln, doch selbst das Heben meiner Mundwinkel stellt mich vor ungeahnte Herausforderungen.

Ich will die Hand heben, um das Blut, das rings um seinen Mund klebt, wegzuwischen, doch mein Körper verweigert sich seltsamerweise jeglichem Befehl. Zum Glück weiß ich, dass es nicht Shadows Blut ist.

»Bring sie sofort nach Hause!«, schreit Zac.

Ich schaffe es nicht, mich auf ihn zu konzentrieren. Seine Konturen verschwimmen ebenso wie die von Cal und Lumia. Nur Shadow kann ich noch klar sehen, weil er mir am nächsten ist. Ich will die Hand heben und die steile Falte zwischen den Augenbrauen wegstreicheln, doch wieder gelingt es mir nicht, auch nur einen Muskel zu rühren.

»Durchhalten, Kleines«, flüstert Shadow, als er nach meiner Hand greift und sie an den Mund führt.

Nur am Rande bekomme ich mit, was er vorhat. Er will mich mit einem Schattensprung nach Hause bringen, doch dazu braucht er Magie von mir, da er nach dem Kampf und den Treffern, die er einstecken musste, völlig ausgepowert ist. Ich habe kein Problem damit, dass er sich an meiner Magie bedient, aber ich befürchte, dass ich selbst nicht mehr genügend in mir habe, um ihn zu versorgen. Ich würde mich freuen, den Sog spüren zu dürfen, der mich die Schmerzen für einen Moment vergessen lässt, doch mehr als ein leichtes Ziepen geht nicht von meinem Ringfinger aus.

»Was ist los?«, fragt Cal.

»Ich ... habe nicht genügend Magie übrig, um uns beide durch die Schatten springen zu lassen«, presst Shadow hervor. Sein Gesicht ist so blass ... Ist er doch verletzt?

»Kannst du dich selbst zurück ins Anwesen bringen?«, fragt Zac. Shadow schaut nur einen kurzen Augenblick zu ihm auf, nickt und senkt den Blick wieder zu mir. »Dann werde ich sie nach Hause fliegen. Du wartest dort auf uns.«

Shadows Griff um mich verstärkt sich und er verzieht den Mund. »Du kannst mit ihr nicht in diesem Zustand durch die Luft fliegen«, grollt er. »Sie könnte verbluten ... Die Gefahr einer Infektion ... Hast du die Wunde am Rücken nicht gesehen?«

Cal stürzt vor, packt Shadow am Kragen und schüttelt ihn. »Eine Wunde, die sie deinetwegen davongetragen hat!«

Unfreiwillig werde ich mit durchgeschüttelt und stöhne auf. Sofort lässt Cal von Shadow ab.

»Wir haben keine Zeit, um sie hier zu vertrödeln«, mischt sich nun auch Lumia ein. »Du springst durch die Schatten nach Hause. Zac bringt Feli so vorsichtig wie möglich zurück. Cal, vielleicht kannst du durch einen leichten Eiszauber ihre Schmerzen ein wenig betäuben, bis sie zu Hause angekommen ist. Anschließend kümmerst du dich gemeinsam mit mir und Terra um die Abtrünnige. Verprügelt Shadow meinetwegen später, aber zuerst muss er Felis Wunden versorgen, wenn ihr morgen noch eine kleine Schwester haben wollt.«

Cal und Zac schweigen, doch ich glaube, ihr Zähneknirschen bis zu mir hören zu können. Shadow sieht nicht glücklich darüber aus, mich an Zac weiterreichen zu müssen, und auch ich würde mich lieber länger an seine warme Brust kuscheln, als gleich von meinem Bruder durch die Luft gezerrt zu werden.

Cals Hand, die er über meinen Rücken gleiten lässt, ist so kalt, dass es mir schier den Atem raubt. Doch als die brennende Kälte verschwindet, empfinde ich die Schmerzen nicht mehr als ganz so heftig wie zuvor.

Zac braucht drei Anläufe, bis es ihm gelingt, mich hochzuheben, ohne direkt auf eine offene Wunde zu drücken. Zweimal entweicht mir ein Wimmern, das Shadow beinahe dazu veranlasst, auf meinen Bruder loszugehen. So wütend habe ich ihn noch nie gesehen ...

»Reiß dich zusammen!«, zischt Lumia, als sie Shadow unter Einsatz ihres Körpers von Zac fernhalten muss. »Du hilfst niemandem, wenn du jetzt einen Aufstand machst. Feli am allerwenigsten.«

Shadow bleckt die Zähne und ballt die Hände zu Fäusten. Mit letzter Kraft strecke ich eine Hand nach ihm aus, die er sofort ergreift und an seine Wange legt. Ich hoffe, dass er auch das schwache Lächeln sehen kann, zu dem ich mich zwinge. Schnell haucht er mir einen Kuss auf die Handinnenfläche, bevor sein Blick, der sich von einer Sekunde auf die andere um mehrere Grad abgekühlt hat, zu Zac huscht.

»Ich habe zwar nicht mehr viel Magie übrig, aber wenn sie es nicht schaffen sollte, wirst du den morgigen Tag nicht erleben, *Air Master.*«

Zac presst mich enger an sich. »Meinetwegen wurde sie nicht so zugerichtet«, grollt er, als er sich bereits in die Luft erhebt. »Wäre es nach mir gegangen, wäre sie niemals in die Nähe eines Kampfes gekommen. Ich wusste von Anfang an, dass Feli sich nicht zur Meister-Magierin eignet. Das ist einer der Gründe, weshalb Cal und ich sie von allen Gefahren ferngehalten haben. Der Einzige, dem du Vorwürfe machen kannst, bist du selbst, Familiar!«

Shadow zuckt bei Zacs Worten zusammen, doch bevor er die Möglichkeit zu einer Erwiderung hat, steigt mein Bruder bereits höher und höher mit mir in den Nachthimmel, der so wolkenverhangen ist, dass ich nicht einen einzigen Stern sehen kann.

KAPITEL 21

Felicity

Auf dem Rückweg zur Villa verliere ich mehrmals das Bewusstsein. Die kühle Nachtluft sticht in den offenen Wunden und ich friere erbärmlich durch das Blut, das an mir herunterläuft und meine Kleidung durchtränkt hat.

»Durchhalten, Feli«, murmelt Zac, als ich wieder zu mir komme.

Trotz des peitschenden Windes kann ich seine Stimme klar und deutlich verstehen. Ich weiß nicht, ob das normal ist, denn ich bin noch nie mit ihm geflogen. Warum eigentlich nicht? Ach ja, weil ich neidisch auf die coolen Fähigkeiten meiner Brüder war und deshalb so wenig wie möglich damit zu tun haben wollte … Jetzt ärgere ich mich darüber. Vielleicht bekomme ich nie wieder Gelegenheit dazu, gemeinsam mit Zac zu fliegen …

»Ich fliege, so schnell ich es mir bei deinen Verletzungen zutraue. Ich kann nicht riskieren, dass der Wind die Wundränder noch weiter aufreißt. Rede mit mir! Sag irgendwas!«

»Sei nicht … böse auf Shadow«, krächze ich. »Es war … meine Idee.«

Zac schnaubt frustriert. »Warum versuchst du mit allen Mitteln dich zu beweisen?«

»Weil ich … nicht nutzlos … sein will.«

Als er nichts darauf erwidert, schaue ich zu ihm hoch. Alles, was ich erkennen kann, sind seine zu einem schmalen Strich zusammengepressten Lippen.

Den Rest des Weges schweigen wir. Ich kann nicht sagen, ob wir Minuten oder Stunden unterwegs sind, weil ich immer wieder wegdämmere.

Als Zac direkt auf den Stufen vor der doppelflügeligen Eingangstür landet, komme ich wieder zu mir. Ich werde unsanft durchgeschüttelt, als er die Treppe nach oben rennt und durch die Flure hastet. Vor dem Zimmer, das neben meinem liegt, läuft Shadow bereits wie ein eingesperrtes Tier auf und ab.

»Bring sie dorthinein«, sagt er knapp und drückt die Tür zum Zimmer auf.

Zac würdigt ihn keines Blickes, sondern trägt mich in den schummrigen Raum und legt mich so behutsam wie möglich bäuchlings aufs Bett. Kurz nehme ich die Schüsseln voller Wasser und die Berge an Tüchern und Mullbinden wahr, die um das Bett herumstehen. Auf dem Nachttisch liegen mehrere Schokoriegel sowie andere Süßigkeiten und daneben steht eine dampfende Tasse Tee mit einem bunt gestreiften Strohhalm.

»Raus hier!«, knurrt Shadow an meinen Bruder gewandt.

Doch anstatt dem rüden Befehl Folge zu leisten, baut Zac sich neben Shadow auf und starrt ihn nieder. Trotz meines Zustands kann ich die Spannung, die zwischen den beiden knistert, bis zu mir spüren.

»Es gefällt mir nicht im Geringsten, dass ihr Leben in deinen Händen liegt, Familiar«, grollt mein Bruder. »Wer weiß, was du ihr noch antust.«

»Zac«, presse ich hervor. Sofort drehen sich die beiden zu mir um. »Es ist … in Ordnung.«

Wie bereits vorhin Shadow gegenüber zwinge ich mich zu einem Lächeln, das wohl ebenso verunglückt ausfällt wie der vorherige Versuch. Zac greift nach meiner Hand und drückt sie kurz.

Dann wendet er sich wieder an Shadow und verzieht den Mund. »Wenn du sie sterben lässt, bringe ich dich um.«

Der Familiar reckt das Kinn und begegnet Zacs Starren mit einem unheilvollen Glimmen im Blick. »Wenn sie sterben sollte, habe ich dir die Freude, mich töten zu können, bereits abgenommen. Aber keine Sorge! Ich werde sie nicht sterben lassen. Und jetzt verschwinde endlich!«

Zac wirft einen letzten Blick auf mich, bevor er sich umwendet und zur Tür stapft. Shadow folgt ihm und dreht den Schlüssel um, sobald mein Bruder das Zimmer verlassen hat. Dann kommt er sofort zu mir zurück und kniet sich neben das Bett. Mit flinken Bewegungen packt er eine Tafel Schokolade aus und bricht ein Stück ab, das er mir anschließend hinhält.

»Mund auf«, befiehlt er sanft.

Selbst der Gedanke daran, etwas zu essen, verursacht mir Übelkeit, doch ich öffne gehorsam den Mund. Ich weiß, dass ich Zucker brauche, um neue

Magie zu generieren. Magie, die Shadow dringend benötigt, um mich zu heilen. Also zwinge ich mich, das Schokoladenstück zu lutschen, obwohl ich es am liebsten wieder ausspucken würde.

»Braves Mädchen«, murmelt er und streicht mir eine wirre Haarsträhne aus der Stirn. »Ich muss dir das Shirt ausziehen, damit ich die Wunden reinigen kann. Hinten ist es ziemlich zerfetzt und ich will nicht riskieren, dass einige Stoffreste in der Haut zurückbleiben, wenn ich sie nachher schließe.«

Wieder erscheint eine tiefe Falte zwischen den Augenbrauen, während er mich eingehend mustert. Ich möchte ihm sagen, dass er nicht so ein Gesicht machen soll, als wäre ich schon tot, doch ich bin viel zu sehr damit beschäftigt, den letzten Rest Schokolade zu lutschen, ohne mich dabei zu erbrechen.

Als ich damit fertig bin, hält er mir die Tasse mit Tee hin und führt den Strohhalm an meine Lippen.

»Ist das wieder Zucker mit Tee?«, frage ich schwach.

Kurz zupft ein Lächeln an seinen Mundwinkeln. »Ich freue mich, dass es dir gut genug geht, um dich beschweren zu können. Ja, da drin ist mehr Zucker als Tee – und außerdem ein Schmerzmittel. Deshalb wirst du alles austrinken, ohne weiter zu meckern.«

Mit einem Augenrollen schließe ich die Lippen um den Strohhalm und trinke ein paar winzige Schlucke. Shadows Blick huscht derweil zu meinem Rücken und mit spitzen Fingern hebt er das Shirt ein Stück an. Mir entweicht ein Wimmern, als der Stoff an den bereits verkrusteten Wundrändern reißt. Sofort zieht Shadow die Hand zurück.

»Entschuldige«, sagt er zerknirscht. »Ich werde so behutsam wie möglich vorgehen.«

»Ich weiß«, wispere ich. »Ich vertraue dir.«

Ein gequälter Ausdruck huscht über sein Gesicht. »Das solltest du nicht. Nicht nachdem dir das passiert ist. Es ist meine Aufgabe, dich zu beschützen, doch ich habe wieder einmal versagt.«

»Ich würde dir nie ... einen Vorwurf machen«, sage ich sofort mit kratziger Stimme. »Es war meine ... eigene Entscheidung.«

Eine Sehne an seinem Hals tritt hervor und ich sehe die Kiefermuskeln arbeiten, doch anstatt zu antworten, schiebt er mir ein weiteres Stück Schokolade in den Mund.

»Wir müssen anfangen«, sagt er nach einer Weile, während er mich einfach nur angesehen hat. »Ich will nicht riskieren, dass das Shirt mit der ganzen Verletzung verwächst. Das würde dir nur noch mehr Schmerzen verursachen.«

Ich schlucke den Rest Schokolade hinunter und hebe die Hand mit dem Ring an. »Dann sollten wir beginnen.«

Sanft umschließt er die Finger mit seinen. Shadows Augen sind derart schwarz, dass ich keinen Unterschied zwischen Pupillen und Iriden erkennen kann, doch der Blick ist so traurig, dass sich mein Herz zusammenzieht, als ich in der Schwärze seiner Augen versinke.

»Hast du Angst vor der Dunkelheit?«, fragt er leise, während er meinen Blick gefangen hält.

Diesmal gelingt es mir, ein Lächeln zustande zu bringen. »Nein«, antworte ich.

»Ich werde versuchen, dein Bewusstsein in Schatten zu hüllen, um so die Behandlung erträglicher zu machen«, erklärt er. »Allerdings habe ich Angst, dass ich dann nicht bemerke, wenn es dir schlechter gehen sollte. Ich muss … ein Mittelmaß finden. Das heißt aber, dass ich dir nicht alle Schmerzen ersparen kann.«

Ich verstärke den Griff meiner Finger. »Ich habe es bis jetzt geschafft. Ich überstehe … auch noch deine Behandlung, denn ich weiß, dass du … sehr sanft sein kannst. Das habe ich … schon bemerkt, als du meine gebrochene Hand geheilt hast.«

Er beugt sich vor und presst die Lippen vorsichtig auf meine Hand, als hätte er Angst, mich noch weiter zu verletzen. »Was habe ich getan, um dieses Vertrauen zu verdienen?«, flüstert er so leise, dass ich ihn kaum verstehen kann. Doch bei jedem Wort spüre ich die Bewegung seines Mundes an meiner Haut.

Mit den Fingerspitzen streichele ich über seine Wange. »Du bist mein Familiar«, wispere ich. »Du kamst zu mir, als … ich dich am dringendsten gebraucht habe. Und du … wolltest, dass ich dich behalte, obwohl es besser gewesen wäre, dich zurückzuschicken. Du glaubst … an mich und unterstützt mich, wenn andere mich belächeln. Ich fühle mich … wohl und sicher in deiner Gegenwart.«

Eine halbe Ewigkeit starrt er mich an, als würde er an meinem gesunden Menschenverstand zweifeln, aber ich habe jedes einzelne Wort, das ich zu ihm gesagt habe, ernst gemeint. Ich verspüre keine Angst davor, mich in seine Hände zu begeben, denn ich weiß, dass er alles erdenklich Mögliche vollbringen wird, um mich wieder zusammenzuflicken. Genau wie ich mich jederzeit wieder zwischen ihn und eine drohende Gefahr werfen würde. Es spielt keine Rolle, ob ich über Elemente gebieten oder andere Kunststücke vollbringen kann. Nichts davon brauche ich, um den Familiar, der mir anvertraut wurde und bei dem ich sein kann, vor Unheil zu schützen. Meine eigene Unversehrtheit ist dabei nur ein kleiner Preis.

Ich weiß nicht, ob das, was ich fühle, von unserem Pakt herrührt. Ich bin auch viel zu erledigt, um genauer darüber nachzudenken. Aber als ich sah, was die Bändigerin Shadow antun wollte … Als ich sein schrilles Fauchen hörte … Da dachte ich, die Welt um mich herum würde jeden Moment auseinanderbrechen.

»Ich muss beginnen«, murmelt er, nachdem wir uns im Blick des jeweils anderen verloren haben. »Schließ die Augen.«

»Wirst du … das Erste sein, was ich sehe, wenn … ich wieder aufwache?«, frage ich mit wegbrechender Stimme. Ich weiß nicht, ob es das Schmerzmittel ist, das endlich wirkt, doch ich kann mich nur mit Müh und Not an mein Bewusstsein klammern.

Shadow beugt sich vor und für die Dauer eines Wimpernschlags meine ich, seine kühlen Lippen auf der Wange und kurz darauf an meinem Mundwinkel zu spüren. Ich seufze wohlig auf.

»Versprochen«, flüstert er mir ins Ohr, bevor alles um mich herum schwarz wird und ich in gnädigem Nichts versinke.

KAPITEL 22

Shadow
Indem ich ihr Bewusstsein in Schatten hülle, koppele ich das Schmerzempfinden vom Rest ihres Körpers ab. Allerdings wage ich es nicht, den Zauber in vollem Umfang einzusetzen. Ich muss sehen, wann ich ihr starke Schmerzen zufüge, und ich muss bemerken können, wenn es schlechter um sie steht.

Keine Frage, dass ich alles tun werde, um sie wieder zu heilen. Die Verletzungen sind frisch; wenn ich mich beeile, wird sie nicht einmal Narben zurückbehalten. Es wäre ein Jammer, wenn diese wunderschöne helle Haut nicht mehr so rein und unschuldig aussähe. Wie ich Felicity kenne, würde es sie nicht stören, ganz im Gegenteil. Ich kann mir bildlich vorstellen, wie sie die Narben aus einem Kampf gegen eine Abtrünnige stolz zur Schau stellen würde. Und mich … mich würde es auch nicht stören. Aber sie wurde meinetwegen so zugerichtet. Sie leidet meinetwegen. Also ist es meine verdammte Pflicht, alles wiedergutzumachen – was auch die Unversehrtheit ihrer Haut beinhaltet.

Ich nehme mir so viel Magie, wie ich für die Heilung der schlimmsten Verletzungen benötige. Kein Quäntchen mehr. Um die kleineren Schürfwunden an ihren Knien und Armen kann ich mich später noch kümmern. Viel wichtiger ist es, dass ich die offene Verletzung am Rücken so schnell wie möglich schließe und die Blutung stoppe.

Ich greife nach der Schere, die ich neben die Handtücher und Schüsseln mit warmem Wasser gelegt habe, und schneide das Shirt und den BH entzwei. Unendlich vorsichtig löse ich die bereits verkrusteten Fetzen vom Schorf, reiße dadurch aber schon verheilte Stellen wieder auf.

Wunden, die durch Magie verursacht wurden, sind immer ein schlimmer Anblick. Wahrscheinlich hatte Feli Glück, dass es sich bei der Abtrünnigen um eine Wasserbändigerin handelte. Verletzungen, die durch Feuer verursacht werden, sind gefährlicher. Auch Erdzauber können massiven Schaden anrichten und vor allem innere Verletzungen hervorrufen. So gesehen hatte sie Glück im Unglück – obwohl das seltsam klingt. Die Wunde am Rücken ist zwar großflächig, aber nicht lebensbedrohlich. Ich kann nur hoffen, dass ihre Wirbelsäule keinen bleibenden Schaden genommen hat. Das Heilen solcher mit vielen Nervenenden versehenen Körperregionen ist immer ein heikler Prozess. Meine größte Angst ist, dass sie dauerhaft in ihren Bewegungen eingeschränkt sein könnte …

Wenn ich diese verdammte Wasserbändigerin in die Finger bekomme, werde ich mich nicht damit zufriedengeben, die Zähne in ihrer Schulter zu versenken! Ich werde ihr Felis Schmerzen tausendfach heimzahlen!

Mit weichen Handtüchern und warmem klarem Wasser entferne ich den Schmutz, der sich in der Wunde festgesetzt hat. Je näher ich der Wirbelsäule komme, desto öfter zuckt Feli zusammen. Ich werte es als gutes Zeichen und bin jedes Mal erleichtert, wenn sich ihre Muskeln kurz verspannen. Viel besorgniserregender wäre es, wenn sie sich gar nicht regte, denn dann hätte sie keinerlei Gefühl mehr in der betroffenen Region, was auf eine Schädigung der Nerven hindeuten würde.

Erst als ich sicher bin, keinen groben Schmutz oder Stoffreste in der Wunde übersehen zu haben, mache ich mich daran, sie mit Magie zu verschließen und zu heilen. Obwohl ich ihren Geist in Schatten gehüllt habe, krallt Feli die Hände ins Laken und gibt ein Wimmern von sich. Mir widerstrebt es, ihr noch mehr Schmerzen zuzufügen, und ein Teil von mir rebelliert dagegen, doch ich weiß, dass ich weitermachen muss.

Eine Heilung geschieht nicht durch bloßes Fingerschnippen. Abgestorbenes Gewebe muss beseitigt und neues frisches gebildet werden. Es ist ein aufwendiger Prozess, der für den Betroffenen mit Schmerzen und für mich mit sehr viel Konzentration und Energieverbrauch verbunden ist. Aber da müssen wir beide durch.

Schweiß rinnt mir die Schläfen hinab, doch ich halte weiter beide Hände auf Felis Rücken gedrückt. Langsam, unendlich langsam, lasse ich neue Haut entstehen, die sich ausgehend von den Wundrändern nach innen ausbreitet und sich dort schließt. Immer wieder höre ich Felis Keuchen und sehe das Zucken ihrer Muskeln, wenn sie sich verkrampft, und jedes Mal fühle ich mich furchtbar.

Zac hatte recht: Es ist meine Schuld, dass sie jetzt in diesem Zustand ist. Wenn ich aufmerksamer im Kampf mit der Abtrünnigen gewesen wäre ... Wenn ich Feli von vornherein verboten hätte, zu dem Kampf zu gehen ... Sie ist keine Kämpferin, das war mir von Anfang an klar, als ich dem Ruf des Mediums folgte. Doch keine meiner Trägerinnen war eine Kämpferin. Zumindest nicht auf die übliche Art.

Aber Feli ... Sie ist völlig anders und ich erwische mich ständig dabei, wie ich in alte Muster verfalle. Ich dachte, dass mehr als dreitausend Jahre allein in der Nebenwelt genug Zeit gewesen wären, um mich darüber, was damals war, hinwegkommen zu lassen, doch es war ein Irrtum.

Meine anderen Trägerinnen waren Herrscherinnen ... Hochgeborene Frauen, die von Kindesbeinen an über Macht verfügten und sie einzusetzen wussten. Feli hingegen schafft es nicht einmal, sich gegen ihre beiden älteren Brüder zu behaupten. Als ich sie das erste Mal sah, war mir klar, dass sie anders war. Unsicher. Unschuldig. Zwar versucht sie ihr Unwissen hinter schlagfertigen Sprüchen zu verstecken, aber ich habe sie schnell durchschaut.

Während ein Blick meiner anderen Trägerinnen genügte, um mich vor der schier endlosen Macht, die sie ausstrahlten, knien zu lassen, braucht es nur einen von Feli, um in mir das Verlangen zu schüren, sie in die Arme zu nehmen und vor jedwedem Unheil beschützen zu wollen.

Schon als ich dem Ruf des Mediums folgte, wusste ich, wegen wem sie mich rief.

Und ich folgte dem Ruf – ohne zu zögern.

Ich habe versucht Feli auf Abstand zu halten ... Ich habe es wirklich versucht ... Denn ich habe bereits erfahren müssen, wohin es führen kann, wenn sich ein Familiar zu sehr auf seinen Träger einlässt. Es endet nie gut. Beinahe wäre ich an dem Schmerz, den ich verspürte, zugrunde gegangen.

Was stimmt nur nicht mit mir, dass ich denselben Fehler wieder begehe?

Anfangs dachte ich, dass es mir mit Feli leichterfallen würde, mich auf meine Aufgaben als ihr Familiar zu konzentrieren, schließlich war sie nicht ständig umgeben von Gefahr und Intrigen. Doch ich merkte schnell, dass eher das Gegenteil der Fall war. Sie sucht verzweifelt nach Anerkennung und ihrer Bestimmung in einer Welt, in der sie stets mit den großartigen Taten ihrer Brüder konfrontiert ist.

Es tut weh, sie innerlich so zerrissen und voller Selbstzweifel zu sehen. Und mit jedem Blick, mit jeder Berührung, jedem Lächeln, das sie mir schenkte, wurde das verlangende Ziehen in der Brust schlimmer.

Ich sehe wissend dabei zu, wie ich mir mein eigenes Grab schaufele, und klopfe mir noch anerkennend selbst auf die Schulter.

Dabei habe ich mir während meines dunklen Exils geschworen, diesen Fehler nie wieder zu begehen. Ich war überzeugt davon, dass nach meiner letzten Trägerin und dem, was geschah, mein Herz nie wieder würde heilen können. Es war zerfetzt und zerschmettert angesichts der Ereignisse, die ich nicht verhindern konnte, und der Entscheidung, die meine Trägerin treffen musste. Aber als sich Feli zwischen mich und den Angriff der Wasserbändigerin warf … Es war fast wie damals – in der Nacht, als ich dabei zusehen musste, wie sie kamen, um meine Trägerin zu töten. Trotz meiner Jahrtausende alten Macht fühlte ich mich auch zu dem Zeitpunkt hilflos und wie erstarrt.

Und heute musste ich erneut dabei zusehen, wie meine Trägerin litt, ohne dass ich etwas dagegen unternehmen konnte.

Wenigstens ist Felicity jetzt hier und ich muss nicht mehr auf ihre und Zacs Ankunft warten, nachdem ich sie zurückgelassen habe. Das waren die schlimmsten fünfzehn Minuten meines Lebens … Schon als ich allein durch die Schatten sprang, verfluchte ich mich selbst dafür. Ich habe noch nie eine Trägerin freiwillig auf dem Schlachtfeld zurückgelassen, ganz gleich wie schlecht unsere Chancen standen. Es ist unerheblich, dass ihre Brüder bei ihr waren und die Abtrünnige besiegt am Boden lag.

Ständig saß mir die Angst im Nacken, weil ich nicht wusste, ob Feli noch lebte oder ob sie bereits …

Ich kneife für einen Moment die Augen zusammen, verbanne die Gedanken aus dem Kopf und stoße den Atem aus, bevor ich mich wieder auf meine Trägerin konzentriere. Die neue Haut an ihrem Rücken, über die ich mit den Fingern streife, fühlt sich genauso weich an wie die restliche. Farblich unterscheiden sich die Stellen, an denen ich diese neue Haut geschaffen habe, zwar noch ein wenig – sie sind rosiger als die umliegende helle –, aber das wird sich in ein paar Stunden geben. Abgesehen davon ist kein Unterschied zu sehen.

Keine Narben.

Wenn sie wieder bei Bewusstsein ist, werde ich testen müssen, ob auch ihre Nerven vollständig wiederhergestellt sind. Jetzt kann ich nur hoffen, dass ich alles bedacht habe und behutsam genug vorgegangen bin.

Ich wasche ihr mit einem feuchten Tuch das getrocknete Blut vom Rücken und ziehe ihr anschließend etwas Frisches an. Dann knie ich mich vor das Bett, streiche ihr einige wirre Haarsträhnen aus dem Gesicht, atme tief durch und entlasse ihr Bewusstsein mit einem Fingerschnippen aus den Schatten.

Fast sofort zucken die Augenlider und sie verzieht den Mund. Geduldig warte ich darauf, dass sie wieder zu sich kommt. Es dauert eine Weile, während der mir keine ihrer Regungen entgeht, bis sie langsam die Augen aufschlägt.

»Hey«, murmele ich sanft und streichele ihr über die Wange, während Felis Blick ziellos und träge umherhuscht. »Willkommen zurück. Wie fühlst du dich?«

Die Augen sind glasig, als sie mich endlich ansieht, doch fast sofort fallen ihr die Lider wieder zu.

»Ziemlich neben der Spur«, nuschelt sie mehr ins Kissen als zu mir. Noch beim Sprechen verzieht sie den Mund. »Diese Kopfschmerzen bringen mich um …«

Ich greife nach der Tasse Tee und führe den Strohhalm an ihre Lippen. »Das ist der Magiemangel. Du brauchst Zucker und viel Ruhe, aber das kriegen wir in den Griff. Hast du sonst noch Schmerzen?«

Gehorsam trinkt sie ein paar Schlucke, bevor sie den Kopf mit einem ergebenen Seufzen zurück in die Kissen sinken lässt. »Nicht wirklich. Meine Knie und Schienbeine brennen ein wenig … und der Rücken … Steht der zufällig in Flammen?«

Obwohl ich es nicht will, zucken meine Mundwinkel. Wie kann sie nach einer solch schweren Verletzung und den Schmerzen, die sie zweifelsohne ausgestanden haben muss, Witze reißen?

»Nein, ich kann keine Flammen sehen. Um die Schnitte und Schrammen an deinen Beinen habe ich mich noch nicht gekümmert«, erkläre ich. »Zuerst musste ich den Rücken heilen und ich wollte nicht mehr Magie als unbedingt nötig nehmen. Die frische Haut, die ich geschaffen habe, wird im Moment noch stärker durchblutet als die umliegende Haut, deshalb fühlt es sich für dich so an, als würde sie brennen.«

Feli murmelt eine Zustimmung, aber ich bezweifele, dass sie mir folgen konnte. Sie sieht völlig fertig aus, was kein Wunder ist. Ich würde sie gerne weiter mit Schokolade füttern und anschließend bis morgen durchschlafen lassen, doch vorher muss ich testen, ob ihr Rückgrat bleibende Schäden davongetragen hat.

»Fühlst du dich fit genug, um mir zu sagen, ob du etwas spürst, wenn ich ein paar Stellen an deinem Rücken berühre?«, frage ich, bevor sie wegdämmern kann.

Sie nickt und sieht mich aus halb geschlossenen Lidern an. Durch ihre dichten Wimpern kann ich kaum die grünen Iriden hindurchblitzen sehen. Für einen Moment lässt mich dieser Blick vergessen, warum ich hier bin, und ein längst vergessenes Flattern breitet sich im Bauch aus. Ich wünschte, es wäre eine andere, intimere Situation, in der sie mich auf diese Weise ansehen würde …

Ich beuge mich über sie, streife das Shirt, so weit es geht, nach oben und lege ihren Rücken zur Hälfte frei.

»Wir fangen weiter unten an, wo keine direkte Verletzung vorlag«, sage ich. »Trotzdem will ich sichergehen, dass keine Nerven nachhaltig beschädigt wurden.«

Sie kuschelt sich tiefer ins Kissen und nickt. Sacht lege ich die Hand auf die Stelle direkt über ihrem Po und fahre anschließend über die beiden hinreißenden Grübchen. Ihr Körper erschauert unter der Berührung. Systematisch arbeite ich mich weiter vor, befühle jeden Wirbel des Rückgrats und warte auf eine Reaktion von ihr. Jedes noch so kleine Zucken ihrer Muskeln lässt mich aufatmen, besonders als ich mich immer weiter der geröteten Haut unterhalb der Schulterblätter nähere.

Vor der frischen Haut halte ich inne. »Es könnte sich seltsam anfühlen«, sage ich. »Das wird kein Dauerzustand sein. Ich möchte nur sichergehen, dass du überhaupt etwas spürst.«

»Bisher«, murmelt sie ins Kissen, sodass ich sie kaum verstehen kann, »habe ich alles gespürt.«

Behutsam gleite ich mit einer Fingerspitze über die gerötete Haut. Mir war klar, dass sie dort sehr empfindlich reagieren könnte, doch ihre Reaktion überrascht sogar mich. Bis eben befand sie sich – bis auf kleine Zuckungen – eher im Reich der Träume, aber als ich die frische Haut berühre, drückt sie den Rücken durch und schnappt keuchend nach Luft. Sofort ziehe ich die Hand zurück.

Ihre Augen sind weit aufgerissen, als sie den Kopf dreht, um mich anzusehen, doch keine Angst liegt in dem Blick. Eher ... Überraschung?

»Mach das noch einmal ... bitte«, flüstert sie heiser.

Zu überrumpelt, um ihr widersprechen zu können, strecke ich erneut die Hand aus und fahre mit einer Fingerspitze direkt an der Grenze zwischen heller und geröteter Haut entlang. Wieder drückt sie den Rücken durch, doch nicht vor Schmerzen. Sondern vor Wonne, wie mir das leise Stöhnen verrät, das ihr über die Lippen kommt. Es braucht nicht mehr als diesen winzigen Laut, um mein Blut zum Kochen zu bringen. Dieses verlangende Kribbeln, das mein Denkvermögen ausschaltet, habe ich schon lange nicht mehr so ausgeprägt gespürt und hätte beinahe vergessen, wie es sich anfühlt. Doch jetzt, von einem Moment auf den anderen, ist es wieder da: das menschliche Gefühl der Begierde.

»Aufhören?«, frage ich mit einem Schnurren in der Stimme.

Einen Moment lang sieht sie mich mit einem Blick an, den ich nicht deuten kann und über den ich auch nicht länger nachdenken möchte, wenn ich nicht eine Grenze überschreiten will, doch dann schüttelt sie den Kopf. Mein Mund fühlt sich an wie ausgetrocknet, doch ich spüre, dass sich meine Lippen ohne ein bewusstes Zutun zu einem wissenden Lächeln verziehen.

»Du solltest dringend schlafen«, flüstere ich, während ich diesmal mit zwei Fingern federleicht über die frische Haut streiche.

Das Stöhnen, mit dem ich belohnt werde, ist lauter als zuvor und bringt mich schier um den Verstand. Mir ist völlig klar, dass sie sich ausruhen und erholen muss. Vor nicht einmal einer halben Stunde lag sie mit halb zerfetztem Rücken vor mir und ist nur knapp dem Tod von der Schippe gesprungen, verdammt noch mal! Aber ich sehe mich außerstande, jetzt die Hand zurückzuziehen. Meine Vernunft hat sich in dem Moment verabschiedet, als sie den ersten Ton von sich gegeben hat.

Solange Felicity will, dass ich sie berühre, werde ich nicht damit aufhören.

Wieder und wieder liebkose ich die frische Haut mit den Fingerspitzen und entlocke ihr damit Laute, die meine Selbstbeherrschung, die seit Tagen sowieso nur noch an einem seidenen Faden hing, immer weiter bröckeln lassen.

»Du musst leiser sein«, wispere ich ihr ins Ohr, während ich weiter über ihren Rücken streichele. Sie gräbt die Zähne in die Unterlippe, dennoch entschlüpft ihr ein Wimmern. Wie kann ein einziger Laut dafür sorgen, dass ich all meine Vorsätze in den Wind schieße? »Ich gehe jede Wette ein, dass deine Brüder vor dem Zimmer auf und ab laufen oder sogar an der Tür lauschen. Wenn sie dich hören, kommen sie noch auf falsche Gedanken.«

Würde es nach mir gehen, könnte sie das ganze verdammte Zimmer zusammenschreien, wenn ihr danach ist. Aber ich will nicht erneut durch ihre Brüder unterbrochen werden. Nicht, wenn ihr Stöhnen und heiseres Wimmern die schönste Belohnung für die Heilung ihrer Verletzung für mich ist. Ich verlange nichts anderes. Das Wissen, dass die Heilung ein Erfolg war und sie keine bleibenden Schäden davontragen wird, ist alles, was ich brauche.

Dennoch kann ich nicht leugnen, dass jeder Laut, der ihren Mund verlässt, ein wundervolles Geschenk ist, über das ich mich nicht beschweren werde. Ich will es hören: jedes Seufzen, jedes Wimmern, jedes Stöhnen, das durch meine Berührung ausgelöst wird. Und ich werde nicht damit aufhören, ihr den nächsten Laut zu entlocken, bis sie es von mir verlangt.

Beim Anblick ihrer unkontrolliert zuckenden Hüften wird mir abwechselnd heiß und kalt. Da sie mit nichts weiter als einem zur Hälfte hochgeschobenen Shirt und einem schwarzen Slip bekleidet ist, bleibt nicht viel der Fantasie überlassen. Doch ich zwinge mich dazu, meine Berührung einzig und allein auf die frische Haut zu beschränken, obwohl alles in mir danach schreit, sie auch an anderen Stellen zu liebkosen.

Ich will mehr von ihr, so viel mehr.

Eine Stimme im Kopf flüstert mir zu, dass ich es tun könnte. Dass sie sich nicht dagegen wehren würde. Ich könnte sie jetzt nehmen, ganz und gar. Aber ich schüttele diesen Gedanken schnell ab. Einmal, nur ein einziges Mal, werde ich mich an die Grenzen, die ich mir selbst gesteckt habe, halten! Und garantiert werde ich nicht mit meiner Trägerin schlafen, wenn sie vor Magiemangel beinahe besinnungslos ist.

Pochend und pulsierend erinnert mich jedoch ein anderer Teil von mir daran, dass er nicht der gleichen Meinung ist. Manchmal hasse ich meinen menschlichen Körper ...

Ich konzentriere mich wieder auf Feli, die ihre Hände Halt suchend ins Laken krallt. Schweiß glänzt auf der Stirn. So leid es mir auch tut, aber es ist Zeit, das Spielchen zu beenden. Sie braucht Ruhe; ich ebenso.

Ich könnte einfach meine Hand zurückziehen, Feli zudecken und ganz schnell aus dem Zimmer verschwinden, bevor ich es vor Verlangen nicht mehr schaffe, weiter zu atmen. Wie ich ihr anschließend aber wieder in die Augen sehen soll, weiß ich nicht.

Ich könnte sie auch weiter berühren.

Ohne länger darüber nachzudenken, entscheide ich mich für Letzteres. Wenn ich sie nirgends sonst als an der frischen Haut anfasse, was sie selbst so gewollt hat, überschreite ich keine von mir gezogenen Grenzen. Zumindest rede ich mir das ein – zugegeben mit wenig Erfolg –, als ich mich vorbeuge und sie an der Stelle küsse, über die ich eben noch mit den Fingern gestreichelt habe.

Wieder drückt sie den Rücken durch und beißt kurz darauf ins Kissen, um ihr Stöhnen zu dämpfen.

Bei den Göttern! Es war eine blöde Idee. Ich werde das nicht bis zum Ende durchstehen, ohne eine Dummheit zu begehen …

Meine Hände zittern so sehr, dass ich sie zu Fäusten balle, um mich selbst davon abzuhalten, Feli doch noch woanders zu berühren.

Als ich mich wieder halbwegs unter Kontrolle habe, küsse und lecke und knabbere ich sanft über die geheilte Haut. Wieder und wieder erschauert Felis Körper unter mir, während ihr Keuchen durch das Kissen gedämpft wird. Am liebsten würde ich es unter ihr wegziehen und davonschleudern, damit ich sie wieder hören kann.

Es dauert nicht lange, bis ihr Erschauern in ein Zucken und schließlich in ein Aufbäumen übergeht. Ihr erlösender Aufschrei, der nicht durch störende Hindernisse gedämpft wird, ist wie Musik in meinen Ohren – und auch ich hätte am liebsten selbst aufgestöhnt. Doch als sie kraftlos zurück aufs Laken sinkt, ziehe ich mich sofort zurück.

Mit wild hämmerndem Herzen und ungestillter Begierde streiche ich ihr das verschwitzte Haar aus der Stirn und betrachte meine Trägerin. Den leicht geöffneten Mund, aus dem keuchend der Atem entweicht, die geröteten Wangen und das selige Lächeln, das die feuchten Lippen umspielt.

Am liebsten würde ich mich neben sie legen, sie in die Arme schließen und über ihren Schlaf und ihre Erholung wachen, doch ich befürchte, dass ich die Hände nicht bei mir behalten könnte. Nachdem ich es zum ersten Mal gehört habe, möchte ich die restliche Nacht damit verbringen, ihr erneut ein Stöhnen zu entlocken, das mich um den Verstand bringt. Solange ich in diesem Zustand bin, bin ich weder ihr noch mir eine Hilfe. Also stehe ich so leise wie möglich auf.

Ich habe nicht einen Schritt gemacht, als sie die Hand nach vorn schnellen lässt und mich am Arm packt. Die Augen nur halb geöffnet schaut sie zu mir auf.

»Wohin gehst du?«, fragt sie mit herrlich rauer Stimme.

Sanft, aber bestimmt schüttele ich ihre Hand ab. »Zu deinen Brüdern«, antworte ich. »Sie werden wissen wollen, wie es dir geht. Und danach werde ich duschen.«

So kalt, wie ich es nur ertragen kann.

»Kommst du dann wieder?«

Mein Herz zieht sich bei der Unschuld und Unsicherheit in ihrer Frage zusammen. Ich strecke den Arm aus, ziehe ihr Shirt nach unten und breite dann die Decke über sie aus.

»Natürlich«, antworte ich und streiche ihr übers Haar. »Schlaf jetzt! Ich bleibe nicht lange weg. Wenn du aufwachst, bin ich wieder neben dir.«

Ein zufriedenes Lächeln liegt auf den Lippen, als sie die Augen schließt und sich tiefer ins Kissen kuschelt. Ich brenne mir diesen Anblick ins Gedächtnis und brauche eine ganze Weile, um mich von ihm zu lösen und das Zimmer auf leisen Sohlen zu verlassen.

KAPITEL 23

Felicity

Ich habe nicht gehört, ob und wann Shadow zurückgekommen ist, doch als ich am nächsten Morgen – zumindest nehme ich an, dass es Morgen ist – die Augen aufschlage, liegt er mit mir zugewandtem Gesicht neben mir. So nah, dass ich den Arm nur ein Stück ausstrecken brauchte, um ihm durchs Haar zu fahren. Doch außer an der Hand, die er mit seiner umfasst, berührt er mich nirgends. Im ersten Moment bin ich darüber verwundert, schließlich sind wir bisher jedes Mal mit heillos ineinander verschlungenen Gliedmaßen aufgewacht, doch dann erinnere ich mich an gestern. Daran, was er ... was *wir* nach der Heilung gemacht haben.

Sofort schießt mir das Blut in die Wangen, als mir wieder einfällt, was ich getan, wie ich mich verhalten habe. Himmel, was war nur los mit mir?! Wie konnte ich mich dermaßen gehen lassen? Das ist so peinlich! Zum Glück schläft Shadow; ich weiß nicht, wie ich ihm jetzt noch in die Augen sehen kann ...

Stets hatte ich die große Klappe und habe die Beziehung zwischen meinen Brüdern und ihren Familiaren belächelt und getönt, dass mir so etwas nie und nimmer passieren könnte ... *Toll, ganz toll ...*

Ich schiebe es auf den Magiemangel und die Verletzung, die ein logisches Denken für mich unmöglich gemacht haben. Normalerweise bin ich doch nicht so!

Ich winde mich vor Scham und will ihm die Hand entziehen, damit ich aus dem Zimmer fliehen und mich irgendwo verstecken kann ... Ich will mir ein tiefes Loch buddeln, aus dem ich niemals wieder hervorkommen muss ...

Dummerweise wacht Shadow durch mein Gezappel auf. Die Lider flattern und er gibt ein Brummen von sich, bevor er den Griff um meine Hand verstärkt.

»Du stehst erst auf, wenn ich mir deinen Rücken angesehen und die Schrammen an den Beinen geheilt habe«, nuschelt er undeutlich ins Kissen. Dann zieht er scharf die Luft ein. »Verdammt, ich hätte nicht gedacht, dass es heute immer noch so wehtun würde …«

Verwirrt runzele ich die Stirn und vergesse augenblicklich die Schamgefühle. »Bist du etwa verletzt?«

Ich war gestern so sehr mit mir beschäftigt, dass ich völlig vergessen habe, dass auch Shadow einiges im Kampf gegen die Bändigerin einstecken musste. Als Trägerin bin ich wirklich eine Enttäuschung!

Shadows Blick huscht zu mir und er seufzt. Dann hebt er den Kopf, sodass ich sein Gesicht sehen kann – auch die Hälfte, die eben noch vom Kissen verdeckt wurde.

Ich schnappe nach Luft und richte mich auf. »Was ist denn mit dir passiert?«

Das blaue Auge und die aufgesprungene Lippe waren gestern garantiert noch nicht da! So vernebelt kann ich gar nicht gewesen sein, dass es mir nicht aufgefallen ist. Schockiert starre ich auf die geschwollene Haut um sein Auge, die in sämtlichen Blau- und Lilatönen schimmert.

»Mach nicht so ein Gesicht«, sagt er und versucht sich an einem Lächeln. Allerdings bleibt es bei einem Versuch, denn er zuckt zusammen, setzt sich jedoch ebenfalls auf. »Ich werde schon nicht daran sterben. Und außerdem habe ich es verdient.«

Ich strecke die freie Hand aus und berühre ihn vorsichtig an der Wange. »Diese Verletzungen hattest du gestern noch nicht, bevor …« Ich ziehe die Hand zurück und räuspere mich. »Bevor du aus dem Zimmer gegangen bist. Was ist passiert?«

Seufzend verdreht er die Augen – wodurch er wieder zusammenzuckt. »Deine Brüder sind mir passiert. Allerdings kann ich nicht mehr sagen, wem von beiden ich das Veilchen und wem die aufgeplatzte Lippe verdanke.«

»Sie … haben dich geschlagen?«

Shadow nickt. »Ich bin zu ihnen gegangen, um zu sagen, dass es dir besser geht und du keinerlei bleibende Schäden davongetragen hast. Zuerst waren sie erleichtert. Dann haben sie mich angeschrien. Ich habe sie gewähren lassen, denn sie hatten mit allem, was sie mir vorwarfen, absolut recht. Keine Ahnung, ob sie dadurch noch wütender wurden. Jedenfalls endete es damit, dass sie auf mich losgegangen sind.«

»Etwa beide gleichzeitig?«

Wieder nickt er.

»Aber ... warum hast du dich nicht gewehrt?«, frage ich. »Selbst wenn sie gemeinsam auf dich los sind, hättest du sie sicher daran hindern können.«

»Vielleicht«, gibt er zu. »Aber wie gesagt, sie hatten recht. Ich habe sowohl ihre Vorwürfe als auch ihre Schläge verdient.«

»Das ist doch Blödsinn!«

Er streckt die Hand aus und streichelt mit dem Finger über meine Wange. »Sie waren noch gnädig. Du willst lieber nicht wissen, was ich mit demjenigen machen würde, der dich so wissentlich in Gefahr bringt, wie ich es gestern getan habe. Bei mir würde er nicht mit ein paar läppischen Fausthieben davonkommen.«

»Ich habe es dir bereits gesagt.« Zumindest glaube ich, dass ich es getan habe. Bei einigen Begebenheiten von gestern bin ich mir nicht sicher, ob sie real oder Einbildung waren. »Du hast mich nicht in Gefahr gebracht. Niemand hat das. Es war meine eigene Entscheidung, am Kampf teilzunehmen und dich zu beschützen.«

Ein Muskel zuckt unter seinem unverletzten Auge, während er mich mit einem so durchdringenden Blick mustert, dass ich nicht weiß, ob ich mich darunter winden oder anfangen soll zu schnurren. Von Beginn an gelang es Shadow durch Blicke oder Berührungen, sehr widersprüchliche Gefühle in mir hervorzurufen, doch seit gestern hat meine Verwirrung einen neuen Höhepunkt erreicht. Und ich habe keine Ahnung, was ich dagegen tun kann.

Er packt mich an der Schulter und zieht mich an sich. Die Arme fest um mich geschlungen presst er mich gegen die Brust.

»Mach das nie, nie wieder«, grollt er. »Kannst du dir vorstellen, wie viel Angst ich in dem Moment hatte, als du dich über mich geworfen hast? Es ist *meine* Aufgabe, *dich* zu beschützen.«

Nach kurzem Zögern hebe ich die Arme und lege sie um ihn. »Ich habe dich schreien gehört«, murmele ich gegen seine Schulter. »Ich habe gesehen, wie sie dich durch die Luft geschleudert hat. Und von dem Moment an war mir alles egal. Ich habe nicht einen Gedanken an die eigene Sicherheit verschwendet. Die Abtrünnige hat dich verletzt. Sie wollte dich töten. Alles, woran ich denken konnte, war, dass sie dich mir wegnimmt. Dass ich dich verliere.«

Ich hebe den Kopf und begegne seinem Blick. Er runzelt die Stirn und sieht mich an, als hätte ich jetzt endgültig den Verstand verloren. Doch hinter den Zweifeln, die in den dunklen Augen aufblitzen, steckt noch eine völlig andere Emotion, die mir für einen Moment den Atem raubt. Dort hinter der Dunkelheit und den Zweifeln – und der Macht, die ihm innewohnt – sehe ich sie deutlich schimmern: Hoffnung!

Ich streichele über seine Wange und schenke ihm ein kleines Lächeln. »Es ist völlig gleichgültig, wer es versucht; ich werde niemandem erlauben, dass er dich mir wegnimmt.«

Seine Finger zittern, als er mit den Händen mein Gesicht umschließt. »Du wirst mich nie zurückschicken?«

Die Frage kommt zögerlich und im ersten Moment verstehe ich nicht, was er damit meint. Oder warum er das plötzlich wissen will. Doch dann sehe ich den Schmerz, der seinen Blick umwölkt und mich kaum noch Luft holen lässt. Es fühlt sich an, als könnte ich denselben Schmerz spüren, der auch gerade in ihm wütet, obwohl ich nicht weiß, woher er stammt.

Wer oder was hat ihn so verletzt, dass es diesen Schmerz hervorruft?

»Niemals?«, hakt er nach, als ich nicht antworte. »Unter keinen Umständen?«

»Niemals«, sage ich sanft, aber bestimmt. »Ich habe so lange auf dich gewartet. Du bist mein Familiar.«

Der Anflug eines seltsam melancholischen Lächelns umspielt seine Mundwinkel, das mich für einen Augenblick auch traurig stimmt, ohne dass ich weiß, warum.

»Ich habe ebenfalls lange auf dich gewartet«, murmelt er heiser.

Ich will ihn in die Arme schließen und ihm sagen, dass er sich keine Sorgen machen muss. Dass ich hier bin und er hier ist und es für den Moment nichts anderes gibt, was zählt. Ich bin mir sicher, dass ich die unbekannten Wunden in seinem Inneren heilen kann, so wie er meine äußerlichen Verletzungen heilt.

Ich spüre mein Herz, das viel zu schnell und kräftig in der Brust schlägt. Ich spüre das Kribbeln im Bauch, das mich keinen klaren Gedanken fassen lässt. Ich spüre seine Hände an meinen Wangen, so warm und sanft.

Als Shadow sich vorbeugt, halte ich den Atem an. Wahrscheinlich bin ich viel zu verkrampft, aber ich kann nichts dagegen tun. Ich bin so nervös, dass ich gerade nicht einmal mehr meinen Namen weiß …

Mit dem Daumen streichelt er über meine Wange und löst damit ein wohliges Schauern aus, das mir durch den Körper rinnt. Zitternd vor Erwartung schließe ich die Augen.

Nur einen Sekundenbruchteil später spüre ich Shadows kühle Lippen an der Stirn. Nur ganz kurz, viel zu kurz, bevor er sich wieder zurückzieht und auch die Hände sinken lässt. Eine dumpfe Leere breitet sich in mir aus, überdeckt das Kribbeln und Sehnen und Wünschen. Als wäre jegliche Spannung aus meinem Körper gewichen, rutscht auch meine Hand von seiner Wange. Ich wage es nicht, ihm ins Gesicht zu schauen. Zu groß ist die Angst, dass er die bleierne Traurigkeit über die Zurückweisung in meinem Blick sehen kann. Um die Hände zu beschäftigen und mich abzulenken, nestele ich am Saum des Shirts herum.

»Du hast heute noch etwas vor, oder?«, fragt Shadow aus heiterem Himmel.

Nun schaue ich doch zu ihm auf und blinzele mehrmals hintereinander.

Er schmunzelt über meine Planlosigkeit. »Wolltest du nicht mit Katie in die Stadt? Um für eine Party einzukaufen, die heute Abend ist?«

Mir klappt der Kiefer fast bis auf die Brust hinunter. *Shit!* Justins Party! Die habe ich vollkommen vergessen. Und er hat recht: Ich habe mich mit Katie verabredet, um noch in die Stadt zu gehen. Verdammt, wie spät ist es? Bleibt uns dafür überhaupt noch Zeit? Und die Übungen, die ich mit Shadow machen wollte! Herrje, auch das habe ich bei allem, was in den letzten Tagen passiert ist, völlig vergessen. Dabei waren die Übungen doch ein wichtiger Bestandteil meines Plans, damit ich mich nicht wieder bis auf die Knochen blamiere …

Allerdings haben der Kampf gestern und meine anschließende Verletzung auch etwas Gutes: Ich habe nicht so viel Magie in mir wie gewöhnlich. Zwar fühle ich mich fitter dank Shadows Behandlung und einer Mütze voll Schlaf, aber ich bin noch nicht völlig wiederhergestellt. Weniger Magie bedeutet, dass auch meine Gabe nicht ganz so schnell und stark anschlägt, wenn ich heute Abend auf der Party bin. Bis dahin bitte ich Shadow, sich auch noch am letzten Rest Magie zu bedienen und mir nur so viel zu lassen, dass ich den Abend überstehe.

Shadow schnipst mir gegen die Stirn.

»Autsch!«, rufe ich. »Wofür war das denn?« Mit der Hand reibe ich mir über die schmerzende Stelle.

»Worüber grübelst du nach?«

»Über gar nichts«, murre ich. »Ich versuche nur herauszufinden, wie spät es ist und ob die Zeit noch für all das reicht, was ich vorhabe.«

Durch die zugezogenen Vorhänge kann ich nicht abschätzen, ob wir Nacht, Morgen oder frühen Mittag haben. Letzteres wäre eher suboptimal für meine Tagesplanung. Zwei Lampen in den Ecken des Zimmers tauchen es in ein schummriges Licht, bei dem ich perfekt schlafen könnte …

»Es ist so früh, dass wir wahrscheinlich als Einzige bereits wach sind«, sagt Shadow. Während er mich mustert, verdüstert sich sein Blick. »Du hast nicht lange genug geschlafen, um dich vollends zu erholen.«

»Ich weiß, und das ist auch gut so.« Ich schlage die Bettdecke zurück. »Auf der Party heute Abend werden viele Leute sein. Meine Gabe würde außer Kontrolle geraten, wenn ich bei Kräften wäre.«

Als ich die Beine aus dem Bett schwingen will, um das Handy zu suchen und Katie eine Nachricht zu schicken, greift Shadow nach meinem Arm und hält mich zurück.

»Was habe ich dir vorhin übers Aufstehen gesagt?«, fragt er bedächtig.

Als ich nicht antworte, zieht er mich wieder zu sich. Sein Griff ist sanft, sodass ich mich jederzeit dagegen wehren könnte, doch ich denke gar nicht daran.

»Es geht mir bestens«, sage ich. »Die paar Kratzer an den Beinen merke ich kaum.«

Er rutscht näher an mich heran. »Was ist los?«, flüstert er mir ins Ohr. »Gestern hattest du nichts dagegen, dass ich deinen Rücken anfasse.«

Sofort schießt mir das Blut in die Wangen und ich wende mich von ihm ab. Wie kann er das einfach so dahinsagen? Ich wünschte, er hätte das, was gestern geschehen ist, wie ich totgeschwiegen.

Wenn keiner von uns darüber spricht, ist es auch nicht passiert, oder?

»Komm her«, murmelt er. Die Stimme klingt zwar rau, aber auch gleichzeitig sanft.

Ich stoße den Atem aus, senke den Blick und lege mich auf den Bauch. Hoffentlich ist die Haut an den Stellen, die er geheilt hat, heute nicht mehr so sensibel wie gestern ...

Wobei »sensibel« gar kein Ausdruck dafür ist, was ich gestern gespürt habe. Es fühlte sich an, als bestünde ich nur noch aus freigelegten Nerven, die auf seine nächste Berührung warteten. Vielleicht klingt es seltsam, aber es war, als hielte er den empfindlichsten Teil von mir schützend in den Händen. Ich habe es mehr als genossen. Er hätte die Situation ausnutzen können – ich hätte mich nicht dagegen gewehrt.

Ich wäre gar nicht erst darauf gekommen, ihn aufzuhalten; vielmehr hätte ich es begrüßt, denn diese kribbelnde Energie, die seit Tagen zwischen uns schwirrt, macht mich langsam wahnsinnig. Ich erkenne mich selbst kaum noch wieder. Doch für Shadow scheint es eine Grenze zu geben, die er nicht überschreiten will. Ich spüre es jedes Mal, wenn er sich zurückhält, obwohl er etwas anderes tun möchte. So wie vorhin. Ich wäre jede Wette eingegangen, dass er mich küssen wollte – *richtig* küssen, doch im letzten Moment entschied er sich um.

Wir drehen uns seit Tagen im Kreis und ich hasse es.

Ich weiß selbst nicht, was ich will, und auch wenn ich es wüsste, hätte ich nicht genug Mut, es auszusprechen, deshalb gelingt es mir nicht, diesem fortwährenden Kreislauf zu entkommen.

Ich presse das Gesicht ins Kissen, während Shadow mein Shirt ein Stück nach oben schiebt, und beiße mir vorsorglich auf die Unterlippe, damit ich nicht wieder so peinliche Geräusche von mir gebe wie gestern. Doch die Sorge ist unbegründet: Ich spüre zwar seine Berührungen, aber der überwältigende Effekt bleibt aus. Ich genieße den Druck, den seine Finger ausüben, um das Gefühl an meiner Wirbelsäule zu testen, aber es gibt keine Stelle am Rücken, an der ich ihn so intensiv spüre wie gestern.

»Alles scheint gut verheilt zu sein«, sagt er, während er die Hand über die Haut an meinen Wirbeln tiefer gleiten lässt. »Ich sehe keinerlei Unterschied mehr zwischen der frischen und vorhandenen Haut. Fühlt es sich noch anders an?«

Ich schüttele den Kopf.

Er nimmt die Hand vom Rücken und zieht das Shirt wieder nach unten. Die plötzliche Stille zwischen uns lastet wie ein bleiernes Gewicht auf mir, doch ich finde keine Worte, um sie zu durchbrechen. Etwas ist anders zwischen uns. Etwas, worüber keiner von uns beiden reden will.

Ich wende mich zu ihm um und ziehe die Beine nah an den Körper. Plötzlich scheint das Bett nicht groß genug für ihn und mich zu sein. Ich habe keine Ahnung, warum ich mich auf einmal anders in seiner Gegenwart fühle, doch es verwirrt mich so sehr, dass ich am liebsten schreiend aus dem Zimmer rennen würde.

»Hey«, murmelt er und durchbricht dadurch die Stille. »Ich bin's nur. Du hast bisher keine Angst vor mir gehabt und brauchst auch jetzt keine zu haben.«

Ich atme erleichtert aus. Er hat recht. Wahrscheinlich hat das, was gestern geschehen ist, keinerlei Bedeutung und war nur die Entladung der flirrenden Spannung zwischen uns. Es gibt keinen Grund, warum ich ihn anders behandeln sollte als zuvor.

Als ich mich entspanne, greift er nach meiner Hand und umschließt den Ring mit den Lippen. Ich seufze auf, als nach Stunden der Schwäche wieder Magie durch mich hindurchzirkuliert. Der Sog ist zwar schwächer als gewöhnlich, aber das soll mir recht sein.

Versorgt mit frischer Magie gelingt es Shadow in Rekordzeit, die Schrammen an meinen Knien und Schienbeinen zu heilen. Nur kurz legt er die Hand auf die betroffenen Stellen. Ein kurzes Ziepen, das kaum der Rede wert ist, und schon sind die Kratzer verschwunden.

Als er sich zurückziehen will, frage ich: »Was ist mit deinem Auge und der Lippe? Das muss ebenfalls behandelt werden.«

Er grinst schwach. »Nein, schon in Ordnung. Ich trage meine Strafe mit Stolz. Vielleicht erinnern mich die Schmerzen noch ein paar Tage daran, dass ich nie wieder so gedankenlos handeln sollte.«

Ich will ihn fragen, was er meint, und ihm gleichzeitig sagen, dass er damit aufhören muss, sich Vorwürfe zu machen, doch er klettert bereits aus dem Bett.

»Zieh dich an und melde dich bei Katie«, sagt er, während er in Richtung Tür läuft.

»Was ist mit dir?«, frage ich. »Was hast du heute vor?«

Shadow wendet sich zu mir um. »Mal sehen. Zuerst werde ich nachsehen, wie es der Abtrünnigen geht.«

Ach herrje, die habe ich ja fast völlig vergessen! »Ist sie etwa hier?«

Er nickt. »Zac hat sie in einem der Geräteräume in der Trainingshalle eingesperrt, weil es dort in der Nähe kein Wasser und auch keine Wasserleitungen gibt, aber ich überzeuge mich lieber selbst davon, dass sie keine Dummheiten macht. Und auch, ob sie so weit bei Sinnen ist, um einen Arzt an sich heranzulassen.«

Seine Aussage macht mich stutzig, und als ich einen Moment darüber nachdenke, wird es mir erst bewusst.

»Sie hat keinen Familiar«, murmele ich.

Ich kann mich nicht daran erinnern, dass meine Brüder oder ich je die Dienste eines Arztes in Anspruch nehmen mussten. Ich nicht, weil ich durch meine Glücksgabe vor eigenem Unheil geschützt bin, und Zac und Cal nicht, weil sie ihre Familiare haben.

Doch die Wasserbändigerin besitzt kein Gegenstück, das ihre Magie im Gleichgewicht hält, sie im Kampf unterstützt und ihre Wunden versorgt. Was ein Überschuss an Magie anrichten kann, habe ich bereits über Jahre hinweg selbst gespürt. Wie schlimm muss es für die Abtrünnige gewesen sein? Schließlich sind wir ständig umgeben von Wasser ... Bei jedem See oder Teich, an dem sie vorbeikam, ja, sogar bei jedem Regentropfen und jeder Pfütze muss sie das Ziehen ihrer Magie in sich gespürt haben, das von Tag zu

Tag drängender wurde. Ich schaffte es, indem ich mich in meinem Zimmer einschloss und mich von Menschenansammlungen fernhielt – aber wie kann man sich von Wasser fernhalten?

Bisher habe ich mir nie viele Gedanken über die Abtrünnigen an sich gemacht. Weswegen auch? Ich sah doch in den Nachrichten die Zerstörung und den Terror, beides verursacht von Abtrünnigen. Sie sind die Bösen und meine Brüder bekämpfen sie.

Doch bei der Wasserbändigerin ist es anders. Ohne dass ich es verhindern kann, verspüre ich Mitleid mit ihr. Anders als meine Brüder, die von Anfang an mit dem passenden Familiar gesegnet waren, verstehe ich, wie sich die Abtrünnige fühlen muss. Dennoch finde ich es alarmierend, dass sie bei uns eingesperrt wird. So etwas kam noch nie vor! Normalerweise besiegen meine Brüder Abtrünnige nur und übergeben sie dann an die Magieeinheit, die für das Festsetzen der dunklen Magier verantwortlich ist. Diese Einheit besteht aus Meister-Magiern, die eine besondere Ausbildung genossen haben und sich ausschließlich um das sichere Verwahren der Abtrünnigen kümmern. Dank ihrem Einsatz ist es noch keinem Abtrünnigen gelungen, je aus einem der Gefängnisse auszubrechen.

Ich seufze. »Lass mich raten: Es war Cals Idee, dass die Bändigerin hier untergebracht wird, nicht wahr?«

Shadow zieht eine Augenbraue nach oben. »Wie kommst du darauf?«

»Ich habe da so eine Ahnung ... Und ich bete, dass sie sich nicht bewahrheitet. Ich würde dich gern zu der Abtrünnigen begleiten! Ginge das?« Mein Familiar zögert einen Moment, daher sage ich schnell: »Ich halte mich auch im Hintergrund, versprochen!«

»Aber erst gehst du dir was anziehen!«

Ich schwinge die Beine aus dem Bett und laufe zur Tür, als ich ihm noch zurufe: »Bin gleich wieder da!«

***

Nebenan in meinem eigentlichen Zimmer schnappe ich mir das Handy, welches noch auf dem Nachttisch liegt, und schreibe Katie eine Nachricht, in der ich frage, wann wir heute loswollen. Mir wird es guttun, mit ihr über die ganze Sache reden zu können. Vorrangig über alles, was Shadow betrifft. Vielleicht hat sie einen Rat für mich. Das aufgeregte Kribbeln im Bauch, das nach gestern Abend gar nicht mehr verschwinden will und stattdessen noch stärker zu werden scheint, wenn ich in seiner Nähe bin, lässt mich langsam an meinem Verstand zweifeln.

Dank Shadow mache ich in den letzten Tagen Erfahrungen, nach denen ich mich bereits mein halbes Leben lang sehne. Ich fühle mich sicher und geborgen, wenn er bei mir ist. Und wir haben … *Spaß* zusammen. Für all das bin ich ihm zutiefst dankbar.

Aber das bedeutet nicht, dass ich tiefer gehende Gefühle für ihn entwickeln sollte. Denn schließlich ist es Justin, für den ich schon fast mein halbes Leben lang schwärme. Justin, den ich heute Abend wiedersehen werde. Da darf ich mich nicht von Shadow ablenken lassen!

Meinen Brüdern gelingt es doch auch, oder etwa nicht? Ich bin sicher, Zac liebt Terra auf seine Art und Weise, doch nicht im romantischen Sinne. Eher wie man … sein teuerstes und am meisten geschätztes »Werkzeug« hegt und pflegt, damit es einem noch lange Dienste leistet.

Ich reibe mir mit der Hand über die Stirn. Die Werkzeug-Vergleiche sollte ich dringend lassen, denn schon in Gedanken hören sie sich falsch an. Familiare sind keine Gegenstände; sie sind Wesen, die genau wie wir Schmerz und Freude empfinden können, egal, in welcher Form sie in unserer Welt auftreten.

Ich freue mich außerdem auf die Ablenkung, die mir ein Stadtbummel bringen wird, und irgendwie auch auf die Party heute Abend. Mit Justin zu reden oder überhaupt in seiner Nähe zu sein, das waren die größten Träume meiner Schulzeit. Ich kann gar nicht zählen, wie oft ich »Felicity Harper« – umgeben von winzigen Herzen – in meine Bücher gekritzelt habe. Justin war mein Schwarm; ich liebte alles an ihm, obwohl ich ihn nicht richtig kannte. Schließlich haben wir nie mehr als zwei Sätze miteinander gewechselt, und das war während einer Projektarbeit; ich war so aufgeregt, dass die Worte, die meinen Mund verließen, keinerlei Sinn ergaben. Bestimmt dachten die anderen, ich hätte endgültig den Verstand verloren und würde jetzt in einer Alien-Sprache reden …

Dass Justin nun zurück in der Stadt ist und mich auf seine Party eingeladen hat, fühlt sich noch immer unwirklich an. Heute Abend habe ich die Gelegenheit, ihm nahe sein und vielleicht sogar meine Gefühle, die ich all die Jahre für ihn hatte, offenbaren zu können. Und vielleicht … sagt er, dass er all die Zeit über ebenso empfunden und sich nur nie getraut hat, mich anzusprechen.

Ich müsste mich doch darüber freuen. Ich müsste vor Glück platzen …

Ich packe das Kissen und schleudere es mit voller Wucht quer durch das Zimmer.

Wo bleibt dann das aufgeregte Kribbeln, verdammt noch mal?! Warum spüre ich nichts, wenn ich an heute Abend und die gemeinsame Zeit mit Justin denke?

Ich bin kurz davor, aus Frust zu flennen, doch ein Klopfen an der Tür bewahrt mich vor einem erneuten Gefühlsausbruch.

»Alles in Ordnung?«, höre ich Shadows Stimme gedämpft von draußen. »Kann ich reinkommen?«

»Alles gut!«, rufe ich. »Ich bin gleich so weit.«

Wahrscheinlich hört er die Lüge aus meiner wackeligen Stimme heraus, denn im nächsten Moment tritt er ein.

»Ich habe mich schon gefragt, ob du dich in Timbuktu umziehst, aber wie ich sehe, steckst du immer noch im selben T-Shirt wie vorhin«, sagt er von der Tür aus. »Wenn du meine Hilfe beim Ausziehen brauchst, hättest du es doch nur sagen müssen.«

Bei dem spöttelnden Tonfall spüre ich ein Lachen in mir aufsteigen.

»Ich habe mittlerweile Übung darin, dich auszuziehen, weißt du? Schade nur, dass du dabei jedes Mal mehr oder weniger bewusstlos warst.«

Ich weiß, dass er mich damit nur aufziehen und mir ein Lachen entlocken will. Es fällt mir leicht, mich in seiner Gegenwart wohlzufühlen. Selbst jetzt muss ich mich dazu zwingen, nicht in seine Sticheleien einzufallen.

Es sind diese und andere Kleinigkeiten, die mein zuvor graues Leben mit Farbe gefüllt haben, seit er bei mir ist. Die Fürsorge, die er während meiner

Heilungen jedes Mal an den Tag gelegt hat, ging über alles hinaus, was ich je bei meinen Brüdern und ihren Familiaren beobachtet habe.

Doch es ist nicht selbstverständlich. Und wenn ich nicht aufpasse, vergesse ich, warum er hier ist. Ich habe mir einen Familiar gewünscht, um die Prüfungen bestehen und gleichzeitig ein normales Leben führen zu können. Vielleicht gelingt es mir besser, meine Ziele nicht aus den Augen zu verlieren, wenn ich mich an simple Spielregeln halte.

Distanz. Klare Linie. Grenzen.

In seiner Gegenwart verwandele ich mich in jemanden, den ich selbst nicht wiedererkenne. Und ich darf nicht vergessen, dass mir weniger als drei Monate bleiben, um die Prüfung der Magier-Allianz zu bestehen. Dafür brauche ich dringend Shadows Unterstützung, aber dazu muss ich … ihn als meine Kraftquelle benutzen.

Womit wir leider wieder bei den Werkzeug-Vergleichen wären …

Ich mache den Fehler und drehe mich zu ihm um. Eigentlich, weil ich ihn bitten möchte, draußen zu warten, damit ich mich diesmal wirklich umziehen kann, doch als ich seinem Blick begegne, der gleichzeitig dunkel und einladend ist, und das schiefe Lächeln sehe, das allein schon ausreicht, um mich fast in Schnappatmung verfallen zu lassen, vergesse ich für einen Moment Justin, die Party und sogar die Prüfungen. Ich erkenne nicht … den Familiar vor mir. Ich kann mich gar nicht mehr daran erinnern, wann ich Shadow als *Familiar* gesehen habe …

Er ist mein Gegenstück, und ich brauche ihn. Doch brauche ich ihn nur dazu, um meine Träume zu verwirklichen?

Ich muss mir dringend darüber klar werden, was ich will. Eine Meister-Magierin werden? Ein normales Leben führen können? Für beide Szenarien ist Shadow der Schlüssel, doch dann betrachte ich ihn als nichts anderes als ein Mittel zum Zweck. Ich bezweifele, dass ich das kann, denn zwischen uns gab es von Anfang an kein »professionelles« Miteinander.

»Ich warte draußen auf dich«, sagt er zögernd.

Ich nicke und nehme mir vor, später mit Katie all die verwirrenden Empfindungen, die in mir toben, zu besprechen.

KAPITEL 24

Felicity

Mit schnellen Schritten laufe ich hinüber zur Trainingshalle. Neben dem Eingang steht Shadow mit verschränkten Armen und beobachtet jede meiner Bewegungen mit einem versonnenen Grinsen, das mir einen wohligen Schauer über den Rücken jagt. Ich werde mich nie daran gewöhnen, auf diese Weise von ihm angesehen zu werden.

»Der Arzt, der nach der Bändigerin geschaut hat, ist gerade gegangen«, teilt er mir mit, als ich vor ihm stehen bleibe.

Ich nicke. »Alles okay mit ihr?«

Shadow zuckt mit den Achseln. »Sie wird wieder. Die Bissverletzung an der Schulter hat sich nicht entzündet, wird aber Narben zurücklassen, und durch den Rückstoß deiner Gabe hat sie sich einige Knochen angeknackst. Jedoch nichts Ernstes.«

»Das nennst du nichts Ernstes? Für mich klingt es ziemlich ernst.«

Er wendet sich ab und öffnet die Tür zur Halle. »Berufsrisiko, würde ich sagen.«

Gerade als ich ihn fragen will, was er damit meint, hallt ein hoher Schrei zu uns herüber. Ich haste hinein und erfasse mit einem Blick, was geschehen ist. Dennoch brauche ich ein paar Sekunden, um zu einer der Löschdecken zu rennen, die neben Erste-Hilfe-Kästen in regelmäßigen Abständen in der Wand der Halle eingelassen sind. Ich zerre sie heraus und werfe sie über die Bändigerin, deren Hose und Ärmel Feuer gefangen haben. Zum Glück haben sich die Flammen noch nicht weiter ausgebreitet, sodass es mir gleich gelingt, sie zu ersticken. Erst dann wirbele ich zu Lumia herum.

»Bist du vollkommen übergeschnappt?«, schreie ich den Feuer-Familiar an.

Hasserfüllt starrt Lumia auf die noch immer am Boden liegende Bändigerin hinab, als würde sie mich gar nicht wahrnehmen. Ich packe sie an den Schultern, um sie dazu zu zwingen, mich wenigstens anzusehen und mir zu antworten, doch mit einem Aufschrei ziehe ich sofort die Hände zurück. Ihre Haut scheint zu glühen. So muss es sich anfühlen, auf eine heiße Herdplatte zu fassen.

Shadow ist noch im selben Augenblick neben mir und stellt sich zwischen mich und den anderen Familiar. Schatten sickern aus ihm heraus und hüllen ihn und mich teilweise ein. Bevor die Situation noch weiter eskalieren kann, lege ich ihm eine Hand auf den Arm. Unter der Handfläche spüre ich seine Muskeln zucken, doch die Schatten verschwinden, als wären sie nie da gewesen.

»Was wollt ihr hier?«, zischt Lumia. Ihr hübsches Gesicht ist zu einer Fratze verzerrt.

»Die Frage sollte eher lauten, was *du* hier machst«, halte ich dagegen.

Sie verzieht abschätzig den Mund. »Da ich als Einzige bereits wach war, habe ich den Arzt reingelassen.«

»Und warum setzt du die Abtrünnige in Brand?«

Lumia zuckt mit den Schultern. »Wer sagt denn, dass ich das war? Ich schwöre, die Tussi stand schon vorher in Flammen.«

Ich reibe mir über die Stirn und seufze. »Ja, das ist natürlich *sehr* wahrscheinlich ...«

»Wieso machst du dir solche Sorgen um sie?«, fragt Lumia schnippisch und spielt mit einer Strähne ihres feuerroten Haares. »Dein Schattenkater hat ihr die Schulter zerfetzt und du hast sie mehrere Meter durch die Luft geschleudert und ihr dadurch fast jeden Knochen im Leib angeknackst. Da fallen ein paar Brandwunden auch nicht mehr auf.«

So kenne ich Lumia nicht ... Sie war schon immer launisch – nicht wie die ruhige und ausgeglichene Terra –, wobei auch Letztere ein neues Gesicht gezeigt hat, als sie sich an Shadow ranschmiss ... Nein, in Lumia brannte wortwörtlich ein Feuer, das sie unberechenbar machte. Im Kampf ist sie eine gefährliche Gegnerin, doch ich habe noch nie gesehen, dass sie sich an Schwächeren oder Wehrlosen vergreift. Das ist unter ihrem Niveau – zumindest schätzte ich sie bisher so ein.

Mein Blick schweift zur Wasserbändigerin, die zusammengekrümmt auf dem Boden liegt, und ich muss mich davon abhalten, sie in den Arm zu nehmen. Sie sieht aus wie ein Bündel Elend. Die geschienten Arme und die bandagierte Schulter sind jedoch nicht die einzigen Gründe, die mein Mitleid schüren.

Vielmehr ist es ihr Blick, der nahezu leblos ins Nichts gerichtet ist. Kurz schaut sie zu mir und ich entdecke nur Wut und Abscheu in den Augen. Dann starrt sie wieder an die Wand. Sie sieht nicht aus, als hätte sie Schmerzen, sondern als hätte sie bereits mit allem abgeschlossen. Aber wäre es anders, wenn unsere Rollen vertauscht wären? Wir haben sie besiegt und dabei verletzt und anschließend gefangen genommen. Wahrscheinlich hat sich noch niemand die Mühe gemacht, nach ihr zu sehen – mit Ausnahme von Lumia – und ihr zu sagen, was wir mit ihr vorhaben.

Tja, da ich ebenfalls nicht weiß, warum sie hier ist und was mit ihr geschehen soll, kann ich das auch nicht übernehmen. Ich würde ihr gern sagen, dass sie keine Angst zu haben braucht und dass ihr nichts passieren wird, aber ich kann mich nicht dazu durchringen, diese Lügen auszusprechen. Doch ich kann versuchen ihren Aufenthalt als unsere Gefangene so angemessen wie möglich zu gestalten.

»Du wirst dich ihr nicht mehr nähern«, teile ich Lumia in einem Tonfall mit, der keinen Widerspruch duldet.

»Warum?«, fragt sie. »Weil ich ein Feuerchen an ihrem Hosenbein gelegt habe? Ich wollte sie von Anfang an in ihre Schranken weisen.«

»Sie ist unsere Gefangene«, sage ich, »und nicht dein Sandsack im Training. Ich weiß, warum du hier bist. Lass deine Frustration wegen Cal an jemand anderem aus. Vorzugsweise an jemandem, der sich wehren kann. Oder krieg das, was auch immer du mit meinem Bruder hast, wieder auf die Reihe, sodass wir anderen nicht mehr unter euren Stimmungsschwankungen und eurer Unberechenbarkeit zu leiden haben.«

Einen Moment lang starrt sie mich an, als hätte ich sie geschlagen. Wahrscheinlich denkt sie darüber nach, *mich* zu schlagen, wenn ich nicht augenblicklich das, was ich gesagt habe, zurücknehme. Doch ich straffe nur den

Rücken und begegne ihrer Wut mit Gleichgültigkeit, obwohl ein ängstlicher Teil in mir darum bettelt, sie auf Knien um Verzeihung anzuflehen.

»Wer hat *dich* denn zur Beziehungsexpertin ernannt?«, zischt sie. »Du hast doch keine Ahnung, wovon du redest!«

Ich verdrehe die Augen. Irgendwie war mir klar, dass sie unter die Gürtellinie zielen wird. Dennoch trifft mich ihre Gehässigkeit. Wahrscheinlich kann ich froh sein, dass sie mir nicht wieder als Phönix die Haut von den Knochen schmelzen will.

»Wieso willst du deine schlechte Laune an ihr auslassen?«, frage ich. »Cal ist der Grund für deinen Zorn, also lass ihn dafür büßen.«

Lumia weicht meinem Blick aus und beißt sich auf die Unterlippe. Dann schaut sie zu Shadow. »Kannst du uns kurz allein lassen?«

»Nein«, antwortet er prompt und entlockt mir damit ein kleines Lächeln.

Lumia bleckt die Zähne. »Ich werde deiner geliebten Trägerin kein Haar krümmen«, sagt sie genervt. »Ich will nur ... ihre Meinung zu einem bestimmten Thema hören.«

Shadow schaut zu mir und ich nicke ihm nach kurzem Zögern zu. Nicht, ohne Lumia noch einen warnenden Blick zuzuwerfen, geht er aus dem Geräteraum und bleibt außer Hörweite inmitten der Halle stehen, den Blick auf uns gerichtet.

»Du weißt es, oder?«, fragt Lumia, als wir mit der Abtrünnigen, die ihr Bestes gibt, uns zu ignorieren, allein sind.

»Ich weiß nicht, wovon ...«

»Stell dich nicht dumm!«, unterbricht sie mich barsch. »Du weißt, warum sich Cal in letzter Zeit so merkwürdig mir gegenüber verhält.«

Ich seufze und kaue anschließend auf der Unterlippe. Bisher habe ich es als eine dumme Einbildung abgetan und das Thema stets verworfen, sobald es im Kopf auftauchte. Denn wenn es wahr ist ... Die Folgen wären so weitreichend, dass ich nicht einmal wage, darüber nachzudenken. Doch ich bin hier, um dieser Ahnung auf den Grund zu gehen. Wenn ich es weiter hinauszögere, wird mich die Ungewissheit noch in den Wahnsinn treiben.

»Als Shadow und ich zu eurem ersten Kampf gegen die Abtrünnige kamen, habe ich etwas gespürt, aber ich ... bin mir nicht sicher.«

Mit einer Kinnbewegung deutet Lumia auf die Bändigerin. »Dann sieh nach.«

Ich folge ihrem Wink und schaue auf die Frau hinab, die uns aus den Augenwinkeln hasserfüllt und gleichzeitig ängstlich mustert. Ihr fast schneeweißes Haar ist zu einem Zopf gebunden und auch die Kleidung ist frisch. Wahrscheinlich hat sich Terra um sie gekümmert, während ich außer Gefecht gesetzt war. Wenn ich sie nun betrachte, kann ich mir kaum vorstellen, dass es tatsächlich diese Frau gewesen sein soll, die mir beinahe die Lichter ausgepustet hat. Sie wirkt zwar nicht friedlich, aber doch um einiges kooperativer als das letzte Mal, als ich mit ihr zu tun hatte.

»Bist du dir sicher, dass du es wissen willst?«, frage ich Lumia. »Es würde nichts ändern, wenn ...«

»Es ändert *alles*«, entgegnet sie monoton.

Ich will ihr widersprechen, doch die Worte bleiben mir im Hals stecken. Das Feuer, das sonst in ihrem Blick lodert, ist zu einem winzigen Lichtlein verkümmert, und die Frustration, die in den letzten Tagen jeder zu spüren bekam, der auch nur in ihre Richtung schaute, scheint ihr einziges Ventil zu sein, damit umzugehen. Cal meidet sie seit dem ersten Kampf gegen die Abtrünnige und spricht mit ihr nur das Nötigste. Ich will mir gar nicht vorstellen, wie der Magieaustausch zwischen den beiden vonstattengeht. Es ist eine Verbindung, während der man sich seinem Familiar voll und ganz öffnet. Ein Geben und Nehmen, das auf Vertrauen beruht – vor allem wenn die Beteiligten so mächtig sind wie in unserem Fall.

Es muss sie schwer treffen, dass der Mann, mit dem sie mehr als fünfzehn Jahre geteilt hat, plötzlich nichts mehr mit ihr zu tun haben will – obwohl sie nichts falsch gemacht hat.

Ich schaue zum Feuer-Familiar. Obwohl ich es im Moment durch die Kleidung nicht sehen kann, weiß ich genau, wie Lumias Glimmen aussieht. Ein grelles Rot, ein fast brodelnder Puls. Nicht schnell, sondern gemächlich, aber dennoch kraftvoll. Ganz anders als Cals Glimmen, das hell und klar ist, als würde man Eis auf einer Glasscheibe betrachten.

Warum Lumia und Terra überhaupt ein Glimmen besitzen, habe ich bis heute nicht verstanden. Katies Fee hat keines, und auch bei den niederen Familiaren, denen ich tagtäglich begegnet bin, ist mir nie eins aufgefallen. Nur Menschen besitzen es – und die beiden Familiare meiner Brüder.

»Was würdest du tun, wenn sie …?« Ich schaffe es nicht, den Satz zu beenden.

Lumia schlingt beide Arme um den Körper, als würde sie plötzlich frieren, und weicht meinem Blick aus. »Ich weiß es nicht«, wispert sie nach einer Weile. »Aber allein die Vorstellung, die beiden zusammen zu sehen – glücklich und lächelnd, während ich nichts weiter bin als ein Anhängsel –, bringt mich um den Verstand. Ich weiß selbst nicht, warum, schließlich bin ich ein Familiar. Wahrscheinlich habe ich mich über die Zeit hinweg so sehr an Cal und seine Kraft gewöhnt, dass es mir schwerfällt, beides nun zu missen. Dank deiner Gabe ist mir schon seit Jahren bewusst, dass ich nicht diejenige bin, die er insgeheim sucht. Wir haben auch schon mehrmals darüber geredet und ich kenne deine Reaktion, wann immer du uns gemeinsam siehst. Es hätte mir klar sein müssen, dass er jederzeit einer anderen begegnen kann. Aber nun kam es … ziemlich plötzlich. Ich war nicht … darauf vorbereitet.«

Lumia so gebrochen und verwirrt zu sehen, versetzt mir einen Stich und schürt in mir den Wunsch, irgendwie helfen zu müssen. Aber nicht nur ihr … Was wird mit Cal geschehen, wenn die Abtrünnige wirklich – ich wage kaum, den Gedanken zu Ende zu denken – seine *Seelengefährtin* ist? Er ist ein Meister-Magier! Es ist seine Pflicht, gegen sie zu kämpfen. Er kann unmöglich der Partner einer Abtrünnigen werden … Meine Eltern würden sich im Grabe umdrehen, ganz zu schweigen von den Medien, die die Story gnadenlos ausschlachten würden. Zac, der nicht zulässt, dass irgendetwas unseren Familiennamen beschmutzt, wird ausflippen …

Bei der ganzen Sache gibt es nur Verlierer. Allen voran Lumia, aber auch Zac und ich werden darunter zu leiden haben – und mit uns unsere Familiare.

Aber ich muss es wissen! Wenn sie wirklich das gleiche Glimmen wie Cal besitzt, muss ich uns alle irgendwie darauf vorbereiten. Ich weiß zwar noch nicht, wie oder ob es überhaupt dazu kommen muss, aber mir wird schon was einfallen.

Ich knie mich neben die Abtrünnige, deren Kopf zu mir ruckt. Ruhig und mit einem – so gut es geht – freundlichen Lächeln erwidere ich ihren lauernden Blick.

»Ich tue dir nichts«, sage ich sanft. »Ich möchte mir nur etwas ansehen.«

Vorsichtig strecke ich die Hand aus, jederzeit bereit sie zurückzuziehen, und ziehe die Decke, in die sie sich gehüllt hat, ein Stück nach unten. Weiße Verbände, die fast so weiß sind wie ihre Haut, schlingen sich um den Oberkörper und verdecken die gröbsten Verletzungen.

Aber nicht ihr Glimmen.

Ich stoße die Luft aus, die ich die ganze Zeit über angehalten habe, denn die Erkenntnis durchzuckt mich wie ein Hieb in die Magengrube. Mehrere Augenblicke brauche ich, um genügend Mut zusammenzukratzen, damit ich mich zu Lumia umdrehen kann. Sie hingegen braucht nur eine Sekunde, um meinen Blick zu deuten, und schließt die Augen, bevor sie auf dem Absatz herumwirbelt und aus dem Raum rennt.

Ich zittere am ganzen Körper, als ich mich wieder der Abtrünnigen widme. Erst jetzt bemerke ich, dass jemand sich Mühe gegeben hat, die Abstellkammer von den Geräten zu befreien, und anschließend eine Luftmatratze, Kissen, Decken und ein paar Bücher bereitgestellt hat. Ich gehe jede Wette ein, dass es Cal war, der all das hergeschafft hat …

»Brauchst du noch irgendwas?«, frage ich heiser.

Doch die Bändigerin gibt nur ein Schnauben von sich, rückt so weit wie möglich von mir ab und zieht die Beine eng an den Körper.

Shit! Ich reibe mir mit beiden Händen übers Gesicht. Was sollen wir jetzt bloß tun? Ich meine, wir können doch nicht einfach ruhig danebenstehen und zusehen, wie Cal sich sein eigenes Grab schaufelt!

Wie ich es auch drehe und wende, am besten wäre es, wenn wir sie so schnell wie möglich hier wegschaffen. Irgendwohin. Hauptsache, sie ist nicht mehr hier, wo Cal ihr ständig über den Weg laufen könnte. Ich hatte noch nicht mit vielen Seelengefährten zu tun, aber ich bezweifele, dass es ein gutes Ende nehmen wird … Bisher weiß ich nicht einmal, ob sie zwingend zusammen sein müssen oder ob es einen anderen Weg gibt. Doch wenn ich ehrlich bin, will ich das nicht bei meinem Bruder und einer Abtrünnigen herausfinden …

Aber ich allein kann gar nichts dagegen unternehmen. Der Befehl, sie wegzubringen, muss von meinen Brüdern kommen. Cal wird diesen nicht geben, und ohne dass er die Hintergründe kennt, wird auch Zac sie nicht wegschaffen, denn er hat bereits einmal zugestimmt, sie hier einzusperren. Und ich will definitiv nicht diejenige sein, die ihm diese Hiobsbotschaft überbringt … Am liebsten möchte ich mich komplett aus der Sache raushalten, denn ich … Ich weiß tief in mir drin, dass es böse enden wird.

Ich schlucke krampfhaft und versuche mich auf das Wesentliche zu konzentrieren. Obwohl ich es mir wünsche, werde ich nicht danebenstehen und zusehen können. Von allen, die hier im Haus leben, bin ich die Einzige, die vielleicht etwas bewirken kann. Die Tränke, die ich mit Shadow herstellen wollte, kommen mir wieder in den Sinn. Wenn wir doch endlich einen Fortschritt dabei erzielten!

Ich verlasse den Geräteraum, verriegele ihn sorgfältig und gehe zu meinem Familiar.

»Sie ist es«, sagt er, als ich vor ihm stehen bleibe. Keine Frage, sondern eine Feststellung. Ich nicke. »Was hast du jetzt vor?«

Ich zucke mit den Schultern. »Wenn ich das wüsste … Zuerst werde ich Lumia irgendwie davon abhalten müssen, die Abtrünnige einzuäschern und es wie einen dummen Unfall aussehen zu lassen. Bis Katie auftaucht, werde ich mich noch mal an den Tränken versuchen.« Ich stoße die Luft aus. »Vielleicht erreiche ich heute etwas.«

»Ich werde nach Lumia sehen und sie eine Weile auf andere Gedanken bringen«, schlägt er vor, als wir gemeinsam die Halle verlassen.

Ich fühle mich innerlich leer und weiß selbst nicht, wie meine nächsten Schritte aussehen sollen. Für das Wohl aller wäre es wahrscheinlich am besten, wenn die Abtrünnige ihren Verletzungen – oder Lumias *zufälligen* Feuerattacken – erläge. Es ist schrecklich, so was überhaupt zu denken, aber ich kann nicht verhindern, dass sich der Gedanke in den Kopf schleicht und sich dort einnistet.

Es wäre allemal besser, als auf Zacs Urteil zu warten. Ich kann beim besten Willen nicht abschätzen, wie er reagieren wird. Schon früh musste er die Verantwortung für seine beiden jüngeren Geschwister übernehmen, zusätzlich zu dem Gewicht, das allein durch den Namen unserer Familie auf ihm lastete.

Und nun ist da diese Abtrünnige ... Sie könnte alles zerstören, was Zac aufgebaut und beschützt hat. Sie könnte nicht nur meinen Bruder, sondern unsere gesamte Familie in den Abgrund stürzen. Nicht einschätzen zu können, wie Zac reagiert oder worauf das alles hinausläuft, macht mir eine Heidenangst.

***

Zurück in meinem Zimmer werfe ich einen Blick aufs Handy. Katie hat mir mitgeteilt, dass sie in etwa zwei Stunden hier sein wird, um mich abzuholen. Viel zu viel Zeit, um allein vor mich hin zu grübeln ...

Damit ich wenigstens ein bisschen Ablenkung habe, setze ich mich an den Schreibtisch und hole die Fläschchen hervor, mit denen wir bereits gestern experimentiert haben. Aus der ersten Schublade nehme ich das kleine, aber scharfe Küchenmesser. Dass diese Tränke mithilfe meines Bluts funktionieren, löst bei mir noch immer Unbehagen aus. Dennoch stürze ich mich mit Feuereifer in die Aufgabe, hier weiter zu forschen.

Das erste Fläschchen fülle ich zur Hälfte mit Wasser, schneide mir anschließend in den Finger und lasse einen Tropfen ins Wasser fallen. Beim nächsten Fläschchen lasse ich zwei Blutstropfen hineinfließen, beim dritten drei und so weiter.

Shadow meinte, dass ich schon sehen würde, wenn eine Mischung korrekt wäre – was auch immer er damit meinte. Aber da ich bisher nichts Außergewöhnliches feststellen kann, mache ich weiter.

Nachdem alle Fläschchen gefüllt sind, ohne dass eine Reaktion erfolgte, schütte ich den Inhalt aus und fange erneut an. Diesmal fülle ich mehr Wasser hinein und schneide mir in den nächsten Finger.

Da ich keinen der Schnitte mit Heftpflaster beklebe, läuft mir das Blut quer über die Handfläche und tropft auf den Schreibtisch, meine Hose und den Boden. Die Haut fühlt sich so taub an wie der Rest von mir, sodass ich die einzelnen Schnitte kaum spüre.

Ständig drehe ich mich um, hoffe, Shadow auf dem Bett herumlümmeln zu sehen, und warte auf eine spitze Bemerkung, wenn auch der nächste Trank nicht gelingt. Die Stille und Einsamkeit, die um mich herum herrschen, kamen mir noch nie so erdrückend vor wie jetzt. Jahrelang habe ich mir gewünscht, eine eigene Wohnung nehmen zu können – nur für mich allein – und jetzt halte ich es kaum eine Stunde ohne Shadows Anwesenheit aus. Ich habe *Jahre* ohne ihn überstanden! Doch jetzt fehlt er mir ... Nach nur ein paar verdammten Minuten! Dabei ist er wahrscheinlich nur unten in der Küche oder wie angekündigt bei Lumia. Also irgendwo in greifbarer Nähe. Ich müsste nur aufstehen, aus dem Zimmer gehen und ihn suchen.

Seufzend schaue ich dabei zu, wie sich mehrere Blutstropfen mit dem Wasser vermischen, ohne dass etwas geschieht.

Um mich auf andere Gedanken zu bringen, spüle ich die Fläschchen aus und fülle nur zwei Fingerbreit Wasser hinein. Diesmal zucke ich zusammen, als ich mir tiefer als zuvor in den Finger schneide. Schnell halte ich die Hand über die Fläschchen und zähle die Tropfen, die dick und dunkel aus der Wunde hervorquellen.

Bei dem Fläschchen, in das ich drei Tropfen fallen lasse, geschieht endlich das, worauf ich die ganze Zeit gewartet habe. Anstatt dass sich das Blut mit dem Wasser vermischt, fängt die Flüssigkeit plötzlich an, rosa zu leuchten. Gebannt verfolge ich das Schauspiel, doch auch nach einigen Minuten nimmt das Leuchten nicht ab. Es sieht aus, als hätte ich eine winzige pinkfarbene Lichterkette ins Wasser getaucht, die nun angeschaltet wäre.

Ich ziehe das nächste Fläschchen zu mir, aber anstatt vier Tropfen hineinfallen zu lassen, bleibe ich bei drei. Und wieder tritt der gewünschte Effekt ein. Es war also kein Glückstreffer oder Zufall! Aber ... hat der Trank auch eine Wirkung? Oder sieht er nur nett aus?

Das werde ich nur auf einem Weg herausfinden ...

Ich schnappe mir die Flasche, verkorke sie und haste aus dem Zimmer. Ich kümmere mich nicht darum, dass ich eine Spur aus Blutstropfen hinter mir herziehe.

***

Als ich bei Lumia ankomme, sitzt sie auf dem Bett und sieht aus, als hätte sie geweint. Shadow lehnt einige Meter entfernt an der Wand. Nichts deutet darauf hin, dass etwas zwischen den beiden vorgefallen ist, dennoch flammt ein dumpfer Schmerz in meiner Brust auf.

Mein Blick muss Bände gesprochen haben, denn Shadow neigt den Kopf, als wollte er mich fragen, was mit mir los wäre.

»Hier.« Ich halte Lumia das Fläschchen mit der pink leuchtenden Flüssigkeit vor die Nase. »Versuche es mal damit.«

Zögerlich hebt sie die Hand und nimmt das Fläschchen entgegen. »Was ist das?«

Es fällt mir schwer, den Blick nicht von ihr abzuwenden. Rote Flecken überziehen ihre Wangen und den Hals, während die Augen glänzen und verquollen sind. Auch die zusammengesunkene Haltung hat nichts mit dem feurigen und stolzen Familiar gemein, der sie normalerweise ist.

Doch neben dem bemitleidenswerten Anblick bin ich mir auch Shadows Anwesenheit die ganze Zeit über bewusst. Ich weiß und spüre, dass er mich ansieht, und allein dieses Wissen lässt meine Empfindungen verrücktspielen. Ich möchte zu ihm gehen, mich an ihn schmiegen und immer wieder sagen, wie dankbar ich dafür bin, dass er mir gehört. Gleichzeitig will ich ihn anschreien, warum er diese widersprüchlichen Empfindungen in mir weckt, von deren Existenz ich nichts geahnt habe und die mich so sehr verwirren, dass ich mich selbst nicht mehr wiedererkenne.

Schnell konzentriere ich mich erneut auf Lumia und sage: »Wenn wir Glück haben, könnte es dir helfen.«

Ich halte meine Antwort bewusst vage, um keine falschen Hoffnungen zu schüren. Zu oft musste ich in der Vergangenheit erfahren, wie schmerzvoll es ist, wenn Hoffnungen von einer Sekunde auf die andere zerschlagen werden.

Shadow tritt neben mich. Innerlich seufze ich erleichtert auf, als ich seine

Nähe und die Magie, die zwischen uns flirrt, endlich wieder spüren kann. Dabei waren wir höchstens eine halbe Stunde getrennt. Es ist, als würde eine Last von mir genommen werden, die mich bis jetzt zu Boden gedrückt hat, und nun kann ich wieder frei atmen. Doch äußerlich lasse ich mir nichts anmerken, obwohl ich nichts lieber tun würde, als mich an ihn zu lehnen. Es fühlt sich seltsam an, ihn neben mir zu spüren, ohne ihn irgendwie zu berühren. Meine Finger kribbeln vor Verlangen, nach seiner Hand zu greifen. Ich möchte den Kopf an seine Schulter lehnen und den vertrauten Duft einatmen. Doch ich stehe nur hier und versuche verzweifelt, die Kontrolle über sämtliche Körperteile zu behalten, die sich ihm entgegenstrecken wollen. Ich will unter keinen Umständen, dass die anderen wissen, wie es in mir aussieht – erst recht nicht, solange ich es selbst noch nicht begreife.

Als Lumia die Flasche entkorkt, greift Shadow nach meiner Hand und hebt sie an. Ein kleines Seufzen entweicht mir, bevor ich es aufhalten kann.

»Wenn ich es nicht besser wüsste«, raunt er und beim bloßen Klang seiner Stimme vibrieren sämtliche Nervenenden in mir, »würde ich sagen, dass du sehr ungeschickt warst.«

Mit einem Stirnrunzeln betrachtet er meine blutverschmierte Hand, während ich einfach nur mit großen Augen zu ihm aufschaue und mir nichts sehnlicher wünsche, als dass er weiter mit mir spricht. Ich liebe dieses raue Timbre und werde nie genug davon bekommen.

»Aber da ich dich ja mittlerweile kenne«, fährt er fort, »weiß ich, dass du nur verdammt stur bist.«

Ich will widersprechen, doch jeder Laut bleibt mir im Hals stecken. Mit leicht offen stehendem Mund sehe ich dabei zu, wie Shadow die zerschnittenen Finger an die Lippen hebt und behutsam das noch immer hervorquellende Blut ableckt, bevor er sacht über die Schnitte pustet. Bei jeder Berührung der Zunge, bei jedem Atemzug von ihm zucke ich zusammen, bis ich befürchte, dass die Knie jede Sekunde unter mir nachgeben, wenn er nicht sofort damit aufhört, mich zu quälen. Das leichte Ziehen, das mit der Heilung einhergeht, verstärkt die widersprüchlichen Gefühle, die in mir wüten, nur noch weiter.

Die ganze Zeit über sieht er mir dabei so tief in die Augen, dass ich befürchte, er könnte bis in die Abgründe meiner Seele schauen und alles von mir sehen. Meine dunkelsten Wünsche. Die bodenlosen Sehnsüchte. All das, was ich will und nicht auszusprechen wage.

Ich fürchte mich davor, dass er es sieht – und gleichzeitig verzehre ich mich danach.

»Wenn ihr nicht sofort damit aufhört, euch in meinem Zimmer mit Blicken auszuziehen, kotze ich euch auf die Füße«, knurrt Lumia. »Macht das gefälligst irgendwo, wo ich es nicht mit ansehen muss!«

Genauso gut hätte sie einen Eimer kaltes Wasser über uns auskippen können. Ich bin mir sicher, dass meine Ohren gerade in einem grelleren Pink leuchten, als es die Flüssigkeit im Fläschchen tut.

»Also, was ist das?«, fragt sie erneut, nachdem Shadow meine Hand losgelassen hat und ich einen Schritt von ihm weg gemacht habe.

»Ich …« Nur kurz huscht mein Blick zu Shadow. »Wir haben nach einer Möglichkeit gesucht, die ganze Sache für dich etwas erträglicher zu machen. Ich weiß leider nicht, ob es tatsächlich wirkt, aber einfach ausgedrückt, ist das ein Glückstrank, der deine Schwermut abschwächen könnte.«

Lumia zögert einen kurzen Augenblick, dann setzt sie das Fläschchen an die Lippen und trinkt den Inhalt in einem Zug bis auf den letzten Tropfen leer.

Ich starre sie an, ohne zu blinzeln, warte auf irgendeine Reaktion, die mir sagt, dass der Trank wirkt. Ich bezweifele, dass drei Tropfen meines Bluts, aufgelöst in etwas Wasser, horrende Nebenwirkungen auslösen können, dennoch halte ich die Luft an.

Der Feuer-Familiar legt den Kopf in den Nacken und schließt die Augen, bevor sich ihre vollen Lippen zu einem breiten Lächeln verziehen.

»Er ist weg«, wispert sie. »Der Schmerz ist weg.«

Immer noch grinsend sieht sie mich an und ich versuche ihre Worte mit einem Lächeln zu erwidern.

»Gut möglich, dass es nur vorübergehend ist«, sage ich. »Aber wenn es tatsächlich hilft, stelle ich dir gerne noch mehr her.«

Ihr Blick wird weich. So weich, wie ich ihn noch nie bei ihr gesehen habe – zumindest erinnere ich mich nicht mehr daran. »Danke.«

»Keine Ursache.«

»Nein, ich bin dir wirklich zutiefst dankbar. Seit wir zum ersten Mal auf die Abtrünnige trafen, war ich … nicht ich selbst. Ich dachte, die Eifersucht würde mich von innen her auffressen. Aber jetzt …« Sie atmet tief ein und aus. »… fühle ich eine Zufriedenheit in mir, die ich schon lange nicht mehr gespürt habe. Ich bin glücklich – und auch in der Lage, Cal alles Glück der Welt zu wünschen. Das … hätte ich nicht für möglich gehalten.« Lumia steht auf und legt mir eine Hand auf die Schulter. »Du bist wahrlich *Lady Luck*, Feli.«

Ich platze innerlich schier vor Stolz. Ich habe etwas erreicht – aus eigenem Antrieb und Können! Nicht dank des Geldes, das meine Familie besitzt. Nicht, weil meine Brüder durch ihr Ansehen ein paar Strippen gezogen und Gefallen eingelöst haben.

Ich habe etwas gefunden, was nur ich schaffe. Etwas, wofür *Lady Luck* stehen kann. Ohne Shadow mag ich in Kämpfen keine große Hilfe sein, aber endlich habe ich einen Weg gefunden, trotzdem nützlich sein zu können.

Und das macht mich glücklich.

»Darf ich jetzt darauf hoffen, dass du die Abtrünnige nicht erneut in Brand steckst?«, frage ich.

Lumia legt eine Hand auf ihr Herz und deutet eine Verbeugung an. »Ich werde ihr nicht zu nahe treten und ihr auch kein Haar krümmen. Jedenfalls solange der Trank wirkt.«

»Sag mir Bescheid, wenn der Drang, sie in Flammen aufgehen zu lassen, zurückkehrt, und ich lasse dir umgehend Nachschub zukommen.«

Sie zieht mich in eine Umarmung, die ich nur zu gerne erwidere. »Danke, Feli.«

Als es just in diesem Moment an der Tür klingelt, mache ich mich von ihr los.

»Das ist bestimmt Katie. Wir sind verabredet. Mach keine Dummheiten, bis ich wieder da bin!«

Beschwingt und zufrieden husche ich aus dem Zimmer.

KAPITEL 25

Felicity

Katie wartet bereits im Foyer. Sie winkt mir zu, als ich die Treppe herunterkomme, und fällt mir um den Hals, sobald ich vor ihr stehe.

»Es fühlt sich an, als hätte ich dich ewig nicht gesehen«, murmelt sie.

Mir geht es ähnlich. Nach allem, was passiert ist, ist mir gar nicht aufgefallen, wie sehr ich meine beste Freundin vermisst habe. Aber jetzt ihr blumiges Lieblingsparfüm zu riechen und zu spüren, wie sie mich zur Begrüßung herzlich in die Arme nimmt, lässt mich zufrieden aufseufzen.

Dann hält sie mich auf Armlänge von sich weg und mustert mich aufmerksam. »Du siehst gut aus! Na ja, zumindest besser als in der Nacht, in der dich dein Familiar zu mir geschleppt hat. Er scheint dir zu bekommen. In welcher Hinsicht, kannst du mir ja auf dem Weg in die Stadt erzählen.« Sie zwinkert mir zweideutig zu und ich spüre schon wieder, dass mir Hitze in die Wangen schießt. »Ah, da scheine ich direkt ins Schwarze getroffen zu haben. Ich kann es gar nicht erwarten, jedes einzelne Detail zu erfahren, je schmutziger, desto besser.«

»Ich ... ziehe mir nur schnell etwas Frisches an und hole meine Tasche, dann können wir los«, sage ich. »Komm doch kurz mit hoch.«

»Gute Idee!«, jauchzt sie. »Vielleicht laufe ich ja Zac oder Cal über den Weg und darf sie noch ein bisschen anschmachten.« Da ich nur den Kopf schüttele, pikst sie mir mit dem Zeigefinger in die Seite. »Du hast jetzt jemand anderen zum Anschmachten, lass mir also deine Brüder!«

Ich verdrehe die Augen. »Ich habe niemand anderen zum Anschmachten«, murmele ich wenig überzeugend, doch ich habe das Gefühl, etwas darauf erwidern zu müssen. Es bleibt allerdings bei diesem halbherzigen Einwurf. »Aber ich freue mich auch darauf, mit dir reden zu können. Hier habe ich nicht wirklich jemanden, den ich um Rat fragen kann. Terra und vor allem

Lumia haben ihre eigenen Probleme. Und Zac und Cal glauben wahrscheinlich immer noch, dass ich zehn Jahre alt sei oder so.«

»Ah, es geht also um Frauenangelegenheiten!«, sagt Katie. »Da bin ich genau die richtige Ansprechpartnerin. Natürlich auch, wenn es um Liebesdinge geht.«

»Sei doch nicht so laut!«, zische ich.

»Jetzt hast du mich erst recht angefixt! Also schieß los! Was ist passiert?«

Ich stoße die Tür zu meinem Zimmer auf, hole gerade Luft, um ihr in groben Zügen die Probleme zu schildern, als ich mir jedoch schnell auf die Zunge beiße.

Mitten auf dem Bett thront Shadow im Schneidersitz und funkelt Katie mit durchdringendem Blick und schräg gelegtem Kopf an.

Ich habe keinen Schimmer, was zwischen den beiden vorgeht, aber sie beäugen sich, als würden sie jederzeit mein Zimmer in eine Kampfarena verwandeln wollen.

Ich seufze. »Könnt ihr euch bitte so lange zusammenreißen, bis ich mich umgezogen habe?«

Katie kichert. »Als ob ich mich von einem Familiar reizen lassen würde!«

»Und ich habe eine Abneigung gegen Magierinnen, die über den ›schönen Schein‹ gebieten«, wirft Shadow ein. »Sie würde ich nicht mal mit der Kneifzange anfassen.«

»Was ist dein Problem, Schattenheini?«

Shadow zuckt mit den Schultern. »Ein altes Trauma, vermutlich.«

»Ein Trauma, soso«, gurrt Katie. »Und wer oder was hat dich am Auge erwischt? Sieht übel aus! Wem darf ich für diese gute Tat gratulieren?«

Shadow schenkt ihr ein schiefes Grinsen, das sogar mich auf der Hut sein lässt. »Gefällt dir, was du siehst?«

»Hmm, wenn du so fragst, sieht es ziemlich einseitig aus«, sinniert meine Freundin. »Soll ich dir die andere Seite noch angleichen?«

Und so geht das eine Weile weiter. Die »Nettigkeiten«, die sie sich an den Kopf werfen, zielen immer weiter unter die Gürtellinie, doch ich habe keinen Schimmer, warum die beiden dermaßen heftig aufeinander anspringen.

»Also, ich … gehe jetzt kurz nach hinten und ziehe mir was Frisches an«, sage ich. »Wenn ich zurückkomme, würde ich mich sehr darüber freuen, euch beide und mein Zimmer in einem Stück vorzufinden. Letzteres hat nämlich bereits gelitten.«

Als ich im begehbaren Kleiderschrank ankomme und die Hose abstreife, sagt Katie: »Jetzt, wo du es erwähnst … Warum nutzt du Bücher, um fehlende Bettstützen zu ersetzen? Ist das ein neuer Trend, den ich verpasst habe? Oder gibt es einen bestimmten Grund, warum das Bett kaputt ist?« In der folgenden Pause kann ich förmlich spüren, wie es ihr dämmert. »Wie hart habt ihr es denn auf deinem Bett getrieben, dass es den Geist aufgegeben hat? Es ist immerhin Massivholz und kein Pressspan!«

»Na ja«, entgegnet Shadow mit einem Glucksen, »dann kannst du dir ja ausmalen, was wir …«

»Schluss damit!« Ich haste wieder zurück zu den beiden und schlage fast der Länge nach hin, weil sich meine Füße in der halb ausgezogenen Hose verhaken. »Wir haben gar nichts getrieben! Das Bett ist schon alt und ich hatte meine Kräfte nicht unter Kontrolle. Shadow, hör auf, Katies wirren Fantasien auch noch Nahrung zu geben!«

Bei Shadows anzüglichem Grinsen und Katies nachsichtigem Nicken möchte ich am liebsten im Boden versinken …

Meine Freundin glaubt mir kein Wort und mein Familiar schlägt noch zusätzlich in die Kerbe, um mich zu ärgern. Als ob mein Tag bisher nicht schon schlimm genug gewesen wäre … Ich müsste wütend auf Shadow sein, doch ich habe Mühe, ein Lachen zu unterdrücken. Keine Ahnung, wie er es immer wieder schafft, mich aufzuheitern.

»Zieh dich fertig an«, sagt Katie. »Anscheinend bekomme ich aus deinem Familiar mehr Informationen heraus als aus dir.«

»Wehe!«, zische ich Shadow zu, bevor ich wieder nach hinten gehe, um endlich eine frische Hose aus dem Schrank zu kramen.

Ich höre kein Wort von den beiden, und das beunruhigt mich noch mehr als ihre Sticheleien. Wenn sie schweigen, sind sie entweder kurz davor, sich die Köpfe einzuschlagen, oder sie hecken etwas richtig Perfides aus.

So schnell wie möglich schlüpfe ich deshalb in die frischen Klamotten und fasse mir die Haare zu einem Pferdeschwanz zusammen. Anschließend schnappe ich eine Handtasche und haste wieder nach vorn ins Zimmer.

Shadow lümmelt noch immer auf meinem Bett herum und Katie inspiziert die übrigen Fläschchen auf dem Schreibtisch.

»Was hast du denn angestellt?«, fragt sie und deutet auf die Blutspritzer, die kreuz und quer über der Tischplatte verteilt sind. »Musstest du irgendeinem Voodoo-Gott ein Huhn opfern, um Tränke herstellen zu können?«

Ich hake mich bei ihr unter und ziehe sie zur Tür. »So wie die Dinge stehen, brauche ich dafür vielleicht nicht die Unterstützung eines Voodoo-Gottes«, sage ich. »Aber davon erzähle ich dir unterwegs.«

Shadow springt vom Bett und folgt uns aus dem Zimmer.

Verwirrt bleibe ich stehen und drehe mich zu ihm um. »Wohin willst du?«

Das schelmische Grinsen, das er zur Schau stellt, verursacht mir ein Kribbeln im Bauch. »Das letzte Mal, als du mir diese Frage gestellt hast – das war übrigens gestern Abend –, hast du nicht so abweisend geklungen. Außerdem haben deine Augen mehr geglänzt, weil du gerade ...«

»Shadow«, knurre ich warnend und gebe mein Bestes, ihn mit bloßen Blicken zu töten, sollte er es wagen, diesen Satz vor Katie zu beenden.

Er schiebt die Hände in die Hosentaschen, sieht aber keineswegs zerknirscht aus. »Ich komme mit euch. Was dachtest du denn?«

»O nein, das wirst du ganz sicher nicht!« Ich baue mich mit verschränkten Armen vor ihm auf. Dummerweise reiche ich ihm gerade mal bis zum Kinn, auch wenn ich den Rücken durchstrecke. »Du wirst brav zu Hause bleiben! Heute ist Mädelstag, dabei hast du nichts zu suchen!«

Shadow verdreht die Augen. »Was soll ich denn allein hier machen?«

Ich wende mich von ihm ab. »Was weiß ich denn? Schwimm ein paar Runden im Pool oder mach dich nützlich und entlocke der Bändigerin ein paar Infos. Wie sie heißt oder was sie will, zum Beispiel.«

Katie streckt Shadow die Zunge heraus, bevor sie nach meiner Hand greift und gemeinsam mit mir aus der Villa spaziert. Ich drehe mich nicht nach meinem Familiar um.

***

Auf dem Weg in die Stadt quetscht Katie mich regelrecht aus und ich habe Mühe, gewisse Details für mich zu behalten. Ich möchte zwar ihren Rat, aber würde es dennoch vorziehen, ihr von ein paar Vorfällen nichts zu erzählen. Beispielsweise davon, was gestern Abend passiert ist, denn das habe ich selbst noch nicht verarbeitet.

»Also«, sagt sie gedehnt, als wir durch die Einkaufsmeile flanieren und sie vor jedem zweiten Schaufenster stehen bleibt. »Denk ja nicht, ich würde nicht bemerken, dass du nur um den heißen Brei herumredest. Raus mit der Sprache! Was läuft da zwischen dir und deinem heißen Familiar?«

Ich werfe ihr einen vernichtenden, aber gleichzeitig auch schuldbewussten Blick zu. »Gar nichts«, nuschele ich.

»Herzchen, für wie blöd hältst du mich eigentlich? Nicht dass ich dir glaube – das tue ich nämlich ganz bestimmt nicht –, aber wenn es wirklich so wäre, würde *ich* dich für blöd halten. Oder blind. Oder beides.«

Ich verdrehe die Augen und schüttele noch mal mit Nachdruck den Kopf, doch Katie ignoriert mich. Sie beugt sich vor, um das Preisschild, das an einem grellen Pullover hinter der Schaufensterscheibe hängt, besser inspizieren zu können. Das Teil ist potthässlich, doch an Katie würde es bestimmt umwerfend aussehen – wie alles, was sie trägt. Ich nestele am Saum meines einfachen Shirts und starre auf die Spitzen der ausgetretenen Turnschuhe. Was würde ich dafür geben, nur die Hälfte ihrer Ausstrahlung zu besitzen!

»Er scheint nett zu sein«, sagt sie, ohne sich zu mir umzudrehen. »Dein Familiar.«

Warum betont sie die ganze Zeit über schon, dass er *mein Familiar* ist? Ich verziehe den Mund und suche nach den richtigen Worten. »Er *kann* nett sein«, gebe ich zu. »Aber wenn andere dabei sind, ist er oft gemein zu mir und treibt mich in den Wahnsinn. Und meine Brüder hassen ihn.«

»Deine Brüder würden jedes männliche Wesen hassen, das sich ihrer kleinen Schwester auf fünf Meter nähert«, entgegnet Katie. »Mach dir deswegen keinen Kopf! Wichtig ist doch, was du fühlst. Und ich bezweifele, dass es Hass ist, was du empfindest, wenn es um deinen Familiar geht.«

Ich kaue auf der Unterlippe herum, während ich ihr insgeheim recht gebe. Zac und Cal werden auch noch begreifen, welche Vorteile ich durch Shadow genießen kann. Die von gestern Abend zählen natürlich nicht dazu! Herrje, ich würde vieles dafür geben, den Vorfall aus meinen Erinnerungen streichen zu können ...

Zum Glück sind wir so früh unterwegs, sodass die Straßen nahezu menschenleer sind. Die meisten Geschäfte haben erst vor ein paar Minuten aufgemacht. Ich kann mich nicht daran erinnern, mich je in der Öffentlichkeit so ausgeglichen gefühlt zu haben. Das wird nicht nur an den wenigen Menschen, sondern auch an Shadow liegen. Wenn ich mich darauf konzentriere, höre ich ein entferntes Fiepen, spüre die Disharmonien, die mich umgeben, doch es ist nicht so überwältigend wie normalerweise. Nur ein leichtes Pochen macht sich hinter der Stirn bemerkbar – kein Vergleich zu den verheerenden Kopfschmerzen, die mich normalerweise heimsuchen, sobald ich in der Öffentlichkeit unterwegs bin.

Katies Aufmerksamkeit liegt nun nicht mehr auf dem Pulli, sondern auf mir. »Nun frag schon. Ich sehe dir doch an, dass dir etwas auf der Seele lastet.«

Ich bohre eine Schuhspitze in den Boden. »Hast du ... hattest du je etwas mit einem Familiar?«

Katie gibt ein glockenhelles Lachen von sich. »Nein, wohin denkst du?«

War ja klar, dass die Frage lächerlich ist ... Hätte ich sie doch nur nie gestellt! Ich hätte nicht gleich mit der Tür ins Haus fallen dürfen ...

Meine Freundin stupst mich mit dem Ellenbogen an. »Mach nicht so ein Gesicht! Würde ich einen Familiar kennen, der so aussähe wie deiner, lautete die Antwort wahrscheinlich Ja. Aber ich kenne mit Ausnahme von Shadow keinen einzigen männlichen Familiar, der noch dazu menschenähnlich ist. Bis du Shadow angeschleppt hast, kannte ich nur Lumia und Terra, die fast aussehen wie Menschen. Im Fernsehen habe ich immer mal die Familiare anderer Meister-Magier gesehen, aber anscheinend sind menschenähnliche Familiare alles andere als weitverbreitet. Ich kann mich zumindest an keinen anderen erinnern.«

Das habe ich auch schon bemerkt. Shadow, Lumia und Terra fallen auf, doch ihre Illusionen sind so gut, dass sie fast als Menschen durchgehen. Warum allerdings nur meine Familie das Glück hat, menschenähnliche Familiare zu haben, weiß ich nicht.

»Allerdings«, fährt Katie fort, während sie mich zum nächsten Laden zieht, »wird sich dein Familiar nicht allzu sehr von den Männern unterscheiden, die ich kenne. Was genau willst du denn wissen?«

Alles. Und nichts.

Ich schüttele den Kopf. »Schon gut, ich war nur neugierig. Lass uns lieber über heute Abend sprechen!«

Sofort schluckt Katie den Köder und strahlt mich an, bevor sie ohne Punkt und Komma über die bevorstehende Party redet. Eine Weile höre ich nur mit halbem Ohr zu, nicke, wenn sie eine Pause macht, und folge ihr durch die Gänge.

»Wir müssen dich einkleiden!«, entscheidet sie, ohne mich nach meiner Meinung zu fragen. Ich nicke nachsichtig. »Du brauchst etwas, was ›Nimm mich, Justin!‹ schreit.«

»Ähm ... Ich wäre schon mit etwas zufrieden, was nicht ›Ich bin Mitte zwanzig und noch Jungfrau‹ ruft«, murmele ich kleinlaut, nachdem ich mich nach allen Seiten umgesehen und davon überzeugt habe, dass uns niemand belauscht. Selbst Katie gegenüber ist es mir peinlich, das Thema anzusprechen.

»Keine Sorge, Feli! Ich suche dir schon ein paar Klamotten raus, dank denen du die Party nicht ungebumst verlassen wirst.«

Ich reibe mir mit der Hand über die Stirn und zähle innerlich bis zehn. Warum muss sie immer so vulgär sein? »Das ... war nicht das, was ich damit sagen wollte. Können wir uns auf etwas einigen, womit mich Justin bemerkt, aber nicht sofort ins Bett zerren will?«

»Du hast ja recht, das Bett wird auf Dauer langweilig«, sagt Katie, während wir den Laden betreten und sie mich gleich zu den Schnäppchen zieht. »Auf dem Esstisch macht es auch verdammt viel Spaß!«

»Katie!«, zische ich und spähe erneut nach links und rechts. »Jetzt bleib doch mal ernst!«

»Ich *bin* ernst«, entgegnet sie achselzuckend und zieht kurz darauf ein rotes Stück Stoff hervor, welches so kurz ist, dass es die Bezeichnung »Kleid« nicht verdient hat. In ihren Augen liegt ein beängstigender Glanz, als sie das Stück neben mich hält.

»Das werde ich definitiv nicht anziehen!«, sage ich, bevor sie auch nur den Mund aufmachen kann.

»Aber du wolltest doch etwas Freizügiges!«

»Freizügig, ja. Aber nicht nuttig!«

Mit einem theatralischen Seufzen hängt sie das Kleid zurück und wühlt weiter. »Wir suchen dir zuerst ein passendes Outfit für heute Abend. Wie ich dich kenne, holen wir am besten auch noch das ganze Drumherum. Schuhe und vor allem Dessous.«

»Ich brauche keine neue Unterwäsche.«

Katie hält inne und sieht mich eindringlich an. »Hast du neben deinen sterbenslangweiligen schwarzen und beigen BHs auch etwas mit wenigstens ein bisschen Sex-Appeal? Die Dinger sehen aus wie die einer Frau Mitte siebzig, die mit ihrem Liebesleben schon vor Jahrzehnten abgeschlossen hat. Und denk ja nicht, dass ich dich mit einem deiner quietschbunten Slips auf die Party gehen lasse! Ich habe schon oft genug bei dir übernachtet, um deine Geschmacksverirrungen in Sachen Mode zu kennen.«

Hitze breitet sich in meinen Wangen aus und ich öffne mehrmals den Mund, ohne dass ein Ton herauskommt. So ungern ich es auch zugebe, aber Katie hat recht. Ich besitze nichts, was auch nur im Entferntesten sexy ist. Gerade bei Unterwäsche achte ich nur darauf, dass sie bequem und praktisch ist.

Katie zieht weiter ein Kleidungsstück nach dem anderen hervor, nur um es nach kurzer Prüfung wieder wegzuhängen. »Je nachdem, was du anziehst, werden wir den BH danach aussuchen. Wenn es einen tiefen Ausschnitt hat, rate ich dir zu etwas mit Push-Effekt. Wobei dir wahrscheinlich auch ein rückenfreies Kleid gut stehen würde, weil ich ja weiß, dass du ungern deinen teilweise unbedeckten Oberkörper zeigst. Allerdings brauchst du bei deinen großen Möpsen trotzdem einen BH, das geht nicht ohne. Dies wiederum bedeutet, dass wir einen brauchen, der sich auf deinem bloßen Rücken sehen lassen kann.«

Seufzend lege ich den Kopf in den Nacken. *Warum?* Warum habe ich mich auf das hier eingelassen? Freiwillig! Was hat mich da nur geritten?

Ich trotte Katie hinterher, die bereits mehrere Kleider über den Arm gehängt hat. Eines davon hat sogar mir gefallen. Es ist schwarz und schlicht, der Rock ist leicht ausgestellt und reicht bis knapp übers Knie. Vorn ist es hochgeschlossen, lässt aber Schultern und Arme unbedeckt und ist hinten rückenfrei. Damit könnte ich mich anfreunden. Wobei ich immer noch dafür bin, in einer Jeans und einem Shirt zur Party zu gehen ...

Als Katie das Kleid in der richtigen Größe für mich gefunden hat, zerrt sie mich in die Dessous-Abteilung.

Meinen Einwand, dass ich nie und nimmer so viel Geld für einen Hauch von Nichts ausgeben werde, ignoriert sie geflissentlich, als sie einen schwarzen BH aus feiner Spitze und den passenden String dazu in meiner Größe heraussucht.

»Man wird bei dem rückenfreien Kleid den BH sehen, also muss er optisch was hermachen«, wischt sie meinen Einwand beiseite. »Und wenn Justin dich dann auspackt, soll doch alles passen, oder? So, und weil wir schon einmal hier sind, suchen wir dir auch gleich einen neuen Bikini. Vielleicht kann ich dich doch irgendwann mal dazu überreden, mit mir schwimmen zu gehen. Und wenn ich ganz viel Glück habe, bringst du noch deine Brüder mit, damit ich auch was fürs Auge habe. Ich weiß ja, wie sie oben ohne aussehen, aber vielleicht gelingt es mir ja, die bestimmt harten Bauchmuskeln während einer wilden Wasserschlacht zu befummeln.«

Ich unterdrücke ein Schaudern und packe die Gedanken an die Bauchmuskeln meiner Brüder in eine Schachtel, die ich anschließend in den hintersten Winkel meines Bewusstseins verbanne. Wie kann sie nur so fixiert auf Zac und Cal sein? Ich verschweige ihr, dass zumindest einer meiner Brüder gerade ganz andere Sorgen als einen Badeausflug hat ... Hoffentlich gelingt es Shadow in der Zwischenzeit, der Bändigerin ein paar Informationen zu entlocken. Irgendetwas, was wir gegen sie verwenden können. Aber zuerst müssen wir klären, wie es weitergehen soll ...

Katie reißt mich aus den Gedanken, indem sie mir die Dessous, das Kleid und einen Bikini mit blau-schwarzem Muster und ebenfalls hochgeschlossenem Oberteil, das im Nacken gebunden werden muss, reicht. Seufzend ergebe ich mich in mein Schicksal, greife nach den Sachen und verschwinde in der nächsten Kabine.

Dort schäle ich mich aus dem Shirt und der Jeans und mustere mich einen Moment lang im Spiegel. So ungern ich es auch zugebe, aber mit der Unterwäsche, die ich trage, gewinne ich keinen Blumentopf, geschweige denn einen Freund. Das Material des BHs ist glatt und langweilig, beinahe spießig, während der nicht dazu passende Slip mit Snoopy-Motiv auffährt und wohl eher einer Zwölfjährigen als mir stehen würde. Bisher habe ich mir nie großartig Gedanken über meine Unterwäsche gemacht. Wer hätte sie auch sehen sollen?

Abgesehen davon bin ich zufrieden mit mir und meinem Aussehen. Ich bin nicht dürr, sondern habe dank ein paar Kilos mehr Kurven an den richtigen Stellen, die mich durchaus fraulich aussehen lassen, wenn ich sie nicht immer unter zu weiten Klamotten verstecken würde.

Aber ich bin kein Mädchen mehr. Ich brauche mich nicht zu fürchten. Ich muss nicht unsichtbar sein. Alles, was ich dafür tun muss, ist, über meinen Schatten zu springen.

Sofort driften die Gedanken wieder zu Shadow ab. *Mein Schatten. Mein Familiar.*

Seit ich ihn bekommen habe, bin ich zum ersten Mal ohne Shadow unterwegs. Ich sollte mich darüber freuen, fast gänzlich unbeschwert mit Katie bummeln gehen zu können. Ich sollte die Zeit mit meiner besten Freundin genießen. Warum denke ich dann ständig an Shadow?

Ich lege eine Hand auf den Bauch und lasse sie langsam über die Haut gleiten. Über Taille, Hüfte und wieder hinauf zu den Rippen. Nein, das fühlt sich nicht so an, als würde er mich berühren …

Schnell schüttele ich den Kopf, um diese verstörenden Gedanken zu vertreiben. So ein Blödsinn! Heute Abend werde ich Justin wiedersehen und mich hoffentlich nicht so dämlich anstellen wie beim letzten Mal. Und vielleicht …

Wenn meine Gabe bei ihm nicht anschlägt, wenn ich kein Fiepen in seiner Gegenwart höre – vielleicht ist er mein …

Ich warte und warte und warte, doch das aufgeregte Kribbeln, das ich so verzweifelt herbeisehne, bleibt aus. Allein die Vorstellung, dass Justin – der einzige Junge, für den ich je geschwärmt habe – mich heute Abend sieht und sogar bemerkt, sollte mich auf Wolken schweben lassen. Doch ich spüre nichts. Rein gar nichts.

Seufzend reibe ich mir mit beiden Händen übers Gesicht. Vielleicht wird es besser, wenn ich auf der Party bin und ihn vor mir sehe. Ja, ganz bestimmt vergesse ich dann das andere Wesen, das pausenlos meine Gedanken für sich beansprucht.

Ich greife nach hinten, um den BH-Verschluss zu öffnen, damit ich die Sachen, die Katie herausgesucht hat, anprobieren kann.

Aber gerade als ich die Haken auseinanderschieben will, halten meine Finger plötzlich inne, ohne dass ich ihnen den Befehl dazu gegeben habe.

Ein warmer dunkler Impuls rauscht durch mich hindurch und ich erstarre, als ich noch dazu eine vertraute Stimme im Kopf höre.

»Bis hierher habe ich die Show wirklich genossen«, raunt Shadow. »Doch ich befürchte, dass wir an dieser Stelle aufhören sollten.«

Im ersten Moment weiß ich nicht, wie ich reagieren soll. Bin völlig überrumpelt davon, dass er da ist, ohne dass ich es bemerkt habe. Wie ist ihm das nur gelungen?

Ich lasse die Hände sinken und balle sie zu Fäusten. O nein! Wie viel von dem, was ich mit Katie besprochen habe, hat er gehört? Wahrscheinlich alles … Aber was, wenn er auch alles gehört hat, was ich gedacht habe? Das darf doch wohl nicht wahr sein! Am liebsten würde ich vor Scham im Boden versinken …

Doch noch ausgeprägter als Scham wütet Zorn in mir. Ich bin stinksauer darüber, dass er sich einfach über mein Verbot hinweggesetzt hat und mitgekommen ist. Heimlich und ohne sich zu erkennen zu geben! Er hat dazu unsere Verbindung und nicht zuletzt meinen Körper benutzt.

Ich konzentriere mich auf das andere Bewusstsein, das sich die ganze Zeit über ruhig verhalten hat und nicht aufgefallen ist. Doch nun spüre ich ihn und stelle mir vor, wie ich ihn packe und aus mir herauszerre.

»Raus aus meinem Schatten, Shadow!«, schreie ich.

Im hohen Bogen schleudere ich ihn aus dem Schatten und anschließend aus der Umkleidekabine. Nicht eine Sekunde lang habe ich Mitleid mit ihm, als er unsanft auf dem Hintern landet und kurz darauf mit dem Kopf gegen die Wand auf der anderen Seite der Kabine knallt.

Katie, die auf einem der Stühle vor den Kabinen sitzt, bricht in schallendes Gelächter aus, nachdem sie sich und unsere bisherigen Einkäufe in Sicherheit gebracht hat.

»Wen haben wir denn da?«, säuselt sie, während sie sich zu Shadow hinabbeugt, der sich den zweifelsohne schmerzenden Hinterkopf hält. Geschieht ihm recht! Ich wünschte, er hätte sich ernsthaft wehgetan. »Ist der treue Familiar seiner Herrin nachgelaufen? Was bist du? Ein Hund?«

Ich umklammere den Vorhang der Kabine und halte ihn so vor mich, dass ich mich größtenteils bedecken kann. »Tickst du nicht mehr richtig?«, schreie ich meinen Familiar an. »Ich habe dir gesagt, dass du zu Hause bleiben sollst!«

Shadow zieht die Beine an den Körper und schaut vom Boden aus zu mir auf. Beinahe gelingt es ihm, mich mit seinem Hundeblick zu erweichen, doch ich beiße die Zähne zusammen und setze eine finstere Miene auf. Würde mich nicht wundern, wenn er gleich spontan explodiert aufgrund der tödlichen Blicke, die ich ihm zuwerfe.

»Es ist aber langweilig ohne dich«, murmelt er.

»Das ist mir vollkommen egal!«, zische ich. »Ich wollte dich nicht dabeihaben! Und nicht nur, dass du dich über meinen Wunsch hinweggesetzt hast. Nein, du hast mich auch noch beim Umziehen beobachtet!«

Er senkt den Kopf und sieht wirklich betroffen aus. Schnell werfe ich den Anflug von Mitleid aus dem Herzen und erinnere mich daran, dass er sich heimlich in meinem Schatten verborgen und mich beim Umziehen begafft hat. Ich habe einen Spanner als Familiar! Das wird ja immer besser ...

Katie kommt zu mir und späht über den Vorhangstoff, den ich wie einen Schutzschild an mich presse. »Was regst du dich so auf?«, flüstert sie. »Du hast doch noch was an.« Ihre vollen Lippen verziehen sich zu einem Grinsen. »Ich wäre jede Wette eingegangen, dass er dich schon mit weniger als deiner Unterwäsche am Leib gesehen hat.«

Ich blecke die Zähne. »Hat er aber nicht!«

Katie winkt ab. »Kein Grund, ein Fass aufzumachen. Probiere die Sachen an! Ich kümmere mich so lange um deinen Familiar.«

»Ich will, dass er sofort nach Hause geht!«

Für ihn wäre es einfach, durch einen Schattensprung direkt zurück zur Villa zu gelangen.

»Warum?«, fragt Katie. »Wenn er schon mal hier ist, kann er sich als nützlich erweisen und unsere Einkäufe tragen. Außerdem ist eine männliche Meinung vielleicht gar nicht schlecht. Für mich fällt das Kleid, das du endlich anprobieren sollst, immer noch in die Kategorie ›zugeknöpfte Jungfer‹.«

»Er ist aber kein Mann«, grolle ich, »sondern ein Familiar!«

»Wenn du fertig mit der Haarspalterei bist, können wir gerne weitermachen. Ich will heute noch in mindestens drei Läden. Und wolltest du nicht auch noch ein neues Bett kaufen?« Sie wackelt vielsagend mit den perfekt gezupften Augenbrauen. »Nachdem dein altes bei euren … ›Aktivitäten‹ zu Bruch gegangen ist.«

Nur knapp widerstehe ich dem Drang, ihr direkt an die Gurgel zu gehen. Mit mehr Schwung als nötig ziehe ich den Vorhang wieder zu, nicht ohne ihr in Gedanken sämtliche Flüche und Verwünschungen an den Kopf zu knallen, die mir einfallen.

KAPITEL 26

Shadow

Zugegeben, ich habe nicht ausgiebig genug darüber nachgedacht, als ich mich einfach über Felicitys Anweisung hinweggesetzt habe und in dem Augenblick mit ihrem Schatten verschmolzen bin, als sie aus der Tür ging. Glücklicherweise hat sie sich nicht nach mir umgedreht, weshalb ich mich nur ruhig verhalten musste, damit sie mich nicht bemerkte. Sie war sowieso viel zu sehr mit sich und Katie beschäftigt, als dass sie auch nur auf die Idee gekommen wäre, mein Bewusstsein zu spüren. Nach den vielen Malen, die ich bereits mit ihrem Schatten verschmolzen bin, habe ich einiges dazugelernt und bin mittlerweile gut darin, mich ihr so anzupassen, dass ich kaum auffalle.

Doch diesmal scheine ich zu weit gegangen zu sein ... Ich hätte mich schon vorher zeigen oder auf mich aufmerksam machen sollen, aber der Zeitpunkt schien nie der richtige zu sein. Viel zu sehr hing ich an ihren Lippen und dachte darüber nach, was sie mit Katie besprach. Immer wenn ich glaubte, den passenden Augenblick gefunden zu haben, um mich zu zeigen, redeten sie über mich. Oder Feli. Beides wollte ich auf keinen Fall verpassen.

Ihre Gedanken konnte ich leider nicht hören. Dazu hätte ich mich in ihrem Bewusstsein weiter vorwagen müssen – und dann hätte sie mich garantiert bemerkt. Also gab ich mich damit zufrieden, den Gesprächen zu lauschen.

»Hier«, sagt Katie und hält mir eine Sonnenbrille hin. »Die Leute starren dich schon an. Das Veilchen sieht echt übel aus. Wahrscheinlich überlegen sie, ob du irgendein bekannter Preisboxer bist oder ob sie doch lieber einen großen Bogen um dich machen sollten.«

Ich nehme die Brille und setze sie auf.

»So«, säuselt sie gedehnt, während sie sich wieder auf einen der Stühle setzt. »Wirst du mir erzählen, warum du hier bist, oder muss ich raten?«

Ich verziehe den Mund. »Ich wüsste nicht, was dich das angeht.«

»Ah, du hegst also immer noch einen Groll gegen mich. Auch der Grund dafür würde mich sehr interessieren. Wie ich Feli kenne, wird sie noch eine ganze Weile brauchen, bis sie genug Mut zusammengekratzt hat, um sich in den neuen Klamotten aus der Umkleide zu trauen.« Sie verschränkt die Arme hinter dem Kopf. »Wir zwei haben also eine ganze Menge Zeit.«

Seufzend erhebe ich mich vom Fußboden und setze mich ebenfalls auf einen Stuhl, lasse aber einen zwischen uns frei.

»Ich habe nichts gegen dich persönlich«, sage ich nach einer Weile. »Ich habe nur eine Abneigung gegen alle Magier, die über den ›schönen Schein‹ gebieten.«

»Warum? Hat dich mal eine Magierin des ›schönen Scheins‹ abblitzen lassen?«

Ich gebe ein freudloses Lachen von mir. »Nein, ganz sicher nicht.«

»Wow«, murmelt sie. »Du besitzt tatsächlich ein Ego in Übergröße, das man garantiert auch noch vom Weltall aus sehen kann. Gilt das auch für andere Teile von dir?«

Ich werfe ihr einen giftigen Seitenblick zu, der sie leider nicht dazu veranlasst, den Mund zu halten.

»Du Spielverderber bist ja genauso zugeknöpft wie Feli«, murrt sie. »Na schön, dann fangen wir mit einem anderen Thema an, das mich interessiert. Ich war überrascht darüber, dass Feli einen Familiar wie dich bekommen hat. Noch nie zuvor habe ich einen männlichen menschenähnlichen Familiar gesehen. Gehörst du einer besonderen Rasse an?«

Ich verdrehe die Augen. »Nein. Es hat einfach damit zu tun, dass es kaum noch Familiare gibt, die über genügend Kraft verfügen, um die Gestalt eines Menschen annehmen zu können. Menschliche Organismen sind sehr schwierig zu formen. Ihre körperliche Struktur und nicht zuletzt die Gefühlswelt, die wir, um nicht sofort aufzufallen, zumindest ein bisschen verstehen und imitieren müssen, sind sehr aufwendig. Die meisten Familiare, die dazu in der Lage waren, sind bereits tot.«

»Tot?«, hakt Katie nach. »Altersschwäche oder was?«

Ich schüttele den Kopf. »Sie starben an eigener Dummheit.«

Nun beugt sie sich interessiert nach vorn. »Das musst du mir genauer erklären.«

Ich seufze. »Für uns Familiare hat Zeit keine Bedeutung. Wir haben keine vordefinierte Lebensspanne. Solange wir auf Magie, unser Lebenselixier, zugreifen können, sind wir quasi unsterblich. Nach eurer Zeitrechnung bin ich mehrere tausend Jahre alt. Je älter wir werden und je mehr Magie wir aufnehmen, desto mächtiger werden wir.«

»Und warum sterbt ihr dann an Dummheit? Wenn ihr so alt und mächtig seid, müsstet ihr nicht auch weise sein?«

»Ja«, murmele ich. »Das sollte man annehmen.«

Als ich nicht weiterrede, boxt mir Katie gegen den Arm. »Raus mit der Sprache! Ich will das jetzt wissen!«

Ich atme tief ein und stoße anschließend den Atem seufzend wieder aus. »Im Grunde ist es das höchste Ziel eines Familiars, an einen Menschen durch einen Pakt gebunden zu sein. Keine andere Lebensform versorgt uns mit so viel unseres Lebenselixiers wie ein magiebegabter Mensch. Das war schon immer so. Heute nennt ihr sie Magier. Früher hießen sie Götter, Halbgötter oder schlicht Helden. Oder Hexen und Zauberer. Wie auch immer, es läuft auf dasselbe hinaus. Wenn ein Familiar mächtig genug ist, um eine menschliche Form annehmen zu können, kann er seinem Träger besser dienen, als wenn er eine niedere Tierform annehmen müsste. Wie ich vorhin schon sagte, imitieren wir neben dem Körper an sich auch die Gefühle bis zu einem gewissen Grad. Das ist auch der Grund, warum es kaum noch mächtige Familiare gibt. Die Gefühle lassen sie blind und dumm werden.«

»Aber wenn es nur imitierte Gefühle sind ...«, wirft Katie ein.

»Das sind sie vielleicht zu Beginn, aber je länger sich ein Familiar in einer menschlichen Form befindet, desto schneller werden auch die Gefühle zu einem Teil von ihm. Ist es nicht auch so bei euren Kindern? Auch sie müssen erst lernen, was Furcht und Scham und Freude sind. Bei uns Familiaren ist es ähnlich. Wir können Gefühle lernen und empfinden sie anschließend selbst. Meist ist das Erste, was wir fühlen, ein starker Beschützerinstinkt unserem Träger gegenüber. Uns ist klar, dass wir nur so lange hierbleiben können, wie er am Leben ist und den Pakt mit uns erfüllen kann. Mit dem Beschützerinstinkt geht oft ein ausgeprägtes Pflichtgefühl einher, das weit über die Begriffe von menschlichem Empfinden hinausgeht. Da aber nur die mächtigen Vertreter unserer Art davon betroffen sind, sterben sie, weil sie sich von ihren erlernten Gefühlen leiten lassen.«

»Und wie sterben sie?«

»Indem sie sich vor ihren Träger werfen und ihn vor einem tödlichen Angriff bewahren.« Ich balle die Hände zu Fäusten, als mich die Erinnerungen an jene Nacht vor über dreitausend Jahren zu übermannen drohen. »Oder indem sie sich dazu entschließen, selbst zu sterben, weil auch ihr Träger gestorben ist.«

Katie schweigt eine Weile, bevor sie fragt: »Und was ist mit dir? Du bist noch hier. Bist du nicht dumm oder besitzt du keine erlernten Gefühle?«

Ich spüre, dass sich meine Mundwinkel zu einem traurigen Lächeln verziehen. »Leider trifft beides nicht auf mich zu. Wenn sie mich gelassen hätte, wäre ich schon vor Jahrtausenden an der Seite meiner damaligen Trägerin mit Freuden gestorben.«

»Was ist geschehen?«

Ihre Neugierde beginnt mir auf den Geist zu gehen. Ich will mich nicht an jene Nacht erinnern, als ich hilflos dabei zusehen musste, wie sie starb. Während der schier endlosen Zeit in Dunkelheit habe ich gehofft, dass die Erinnerungen und der Schmerz, den ich damals empfand, verblassen würden. Doch das ist nicht geschehen. Die dumpfe Qual, die sich auch jetzt in der Brust ausbreitet, beweist das Gegenteil.

»Eine Magierin mit dem ›schönen Schein‹ ist geschehen«, antworte ich knapp und mit harter Stimme. »Sie machte alles zunichte und stürzte eine ganze Stadt, ein ganzes Volk in den Untergang.«

»Deshalb bist du also so schlecht auf mich zu sprechen«, murmelt Katie. »Klingt übel. Trotzdem habe ich nichts damit zu tun.«

»Ich weiß«, gebe ich zu. »Aber dieses alte Trauma werde ich wohl nie überwinden können.«

»Du hast sie geliebt, nicht wahr?«, fragt Katie. »Deine Trägerin von damals.«

Ich schaue auf meine geballten Fäuste und schlucke angestrengt.

Katie lehnt sich wieder zurück. »Wie war sie so?«

Ich beiße die Zähne zusammen, ehe ich zische: »Warum legst du es darauf an, mich zu quälen?«

Schnell hebt Katie abwehrend beide Hände. »Das ist nicht meine Absicht! Ich will nur … etwas herausfinden. Wenn du es mir nicht sagen willst, habe ich Verständnis dafür.«

Es dauert lange, bis ich mich weit genug unter Kontrolle habe, um ihr ruhig antworten zu können. »Sie war die Prinzessin einer blühenden Nation. Aufgewachsen in Prunk und umgeben von Wissen, war sie trotzdem sanftmütig und gütig zu allen Geschöpfen, egal ob Mensch, Familiar oder Tier. Sie war schön und stolz und … furchtlos. Und mit einer Gabe geschlagen, um die sie nicht gebeten hatte.«

»Wie ein gewisser anderer Jemand, den wir beide kennen? Um welche Gabe handelte es sich?«

»Sie besaß die Gabe des Schicksals, ähnlich wie Feli, doch ihre Gabe manifestierte sich in eine andere Richtung. Sie konnte die Zukunft vorhersehen«, sage ich. »Aber … als sie einen anderen, mächtigeren Magier als sie selbst, der ein Auge auf sie geworfen hatte, abwies, verfluchte er sie durch seine Magie. Daraufhin glaubte niemand mehr ihre Prophezeiungen – bis auf mich. Ich glaubte jedes Wort, welches sie von sich gab, aber das machte es nicht besser. Selbst ihr Vater und ihre älteren Brüder belächelten sie, ganz gleich wie exakt und verheerend ihre Vorhersagen waren. Der Fluch des anderen Magiers verhinderte, dass sie die, die ihr lieb und teuer waren, vor dem sicheren Untergang retten konnte.«

Katie tippt sich mit dem Zeigefinger gegen das Kinn. »Irgendwie kommt mir das alles bekannt vor … Es liegt mir auf der Zunge, wo ich bereits davon gehört habe.« Sie kratzt sich an der Stirn. »Aber abgesehen davon gibt es auch eine Menge Parallelen zu Feli, oder kommt mir das nur so vor? Eine seltene Gabe, die sich für den betroffenen Magier als Fluch erweist, ältere Brüder …«

»Und eine Magierin mit dem ›schönen Schein‹«, füge ich mit einem schwachen Grinsen hinzu. »Wobei du kein Vergleich zu der Magierin von damals bist. Wie es aussieht … bist du ganz nett.«

»*Nett*, hmm?«, murrt sie. »Ich kann nicht sagen, dass ich dich jetzt besser verstehe, aber zumindest dein letztes Zugeständnis scheint ein Schritt in die richtige Richtung zu sein.« Seufzend überschlägt sie die Beine. »Es bringt nichts, in der Vergangenheit graben zu wollen, aber du scheinst zweifelsohne eine Vorliebe für schwierige Trägerinnen zu haben. Warum bist du dem Ruf des Mediums gefolgt? Sicherlich hättest du auch eine einfachere Trägerin finden können.«

»Das hätte ich nicht«, erwidere ich. »Ganz gleich, wie lang es noch gedauert hätte, ich wäre dem Ruf jederzeit gefolgt. Feli war …« Ich seufze. »Ihr Licht war das einzige, das die Dunkelheit meines Exils in der Nebenwelt durchdringen konnte.«

Katie stößt ein Pfeifen aus. »Das klingt … tiefsinnig. Wie muss ich mir das vorstellen?«

»Gar nicht«, grolle ich, »denn es geht dich nichts an!«

»Kein Grund, gleich grantig zu werden, mein Bester! Was läuft da zwischen dir und Feli?«

Ich erwidere einen Moment lang ihren Blick, bevor ich wieder zur Umkleidekabine schaue. »Nichts.«

»Du wirst lachen, aber genau das Gleiche hat Feli auch geantwortet.«

»Vielleicht, weil es die Wahrheit ist?«, schlage ich vor.

»Ja, ganz bestimmt«, sagt sie grinsend. »Warum bin ich nicht schon von allein darauf gekommen?«

Ich verdrehe bei ihrer vor Sarkasmus triefenden Stimme die Augen. »Glaubst du, ich würde noch leben, wenn ihre Brüder ebenfalls der Meinung wären?«

Katie zuckt mit den Schultern. »Du hast schon einmal die älteren Brüder deiner Trägerin überlebt. Warum solltest du es nicht auch ein zweites Mal schaffen?«

Als ich nicht darauf reagiere, steht sie auf, tritt näher und legt mir eine Hand auf die Schulter, bevor sie mich mit finsterem Blick mustert.

»Unter uns beiden …«, murmelt sie eindringlich, »Feli ist meine beste Freundin. Ja, es ist nicht immer einfach mit ihr. Sie ist vorlaut und stur, aber auch unerfahren.« Der Griff um meine Schulter verstärkt sich und ihre Finger graben sich schmerzhaft in die Muskeln. »Wenn du sie ausnutzt oder ihr wehtust, bringe ich dich um. Und dann erzähle ich Zac und Cal davon, damit sie sich um den Rest von dir kümmern können. War das deutlich genug für dich?«

Ich hebe den rechten Mundwinkel zu einem trägen Grinsen. »Ich weiß nicht, warum jeder auf die Idee kommt, mir drohen zu müssen. Warum denken alle, dass ich niedere Absichten haben könnte? Ist es so abwegig, dass ich meine Trägerin vor Schaden bewahren, aber ihr auch gleichzeitig dabei helfen will, ihre Träume zu verwirklichen?«

Sie zieht die Hand zurück und schüttelt den Kopf. »Wenn du sie nur beschützen willst, darfst du sie nicht so ansehen wie vorhin. Das war … Ich weiß gar nicht, wie ich das beschreiben soll … Es hatte jedenfalls nichts mit Beschützerinstinkt oder so einem Blödsinn zu tun. Das war etwas ganz anderes. Und komm mir jetzt nicht mit dem Spruch, dass ihr nur Freunde wärt! Auch ›nur Freunde‹ schauen sich nicht so an wie ihr zwei, und ich bin mir sicher, dass ich nicht die Erste bin, die euch das sagt. Du bist loyal und nett und sogar irgendwie süß, aber du bist auch verdammt dumm. Von mir magst du nicht viel halten, weil ich über den ›schönen Schein‹ gebiete, aber ich habe Augen im Kopf.« Sie schnipst mir gegen die Stirn. »Und du, mein Bester, bist über beide Ohren in deine Trägerin verschossen.«

Ich zucke zusammen, doch irgendwie gelingt es mir, schnell wieder Herr über meine Mimik zu werden. Aber offenbar nicht schnell genug, wie mir Katies Grinsen verrät.

»Wow«, haucht sie. »Du hast das bis eben selbst nicht gewusst, oder? Dabei siehst du sie die ganze Zeit über so an, als hättest du endlich eine Ahnung, was wir Menschen damit meinen, wenn wir von Liebe sprechen.«

Ein Rascheln des Vorhangs, hinter dem sich Feli verbirgt, rettet mich vor einer Antwort. Sie winkt Katie zu sich, die ihr dabei hilft, das Kleid hinten zu schließen.

»Nun komm schon raus!«, ruft Katie und zieht Feli mit einem Ruck aus der Umkleidekabine.

Barfuß stolpert sie nach vorn und verliert um ein Haar das Gleichgewicht. Ich springe auf, um sie zur Not aufzufangen, doch dazu kommt es nicht. Feli erlangt ihre Balance zurück – und ich erstarre mit ausgestreckter Hand, während ich sie anschaue, als hätte ich sie noch nie zuvor gesehen.

»Weißt du«, schnurrt Katie gedehnt, »das ist genau das, wovon ich eben gesprochen habe. Die Sonnenbrille verdeckt zwar dein Starren, aber wenn du nicht auffallen willst, solltest du den Mund dabei schließen, wenn du sie begaffst.«

Ich brauche einen Moment, um zu bemerken, dass sie mich damit meint; deshalb erfolgt meine Reaktion viel zu langsam, sodass es auch Feli aufgefallen sein muss.

Unruhig und sichtlich unwohl in ihrer Haut verlagert sie das Gewicht von einem Bein aufs andere und nestelt mit den Händen am Saum des Kleides, das knapp über den Knien endet. Der ausgestellte Rock schimmert leicht, als würden sich winzige Edelsteine auf dem ausnahmslos schwarzen Stoff befinden, während sich der Rest des Kleides ab der Hüfte aufwärts wie eine zweite Haut an sie schmiegt und dabei jede Rundung, jede Kurve ihres Körpers betont. Ich schlucke angestrengt. Zwar verdeckt das Kleid nahezu den ganzen Oberkörper bis auf Schultern und Arme, trotzdem habe ich das Gefühl, alles von ihr sehen zu können.

»Und dabei haben wir dir das Beste noch gar nicht gezeigt«, feixt Katie und bringt Feli dazu, sich umzudrehen. Zeitgleich legt ihr Katie die Haare nach vorn über die Schulter, um mir freie Sicht zu gewähren.

Das Kleid läuft hinten am Hals zusammen und ist dort durch einen silbern glänzenden Knopf geschlossen. Erst knapp über den beiden Grübchen, die links und rechts oberhalb des Steißbeins sitzen, beginnt der Rockteil. Und bis auf einen etwa drei Finger breiten Streifen schwarzer Spitze, die so fein ist, dass sie fast durchsichtig wirkt, ist dazwischen nichts weiter als die hell schimmernde Haut am Rücken.

Ich gebe mir Mühe dabei, mir einzureden, dass ich ihren Rücken bereits vorher gesehen und berührt habe. Dass ich sie im Allgemeinen bereits leichter bekleidet erlebt habe. Doch ich sehe mich außerstande, mich vom Anblick ihrer Schulterblätter und Schwung der Wirbelsäule zu lösen. Vielleicht liegt es auch daran, dass die Erinnerung an die Heilung noch zu frisch ist. Dass ich weiß, wie diese reine Haut vor Kurzem noch ausgesehen hat.

»Was habe ich eben über offen stehende Münder gesagt?«, fragt Katie grinsend, und obwohl sie es nicht sehen kann, werfe ich ihr einen bitterbösen Blick zu. »Ich wusste es, das Kleid ist perfekt! Wer dich darin übersieht, ist eindeutig blind! Die Haare stecke ich dir heute Abend hoch, damit sie hinten nichts verdecken. Jetzt brauchen wir nur noch die passenden Schuhe. Ich suche dir welche raus. Einfache schwarze Pumps sollten ausreichen. In der Zwischenzeit kannst du ja den Bikini anprobieren.«

Ohne auf Felis Antwort zu warten, rauscht Katie von dannen, und ich bin drauf und dran, sie zurückzurufen.

Langsam dreht sich Feli wieder zu mir um. »V…vielleicht solltest du dir auch ein paar Sachen suchen, die dir gefallen.« Ihre Hand zittert, als sie sich eine Haarsträhne hinters Ohr streicht. »Cal wird sauer werden, wenn er erfährt, dass du auf Dauer seine Sachen trägst. Du brauchst etwas Eigenes. Ich bezahle sie natürlich.«

Ich nicke mechanisch, unfähig auch nur ein Wort hervorzubringen. Ich weiß nicht, was mich mehr verstört: dass ihre Erscheinung eine solche Wirkung auf mich hat oder dass sie heute Abend von unzähligen Augenpaaren angestarrt werden wird.

Für den Bruchteil einer Sekunde denke ich darüber nach, sie zu bitten, nicht auf die Party zu gehen. Ich will sie bitten, das Kleid nur für mich zu tragen. Will sie vor jeglichen Blicken abschirmen und die Unschuld, die sie selbst in diesem Kleid ausstrahlt, mit allen Mitteln beschützen. Allein die Vorstellung, dass ein anderer eine Hand an ihren Rücken legen könnte, lässt mich schier wahnsinnig vor Zorn werden.

Doch dann fällt mir wieder ein, wie sehr sie sich auf die Party und diesen Kerl freut. Es ist ihr Wunsch, dorthin zu gehen und ich würde mich nie gegen den Wunsch meiner Trägerin stellen.

Selbst wenn es mich verletzt.

Ich wende den Blick ab und fahre mir mit einer Hand durchs Haar. Verdammt!

Ich habe es bereits geahnt – und Katie, die mich nicht im Geringsten kennt, hat mit ihrem Gerede direkt ins Schwarze getroffen. Es geht mir nicht nur darum, meine Trägerin zu beschützen. Diesen Teil haben wir schon lange hinter uns gelassen, obwohl es keiner von uns beiden zugeben will. Ich fühle mich wie der größte Narr aller Zeiten, weil ich wissend ein zweites Mal ins offene Messer laufe, doch ich kann rein gar nichts dagegen tun.

»Denk aber ja nicht, dass ich dich einfach so davonkommen lassen werde!«

Als ich mich wieder zu Feli umdrehe, droht sie mir mit erhobenem Zeigefinger, was mich beinahe lächeln lässt. Die ernste Miene, zu der sie sich zwingt, während sie dieses Kleid trägt, das für sie gemacht worden zu sein scheint, ist einfach zu niedlich.

»Du hast dich in meinem Schatten versteckt, obwohl ich dir gesagt habe, dass du zu Hause bleiben sollst. Wenn wir zurück sind, werde ich mir eine Strafe dafür ausdenken müssen, dass du dich über meinen Befehl hinweggesetzt hast.«

Ich schaffe es nicht mehr, ein Schmunzeln zu unterdrücken. Manchmal behandelt sie mich noch immer wie ein Haustier … Ich weiß nicht, ob ich ihr deswegen böse sein oder darüber lachen soll. Wahrscheinlich würde es auf eine Mischung aus beidem hinauslaufen.

»Auf einer Skala von eins bis zehn … Wie böse bist du auf mich?«, frage ich mit einem leichten Glucksen in der Stimme, das sie garantiert ebenfalls hört.

Sie reckt die niedliche Nase in die Luft und sagt: »Da du meinen Befehl missachtet hast, rangiere ich auf der Wutskala gerade im unteren Dreißigerbereich.«

Schnell reibe ich mir mit der Hand über den Mund, um das breite Lachen vor ihr zu verstecken. Ich kaufe ihr nicht ab, dass sie wirklich so wütend auf mich ist, aber die Art, wie sie nach außen hin versucht, sich abweisend mir gegenüber zu verhalten, während eine zarte Röte die Wangen überzieht, finde ich hinreißend – und ich will mich gar nicht daran sattsehen.

Ich ergreife ihre Hand und falle vor ihr auf die Knie. Der überraschte Laut, den sie von sich gibt, lässt mich kurz nach oben schauen, doch ich senke sogleich wieder den Blick.

»Ich erwarte Eure Strafe, Herrin«, flüstere ich, bevor ich die Lippen über den Ring an ihrem Finger senke, um mich an der köstlichen Magie zu bedienen.

Die beiden Trägerinnen, die ich vor Felicity hatte, waren mächtig, ebenso wie ihre Magie es war. Es reichte aus, wenn ich mich alle paar Tage bei ihnen nährte, selbst wenn wir in einen Kampf zogen. Felis Magie ist nicht derart kraftvoll und lang anhaltend – aber so unendlich hell und rein, dass ich nicht genug davon bekommen kann. Sie ist wie eine Droge für mich, an der ich mich am liebsten den ganzen Tag laben würde, ganz gleich ob ich sie brauche oder nicht. Ihre Magie nährt mich nicht so lange, doch sie erfüllt mich auf eine Weise, die mir bisher gänzlich unbekannt war.

Aber fast noch schöner als das Gefühl, das mich durchströmt, wenn ich die Lippen auf den Ring presse, ist ihr Anblick. Ihre flatternden Lider. Die Augen, die vor Verzücken verdreht sind. Der leicht geöffnete Mund mit der bebenden Unterlippe. Und wenn ich mir ein wenig mehr nehme, als eigentlich beabsichtigt, fangen auch ihre Knie an zu zittern, genau wie ihre Finger in meiner Hand. Manchmal muss ich mich regelrecht dazu zwingen aufzuhören.

Ihre Reaktion zu beobachten, während in mir gleichzeitig ihre und meine Kraft verschmelzen, kommt einem Rausch gleich, für den es keinen Ersatz gibt.

Schon als ich zum ersten Mal im Haus des Mediums Felis Magie kostete, war es um mich geschehen.

Katie hatte ganz recht: Ich habe mich Hals über Kopf in meine Trägerin verliebt. Aus diesem Grund werde ich auch nie etwas tun, was sie nicht will. Wenn sie diesen anderen Kerl, Justin, mir vorzieht, werde ich damit leben müssen. Solange sie glücklich ist, bin ich es auch.

Das Einzige, was ich mir wünsche, ist, so lange wie möglich an ihrer Seite sein zu dürfen.

KAPITEL 27

Felicity

Meine Wangen brennen wie Feuer, als ich mich zurück in die Umkleidekabine flüchte. Mehrmals streiche ich mit meinen eiskalten Händen darüber, doch die Hitze will einfach nicht verschwinden.

Auch die Finger zittern so sehr, dass ich mehrere Anläufe brauche, um den Knopf im Nacken zu öffnen.

Im ersten Moment fand ich es schade, Shadows Augen hinter der Sonnenbrille nicht sehen zu können, als ich aus der Kabine trat, doch dann spürte ich ihn – spürte ganz genau, wie er den Blick an mir entlangwandern ließ und mich betrachtete. Noch nie im Leben wurde ich so intensiv angesehen wie von ihm, aber es war mir nicht unangenehm. Ganz im Gegenteil. Nachdem ich meine erste Scheu und die Selbstzweifel überwunden hatte, hätte ich ewig da draußen stehen und mich von ihm anschauen lassen können.

Ich hänge das Kleid zurück auf den Bügel und werfe einen kurzen Blick auf die mit zarter und aufwendig verarbeiteter Spitze besetzte Unterwäsche, die ich noch trage. Ich bezweifele, dass ich heute Abend genug Mut aufbringen werde, um diesen Hauch von Nichts erneut anzuziehen ... Shadows Blicke und seine Reaktion hätten mir doch sämtliche Minderwertigkeitskomplexe austreiben sollen; wahrscheinlich gibt es einen anderen Grund, warum ich mich dagegen sperre, heute noch einmal in diese Kleidung zu schlüpfen, den ich jedoch nicht zu fassen bekomme.

Seufzend ziehe ich mich aus und probiere wie geheißen den Bikini an, mit dem ich jedoch nicht die Kabine verlasse. Er passt wie angegossen. Katie hat wirklich ein Auge für Größen und Passformen! Das Oberteil, das ich im Nacken zusammenbinden muss, ist unterhalb des Halses geschlossen und unter der Brust befindet sich ein breiter, stabiler Gummibund. Die dazu passende Hose ist eine Hotpants und einfarbig schwarz, während das Oberteil blau und schwarz gemustert ist.

Da der Bikini in der Größe stimmt und nicht schlecht an mir aussieht, werde ich ihn ebenso kaufen wie Kleid und restliches Zubehör, das Katie noch anschleppen wird. Hoffentlich findet auch Shadow ein paar Sachen für sich. Ich habe ihn behalten, also muss ich für ihn sorgen – die Magie mal außen vor gelassen. Bei einem niederen Familiar hätte es gereicht, wenn ich ihm jedes halbe Jahr mal ein neues Halsband oder eine neue Schmusedecke gekauft hätte. Shadows Versorgung benötigt etwas mehr Aufwand.

Bei der Erinnerung, wie er sich eben an meiner Magie bedient hat, beiße ich mir auf die Unterlippe. Als er vor mir kniete, konnte ich über den Rand seiner Sonnenbrille hinweg die Augen sehen – und am liebsten hätte ich den Blick nicht davon abgewandt. Natürlich war es gelogen, dass ich sauer auf ihn bin. Na ja, irgendwie bin ich schon wütend, dass er sich einfach in meinem Schatten versteckt hat, aber andererseits ... freue ich mich auch darüber. Ich fühle mich immer besser, wenn er in der Nähe ist.

Nachdem ich wieder in meine alten Sachen geschlüpft bin, lege ich alles, was ich kaufen werde, über den Arm und verlasse die Kabine.

Zu meiner Überraschung sitzt Shadow noch immer auf einem der Stühle gegenüber den Umkleiden.

»Ich dachte, du suchst dir auch ein paar Sachen heraus«, sage ich, als ich auf ihn zugehe.

Er grinst. »Katie hat angeboten, das für mich zu übernehmen. Nachdem sie sich schon bei deiner Kleiderwahl als durchaus fähig herausgestellt hat, sehe ich keinen Grund, warum ich mich stundenlang durch die Angebote wühlen soll. Sie wird schon etwas finden, was mir passt.«

Ich verziehe den Mund. »Wahrscheinlich. Dazu muss sie sich nur an Cals Größe orientieren. Es würde mich nicht wundern, wenn Katie irgendwo ein Notizbuch mit sämtlichen Maßen meiner Brüder versteckt hat.«

»Vielleicht ist Katie doch nicht so übel, wie ich anfangs befürchtet habe«, murmelt Shadow. »Sie ähnelt der anderen Magierin mit dem ›schönen Schein‹, die ich kannte, kein Stück.«

Ich nicke. »Ich bin froh, dass ich Katie als beste Freundin habe. Und ich bin froh, dass ihr euch nun anscheinend besser ausstehen könnt.« Ich schaue zu ihm auf. »Das bedeutet mir viel. Wenn du dich jetzt noch mit meinen Brüdern verständest, wäre ich das glücklichste Mädchen auf der Welt.«

Er stupst mich mit dem Ellenbogen an. »Das bist du doch schon, Felicity. Immerhin bist du *Lady Luck*.«

Da ist es wieder, dieses Kribbeln im Bauch, das sich bis in die Fingerspitzen ausbreitet und meinen Körper glauben lässt, er würde auf Wolken schweben. Und das nur, weil ich süchtig nach der Art und Weise bin, wie er meinen Namen ausspricht. Warum kann dieses Gefühl nicht auftauchen, wenn ich an Justin und die Party heute Abend denke?

»Kommt da jetzt noch was oder war's das schon?«, fragt Katie mit einem Seufzen hinter uns. Als wir uns zu ihr umdrehen, schüttelt sie mit einer dramatischen Geste den Kopf, bevor sie Shadow ein ganzes Bündel Kleidung in die Hand drückt. Nur eine Schuhschachtel klemmt jetzt noch unter ihrem Arm. »Ihr zwei braucht echt Nachhilfe. Aber keine Angst! Ihr habt ja mich!«

»Nachhilfe?«, frage ich, weil ich keine Ahnung habe, wovon sie da wieder faselt.

Katie antwortet mir jedoch nicht, und als ich wieder zu Shadow schaue, fällt mir auf, dass er den Mund abschätzig verzogen hat.

»Wir gehen jetzt zur Kasse«, verkündet meine beste Freundin und hakt sich bei mir unter. »Dann fahren wir zurück zur Villa und schwimmen noch ein, zwei Stündchen in eurem tollen Pool, bevor ich dir dabei helfe, dich für heute Abend fertig zu machen.«

Ich kann mich nicht daran erinnern, wann ich das letzte Mal in unserem Pool geschwommen habe. Das muss Jahre her sein – damals als ich Cal so sehr getriezt habe, dass er das Wasser eingefroren hat, während ich noch drin war. Meistens verbarrikadiere ich mich in den Sommermonaten im Zimmer und meide alle Orte, an denen mir das Glimmen begegnen kann, selbst wenn es sich dabei um meine Brüder und ihre Familiare handelt. Aber mit Shadow an der Seite und nachdem er sich wieder an meiner Magie genährt hat, könnte ich ein paar Runden im Pool überstehen. Vielleicht gelingt es mir, das Glimmen für ein, zwei Stunden auszublenden.

***

Zu Hause verfrachte ich alle Klamotten, die ich in der kommenden Zeit brauche, ins Gästezimmer und räume dort auch ein Fach für Shadows Sachen frei. Ein neues Bett habe ich zwar bestellt, aber es wird fast vier Wochen dauern, bis es geliefert wird. So lange werden wir im Gästezimmer wohnen.

Ich habe Shadow noch mal angeboten, dass er ein eigenes Zimmer bekommen kann – schließlich haben Terra und Lumia auch jeweils ein eigenes Zimmer –, doch er sah mich nur mit hochgezogenen Augenbrauen an und gab ein belustigtes Schnauben von sich. Damit war das Thema für ihn erledigt und ich fügte mich seinem Willen, der im Übrigen auch meiner war.

»Bist du bald fertig?«, fragt Katie.

»Gleich«, murmele ich, während ich mir die Haare zu einem losen Dutt aufdrehe, damit sie nicht ins Wasser hängen. Dann schnappe ich mir noch ein großes Handtuch und wickele es um mich. Ich trage zwar schon den neuen Bikini, jedoch ist es ungewohnt für mich, mit so wenig Stoff am Leib herumzulaufen.

Katies schneeweißer Bikini, der ihre gebräunte Haut betont, bedeckt nur die wirklich wichtigen Stellen und geht ansonsten in zarte Schnüre oder Schleifen über. Im Vergleich zu ihr bin ich noch züchtig angezogen.

»Die anderen sind bestimmt schon im Wasser«, murrt meine beste Freundin.

Ich rolle mit den Augen. »Der Pool läuft uns nicht weg. Der ist fest mit unserem Grundstück verbaut.«

»Du weißt, was ich meine!« Theatralisch presst sie beide Hände gegen das Herz. »Ich bekomme seit Jahren zum ersten Mal die Chance, gemeinsam mit Zac und Cal – mit beiden gleichzeitig! – zu baden. Da muss ich jede einzelne Sekunde auskosten und will meine Zeit nicht damit vertrödeln, darauf warten zu müssen, dass du endlich genug Mut gesammelt hast, um dich in einem verdammten Bikini zu zeigen.« Sie stemmt die Hände in die Hüften. »Ich weiß wirklich nicht, was dein Problem ist! Du siehst super aus! Deine Brüder musst du nicht beeindrucken, weil ... Na ja, sie sind deine Brüder und so. Ihre Familiare werden dich auch nicht groß beachten, und Shadow findet dich sowieso heiß.«

Ich verziehe über ihre letzte Aussage den Mund. Als ob das etwas damit zu tun hätte!

»Jetzt gib mir das verdammte Handtuch!«, kommandiert sie und zerrt es mir herunter. Als ich danach greifen will, klemmt sie es sich unter den Arm. »Vergiss es! Keine sackartigen Klamotten und kein Verstecken mehr! Das ist das perfekte Training für heute Abend. Kopf hoch, Schultern zurück und raus mit dir!«

Ich schlinge beide Arme um mich – im verzweifelten Versuch, so viel von meinem freien Bauch wie möglich zu verdecken.

»Wenn du das heute Abend auch machst«, knurrt Katie, »schwöre ich, dass ich dir so sehr in den Allerwertesten trete, dass du wochenlang nicht sitzen kannst! Du lagst mir jahrelang damit in den Ohren, dass du Justin näher kennenlernen willst. Nun hast du die Chance, also nutze sie auch! Nachdem du endlich einen Familiar hast, wirst du einen Abend ohne deine Gabe überstehen können, und alles andere regelt sich von ganz allein.«

»Ich weiß«, murmele ich kleinlaut. »Es fällt mir nur nicht leicht, über Jahre hinweg antrainierte Verhaltensweisen von einem Moment auf den anderen über den Haufen zu werfen.«

Katie streckt eine Hand nach mir aus und legt sie an meine Wange. »Ich verstehe dich. Aber da draußen am Pool ist niemand, der dir etwas Böses will. Niemand wird dich begutachten oder beurteilen. Dort draußen sind deine Familie und Freunde. Vor ihnen musst du dich nicht verstecken. Auch deine Brüder müssen endlich mal begreifen, dass du nicht mehr zehn Jahre alt bist.«

Ich atme tief durch und nicke. Katie hat recht. Wie soll ich den heutigen Abend bestehen können, wenn ich es nicht mal schaffe, wie ein ganz normaler Mensch draußen im Pool zu schwimmen?

***

Wie Katie prophezeit hat, sind die anderen bereits am Pool. Zac reibt Terra mit Sonnencreme ein, während Lumia sich ohne Sonnenschirm brutzeln lässt. Wahrscheinlich kann sie als Feuer-Familiar gar keinen Sonnenbrand kriegen ... Allerdings wirkt sie entspannt, als würde sie die Wärme genießen und nicht mehr von ihren dunklen Gedanken verzehrt werden. Der Trank scheint zu wirken! Bleibt abzuwarten, wie lange die Wirkung anhält. Cal zieht bereits einige Bahnen. Wenigstens hat er das Wasser nicht wieder eingefroren ...

Beschwingt schlendert Katie zu den anderen hinüber und reißt sich die letzte verbleibende Liege unter den Nagel.

Als sie mich jedoch sehen, ist mir die allgemeine Aufmerksamkeit sicher. Lumias Mund steht offen, während sie sich aufrichtet und mich anstarrt, als hätte ich gerade verkündet, dass ich ab sofort nur in pinkfarbene Rüschchenunterwäsche bekleidet die Weltherrschaft an mich reißen will. Zac fällt die Cremetube aus den Händen und Cal stemmt sich ein Stück am Beckenrand hinauf, um sicherzugehen, dass ich es wirklich bin, die er da sieht.

»Habe ich schon einen Hitzestich oder ist das Feli?«, fragt Terra, wobei sie sich halb zu Zac umwendet.

Katie springt von der Liege auf und schiebt den Erd-Elementar ein Stück zur Seite. »Wenn du möchtest, kann ich dich gerne eincremen.«

Ihre Forderung ist so aus dem Kontext gerissen, dass sich nun alle ihr zuwenden und ich endlich aufatmen kann. Zwar sind meine Schritte noch immer unsicher und ich schwanke ein wenig, aber ich stehe nicht mehr da wie festgewachsen. Ich werfe Katie ein dankbares Lächeln zu, das sie nur mit einem Augenzwinkern erwidert, da sie gerade alle Hände voll damit zu tun hat, sich Terra vom Leib zu halten, während Zac vergeblich versucht die beiden Damen zu beschwichtigen.

Zac – umgeben von zwei Frauen mit einem unterschiedlichen Glimmen – zu sehen, bereitet mir schon beim Hinschauen Kopfschmerzen, sodass ich den Blick schnell wieder abwende.

Lumia kommt zu mir geschlendert und reicht mir eine Tube Sonnencreme. »Du siehst gut aus«, murmelt sie, wobei ein leichtes Lächeln ihre Lippen umspielt. »Wenn du jetzt noch aufhörst, deine Arme um dich zu schlingen, als müsstest du dich selbst davon abhalten, auseinanderzufallen, und somit etwas weniger verkrampft wirkst, wäre das ein riesiger Fortschritt.« Als ich ihrer Aufforderung nachkomme, drückt sie mir die Tube in die Hand. »Deine

Haut ist weiß wie eine Wand. Falls du dir nicht sofort einen Sonnenbrand holen willst, solltest du jemanden bitten, dich einzucremen.«

Ich schaue auf die Tube in meiner Hand und anschließend wieder zu Lumia.

»Nicht mich, du Dummerchen!«, flüstert sie grinsend und dreht mich sanft an der Schulter nach rechts.

Erst jetzt bemerke ich Shadow, der abseits im Schatten der Villa am anderen Ende des Pools steht und uns beobachtet. Er trägt noch immer die Sonnenbrille, außerdem eine knielange Badehose, deren Muster mich an das auf meinem Oberteil erinnert, und ein schwarzes Achselshirt, das die sehnigen Muskeln an den verschränkten Armen zur Geltung bringt.

»Er hat sich vorhin einfach eine Liege gekrallt und dort drüben in den Schatten gezogen«, wispert Lumia hinter mir, und erst jetzt fällt mir die Liege neben meinem Familiar auf, die normalerweise nicht dort, sondern wie die anderen mitten in der prallen Sonne steht. »Ich hatte mich schon darüber gewundert, weil ich nicht dachte, dass du ebenfalls herunterkommen würdest.« Sie versetzt mir einen leichten Stoß zwischen die Schulterblätter, der mich ein paar Meter nach vorn stolpern lässt. »Nun geh schon!«

Obwohl ich mich in Gedanken eine Närrin schimpfe, zittern meine Knie, während ich zu Shadow stakse. Ich rede mir zwar ein, dass es keinen Grund für mich gibt, nervös zu sein, aber ohne Erfolg.

Direkt vor ihm halte ich inne und spüre jeden einzelnen Blick der anderen im Rücken. Nur knapp widerstehe ich dem Drang, zu ihnen herumzuwirbeln und sie anzuschreien, dass sie sich um ihren eigenen Kram kümmern sollen. Mit steifen Fingern knete ich die Tube in den Händen und verfluche den Umstand, dass ich Shadows Augen hinter der Brille nicht sehen kann.

»Soll ich mich schnell um das Veilchen kümmern, damit du nicht mehr ständig mit Sonnenbrille herumlaufen musst?«, frage ich leise.

Shadows rechter Mundwinkel wandert nach oben. »Weißt du noch, was passiert ist, als du meine Erschöpfung nach dem Training mit Terra geheilt hast?«

Ich nicke. »Ich wurde danach ohnmächtig.«

»Ganz genau. Deine Heilung funktioniert nicht wie meine. Ich brauche nur genügend Magie, um nahezu jede oberflächliche Verletzung damit heilen und sogar neue Haut bilden zu können. Wenn du deine Heilfähigkeit einsetzt, greifst du unbewusst auf deine Gabe, das Glück, zurück – und diese muss stets im Gleichgewicht sein.«

Ich runzele die Stirn und denke darüber nach. »Als ich deine Schwäche heilte, wurde ich schwach. Wenn ich also das Veilchen an deinem Auge heilte …«

»Richtig.« Er hebt die Hand und streichelt mit dem Daumen über die Haut knapp unter meinem Auge. »Dann hätte ich zwar kein Veilchen mehr, aber deine Haut hier würde lila und blau schillern.« Er lässt die Hand sinken. »Vielleicht sollte ich dich dennoch bitten, mich zu heilen.« Langsam beugt er sich ein Stück zu mir herab und ich schlucke hektisch. »Dann würdest du heute Abend nicht zu dieser Party gehen.«

Schnell lege ich ihm eine Hand auf die Brust und schiebe ihn etwas von mir weg, um wieder Abstand zwischen uns zu schaffen. »Willst du etwa nicht, dass ich gehe?«

Er schüttelt den Kopf. »Das wäre sehr egoistisch von mir, nicht wahr? Geh und hab Spaß! Aber vorher …« Sanft streicht er mit zwei Fingern meinen Arm hinauf bis zur Schulter. Ich erschauere wohlig unter seiner Berührung, auf die ich viel zu lange verzichten musste. Jetzt stört es mich auch nicht, dass wir fünf Zuschauer haben, die garantiert sehr genau unsere Bewegungen verfolgen. »… sollte ich dich eincremen, damit du nicht innerhalb von Minuten einen Sonnenbrand bekommst. Rote Haut passt nicht zu dem schwarzen Kleid.«

Mit einem Kopfnicken deutet er auf die Liege im Schatten. Ich setze mich auf die Kante, nachdem ich ihm die Tube gereicht habe, und Shadow nimmt hinter mir Platz. Wieder stehe ich im Mittelpunkt der allgemeinen Aufmerksamkeit … Haben die denn nichts Besseres zu tun, als uns anzugaffen?

Ich spüre, dass ich mich wieder verkrampfe; gleichzeitig streckt mein Familiar die Hand aus und dunkle Schwaden sickern daraus hervor, die schon nach kurzer Zeit eine Art Sichtschutz zwischen uns und den anderen bilden, ohne uns das Licht zu nehmen.

»Besser?«, murmelt Shadow hinter mir, als er die Hand wieder sinken lässt.

»Viel besser«, antworte ich mit einem erleichterten Seufzen. »Sie denken jetzt zwar garantiert, dass wir hier etwas Unanständiges machen – vor allem Katies Fantasie wird auf Hochtouren laufen! –, aber das ist mir immer noch lieber, als von ihnen angestarrt zu werden.«

Kurz zucke ich zusammen, als Shadow ein paar gelöste Haarsträhnen nach vorn streicht und mich dabei federleicht im Nacken berührt. Dann beginnt er mich einzucremen. Mit geschlossenen Augen und einem seligen Lächeln auf den Lippen genieße ich seine Fürsorge.

»Warum magst du es nicht, im Mittelpunkt zu stehen?«, fragt er nach einer Weile. »Es gibt rein gar nichts an dir, weswegen du dich schämen oder was du verstecken müsstest.«

Ich suche eine Weile nach den richtigen Worten, denn es fällt mir schwer, mein Verhalten jemandem zu erklären, der mich erst seit Kurzem kennt.

»Meine Brüder schickten mich an eine Schule für Menschen ohne magische Begabung«, antworte ich. »Zwar wussten sie, dass dieses Glimmen, das ich sehen konnte, meine magische Gabe war, aber sie hielten es nicht für so ausgeprägt, als dass ich deswegen auf das Magie-Internat hätte gehen sollen.« Ich strecke den Arm aus, damit Shadow ihn weiter eincremen kann. »Nur wenige andere Magiebegabte waren an dieser Schule. Katie war eine von ihnen, so lernten wir uns auch kennen. Neben einer Magierin, die über den ›schönen Schein‹ gebietet, zieht jeder optisch den Kürzeren, aber Katie nutzte ihre Magie nie in der Schule. Jedenfalls versuchte ich anfangs mich anzupassen. Ich wollte Freundschaften schließen und um jeden Preis dazugehören. Doch stets kam mir meine Gabe dazwischen. Wenn wir gemischte Gruppen für eine Projektarbeit bilden mussten, rannte ich bereits nach wenigen Minuten schreiend aus dem Raum, weil ich es nicht mehr ertragen konnte. Schon allein die Schulstunden waren der Horror für mich, eingepfercht mit siebzehn anderen Schülern in einem kleinen Raum. Ihr unterschiedliches Glimmen und das ständige Fiepen ließen mich fast wahnsinnig werden.«

»Und deine Brüder haben nichts dagegen unternommen?«, hakt Shadow nach. Ich höre ihm deutlich an, dass er aufgebracht ist.

»Ich habe sie angefleht, mich entweder von der Schule zu nehmen oder mir zu erlauben, einen Familiar zu erhalten«, antworte ich. »Aber sie redeten mir ein, dass ich mich nur besser konzentrieren und zusammenreißen müsste. Dass alles doch nicht so schlimm wäre.« Ich seufze. »Weder Zac noch Cal können sich vorstellen, wie verheerend meine Gabe zu dem damaligen Zeitpunkt war. Je älter ich wurde, desto schlimmer war es. Ständig stolperte ich im Schulflur über knutschende Pärchen, deren unpassendes Glimmen in mir den Wunsch schürte, den Kopf so lange gegen die nächstbeste Wand zu schlagen, bis ich nichts mehr sehen oder hören müsste. Es kamen auch Jungen zu mir und baten mich um ein Date, was ich jedoch jedes Mal ablehnte. Manchmal würgte ich ihre Bitte schon ab, bevor sie einen ganzen Satz herausgebracht hatten. Es war nur eine Frage der Zeit, bis ich als Freak verschrien war, weil ich mich seltsam benahm und niemanden an mich heranließ. ›Zu wählerisch‹, so nannten sie mich, dabei war es doch mein größter Wunsch, einfach nur normal zu sein. Ich hätte viel dafür gegeben, mit einem Jungen ins Kino und anschließend Händchen haltend durch den Park zu gehen.«

Als Shadow mit meinen Armen fertig ist, cremt er mir Taille und Bauch ein. Ich beiße mir auf die Unterlippe, als seine Finger beinahe neckend unter dem Bauchnabel knapp über dem Bund der Hotpants entlanggleiten.

»Also«, krächze ich, um mich von dem seltsamen Kribbeln im Bauch abzulenken, »versuchte ich unsichtbar zu werden. Wenn mich niemand beachtete, kam mir auch keiner zu nahe und ich konnte den Tag einigermaßen unbeschadet ohne Zwischenfälle überstehen. Zwar waren die einzelnen Schulstunden und der Gang durch die Flure, was eher einem Spießrutenlauf glich, immer noch eine Tortur, aber ich schaffte es irgendwie. Wahrscheinlich habe ich damals jedwedes Selbstwertgefühl verloren. Ich habe keine Ahnung, wie ich mich und meinen Körper finden soll, weil ich jahrelang nur weite Shirts und Schlabberhosen getragen habe. Ich weiß, dass ich nicht hoffnungslos entstellt bin, aber ein wirkliches Selbstbewusstsein besitze ich auch heute nicht.«

Shadow steht auf – und sofort frage ich mich, ob ich etwas Falsches gesagt habe. Verwirrt drehe ich mich halb zu ihm um, doch da kniet er sich schon vor mich hin, greift nach meinem rechten Fuß und hebt ihn an, sodass ich das Bein ausstrecken muss. Er legt den Fuß auf seine Schulter und beginnt in aller Seelenruhe damit, den Unterschenkel einzucremen.

Erst nach einer gefühlten Ewigkeit nimmt er die Sonnenbrille ab und legt sie zu Boden. Ich schnappe nach Luft, als ich dem durchdringenden Blick aus fast schwarzen Augen begegne, der allein ausreicht, um meinen Körper unter Strom zu setzen.

»Wenn du kein Selbstbewusstsein besitzt«, raunt er, während er sich über mein Knie hinweg zum Oberschenkel vorarbeitet, »ist es wohl an mir, dir zu sagen, wie gut dir dieser Bikini steht und wie hervorragend er deine Vorzüge betont.«

Hauchzart streichelt er mit den Fingern über die empfindliche Haut an der Innenseite der Oberschenkel. Ich erschauere und beiße mir sofort auf die Unterlippe, als ein peinlicher Laut meinen Mund verlässt. Inständig hoffe ich, dass er es nicht gehört hat, doch das kleine Lächeln, das seine Lippen umspielt, lässt mich wissen, dass er sehr wohl weiß, was er gerade mit mir anstellt. Und ich werde das Gefühl nicht los, dass er es sogar genießt.

Er greift nach meinem rechten Fuß, stellt ihn wieder auf dem Boden ab und hebt den linken an, um ihn ebenfalls auf seine Schulter zu legen, sodass er die Prozedur auch am anderen Bein wiederholen kann. Mein Herz hämmert viel zu schnell, während ich gebannt dabei zusehe, wie er die Hände Zentimeter für Zentimeter nach oben wandern lässt.

»Und ich werde es mir nicht nehmen lassen …« Wieder streichelt er über die weiche Haut an der Schenkelinnenseite, doch nicht nur kurz, sondern mehrmals hintereinander, bis ich den Kopf in den Nacken lege und die Hände in die Liege kralle. »… zu sagen, dass du in dem schwarzen Kleid mehr als bezaubernd aussahst.«

Ich seufze auf, gleichermaßen wegen seiner Berührungen und Worte. Nachdem ich jahrelang unsichtbar war, ist Shadow der Erste, der mich als Frau wahrnimmt. Durch seine Fürsorge, wenn ich verletzt war, seine Unterstützung bei der Erfüllung meiner Wünsche und seine Hilfe, wenn ich nicht weiterwusste, ist mir klar, dass es nicht nur mein Äußeres ist, das ihn meine Nähe suchen lässt.

Bei ihm fühle ich mich geachtet, beschützt und begehrt. All diese Empfindungen zusammen lassen in mir ein Feuer brodeln, das mich von innen heraus zu versengen scheint.

Ohne auch nur für eine Sekunde den Blick von meinem Gesicht zu nehmen, lehnt er sich nach vorn und fährt vorsichtig mit dem Mund über die weiche Haut an der Innenseite des Oberschenkels, nur wenige Zentimeter von meinem Schoß entfernt. Ich stoße keuchend die Luft aus und gebe mir die größte Mühe, ansonsten keinen Laut von mir zu geben, doch als ich kurz darauf seine spitzen Eckzähne spüre, die leicht an der empfindlichen Stelle knabbern, geben die aufgestützten Arme unter mir nach und ich falle mit dem Rücken auf die Liege. Schnell presse ich beide Hände auf den Mund, um jedes Geräusch, das sich bereits seinen Weg meinen Hals hinauf bahnt, im Keim zu ersticken. Allerdings gelingt mir das nur mit mäßigem Erfolg.

Ich spüre Shadows Körper unter einem unterdrückten Lachen erbeben und möchte ihm am liebsten zuzischen, dass es nicht lustig ist. Aber da packt er mich bereits an den Hüften und zieht mich bis zur äußersten Kante der Liege nach vorn. Erneut keuche ich auf und der Laut geht zusätzlich in ein überraschtes Stöhnen über, als er flüchtig wie durch Zufall mit dem Mund über meinen Schoß streift, während er sich einen Weg nach oben bahnt.

Die Hitze, die sich dort zwischen meinen Beinen sammelt, überlagert alle anderen Empfindungen und lässt mich an nichts anderes mehr denken als seine nächste Berührung. Ich winde mich unter ihm – aber nicht, um ihn abzuwerfen, sondern um ihn dort zu spüren, wo ich es am dringendsten brauche.

Mit bedächtiger Ruhe, die mich schier um den Verstand bringt, küsst und knabbert und leckt er über meinen Bauch, während er noch immer zwischen den gespreizten Beinen kniet und mein linkes Bein auf seiner Schulter liegt. Ich drücke den Rücken durch und glaube, gleich vor Verlangen vergehen zu müssen, als er mit den Fingern erneut über meinen Innenschenkel streichelt und sich dabei nah am Ansatz der Hotpants hält.

Ich versuche ihn durch die Kraft meiner Gedanken dazu zu bringen, mich endlich von dieser pulsierenden Hitze, die im Unterleib wütet, zu erlösen.

Zwar weiß ich, dass ich mich nicht mehr zurückhalten werde, wenn er mich dort berührt, aber daran verschwende ich im Augenblick keinen Gedanken. Es ist mir vollkommen egal, dass meine Brüder nur wenige Meter von uns entfernt hinter einer Schattenwand zwar nichts sehen, aber garantiert alles hören können, was hier geschieht.

Nur kurz frage ich mich, wie wir in diese Situation geraten sind. Und warum ich mich nicht dagegen wehre, sondern sie begrüße. Wir sind bereits zu lange umeinander herumgeschlichen, haben uns gegenseitig geneckt und gefoltert, doch anscheinend haben wir dieses Stadium nun hinter uns gelassen.

Ich kann nicht leugnen, dass mir die neue Stufe, die wir erreicht haben, gefällt. Allerdings würde ich viel dafür geben, dabei keine ungebetenen Zaungäste zu haben.

»Kleine Vorwarnung«, kommt es von jenseits der Schattenwand. Augenblicklich erstarren Shadow und ich, als wir Katies Stimme hören. »Zac und Cal sind sich sicher, dass du nicht so viel Haut hast, die dein Familiar immer noch eincremen könnte. Terra und Lumia werden sie nicht mehr lange zurückhalten können.«

Shadow richtet sich auf und wendet sich der körperlosen Stimme zu, wobei mein Bein von seiner Schulter rutscht. Schnell setze ich mich ebenfalls auf und packe ihn am Arm, bevor er etwas Unpassendes sagen kann. Sein Blick huscht wieder zu mir, und als ich den Kopf schüttele, schließt er den Mund und senkt seufzend den Kopf. Er wirkt mit einem Mal so niedergeschlagen, dass ich nicht anders kann, als ihm mit der Hand durchs Haar zu fahren und sie anschließend an seine Wange zu legen. Mit geschlossenen Augen schmiegt er sich kurz dagegen und haucht mir einen Kuss auf die Innenseite, bevor ich die Hand wieder sinken lasse.

»Danke für die Warnung!«, rufe ich Katie zu.

Meine Knie sind butterweich und es kostet mich zwei Anläufe, bis ich es schaffe aufzustehen. Das Pulsieren zwischen den Beinen ist durch die rüde Unterbrechung zwar etwas abgeklungen, aber verschwunden ist es nicht.

»Ich weiß nicht, wie es dir geht, aber ich brauche jetzt dringend eine

Abkühlung«, murmele ich zu Shadow, der sich ebenfalls erhoben hat. »Kommst du mit schwimmen?«

Ein Funkeln liegt in seinem Blick, als er auf mich herabsieht – und allein dieses Funkeln genügt, um das Brennen in mir wieder zu schüren. Ich schaue auf den Mund, der noch vor zwei Minuten ganz außergewöhnliche Dinge mit mir angestellt hat, und frage mich, ob wir weiter gegangen wären, wenn Katie uns nicht unterbrochen hätte. Wahrscheinlich schon. Zumindest für mich gab es keinen Grund, ihn aufzuhalten, obwohl ich jederzeit das Gefühl hatte, es tun zu können, aber der Gedanke ist mir erst gar nicht gekommen. Warum auch?

»Nein«, antwortet er auf meine Frage mit rauer Stimme. »Ich warte am Beckenrand auf dich.«

Ich nicke und reiße mich mit Widerwillen von ihm los. Als er die Schattenwand verschwinden lässt, ignoriere ich die forschenden Blicke meiner Brüder, greife mir in die Haare und löse den Dutt. Zwar wollte ich nicht, dass meine Haare nass werden, aber nach eben brauche ich so viel Abkühlung, wie ich nur kriegen kann.

Ich springe ins Wasser und lasse mich auf den Grund sinken, wo ich stumm meinen Frust hinausschreie.

***

Nachdem ich mich wieder beruhigt habe und ein paar Bahnen geschwommen bin, lehne ich gemeinsam mit Katie, Lumia und Terra am Beckenrand und beobachte die drei Männer, die auf der gegenüberliegenden Poolseite gerade dabei sind, einen handfesten Streit vom Zaun zu brechen. Ich verstehe nur einzelne Wortfetzen, aber offenbar geht es noch immer darum, dass Shadow vorhin einfach eine Schattenwand errichtet hat und meine Brüder somit kein Auge mehr auf mich haben konnten.

Ich seufze wehmütig, allerdings verspüre ich auch keine Lust, mich in ihre Zankerei einzumischen. Zwar würde ich ihnen gerne sagen, dass sie sich ihren übertriebenen Schwesterkomplex sonst wohin stecken können, aber da Shadow alles bestens unter Kontrolle zu haben scheint, genieße ich die

Nachmittagssonne und das kühle Wasser um mich herum. Dennoch halte ich mich nah an der Treppe, die aus dem Pool führt, für den Fall, dass Cal wieder meint, den Pool einfrieren zu müssen.

»Ist dein Familiar eigentlich wasserscheu oder warum kommt er nicht rein?«, fragt Katie.

»Das habe ich mich auch schon gefragt«, pflichtet Terra ihr bei, die ihre perfekten langen Beine ins Wasser hält.

Lumia kichert. »Wahrscheinlich will er etwas verstecken und traut sich deshalb nicht aus dem Shirt!«

»Na ja, ich bin mir sicher, dass sein Bauch im direkten Vergleich mit Zacs und Cals ziemlich abstinken wird«, wirft Katie ein. »Niemand kann so gut aussehen wie die beiden!«

Die letzte Bemerkung bringt ihr einen Knuff von Terra ein und ich seufze erneut. Wenn die drei auch noch anfangen sich anzuzicken, ist es mit der Ruhe erst recht vorbei.

Mein Blick begegnet Shadows, als ich wieder zu den Männern schaue. Er neigt den Kopf, bevor er beide Arme über den Kopf hebt und sich ausgiebig streckt, wobei sein Shirt ein Stück nach oben rutscht – und selbst aus der Entfernung von ein paar Metern perfekte Sicht auf einen Streifen Haut am Bauch und die definierten Muskeln freigibt.

»Okay, ich nehme alles zurück«, murmelt Katie.

Nun bin ich es, die ihr einen Klaps auf den Hinterkopf verpasst. »Sabber von mir aus meinen Brüdern nach, aber unterlass das bei meinem Familiar!«

Wieder höre ich Lumia hinter mir lachen und auch Terra stimmt mit ein. Ich finde das überhaupt nicht witzig! Als Katie ebenfalls zu kichern beginnt, knirsche ich mit den Zähnen. Ich hasse das Gefühl, nicht für voll genommen zu werden.

»Komm wieder runter, Feli!«, japst meine beste Freundin zwischen zwei Lachern. »Niemand wird sich zwischen dich und deinen Familiar drängen. Wie sollte das auch gehen?«

»Die beiden sind furchtbar!«, sagt Lumia. »Heute früh hatten sie beinahe Sex mit Blicken – in *meinem* Zimmer! Das war so was von krass, sag ich euch!«

Meine Wangen glühen und ich brabbele irgendetwas, was keinerlei Sinn ergibt, im Versuch, ihren Vorwurf zu entkräften.

»Aber offenbar merken sie es selbst nicht«, murmelt Katie seufzend. »Vorhin beim Einkaufen wäre ich auch jede Wette eingegangen, dass sie die Zeit, die ich ihnen allein verschafft habe, sinnbringender nutzen würden, aber sie haben nur über irgendetwas geredet. Es ist schon deprimierend, ihnen zuzusehen.«

»Mir ist es schon während des Trainings aufgefallen«, sagt Terra. »Aber ich verstehe, was du meinst. Es ist immer deprimierend, wenn man als Außenstehender mehr weiß als diejenigen, um die es eigentlich geht.«

»Ihr wisst gar nichts!«, grummele ich und stemme mich aus dem Pool.

Schnaubend stapfe ich zur Liege und greife nach dem Handtuch. Warum müssen sie ihre Nasen immer in meine Angelegenheiten stecken? Reicht es denn nicht, dass meine Brüder das schon machen?

Gerade als ich mich ins Handtuch einwickeln und zurück in die Villa gehen will, kommen Zac und Cal zu mir. Ich unterdrücke ein Jammern, weil ich keine Lust auf meine Brüder habe, lasse aber dennoch das Handtuch sinken und wende mich zu ihnen um. Ein paar Meter von mir entfernt bleiben sie stehen und drucksen herum. Zac hält etwas hinter dem Rücken versteckt, während Cal die Hände ringt. Sie verhalten sich völlig untypisch und gerade das lässt meine Alarmglocken läuten. Es könnte aber auch an Shadow liegen, der hinter den beiden steht und sichtlich Mühe hat, nicht in schallendes Gelächter auszubrechen.

Okay, irgendetwas ist hier oberfaul ... Und mit meiner Geduld steht es nach den Sticheleien der Mädels nicht zum Besten.

Ich stemme eine Hand in die Hüfte. »Jetzt sagt schon, was ihr wollt.«

»Wir ...« Cal bricht ab und stößt seinen älteren Bruder mit dem Ellenbogen an.

Von Sekunde zu Sekunde wird die Situation merkwürdiger ... Ich werfe Shadow einen Hilfe suchenden Blick zu, doch der ist zu sehr damit beschäftigt, eine Hand vor den Mund zu halten. Nun kommt auch Katie zu uns geschlendert und beäugt das Verhalten meiner Brüder mit hochgezogenen

Augenbrauen. Ich zucke nur mit den Schultern, um ihr zu signalisieren, dass ich keinen Plan habe, was hier im Busch ist.

»Wir haben uns lange darüber beratschlagt«, sagt Zac endlich, »und sind zu dem Schluss gekommen, dass wir die Vergangenheit ruhen lassen sollten. Wir wissen, dass du davon träumst, bei den Prüfungen zugelassen zu werden und eine Meister-Magierin zu werden. Wir werden uns da nicht weiter einmischen, wenn du versprichst, vorsichtiger zu sein und dich nicht mehr leichtfertig in Gefahr zu bringen. Ich möchte dich nicht noch einmal halb tot herumfliegen müssen.«

Ich recke das Kinn. »Was wird das? Wollt ihr mir Vorhaltungen machen?«

»Nein, eigentlich nicht«, murmelt Cal und kratzt sich am Kopf. »Nun gib es ihr schon!«

»Ähm, ja«, erwidert Zac. »Wir wissen, dass du noch auf die altmodischen Magier stehst und – anders als wir – gerne darauf achten würdest, deine Identität zu schützen. Was ich übrigens auch toll finde, denn ... Ähm ... Und da wir wissen, dass du es dir schon lange gewünscht hast, haben wir für dich ein Magier-Outfit in Auftrag gegeben.«

Sofort verpufft jeglicher Ärger über ihr seltsames Verhalten. »Ehrlich?«, frage ich begeistert.

»Ja, ich ... nun ... ähm ... befürchte nur, dass es ...« Bevor er an seiner Stammelei noch zugrunde gehen kann, streckt mir Zac besagtes Outfit entgegen, das er bis eben hinter dem Rücken versteckt hatte.

Das freudige Jauchzen, das ich im Begriff war auszustoßen, erstirbt in meinem Mund. Völlig entgeistert starre ich auf den pinkfarbenen Overall mit dem hellgrünen Kleeblatt auf der Brust. Shadow bricht vor Lachen zusammen, als er meinen Gesichtsausdruck sieht, und auch Katie neben mir prustet los.

»Genauso«, japst Shadow, »habe ich mir deinen Blick vorgestellt!«

»Klappe, Familiar!«, giftet Cal. »Dich hat niemand nach deiner Meinung gefragt!«

»Das Ding sieht aus wie ein Ganzkörperkondom«, kommentiert Katie das Outfit, was Shadow dazu veranlasst, nur noch lauter zu lachen. Sie greift nach dem pinkfarbenen Ding und hält es ein Stück von sich weg. »Anhand welcher

Maße habt ihr das denn anfertigen lassen? Es hätte Feli vielleicht vor zehn Jahren gepasst, als sie noch keine Möpse hatte, aber heute wird sie sich da nie und nimmer reinzwängen können.«

Ich reibe mir über die Stirn und wünsche mir, dass alle einfach den Mund halten würden.

»Wer hat dich denn zur Modeberaterin bestimmt?«, grollt Cal.

Katie wirft sich mit einer eleganten Bewegung das noch feuchte Haar über die Schulter. »Ich mich selbst«, antwortet sie. »Und ich habe eindeutig ein glücklicheres Händchen als ihr. Ich meine, seht sie euch an!«

Sie deutet mit beiden Händen auf mich, nachdem sie das Outfit achtlos zu Boden hat fallen lassen. Es kostet mich eine Menge Überwindung, nicht wieder die Arme um den Bauch zu schlingen und das Kinn oben und den Rücken gerade zu halten. Ausdruckslos erwidere ich das Starren meiner Brüder, die mich anschauen, als würden sie mich tatsächlich zum ersten Mal als Frau und nicht als kleines Mädchen sehen.

»Es freut mich, dass ihr endlich begriffen habt, dass ich auch eigene Wünsche haben kann. Und ich werde die Prüfungen bestehen und eine Meister-Magierin werden. Nicht dank meiner eigenen Kräfte, aber mit Unterstützung meines Familiars«, sage ich so ruhig wie möglich. »Aber selbst wenn ihr euch wieder quergestellt hättet, hätte ich den Traum nicht aufgegeben. Ich bin kein Kind mehr und brauche eure Einwilligung nicht für jeden Schritt, den ich gehen will. Ich bin euch dankbar für eure Unterstützung im Kampf und euren Rückhalt als meine Brüder, aber ich bin nicht mehr schwach und muss pausenlos beschützt werden.«

Cal öffnet den Mund, um etwas zu erwidern, schließt ihn jedoch wieder und seufzt. Zac runzelt die Stirn, nickt dann aber zögernd.

»Genau«, pflichtet Katie mir bei. »Außerdem hat sie dafür jetzt ihren Familiar, der euch mit Freuden diese Bürde, sie zu beschützen, abnehmen wird. Und wenn Feli mit ihrem Familiar vögeln will, dann ...«

Sofort schießt mir wieder das Blut in die Wangen. »Und genau an der Stelle beenden wir diese Unterhaltung«, zische ich und kneife Katie so fest in die Seite, dass sie ein Quietschen ausstößt. »Ich hoffe, ihr könnt das Outfit noch umtauschen. Vielleicht gibt es einen Gutschein oder so, damit ich mir eines nach *meinen* Wünschen anfertigen lassen kann.«

Bevor einer meiner Brüder die Möglichkeit hat, etwas darauf oder auf Katies absolut unangebrachten Kommentar von eben zu erwidern, hake ich mich bei meiner besten Freundin unter, drehe mich um und ziehe sie hinter mir her in die Villa.

KAPITEL 28

Felicity

Im Bauch tobt noch immer die Wut auf Zac und Cal, als Katie und ich in mein Zimmer kommen. Einerseits freue ich mich darüber, dass sie mir endlich von sich aus zugestehen, an den Prüfungen teilnehmen zu dürfen – auch wenn ich ihre Zustimmung dafür nicht gebraucht hätte. Andererseits ärgere ich mich über die Selbstverständlichkeit, mit der sie mir ein solch peinliches Outfit haben anfertigen lassen, ohne mich vorher wenigstens nach meiner Meinung zu fragen! Ich wünschte, Zac und Cal würden sich einfach aus allem raushalten ...

Nachdem ich den noch feuchten Bikini ausgezogen und einen Morgenmantel übergestreift habe, muss ich mich auf Katies Befehl hin auf meinen Drehstuhl setzen, damit sie mir die Haare trocken föhnen und anschließend mit dem Lockenstab bearbeiten kann. Da ich keinerlei Talent für so etwas besitze, lasse ich sie gewähren. Hätte ich mir selbst die Frisur heute Abend machen müssen, wäre es auf einen simplen Pferdeschwanz hinausgelaufen.

Danach kramt sie in meinen spärlichen Schminkutensilien herum, brummt dabei immer mal wieder ihren Unmut darüber hinaus, wie man als Frau so wenig Make-up besitzen kann, und reiht anschließend die Dinge, die sie bei mir benutzen will, vor uns auf dem Schreibtisch auf.

Auch das lasse ich ohne Murren über mich ergehen. Als sie mit mir fertig ist, führt sie mich in den hinteren Teil des Zimmers, wo sich im Ankleidebereich auch ein bodentiefer Spiegel befindet. Ich habe keinen Schimmer, wie Katie das Wunder vollbracht hat, aber ich erkenne mich selbst kaum wieder. Erstaunlich, was eine ordentliche Frisur, etwas Rouge, Lipgloss und Wimperntusche für einen Unterschied machen, ohne komplett zu verstecken, wer ich bin.

»Zieh dich an«, sagt Katie und wendet sich zum Gehen. »Ich mache mich nebenan fertig. In einer halben Stunde wollen wir los!«

Ich nicke ihr zu und zwinge mich zu einem kleinen Lächeln. Noch immer stellt sich keine Vorfreude bei mir ein, wenn ich an die Party nachher denke. Viel lieber würde ich daheim bleiben, gemeinsam mit allen einen Film ansehen und dabei Popcorn essen, während ich in bequemen Klamotten auf dem Sofa liege. Das kommt meiner Vorstellung von Spaß sehr viel näher, als mich nachher mit gespielt guter Laune zwischen wildfremden Menschen bewegen zu müssen.

Dennoch ziehe ich mich an, schlüpfe erst in die neue Unterwäsche und dann in das wunderschöne schwarze Kleid, das sogar Shadow begeistert hat. Es bedeutet mir viel, von ihm zu hören, dass ich ihm gefallen habe. In seinem schier endlos langen Leben hat er sicherlich viel schönere Frauen als mich gesehen und … Der Gedanke, dass er sie vielleicht auch geliebt haben könnte, versetzt mir einen Stich und ich reibe mir mit der Hand über die Brust, wie um ihn wegzuwischen.

Seufzend lehne ich die Stirn gegen das kühle Spiegelglas. Mit aller Gewalt versuche ich Justins Gesicht in Gedanken heraufzubeschwören, doch jedes Mal hat er schwarze Haare mit silbergrauen Spitzen anstatt blonden – und fast ebenso dunkle Augen. Auch das spitzbübische Grinsen passt nicht zu dem Jungen, den ich während meiner Schulzeit angehimmelt habe. Sosehr ich es auch versuche, Justins Gesicht wandelt sich immer zu Shadows. Mein Herz zieht sich schmerzvoll zusammen und könnte gleichzeitig schier bersten vor glückseligen Empfindungen, die ich nicht in Worte zu fassen wage.

Mir ist wirklich nicht mehr zu helfen … Doch will ich das überhaupt? Es geschieht nur im Kopf. Wenn ich nicht darüber rede, wird nie jemand wissen, wie es wirklich in mir aussieht. Ich muss niemandem die dunklen und kaputten Stellen meiner Seele zeigen. Nur Shadow … Ihm habe ich Einblick gewährt und zu keinem Zeitpunkt gab er mir das Gefühl, dass er …

Ich schrecke zusammen, als es an der Tür klopft.

»Feli?«, fragt Shadow von draußen. »Bist du fertig?«

Ich werfe einen letzten prüfenden Blick in den Spiegel und kämpfe das aufgeregte Kribbeln nieder, ehe ich rufe: »Ja, komm ruhig rein.«

Er öffnet die Tür und ich höre seine leisen Schritte auf dem Teppich. »Ich habe Katie im Flur getroffen und sie meinte …«

Als er mich sieht, verstummt er abrupt und starrt mich aus großen Augen an. Mein Blick huscht umher und ich muss mich fast mit Gewalt selbst davon abhalten, nervös mit dem Kleidersaum zu spielen. Meine Arme kommen mir nutzlos vor, während sie nur schlaff am Körper herunterhängen, doch irgendwie gelingt es mir, Shadows Blick standzuhalten.

»Ich ... ähm ... wollte nur ... Wow ... Puh, keine Ahnung, was ich wollte ...«

Er fährt sich mit einer Hand durchs Haar und entlockt mir mit seinem Stottern ein Kichern. Das aufgeregte Flattern im Bauch, das seine Reaktion ausgelöst hat, beschleunigt meinen Herzschlag, den ich bis hinauf in den Hals spüren kann.

»Ich fange am besten noch mal von vorn an«, sagt er nach einer Weile mit einem schelmischen Grinsen, das die Schmetterlinge im Bauch Amok laufen lässt. »Katie meinte, dass du fertig sein müsstest, und ich wollte nachfragen, ob ich dir noch etwas Magie abnehmen soll, damit du den Abend halbwegs ohne deine Gabe überstehen kannst. Ja ...« Wieder fährt er sich durchs Haar. »Zumindest glaube ich, dass das der Grund war.«

Ich spüre ein Lächeln in mir aufsteigen. Der bewundernde Blick, den er an mir auf- und abgleiten lässt, lässt mich auf Wolken schweben. Im Moment ist es mir völlig egal, dass er ein Familiar ist. Er ist *mein* Familiar und ich genieße es in vollen Zügen, von ihm auf diese Weise angesehen zu werden. Alle anderen Gefühle schließe ich tief in mir ein, um an ihnen zu zehren, wenn ich sie brauche. Sie sind ein Schatz, ein Leuchten in der einsamen Dunkelheit, die jedoch nicht mehr ganz so finster ist, seit ich ihn kenne.

Ich hebe die Hand mit dem Ring und er schließt sanft die Finger um meine, doch anstatt die Hand an seinen Mund zu führen, sinkt Shadow vor mir auf die Knie. Ich halte die Luft an, während mir der Herzschlag in den eigenen Ohren dröhnt und ich nichts weiter tun kann, als auf seinen dunklen Haarschopf zu starren.

Ich habe nichts übrig für irgendwelche Spielchen oder seltsames Dominanzgetue, aber ihn erneut vor mir knien zu sehen, löst etwas in mir aus, was ich nicht beschreiben kann. Automatisch recke ich das Kinn vor. Dabei will ich gar nicht, dass er vor mir kniet! Aber es ... gefällt mir irgendwie. Ein ungeahntes

Gefühl von Macht und psychischer Stärke rauscht durch mich hindurch, während ich auf die Verbindung warte und nach dem berauschenden Gefühl, wenn sich unsere Magien vereinen, lechze.

Viel zu deutlich spüre ich das Knistern, das zwischen uns flirrt und längst nicht mehr so spielerisch und leicht wie noch vor ein paar Tagen ist.

Mit jedem Magieaustausch, mit jeder Neckerei, mit jeder Berührung kamen wir uns näher, und nun weiß ich nicht mehr, was ich fühlen soll. Die Wahl zwischen dem, was ich will, und dem, was richtig ist, reißt mich schier entzwei.

Mein Leben lang war ich zuerst die brave Tochter und später die kleine Schwester, die nie Schwierigkeiten machte. Ich blieb stets hinter meinen Brüdern, begehrte nie gegen sie auf, denn ich wollte es für Zac nach dem Tod unserer Eltern nicht noch schwerer machen, als es ohnehin schon war. Ich wollte keine Belastung sein.

Doch dank Shadow weiß ich wieder, wer ich bin und was ich will. Ich kann träumen und ich habe das Gefühl, dank seiner Hilfe nach den Sternen greifen zu können.

Zwar verfüge ich noch immer nicht über eine *coole* Magie, doch das stört mich nicht mehr. Ich werde trotzdem einen Weg finden, um leuchten zu können. Ich habe verstanden, dass ich nicht alles ohne Hilfe schaffen und allein sein muss. Shadow und ich, wir sind ein Team; wir können uns aufeinander verlassen und es gibt niemanden, der sich uns entgegenstellen kann.

Er ist die Dunkelheit, die mein Licht unendlich hell erstrahlen lässt.

Doch eine fiese kleine Stimme flüstert mir zu, dass er kein *Mensch* ist. Dass ich ihn zwar sehen und anfassen und riechen kann, aber dass es zwischen uns nie mehr geben darf als eine Träger-Familiar-Beziehung, weil es mich sonst unweigerlich zerstören würde. Er ist nicht wie ich, lebt quasi ewig und wird mich früher oder später verlassen. Irgendwann wird auch Shadow bemerken, dass ich ihn nicht mit genügend Magie versorgen kann und sich einen fähigeren Träger als mich suchen. Außerdem gelten Familiare als Werkzeuge im Kampf gegen Abtrünnige. Sie sind nur dazu da, um uns Magiern die nötige Kraft zu verleihen – aber nicht, damit wir uns in sie verlieben. Sosehr ich es mir auch wünsche, Shadow wird nie ein Mensch sein.

Als der Magiesog zwischen uns einsetzt, verschwinden all die Gedanken und Gefühle für ein paar Sekunden aus dem Kopf. Kein Richtig oder Falsch kümmert mich jetzt. Kein »Was-wäre-wenn«. Ich spüre nur noch die Magie, die durch die Adern rauscht, bevor sie sich beruhigt und befriedigt in mein Innerstes zurückzieht, wo sie schon ungeduldig auf den nächsten Austausch wartet.

Nachdem er sich erhoben hat, macht Shadow einen Schritt zurück, weg von mir. Bevor ich jedoch den Mut aufbringe, die Hand wieder nach ihm auszustrecken, um ihn weiterhin berühren zu können, öffnet er die Augen und ich versinke eine Sekunde im hellen silbernen Strudel seiner Iriden, die regelrecht zu leuchten scheinen. Für einen kurzen Moment erinnern sie mich an die Milchstraße auf einem ansonsten nahezu sternenlosen Nachthimmel.

Er legt den Kopf schief, während er mich betrachtet. »Was ist los mit dir?«, fragt er mit rauer Stimme, deren Klang einen wohligen Schauer über meinen Rücken schickt, obwohl ich mich ansonsten vor Zweifeln und widersprüchlichen Gefühlen, die ich nicht einordnen kann, wie erstarrt fühle.

Ich beiße mir auf die Unterlippe und suche nach den richtigen Worten, um ihm mein Dilemma zu erklären, ohne mich wie eine Vollidiotin dastehen zu lassen. Ein schier aussichtsloses Unterfangen. Ich seufze innerlich und sage dann das, was mir in den Sinn kommt.

»Ich weiß auch nicht«, erwidere ich und wende den Blick ab. Dennoch spüre ich seinen immer noch auf mir ruhen. »Irgendwie ... ist nichts, wie es sein sollte, aber gleichzeitig auch komplett richtig. Das ergibt für dich wahrscheinlich keinen Sinn.« Ich seufze und reibe mir mit der Hand über die Stirn. »Diese seltsamen Gefühle machen mich echt fertig! Und ich weiß nicht, was ich dagegen tun kann.«

»Seltsame Gefühle, hmm?«, murmelt er.

Er streckt eine Hand nach mir aus und streichelt über meine Wange. Ich schließe seufzend die Augen.

»Ich habe mir von Anfang an geschworen, dass es nicht so laufen wird wie damals«, raunt er. »Dass ich nur dein Familiar bin und nichts weiter. Doch immer, wenn du auf mich zukamst, hatte ich Angst, nicht mehr atmen zu können. Wenn ich dich berührte, musste ich fürchten, süchtig danach zu werden und die Hände nicht mehr von dir lassen zu können. Und wenn du dich zu mir umdrehtest oder zu mir gebeugt hast, stand ich jedes verdammte Mal kurz davor, dich ohne deine Erlaubnis zu küssen.«

Ich reiße die Augen auf und starre ihn an, während ich wie gelähmt dastehe. Es ist, als hätte er meine eigenen Gefühle beschrieben, obwohl er von sich selbst spricht. Aber wie kann er … das Gleiche empfinden wie ich?

Mir kommt es vor, als spräche er direkt zu meinem Herzen und flüsterte ihm Dinge zu, für die der Rest von mir noch nicht bereit ist und die ich nicht wahrhaben will.

Ich will etwas sagen, doch er lässt die Hand von meiner Wange sinken, legt sie an seine Brust und verneigt sich leicht vor mir. Ich vergesse zu atmen.

»Ich habe es dir von Anfang an gesagt.« Noch immer gleicht seine Stimme einem Raunen, doch nun klingt sie kratziger als zuvor. »Ich werde nie etwas gegen deinen Willen tun. Hin und wieder musste ich mich selbst wieder an dieses Versprechen erinnern. Niemals werde ich das Vertrauen, das du in mich setzt, ausnutzen oder die Grenze überschreiten, die *du* ziehst. Deshalb entschuldige ich mich dafür, was vorhin am Pool und einige Male zuvor geschehen ist, und verspreche, dass es nicht wieder vorkommen wird. Ich kann nicht behaupten, dass es mir leichtfallen wird, aber ich werde mein Möglichstes tun.«

»W…was?«, krächze ich.

Moment, dieses Gespräch entwickelt sich in eine völlig falsche Richtung! Wie kommt er nur auf die Idee, dass ich das, was wir vor ein paar Stunden gemacht haben, nicht ebenso wollte wie er? Herrgott, ich bin mir doch nicht mal selbst sicher, was ich will und was nicht! Nachdem jahrelang andere alle Entscheidungen für mich trafen, fühle ich mich in diesem Moment so unselbstständig wie ein Kind.

Als ein trauriges Lächeln an seinen Mundwinkeln zupft, habe ich das Gefühl, dass jeden Augenblick mein Herz in tausend Teile zerspringen muss.

»Ich wünsche dir heute Abend alles Glück der Welt«, sagt er. »Wer auch immer dieser Justin ist, er ist ein Trottel, wenn er nicht bemerkt, welch eine wundervolle und außergewöhnliche Frau du bist.«

Tränen schießen mir in die Augen, ohne dass ich es verhindern kann, und mein Hals ist wie zugeschnürt, doch erst als er sich umwendet und zur Tür geht, kommt endlich wieder Bewegung in mich. Ohne nachzudenken, stürze ich nach vorn, presse mich an seinen Rücken und schlinge ihm beide Arme um den Bauch, während ich ein paarmal heftig aus- und einatme, bis ich mich wieder halbwegs unter Kontrolle habe.

»Küss mich«, wispere ich.

Kurz versteift sich Shadow, bevor er den Kopf, so weit es ihm in meiner Umklammerung möglich ist, zu mir dreht. Während ich den überraschten, aber auch zweifelnden Blick, den er mir aus den Augenwinkeln zuwirft, erwidere, kämpfe ich dagegen an, vollends in Panik zu verfallen. Keine Ahnung, woher ich plötzlich den Mut hatte, diese Bitte auszusprechen, aber ich werde einen Teufel tun und sie zurücknehmen! Denn es ist das, was ich will. *Was ich aus tiefstem Herzen will.*

»Was sagst du da?«, murmelt er mit tadelndem Unterton, der mir kurz einen Stich versetzt, und versucht meine Arme von sich zu lösen. »Du willst doch nicht deinen ersten Kuss von einem Familiar bekommen.«

Ich verstärke den Druck und schmiege das Gesicht wieder an seinen Rücken. Er hat recht, es ist mein erster Kuss. Sosehr ich auch versucht habe, alles, was auch nur im Entferntesten mit Liebe zu tun hatte, aus meinem Leben zu verbannen, schlummert in mir trotzdem eine Romantikerin. Und der erste Kuss ist immer etwas Besonderes – oder sollte es sein! –, egal, in welchem Alter man ihn bekommt. Dennoch oder gerade deshalb könnte ich mir keinen besseren Partner dafür vorstellen, selbst Justin nicht! Shadow kennt mich. Er weiß, wie er mich nehmen muss, wie weit er gehen kann, und macht sich nicht über meine Unwissenheit lustig.

Bei einem Fremden würde ich mich unsicher fühlen, aber bei Shadow kann ich mich fallen lassen, ohne Angst haben zu müssen, irgendwelchen Erwartungen nicht gerecht zu werden. Ich muss mich nicht davor fürchten, etwas falsch zu machen.

Stattdessen könnte ich die Erfahrung genießen und für mich selbst entscheiden, wie ich sie einzuordnen habe. Denn was ich danach tun soll, weiß ich beim besten Willen nicht. Eine klare Grenze gibt es nicht länger. Die Vorstellungen meiner älteren Brüder zählen in diesem Moment nicht mehr für mich. Zum Teufel mit ihnen! Rigoros sperre ich alles und jeden aus, der sich nicht gerade in diesem Zimmer befindet.

»Bitte«, hauche ich.

Sanft, aber bestimmt, entknotet Shadow meine Arme, bevor er sich zu mir umwendet. Eine ganze Weile betrachtet er mich, als suche er in meiner Miene Anzeichen dafür, dass ich mir unsicher bin oder mir vielleicht sogar einen Scherz erlaube. Ich weiche seinem forschenden Blick nicht aus, während mein Herz kräftig und viel zu schnell in der Brust wummert und ich ihn stumm anflehe, endlich etwas zu unternehmen. Diese Warterei, gepaart mit der unterschwelligen Unsicherheit und dem nervösen Kribbeln lassen mich sonst noch den Verstand verlieren!

Die Hand, die er nach mir ausstreckt, zittert leicht, und ich lege schnell meine darüber, ehe er auf die Idee kommen könnte, sie wieder zurückzuziehen. Mit dem Daumen streicht er mehrmals über meine Lippen und verschmiert den Lipgloss.

»He, was …!«, will ich protestieren, verstumme aber, als ich das Grinsen sehe, das er mir schenkt.

»Denkst du, ich will, dass du bei unserem ersten Kuss wie ein explodiertes Bonbon schmeckst?«, fragt er, wobei sein Blick starr, beinahe hypnotisch auf meine Lippen gerichtet ist.

Ich muss mir ein Lachen verkneifen. Gleichzeitig befürchte ich vor lauter Flattern im Bauch nicht mehr atmen zu können. Shadow lässt die Hand an meinen Hinterkopf und in mein Haar gleiten, zieht mich ein kleines Stück zu ihm, während er sich zu mir herabbeugt.

»Das Problem ist nur«, murmelt er, während sein Blick nun meinen gefangen hält, »dass es mir unmöglich sein wird, aufzuhören, wenn ich einmal angefangen habe, dich zu küssen.«

Ich spüre seinen warmen Atem auf der Haut, schwelge in seinem Duft nach dunklen Sommernächten und genieße das sanfte Streicheln des Daumens an meiner Wange. Irgendwie schaffe ich es, nicht zu hyperventilieren.

Gleich werde ich wissen, ob er genauso verheißungsvoll schmeckt, wie er riecht, und ob seine Lippen sich auch auf meinen so herrlich kühl anfühlen, wie sie es auf meiner Stirn getan haben. Herrgott, es hat mich jedes Mal beinahe verrückt gemacht, wenn er nur meine Stirn geküsst hat. Was wird dann erst mit mir passieren, wenn wir uns richtig küssen?

Als unsere Lippen nur noch einen Hauch voneinander entfernt sind, höre ich plötzlich Cals Stimme im Flur.

»Feli? Wann wolltet ihr losfahren? Das Taxi ist schon da!«

Erschrocken wende ich mich zur Tür und sehe, dass Shadow sie wohl vorhin aufgelassen haben muss. Auch mein Familiar ist alles andere als begeistert über die erneute Unterbrechung, denn er gibt ein wütendes Grollen von sich. Ein Schattenblitz schwebt bereits über der freien Hand – jederzeit bereit, meinen Bruder zu pulverisieren, sollte er es wagen, jetzt einen Fuß ins Zimmer zu setzen.

Doch es ist Katie, die vor der geöffneten Tür auftaucht, uns nur einen Daumen nach oben zeigt und dann mit trällernder Stimme ruft: »Cal, Liebling, wir sind gleich so weit! Zeig mir doch in der Zwischenzeit noch mal den Weg in die Küche, ja? Ich verdurste sonst noch, bis Feli endlich fertig ist!«

»Aber du ... weißt doch, wo ...«

»Ach, und übrigens ...«

Ihr Geschnatter entfernt sich. Ebenso wie Cals gedämpfte Antwort und die Schritte der beiden.

»Wie lange stand sie schon da?«, fragt Shadow leise, nachdem der Schattenblitz wieder verschwunden ist.

»Ich ... glaube nicht, dass wir das wirklich wissen wollen.«

Wie ich Katie kenne, hat sie die ganze Zeit bereits an der geöffneten Tür gestanden und gelauscht. Wahrscheinlich hatte sie sogar bereits das Handy gezückt, um unzählige Fotos von diesem Moment machen zu können, die sie mir bei passender Gelegenheit unter die Nase reiben würde.

Ich schüttele den Gedanken ab, husche hinüber zur Tür. Kurz spähe ich hinaus auf den Flur – keine weiteren ungebetenen Gäste, dann schließe ich sie, drehe den Schlüssel herum und wende mich mit wild klopfendem Herzen wieder Shadow zu.

»Wo waren wir stehen geblieben?«

Der genervte Ausdruck verschwindet aus seiner Miene und macht einem breiten Grinsen Platz, als er langsam und geschmeidig wie das Raubtier, das er in Wahrheit ist, auf mich zukommt. Ich beiße mir auf die Unterlippe, während ich den Anblick seines kraftvollen Körpers in mich aufsauge. Als er bei mir ist, stützt er sich mit einer Hand an der Tür hinter mir ab und zieht mit der anderen meine Unterlippe wieder zwischen den Zähnen hervor. Das Funkeln in seinen dunklen Augen lässt mich keinen klaren Gedanken mehr fassen, und als er mein Kinn mit zwei Fingern und sanftem Druck anhebt, stelle ich mich auf die Zehenspitzen, um ihm so weit wie möglich entgegenzukommen.

In dem Moment, als unsere Münder endlich sanft miteinander zu verschmelzen scheinen, entweicht uns beiden ein kleines Seufzen. Shadows Lippen sind so herrlich kühl, wie ich es mir erträumt habe, und lindern die aufgestaute Hitze in mir.

Doch unser Kuss währt nur wenige Augenblicke, bevor Shadow sich wieder zurückzieht. Mehrmals atme ich zitternd ein und aus, bevor es mir gelingt, die Lider zu öffnen und zu ihm aufzuschauen. Meine Sicht ist leicht verschwommen, doch ich sehe alles, was ich sehen muss. Obwohl seine Augen halb geschlossen sind, leuchten sie noch intensiver als zuvor. Mein Atem geht rasselnd, ebenso wie seiner, und die Spannung zwischen uns lässt mich fast wahnsinnig werden, bis ich sicher bin, keinen weiteren Moment lebend überstehen zu können, in dem er mich nicht berührt.

Shadow gibt mir die Möglichkeit, es jetzt zu beenden, schließlich habe ich den Kuss bekommen, um den ich gebeten habe. Doch als mein Blick auf seine feucht glänzenden Lippen fällt, ist es vollkommen um mich geschehen. Ich kralle eine Hand in sein Shirt, die andere in sein Haar und ziehe ihn erneut zu mir herunter.

Als er mich eben zum ersten Mal küsste, glaubte ich, den Verstand zu verlieren. Jetzt, beim zweiten Kuss, bin ich mir nicht sicher, ob ich meinen Verstand je zurückhaben will.

Viel zu sehr genieße ich Shadows harten Körper, der sich an meinen drängt, bis kein Lufthauch mehr zwischen uns hindurchpasst, und der mir doch nicht nah genug ist. Ich genieße den Druck, den seine Lippen an meinen ausüben und dabei genau die richtige Intensität erzeugen, um mich aufstöhnen zu lassen. Als ich das tue, fährt er mit der Zunge an meinen leicht geöffneten Lippen entlang, bis ich genügend Mut aufbringe, um vorsichtig mit der Zunge gegen seine zu stupsen. Ihm entweicht ein kehliges, fast schnurrendes Grollen, das bis tief in mein Innerstes vibriert, sich dort mit dem allgegenwärtigen Kribbeln vermischt und mich zusätzlich unter Strom setzt. Kurz darauf knabbert er mit den spitzen Eckzähnen an meiner Unterlippe und entlockt mir eine ganze Reihe von Lauten, die mir in einer ruhigen Minute peinlich sein werden.

Eine Hand lehnt noch immer an meiner Wange, wodurch er die Neigung meines Kopfes leitet, während er mit den Fingern der anderen die Haut am Rücken liebkost. Ich befürchte, in seinen Armen dahinschmelzen zu müssen, wären da nicht seine kühlen Lippen, die meine Körpertemperatur herunterzukühlen scheinen und mich gleichzeitig vergessen lassen, warum ich das hier tue. Den genauen Grund habe ich in dem Moment vergessen, als er zum ersten Mal mit den Lippen über meine strich. Ich spüre weder die harte Tür im Rücken, den ich so weit wölbe, dass ich mich so nah wie möglich an Shadow schmiegen kann, noch irgendetwas anderes außer seinen Berührungen, die meine Haut schier versengen.

Ich lasse mich fallen, komplett und ohne einen Teil von mir zurückzuhalten, und wie immer ist Shadow da, um mich aufzufangen.

Zum ersten Mal seit langer Zeit habe ich das Gefühl, dass ich genau hierher gehöre. Dass mich alles, was mich in der Vergangenheit beinahe gebrochen hat, hierhergeführt hat. Und trotz des Schmerzes und der Einsamkeit bin ich dankbar dafür.

Ich wünschte, dieser Augenblick würde nie vergehen.

Ein vorsichtiges Klopfen an der anderen Seite der Tür lässt uns jedoch erstarren.

»Es tut mir leid, Feli«, murmelt Katie zerknirscht. »Aber viel länger kann ich deine Brüder und den Taxifahrer nicht mehr hinhalten.«

Shit, die Party! Die habe ich völlig vergessen, genau wie alles andere, was nicht mit Shadow zu tun hatte.

Mein Familiar zieht sich so weit zurück, dass ich Katie antworten kann, ohne mich jedoch freizugeben. Ich bin weiterhin gefangen in seinen Armen, aber wenn es nach mir ginge, würde ich keinen Fluchtversuch wagen. Ich schlucke angestrengt und räuspere mich, dennoch klingt meine Stimme heiser.

»Ich … bin gleich da.«

Noch bevor ich den Satz zu Ende gesprochen habe, richtet Shadow sich auf und das sternengleiche Leuchten verschwindet mit einem Schlag aus seinen Augen. Ich lasse den Kopf nach hinten gegen die Tür sinken und kralle die Finger Halt suchend an das glatte Holz. Ohne Shadow, der mich stützt, fühle ich mich, als würde ich zehnmal stärker von der Erde angezogen werden als gewöhnlich, während ich noch den Druck seiner Lippen auf meinen spüren kann.

Sanft, beinahe liebevoll streicht er mir eine gelöste Haarsträhne hinters Ohr und fährt anschließend mit dem Daumen an meiner Unterlippe entlang, um die letzten verräterischen Spuren zu beseitigen.

»Ich wünsche dir viel Spaß heute Abend«, murmelt er mit einem Lächeln, bei dem sich mir das Herz schmerzvoll zusammenzieht.

Mit diesen wenigen Worten tötet er mich ein Stück weit. Ich bin drauf und dran, ihm zu sagen, dass ich nicht gehen werde, dass ich nicht gehen *will*, doch Katies gezischtes »Feli!« hält mich zurück. Meine Finger sind eiskalt, als ich hinter dem Rücken nach dem Schlüssel und der Türklinke suche.

Die rationale fiese Stimme im Kopf kämpft sich durch den Nebel und meldet sich wieder zu Wort. Seit Jahren ist dies meine erste Chance, mit Justin sprechen zu können, erinnert sie mich. Justin! Der Junge, in den ich mein halbes Leben lang verknallt war. Er wird mich ansehen, mich bemerken. Ich wäre dumm, wenn ich diese Chance ungenutzt verstreichen ließe. Mehr als dumm – ich wäre eine kolossale Idiotin! Vielleicht sähe ich ihn nie wieder. Ein Teil von mir wehrt sich gegen die Argumente, denn es ist nicht Justin, der meine Lippen zum Brennen und die Knie zum Zittern bringt. Es sind nicht Justins Berührungen, die ich noch auf der Haut spüren kann. Und es sind auch nicht seine Blicke aus dunklen geheimnisvollen Augen, die bis auf den Grund meiner Seele zu schauen scheinen. Doch die Stimme gibt nicht auf und verfolgt nun eine andere Strategie. Außerdem hat Katie sich so viel Mühe dabei gegeben, mich einzukleiden und herauszuputzen, wirft sie mir vor. Zumindest sie freut sich auf die Party und ich will es ihr nicht verderben. Das wäre nicht fair.

Und das lässt mich schließlich einknicken. Jahrelang hat sich Katie nach mir gerichtet und meine Wünsche über ihre gestellt. Zum ersten Mal können wir gemeinsam etwas unternehmen, wo auch andere Leute zugegen sind. Anders als ich liebt sie es, sich draußen zu zeigen und genüsslich zu präsentieren, und ich bringe es nicht über mich, ihr den Abend zu verderben. Ich wäre eine furchtbare Freundin, wenn ich mich so undankbar verhielte.

Shadow wird auch noch hier sein, wenn ich nachher zurückkomme, rede ich mir ein. Es ist völlig irrational, dass ich seinetwegen und wegen des Kusses die ganze Abendplanung platzen lasse. Dennoch sperrt sich etwas in mir dagegen, die Klinke herunterzudrücken und aus dem Zimmer zu gehen – und es kostet mich viel Kraft, mich über dieses Etwas hinwegzusetzen.

»Bis später«, murmele ich, während ich die Tür einen Spaltbreit öffne. »Und … danke.«

Für den letzten Satz möchte ich mich am liebsten selbst ohrfeigen, weil er völlig falsch herüberkommt, doch anstatt mich auszulachen, grinst Shadow nur und neigt den Kopf. Mir entgeht aber nicht, dass das aufgesetzte Grinsen seine Augen, die noch immer leer und beinahe kalt wirken, nicht erreicht.

»Nichts zu danken, Kleines«, sagt er, legt eine Hand an die Tür und öffnet sie weit genug, damit ich das Zimmer verlassen kann. Ich schlucke hörbar. Deutlicher muss er nicht werden. Jedoch zieht er mir mit diesem Verhalten den Boden unter den Füßen weg.

Draußen wartet bereits Katie auf mich, die unruhig auf- und abläuft. »Da bist du ja endlich! Der Taxifahrer probt unten den Aufstand, weil er so lange auf uns warten muss …«

Als sie mich anschaut, verstummt sie. Dann wirft sie Shadow über die Schulter hinweg einen Blick zu, den ich nicht deuten kann, und nimmt seufzend meine Hand.

»Ich habe deine Sachen in meine Handtasche gepackt«, sagt sie, während sie mich nach unten zieht. Ich stolpere hinter ihr her und gebe mir die größte

Mühe, mein Herz irgendwie zusammenzuhalten. »Handy, Geldbörse … Lipgloss.« Kurz beugt sie sich näher zu mir. »Glaub ja nicht, dass du davonkommst, ohne mir sämtliche Details zu erzählen! Du schuldest mir etwas, weil ich euch Zac und Cal vom Hals gehalten habe.«

In der Eingangshalle warten meine Brüder auf uns. Während Cal uns viel Spaß wünscht, sieht Zac so aus, als würde er jede Sekunde in Tränen ausbrechen. Er zieht mich in eine schnelle Umarmung und murmelt etwas, was sich verdächtig nach »Mein kleines Mädchen wird erwachsen« anhört. Ich verdrehe die Augen, gebe ihm einen kurzen Klaps auf den Rücken und mache mich wieder von ihm los.

An der Haustür bleibe ich stehen und wende mich um, als würde ich von unsichtbaren Fäden bewegt werden. Mein Herz beginnt wieder zu stolpern, als ich oben an der Treppe Shadow mit verschränkten Armen stehen sehe, der mich mit unergründlicher Miene mustert.

Meine Füße scheinen spontan mit den Marmorfliesen verwachsen zu sein, denn ich bin wie erstarrt. Ich könnte nicht einmal den kleinen Finger rühren, wenn mein Leben davon abhinge. Trotz der Entfernung meine ich eine stumme Bitte in Shadows Blick sehen zu können. Eine Bitte, die er niemals aussprechen würde, ganz gleich wie sehr ich es mir wünschte. Shadow würde sich nie über meinen Willen hinwegsetzen. Und wenn es mein Wille ist, diese Party zu besuchen und vielleicht Justin näherzukommen, wird er mir dabei nicht im Weg stehen. Ganz gleich, wie sehr ich mir im Moment wünsche, er würde mich bitten, nicht zu gehen.

Ich muss mich dazu überwinden, den Blick von ihm abzuwenden und Katie hinaus zum Taxi zu folgen, das erneut nach uns hupt. Jeder Schritt fällt mir schwerer als der vorherige und das Wissen, dass ich einen riesigen Fehler begehe, setzt sich wie ein Geschwür in mir fest.

KAPITEL 29

Shadow

Mit purer Willenskraft versuche ich Felicity dazu zu bringen, nicht durch diese Tür zu gehen. Ich bin drauf und dran, ihr alles zu versprechen, was sie hören will, solange sie nur nicht verschwindet. Doch umringt von ihren Brüdern und Katie mit dem ›schönen Schein‹ bekomme ich keinen einzigen Ton heraus. Nicht weil ich mich schäme. Nichts, was mit Felicity zu tun hat, ruft auch nur annähernd das Gefühl von Scham in mir hervor. Sondern weil ich keine Ahnung habe, wie ich das, was in mir vorgeht, in Worte fassen soll.

Ich bemühe mich mir einzureden, dass es so am besten ist. Dass sich alles finden wird, wenn dieser Kerl, Justin, auf sie aufmerksam wird. Schließlich ist es doch das, wovon sie träumt, oder? Ich komme in ihren Träumen nur vor, wenn es darum geht, sie zu einer Meister-Magierin zu machen. Das sollte mich nicht kümmern, schließlich ist es der Grund, warum ich hier bin. Ich sollte daran gewöhnt sein, nur als Mittel zum Zweck angesehen zu werden.

Als ich Felicity unten in der riesigen Eingangshalle stehen und zu mir aufblicken sah, verwandelte sich ihr Gesicht für den Bruchteil einer Sekunde zu dem einer anderen Frau. Ihre Züge sind annähernd gleich; nicht identisch, aber doch so zum Verwechseln ähnlich, dass sie Schwestern sein könnten. Wenn sie nicht mehrere Jahrtausende voneinander trennen würden ...

Ich sah sie vor mir, meine vorherige Trägerin. Beinahe hätte ich laut ihren Namen gekeucht.

Kassandra.

Sie und Felicity gleichen einander – und auch wieder nicht. Und ich bin dankbar dafür. Denn noch einmal würde ich es nicht ertragen. Ich hatte gehofft, dass schier endlose Jahre allein in der Dunkelheit mich gelehrt hätten, dass es nie ein gutes Ende nimmt, wenn ein Familiar zu viel für seinen

Träger empfindet, doch das war offenbar ein Irrtum. Schlimmer noch: Das, was Felicity in mir auslöst, geht weit darüber hinaus, was ich für Kassandra empfunden habe.

Als sie dort unten stand und zu mir aufschaute, durchzuckte es mich wie ein Blitzschlag. Genauso hat mich Kassandra angesehen, als ich sie zum letzten Mal sah. Der gleiche um Verzeihung bittende Blick, das gleiche stumme Versprechen. Als sie ging, fand ich mich kurz darauf in der Nebenwelt wieder. Verwirrt und gleichzeitig wütend darüber, dass sie den Pakt mit mir einfach auflöste und mich zurückschickte, verfluchte ich alles, was mit ihr zu tun hatte. Trotzdem suchte ich ihre Nähe, wann immer die Übergänge zwischen unseren Welten so dünn waren, dass ich einen kurzen Blick auf sie erhaschen konnte.

Kassandra löste unseren Pakt drei Tage, bevor ihre Stadt fiel und sie allein den Eroberern gegenüberstehen musste. Ich konnte nichts weiter tun als zuzusehen, während ich jeden erdenklichen Handel – mit welchem Gott auch immer – eingegangen wäre, um an ihrer Seite hätte kämpfen zu dürfen.

Ich weiß nicht, was mit ihr geschehen ist, und ich traue mich auch nicht, in den Geschichtsbüchern nachzusehen. Die Legenden von ihr und ihren bekannteren Brüdern sind gewiss darin zu finden. Doch im Grunde ist es egal, was mit ihr geschah, denn ich kann es nicht mehr ändern. Ich habe eine neue Trägerin, die meinen Schutz und meine Unterstützung dringender braucht, als Kassandra es je getan hat.

Dennoch bin ich nicht blind für die Parallelen, die mich erschüttern. Felis Brüder sind Kassandras so ähnlich, dass es kein Zufall sein kann. Ich hätte es schon wissen müssen, als ich dem Licht gefolgt bin, nachdem mich der Ruf des Mediums ereilte. Anders als die Male zuvor, wenn ein Medium nach einem Schatten-Familiar suchte, zögerte ich keine Sekunde lang. Und ich würde dem Ruf wieder folgen, ungeachtet der Konsequenzen.

Mein Herzschlag gerät ins Stottern, als sich Felicity umdreht, das Haus verlässt und ich zurückbleibe. Ich klammere mich mit beiden Händen ans Treppengeländer, um mich davon abzuhalten, ihr hinterherzurennen und sie aufzuhalten.

Zacs Blick bohrt sich förmlich in mich. Er beobachtet jede meiner Regungen.

Ich bin mir sicher, dass er mehr wahrnimmt, als er zugibt. Wahrscheinlich sind ihm die Blicke und kurzen Berührungen, die Felicity und ich in den letzten Tagen getauscht haben, nicht entgangen. Und wenn ich Pech habe, hat er auch eben ihre geschwollenen Lippen bemerkt und die richtigen Schlüsse gezogen. Es fällt mir nicht schwer herauszufinden, welchem der Brüder er am ähnlichsten ist. Schon vor langer Zeit geriet ich mehrmals mit Kassandras ältestem Bruder aneinander, und in dieser Zeit ist es Zac, der mir Schwierigkeiten machen wird.

Ich will keine Schwierigkeiten … Alles, was ich will, ist die Möglichkeit, meine Fehler von damals wiedergutmachen zu können. Ich sollte es besser wissen, jedoch renne ich mit offenen Augen in mein Verderben.

Dabei wünsche ich mir nichts sehnlicher, als für immer an Felicitys Seite und ihre Stütze sein zu können. Wenn das alles ist, was ich von ihr bekommen sollte, wäre ich zufrieden damit. Ich will hinter ihr stehen und mit ansehen dürfen, wenn sie nach den Sternen greift. Dafür stelle ich meine eigenen Wünsche hintan.

Jedoch sehne ich mich danach, dass sie mehr in mir sieht als ein Werkzeug. Vorhin dachte ich, dass sie ähnlich für mich empfinden würde – und vielleicht tut sie das auch. Doch selbst wenn es so wäre, gibt es keine Möglichkeit für uns, zusammen sein zu können. Ich stamme aus einer anderen Welt und werde irgendwann dorthin zurückkehren müssen, ganz gleich was zwischen uns sein mag. Nur solange wir einen Pakt haben, kann ich hierbleiben und werde mit Magie versorgt.

Ich werde nie mehr für sie sein können als ihr Familiar …

Doch ich werde nicht noch einmal versagen! Selbst wenn es mich mein Herz oder das Leben kostet …

ENDE von Band 1

PLAYLIST

AmaLee – Darling in the Franxx
AmaLee – Hourglass
AmaLee – Strike Back
Welshly Arms – Sanctuary
Horizon: Zero Dawn – Main Theme
The Greatest Showman – Rewrite the Stars
The Greatest Showman – This is me
Final Fantasy X – To Zanarkand
Final Fantasy VIII – Force your Way
Final Fantasy VIII – Julia
Yuri on Ice – Main Theme
Final Fantasy XV – Sorrow without Solace
Final Fantasy XV – Song of Stars
Nathan Lanier – Torn
Kimi no na wa – Sparkle
John Legend – All of me
Galt Aureus – Is there anyone left?
Hikaru Utada – First Love
Ellie Goulding – Love me like you do

DARK
DIAMONDS
Jeder Roman
ein Juwel
fantastisch
romantisch
faszinierend
sinnlich
dramatisch
Das Imprint für New Adult Fantasy
www.darkdiamonds.de

Die Dunkelheit ist in dir …

Diana Dettmann
Celesta: Asche und Staub
Softcover
ISBN 978-3-551-30104-8

Emma war noch ein kleines Mädchen, als ihre Mutter verschwand und ein Leben voller Risse zurückließ, die niemand jemals zu flicken vermochte. Mit kaum mehr als einem kläglichen Schulabschluss in der Tasche, fristet sie Jahrzehnte später ihre Abende hinter der Theke einer ranzigen Bar, teilt sich die Wohnung mit einem Mann, den sie nicht liebt, und träumt davon, eines Tages all das hinter sich zu lassen. Bis ihr eines Morgens auf dem Weg nach Hause eine furchteinflößende Kreatur begegnet, die ihrem Leben fast ein Ende setzt. War es der unvermittelt im Nebel auftauchende Fremde, der sie gerettet hat, oder das Feuer, das plötzlich aus ihren Handflächen schoss? Die bittere Wahrheit gibt Emmas Dasein eine jähe Kehrtwendung. Denn von einem Tag auf den anderen wird sie zur Gejagten, mit dem Schicksal ihrer Mutter im Nacken. Doch sie ist nicht allein …

www.darkdiamonds.de

Dark Diamonds
Jeder Roman ein Juwel

Dark Diamonds
Ein Imprint der CARLSEN Verlag GmbH
Mai 2019

Lektorat: Dietlind Koch
Umschlagbild: shutterstock.com / © Rudchenko Liliia / 123rf.com / © Leo Lintang / © klotz
Umschlaggestaltung: formlabor, ungecovert – Buchcover und mehr (Kim Leopold)
Satz und Umsetzung: readbox publishing, Dortmund
Druck und Bindung: CPI Books GmbH, Birkach
ISBN 978-3-551-30167-3
Printed in Germany
www.carlsen.de/darkdiamonds

Alle Bücher im Internet: www.carlsen.de